경세통언

경세통언
어리석은 세상을 깨우치는 이야기 [2]

초판 인쇄 2024년 10월 25일
초판 발행 2024년 10월 31일

지은이 풍몽룡
옮긴이 김진곤
펴낸이 김삼수
펴낸곳 아모르문디

등록 제313-2005-00087호
주소 서울시 마포구 월드컵북로5길 56 401호
전화 070-4114-2665
팩스 0505-303-3334
메일 amormundi1@daum.net

ⓒ 김진곤, 2024 Printed in Seoul, Korea

값 20,000원
ISBN 979-11-91040-43-2 (04820)

이 책은 저작권법의 보호를 받는 저작물이므로 무단전재와 복제를 금지하며,
이 책의 내용 일부 또는 전체를 재사용하려면 반드시 저작권자와 출판사의 동의를 받아야 합니다.

어리석은 세상을 깨우치는 이야기

경세통언 警世通言 ②

풍몽룡 지음
김진곤 옮김

아모르문디

차례

재수 없는 선비가 때를 만나다   7
— 鈍秀才一朝交泰

삼대에 걸쳐 은혜를 갚다   33
— 老門生三世報恩

정산의 세 괴물   56
— 崔衙內白鷂招妖

황금장어의 저주   85
— 計押番金鰻産禍

조 태조가 천릿길을 호위하다   111
— 趙太祖千里送京娘

누더기 전립을 잊지 않다   151
— 宋小官團圓破氈笠

기쁘고 즐겁고 평화롭고 순조롭다   190
— 樂小舍拚生覓偶(一名 喜樂和順記)

옥당춘이 왕경륭과 재회하다   211
— 玉堂春落難逢夫

계부오가 배은망덕의 죄를 씻다 293
― 桂員外途窮懺悔

미소 한 번에 부부의 연을 맺다 340
― 唐解元一笑姻緣

가짜 신선이 미소년을 유혹하다 363
― 假神仙大鬧華光廟

백사 낭자가 뇌봉탑에 갇히다 383
― 白娘子永鎭雷峰塔

재수 없는 선비가 때를 만나다

鈍秀才一朝交泰
― 재수 없는 선비가 하루아침에 출세하다 ―

여몽정呂蒙正은 기와가마에서 지내며 세상을 원망하고
주매신朱買臣은 장작을 메고 팔러 다니며 책을 읽었다네.
대장부 뜻을 잃으면 사람들이 무시하고
부귀영화 누리면 부러움을 산다네.

붉은 해도 잠시 가려질 때가 있고
황하 물도 잠시 맑아질 때가 있지.
그대 눈앞에 보이는 뜬구름을 어이 믿으랴,
그대 발을 땅에 단단히 내디뎌야지.

이 「서강월」 사는 사람이 잘 나가거나 힘든 것은 다 때가 있는 것이니 잘 나간다고 교만하지 말고, 힘들다고 의기소침하지 말라고 읊고 있다. 당나라 감로甘露1) 연간에 왕애王涯라는 승상이 있었다. 그의 품계는 1품이요, 권력은 뭇 관료들을 압도했으며, 하인의 수가 천 명을 넘고 하루 식비가 만금을 넘었으니, 그의 부귀영화는 필설로 다하기가 어려울 정도였다. 왕애 집의 주방은 승려들이 기거하는 절간과 붙어 있었다. 왕애 집 주방에서 솥단지를 씻고 설거지한 물은 고랑을 통해 절간으로 흘러들었다. 하루는 주지 스님이 절간을 나서려니 고랑 물에 흰 것이 둥둥 떠서 흘러가는 게 보였다. 큰 건 눈송이 정도, 작은 건 옥가루 정도 크기였다. 가까이 다가가 살펴보니 상등품의 쌀로 지은 밥알이라. 왕애 집 주방에서 설거지하고 버린 물에 섞여 흘러나온 것이었다. 주지 스님은 바로 합장하면서 "아미타불, 벌 받을 짓이로고!"라며 탄식했다. 그런 다음 시를 한 수 읊었다.

봄에 씨 뿌리고 여름에 김매었지,

한 알 한 알이 농부의 정성.

옥을 다듬듯이 나락을 찧고

밥 지어 은 덩어리 쌓듯 그릇에 담았네.

넉넉한 자 하루에 세 끼를 배불리 먹고

가난한 자 한술 밥에 허기를 면했네.

---

1) 당나라는 감로라는 연호를 쓴 적이 없다. 이 작품의 작가가 당나라 문종 태화太和 9년(835) 11월 21일에 일어난 감로지변甘露之變을 두고 이 표현을 썼을 수 있다. 재상 이훈李訓이 환관 세력을 일소하고자 궁궐 내에 단 이슬이 내렸다는 소문을 내고 환관들이 단 이슬을 맛보러 몰려들 때 미리 대비시켜 놓은 궁수들을 시켜 죽이려 했으나 이 계획이 사전에 누설되어 이훈이 오히려 환관들에게 주살된 사건이다. 왕애王涯(764~835)는 자가 광진廣津이며, 산서 태원 사람이다. 감로지변에 연루된 그는 문종을 폐위하고 정주鄭注를 세우려 했다는 혐의를 받아 장안성 서남쪽 아래 버드나무에 매달린 채 허리가 잘려 죽임을 당했다. 온 가족 역시 이때 몰살당했다. 당시 시인 노동盧소은 사건 전날 밤 왕애와 함께 술을 마셨다는 이유로 죽임을 당하기도 했다. 백성들은 왕애가 강남의 차 전매를 담당했을 때 맺힌 원한 때문에 왕애가 형을 당할 때 돌멩이를 던지고 침을 뱉었다고 한다.

이런 보배가 저 고랑에 함부로 버려졌구나,
세상의 가난한 자들만 불쌍하구나.

주지 스님은 주방에서 일하는 스님들을 불러 고랑에 흘러가는 밥알을 체로 건져 햇볕에 말린 다음 항아리에 담게 했다. 그렇게 걷어 올린 밥알이 언제나 항아리에 가득 찰까? 서너 달이 채 못 되어 항아리가 가득 찼다. 2년이 되자 여섯 항아리가 가득 찼다. 왕애 집안 사람들이야 그 부귀영화가 천년만년 갈 줄 알았으나 부귀영화도 극에 달하면 쇠하는 법, 왕애가 하루아침에 조정에서 내침을 당하고 국문을 당하게 되니 살았는지 죽었는지 알 길조차 없더라. 왕애에게 빌붙던 식객은 모두 흩어지고 수많은 노복도 다 뿔뿔이 흩어지고 말았다. 왕애의 창고는 왕애를 처단하려는 자들 차지가 되었다. 왕애의 식구들이 굶주림을 견디지 못하고 구슬피 우는 소리가 왕애 집 옆 절간에까지 들려왔다. 주지 스님은 그 울음소리를 듣고 가슴이 아렸다. 겨우 담장 하나를 사이에 두고 있으니 담장에 구멍 하나만 뚫어도 서로 뭔가를 주고받을 수 있었다. 주지 스님은 항아리의 마른 밥알을 다시 불려 찐 다음 왕애의 식구들에게 보냈다. 왕애가 그걸 먹어보니 너무도 맛난지라 하녀를 시켜 주지 스님에게 물어보게 했다.

"아니 출가하신 스님께서 어떻게 이렇게 좋은 쌀로 밥을 지을 수 있으셨는지요?"

"아 그건 소승이 평소에 먹는 쌀로 지은 게 아니올시다. 승상댁에서 평소에 설거지하면서 흘려보낸 밥알을 그냥 버리기엔 너무 아까워 깨끗하게 씻어서 말린 다음 흉년 들거나 빈궁해질 때를 대비한 것뿐입니다. 한데 이렇게 존귀하신 승상댁 식구들을 먹일 줄이야 생각도 못했소이다. 그런즉 우리가 한 입 먹고 한 모금 마시는 게 다 인연이 있는 것인가 봅니다."

왕애는 하녀에게 이 말을 전해 듣고 탄식해 마지않았다.

"내가 하늘이 내려주신 물건을 이렇게 함부로 썼으니 어찌 무슨 일인들 제대로 할 수 있었으랴! 오늘의 재앙은 내가 스스로 자초한 것이로다."

왕애는 그날 저녁 약을 먹고 자진했다. 그가 한참 잘 나갈 때 오늘 같은 날이 오리라고 상상이나 했겠는가? 가난하고 비천한 자는 부유하고 높아지기를 갈망하나 그 부귀가 바로 인생이 망가지는 위기의 출발점인 것을! 이런즉 복이 넘치면 재앙이 싹을 틔우고 결국 불행해지고 마는 것이다. 지금 가난하고 비천한 자가 나중에 출세할 수도 있으며, 또 지금 부귀영화를 누리는 자가 나중에 환난고초를 겪을 수 있음을 어이 알겠는가?

이제 이 이야기꾼은 초년에 고생하다가 나중에 부귀영화를 누린 자의 이야기를 하련다. 여러분, 다른 사람 가랑이 사이를 기어간 한신, 집에 돌아왔으나 아내가 베틀에서 내려오지 않았다던 소진이 있지 않은가. 여러분은 지금 이 이야기꾼이 하는 이야기를 듣고 돌아가시면 고개를 뻣뻣이 세우고 살면서 때를 기다릴지라. 결코 의기소침하지 말지라. 이런 네 구절의 시가 있지 않은가.

가을바람에 초목 시들어도 봄엔 다시 피어나고,

진흙밭을 기는 자벌레도 몸뚱어리를 펴는 때가 있으니.

아직 반도 그리지 않은 호랑이 그림 보고 비웃지 말지라,

이빨과 발톱을 다 그려야 비로소 놀랄지니라.

한편, 우리 왕조 명나라 천순天順 연간(1457~1464), 복건성 연평부 장락현에 벼슬아치가 한 명 살고 있었으니, 그 사람의 성씨는 마요, 이름은 만군이라. 관직은 이과吏科 급사중에 이르렀다. 환관 왕진王振이 권력을 맘대

로 부리고 나라를 망치는 것을 두고 볼 수가 없어 간언했다가 관직을 박탈당하고 평민 신세가 되었다. 마만군은 일찍이 부인과 사별하고 아들 하나만 두었으니 그 아들 이름은 임任, 별명은 덕칭德稱이었다. 12살 때부터 상서에 나가 공부하기 시작했다. 총명한 마임은 공부 또한 열심이었다. 그가 얼마나 총명했는가 하면 하나를 들으면 열을 깨달았다는 안회에 비길 정도였다. 그가 얼마나 공부를 많이 했는가 하면 다섯 수레 책을 읽고 외웠다는 우세남虞世南(558~638)2)에 비길 정도였다. 그의 문장은 세상을 뒤덮고, 그의 명성은 세상의 으뜸이었다. 마만군은 아들 마임을 금지옥엽처럼 아꼈다. 인근에 사는 돈 많고 권세 높은 집안의 자제들은 마임이 명문가 출신인 데다 학문도 빼어나니 조만간 크게 출세할 것이라 여겨 앞다퉈 교제하려고 덤벼들었다. 그 가운데에서도 특히 극성인 자가 둘 있었다.

차가우면 따듯한 거 보내주고
심심하면 재미난 거 보내주고
밖에 나가면 늘 형님, 형님 불러주고
돈 계산할 때면 늘 대신 내주더라.
어느 집 술이 맛나더라 한마디만 던지면,
즉각 그 집으로 모시고
어느 집 기생이 예쁘더라 한마디만 던지면,
즉각 그 기생과 한 달을 같이 지내게 하더라.
방귀라도 뀔라치면 황급히 손바닥으로 가려주며

---

2) 자字는 백시伯施, 당대의 정치가이자, 문학가 그리고 서예가. 특히 서예에 뛰어나 구양순歐陽詢, 저수량褚遂良, 설직薛稷과 함께 초당사대가初唐四大家로 불렸다. 그가 편찬한 『북당서초北堂書鈔』는 당대 사대 유서類書 가운데 하나로 현존하는 중국의 가장 오래된 유서이기도 하다.

이 손바닥이 왜 이리 향기롭지 하며

　　가래라도 뱉으면,

　　황급히 달려가 대신 발로 밟아 비벼주더라.

　　목을 쭉 내밀고 어깨를 쳐들고 몸을 굽혀 비굴한 미소를 짓고

　　아내를 내주고 아이를 바치는 일 말고는 뭐든지 다하지.

　그중 한 사람의 이름은 황승黃勝, 별명은 병자 황군이었다. 다른 한 사람은 고상高祥, 별명은 날아다니는 폭죽이었다. 이 둘 역시 조상들이 벼슬살이도 하고 집안도 돈이 궁하지 않았으니 낫 놓고 기역 자도 모르는 신세면서도 공부한답시고 허세를 떨곤 했다. 황승과 고상은 마임을 마치 부처 모시듯이 모셨고 나중에 마임이 크게 출세하더라도 이 사귐이 계속 이어지기를 바라마지 않았다. 마임은 본디 충직하고 예절 바른 사람이라 상대방이 예로 나아오면 자신도 예로 다가가고 상대방이 친절하게 대해주면 바로 친구로 대하곤 했다. 황승은 자신의 친동생 육영六媖을 마임에게 시집보내고자 했다. 마임은 육영이 재색을 겸비한 여인임을 알고 너무도 기뻐했다. 그러나 마임은 어려서 이렇게 맹세한 바 있었다.

　　내가 결혼하여 신혼 밤을 보내고자 한다면,

　　그건 과거에 급제하고 난 다음.

　아버지 마만군이 보기에도 아들의 이런 다짐이 참으로 가상한지라 아들에게 억지로 결혼을 권하지 않았으니 마임의 나이 스물이 넘도록 아직 결혼하지 않았더라. 향시가 있는 해 어느 날 황승과 고상이 마임을 불러 책방에 데리고 가서 책을 사주고자 했다. 마침 책방 옆에 점술집이 있었

다. 그 점술집 팻말에는 이렇게 적혀 있었다.

미래의 길흉화복을 알고 싶은가?
결코 말 돌리지 않고 진실만 말해주는 점쟁이 장 씨를 찾으시라.

마임이 그 팻말을 보고서 한마디 했다.
"허허, 결코 말 돌리지 않고 진실만 말해주는 점쟁이라니!"
마임은 책을 사고 나서 그 점술집으로 가서 점쟁이 장 씨를 향해 두 손을 모아 인사했다.
"소생의 미래를 말씀해주시겠나이까."
점쟁이 장 씨가 마임에게 사주팔자를 물었다. 장 씨는 오행의 상생상극, 다섯 별자리의 차고 비어있음의 원리에 맞춰 한 차례 헤아려 보았다.
"손님께서 저를 책망하지 않으신다면 제가 사실대로 알려드리리다."
"군자는 흉사를 묻는 것이지 길사를 묻는 게 아니라고 들었습니다. 뭘 걱정하십니까?"
황승과 고상은 옆에서 저놈의 점쟁이가 앞뒤 안 가리고 그냥 있는 대로 말을 막 해버려 마임을 놀래킬까 걱정이었다. 황승이 냉큼 끼어들어 한마디 했다.
"여보슈, 다시 한번 자세히 살펴보시라고. 함부로 말씀하시지 말고."
"이 손님은 우리 고을의 명사 중의 명사라고. 이번 과거에서 이 손님이 5등 안에 들 것인지, 1등을 할 것인지만 좀 알려줬으면 좋겠어."
"저야 뭐 점괘가 나오는 대로 풀어주는 거지요. 맞고 안 맞고는 제가 어찌할 수 있는 게 아닙죠. 손님은 재주가 빼어나고 귀해질 상이네요. 손님의 부친도 쟁쟁하시니 권세가문의 자제임이 틀림없소이다."

황승과 고상은 박수를 치면서 대답했다.

"대단한 점쟁이네, 맞고말고, 맞고말고."

점쟁이가 말을 계속 이어나갔다.

"한데, 스물두 살이 되면 액운이 닥칠 것이니 관운이 막히고 큰 화를 입을 것입니다. 집안이 파산하고 생명을 잃는 자도 생겨날 것입니다. 아무튼 서른한 살을 잘 넘기면 50년 영화가 찾아올 것입니다. 다만 손님이 열 자가 넘는 도랑을 잘 뛰어넘어갈 수 있을지 걱정이네요."

황승은 점쟁이의 그 말을 듣고 바로 욕을 하기 시작했다.

"집어치워, 뭐 이런 점괘가 다 있어!"

고상은 종주먹을 들이대면서 소리를 질렀다.

"주먹맛 좀 봐야겠구먼. 말 돌리지 않고 진실만을 말한다는 저 주둥이를 내 주먹으로 혼내줘야겠구먼."

마임은 황망히 두 손을 들어 그들을 말렸다.

"사주팔자를 정확히 읽어내는 게 어디 쉬운 일이요? 저 점쟁이가 점괘를 정확하게 뽑아내지 못했다고 생각하면 될 일이지 뭐 이렇게 따질 것까지야!"

황승과 고상은 입으로 연신 쌍욕을 쏟아내었다. 마임은 그런 두 사람을 가까스로 뜯어말렸다. 점쟁이는 그저 아무 일 없이 이 소란이 지나가기를 바라는 심정이 먼저인지라 복채를 달라는 생각은 아예 하지도 못했다.

입에 발린 말 듣기 싫어하는 사람 없고,
바른 말 듣기 좋아하는 사람 없구나.

마임은 부귀공명 같은 거야 자신이 원하기만 하면 쉽게 얻을 수 있을 거라 자신하고 있었기에 점쟁이의 말에 그다지 개의하지도 않고 또 별로 믿지도 않았다. 그러나 어이 알았으랴! 그해 향시에서 마임은 그 나름대로 답안을 잘 작성했다고 생각했으나 급제자 명단에서 그의 이름을 찾을 수가 없었다. 열다섯 살 때부터 과거를 치르기 시작하여 스물한 살 때까지 세 차례의 과거에서 연거푸 낙제한 것이다. 마임의 나이야 아직 한창이지만 그래도 연거푸 과거에 낙방하니 상당히 의기소침해진 것도 사실이었다.

다시 한 해가 지나 마임의 나이가 스물둘이 되었다. 마만군의 문하생이 왕진을 비판하는 상소를 써서 올렸다. 왕진은 마만군이 제자를 시켜 그런 상소를 쓰게 한 거라 의심했다. 왕진은 예전의 원한으로 말미암아 몰래 조정의 심복을 시켜 마만군이 관직에 있던 시절 혹 잘못한 일이 있는지 조사하게 했다. 마만군은 은 만 냥을 횡령했다는 죄목으로 연평부의 조사를 받게 되었다. 마만군은 본디 청렴한 관리였는지라 이 소식을 듣고 화병에 걸려 며칠을 앓다가 그만 세상을 떠나고 말았다. 마임은 슬픈 마음에 예를 다하여 장사를 치렀다. 연평부에서는 상사인 왕진의 비위를 맞추고자 횡령한 은 만 냥을 다시 뱉어내라고 난리였다. 마임의 재산을 관리들이 들이닥쳐 헐값에 팔아버렸다. 구입한 지 얼마 되지 않아 아직 장적에 올리지 않은 작은 땅뙈기는 아직 관리들이 모르고 있었다. 마임은 평소 살갑게 대해주던 고상에게 찾아가 그 땅뙈기를 잠시 자기 재산인 양 맡아달라고 부탁했다. 백 냥 정도 나가는 골동품과 고서는 황승에게 맡아달라고 부탁했다. 관리들은 마만군 집안의 재산을 다 팔아도 횡령한 액수에 모자란다면서 끝없이 집안을 이리저리 뒤졌다. 마임은 부친의 무덤가에 여막을 짓고 기거하였다. 그러던 어느 날 고상이 사람을 보내어 이렇게 알려왔다.

"마임, 그대 집에서 나에게 잠시 맡긴 땅은 그 사실을 관가에서 이미 알아갔으니 더는 숨기기 힘들 것 같소이다."

마임은 그 땅마저 관가에 바칠 수밖에 없었다. 나중에 알고 보니 고상이 스스로 관가에 고자질한 것이었다. 자신이 이 일에 연루될까 봐 걱정한 때문이기도 하고 관가에 잘 보이고자 한 때문이기도 했다. 마임은 사람의 맘이란 게 이렇게 간사한 것이로구나 하는 생각에 그저 웃어넘기고 말았다. 일 년쯤 지나고 마임은 황승에게 가서 맡겨놓은 골동품과 고서를 찾고자 했다. 몇 번을 찾아가도 황승을 만날 수가 없었다. 그러다 황승이 사람을 시켜서 봉투를 하나 보내왔다. 마임이 봉투를 열어보니 서찰 같은 것은 없고 무슨 목록서 같은 것이 한 장 들어 있었다. 그걸 펼쳐보니 모월 모일 무슨 일을 하느라 돈이 얼마 들었다는 것과 그 돈을 각각 나눠서 부담하여야 할 것 혹은 어느 한쪽이 부담하여야 할 것을 정리하여 적은 것이었다. 이런 식으로 정리하여서 마임이 맡긴 골동품과 고서를 그 비용으로 충당하겠노라 밝히고 있었다. 마임은 화가 머리끝까지 올라 그 봉투를 가져온 사람 면전에서 그 목록서를 갈기갈기 찢으면서 소리쳤다.

"이런 개돼지 같은 놈의 얼굴을 내가 다시는 보지 않겠노라."

마임과 황승의 동생 사이에서 오가던 혼담도 자연스럽게 없던 일이 되었다. 사실 황승은 마임과의 관계를 끊지 못해 안달이었기에 마임의 이런 태도를 너무도 반겼다. 한나라 때 풍 씨가 읊은 네 구절 시하고 어쩜 이렇게 잘 맞아떨어지는지.

잘 나가다가 꼬꾸라질 때,
진실한 우정이 드러나지.
죽을 고비 넘기고 살아날 때,
진실한 우정을 알아보게 되지.

마임은 부친의 무덤가에서 여막살이를 하느라 옷은 다 해지고 먹을 것도 제대로 먹지 못했다.

"선친께서 살아계실 때 사람들한테 좋은 일도 참 많이 하셨건만 선친께서 어려운 일을 당하고 돌아가시니 나를 도와줄 자가 아무도 없구나."

묘지기 왕 씨가 산소 주변의 나무라도 베어서 팔자고 했으나 마임이 거절했다. 왕 씨가 다시 길가의 잣나무를 가리키며 말했다.

"저 나무들은 무덤에 붙어 있는 것도 아니니 베어서 팔아도 아무 상관이 없을 것입니다."

마임은 딴은 그럴듯하다는 생각에 나무의 가격을 흥정하고 나서 먼저 한 그루를 베었다. 하나 그 나무는 벌레가 먹어 속이 다 비어서 몇 푼 나갈 것도 없었다. 다시 한 그루를 더 베어보아도 역시 마찬가지였다. 마임은 한숨을 쉬며 한마디 내뱉었다.

"다 내 팔자로다!"

마임은 나무 베기를 그만두라 일렀다. 이미 베어낸 나무 두 그루도 잘해야 땔감 정도니 돈을 얼마 받지도 못했다. 나무를 팔고 받은 돈은 며칠 되지 않아 다 떨어졌다. 마임에게는 열두 살 먹은 심부름꾼 하나밖에 남지 않았다. 마임은 왕 씨에게 부탁하여 그 심부름꾼을 은자 닷 냥에 팔았다. 그런데 이 심부름꾼은 새 주인한테 팔려간 다음, 밤마다 오줌을 지려대니 새 주인이 필요 없다며 돌려보내고 환불해 달라고 했다. 마임은 하는 수 없어 그냥 은자 두 냥을 깎아주기로 했다. 참으로 희한하게 이번엔 이 심부름꾼이 오줌을 지린다는 말이 아예 나오지 않았다. 이게 다 심부름꾼의 몸값을 깎고자 벌인 수작임은 말할 필요조차 없었다.

세월이 쏜살같이 흘러 마임의 여막살이도 얼추 다 끝나갔다. 마임은 너무도 가난하고 힘들었지만 어디다 하소연할 데도 없었다. 고민하던 마임은 절강성 항주부에서 부지부로 있는 당숙이 떠올랐다. 아울러 호주 덕청현의 지현을 맡고 있는 선친의 문하생도 떠올랐다. 그들을 찾아가 몸을 맡기는 게 나을 것 같았다. 두 사람 가운데 한 명이라도 만날 수 있지 않을까 하는 생각에 그나마 남아 있던 세간을 묘지기 왕 씨에게 팔아달라고 하여 노자를 마련했다. 헌 옷이나마 빨아서 입고 괴나리봇짐 하나 꾸려서 길을 나서 곧장 항주로 달려갔다. 그러나 항주의 당숙은 열흘 전에 그만 병이 들어 저세상으로 떠나고 말았다 한다. 다시 덕청현으로 달려갔다. 그러나 선친의 문하생이었던 덕청현의 지현은 며칠 전 현의 재정 문제로 상사와 한바탕 다투고는 지현 자리를 그만두고 고향으로 돌아가겠노라 선언하고는 문을 닫아걸고 일절 손님을 만나지 않았다. 마임도 그를 만날 수가 없었다.

때를 잘 만나면 하늘이 바람이 불게 하여 그대를 등왕각滕王閣으로 보내주고,[3]

운이 없으면 탁본 뜰 비석마저 번개에 쓰러져 버린다네.[4]

---

3) 당대 초기 위대한 시인이자 문장가인 왕발王勃(649~676)이 아버지를 만나러 배를 타고 가던 중 등왕각 소재지의 태수 염백서閻伯嶼가 등왕각에서 잔치를 열고 글깨나 쓰는 문사들을 초치하여 글 자랑을 하게 한다는 소문을 듣게 되었다. 그러나 왕발의 배는 너무도 멀리 떨어진 곳에 있어 도저히 그 잔칫날에 대어 갈 수 없는 형편이었다. 이때 갑자기 순풍이 몰아쳐 왕발의 배를 등왕각이 있는 남창까지 데려다주었고, 왕발은 이 기회에 등왕각서滕王閣序라는 천하의 명문을 써 만고에 유명해지게 되었다.

4) 송대의 유명한 문학가이자 관리였던 범중엄范仲淹(989~1052)이 요주饒州 태수로 근무할 당시 가난에 찌든 한 선비가 도움을 청해왔다. 당시 서예가 중에서도 인기가 하늘을 찌르던 구양순歐陽詢이 쓴 비문이 천복사薦福寺에 있었는데, 범중엄은 그자를 위해 그 비석의 탁본을 떠주고자 했다. 그러나 종이와 먹을 다 준비하고 탁본을 뜨려고 하는 전날 그만 하늘에서 번개가 쳐서 그 비석이 망가지고 말았다. 위 두 구절은 "운때가 맞지 아니하면 잘 차려놓은 밥상도 제대로 먹지 못하고, 운이 맞으면 순풍에 돛 단 듯 모든 일이 술술 풀린다"는 뜻이다. 이 두 구절은 『유세명언』 39번째 작품 「왕신지가 한 번 죽어 온 가족을 구하다汪信之一死救全家」에도 그대로 인용된다.

마임은 아무 데에도 몸을 기댈 수가 없었다. 선친의 과거 동기생 몇이 남경에서 관리를 지내고 있다는 데 생각이 미쳤다. 우선 경구에 가서 강을 건너 남경까지 가고자 했다. 아뿔싸, 며칠이고 서풍이 크게 불어 배가 남경 쪽으로 갈 수가 없었다. 뭍길로 구용을 지나 남경까지 가고자 했다. 남경의 성문은 또 어이 이리도 많은가.

신책神策, 금천金川, 의봉문儀鳳門,
회원懷遠, 청량清涼, 석성문石城門,
삼산三山, 취보聚寶, 통제문通濟門,
홍무洪武, 조양朝陽, 태평문太平門.

마임은 통제문을 지나 남경성 안으로 들어갔다. 객점 하나를 정하여 하루를 묵었다. 다음 날 아침 각 부서를 돌아다니며 선친의 과거 동기생들의 소식을 알아보았다. 높은 지위에 오른 자도 있고, 다른 지방으로 옮겨 간 자도 있고, 이미 저세상으로 떠난 자도 있고, 인생이 꼬인 자도 있었다. 그러나 그 누구도 만날 수가 없었다. 잔뜩 기대를 품고 찾아온 길이었으나 실망만 안고 돌아갈 수밖에 없었다.

시간은 그렇게 흘러 어언 반년이 지났다. 마임의 노자가 다 떨어지고 말았다. 동냥질하며 오나라를 찾아가야 했던 오자서 같은 지경에 이르지는 않았으나[5] 절간에 빌붙어 살던 여몽정 같은 신세를 면하기는 어려웠

---

5) 오자서는 본디 초나라에서 활약했다. 초나라 왕이 부친을 붙잡고 자신마저도 잡아들여 죽이려 하자 오나라로 도망쳤다. 걸식하면서 천신만고 끝에 오나라 수도에 도착하고 마침내 오나라 왕을 도와 초나라를 공격하여 부수고 부친의 원수를 갚았다. 나중에 오나라 왕 부차가 부친 합려의 원수를 갚고자 월나라 구천을 쳤을 때 구천을 죽여 화근을 없애라고 했으나 부차가 그 말을 듣지 않고 그

다. 하루는 마임이 끼니라도 때울 수 있을까 하여 대보은사大報恩寺를 찾아 갔다가 우연히 고향 사람을 만났다. 그에게 고향 소식을 물으니 마임의 고향 복건성의 제학관提學官6)이 세고歲考7)를 시행하려 한다는 말을 전해주었다. 원래 마임이 여막살이를 마치고 나서 학교의 선배나 선생에게 인사치레를 하지 못했던 탓에 마임이 삼년상을 마치고 다시 학교에 복귀한다거나 아니면 잠시 다른 곳으로 간다거나 하는 서류를 제대로 처리하여 주지 않았다. 그러는 사이에 마임이 타지로 와서 이렇게 오래 머물게 될 줄이야 어이 알았으리. 지금 당장 마임의 소식을 알 길이 없는 학교의 선배와 선생은 마임을 세고를 치를 의향이 없는 자로 처리하여 버렸다. 고향에서 천만 리 멀리 떨어져 있는 마임은 자신의 이런 사정을 알릴 길이 막막했다.

지붕에 구멍이 났는데 비는 밤새 내리고,
배는 더딘데 맞바람이 세차게 불어오고.

마임은 여러 차례 장탄식했다. 이렇게 돌아가자니 체면이 말이 아니었다. 일단 거처를 구하고 학생들을 가르치면서 입에 풀칠이라도 하면서 후

예 구천의 되갚기 공격에 당하고 만다. 이 과정에서 오자서가 죽임을 당하게 되는데, 죽음을 앞두고 자신이 죽거든 두 눈을 떼어 성문에 걸어 월나라가 오나라를 쳐들어오는 걸 지켜보게 해달라고 부탁했다는 이야기가 아주 유명하다.

6) 명나라 때 조정에서 각 성에 파견한 교육장관. 성에 소속된 부府, 주州, 현학縣學을 감독하고, 국자감에 입학할 자와 성 단위 과거 시험인 향시에 참가할 생원을 선발하는 권한을 지녔다.

7) 명대의 과거제도에 따르면, 부, 주, 현학에 소속된 생원은 해마다 제학관과 학정學政이 주관하는 시험인 세고를 치러야 했다. 이 세고의 결과에 따라 여섯 등급으로 분류하여 상위 1, 2등에게는 상급을 주고 3, 4등에게는 상도 벌도 주지 아니하고 5, 6등에게는 벌을 내렸다고 한다. 명대에 과거 준비생은 생원 자격으로 부, 주, 현학에서 공부하면서 매년 이런 시험에 응시하여 실력을 입증하다가 성 단위 시험을 통과하여 거인이 되고 최종 전국 단위 시험에 합격하여 진사가 되었다.

일을 도모하는 게 나을 것 같았다. 하나, 세상 사람들의 눈이 얼마나 속되던가. 사람의 됨됨이를 제대로 알아보지도 못하더라. 마임이 타향 사람인 데다 행색도 초라하니 별 볼 일 없는 부랑아 같은 사람이라 판단해버렸다. 마임의 속마음이 아무리 비단결 같다고 하여도 누가 그걸 믿어주며 누가 그에게 아이들을 맡기려 하겠는가. 시간이 좀 지나려니 스님들조차도 그를 깔보고 괴롭히니 그에게 던지는 말 한마디가 거칠고 불손해졌음은 굳이 말할 필요가 없을 정도였다.

그래도 사람이 그냥 죽으라는 법은 없는지 조운 지휘사 조 씨가 이번에 북경까지 가면서 글줄이나 읽은 사람을 찾고 있었다. 조 씨는 북경까지 가는 길에 말동무도 하고 장부 정리도 맡길 사람이 필요했다. 조 씨가 우연히 이 일로 승은사 주지랑 상의하게 되었고 그 소식을 알게 된 마임은 생각에 잠겼다.

'이번 기회에 북경에 한번 가보면 여러모로 좋겠는데!'

마임은 주지에게 자기를 좀 추천하여 달라고 부탁했다. 그 주지라는 작자도 밥만 축내는 마임을 어서 빨리 쫓아내고 싶어서 조 씨에게 마임을 입에 침이 마르도록 칭찬하고는 특히 마임은 수당을 많이 바라지도 않는다고 덧붙였다. 조 씨는 본디 무관 출신이라 조 씨가 수당을 많이 바라지 않는다는 말만 듣고 나머지는 이거저거 따지지 않고서 마임을 만나보기로 했다. 마임은 명함을 먼저 건네고 조 씨를 만났다. 조 씨가 날짜를 잡고서 마임에게 오라 하여 같이 배를 타고 출발했다. 마임이 말주변이 좋다 보니 조 씨와 마임의 사이 역시 나무랄 데 없이 좋았다.

며칠 후 배가 황하 어귀에 다다랐다. 마임이 강기슭에 올라 용변을 보았다. 이때 갑자기 엄청나게 큰소리가 들려왔다. 하늘이 무너지고 땅이 갈라지는 듯했다. 마임은 황망히 몸을 일으켜 바라보고는 너무도 놀랐다.

강어귀가 터진 것이었다. 조 씨가 책임지고 가던 배들도 이리 쓸려가고 저리 쓸려가서 도대체 어디로 갔는지 알 길이 없었다. 오직 거대한 물살만이 도도하게 끝없이 밀려올 뿐이었다. 이제 사방을 둘러봐도 의지가지없는 신세, 마임은 하늘을 올려보며 소리를 질렀다.

"하늘이 내 목숨을 앗아가려 하시는구나. 차라리 나 스스로 목숨을 끊겠노라!"

마임이 저 강 물살로 몸을 던지려는 찰나 웬 노인장이 그를 막아서며 대체 웬일로 이러느냐 물었다. 마임은 그 노인장에게 자신의 신세를 털어놓았다. 그 노인장은 마임을 위로하며 말했다.

"자네는 젊고 인물도 잘났으니 앞으로 팔자가 펼 날이 오지 않겠소? 여기서 북경은 그리 멀지 않아 노자도 많이 필요하지 않을 거요. 나한테 여윳돈이 석 냥 있으니 우선 이거라도 받아두시오."

말을 마친 노인장은 자신의 소매 안을 주섬주섬 더듬었다. 한데 은냥이 잡히질 않았다. 노인장은 연신 이상하다며 살폈다. 소맷부리 밑에 구멍이 나 있었다. 노인장이 오늘 아침 일찍 집을 나서 돌아다니는 동안 소매치기가 소맷부리에 있던 은냥을 훔쳐간 모양이었다. 노인장이 탄식했다.

"마음을 열고 도와주는 것, 그것이 바로 상대방에게 운을 트여주는 것이라는 옛말도 있지 않은가. 한데 오늘 보니 마음을 열고 도와주는 것도 운때가 다 맞아야 하는 것이로다. 내가 돈이 아까워서가 아니라 자네의 운때가 아직 이르지 못한 모양일세. 자네가 내 집에 한 번 들러주었으면 좋겠으나 예서 멀어서 좀 그렇네."

그 노인장은 대신 마임을 성안 시장 가운데로 데리고 가서 자기가 아는 가게집 주인에게 은 다섯 전을 빌려 마임에게 건네주었다. 마임은 그 노인장에게 거듭거듭 감사하며 그 은전을 받았다.

"아, 이 은 다섯 전으로 그 먼 길을 어떻게 간다지?"

마임은 종이와 붓을 산 다음, 글자를 써 줘가며 노자를 대기로 했다. 마임의 글씨는 특히나 빼어났으나 아직은 운때가 트이지 않아서 그런지 글 좀 읽었다는 자들이 알아봐 주질 않았다. 그저 시골 마을의 객점 같은 곳에서 대충 사들여 벽에 붙여놓는 정도였다. 그들은 그게 잘 쓴 건지 못 쓴 건지를 알 턱이 없었으니 값을 제대로 쳐줄 리가 만무했다. 마임은 돈 있으면 먹고, 없으면 굶고 하면서 어렵사리 북경에 도착했다.

객점을 정하고 나서 객점 주인장에게 관리 명부를 빌려 살펴보았다. 선친의 과거 동기생이 두 명 있었다. 하나는 병부시랑兵部侍郎 우尤 공, 다른 하나는 좌경광록左卿光祿 조 공이었다. 마임은 바로 자기 이름을 적은 종이를 들고 먼저 조공을 찾아갔다. 조공은 마임의 남루한 옷차림을 보고서 그다지 반기질 않았다. 게다가 마임이 왕진에게 척을 진 마만군의 아들이라는 걸 알고는 감히 만나볼 엄두도 내지 못하고 하인 편에 그저 작은 선물 하나를 전달해 주게 하더니 떠나보내 버렸다. 마임은 다음에 우공을 찾아갔다. 우공 역시 마임에게 호의를 보이지 않았다. 우공은 마임에게 아무것도 챙겨주지 않았다. 그저 변방에서 근무하는 육 총병陸總兵에게 소개장 하나를 써주었을 따름이었다.

객점 주인은 마임이 소개장을 받아온 것을 보고선 나중에 마임이 팔자가 펼 거라는 생각에 노자에 보태 쓰라고 은자 다섯 냥을 빌려주었다. 하지만 누가 알았으리! 북방 오랑캐가 쳐들어와 노략질하고 사람들을 붙잡아가는 일이 생겼을 때 육 총병이 제대로 대처하지 못한 죄로 북경에 붙잡혀가 벌을 받게 되었음을. 게다가 우공까지 파직당하고 말았다. 마임은 변방에서 육 총병을 만나지도 못한 채 그저 서너 달을 허송하다가 다시 북경의 그 객점으로 돌아오고 말았다. 객점 주인은 자신이 빌려준 은자 다섯 냥을 받을 길도 막막해졌음에도 오히려 마임에게 편하게 더 머물라며 인정을 베풀고 마임을 내몰지 않았다.

객점 주인은 길 건넛집에 사는 천호장千戶長 유劉 씨가 여덟 살배기 아들을 위해 독선생을 초빙하려 한다는 말을 들은 생각이 나서 마임을 소개해주었다. 유 씨는 추천을 받고서 흔쾌히 은자 스무 냥을 내놓고 마임을 부르기로 했다. 객점 주인은 그 사례 스무 냥 가운데 일부를 자신이 빌려준 돈과 숙박비로 제했다. 천호장 유 씨는 아들의 독선생을 모시는 예를 다하고자 마임에게 새 옷을 지어주고 자기 집으로 모셔갔다. 이리하여 마임은 먹고 살 걱정을 덜고 천호장 유 씨의 아들을 가르쳤으며 틈틈이 다시 경서와 역사서를 공부하고 문장 짓기 연습을 시작했다.

석 달이 지났을까. 유 씨의 아들이 마마에 걸려 의원이 백약을 써도 효과가 없더니 열이틀 만에 세상을 떠나고 말았다. 유 씨는 외동아들이 세상을 떠나자 말할 나위 없는 침통함에 빠져 있었다. 이때 속 좁은 소인배가 유 씨에게 이렇게 말했다.

"마임은 박복한 팔자를 타고난 정말 재수 없는 자입니다. 마임이 가는 곳마다 늘 안 좋은 일이 생겨났습니다. 조운 지휘사 조 씨는 저자랑 함께 배를 타고 가다가 결국 그 조운선이 난파하고 말았고, 병부시랑 우공은 저자를 육 총병에게 천거했다가 파직당하고 말았습니다. 저자는 정말 재수 없는 선비이니 저자를 가까이하시면 절대 아니 될 것입니다."

천호장 유 씨는 자기 아들이 일찍 죽을 팔자라서 세상을 떠난 것으로 생각하지는 못하고 재수 없는 저 마임 때문에 자기 아들이 요절한 것이라 원망하면서 각처에 소문을 내었다. 하여, 온 북경 사람들이 그를 '재수 없는 선비'라는 별명으로 부르기 시작했다. 이 재수 없는 선비가 길을 나서면 집집마다 가게마다 문을 달아걸어버렸다. 아침에 재수 없는 선비를 만나면 하루 일진이 안 좋았고, 사전에 약조한 일도 재수 없는 선비를 만나면 제대로 안 되었다. 재판에 걸린 자가 재수 없는 선비를 만나면 꼭 졌고, 빚쟁이가 빚을 받으러 갈 때 재수 없는 선비를 만나면 얻어맞거나 욕을 들어먹었다. 서당에 다니는 학생이 재수 없는 선비를 만나면 훈장한테 뺨따귀를 얻어맞는 일이 생겼다. 이제 사람들은 마임을 마치 괴물이라도 되는 듯 대했다. 골목길에서 재수 없는 선비를 만나면 "액땜했네!"라고 소리를 지르고 길바닥에 침을 뱉곤 했다.

　뼈대 있는 집안에서 태어나 학문을 연마했던 마임이 아직 운이 트이지 않아 깨어있을 때는 먹을 것을 걱정하고, 밤에는 잘 곳을 걱정하는 신세가 되었다. 국자감 학생 가운데 절강성 출신 오 씨가 있었다. 오 씨는 성격이 시원시원해서 꺼리고 하는 게 없었다. 오 씨는 재수 없는 선비 이야기를 듣고는 설마 그런 일이 있을까 싶은 생각에 실제로 한 번 만나보고 싶어 했다. 오 씨는 마임을 자기 처소로 불러 대화를 나눠보고는 마임의 학문이 심오함을 느껴 존경하는 마음이 절로 생겼다. 하나 오 씨가 엉덩이를 붙이고 앉은 자리가 채 따듯해지기도 전에 오 씨의 고향에서 오 씨의 노부가 병으로 세상을 떠났다는 전갈이 왔다. 오 씨는 마임을 동향인 홍려시鴻臚寺 여呂 씨에게 추천해주었다. 여 씨는 진수성찬을 마련하여 마임을 대접하고자 했다. 젓가락으로 음식을 막 집으려고 하는데 부엌에서 불길이 일어나 온 가족이 황망히 피했다. 마임은 배가 너무 고파 빨리 피하지 못하고 뒤처졌다. 이장이 마임을 붙잡아 관가로 끌고 가서 마임이 불을 질렀다고 고발했다. 관리들은 아무것도 따지지 않고 무조건 마임을 하옥시켜버렸다. 다행히 여 씨가 마음이 올곧은 사람이라 마임 대신 돈을 써서 마임에게 아무런 피해가 가지 않게 했다. 이 일을 계기로 마임의 악명이 더더욱 드높아져 마임을 가까이하려는 자가 하나도 없게 되었다. 마임은 다시 글자를 써주면서 입에 풀칠할 수밖에 없었다.

만수무강 기원하는 족자를 써서 표구상에 넘기고
새해 맞아 입춘대길 대련 써준다네.

마임은 밤이 되면 고승이나 도사를 모신 사당, 관우 사당, 오현대제五顯大帝8) 사당 등을 전전했다. 마임은 또 도사들에게 축문을 대신 써주고 돈 몇 푼을 받아 입에 풀칠했다.

여기서 이야기는 둘로 나뉜다. 한편, 황승은 마임이 고향을 떠났다고는 하지만 언젠가 마임이 다시 돌아올까 봐 걱정했다. 황승은 복건성의 제학관이 마임을 더는 과거를 치를 자격이 없는 자로 처리해버린 까닭에 마임이 다시 고향에 돌아올 이유가 없다는 걸 알게 되었다. 게다가 사람들이 마임이 조운 지휘사 조 씨를 따라 북경으로 가다가 황하가 범람하는 바람에 배와 함께 침몰했다고 말하는 소리를 듣고는 적이 안심했다.

황승은 낮이나 밤이나 자신의 누이동생 육영에게 어서 다른 데로 시집가라고 성화를 대었다. 그러나 육영은 죽기를 각오하고 절대 다른 데로는 시집가지 않겠노라고 버텼다. 황승이 천순 연간 말년에 성에서 실시하는 과거에 참가하여 뇌물을 써서 합격하니 황승을 찾는 사람들의 발길이 끊일 새가 없었다. 황승의 누이동생 육영이 과년한데도 아직 시집을 가지 않았다는 걸 알고는 구혼하는 자들이 넘쳤으나 육영은 그들을 거들떠보지도 않으니 황승도 어쩔 도리가 없었다. 겨울이 끝나갈 무렵, 황승은 회시를 치르

---

8) 도교의 호법신이다. 천리안과 더불어 천리 밖의 소리를 들을 수 있는 귀를 가졌다.

고자 짐을 꾸려 북경으로 출발했다. 마임은 이미 복건성의 과거 급제자 명부에 황승의 이름이 있는 걸 보고서는 황승이 북경에 올 거라고 짐작했다. 마임은 황승과의 안 좋은 과거가 떠올라 얼굴조차 보기 싫어 미리 북경을 떠나버리고자 했다.

황승은 공명에 눈이 멀어버렸다. 자기 실력으로 향시에 합격하여 거인이 되었다면 응당 합격할 만하다고 생각하고 그리 호들갑을 떨지도 않았을 것이다. 하지만 황승은 뇌물을 주고 합격증을 산 주제라 소인이 군자의 허울을 뒤집어쓰고선 자기도 모르게 손발이 저절로 움직이며 춤을 추고 기뻐했다. 아울러 은 쉰 냥으로 출장증명서 하나를 산 다음 북경에 도착하여 값나가는 객점을 구하여 묵었다. 황승은 공부는 하지 않고 진종일 기생집을 쑤시고 다니고 화류계를 누비고 다녔다.

기쁨이 다하면 슬픔이 찾아오는 게 정한 이치. 황승은 몸을 함부로 놀리다 마침내 매독에 걸리고 말았다. 과거 시험이 코앞이라 황승은 의원에게 은 백 냥을 주고 직방으로 치료해 달라고 부탁했다. 의원은 수은을 독하게 집어넣어 처방하여주었고 며칠 되지 않아 황승의 부스럼이 떨어지고 피부가 매끈해졌다. 황승은 어쨌든 과거를 치러내고는 고향에 돌아갈 수 있었다. 하나 반년을 못 가서 황승의 매독이 다시 크게 재발하여 아무리 치료해도 낫지 않더니 결국 세상을 뜨고 말았다. 황승에게는 형제도 없었고 또 슬하의 자식도 없었으니 친척들이 뭐 들고 갈 것이 없나 살피려 몰려들었다. 황승의 아내 왕 씨는 자기주장이 없는 사람이라 매사를 모두 황승의 여동생인 육영에게 미뤄버렸다. 육영 혼자서 오빠 장례도 치르고 친척들도 상대하고 족보를 따져서 사당에 위패도 안치했다. 사람들은 모두 육영의 일 처리에 만족하여 군소리가 없었다. 육영 자신도 오라버니의 재산 가운데 일부를 받았다. 그게 금 몇천 냥에 달했다.

육영은 자신과 정혼한 마임이 황하에서 배와 함께 침몰했다는 소문이 사실인지 알고 싶었다. 육영은 경비를 마다하지 않고 각처로 사람을 보내어 마임의 소식을 알아보게 했다. 북경에서 온 사람이 마임이 죽지 않고 살아 있다는 소식을 전해주었다. 그자 말이 마임이 북경에서 어렵사리 살아가고 있으며 사람들이 모두 마임을 재수 없는 선비라 부른다고 했다. 사내 뺨치는 성격인 육영은 짐을 꾸리고 노자를 챙기고 하녀와 하인을 대동한 다음 마임을 찾고자 하는 일념에 그 길로 배를 빌려 북경으로 출발했다. 육영은 마임이 진정부 용흥사의 대비각에서 『법화경』을 필사하고 있다는 걸 알아내었다. 육영은 은 백 냥으로 새 옷 몇 벌을 마련하고 친필로 서찰을 써서 잘 봉했다. 육영은 하인 왕안에게 새 옷과 은을 미리 건네주고 마임을 모셔오게 했다.

"내가 조정에 돈을 바치고 나리를 국자감에 입학시킬 것이로다. 나리께서는 여기서 학문을 연마하여 과거에 응시할 것이니라. 어서 지체 없이 나리를 여기로 모셔오너라."

왕안은 부리나케 용흥사로 달려가 주지 스님에게 여쭈었다.

"복건성에서 온 마 씨 나리가 어디 있으신지요?"

"글쎄 우리 여기에 재수 없는 선비는 있어도 마 씨 나리는 없는데."

"바로 그 재수 없는 선비가 제가 찾는 사람입니다. 그자를 만나게 해주십시오."

스님은 왕안을 대비각으로 데려가서 손가락으로 가리키며 말했다.

"저기 탁자에서 불경을 베껴 쓰고 있는 자가 바로 그 재수 없는 선비라네."

왕안은 전에 집에서 마임을 몇 번 본 적이 있는지라 비록 마임의 행색이 꾀죄죄하다고 하더라도 어찌 못 알아보겠는가. 왕안은 마임을 보자마자 무릎을 꿇고 머리를 조아렸다. 마임은 힘들고 어려운 상황을 너무도 많이 겪다 보니 이렇게 자기를 찾아올 사람이 있을 거라고는 상상도 하지 못했다. 마임은 자기 눈앞에 무릎을 꿇고 머리를 조아린 자가 누구인지 도시 알 수가 없었다. 마임은 왕안을 황망히 붙잡아 일으키며 물었다.

"대체 뉘시오?"

"소인은 장락현에 사는 황 씨네 집의 하인으로 아씨의 명령을 받들어 특별히 나리를 모시러 왔습니다. 아씨가 써주신 서찰이 여기 있습니다."

"그래, 아씨는 누구한테 시집갔는가?"

"아씨는 지금까지 다른 사람한테 시집가지 아니하고 지조를 지키고 있습니다. 아씨의 오라버니가 일전에 세상을 떠났기에 아씨께서 직접 이렇게 북경에 찾아와 나리를 만나고자 합니다. 아씨는 조정에 돈을 바치고 나리를 국자감에 입학시키고자 합니다. 아씨께서는 나리께서 어서 이곳에서 출발하시기를 바라고 계십니다."

마임은 그제야 봉투를 열고 서찰을 읽어보았다. 서찰에는 시 한 수가 적혀 있었다.

어인 일로 내님께서 저 먼 길을 떠나셨는가?
아직 관운이 트이지 않았을 뿐인데.
바람과 구름이 도와주어야 붕새가 남으로 날아가고,
퉁소 소리 울려야 봉황이 지붕 위로 날아오르지.

마임은 그 시를 다 읽은 다음 살며시 미소를 띠었다. 왕안은 아씨가 준비해준 옷과 은냥을 바치며 날짜를 잡아 출발하기를 바랐다. 마임이 왕안에게 이렇게 대답했다.

"아씨의 그 마음을 내가 어이 모르겠느냐. 다만 내가 진즉부터 '과거급제하기 전에는 신방에 화촉을 밝히지 않겠노라'고 다짐했느니라. 그동안 내 형편이 너무도 곤궁하여 공부를 손에서 놓은 지 너무 오래되었도다. 이제 다행히 내가 맘 놓고 공부할 수 있게 되었으니 내년 가을에 과거에 급제한 다음에 아씨를 만나겠노라."

왕안은 더는 마음을 재촉할 수가 없어 그냥 답신이나 써달라고 했다. 마임은 불경을 필사하고 남은 비단에다 네 구절의 화답시 한 수를 적었다.

이 세상 떠돌며 온갖 고초 다 맛보았더니,
고향의 하인 희소식 들고 왔구나.
달의 여신 항아가 나중에 꽃을 따줄 때가 오리니,
지금은 퉁소 소리가 누각 너머 들리지 않게 하시라.

마임은 시를 적은 비단을 봉투에 넣어 왕안에게 건넸다. 왕안은 밤을 도와 다시 북경으로 돌아가 육영에게 이 사실을 알렸다. 육영은 마임이 보낸 시를 읽고 나서는 한숨을 그치지 못했다.

그해 천순 황제가 토목지변土木之變9)을 당하여 몽골족에 붙잡혀 가자 황태후가 성왕郕王을 대신 세우고 연호를 경태景泰라 고쳤다. 이로 말미암아 간신 환관 왕진 일가족이 모두 처형되었다. 왕진의 죄악을 고발하는 상소를 올린 일 때문에 피해를 입은 자들은 모두 복직되고 그 자손들은 부친의

---

9) 1449년 몽골계 부족 오이라트Oirāt가 명나라와의 교역을 확대하기 위하여 몇 차례 교섭을 청했으나 성과를 거두지 못하자 족장 에센이 명나라 변방에 침입하여 발생한 변란. 이 변란을 진압하고자 영종이 직접 군사를 거느리고 나갔다가 연전연패하고 오히려 토목이라 불리는 변방 요새지에서 에센의 군사에게 잡히고 만다.

직위를 이을 수 있게 되었다. 육영은 북경의 숙소에서 이 소식을 듣자마자 왕안을 용흥사로 보내어 마임에게 소식을 전해주게 했다. 마임이 용흥사에 그대로 머물고 있었으나 머무는 처소에 책이 넘치고 입성도 달라지고 먹는 것도 달라지니 예전의 마임과는 달라도 너무 달랐다. 스님들 역시 마임이 도련님이요, 나리라는 것을 알아보고선 존경해마지 않았다. 마침 마임의 나이 서른둘, 마임의 운때가 트이기 시작했으니 점쟁이 장 씨의 점괘와 딱 맞아떨어졌다.

> 모든 건 운명에 달린 것,
> 사람이 어찌할 수 있는 건 아무것도 없구나.

마임은 용흥사에서 예전에 했던 공부를 복습하고 있다가 왕안이 전해주는 소식을 듣고는 짐을 꾸려 주지 스님에게 작별인사를 올리고 북경으로 돌아가 거처를 잡았다. 육영이 하인 둘을 보내어 모시게 하고 더불어 마임이 필요한 모든 걸 떨어뜨리지 않고 챙겨주었다. 마임은 선친 마만군이 직언을 하고서 화를 입게 된 연유를 밝히는 상소를 적었으니 선친의 억울함을 풀어드리고 아울러 자신의 앞날을 닦고자 하는 의도에서 그랬던 것이다. 황제의 비준이 내려졌다. 죽은 마만군은 세 등급 더 높은 자리에 추증되었다. 마임의 과거 시험 자격도 회복되었다. 몰수당했던 재산 역시 돌려받았다. 마임은 하인을 보내 이 소식을 육영에게 전하게 했다. 육영은 왕안을 시켜 마임에게 은자를 건네고는 이 은자를 조정에 바치고 국자감에 입학하시라 권했다.

다음 해 봄 마임은 국자감에서 시행한 시험에서 장원급제했다. 가을, 성에서 치른 과거에서도 장원급제했다. 마임은 자신의 거처에서 혼례 준비를 마치고 육영과 혼사를 치렀다. 다음 해 봄 마임은 북경에서 치른 회시에서 10등을 했고, 황제 앞에서 직접 치른 전시에서 이갑二甲10)의 성적을 거두어 서길사庶吉士로 뽑혔다. 마임은 다시 상소를 작성하여 고향에 돌아가 선친 묘소에 참배할 수 있게 해달라고 간청했다. 황제가 허락하니 마임과 육영 부부는 금의환향했다. 부와 현의 모든 관리가 성문 밖에까지 나와서 이들을 맞이했다. 예전에 몰수당했던 가옥과 전답은 담당관리가 모두 장부대로 확인하여 한 치의 오차도 없이 반환해주었다. 한동안 발길을 끊었던 친지들과 친구들이 모두 문턱이 닳도록 다시 찾아오기 시작했다. 다만 고상 한 사람만 스스로 부끄러움을 느껴 다른 고장으로 이사를 가버렸다. 한편 점쟁이 장 씨도 아직 죽지 않고 살아 있어서 마임이 다시 운세가 활짝 펴서 돌아왔다는 말을 듣고는 특별히 찾아와 축하해주었다. 마임은 장 씨를 후하게 대접하여 돌려보냈다.

나중에 마임은 예부, 병부, 형부 상서를 역임했고 육영은 일품부인에 봉해졌다. 슬하의 두 아들 모두 전시에 급제하여 진사가 되었으며 자손대대로 벼슬자리를 이었다. 지금까지도 연평부 사람들은 과거에 급제하지 못한 선비를 '재수 없는 선비'라 부르곤 한다.

십 년 넘게 고생고생, 알아주는 이 하나도 없더니,
하루아침에 출세하니 사람들이 앞다퉈 몰려드는구나.
만사는 때가 있으니 국화는 가을에, 복숭아꽃은 봄에,
매사를 억지로 함은 바다 밑에서 바늘 하나 찾는 것과 같은 것!

---

10) 『경세통언』 1권의 열한 번째 작품 「소 현령이 비단 적삼을 다시 찾다蘇知縣羅衫再合」의 주석을 참고할 것.

삼대에 걸쳐 은혜를 갚다

老門生三世報恩

― 늙은 과거 수험생이 삼대에 걸쳐 은혜를 갚다 ―

소 한 마리를 사서 농사를 배워볼까,
숲속 약수터 곁에 초가집을 지어볼까.
늘그막에 살날도 얼마 남지 않았으니,
숲속에서 사는 것도 나쁘지 않으리.
돈과 벼슬은 그저 헛된 것,
술 한 잔에 시 한 수면 바로 신선.
세상 모든 것들이 다 값이 오르건만,
늙어가는 자의 재능만큼은 갈수록 값이 떨어지는구나.

이 여덟 구절의 시는 분명 인생을 통달한 자가 지었을 것이다. 하나 '늙어가는 자의 재능만큼은 갈수록 값이 떨어지는구나.'라고 읊은 마지막 구절은 논란의 여지가 있어 보인다. 사람이 공명을 이루는 데는 이르고 늦은 차이가 있으니 그게 다 운명소관이라. 초년에 성공하는 자가 있고 말년에 성공하는 자가 있다. 초년에 성공한다고 꼭 좋은 것도 아니며 말년에 성공한다고 해서 뭐가 잘못된 것도 아니다. 초년에 성공을 거두었다고 자랑할 것도 아니며, 나이가 많이 먹도록 출세하지 못했다고 낙담할 것도 아니다. 이 초년이냐 말년이냔 것도 그저 숫자에 불과한 것, 그것 가지고 뭐라 말하기 힘들다.

감라甘羅는 열두 살에 승상이 되었다가 열세 살에 세상을 떠났으니 감라의 열두 살은 다른 사람에겐 머리가 세고 이가 빠지고 허리가 굽은 노인네 나이가 되는 셈이다. 세상에 살날도 얼마 남지 않은 때였으니 그걸 어찌 초년이라 부르겠는가. 강태공은 나이 여든 먹을 때까지 위수에서 낚시질하고 있었다. 주 문왕이 수레를 끌고 찾아와 뒤편 수레에 강태공을 태우고 가서 강태공을 스승을 모셨다. 문왕이 붕어하고 무왕이 즉위하자 강태공은 총대장으로서 무왕을 도와 상나라를 정벌하고 주나라 8백 년의 기틀을 닦았다. 강태공은 옛날 제나라가 있던 지역의 왕에 봉해졌다. 강태공은 아들 정공을 시켜 제나라 지역을 다스리게 하고 자신은 주나라 조정에서 재상직을 맡아 120살을 먹고서야 저승길을 떠났다. 보통 여든 살이면 늙은이라고들 할 것이나 강태공은 그 여든 살을 넘기고서도 이렇게 많을 일을 해낼 줄 누가 알았으랴! 그의 인생은 정말 길었다. 이렇게 본다면 강태공에게 여든은 다른 사람이 막 상투를 틀거나 관을 쓰거나 막 장가를 들거나 아니면 과거에서 초시를 치를 때니 말년이라고 부를 수는 없을 것이다.

세상 사람들은 그저 눈앞의 귀천만을 볼 줄 알 수 있을 뿐 장래에 출세할지 말지를 어이 알겠는가! 초년에 부귀영화를 이룬 자를 보면 온갖 아부를 다 하고 나이가 들어서도 출세하지 못한 자를 보면 무시하기 일쑤니 얼마나 무식하고 천박한가! 농부를 보라. 농부는 조생종 벼도 심고, 만생종 벼도 심는다. 하나 어느 종이 수확이 더 좋을지를 어찌 미리 알겠는가? 옛 사람의 시가 있지 않은가.

> 동쪽 정원의 복숭아꽃,
> 일찍 피더니 일찍 시드네.
> 시냇가의 소나무,
> 더디 자라 보여도 오래도록 푸름을 품고 있네.

쓸데없는 소리는 이제 그만. 한편, 우리 명나라 정통正統 연간(1436~1449)에 광서성 계림부 흥안현에 수재 한 명이 살고 있었으니, 성은 선우鮮于, 이름은 동同, 별명은 대통大通이라. 여덟 살에 이미 영재로 발탁되었고 열한 살에는 학당에 입학했다가 두 단계나 뛰어넘어 바로 나라에서 지원금을 받아 공부하는 늠생廩生이 되었다. 그의 재주와 학문은 동중서, 사마상여마저 안중에 없을 정도였다. 그는 가슴에 만 권의 책을 품고 천군만마를 쓸어낼 필력을 지녔다. 그의 기상은 향시, 회시, 전시로 이어지는 과거 시험에서 연거푸 장원급제했다는 풍경馮京(1021~1094)이나 상로商輅(1414~1486)를 우습게 볼 정도였으니, 바람과 구름 위로 우뚝 솟아올라 뭇별들 사이에서 노닐었다.

그러나 어찌하랴, 재주는 많으나 운수가 사납고, 기상은 높으나 받은 복이 많지 않은 것을! 해마다 빠짐없이 과거 시험에 응시했으나 급제자 명단에 이름을 올리지 못하고 어사모에 어사화를 꽂지를 못했으니. 그의 나이 서른이 되자 이제는 국자감에 입학하여 미관말직이라도 나갈 수 있는 자격이 생겼다. 그러나 재주와 기상이 드높은 그는 그길로 나아가고 싶은 맘이 들지 않았다. 게다가 가난한 집안 형편에 해마다 나라에서 받는 학비 보조금은 그가 공부하는 데 필수불가결한 밑천이었다. 만약 그가 국자감에 들어간다면 이 학비 보조금이 끊기고 말 것이며 외려 국자감까지 가는 데 경비가 더 들 것이었다. 게다가 광서성에 그냥 남아 있는 게 국자감에 입학하는 것보다 과거에 합격하기 더욱 유리했다.

선우동은 결정을 내리지 못하고 망설이다가 친구에게 이 고민을 털어놓게 되었다. 다음에 국자감에 입학할 차례였던 그의 친구는 그에게 곧장 만약 그가 자기에게 자격을 양보해주면 은자 몇십 냥을 주겠노라고 제안했다. 선우동은 이 제안을 받아들이기로 했다. 자기한테 그 나름의 이득이 되는 정말 괜찮은 제안이라는 생각이 들었다. 선우동은 그저 친구를 봐주고 싶은 정에 이끌려 친구에게 국자감 입학 자격을 양보한 것이었으나 나중엔 이를 무슨 당연한 것처럼 여기고 때만 되면 근동 사람들이 너나 할 것 없이 앞다퉈 찾아와 그에게 국자감 입학 자격을 양보해주기를 청했다. 선우동이 서른부터 연거푸 여덟 번이나 국자감 입학 자격을 양보하다 보니 나이 마흔여섯이 되어서도 현학에서 나이 어린 학생들과 함께 공부하는 신세가 되었다. 누구는 그를 비웃었고, 누구는 그를 불쌍히 여겼고, 누구는 그에게 충고해주기도 했다. 자기를 비웃는 자들을 그는 신경 쓰지 않았다. 자기를 불쌍히 여기는 자들 역시 그는 신경 쓰지 않았다. 다만 자기에 충고하는 자에게만은 그는 버럭 화를 내었다.

"지금 나한테 국자감에 입학하라고 하는 것은 내가 나이가 많아 과거에 급제하기 힘들 거라 생각하기 때문 아니오? 그러나 과거의 장원급제는 나이가 지긋한 자들이나 하는 것임을 알아야 할 것이오. 양호梁皓는 여든둘에 장원급제하여 이 세상의 기개 넘치고 열심히 공부하는 자들에게 희망을 주었소이다. 내가 만약 작은 성취에 만족할 거였으면 서른에 바로 국자감에 입학했을 것이오. 하여 국자감에서 그 나름대로 준비했더라면 지부나 현령 같은 지방관 정도야 하고도 남았을 것이오. 내가 만약 잇속을 챙기려 들었다면 이 한 몸 살찌우고 내 식구 배불리 먹게 할 수 있었을 것이오. 요즘 세상은 온통 과거만을 따지니 공자님 같은 분이라도 만약 과거에 합격하지 못하면 재주와 학문이 별 볼 일 없는 사람이 되고 말 것이오. 만약 두메산골 학동이 과거 시험용 문장을 몇 개 주워듣고 외워 과거에 응시했다가 무식한 시험관이 아무것도 모른 채 제멋대로 잘했다고 동그라미 치고 합격시켜주면 졸지에 진사가 되는 거라. 사람들은 그런 놈을 과거 급제자라고 떠받들고 같이 이야기 나누고자 안달이라. 누가 감히 그자에게 문제를 내서 다시 실력을 판가름해보려고 하겠소?

이뿐만이 아니라오. 관직 생활 가운데에도 불공정한 일투성이라. 진사 출신 관리는 무슨 쇳덩어리로 된 자들인지 남의 말 안 듣고 제멋대로 일을 해도 아무도 한마디 말도 못하지. 하나 국자감 출신으로 관직에 나서면 매사에 전전긍긍 마치 계란 바구니를 들고 다리를 건너가는 신세가 되고 만다오. 게다가 상부에서는 그 국자감 출신 관리의 꼬투리를 잡지 못해서 안달이라오. 만약 투서가 접수되어 조사라도 하게 되었다 칩시다. 그리고 조사보고서에 그 관리가 부정부패를 얼마나 저지르고 잔학한지 자세하게 적혀 있다고 칩시다. 그렇다면 그런 관리는 당장 불러들여 조사를 받을 것이고 다시는 그런 잔학한 짓을 하지 못하도록 그 싹을 잘라버릴 것이오. 그러나 만약 그 대상자가 진사 출신 관리면 '이 관리는 황제 폐하의 신하로서 실수를 저지른 것이 사실이나 이제 막 관직에 들어선 신임이고 앞길이 구만리 같은 젊은 나이니 스스로 자기 잘못을 뉘우치고 개과천선하여 말년에는 더욱 자기 단속을 잘할 것입니다. 지금 잠시 경망스럽게 불경한 일을 저지른 것에 불과하니 너무 엄격하게 벌하지 마시옵소서'라고 하겠지요. 몇 년이 지나지 않아 그 관리는 다시 복직될 수 있을 것이라오. 이 때 그가 만약 있는 은자를 박박 긁어모아 뇌물로 바치면 지역만 바뀌고 직급은 그대로 복직될 것이니 정말 아무 일도 없었던 것처럼 되어버리지 않겠소. 국자감 출신 관리는 만약 한 가지를 잘못하면 열 가지를 잘못한 거로 취급당한다오. 만약 권세 있는 진사 출신 조사관에게 손을 쓸 수 없다면 아무리 청렴결백하고 능력 있는 관리라고 하더라도 마침내 그 진사 출신 관리의 희생양이 되고 말 것이오.

이렇게 불공정한 일투성이라. 관리가 되려면 어쨌든 진사 출신 관리가 되어야 하는 법이오. 그냥 수험생으로 일생을 마치고 염라대왕 앞에서 신세한탄을 늘어놓고 다음 생에 한 번 더 기회를 달라고 하는 게 낫지 어찌 작은 것에 눈이 멀어 평생 다른 사람들의 괄시를 받으며 매일 진정제나 먹으면서 살아야 한단 말이오?"

말을 마치고 그는 시 한 수를 읊었다.

출신을 따지고 들어 조정의 신하를 얼마나 힘들게 했던가,
어떤 과거를 치렀는지 그것만을 따지고 인격은 따지지 않는다네.
초나라의 미치광이는 봉황이여, 봉황이여 하면서 정치를 하는 게 위험하다고 읊었다지,[1]

---

[1] 『논어論語·미자微子』편에 다음 구절이 나온다. "초나라의 미치광이 접여接輿가 노래를 부르면서 공자의 수레 옆을 지나갔다. '봉황이여, 봉황이여, 그대의 덕이 어찌 이렇게 시들었는가. 지난 일은 따질 필요 없고 그저 앞으로 올 일만 신경 쓸 수 있을 뿐. 그만두어라, 그만두어라. 지금 정치에 참여하는 것은 위험하도다! 공자가 수레에서 내려와 그자와 이야기를 나누려 했으나 그자는 종종걸음쳐서 피하여 더불어 이야기를 나눌 수가 없었다." 楚狂接輿歌而過孔子曰 '鳳兮鳳兮, 何德之衰。往者不可諫, 來者猶可追。已而已而, 今之從政者殆而!' 孔子下, 欲與之言, 趨而辟之, 不得與之言。형병邢昺에 따르면 접여는 초나라 사람으로 성은 육陸, 이름은 통通이며, 자가 접여라 한다.

엽공이 용龍을 좋아한다고 소문났으나 어찌 그게 진짜 용을 좋아하는 것이더냐.[2)]

이 몸이 과거에 급제할 팔자가 아니어든,

그저 공부하는 유생으로 평생을 마치리라.

쇳덩어리 먹이 다 닳아빠질 때까지 글공부하는 게 제일 멋진 일 아니던가,

『춘추』를 연구한 공손홍公孫弘은 재상이 되고 평진후平津侯에 봉해졌다네.

한나라 때 평진후에 봉해진 자가 있었으니 그자의 성은 공손, 이름은 홍이라. 쉰 살에 『춘추』를 공부하기 시작하여 예순 살이 되어서 나라의 정책에 관한 글을 써내는 시험에서 일등을 하여 재상이 되고 평진후에 봉해졌다. 선우동 역시 예순한 살의 나이에 과거에 급제했으니 이 시에서 그 일을 예견하고 있는 셈이다. 아무튼 이는 나중 이야기다.

선우동은 이 시를 읊는 것으로 자신의 의지를 더욱 굳게 다졌다. 하나 아직 운이 닿지 않아 이러구러 쉰 줄에 접어들었다. 그러나 아무리 한때 잘 나가던 소진 같은 자라고 하더라도 옛날 말이지 그의 신세가 달라질 것은 없었다. 또 몇 년이 더 지나자 소과에서도 떨어지곤 했다. 매번 과거를 치를 때마다 맨 처음 과장에 나오는 자가 바로 선우동이었다. 사람들은 그런 선우동을 비웃기 일쑤였다.

천순 6년(1460), 선우동의 나이 쉰일곱, 그는 머리칼이 희끗희끗한 채로 후배들 사이에서 학문을 토론했다. 후배들은 그를 괴물로 생각하는지 멀리서 그를 보면 그만 피해버렸다. 다른 후배는 그를 마치 장난감이라도

[2)] 춘추 시대 초나라에 심제량沈諸梁이란 자가 있었다. 그는 스스로를 엽공葉公이라 칭했다. 그는 용을 너무 좋아하여 집안의 기둥, 대들보, 문, 창문에 온통 용을 조각했다. 그가 용을 좋아한다는 소문은 인간계를 넘어 하늘에까지 다다랐다. 하늘의 용이 이 소문을 듣고 그를 가상히 여겨 그의 집을 찾아갔다. 그러나 실제 용을 본 그는 놀라서 줄행랑을 치고 말았다.

되는 양 다가와 놀려댔다.

  흥안현의 현령은 성은 괴蒯, 이름은 우시遇時, 별명은 순지順之로 절강성 태주부台州府 선거현仙居縣 출신이었다. 괴우시는 어린 나이에 과거에서 갑과甲科에 급제하여 명성이 자자했다. 괴우시는 고금의 문예를 같이 토론하기를 즐겼다. 그는 젊은이를 우대하고 나이 많은 자를 천시했다. 젊고 잘생긴 자를 보면 칭찬하느라 볼일을 못 볼 정도였고 나이 많은 자를 보면 입으로는 선배라 불러주기는 해도 속으로는 무시하기 일쑤였다.

  그해는 향시가 있을 예정이었다. 그전에 제학관이 시제를 내걸고 현의 모든 생원에게 실력을 점검받게 했다. 괴우시는 자신의 안목을 과신하여 흥안현의 모든 생원의 답안지를 밀봉하게 하여 스스로 공정하게 평가해보았다. 아무런 선입견이 없이 평가해보니 그 답안지 가운데 단연 으뜸이라 할 만한 게 하나 있었다. 괴우시는 스스로 매우 흡족해했다. 괴우시는 여러 생원 앞에서 그 답안지를 작성한 자를 칭찬해 마지않았다.

  "내가 오늘 답안지 하나를 뽑았다. 이 답안지를 작성한 자는 이 오월吳越지역의 기상을 이었으니 중앙의 회시에서도 급제하고도 남을 것이라. 우리 현의 그 누구도 이 자보다 빼어나지는 못할 것이로다."

  뭇 생원들은 두 손을 공손히 모으고 괴우시의 명을 기다렸다. 마치 한 고조 유방이 단을 쌓고서 대장군을 임명할 때 누가 대장군에 임명될지를 기다리는 모습과 진배없었다. 괴우시가 그 생원의 이름을 부르니 누군가가 대답하고서 뭇 생원 사이를 비집고 나오고 있었다.

  작기는 어쩜 이리 작으며,
  뚱뚱하기는 어쩜 이리 뚱뚱한가,
  머리칼과 수염은 흰색과 검은색이 반반,

찢어진 생원 두건,

모양 안 나는 옷매무새,

저고리는 구멍이 숭숭, 옷 솔기는 다 터지고.

이리 보고,

저리 보아도,

왕관과 관대만 있으면 영락없는 저승의 판관이라.

부질없이 칭찬하지도 말고,

하릴없이 아부하지도 말지라,

선배라는 이 두 마디는 그저 입에 발린 말.

부러워하지도 말고,

한탄하지도 말지라,

그대들도 늙어지면 이런 기회 올 것이니.

애써 노력하지도 말고,

힘들이지도 말지라,

그대들도 나이 들면 일등 할 날 찾아오리니.

그 일등 답안지를 작성한 자가 과연 누구던가? 바로 그 쉰일곱 먹은 괴물, 놀림감 선우동이었다. 모여 있던 모든 생원은 하하 웃었다.

"선우동 선배님이 또 벼슬자리에 등용되시겠네!"

괴우시 역시 당황하여 얼굴이 온통 새빨개져서 아무런 말도 하지 못했다. 괜히 답안지를 잘못 골라버렸으니 이렇게 많은 눈이 지켜보고 있는 가운데 참말로 후회막급이었다. 괴우시는 끓어오르는 화를 억누르고 답안지들을 쭉 펼쳐보았다. 다행스럽게도 일등을 제외하고는 모두 나이 어리고 잘난 아이들이었다. 이건 정말 불행 중 다행이었다. 괴우시가 모든 생원에게 평가 결과를 발표하고 아문으로 돌아오는 내내 기분이 언짢았음은 굳이 말할 필요도 없을 것이다.

선우동도 젊어서는 제법 명성이 자자한 유망주였으나 오랜 세월 지체되다 보니 그가 품은 뜻이 바라지는 않았다 하더라도 지금 그의 상황이 너무도 어려움은 굳이 말할 필요조차 없었다.

강가를 떠돌며 노래하던 굴원처럼 외로우며,
낙양의 소진처럼 부끄럽기 그지없구나.

선우동은 오늘 이렇게 뜻밖에 일등을 하는 바람에 그래도 좀 기운이 나긴 했다. 향시 시험관이 자기 글을 좋아해 줄지는 모르겠지만 현령이 자기 답안지를 일등으로 뽑아주었다는 사실에 자부심을 느끼며 당당하고도 기분 좋게 향시를 보러 갔다. 같이 향시를 치르러 간 자들은 숙소에서 경서를 읽으며 시험을 대비했으나 선우동만은 이미 공부를 충분히 했는지라 하루 진종일 쏘다니며 거리를 구경했다. 주변 사람들은 선우동을 보고서 이렇게 짐작했다.

"저분은 아들이나 손자가 과거 치르는 데 따라 왔나 보네. 직접 과거를 치르는 게 아니니 이렇게 유유자적하지!"

그들이 만약 선우동이 향시를 치르러 온 생원이란 걸 알게 되면 분명 선우동을 보고 웃음을 터뜨렸을 것이다.

해가 지고 달이 뜨고, 달이 지고 해가 뜨니, 어느덧 팔월 초이레, 피리 부는 소리 북 치는 소리 울리고 시험관들이 과거 시험장에 들어서고 있었다. 선우동이 살펴보니 홍안현의 현령 괴우시가 『예기』 담당 시험관으로 들어서는 게 보였다. 선우동은 그 괴우시를 보고 이렇게 생각했다.

"내가 바로 괴우시 현령이 시험관으로 나온 『예기』를 시험 치르는 것 아닌가. 그가 전에 내 답안지에 일등 점수를 준 적이 있으니 필시 내 문장을 좋아하는 것이야. 이번엔 열에 여덟아홉은 급제하겠구나."

그러나 누가 알았으리. 괴우시는 선우동과는 정반대로 생각하고 있었다.

'될 수 있으면 젊은 수험생을 뽑아야지. 그런 젊은 수험생은 앞날도 유망하고 관리로 일할 날도 많으니 그를 뽑아준 나를 오랫동안 스승처럼 섬기기도 할 거야. 괜히 늙다리를 뽑아봐야 아무런 도움이 안 된다고. 내가 현에서 예비 시험을 치를 때 눈이 멀어서 저런 "선배님"의 답안지를 뽑아서 많은 사람 앞에서 우세를 샀었지. 이번에도 그런 늙다리 선배님을 뽑으면 웃음거리가 될 거야. 이번에는 답안지를 채점할 때 첫 번째부터 세 번째까지 이어지는 각각의 답안지가 매끄럽게 이어지는 건 분명 과거를 준비한 기간이 긴 수험생이 작성한 것일 터이니 절대 뽑지 말아야지. 반대로 자신감이 조금 부족해 보이는 필체에다 문법도 맞추지 못하고 변려문의 대구법을 제대로 따르지 못하고 국사에 대한 논의도 약하고 비판하는 논조도 흐릿한 답안지는 분명 젊은 녀석이 작성한 답안지일 거야. 그런 젊은이라면 비록 공부가 아직 성숙하지는 않았다 하더라도 두세 번 과거를 더 치를 시간이 충분할 거야. 그래야 내가 이 선우동을 일등으로 뽑은 실수를 좀 만회할 수 있겠지.'

괴우시는 작정을 하고서 그 기준대로 답안지를 살펴서 삐뚤삐뚤하게 자획도 제대로 못 맞춰 쓴 답안지 몇 장을 선별하여 아주 잘 썼다는 듯이 큰 동그라미를 쳐서는 주시험관에게 건넸다. 주시험관은 괴우시가 선별한 답안지에다 합격이라는 글자를 써주었다. 8월 28일 주시험관은 각각의 경서를 맡은 시험관들과 함께 지공당至公堂에 모여 봉투를 뜯어서 확인한 다음 합격자 이름을 방에다 옮겨 적었다. 『예기』 과목에서 수석으로 합격한 자는 다름 아닌 계림부 흥안현 출신 선우동이었다. 쉰일곱 먹은 천덕꾸러기로 사람들의 웃음거리가 되었던 바로 그 선우동이었다. 괴우시는 놀라 나자빠졌다. 주시험관이 괴우시가 너무도 떨떠름한 표정을 짓는 것을 보고서는 그 까닭을 물어보았다. 괴우시가 이렇게 대답했다.

"선우동은 나이가 너무 들었으니 그자를 일등으로 합격시키면 다른 수험생들이 수긍하지 못할까 걱정입니다. 다른 수험생과 교체하심이 좋을 듯합니다."

주시험관이 대청의 편액을 가리키면서 대답했다.

"이 대청의 이름이 바로 지극히 공정하여야 한다는 뜻의 '지공당' 아니요? 어찌 나이가 많고 적은 걸 가지고 사사롭게 미워하고 좋아할 수 있겠소! 자고이래로 학문에서 큰 성취를 이룬 자는 나이 많고 노련한 자였으니 이런 자를 뽑으면 이 세상 공부하는 자들의 기를 살려주는 것 아니겠소."

주시험관은 『예기』 과목의 일등 합격자를 바꾸려 들지 않았다. 주시험관은 마침내 선우동을 전체 수험생 가운데 5등의 성적으로 합격시켰다. 괴우시도 어쩔 도리가 없었다.

아무리 용을 써도
사주팔자를 어찌할 수는 없는 것.
본시 젊은 녀석을 합격시키고자 했으나
결국 늙다리 선배님을 합격시키고 말았네.

괴우시는 선우동 선배님을 합격시키지 않으려고 작정하고서 일부러 글자를 삐뚤삐뚤하게 쓴 답안지를 뽑은 것이었다. 선우동은 공부를 오래 한 자로서 글자도 반듯하게 잘 썼음은 물론이다. 그런데 그런 선우동이 어찌 그렇게 글자를 삐뚤삐뚤하게 썼던고? 그러니까 팔월 초이레, 선우동은 괴우시가 『예기』 시험관으로 입장하는 것을 보고선 자신이 열에 여덟아홉은 합격한 거나 마찬가지라고 생각했다. 선우동은 숙소로 돌아와 데우지도 않은 술을 몇 잔 들이켰다. 선우동의 속이 놀라서 배가 살살 아파 왔다. 선우동은 억지로 시험장에 입장했다. 설사를 참으랴 시험 답안지를 작성하랴 정신이 없었다. 두 번째 답안지를 작성할 때, 세 번째 답안지를 작성할 때도 마찬가지였다. 자신의 실력을 열에 하나도 제대로 발휘하지 못했다. 선우동은 이번엔 급제할 리 만무하다고 생각했다.

그러나 괴우시가 제대로 잘 쓴 답안지를 일부러 뽑지 않으려 한 까닭에 도리어 우수한 성적으로 급제하게 된 것이다. 선우동이 액운이 다하고 큰 복이 찾아올 운명이었기에 정말로 기묘한 시기에 괴우시가 답안을 평가하는 기준을 이렇게 바꾸었던 것이라. 홍안현에서 향시에 급제한 자는 오직 선우동 한 사람뿐이었다. 방이 붙은 날 급제자들을 위한 잔치를 열었다. 급제자들끼리 나이를 따져보니 역시 선우동이 나이가 제일 많았다. 각 시험과목의 시험관들이 급제자들에게 축하 인사를 해주었다. 오직 괴우시만 시종일관 떨떠름한 표정이었다. 선우동은 괴우시에게 현에서 그리고 성에서 이렇게 두 번이나 자기를 뽑아주어서 고맙다는 인사를 정성스레 올렸다. 선우동이 정성스레 인사를 올리면 올릴수록 괴우시는 더욱 표정이 굳어져만 갔다. 그러면서 회시는 정해진 규정대로 엄격하게 치러질 것이니 그대의 답안지만 특별히 더 봐주고 말 것도 없을 거라고만 했다.

이듬해 선우동은 쉰여덟의 나이로 회시를 치렀다. 결과는 낙방이었다. 선우동이 돌아와 괴우시를 만나니 괴우시는 그에게 인제 그만 과거를 포기하고 바로 미관말직으로라도 나가라고 권했다. 선우동은 무려 40여 년을 생원으로 지내면서도 국자감 학생 자격만으로 바로 관직에 나가기를 거부했던 자이다. 그런 그가 이제 향시에 합격하여 거인이 된 지 겨우 1년밖에 안 지났는데 거인의 자격만으로 낮은 관직을 얻으러 가겠는가? 선우동이 집에 돌아가 공부를 다시 하는데 하면 할수록 신이 났다. 고을의 선비들이 글 짓는 모임이라도 가지면 선우동은 지필묵을 챙겨서는 꼭 끼었다. 선비들이 선우동에게 놀려대고 비웃고 화를 내고 싫증을 내도 그는 전혀 신경 쓰지 않았다. 선우동은 문장을 다 짓고 나면 다른 선비들이 지은 문장을 다 읽어보고서는 기분 좋게 돌아오곤 했다.

세월은 유수와 같이 흘러 눈 깜빡할 사이에 3년이 지났다. 다시 회시를 치를 때가 되었다. 선우동의 나이도 어언 예순하나. 선우동이 비록 나이는 이렇게 많이 들었으나 의욕과 열정만은 젊을 때 못지않았다. 회시를 치르러 북경에 가서 묵는 동안 꿈을 꾸게 되었다. 그가 회시에서 합격, 그것도 일 등으로 합격하여 방에 이름이 올라 있었다. 한데 그의 이름은 『예기』 응시자가 아니라 『시경』 응시자 명단에 들어 있었다. 선우동은 몇십 년을 공부한 사람인데 어느 경전이고 능통하지 않겠는가? 하나 과거에 급제하여 공명을 이루고 싶은 마음이 너무 강하여 꿈속에서 본 것을 마냥 무시하지도 못했다. 선우동은 자신의 응시과목을 『시경』으로 바꿨다.

어쩜 일이 이렇게 기이할 수가 있을까! 홍안현의 현령 괴우시는 청렴결백하고 정직하게 현령직을 수행한 덕택에 북경으로 불러들여져 예부 급사중에 임명되었다. 아울러 그해 북경에서 치러지는 회시에 시험관으로 오게 되었다. 괴우시는 선우동이 시험과목을 바꾼 것은 까마득히 모른 채 이렇게 다짐했다.

"내가 두 번이나 생각을 잘못하여 저 선우동 '선배님'의 답안지를 일등으로 뽑았도다. 여하튼 저 선배님은 나이가 더욱더 들었을 것이니 이번 회시에서 내가 『예기』를 담당하여 또 합격시킨다면 내 일생일대의 오점이 되는 것이로다. 내가 이번에는 『예기』를 담당하지 아니하고 『시경』을 담당하여야겠다. 그러면 선우동 선배님이 합격하든 말든 그건 나하고 상관없는 일이 되는 거 아니겠어!"

괴우시가 시험 답안지를 채점하러 들어가서 자신이 『시경』 과목을 담당하겠노라 청했다. 괴우시가 다시 또 생각에 잠겼다.

'세상에 선우동 선배처럼 늙어빠진 과거 수험생이 어디 한두 명이랴! 내가 선우동을 안 뽑으려다 다른 늙다리를 뽑게 되면 이는 늑대를 피하려다 호랑이를 만나는 격이지 않은가! 그래 맞아. 공부를 오래 한 수험생들은 이 삼경의 내용까지를 철저하게 파악하고 있을 것이나 젊은 수험생들은 사서를 공부하는 데 바빠서 삼경의 내용을 제대로 이해하지 못할 것이야. 주어진 네 가지 문제의 답변을 일목요연하게 써내려간 것은 일단 제외하여야지. 문장의 기세가 넘치며 논지의 일관성이 있는 답안이라면 분명 젊은 녀석들이 쓴 것일 거야.'

괴우시가 답안지를 다 검토하고 나서 주시험관에게 제출했다. 각 과목의 합격자를 다 모아보니 『시경』의 일등이 전체 과목의 10등을 차지했다. 가렸던 이름을 펼쳐보니 『시경』 합격자는 바로 계림부 홍안현 출신인 선우동이었다. 예순한 살 먹은 늙다리 웃음거리 선우동이라니! 괴우시는 너무도 기가 막혀 눈이 똥그래지고 입이 다물어지지 않았다. 그 모양은 마치 불에 타서 재만 남은 고목과도 같았다.

부귀공명이 다 팔자소관임을 알았더라면,
이렇게 쓸데없이 막고자 헛심 쓰지는 않았을 것을.

괴우시는 생각에 잠겼다.

'세상에 이름이 같은 사람이 아무리 많다고 한들 계림부 흥안현 출신의 선우동이 어이 둘일까. 하나 그 선우동은 줄곧 『예기』를 선택해오지 않았던가. 대체 무슨 연고로 갑자기 『시경』으로 바꾼 거지? 정말 이상하군.'

괴우시는 선우동이 인사를 드리러 찾아왔을 때 대체 왜 과목을 바꾸었는지 물어보았다. 선우동은 괴우시에게 자신의 꿈 이야기를 해주었다. 그 말을 들은 괴우시는 이렇게 탄성을 올렸다.

"정말 급제할 팔자였구먼, 정말 급제할 팔자였구먼!"

이 일로 말미암아 괴우시와 선우동의 과거 시험관과 응시생의 관계는 정반대로 달라졌다. 선우동은 전시에 참여하여 이갑二甲 일등의 성적을 거두었다. 선우동은 형부주사로 임명되었다. 사람들은 그가 많은 나이에 이갑 일등의 성적으로 급제했음에도 불구하고 별 볼 일 없는 자리를 주었다며 화를 내었으나 정작 그는 전혀 개의치 않았다.

한편, 괴우시는 예부에서 근무하면서 직언을 서슴지 않았다. 그가 올린 상소 하나가 대학사 유길劉吉의 비위를 거스르고 말았다. 유길은 괴우시에게 죄를 뒤집어씌워 형부의 감옥에 가두어버렸다. 형부의 관원들은 유길의 비위를 맞추기 위하여 괴우시를 처형하려 들었다. 그래도 하늘이 무심하지는 않았던지 선우동이 줄곧 예부에서 알아보고 힘을 써서 괴우시가 그렇게 험한 꼴은 당하지 않을 수 있었다. 아울러 자신의 과거 급제 동기생들과 힘을 합하여 요로에 간청하여 괴우시는 예상했던 것보다 훨씬 가벼운 벌만 받을 수 있었다. 이 일을 겪고서는 괴우시는 생각에 잠겼다.

"정성 들여 물 주고 기른 나무는 꽃을 피우지 못하고, 아무렇게나 심어놓은 버드나무에선 버들가지 흐드러졌구나. 내가 이 늙은 선배님을 과거에 급제시키지 않았더라면 이 목숨 부지하기도 어려웠겠구나."

괴우시는 선우동을 찾아가 감사 인사를 했다. 선우동이 괴우시에게 말했다.

"나리께서 이 수험생을 알아봐 주시고 세 번이나 연거푸 합격시켜주셨으니 그 은혜를 어찌 다 갚겠습니까? 그 깊고 넓은 은혜 아직 만분지일도 갚지 못했습니다."

괴우시와 선우동은 이날 맘껏 술을 마시고 헤어졌다. 이후로 괴우시가 고향 집에 머물든 임지에 있든 선우동은 박봉에도 해마다 한두 차례 사람을 보내어 괴우시에게 인사를 챙겼다. 세월은 유수와 같이 흘러 선우동이 예부에서 근무를 시작한 지도 어언 6년이 되어 이제 지부知府로 승진할 참이었다. 조정에서는 그의 인품을 높이 사고 그의 노련함과 진중함을 존중하여 되도록 좋은 자리를 찾아 보내고자 했으나 그는 이런 움직임에 전혀 신경 쓰지 않았다.

이때 마침 선거현에서 보고서가 날아왔다. 괴우시의 아들 괴경공劂敬共이 토호 사 씨네와 선산의 경계를 놓고서 다투다가 사 씨네에게 욕을 한바탕해댔다고 한다. 한데 이때 사 씨네 종놈 하나가 사라지니 사 씨네들은 괴경공이 때려죽인 거라며 관가에 고발했다는 내용이었다. 괴경공은 이 일을 혼자서 감당할 엄두가 나지 않자 아버지 괴우시가 부임해 있는 운남으로 달려가 버렸다. 관가에서는 살인사건과 관련된 괴경공이 달아난 것이라 간주하고는 포졸들을 대거 보내어 붙잡아오게 하는 한편, 괴경공의 식솔 몇 명도 하옥시켜버리니 가족들은 걱정이 태산 같았다.

선우동은 태주의 지부 자리가 비어 있다는 것을 알고는 그 자리를 맡고 싶어 했다. 관리들이 부임하기를 그다지 좋아하지 않는 지역인 태주이지만 선우동이 자원했으므로 이부에서는 굳이 말리지 아니하고 선우동을 태주부 지부로 발령했다. 선우동이 태주에 부임한 지 사흘도 못 지나 사 씨네는 신임 지부가 괴우시가 과거에 급제시켜준 자라서 특별히 자청하여 이곳에 와서 괴우시의 아들 사건을 해결하려고 한 것임을 알게 되었다. 그들은 선우동이 분명 한쪽으로 치우칠 거라고 생각했다. 부아문 안에서도 온갖 소문이 돌았지만 선우동은 못들은 척했다. 괴 씨네 식솔들 역시 억울하다고 하소연했지만 선우동은 전혀 신경 쓰지 않는 척했다.

대신 선우동은 몰래 포졸을 풀어 사라진 그 사 씨네 종놈의 행방을 찾아 꼭 잡아오도록 했다. 두 달쯤 지났을까. 그 종놈을 항주에서 붙잡아왔다. 선우동이 현청에서 직접 자세하게 심문해 보니 그 종놈은 그냥 자기가 몰래 도망친 것이지 괴 씨네와는 아무런 연관이 없었다. 선우동은 그 종놈을 사 씨네에게 돌려주고 알아서 처리하게 했다. 아울러 괴 씨네 식솔들을 즉시 석방해주었다. 선우동은 하루 날을 잡아 자신이 직접 선산을 찾아가 경계를 살펴보겠노라 했다. 사 씨네는 잃어버린 종놈을 찾았으니 재판 자체가 말이 안 되는 상황이 되어버렸으므로 선고까지 진행하다 보면 필시 손해를 볼 것 같아 걱정이었다. 사 씨네는 방귀깨나 뀐다고 하는 사람을 사서 선우동에게 말 좀 잘 해달라고 손을 쓰는 한편, 사람을 괴 씨네에게 보내어 경계를 조금 양보할 터이니 화해하자고 전하도록 했다. 괴 씨네 역시 억울함이 풀린 마당에 괜히 사 씨네와 척지고 싶지 않았다. 선우동 역시 괴 씨네와 사 씨네의 화해를 허락했다. 사 씨네에 약간의 벌금을 부과하고 이를 상부에 보고하니 괴 씨네와 사 씨네 모두 아무 불만이 없었다.

현청에 밝은 눈을 가진 관리만 있다면,
백성들이 사악한 일을 저지를 리가 없지.

선우동은 바로 서신을 닦아 운남부에 있는 괴우시에게 경과를 알려드렸다. 괴우시는 너무도 기뻤다.

"가시나무를 심으면 가시가 돋고, 복숭아나무와 오얏나무를 심으면 그늘을 얻는다3)는 말이 있더니! 만약 내가 저 선우동 선배를 합격시키지 않았더라면 우리 가문을 보존하기도 힘들었겠구나."

괴우시는 정성을 다하여 감사 서신을 써서 아들 괴경공 손에 들려 선우동에게 전달하고 감사의 인사를 올리게 했다. 선우동이 이렇게 말했다.

"소인은 늙어빠지고 뜻을 이루지도 못하여 사람들에게 버림받았으나 춘부장께서 세 번이나 소인을 알아봐 주시고 과거에 급제시켜주셨습니다. 소인은 혹 이 은혜를 갚지 못하고 이 세상을 떠날까 걱정이었습니다. 하나 그대가 마침 무고를 당했으니 소인이 당연히 그걸 풀어드려야지요. 소인이야 뭐 바람이 제대로 불어올 때 불을 지핀 격에 불과합니다. 소인을 과거에 급제시켜주신 춘부장의 큰 은혜에 눈곱만큼밖에 보답하지 못했습니다. 아직도 소인이 빚진 게 너무 큽니다."

선우동은 괴경공이 집안일을 신경 쓰는 걸 보고는 문을 닫아걸고 공부에 전념하라 권유했다. 이후론 특별히 언급할 만한 일이 생기지는 않았다.

선우동이 태주의 지부로 부임한 지 3년이 지났다. 선우동의 명성이 사방에 자자해지니 조정에서는 그를 휘녕도徽寧道의 사령관으로 승진시켰다. 그리고 다시 하남의 안찰사로 승진시켰다. 선우동은 어떤 자리에서나 근면 성실하게 일했다. 여든을 넘겨서도 젊은 사람 못지않게 기력이 넘쳤는지라 절강순무로 승진했다. 선우동은 생각에 잠겼다.

'내 나이 예순하나에 과거에 급제했구나. 과거 준비하는 과정이 힘들

---

3) 복숭아나무와 오얏나무는 중국어로 '桃李'이다. 이 말은 또 제자, 문하생이라는 뜻이 있다. 여기서 복숭아나무와 오얏나무가 드리우는 시원한 그늘은 사실 키워낸 제자가 스승에게 든든한 쉴 그늘이 됨을 중의적으로 표현한다. 중국 전통시대에는 과거 시험관과 그 시험관 밑에서 급제한 자 사이를 스승과 제자 사이처럼 여겼다.

고 어려웠으나 이후 벼슬살이는 순조로워 풍파를 겪지 않고 순무의 직위에까지 올랐으니 조정으로부터 받은 은혜와 영광이 넘치도다. 나는 지금껏 청렴결백하게 열심히 일해 왔고 조정의 기대를 저버린 적이 없도다. 이제 내리막길에 접어들기 전에 용기 있게 물러나는 것이 도리로다. 그러나 괴우시가 나를 알아 봐주고 뽑아준 은혜를 아직 다 갚지 못했구나. 마침 지금 부임하는 곳이 괴우시의 고향이니 혹 내가 조금이나마 은혜를 갚을 일이 생길지도 모르겠구나.'

선우동은 마침내 날을 잡아 임지로 출발했다. 선우동의 이임식과 취임식이 화려하고 대단했음은 굳이 말할 필요조차 없겠다. 며칠 지나서 선우동은 절강성 경내로 들어섰다. 이때 괴우시는 여러 관직을 두루 거치고 승진하여 마침내 참정參政[4])의 지위에 올랐으나 몸이 아파 사직하고 고향 집에 머무르고 있었다. 괴우시는 선우동 선배님이 바로 이곳 절강성의 순무로 부임해온다는 소식을 듣고는 그를 만나고자 열두 살 먹은 손주를 앞세우고 몸소 항주로 갔다. 괴우시가 선우동을 급제시켜준 스승이라고는 하나 선우동보다 스무 살이나 어렸다. 하지만 괴우시는 병이 들어 관직에서 물러나 쉬고 있는 신세, 온몸에 부스럼이 펴서 안쓰러워 보였다. 선우동은 여든을 넘겼으나 아직도 건장했고 순무의 지위에 올라있었다. 출세는 빠르고 늦고의 문제가 아니라는 게 여기서도 잘 드러난다. 괴우시는 한참이나 탄식했다.

소나무 잣나무가 어이 복숭아나무 오얏나무를 부러워하리,

---

4) 명대의 지방 관직 이름. 성省급 행정기관에 두었으며, 좌참정左參政과 우참정右參政이 있었다. 포정사布政使의 부관副官이다.

날씨 추워진 다음에 소나무 잣나무의 이파리를 보게나.

한편, 선우동은 임지에 도착하자마자 사람을 보내어 괴우시의 안부를 물어보고 싶었던 차에 괴우시가 이렇게 찾아왔다고 하니 반갑기가 한량없었다. 선우동은 신발을 제대로 신을 겨를도 없이 나가서 괴우시를 안채로 안내했다. 선우동은 제자의 예를 다하여 괴우시에게 인사를 올렸다. 괴우시는 손자를 선우동에게 인사시켰다. 선우동이 물었다.

"이 도령은 스승님께 어떻게 되는지요?"

"지난번엔 내가 공의 도움을 받아 목숨을 부지할 수 있었더니 이번에는 못난 제 아들이 억울한 일을 당했다가 공의 도움을 받아 그걸 풀 수가 있었습니다. 공께 받은 은혜가 하늘과도 같고 땅과도 같습니다. 지금 행운의 별이 다시 우리 성을 비추게 되었소이다. 이 늙은 몸이야 이미 병들고 쇠약해졌으니 이제 살날도 얼마 남지 않았소이다. 못난 아들놈은 학문에서 성취를 이루지도 못하고 그저 이 손자 놈 하나만 있소이다. 이놈의 이름은 괴오㗑悟, 그래도 타고난 재주가 영민한 것 같아 특별히 데리고 왔으니 공께서 한번 살펴봐 주시기를 바라오."

"사실 소인의 나이는 진작 은퇴하여야 했을 나이나 스승님의 은혜를 아직 다 갚지 못하여 염치불구하고 이렇게 부임하여 온 것입니다. 오늘 스승님께서 이렇게 손자를 저에게 부탁하시니 이는 소인이 스승님의 은혜를 갚을 수 있는 기회입니다. 스승님의 손자를 제 손자와 함께 이곳 아문에서 학문을 닦게 하고 싶은데 스승님의 마음이 놓이실지 모르겠습니다."

"공께서 내 손자를 거둬 공부시켜 주신다면 나는 편하게 눈을 감을 수 있을 것 같소이다."

선우동은 시동 둘을 붙여주고 괴오를 보살피게 했다. 괴우시는 손자 괴오가 선우동의 아문에서 공부하게 된 것을 눈으로 확인하고는 집으로 돌아갔다. 괴오는 본디 영민하여 문장 짓는 실력이 하루가 다르게 늘었다. 그해 가을 과거 시험관이 방문하자 선우동은 괴오를 특출한 재주를 지닌 영재들이 치르는 과거를 치를 수 있게 천거하고, 달마다 관에서 소정의 녹봉을 받을 수 있게 했다. 괴오는 선우동의 아문에서 학업에 정진했다. 3년이 지나자 괴오 학문의 성취가 확연했다. 선우동이 말했다.

"이제 과거를 치를 때가 되었도다. 내가 스승님의 은혜를 보답할 수 있겠구나."

선우동이 괴오에게 은 300냥을 건네고 이를 과거 준비 비용으로 사용하게 했다. 선우동은 친히 괴오를 태주 선거현까지 바래다주었다. 하나 3일 전에 괴우시가 병으로 저세상으로 떠나고 말았다. 선우동이 한바탕 대성통곡을 하고 난 다음 물었다.

"스승께서 눈을 감으시면서 무슨 말씀이 없으셨소이까?"

괴경공이 대답했다.

"선친께옵서는 어린 나이에 과거 급제하여 줄곧 젊은 사람들만 아끼고 나이 든 사람들은 무시했다고 합니다. 그러다 우연히 공을 만나게 되어 급제시켜주게 되었다 합니다. 젊은 과거 급제자들은 잘나고 못난 것이 서로 다 다르고 벼슬길에서도 부침이 심하여 그들의 도움을 받기 힘들었다고 합니다. 그러나 공은 시종일관 당신을 보살펴주었노라고 했습니다. 우리 가문에선 앞으로 자자손손 나이든 선비를 무시하지 말라고 하셨습니다."

선우동이 가가대소하고서는 입을 열었다.

"이 몸이 오늘까지 이렇게 삼대에 걸쳐 스승의 은혜를 갚은 것은 세상 사람들에게 나이 많은 자를 돕는 것이 정말로 보람 있는 일이며 젊은 사람들만 아끼고 나이 많은 사람을 무시해서는 절대 안 된다는 것을 알려주고 싶어서였소이다."

　선우동은 말을 마치고 성의 아문으로 돌아왔다. 그는 조정에 상소를 올려 나이가 너무 들었으니 물러나게 해달라고 청했다. 조정의 허가를 받고서 고향으로 돌아와 유유자적했다. 날마다 아이들을 가르치다가 짬이 나면 촌로들과 어울려 술잔을 기울이며 시를 나눴다. 선우동의 장손 선우함鮮于涵이 향시에서 우수한 성적으로 급제하고 북경에 회시를 치러갔다. 마침 선거현의 괴오 역시 북경에 회시를 치러갔다. 선우함과 괴오는 삼대에 걸쳐 교분을 맺은 두 가문의 소생에다 어릴 적 같이 수학했던 사이라 북경에서 같은 곳에 머물면서 과거를 함께 준비했다. 회시의 결과를 알리는 방이 붙었다. 둘은 다 같이 진사가 되었다. 두 집안 사람은 서로들 기뻐했다.

　선우동은 쉰일곱의 나이에 향시에 합격하여 예순한 살의 나이에 진사가 되어 23년 동안 관직에 머물렀다가 삼대가 살기에 부족함이 없는 재산을 모으고는 은퇴하여 고향에 돌아와 이제 이렇게 손자가 진사 급제하는 것을 보고 아흔일곱의 수를 누렸으니 사십 년을 꽉 채운 말년의 운수를 누린 셈이다. 지금도 절강성에서 과거를 준비하는 사람들은 예순 일흔이 되어도 포기하지 않으며, 간혹 말년에 급제하는 자들이 생겨나기도 한다. 후세 사람이 시를 지어 이렇게 읊었도다.

　　명리를 어찌 힘들게 얻으려 할 필요가 있는가,
　　늦고 빠른 것은 그저 하늘이 결정하는 것인데.
　　천상의 복숭아가 열리는 것을 생각해 본다면,
　　3천 년이 그렇게 길게만 느껴지지는 않을 것이라.

정산의 세 괴물

崔衙內白鷳招妖[1]

— 최아가 하얀 매 때문에 귀신 들리다 —

양귀비를 보고 싶어 조회마저 일찍 물리셨다지,

옥좌에 상소문을 올려놓는 자들도 없었다지.

봉래전蓬萊殿에서 황제를 맞고

화악루花萼樓에서 여지 열매를 바치네.

궁중의 갈고羯鼓 소리 채 끝나기도 전에 전장의 북소리 들려오고

예상우의곡에 맞춰 춤추던 여인 향기 사라지기도 전에 갑옷 입은 자들이 밀려오네.

오랜 태평성대를 마침내 전란의 시대로 만들어버렸던 것은,

새 왕조를 열었던 선왕의 유지를 잊었던 때문.

이 시는 당나라 제7대 황제, 즉 현종玄宗(685~762, 재위 712~756) 황제를

---

1) 이전 판본에서는 『정산삼괴定山三怪』 혹은 『신라백요新羅白鷳』라는 제목으로 불렸다.

읊었다. 전설에 따르면 하늘에 현성이란 별이 있으니 금성이라고도 부르고, 삼성이라고도 부르고, 장경성이라고도 부르고, 태백성이라고도 부르고, 계명성이라고도 부른다. 하나 세상 사람들이 이런 이름들을 제대로 알지 못하여 그저 샛별이라 부르기도 한다. 이 별은 동방의 어둠이 아직 사위지 아니했을 때 나타났다가 사방에 여명이 밝아오기 시작하면 서서히 그 빛을 잃어간다. 처음엔 밝았다가 나중에 그 빛을 잃어가는 것, 그것을 현玄이라 부른다. 당 현종이 요숭姚崇(650~721), 송경宋璟(663~737)을 재상으로 등용했을 때는 쌀과 보리가 서너 푼을 넘지 않았고 천릿길을 가는 나그네도 먹을 양식을 걱정하지 않았다. 요숭과 송경 재상이 세상을 떠나자 양국충楊國忠(756 졸), 이임보李林甫(752 졸)가 뒤이어 재상이 되더니 현종의 온갖 병폐가 생겨나게 만들더라.

> 안에선 여색에 빠지고
> 밖에선 새잡이에 빠지고
> 술과 음악에 빠지고
> 화려한 건물과 장식에 빠지고.

현종이 가장 총애한 자는 바로 귀비 자리를 차지하고 있는 여자였다. 그 여자의 이름은 양태진楊太眞. 양귀비는 또 몰래 서역 남자를 총애하고 있었으니 그자의 이름은 안녹산이었다. 360근에 달하는 육중한 몸무게에도 불구하고 앉은 채 날아가는 새를 붙잡고 뛰어서 달리는 말을 따라잡고, 서역 춤도 잘 췄고 바람처럼 날랬다. 현종이 안녹산의 건장하고 날랜 것을 좋아하여 안녹산 역시 현종의 총애를 받게 되었다. 이에 안녹산은 현종을 아버지로 모셨고, 양귀비를 어머니로 모셨다. 양귀비는 이 안녹산의 머리를 모두 밀어버리고 얼굴에 분칠하고 눈썹을 그리고 코를 하얗게 칠하고 궁녀들 가운데 힘깨나 쓰는 자들을 뽑아 수놓은 비단을 아기 보자기 삼아 안녹산을 싸고서 후궁 안을 빙빙 돌아다니게 했다. 당연히 그냥 장난으로 시작한 것이었으나 이런 식으로 장난을 치다 보니 서로 너무 친해져서 양귀비와 안녹산은 서로 사랑을 나누는 사이가 되어버렸다. 하루는 양귀비와 안녹산이 서로 사랑을 나누고 있는데 황제께서 납셨다는 전갈이 왔다. 안녹산은 황급히 담을 넘어 도망가고 양귀비는 정신없이 나가서 황제를 맞았다. 머리는 흐트러지고 말도 헛나와 황제 폐하라고 부르는 대신 '자기야'라는 말이 입에서 튀어나오고 말았다. 현종은 그 자리에서 바로 가마를 돌리고 황후와 귀비를 전담하는 고력사高力士(684~762)와 고규高珪를 시켜 양귀비를 집으로 돌려보내 자신의 과오를 뉘우치게 했다. 양귀비는 현종을 만나보고 싶어 했으나 만나보지 못하고 그저 울면서 궁을 나섰다.

양귀비가 궁에서 쫓겨난 지 사흘, 현종은 밥을 먹어도 맛을 느끼지 못했고, 눈을 감고 누워도 잠이 오지 않았다. 고력사가 이런 현종의 심사를 눈치채고 이렇게 아뢰었다.

"귀비께서 낮잠에 곯아떨어졌다가 일어나는 바람에 성상 앞에서 말실수한 것입니다. 이제 사흘 동안이나 근신했으니 자신의 잘못을 깊이 깨달았을 것입니다. 성상께서 귀비를 불러보심이 좋을 듯하옵니다."

현종은 고규를 보내어 양귀비가 집에서 어떻게 지내고 있는지 살펴보게 했다. 고규가 어명을 받들고 양귀비 집을 찾아가 양귀비의 근황을 살펴보고는 다시 돌아와 현종에게 아뢰었다.

"귀비께서는 얼굴이 다 야위고, 머리단장도 세수도 하지 아니하시고 계셨습니다. 귀비께선 소인을 보자마자 성상의 안부를 물어보시고는 눈물을 주룩주룩 흘리셨나이다. 그런 다음 화장대 거울 앞에서 손에 가위를 잡고서 묶은 머리를 풀어내시더니 그걸 잘라서는 오색실을 땋아 만든 끈으로 묶어서 소인에게 건네주시면서 성상께 갖다 바치라고 하셨습니다. 귀비께서는 눈물을 흘리시면서 이렇게 말씀을 전해주십사 하셨습니다. '소첩의 모든 것은 다 성상께서 하사해주신 것입니다. 다만 저의 이 몸과 머리카락과 그리고 살갗만 부모에게서 물려받은 것이오니 이 머리카락 한 타래를 바쳐 성상의 은혜에 보답하고자 합니다. 원컨대 성상께서는 칠월 칠석 밤에 맺은 언약을 잊지 말아 주시옵소서!'"

일찍이 현종과 양귀비는 칠월칠석 밤에 침향정沈香亭에서 이 삶이 다 끝나는 날까지 같은 이불을 덮고 같은 베개를 베자고 약속했더라. 현종은 고규가 전해주는 양귀비의 마음을 듣고 양귀비가 고규 편에 들려 보낸 머리카락 한 타래를 보더니 슬픈 마음을 가눌 길이 없었다. 현종은 즉시 고력사에게 명하여 비단으로 장식한 수레를 보내어 양귀비를 궁궐로 맞아들이게 했다. 이 일로 말미암아 현종은 양귀비를 더욱 총애하게 되었다.

당시 사방에서 조정에 바치는 조공물이 끊이지 않았으니 서하에서는 초승달 모양의 비파를, 남월국에서는 옥피리를, 서량주에서는 포도주를, 신라에서는 하얀 매를 조공으로 바쳤다. 포도주는 현종에게 전달되었고, 비파는 정관음鄭觀音에게 하사되었으며, 옥피리는 현종의 동생 영왕寧王에게 전달되었고, 신라에서 온 하얀 매는 최 승상에게 하사되었다.

나중에 이태백이 침향정의 모란을 읊은 시를 지어 양귀비를 조비연에게 비기어 은근히 비꼬자 고력사가 이를 양귀비에게 일러바쳤고 양귀비는 현종에게 눈물로 호소하여 이태백을 귀양 보내라 했다. 최 승상은 이태백의 친구였던 탓에 이태백이 귀양살이 가게 됨에 따라 하북 정주 중산부의 지부로 쫓겨나게 되었다.

늙어빠진 거북이 살이라 삶아도 삶아도 부드러워지지 않는 것을,
괜히 애꿎은 마른 뽕나무 장작만 태워대네.

최 승상이 정주 중산부로 부임하러 가니 아전들이 멀리서부터 영접 나와 최 승상에게 인사를 올리고는 최 승상을 부의 아문으로 모시고 갔다. 최 승상은 재임하는 동안 맑은 물처럼 그렇게 깨끗하게, 저울처럼 그렇게 공평하게, 곧은 자처럼 그렇게 정직하게, 거울처럼 그렇게 맑게 백성을 다스렸다. 채 한 달도 되지 않아 사람들은 길에 떨어진 물건이 있어도 집어가지 않게 되었다. 때는 바야흐로 천보天寶 연간(742~756)의 초봄이라.

봄,
봄!
새순 돋은 버들,
새로 피는 꽃들.
매화꽃 분가루처럼 떨어져
돗자리 같은 풀밭에 눕는다.
앵무새는 북녘 사투리로 우짖고
제비는 남녘 사투리로 새봄 인사.
날랜 준마는 교외 너른 들판에서 히이힝,
화려하게 장식한 수레는 황톳길을 오락가락.
따스한 해는 얼음장을 녹이니 강물 파랗게 붓고
훈훈한 바람과 보슬보슬 보슬비, 포근한 아지랑이.
부잣집 도련님들 멋들어진 누각에 모여 흥청망청 잔치를 벌이고
요란한 성안은 꽃구경하러 나온 사람들 모여들어 발 디딜 틈 없구나.

최 승상에게는 아들이 하나 있었으니, 이름은 최아崔䛆, 나이는 스물 남짓이었다. 이목구비도 번듯한 잘생긴 청년, 최아는 사냥을 몹시 좋아했다. 최아는 이런 봄을 맞이하여 흥이 동했던지 대청에 올라 두 손을 모아 공수하더니 아버님께 아뢰었다.

"아버님, 소자 하루 휴가를 청하여 교외로 나가 수렵을 하고 싶사온데 아버님의 의향이 어떠하신지요?"

"그래, 아들아 가거들랑 늦지 않게 조심하여라."

"명심하겠습니다. 소자 청이 하나 더 있습니다."

"어서 말해보아라."

"성상께서 하사하신 신라의 하얀 매를 데리고 가고 싶습니다."

"좋지. 대신 잘 데리고 다녀야 하느니 절대 잃어버려서는 안 되느니라. 이 매는 신라에서 조공으로 바친 것을 성상께서 하사하신 것이로다. 세상에 오직 하나밖에 없는 것이로다. 만약 성상께서 다시 찾기라도 하신다면 어디 가서 똑같은 것을 구하겠느냐?"

"소자 저 하얀 매를 데리고 나가서 우리 부 사람들에게 보여주고 자랑 좀 하고 싶었습니다."

"그래, 일찍 돌아오너라. 술 너무 많이 마시지 말고."

최아는 아버지한테 하얀 매를 빌려 매잡이에게 들려 세웠다. 정말 어디에 이런 매가 또 있을까 싶었다. 최아는 금은으로 장식한 말안장에 올라타서 대문을 나섰다. 아, 지금 이야기를 들려주는 내가 저 최아랑 같은 때 태어나 같이 살고 있다면 절대 가지 말라고 말렸을 텐데. 절대 나가서는 아니 되었는데. 그예 나가서 이런 괴상망측하고 황당한 일이 벌어졌구나. 예전에도 없었으며 앞으로도 없을 그런 일이 벌어졌구나.

사냥과 여색에 빠져든 그대,

정신 차려 빠져나오면 좀 좋으련만.

아침에 매를 들려 세우고 떠나더니만,

해질녘엔 지분 냄새 풍기며 돌아오누나.

최아는 그렇지 않아도 사냥을 좋아하는 데다 오늘은 아버지한테 신라에서 바친 하얀 매까지 받아서 데리고 가니 기분이 더할 나위 없이 좋았다. 매잡이에게 그 하얀 매를 들라 했다. 일행 가운데 누구는 고무줄 중간에 가죽을 묶은 새총을 들고, 누구는 흑단 나무로 만든 쇠뇌를 들고, 누구는 동그란 눈매에 쇳덩이처럼 단단한 발톱에 부리가 휘어진 송골매를 들고, 누구는 축 늘어진 귀에 날렵한 몸통에 주둥이가 길쭉한 개를 끌고 있었다. 성문을 나서, 복숭아꽃 시내를 건너, 매화꽃 나루터를 지나, 파란 버드나무 숲을 지나, 푸르른 풀밭을 지났다. 살구꽃 마을엔 술집 깃발 펄럭이고 초가집 처마에는 파란 주렴이 걸렸다.

춥지도 덥지도 않은 날씨,

시골도 도시도 아닌 거리.

2, 3십 리를 갔을까, 노정에 피곤하다 싶었던 차에 주점이 하나 보인다. 최아는 고삐를 잡아당겨 말을 세우고는 말안장에서 내려와 주점 안으로 들어가 물었다.

"어디 괜찮은 술 좀 있는가? 저 사람들한테 술대접을 해줘야 힘이 나지 않겠어!"

술집 점원이 '나가요' 소리 지르며 쪼르르 뛰어나오는데 점원 생김생김이 어떠했던고?

키는 여덟 자,
표범 닮은 두상, 제비 닮은 뺨.
동그란 눈, 뻣뻣한 수염.
장판교에서 적병을 막아선 장비요,
원수진原水鎭에서 활약하던 왕언장王彦章이라.

최아가 점원을 보고는 깜짝 놀랐다. 어쩜 이렇게 험상궂고 못생긴 자가 있을까? 점원은 어서 오시라 인사하고서는 한쪽에 섰다. 최아가 점원에게 다시 물었다.

"괜찮은 술 좀 있다면 어서 내와 봐. 저 사람들 좀 먹여야지."

점원이 안으로 다시 들어가 술 한 통을 들고 왔다. 최아의 일행 중에 마침 잔을 가지고 다니는 자가 있어 그 잔을 탁자 위에 올려놓고는 술 한 잔을 따라 먼저 최아에게 올렸다.

술,
술!
벗을 부르고
친구를 모은다.
그대 술잔 앞에 두고
너무 오래 지체하지 말게나.
밥 먹기 전에 한 잔 마셔주고
차 한 잔 다음에 또 한 잔 마셔주고.

정산의 세 괴물 63

산들바람 맞이하여 한 잔 빠질 수 없는 법,
달빛 아래 한 잔이야 진정 빼먹을 수 없는 법.
이태백은 술을 마셨다 하면 백 말을 마셨다 하고
죽림칠현 유령劉伶은 해장술로만 열 말을 마셨다고 하더라.
젊은이 술잔을 입에 대면 얼굴이 복숭앗빛처럼 붉으죽죽하게,
아름다운 아가씨 술이 들어가면 눈썹이 버들가지처럼 보드랍게.

최아가 살펴보니 점원이 걸러 온 술이 너무도 새빨간지라 깜짝 놀랐다.
"아니 술이 어쩜 이리도 빨갤 수가 있을까!"
최아는 점원의 뒤를 밟아 술 항아리 있는 데를 가서 뚜껑을 열어보았다. 뚜껑을 열어보고선 최아는 놀라자빠지고 말았다.

정수리에선 넋이 빠져버리고
발밑에선 정신이 달아나버리고.

술항아리 안에는 핏물이 가득했고 그 핏물 위로 쌀알이 둥둥 떠다니고 있었다. 최아가 황급히 뛰어나와 사람들에게 술을 마시지 못하게 했다. 은자 석 냥을 꺼내서 점원에게 술값을 치렀다. 점원이 술값을 받더니 고맙다는 인사를 올렸다. 최아는 말안장에 올라타고 주점을 떠나 한두 리를 더 갔다. 산언덕이 나타났다. 성문을 나선 지역을 외곽이라고 부르고, 외곽 바로 너머를 교외라 부르고, 교외 바로 너머를 들판이라 부르고, 들판 너머를 먼 들이라 부른다. 반나절 정도 갔을까, 북악北岳과 항산恒山을 차례로 지났다. 항산의 봉우리 하나가 눈에 들어오는데 그 위세가 너무도 당당했다.

산,

산!

우뚝하다,

구불구불하다.

비취색이 하늘로 오르고

푸름이 열을 지어 이어진다.

동굴 입구까지 펼쳐지는 구름,

졸졸졸 소리 내며 흘러가는 시냇물.

천 개의 봉우리 너머 이어지는 푸른 뫼,

그곳에 아지랑이 끝없이 일망무제 펼쳐지누나.

그곳엔 구름 너머 솟아오른 봉우리 있을 것이라,

사령운이 신었다는 그 나막신을[2] 신고 다시 올라봐야지.

난세의 죽림칠현, 우리의 귀감이 되기에 모자람이 없을 것이나,

나라가 강성한 때의 상산사호商山四皓[3] 역시 마음 편하지만은 못했을 것이다.

최아는 마침 그 봉우리를 오르려던 참이었다. 고개 들어 바라보니 나무 기둥 두 개를 세우고 그 두 기둥에 판을 못질하여 걸어 놓은 게 보였다.

'이 산길은 참 험하기도 하구먼!'

최아는 이렇게 혼잣말을 하고는 말고삐를 잡아당겨 말머리를 돌려서

---

[2] 원문에는 사극謝屐이라고 나온다. 위진남북조 송대 사령운이 신었다고 하는 나막신이다. 사령운은 산에 오를 때는 나막신의 앞굽을 빼고 오르고 내려올 때는 뒷굽을 빼고 내려왔다고 한다.

[3] 중국 진시황 때 세상을 피하여 상산商山에 들어가서 숨은 네 사람, 동원공東園公, 하황공夏黃公, 기리계綺里季, 녹리 선생甪里先生을 말한다. 호皓란 희다는 뜻으로, 이들이 모두 눈썹과 수염이 흰 노인이었다는 데서 유래한다.

돌아가고자 했다. 일행이 다가왔다. 최아는 그 나무판을 가리키며 한 번 읽어보라 했다. 일행 가운데 글자를 깨친 자가 읽어보았다.

이 산은 북악과 항산에 통한다. 이 산 이름은 정산定山이다. 오르는 길은 있으나 갈 수가 없으니 귀신과 요괴가 너무도 많기 때문이다. 이 산봉우리 아래쪽 좁은 길을 잡아 오갈 것이며 절대 이 산길을 오르지 말 것이라. 이에 특별히 이렇게 알리노라.

"그럼 어떻게 할까요?"
"돌아가는 수밖에 없지 않겠나."
최아는 이렇게 대답했다. 막 돌아가려는 순간 일행 가운데 팔뚝에 뿔매를 올려놓고 있는 자가 나아와 입을 열었다.
"나리, 제가 바로 이곳 출신입니다. 이 산봉우리는 볼 만한 곳이 너무도 많고 기기묘묘하게 생겼습니다. 게다가 돈 되는 짐승들이 날아다니고 뛰어다닙니다. 나리께서 기왕에 사냥을 나오신 거라면 어찌 이 산에 들어가 보기를 주저하십니까! 산봉우리 아래쪽 좁은 길로 가신다면 날짐승 들짐승을 어찌 만날 수 있겠습니까! 그럼 신라에서 보내온 하얀 매 역시 무용지물이 되고 말 것이며 소인의 이 뿔매 역시 아무짝에도 쓸모없는 물건이 되고 말 것입니다. 우리 일행이 데려온 작은 매, 사냥개, 새총, 쇠뇌 몽땅 다 쓸 일이 없을 것입니다."
"네 말이 옳도다. 모두들 내 말을 들어라. 짐승을 산 채로 잡으면 내가 돌아가 은 석 냥과 술을 내릴 것이다. 짐승을 죽은 채로 잡으면 은 한 냥과 술을 내릴 것이다. 그러나 들짐승도 날짐승도 잡지 못하면 은도 술도 하나도 없을 줄 알아라."

일행은 모두 "예이"하며 대답했다. 최아는 채찍으로 말을 내려치고는 산길을 향해 올랐다. 일행도 최아를 따라 산길을 올랐다. 하지만 참으로 기이하게도 날짐승도 들짐승도 눈에 들어오지 않았다. 이때 풀밭에서 쐬아쐬아 하는 소리가 들려왔다. 최아는 두 눈의 모든 신경을 끌어모으고 부릅뜨고서 바라보면서 고함을 쳤다. 풀밭에서 빨간 토끼 한 마리가 튀어나왔다. 일행은 모두 그 토끼를 향해 달려갔다. 최아가 다시 한번 소리쳤다.

"저 빨간 토끼를 잡는 자에겐 은 다섯 냥을 상으로 주겠노라."

이때 최아의 말 뒤편에서 신라의 하얀 매를 들고 있는 자만은 움직이지 않고 그대로 서 있었다. 최아가 그자에게 물었다.

"아니 너는 왜 여기 가만히 서 있는 거냐?"

"나리께서 허락하지 않으셔서 감히 움직이지 못하고 있습니다."

"어서, 가라."

최아의 명령을 받들자마자 그자는 하얀 매를 풀어주며 빨간 토끼를 잡게 했다. 하얀 매는 놓여나자마자 쏜살같이 날아갔다. 빨간 토끼는 하얀 매가 자기를 잡으러 날아오는 것을 보더니 잽싸게 덤불 숲속으로 숨어들어 버렸다. 토끼가 눈에서 사라지자 하얀 매는 산골짜기 안으로 날아 들어갔다. 최아가 말했다.

"하얀 매를 어서 거둬들여라."

최아도 말을 몰아 하얀 매를 쫓아 산을 돌아 달렸다. 산허리쯤에 다다랐을까 소나무 숲이 나타났다.

소나무,

소나무!

마디는 절개,

그림자는 진하고

여러 해를 버텨낼 줄 알고

겨울 추위도 견뎌낼 줄 알지.

푸른 하늘까지 치솟아 오르고

가지 뻗어 푸른 봉우리 위로 솟네.

그 모습은 가마 덮개가 누워있는 것도 같고

이리저리 휜 모습은 마치 용이 똬리를 튼 듯.

무성한 솔잎은 바람에 흔들려 비파소리를 내고

솔가지는 달빛 아래 겹겹이 그림자를 드리운다.

소나무는 사시사철 한결같이 군자의 지조를 지니고 있어라,

그대 아는가? 이 소나무가 일찍이 대부로 봉해진 적 있었다는 걸.[4]

최아는 고무줄 중간에 가죽을 묶은 새총을 들고 말을 타고서는 하얀 매를 쫓았다. 하얀 매가 숲속으로 들어가는 게 보였다. 최아도 그 매를 따라 안으로 들어갔다. 매의 모가지엔 작은 방울이 달려 있었다. 수풀 뒤쪽에는 깎아지른 듯한 절벽, 올라갈 길은 보이지 않았다. 그 절벽 꼭대기에서 방울 소리가 들려왔다. 최아는 고개를 올려 바라보고선 소스라치게 놀랐다.

"세상에, 이런 괴상한 일이 다 있다니!"

그 절벽 꼭대기 위, 한 그루 큰 나무 아래에 키가 한 길 정도 되어 보이

---

[4] 진시황이 천하를 통일하고 태산에 제사 지내러 갔을 때 갑자기 구름이 일고 비바람이 휘몰아쳐 왔다. 당황한 진시황이 황급히 피하다가 소나무 한 그루를 붙잡고 산신에게 노여움을 풀고 비를 그치게 해달라고 빌었다. 빌기를 마치니 비도 그쳤다. 진시황은 소나무의 신령이 자신을 보호해준 것이라 믿고 그 소나무에게 오대부의 작위를 내렸다.

는 해골이 앉아 있었다.

황금색 나방 모양으로 장식한 관모,
비단 도포 반짝반짝, 황금 갑옷 철렁철렁.
붉은 여지 껍질 빛깔의 머리띠,
번쩍이는 금빛 갑옷,
앵무새처럼 푸른 신발.

바라보니 저놈의 해골이 왼손으로 하얀 매를 받쳐 들고 오른손 손가락으로 하얀 매 모가지에 달린 방울을 탁탁 튕기고 있었다.
"이거 참 기가 막히는구먼! 매를 돌려달라고 가고 싶어도 올라갈 길이 있어야지!"
최아는 그 자리에서 큰소리를 내어 간청하는 수밖에 없었다.
"신령이시여, 어떤 신령이신지 몰라뵈어 죄송합니다만, 그 매는 소인이 놓친 신라의 하얀 매올시다. 신령께 돌려주시기를 간청하나이다."
그 해골은 들은 척도 하지 않았다. 최아가 예닐곱 번은 간청하고 일고여덟 번은 거듭 머리를 조아렸다. 일행 가운데 최아를 따라 수풀 안으로 들어온 자는 아무도 없었다. 해골은 전혀 신경도 쓰지 않았다. 최아는 더는 참지 못하고 수중의 새총을 들더니 한껏 잡아당기고는 해골을 조준하여 발사했다. 쑹 하는 소리가 들려 바라보니 해골이 온데간데없이 사라지고 하얀 매도 보이지 않았다. 말에 올라타고서 수풀에서 빠져나와 보니 일행이 보이지 않았다. 눈을 부비고 다시 바라보니 사방은 그저 온통 풀밭이라. 사위에 어둠이 잦아드는 이때 최아는 혼자서 천천히 길을 떠났다. 배가 고파왔다. 말안장에서 내려와 말을 끌고 어서 이 산길을 벗어나고자 했다. 산길을 거의 다 벗어나고자 할 그 무렵, 다시 한번 고개를 들어 하늘을 보니 아직 해가 지기 전이었다.

    붉은 해 서녘 하늘로 잠들려 하고
    갈가마귀 수풀을 차고 일어나 높이서 지저귀니,
    어부는 배를 세우고 상앗대를 걷어 올리더니,
    객점을 향해 발길 재촉하고
    마을을 휘감고 돌며 올라가는 밥 짓는 연기.
    고즈넉한 산사,
    은촛대의 불빛,
    불전을 비추네.
    동편에 달이 뜨면
    외딴 마을 주막집 깃발도 내리고.
    나무꾼 돌아오는 길,
    인적 드문 길,
    앞 시내를 건너면,
    간간이 섞여 들려오는 원숭이, 호랑이 소리.
    안채의 아낙,
    문가에 기대어 낭군 돌아오기를 기다리네.

  최아는 혼자서 말을 끌고 길을 잡아 걸었다. 그 길은 그가 산을 들어설 때 잡았던 길은 아니었다. 달빛 아래 멀리서 초가집 몇 채가 드러났다.
  "아이고 살았다! 사람 사는 집이 있으니 얼마나 다행이냐."
  최아가 그 초가집 쪽으로 다가가 보니 농토와 집들이 한데 모여 있는

촌락이었다.

    촌락,
    촌락!
    저수지 옆에 두고
    산언덕 뒤에 두고.
    파란 기와 올린 지붕,
    하얀 회벽을 바른 담벼락.
    뽕나무와 삼이 햇볕 아래 빛나고
    느릅나무, 버드나무 열 지어 섰네.
    대나무 울타리 아래서 닭들이 꼬꼬댁,
    시골 마을에선 개들이 서로 따라서 멍멍.
    초가집 굴뚝 위로 피어오르는 한 줄기 연기,
    뽕나무 밭을 휘감고 돌며 옅게 퍼지는 안개.
    사람들 먹고도 여유가 넘치는가, 개와 닭도 살집이 좋구나,
    사람들 조정의 요역에 동원되지 않으니 자손대대 평안하다.

최아가 마을 앞 버드나무에 말을 매어놓고서 대문을 두드렸다.
"지나가는 과객이온데, 길을 잃었사오니 하룻밤만 재워주시면 내일 아침 바로 길을 떠나겠습니다."
안쪽에서는 아무런 소리가 들려오지 않았다. 최아가 다시 외쳤다.
"나는 승상을 지내셨으며 지금 중산부의 지부이신 최 승상의 아들이올시다. 신라에서 보내온 하얀 매를 잃고서 그걸 찾느라 길을 잃었으니 오늘 하룻밤만 묵어가게 해주시오."

두세 차례 연거푸 문을 두드리니 안에서 소리가 들려왔다.

"나가요, 나간다니까요!"

신발 끄는 소리가 들리고, 발걸음 소리가 들리더니 한 사람이 대문을 열고 나왔다. 최아는 그 사람을 보고서 한숨을 쉴 뻔했다. 그 사람은 바로 최아가 오는 길에 들렀던 술집의 점원이었다. 최아가 그자에게 물었다.

"아니 당신이 어떻게 여기 있는 거요?"

"이 집이 바로 제 주인 나리 댁입니다요. 안에 들어가 주인 나리께 여쭙고 다시 나오겠습니다."

점원이 안에 들어가고 얼마 되지 않아 빨간 옷을 입은 아씨가 여종들을 거느리고 나왔다.

그림 잘 그리기로 유명한 오도자吳道子라도,
저렇게 아름다운 여인을 그려내지는 못하리라.
말 잘하기로 유명한 괴문통蒯文通이라도,
저렇게 우아한 여인을 묘사해내지 못하리라.

최아는 고개도 들지 못한 채 아씨에게 말씀 올렸다.

"소생이 길을 잃었사오니 감히 귀댁에서 하룻밤 유숙하기를 청하나이다. 내일 집에 돌아가면 아버님께 말씀드려 은혜를 꼭 갚겠나이다."

"소녀, 나리를 기다린 지 오랜데 이렇게 친히 찾아주시다니요. 어서 안으로 드시지요."

"제가 어찌 감히 불쑥 들어가겠습니까?"

아씨가 두 번 세 번 거듭 권하자 최아는 못 이기는 척하고는 안으로 들어섰다. 초가집 안으로 들어가니 촛불이 밝혀져 있었다. 여종이 차를 내왔다. 최아가 아씨에게 물었다.

"여기가 어디요? 그대는 대체 또 뉘시오?"

최아의 질문을 받고서 아씨가 입술을 열어 하얀 치아를 드러내고선 몇 마디 대답했다. 그 말을 듣고서 최아가 한마디 했다.

"이렇게 괴이한 일이!"

최아가 차를 다 마시니 아씨가 찻잔과 받침을 받아 물렸다. 최아가 혼자서 구시렁댔다.

"배고파 죽겠는데, 차 한 잔 달랑 주고 말다니!"

최아가 그러고 있는 차에 아씨는 여종에게 술상을 봐오게 했다. 말이 떨어지기가 무섭게 여종이 술상을 내왔다.

휘장을 치고 양탄자를 깔았네,
촛불이 밝게 그 안을 비추네.
예쁘고 신기한 접시와 잔,
금 술잔 옥 술잔 모두 나왔네.
진주 쟁반엔 온갖 기이한 과일,
옥쟁반엔 온갖 맛난 안주.
산호 깎아 만든 탁자,
예쁜 여종 술잔을 받쳐 들고 시중들고
바다거북 등껍질로 만든 술잔에
화장 곱게 한 여종이 술을 따르네.

최아가 두 손을 공손히 모으고는 말했다.

"이렇게 술을 내려주시니 감사하기 그지없으나 감히 받아 마실 수가 없나이다."

"괘념하지 마시고 한 잔 드시옵소서. 소녀도 명문가 소생입니다."

"어느 가문이신지 감히 여쭤보지 못했나이다."

"굳이 물어보실 필요 없으십니다. 일간 자연스레 알게 될 것입니다."

"부모님이 기다리고 계십니다. 길을 좀 알려주시면 제가 바로 돌아갈 수 있겠나이다."

"저희 집안은 오패 제후와 사돈을 맺은 집안입니다. 마침 나리는 재상 집안이니 서로 잘 어울린다 할 만하네요. 그동안 혼담이 오가긴 했으나 그때마다 저의 아버님이 이것도 싫다 저것도 맘에 안 든다 하셨는데 아마도 나리를 만날 인연이었나 봅니다."

그 말을 들은 최아는 더욱 당황했다. 그러나 최아는 감히 거절하지 못하고 그저 아, 예 하고 대답할 수밖에 없었다. 한 잔 두 잔 술이 몇 순배 돌았다. 최아가 다시 아씨에게 부탁했다.

"길을 좀 알려주시면 제가 바로 집에 돌아갈 수 있겠나이다."

"걱정 마세요. 날이 밝으면 소녀가 아버님에게 나리 길 안내를 부탁하겠나이다."

"남녀칠세부동석이라지 않소. 남녀는 음식도 같이 나누지 않는다 합니다. 오이밭에서는 신발 끈 묶지 말고, 오얏나무 아래에서는 갓끈 고쳐 매지 말라 했소이다."

"신경 쓰실 것 없습니다. 우리가 부부의 연을 맺든 말든 소녀가 내일 날이 밝으면 나리를 집으로 돌려보내 드리겠나이다."

최아가 술에 취하여 잠에 들락 말락 할 즈음, 밖에서 남정네 목소리와 말 울음소리가 들려왔다. 여종이 아뢰었다.

"장군께서 오셨습니다."

그 말을 듣고 아씨가 최아에게 말했다.

"아버님이 돌아오셨습니다. 잠시만 기다려주십시오."

아씨는 발걸음도 가볍게 나갔다.

"아니 이곳에 무슨 장군?"

최아가 아씨를 따라 살금살금 안으로 들어가니 사람 목소리가 들려왔다. 최아는 그곳 창문 창호지에 침을 묻혀 구멍을 내고 바라보았다. 최아는 너무 놀라 온몸에 식은땀이 났다. 온몸이 다 얼어붙을 지경이었다.

"아이고 나는 죽었다. 아니 도망친다고 도망친 게 하필이면 이런 집이란 말이냐!"

최아가 창호지 구멍으로 보니 방 안에 주홍색 의자가 두 줄로 놓여 있었다. 그중에서도 주인 자리에 한 길 정도 되는 해골이 앉아 있었다. 낮에 최아가 새총으로 겨눴던 바로 그 해골이었다. 자, 이제 어떤 일이 일어나는지 보자. 아씨가 그 해골을 보더니 두 손을 모아 인사를 하고서 말했다.

"아버님, 별고 없으신지요?"

"얘야, 말도 마라. 내가 낮에 밖에서 하얀 매 한 마리를 보았지 뭐냐. 거참 신기하다 싶어 당장 붙잡아 내 팔뚝에 올려놓았지. 아 근데 어떤 놈이 나에게 새총을 쏴서 내 눈덩이를 맞추었지 뭐냐, 너무도 아파서 산신령에게 대체 어떤 놈이 새총을 쏜 건지 여쭤보니 최 승상의 아들놈인 최아라고 바로 알려주시더구나. 내 이놈을 붙잡아 기둥에 묶어 놓고 배를 갈라 심장을 꺼낸 다음 왼손에 술잔을 들고 오른손으론 이놈의 심장을 들고서 술 한 잔에 심장 한 점을 먹어야 직성이 풀릴 거다."

말을 마치기가 무섭게 병풍 뒤쪽에서 한 녀석이 튀어나왔다. 바로 오늘 주점에서 본 점원이었다. 해골이 그 녀석을 보더니 입을 열었다.

"개똥아, 내 말을 너도 들었겠지?"

"저도 들었습니다, 장군님. 그놈이 감히 그런 일을 하다니요.. 사실 그놈이 오늘 낮에 주점에 들러 술을 주문했던 적이 있습니다. 한데 장군님의 눈을 쏘아 맞히다니요!"

아씨가 입을 열었다.

"그 사람이 실수로 아버님을 쏜 거겠지요.. 너그럽게 용서해주셔요."

개똥이가 끼어들었다.

"동생아, 내가 괜히 끼어든다고 생각하지는 마라. 아무튼 그 최가놈이 지금 여기로 찾아와서 술을 마시고 있지 않으냐?"

아씨가 아버님에게 말씀 올렸다.

"제가 최아와 더불어 술잔을 나눈 것은 5백 년 전에 이미 맺어진 혼인의 인연이 있기 때문입니다. 저의 얼굴을 봐서 저 최아를 용서해주세요."

그 해골은 계속 씩씩대며 화를 삭이지 못했다. 아씨는 연신 빌어댔다. 창문 너머 이걸 엿듣고 있던 최아는 지금 아니면 언제 도망가랴 하는 생각이 들었다. 초가집에서 빠져나와 대문을 열고 말에 올라타 채찍질을 하니 그 말이 발굽을 허공에 차올렸다. 정말 이 길 저 길 가릴 계제가 아니지 않은가! 밤새 달리니 날이 밝을 무렵 정산을 빠져나올 수 있었다.

"휴, 이제 살았다!"

최아가 한숨 쉬며 말을 하는 바로 그 순간 수풀 안에서 십여 명의 사람이 소리 지르며 달려 나와 최아를 에워쌌다.

"아이고, 내 팔자야. 이무기 연못을 빠져나왔다 싶었더니 또 호랑이 굴에 들어가는 거 아냐!"

자세히 살펴보니 그들은 바로 최아랑 같이 사냥을 나섰던 일행이었다.

"아이고, 간 떨어질 뻔했네그려!"

일행이 최아에게 물었다.

"아니 밤새 어디를 가신 거요? 지금 저희가 나리를 만나지 못했더라면 오늘 아주 경을 칠 뻔했습니다요."

최아가 그들에게 어젯밤에 겪은 일을 이야기해주었다. 사람들은 최아의 이야기를 듣더니 모두 두 손을 맞잡아 이마 위로 올리며 입을 열었다.

"이렇게 살아계시니 얼마나 다행입니까! 저희는 어젯밤 감히 돌아가지도 못하고 이 숲속에서 날이 새기만을 기다렸습니다. 신라에서 보내온 하얀 매는 숲속 뒤편의 나무에 깃들어 있었고 저희가 방금 잡아왔습니다."

매잡이가 최아에게 아뢰었다.

"나리, 제가 바로 이곳 출신이라서 잘 아는데, 이 산에는 기이한 들짐승 날짐승이 많습니다. 다시 산으로 들어가 사냥을 하심이 어떠신지요? 저 신라 하얀 매를 한번 써보지 못하는 게 너무 아쉽습니다."

최아가 이 말을 듣고 한마디 했다.

"저 녀석 또 시작이네!"

일행이 최아를 모시고 함께 승상부로 돌아갔다. 일행은 사례를 받으러 가고, 최아는 방 안으로 들어가 어머니, 아버지를 뵙고 인사를 올렸다. 최승상이 아들 최아에게 물었다.

"밤새 집에 들어오지 아니하고 대체 어디를 간 게냐? 네 어미가 걱정하느라 병이 다 날 지경이었다."

"아버님 어머님, 소자 어제 정말 기이한 일을 당했습니다."

최아가 자신이 겪은 일을 처음부터 끝까지 조곤조곤 이야기했다. 최승상이 한숨을 쉬면서 말했다.

"야 이 녀석아, 지금 무슨 말을 하는 게냐? 너는 지금부터 서재에 처박혀 있어라. 내가 사람을 시켜 널 감시하게 할 터이니 밖에 나갈 생각은 아예 하지도 말라."

최아는 서재에 처박혀 지내는 도리밖에 없었다. 시간은 쏜살같이 흐르고, 해와 달이 마치 베틀의 북처럼 뜨고 지고 뜨고 지고, 석 달이 쑥 지나가 버렸다. 어느덧 여름.

여름,
여름!
비는 흐벅지고
정자는 널찍하고.
비단 부채 날렵하고
향내 바람 불어오고
머리를 풀고 옷깃도 풀고
장기도 두고 바둑도 두고
오래된 향로에선 용연향 타오르고
가림벽엔 유명 화가의 그림 새겼네.
맞은편 대나무 길에선 시원한 바람 불어오고
두 줄로 이어진 소나무는 기와지붕에 그림자 드리운다.
이땐 뭐니 뭐니 해도 차가운 물에 담가두었던 시원한 매실과 참외,
맛난 술 한 잔 걸치며 막 새로 개봉한 젓갈 한 젓가락 입에 넣는 것.

최아가 석 달간 서재에 처박혀 지내는 사이, 날씨는 아무도 모르게 이렇게 더워져 버렸다. 최아가 서재에서 나와 뒤뜰에서 바람을 쐬고자 했다. 뒤뜰에 나와 앉은 최아가 이렇게 혼잣말했다.
 "석 달 동안이나 서재에 갇혀 지내다 이렇게 나와서 바람을 쐬니 정말로 기분이 좋네!"

저녁 아홉 시를 알리는 북소리가 울렸다. 달이 동쪽 하늘에 얼굴을 비추었다.

달,
달!
멈춤 없이,
쉼도 없이.
동쪽에서 떠올라
서쪽으로 기운다.
보름달일 적은 짧고
이지러지고 기운 때 길다.
한밤 자정에 가장 아름답고
가을밤에 가장 멋지게 빛나네.
서리 내리는 밤 은은하게 빛나고
첫눈 내리는 밤 하얀빛을 더하네.
깊은 밤 맑은 바람과 더불어 창문 사이로 찾아오며,
사랑을 떠나 보낸 이의 가슴을 더욱 애잔하게 하는 달.

최아는 달빛을 따라 한가롭게 발걸음을 옮기며 사방을 둘러보았다. 홀연히 한 조각 검은 구름이 일어나더니 갈라지고 그 갈라진 틈으로 마차 한 대가 나타났다. 마차에는 한 여인이 타고 있었다. 그 마차를 몰고 있는 자는 바로 전에 최아가 들렸던 술집의 점원 개똥이였다. 빨간 적삼을 입고서 마차 안에 앉아 있는 여인은 바로 최아가 숲속에서 하룻밤 머물렀던 그 집의 아씨였다. 아씨가 마차에서 내려와 최아에게 물었다.

"소녀가 일전에 성심으로 나리를 모시고자 했사온데 어인 일로 말 한마디 없이 떠나버리셨나요?"

"소인이 도망치지 않았더라면 오른손엔 술잔을 들고 왼손으론 소인의 심장을 들고 먹어치웠을 겁니다. 아씨, 제발 소인의 목숨을 살려주시오."

"두려워 마세요. 이 소녀는 사람도 아니요, 귀신도 아니요, 바로 천상의 선녀라오. 나리와는 5백 년 전에 이미 맺은 인연이 있어 나리와 부부지정을 누리고자 오늘 이렇게 특별히 찾아왔나이다."

여인은 개똥이에게 마차를 몰고 먼저 돌아가게 했다. 최아는 순간 여인의 꼬임에 넘어가고 말았다.

색,

색!

벗어나기 어렵고

빠져들기 쉽구나.

규중심처에 숨어서,

화류계에 숨어서.

소인배 같은 심보만 키워 주고

군자의 덕은 사라지게 하는구나.

진후주陳後主 부질없이 재주만 많고

주왕紂王은 쓸데없이 힘만 있었도다.

고통도 못 느끼게 죽음으로 이끄는 칼,

면전의 사람도 바로 죽여 버리는 가혹한 도적.

이제 알았도다! 요부의 두 눈은 사람을 꼬드기는 추파,

얼마나 많은 사람이 이렇게 허무하게 삶을 마감했던고!

최아와 여인은 서재에서 며칠을 함께 머물렀다. 최아의 몸종 녀석이 이렇게 중얼거렸다.

"아니 도련님이 서재엔 얼씬도 못 하게 하시는데, 대체 왜 그러시지?"

그날 저녁 그 몸종 녀석은 요부가 얼씬거리는 것을 발견했다. 몸종은 냅다 달려가 먼저 마님께 고하고 그런 다음 최 승상께 고했다. 최 승상은 격노했다. 최 승상은 칼을 빼들고 서재로 달려갔다. 최아는 최 승상이 달려오는 것을 보고 그저 인사를 올릴 따름이었다.

"이놈아, 조용히 서재에서 책을 읽으라고 했거늘 어찌하여 이웃 아낙을 끌어들여! 조정에서 이 사실을 알게 되면 내가 너를 제대로 가르치지 못했다고 할 것이고 그럼 너의 출셋길도 막히고 말 것이다."

"아버님, 그런 일 한 적이 없습니다."

최 승상이 아들에게 재차 다짐을 받으려고 하는 순간 병풍 뒤에서 여인 하나가 나와서 인사를 올렸다. 그 여인을 보니 최 승상은 더욱 울화가 치밀었다. 최 승상은 칼을 움켜쥐고 그 여인을 향하여 나아갔다.

"받아랏!"

최 승상이 칼을 쓰지만 않았더라도 아무런 일이 생기지 않았을 것이나 그만 칼을 쓰고 말았으니! 최 승상은 외려 뒤로 세 걸음이나 밀려났다. 그 날카로운 칼날은 다 어디로 사라져버리고 그저 칼자루만 남아 있었다. 최 승상은 너무 놀란 나머지 이러지도 저러지도 못했다.

"나리, 너무 화내지 마십시오. 소녀와 도련님은 5백 년 전에 이미 부부의 연을 맺은 사입니다. 머지않아 우리는 신선이 되어 날아갈 것입니다."

최 승상은 아무런 방도가 떠오르지 않았다. 부인과 상의한 최 승상은 마침내 도사를 청하기로 했다. 하나, 그렇게 청한 도사가 어디 그 여인을 처치할 수 있으랴! 이때 최 승상의 문서관 하나가 와서 아뢰었다.

"나리께 아뢰나이다. 성은 나羅요, 이름은 공적公適인 신임 사법관이 나리를 뵙고자 찾아왔습니다. 그래서 제가 그 사법관에게 승상 나리께서 오늘은 손님 접견을 하지 않으신다고 알려주었더니 어찌하여 손님 접견을 하지 않으시는 거냐고 물어보시데요. 제가 저간의 사정을 쭉 말해주었습니다요. 그러자 신임사법관이 이렇게 말하는 겁니다. '이 근처에 신선술을 닦은 자가 있어 그 여인을 쫓아낼 수 있을 것이외다. 그자의 성은 나羅, 이름은 공원公遠으로 나의 형님이 되시는 분이오.' 하여 소인이 이렇게 달려와 나리께 아뢰나이다."

최 승상은 즉시 나공적을 들라 하여 차를 내오게 하고는 물었다.

"나공원은 어디에 있소이까?"

최 승상이 나공원의 거처를 알아내 바로 그를 청하는 서찰을 써서 자기 집으로 모셨다. 나공원은 최아가 만난다는 그 여인을 이렇게 타일렀다.

"내 얼굴을 봐서 이제 최아를 좀 놓아주시오.."

그러나 그 여인이 나공원의 말에 어찌 콧방귀나 뀌겠는가? 나공원이 거듭거듭 좋은 말로 타일렀으나 여인은 들은 척도 하지 않았다. 나공원은 마침내 법술을 부리기 시작했다. 홀연히 일진광풍이 몰아치기 시작했다.

바람,

바람!

파란 바람,

붉은 바람.

갑자기 남북으로,

홀연히 동서로.

봄에는 버들가지 풀어내고

가을엔 오동잎 지게 하누나.
부잣집 문간을 넘어가는 시원한 바람,
가난한 집 방문을 넘어가는 차가운 바람.
땅바닥에 부딪혀 북소리처럼 둥둥 울리는 소리,
공기와 부딪쳐 번개처럼 휙휙 스쳐 가르는 소리.
하늘과 땅 사이의 먼지를 싹 쓸어버려 깨끗하게 하는 바람,
구름을 흩어내어 해가 나오게 하는 고마운 이는 바람이라네.

바람이 지나가고 잦아들자 나공원은 두 명의 선동을 불러냈다. 한 선동은 밧줄을, 다른 선동은 검은 지팡이를 들고 있었다. 나공원은 선동들에게 여인을 붙잡게 했다. 여인이 개똥이를 불렀다. 개똥이가 허공에서 내려와 분연히 두 주먹을 쥐고선 선동들과 한판 싸울 기세였다. 그러나 악이 선을 대적할 수는 없는 법. 두 선동이 먼저 개똥이를 포박하고 그런 다음 빨간 적삼을 입고 있는 그 여인을 포박했다. 나공원이 소리를 질렀다.

"정체를 밝혀랏!"

그러자 개똥이는 호랑이로, 빨간 적삼 여인은 빨간 토끼로 변했다. 최아가 만났던 해골은 진晉나라 장군이 죽어서 정산에 묻혔던 것이라. 세월이 흐르고 흘러 그 장군은 마침내 재앙을 불러일으키는 괴물이 되고 말았다. 나공원이 이 세 괴물을 모두 제압하고 최아의 목숨을 구해주었다. 그때부터 지금까지 정산 일대는 태평무사하게 되었다. 이 이야기는 「신라의 하얀 매」 혹은 「정산의 세 괴물」이란 제목으로 불리게 되었다. 시 한 수로 이를 증명하노라.

호랑이, 빨간 토끼, 살아 있는 해골,

산속에서 작당하여 나쁜 짓을 일삼도다.

도사가 나타나 그들을 제압한 이후로,

길 가는 이 아무런 걱정 없이 다닐 수 있게 되었도다.

황금장어의 저주

計押番金鰻産禍
― 포졸 계 씨가 잡은 황금장어가 화를 일으키다 ―

술에 취해 흐리멍텅 하루해가 지나버리고
어느덧 봄이 사라지는가, 서둘러 산에 올라라.
대나무 숲속 스님 거처 지나다 인사를 나누네,
덧없는 내 인생의 한 줌의 여유.

한편, 송나라 휘종(1101~1125) 때에 포졸이 하나 살고 있었겠다. 그 포졸의 성은 계計, 이름은 안安이라. 황실호위군에서 근무했다. 계안은 아내와 단둘이 살고 있었다. 어느 날 계안이 근무를 마치고 집에 돌아와서 날은 더운데 마땅히 할 일은 없고 하여 낚싯대를 챙겨 어슬렁어슬렁 금명지로 찾아들었다. 한참이 지났으나 아직 마수걸이도 못했다. 계안은 더는 버티질 못하고 그냥 낚싯대를 걷어 집으로 돌아가려 했다. 바로 이때 찌가 쑥 가라앉는 것이 아닌가. 계안은 낚싯대를 바로 잡아채 올렸다. 그는 너무도 기쁜 나머지 자기도 모르게 소리를 다 질렀다.

"우와 이런 월척은 천금 주고도 못 사지!"

계안은 낚싯대를 접고 잡은 물고기를 대나무 망에 넣어 집으로 가는 길을 잡았다. 길을 걷노라니 누군가 자기를 부르는 소리가 들렸다.

"계안!"

고개를 돌려 바라보았으나 아무도 보이지 않았다. 다시 걷다 보니 또 소리가 들려온다.

"계안, 나는 금명지의 신령이야. 자네가 나를 살려주면 내가 자네를 엄청난 부자로 만들어줌세. 만약 자네가 나를 해치면 자네 가족이 모두 비명횡사하게 될 걸세."

계안이 자세히 들어보니 그 소리는 바로 그의 대나무 망에서 들려오는 것이었다. 계안이 중얼거렸다.

"별 이상한 꼴을 다 보겠네."

계안이 집에 돌아가는 동안 괴이한 일이 더는 생겨나지 않았다. 계안이 집에 도착하여 낚싯대와 대나무 망을 내려놓았다. 계안의 아내가 계안에게 말을 전했다.

"어서 청사에 나가 보셔요. 무슨 일인지 모르겠으나 태위께서 두 번이나 사람을 보내서 당신을 찾더이다. 당신한테 어서 오라고 합디다."

"오늘은 비번인데 나를 왜 찾지?"

계안이 입을 떼기가 무섭게 다시 사람이 와서는 계안을 찾았다.

"계 포졸, 태위께서 어서 오라십니다."

계안은 서둘러 옷을 갈아입고 그 사람과 함께 청사로 들어갔다. 일을 마치고 다시 집에 돌아와서 관복을 벗고 아내에게 밥상을 내오게 했다. 아내가 밥상을 차려오자 계안이 너무도 소스라치게 놀라 소리를 질렀다.

"아이고, 난 이제 죽었다!"

"아니 뜬금없이 그게 무슨 말이래요?"

계안이 아내에게 낚시 갔다 온 이야기를 쭉 해주었다.

"바로 그 황금장어가 자기가 금명지 신령이고 자기를 놓아주면 나를 벼락부자로 만들어주고 자기를 죽이면 우리 가족을 모두 비명횡사하게 만든다고 했어. 근데 당신이 그 황금장어를 이렇게 죽여 버렸으니 이젠 우린 다 죽었다고!"

계안의 아내는 가래침을 찍 뱉고 나더니 이렇게 뇌까리는 것이었다.

"아니 무슨 그런 황당한 소리를 하고 있어요! 장어가 말을 다 해요? 그러잖아도 반찬거리가 없던 차라 그걸 요리한 건데. 암튼 당신 안 먹으려면 관두세요. 나라도 먹을 거니까."

계안은 내내 마음이 찜찜했다. 밤이 되어 잠자리에 들 시간, 아내가 보니 계안이 내내 기색이 어두운지라 그를 위로해 줘야겠다는 생각이 들었다. 그날 밤 아내는 아이를 가졌다. 아내의 눈자위가 부풀어 오르고 배는 불러오고 가슴은 봉긋해지기 시작했다. 어언 열 달이 흘렀다. 몸을 푸는 날 산파를 불렀다. 계집아이가 태어났다.

들풀은 심지 않아도 해마다 자라고
번뇌는 뿌리도 없건만 날마다 생겨나고!

계안과 그의 아내는 태어난 아가를 보고 너무도 기뻐했다. 경노慶奴(복덩어리)라는 이름을 지어주었다. 세월은 쏜살같이 흘러 경노가 벌써 이팔청춘 열여섯이 되었다. 생긴 것도 예쁘고 똑똑하고 손재주까지 좋았다. 부녀 사이가 끔찍이도 좋았다. 때는 바야흐로 정강靖康 병오(1126)년 나라에 큰 변란이 일어났다. 계안네 세 식구는 금붙이와 세간을 챙겨 이곳저곳으로 피난을 떠나게 되었다. 나중에 황실이 항주에 자리를 잡았다는 소식을 듣고는 관원들과 군졸들 역시 이곳으로 몰려들었다. 계안 역시 이 소식을 듣고 항주로 방향을 잡았다. 며칠 후 항주에 도착한 계안은 일단 머물 곳을 해결한 다음 자신과 같이 근무하던 동료들을 수소문했다. 계안은 마침내 예전에 자신이 근무하던 부서에서 다시 근무하게 되었다.

계안은 다른 사람 편에 거처를 알아보고선 가족을 안돈시켰다. 며칠이 지나고 계안이 아내에게 이렇게 상의했다.

"내가 퇴근하고 나면 시간 여유가 많으니 뭐라도 부업을 하고 싶소이다. 가만히 있다 보면 금방 재산을 축낼 것 아뇨!"

"당연하죠. 그렇다고 딱히 할 일도 없고 하니 작은 주막이나 하나 열었으면 해요. 당신이 근무할 때는 저와 경노가 대신 가게를 볼 수 있잖아요."

"그 말이 일리 있네. 어쩜 그렇게 내 생각하고 딱 맞지!"

계안은 즉시 이 일을 추진했다. 다음 날 주막 일을 맡아 볼 점원 하나를 구했다. 외지 출신이나 어려서부터 항주에서 잔뼈가 굵은 녀석으로 부모도 없는 고아 같은 녀석이었다. 성은 주周, 이름은 득得, 형제 중 셋째였다. 계안은 이것저것 준비를 마치고 손 없는 날을 골라 개업식을 했다. 주득은 주점 입구에서 주전부리도 팔고 차도 끓였다. 밤이면 계안네 집으로 들어와 잠자리에 들었다. 계안이 집에 없을 때는 아내와 딸이 가게를 맡았다. 주득 역시 너무도 부지런하여 게으름을 피우는 법이 없었다.

세월도 바쁜지 몇 달이 후루룩 지나가 버렸다. 하루는 계안이 아내에게 이렇게 말을 건넸다.

"내가 할 말이 있으니 화내지 말고 들어봐."

"뜸 들이지 말고 어서 말이나 해봐요."

"아니 다른 게 아니라 요즘 경노년이 예전하고 너무도 달라진 것 같아."

"내가 경노를 집 밖으로 못 나가게 단속을 단단히 하고 있는데 뭔 소리야! 아무래도 막 어른이 되려고 하는 때라 그러겠지!"

"아니 그게 어른 되려고 그런 게 아니라니까. 아무래도 경노와 주득이가 눈이 맞은 거 같아."

그날은 아무튼 그냥 이렇게 별일 없이 지나갔다. 어느 날, 계안이 집을 비운 날 계안의 아내가 딸내미 경노를 불렀다.

"얘야, 이 어미가 할 말이 있느니라. 속이지 말고 솔직하게 답하여라."

"아무 일 없어요."

"무슨 소리야. 요즘 보자니 네 행실이 조신하지도 못하고 꼴도 말이 아닌 것 같은데. 어서 나한테 솔직하게 털어나 봐!"

경노는 그녀의 추궁을 받고도 쉬 입을 열려고 하지 않았다. 그녀가 보자니 경노가 어미의 물음에 제대로 대답도 못하고 당황하여 정신을 못 차리고 동문서답을 해대는 것이었다. 얼굴은 또 새빨개지기까지 했다. 그녀는 그래 필시 무슨 일이 있는 게야 하는 생각이 들었다. 그녀가 경노의 몸을 더듬어 살펴보기 시작했다. 그녀가 마침내 한숨을 푹 쉬면서 경노의 귀싸대기를 사정없이 날렸다.

"그래 너를 이렇게 만든 놈이 누구냐?"

경노가 어머니에게 맞다 못해 결국 입을 열었다.

"어머니, 제가 주득과 일을 저질렀어요."

그녀는 경노의 말을 듣더니 차마 더는 말을 하지 못하고 그저 발등을 찧으면서 한숨만 쉬어댔다. 이 일을 어찌한단 말인가!

"네 아비가 돌아오면 필시 나한테 집에서 대체 뭘 했기에 이렇게 우세스러운 일이 생기게 되었느냐며 나만 잡으러 들 것이야."

주득은 안에서 이런 일이 벌어진 줄도 모르고 그저 주점에서 술이나 팔고 있었다. 해저물녘 계안이 일을 마치고 집에 돌아왔다. 계안이 저녁밥을 먹고 나자 아내가 입을 열었다.

"여보, 할 말이 있어요. 당신 말대로 저 경노년이 주득이한테 몸을 망쳤더라고요."

계안이 이 말을 듣기 전에야 괜찮았지만 이 말을 듣고 나니 화가 가슴 속 깊은 곳에서 치밀어 오르고 분노가 간담에서부터 차올랐다. 계안은 당장 달려가 주득을 때려죽일 기세였다. 아내가 계안을 막아섰다.

"잠깐만, 아니 지금 주득을 두드려 팬다 한들 우리한테 뭐가 도움 되겠어요?"

"내가 이년을 고관대작에게 시집보내려고 했더니 이런 일을 저질러 그래. 내가 이년을 죽여 버릴 거야. 그 자식 없던 셈 치지 뭐."

아내가 계안을 한참이나 붙잡고 말렸다. 계안이 화를 좀 누그러뜨린 것 같았다. 계안이 아내에게 물었다.

"그래, 이 일을 어찌한다?"

아내는 조금도 망설임 없이 자신의 생각을 말하기 시작했다.

나무 사이로 갈바람 불어오니 매미가 먼저 느끼네,

세월 무상을 느끼기도 전에 매미 역시 사라지는구나.

아내가 계안에게 말했다.

"우세 사지 않을 방법이 하나 있기는 합니다."

"어서 말해 봐."

"기왕에 그놈의 주득이 우리 집에서 일을 봐주고 있으니 이참에 그놈을 아예 사위로 들이는 게 어떻겠어요?"

이야기꾼이 한마디 하노라. 그때 계안 부부가 경노를 주득에게 시집보내지 않았더라면 별일이 없었을 것이다. 물론 사람들 손가락질을 받았을지도 모르긴 하지만 말이다. 하나 두 사람이 서둘러 일을 치르다 보니 마침내 이런저런 이야깃거리가 엄청나게 생겨나게 된 것이라. 희한하게도 계안은 아내의 말을 그냥 다 받아들이고 말았다.

"그것도 좋은 방법이네."

계안은 즉시 주점에 있던 주득을 집으로 들어오게 했다. 분부를 받들고 집으로 돌아오던 주득은 곰곰이 생각에 잠겼다.

'아침에 마님이 경노의 귀싸대기를 갈겨대는 걸 내가 두 눈으로 똑똑히 보았는데, 이제 나리가 돌아와서는 나를 급히 불러들이는 걸 보니 필시 일이 탄로난 게 분명하다. 만약 나를 관가에 데리고 가서 고소라도 하면 나는 어떡하지?'

주득이 아무리 생각해봐도 뾰족한 수가 없었다.

까마귀와 까치가 함께 길을 가니,
흉조인지 길조인지 알 길이 없구나.

쓸데없는 소리를 더 할 필요야 없지. 계안이 주득에게 중매쟁이를 보내서 혼사를 제안했다고 했겠다. 폐물을 보내고 택일하여 혼사를 치렀음은 당연지사.

주득이 계안네 집으로 사위로 들어온 지도 이러구러 1년이 지났다. 주득과 경노 부부는 죽이 참 잘 맞았다. 둘은 따로 나가 살 꿍꿍이를 했다. 늦게 일어나고 초저녁에 잠자리에 들면서 게으름을 피우고 일을 하지 않았다. 집을 드나들 때나 주득은 일부러 거드름을 피워댔다. 계안은 참지를 못하고 주득에게 연신 잔소리를 해댔다. 계안은 아내와 상의했다.

"저놈을 관가에 고발하고 결혼생활을 그냥 끝내버리게 하는 게 어때? 지금까지야 다른 사람 눈이 무서워 꾹 참았지만, 이참에 저놈의 허물을 다 발가벗겨 버릴 거야."

계안은 작정을 하고서 마치 덫을 놓은 듯 주득의 실수를 꼬투리 삼아 한바탕 소란을 피우더니 마침내 관가에 고발했다. 이웃 사람들도 말리다 말리다 포기하고 말았다. 경노와 주득은 마침내 이혼하고 말았다. 주득은 계안네 집을 떠나 혼자서 먹고 살길을 찾아야 했다. 경노는 감히 아무 소리도 내지 못하고 그저 속으로만 고민했다. 주득과 생이별을 하고서 그저 집에서 죽어지냈다. 그러기를 반년, 중매쟁이가 계안의 아내에게 찾아왔다. 중매쟁이는 계안의 아내와 인사를 나눈 다음 자리를 잡고 앉았다.

"따님의 혼처를 찾고 있다고 하시기에 이렇게 찾아왔습니다."

계안이 그 말을 듣고 이렇게 말했다.

"어디 좋은 혼처가 있으면 당장 좀 나서주시오."

"다른 사람이 아니라 황실 경호부대에서 근무하며 녹봉을 받는 군관으로 성은 척戚, 이름은 청靑이라 합니다."

계안은 이 말을 듣고 다 전생의 인연이 있어 이런 혼담이 오가는 것이라 믿고는 바로 승낙해버렸다. 계안은 그 자리에서 경노의 사주단자를 적어주고 술대접도 했다. 계안의 아내도 한마디 거들었다.

"자네가 힘 좀 써봐, 일이 잘 되면 내가 섭섭하지 않게 해줌세."

중매쟁이가 고맙다는 인사를 하더니 떠나갔다. 계안 부부는 서로 이야기를 나눴다.

"아주 좋네! 녹봉을 받는 군관이라서 좋고, 나이도 많을 것 같으니 듬

직할 것도 같아. 게다가 그런 군관한테 시집가면 주득이도 감히 경노한테 얼씬대지 못할 거 아녀. 내가 그 척청을 아주 잘 알지."

　혼담은 그저 단번에 성사되었다. 그래도 절차를 다 지켜 혼례를 치렀다. 한편, 경노와 척청은 아무래도 잘 어울리지가 않았다. 누가 봐도 서로가 갈망하는 신랑 신부는 아니었다. 척청은 이미 나이가 너무 많아 경노의 맘을 흡족하게 해주긴 힘들었다. 척청과 경노는 날마다 티격태격 하루도 바람 잘 날이 없었다. 계안 부부가 보기에도 영 꼴이 말이 아닌지라 경노와 척청이 차라리 갈라서는 게 낫겠다 싶어 조용히 관가에 손을 대어 이혼장을 내니 관원들이야 계안의 얼굴을 봐서 바로 허가해버렸다. 척청은 아무런 힘도 써보지 못하고 이혼을 당하고 말았다. 척청은 술만 마셨다 하면 계안네 집 앞에 와서 욕을 해댔다.

　하루는 척청이 뭐라고 떠들게 되는데 이로 말미암아 '술 마신 건 장가놈인데, 취하는 건 이가 놈'이고, '도끼질은 버드나무에 했는데, 뽀개지는 건 뽕나무'가 되는 그런 일이 생기고 만다.

　　둥지에서 평안하게 지내는 것이 좋았을 것을,
　　손님이 찾아오며 들고 온 서찰,
　　권세와 이익을 가져다주는 서찰이라 할지라도,
　　머리맡에 그냥 두고 열어보지 말아야 할지라.

　척청은 술만 마셨다 하면 계안에 집에 찾아와 욕을 해대었다. 그렇다고 해서 계안과 직접 마주 서서 따질 배짱도 없었다. 처음에는 사람들이 와서 달래기도 했으나 척청이 술만 마셨다 하면 와서 소리를 질러대니 그냥 그러려니 하고 신경도 쓰지 않게 되었다. 하루는 척청이 계안을 가리키며 이렇게 소리를 지르는 것이었다.

"두고 봐, 내가 저 개새끼를 죽이고 말 거여!"

마을 사람들 모두 그 소리를 똑똑히 들었다. 이렇게 소리를 지른 다음 척청은 사라졌다. 한편, 경노는 친정에서 반년 정도를 지냈다. 하루는 노파 하나가 찾아와 이런저런 말을 건네는 것이었다. 계안 부부는 혹시 중매서려는 건 아닐까 하는 생각이 들었다. 차를 들고서 노파가 입을 열었다.

"이 할망구가 드릴 말씀이 있긴 한데 나리가 화를 내실까 걱정이네."

"걱정하지 말고 이야기해 보쇼."

"나리 여식이 두 번이나 결혼했으나 끝이 좋지 못했잖우. 여식을 괜찮은 관리댁으로 보내 보는 건 어떻겠어요? 그곳에서 한 3, 4년 지내다가 다시 혼사를 진행해도 늦지 않을 것 같아서요."

계안은 그 말을 듣고 혼자서 생각해보았다.

'그래, 그것도 나쁘지 않겠네. 딸내미 이혼시키느라 두 번이나 우세를 당했고 게다가 비용도 만만치 않게 들었으니 지금 당장 누구한테 시집보내겠나!'

계안이 마침내 입을 열었다.

"그래 할멈, 어디 적당한 곳이라도 있소이까?"

"그렇지 않아도 경노 아씨를 바라는 곳이 있습니다. 그분은 지금 집에서 쉬고 계십니다. 그분이 전에 이 할망구 집에 술 마시러 왔다가 아씨를 본 모양입니다. 그는 고우군高郵軍의 주부로 여기에 출장 온 건데 지금 자기를 챙겨줄 사람이 없으니 여기서 인연을 맺었다가 집에 돌아갈 때도 데리고 갈 모양입니다. 나리의 의향이 어떠신지 모르겠나이다."

계안 부부는 서로 상의한 다음 이렇게 대꾸했다.

"할멈이 이렇게 와서 이야기하는 것은 다 그 나름의 생각이 있어서 그런 것 아니겠소. 할멈이 나서주시구려."

그날로 바로 결정해버렸다. 계약서를 꾸리고 출발할 날을 잡았다. 마침내 경노는 집을 떠나 그 주부를 모시러 갔다. 이제 이야기가 바뀌는구나. 이로 말미암아 경노는 마침내 불귀의 객이 되고 부모를 다시 만나지 못하는 신세가 되었도다.

> 하늘이 들어주려 해도 소리를 내지 못하니 어이하랴,
> 넓디넓은 하늘 아래 찾을 길이 막막하다.
> 하나, 세상사 모든 건 높고 먼 곳에 있는 것 아니오,
> 우리네 마음속에 다 들어 있다는 사실.

경노가 모시게 된 자는 고향 고우군에 처자식을 남겨두고 이곳 임안에 출장 온 주부로, 성은 이李, 이름은 자유子由라. 이자유는 경노를 얻어서 마치 자신의 마누라처럼 대했다. 하루하루를 한식이나 정월 대보름 같은 명절처럼 흥청망청 보냈다. 경노가 먹을 게 필요하면 먹을 거를, 입을 게 필요하면 입을 거를 다 챙겨주었다. 몇 달 후 이자유는 고향 집에서 서신을 받았다. 괜히 임안에서 돈 낭비하지 말고 서둘러 고향으로 돌아오라 재촉하는 서신이었다. 며칠 동안 이자유는 고향으로 돌아갈 준비를 했다. 짐도 꾸리고 선물도 사고 배도 빌리고 하여 드디어 물길을 잡아 고향으로 출발했다. 고향 가는 길에 이자유는 술과 여자를 탐하느라 일정이 계속 늘어져만 갔으나 별로 개의하지 않았다. 이러구러 고향 집을 목전에 두게 되었다. 당직을 서던 자가 나와서 이자유를 맞았다. 이자유의 아내도 나와서 이자유를 맞았다. 이자유가 아내에게 말을 건넸다.

"부인께서 나 없는 동안 집안을 꾸리느라 고생 많으셨소이다."

이자유가 말을 마치고 바로 경노를 시켜 아내에게 인사하라 했다. 이자유의 아내가 말을 잘랐다.

"아니 누구한테 지금 인사를 시키는 거야, 저년은 대체 누구야?"

"부인, 내가 임안에서 지내는 동안 내 시중들어 줄 아이가 필요하여 그냥 아무라도 데려다 쓴 거야. 그리고 오늘 이렇게 여기까지 데려온 거고."

이자유의 아내가 경노를 바라보며 쏘아붙였다.

"그래, 나 없는 동안 저 양반하고 재미 좋았겠구나. 아니 뭐하러 여기까지 따라온 거야!"

"마님, 지금 저의 신세는 고향 떠나 사고무친이니 제발 굽어 살펴주시옵소서."

이자유의 아내는 아랑곳하지 않고 하녀 둘을 부르더니 소리쳤다.

"당장 저년의 머리 장식과 옷을 벗기고 헌 옷으로 바꿔 입혀라. 신발도 벗겨버리고 머리도 풀어헤쳐 부엌에서 불 때고 밥이나 짓게 하여라."

경노는 그저 애절하게 이자유의 아내에게 하소연할 도리밖에 없었다.

"저도 친정 부모가 있는 몸이니 만약 저를 원하지 않으시면 제 몸값을 치르고 친정으로 돌아가게 해주셔요."

"흥, 누구 좋으라고 바로 친정으로 보내! 갈 땐 가더라도 부엌에서 일 좀 하고 가야지. 그동안 재미 많이 봤잖아!"

경노는 이자유를 향해 소리쳤다.

"아니 나를 데리고 와 놓고 이런 꼴을 당하게 하다니요! 당신 부인에게 뭐라고 말 좀 해봐요."

"아이고 네가 지금 저 마누라의 성깔머리를 몰라서 하는 소리냐! 포청천을 데리고 와도 이 건은 해결 못 한다. 내 목숨 하나도 부지하기 어려운 형편이니 내가 지금 너를 어찌 도와줄 수 있겠느냐. 일단 마누라 화가 좀 누그러지면 그때 다시 이야기하자."

경노는 꼼짝없이 부엌데기가 되고 말았다. 이자유가 마누라에게 일렀다.

"아니 경노가 필요 없으면 그냥 중매쟁이한테 팔아버리면 되지. 뭐 그렇게 화를 내고 그래."

"지금 뭘 잘했다고 그런 소리를 하는 거야!"

경노가 부엌에서 마치 무슨 벌이라도 받는 양 힘들게 일한 지도 어언 한 달이 되었다.

어느 날 밤 이자유가 부엌에 가보니 누군가 어둠 속에서 자기를 부르는 것이었다. 잘 들어보니 경노의 목소리였다. 이자유가 경노에게 다가갔다. 두 사람은 서로 부둥켜안고 소리 죽여 울었다.

"내가 괜히 너를 데리고 와서 이렇게 고생시키는구나!"

"나를 데려와 이런 곳에서 고생시키다니요, 이 고생이 언제 끝날지!"

이자유가 한참을 고민하다가 입을 열었다.

"나에게 내 나름의 생각이 있느니라. 내가 마누라한테 너를 중매쟁이한테 팔아버리라고 할 거야. 그런 다음 내가 남몰래 집을 구하여 너를 그곳에서 지내게 할 거야. 내가 사람을 시켜 돈도 갖다 주게 할 것이고 나도 가끔씩 너를 찾아갈 것이니라. 그래 너는 어떻게 생각하느냐?"

"그렇게만 된다면 얼마나 좋겠어요. 저도 이 지독한 팔자에서 좀 벗어날 거고요."

그날 밤 이자유가 마누라에게 이 일을 제안했다.

"경노가 그 나름대로 고생도 하고 했으니 이 집에서 같이 살 거 아니면 중매쟁이한테 팔아넘기고 돈이라도 좀 챙기지 그래."

이자유의 아내도 그러자고 했다. 물론 이자유의 아내는 남편의 꿍꿍이를 눈치채지는 못했다. 이자유는 심복 장빈張彬을 불러 이 일을 맡겼다. 경노를 이자유 집에서 두어 마을 떨어진 새 거처로 옮기게 했다. 오직 단 한 사람 이자유의 아내만 이 사실을 까마득히 모르고 있었다. 이자유는 틈만 나면 이곳에 들러 경노와 술을 마시고 일을 치렀다.

이자유에게 아들이 하나 있었으니 나이는 일곱, 이름은 불랑佛郎이었다. 이자유는 이 아들을 끔찍이도 아꼈다. 이 불랑이 경노의 거처에 와서 놀다가곤 했다. 이자유가 불랑에게 일렀다.

"얘야, 엄마한테는 아무 말도 하지 마라. 이 여자는 바로 네 누나다."

어느 날 불랑이 경노네 집에 놀러가 보니 장빈과 경노가 서로 마주 앉아 술을 마시고 있었다. 불랑이 그걸 보더니 이렇게 나불대었다.

"아버지한테 이를 테야."

장빈과 경노는 어찌할 바를 몰라 당황했다. 장빈은 잽싸게 자리를 피해버렸다. 경노가 불랑을 붙잡아 자기 무릎에 앉히고 이렇게 얼렀다.

"아니, 무슨 소리 하는 거야! 누나가 여기서 술 한잔하면서 우리 도련님 오기를 기다리고 있었다고! 내가 불랑이 주려고 과자도 준비해뒀어."

"내가 아버지한테 이를 거야! 여기서 장가 놈하고 무슨 짓을 한 거야?"

경노는 불랑의 말을 듣고 속으로 생각에 잠겼다.

'이 일을 어떡한다! 나와 장빈은 어떻게 되는 거지?'

이때 경노에게 퍼뜩 생각이 스쳐 지나갔다.

'그래 너 죽고 나 살자. 어쩔 수 없구나. 오늘이 네놈의 제삿날이로다.'

경노는 수건으로 불랑의 목을 묶고는 침상 머리에 매어놓았다. 밥 한 공기 먹을 시간도 못되어 불랑은 황천길로 떠났다.

순간 일어난 분노의 불길,

모든 평화를 다 태워버렸구나.

순간 불랑을 죽이고 말았으니 이 일을 어떻게 한단 말인가? 경노가 당황하여 어찌할 바를 몰라 하는 순간, 장빈이 돌아오는 소리가 났다.
"저놈을 어떻게 할 수가 있어야지! 자꾸만 제 아버지한테 일러바치겠다는 말을 뇌까리는 바람에 그만 내가 목 졸라 죽이고 말았어."
이 말을 들은 장빈은 괴로운 신음을 내었다.
"누님, 나에겐 노모가 계신데 난들 어떻게 할 수가 없네요!"
"아니 나를 이런 처지로 몰아넣은 게 누군데 이제 와서 노모 타령하는 거야. 나한테는 부모가 없는 줄 알아! 기왕에 이렇게 된 거 어서 짐을 챙겨서 내 친정 부모 있는 데로라도 가자고!"
장빈은 경노의 말을 듣지 않을 수가 없었다. 두 사람은 짐을 챙겨 부리나케 줄행랑을 쳤다. 이자유는 집에 불랑이 보이지 않자 경노네에 찾으러 갔다. 경노와 장빈은 보이지 않고 아들 불랑은 침상에 매여 죽어 있었다. 이자유가 득달같이 관가에 신고하고 두 연놈을 붙잡아 달라 했음은 말할 필요조차 없겠다.
경노와 장빈은 진강嶺江까지 도망쳤다. 거기서 장빈은 집에 두고 온 노모 걱정에 자신의 신세 걱정에 그만 몸져눕고 말았다. 장빈에 객점에 자리를 잡고 누운 지 벌써 며칠째라 옷가지야 장신구야 모두 팔아야 했다. 장빈이 경노에게 하소연했다.
"이제 돈도 다 떨어졌는데 우리 이제 어떡하지?"
장빈이 두 줄기 눈물을 쏟았다.
"이제 꼼짝없이 타향에서 불귀의 객이 되는구나!"
"돈은 나한테 있으니까 걱정하지 말라고!"

"아니 돈이 어디 있다고 그러는 거야?"

"내가 노래를 기가 막히게 부를 줄 안다고. 여기 타향에서야 남의 눈을 신경 쓸 필요도 없으니 악기 하나 사 들고서 술집 돌아다니며 노래를 부르면 몇 푼인들 못 벌어오겠어?"

"당신 같은 귀한 집 딸이 어디 그런 일을 할 수 있겠어?"

"할 수 없지 뭐. 어서 나아서 나랑 같이 임안에 있는 부모님 만나러 가야지."

경노는 진강 주변의 술집을 떠돌게 되었다.

한편 여기서 이야기는 둘로 갈린다. 경노와 이혼한 주득은 다른 일거리를 찾지 못했다. 고향으로 돌아갔으나 의지할 피붙이도 하나 없었다. 여름부터 입고 다니던 옷은 가을이 되니 이미 누더기가 되어버렸다. 다시 임안으로 돌아왔다가 계안의 집 앞을 지나게 되었다. 이때는 바야흐로 가을, 부슬부슬 비마저 내리고 있었다. 계안이 마침 문 앞에 서 있으니 주득이 그를 발견하고 인사했다. 계안은 주득을 보고 어인 일이냐고 물었다.

"아, 그냥 지나치는데 장인어른이 보이기에 인사드린 것뿐입니다."

계안은 주득의 남루한 행색을 보니 왠지 모르게 측은한 생각이 들었다.

"들어와서 술이라도 한잔 들고 가게."

이때 계안이 주득을 챙겨주지 않았으면 아무런 일도 생기지 않았을 것을, 계안이 주득을 안으로 데리고 가서 술을 마시게 해서는 안 되었던 것을! 이 일로 말미암아 계안이 이렇게 되는구나.

죽음,

너무도 고통스러운 죽음,

종말,

너무도 비통한 종말.

한편, 계안이 주득을 집으로 데리고 들어가자 계안의 아내가 말했다.
"뭐하러 놈을 데리고 들어오는 거야?"
주득이 계안의 아내를 보더니 인사 올렸다.
"장모님, 오랜만에 뵙습니다요. 이혼당한 후로 병도 들고 직업도 못 구하고 어디 기댈 구석도 없고 그렇습니다. 경노는 잘 지냅니까?"
계안이 대답했다.
"말도 마. 짝을 찾으려 해도 마땅하지가 않아 지금은 관리 하나를 따라 나섰으니 2, 3년 지나고 나면 또 무슨 수가 있겠지."
계안이 아내에게 술을 좀 내오게 했다. 술을 마시고 나니 주득이 물러났다. 날이 저물고 빗방울도 후두두 소리를 냈다.
"그래도 한때 사위였다고 나를 데리고 들어가서 술도 먹여주네. 그래 저 양반이 뭐 잘못한 게 있겠어. 다 내 탓이지."
주득이 걸으면서 생각에 잠겼다.
"그래 앞으로 어떡한다? 벌써 한가을, 앞으로 닥칠 추운 겨울을 어떻게 나지?"
옛말에 궁즉통이라고 했던가.
"그래 야심한 시각에 계안네 집에 들어가야지. 계안 부부는 잠자리도 일찍 들고 또 나를 특별히 경계하지도 않을 거야. 그 집에서 뭐 좀 들고나와서 겨울을 나야지."
길은 고즈넉하고 오가는 사람도 별로 없었다. 주득은 가던 길을 되짚어 돌아와 대문을 살짝 열어젖히고 들어가 다시 닫았다. 계안 아내의 말소리가 들렸다.

"대문은 잘 잠근 거야? 뭔 소리가 나는 것 같아."

"잘 잠갔으니까 걱정 말아."

"비도 내리고 그러니 도둑이 들지도 모르잖아. 아무래도 가서 한번 확인해 보는 게 좋겠어."

계안이 잠자리에서 일어나 살피러 나섰다. 주득이 계안이 움직이는 소리를 들었다.

"아이고, 일어나서 나를 잡으러 오네. 정말 큰일 났네."

주득이 부뚜막으로 가서 부엌칼을 손에 쥐고 어둠 속에 숨어 계안이 다가오기를 기다렸다. 계안은 이런 줄도 모르고 방문을 열고 나왔다. 주득은 계안의 뒤쪽으로 한걸음 물러섰다가 목덜미 쪽으로 칼을 내리꽂았다. 칼자루를 쥔 손이 목덜미에 닿을 정도로 깊이 내리꽂으니 계안은 그 자리에서 꼬꾸라져 저승길로 떠나고 말았다.

"늙은 마누라만 남았구먼. 마저 죽여 버려야지."

주득은 소리도 내지 않고 침상으로 다가가 휘장을 젖히고 계안의 아내를 죽여 버렸다. 주득은 등잔에 불을 붙이고 값이 나갈 만한 세간을 쓸어 담았다. 한참 지나 야심한 시각, 주득은 짐 꾸러미를 등에 메고 대문을 다시 닫아걸고는 북관문北關門을 나섰다. 날이 밝고 집집마다 대문이 열렸다. 오직 계안네 집에서만은 아무런 기척이 없었다. 이웃 사람이 한소리 했다.

"잠에 곯아떨어졌나!"

대문 밖에서 소리를 쳐도 아무 대꾸가 없었다. 문을 밀어보니 그냥 스르륵 열렸다. 안쪽에는 계안이 죽어 나자빠져 있었다. 계안의 아내를 불러도 아무 대답이 없었다. 방 안에 들어가 보니 침상 위에 피를 질질 흘린 시체가 있었다. 장롱문은 모두 활짝 열려 있었다. 마을 사람들이 소란을 떨었다.

"척청, 틀림없이 그놈일 거라고. 매일 술 먹고 와서는 계안네를 죽여 버리겠다고 하더니 결국은 이렇게 일을 저질렀구먼."

사람들은 곧장 소속 관리에게 신고했다. 관리는 척청을 잡으러 달려갔다. 척청은 영문도 모른 채 오라를 받고 이웃 사람들에 둘러싸여 임안부로 끌려갔다. 임안부의 지사는 살인 사건이 접수되었다는 보고를 받고 바로 등청하여 척청을 끌고 나오게 하여서는 심문했다.

"명색이 관리된 자가 어찌하여 감히 도성 안에서 사람을 죽이고 재물을 탈취했느냐?"

척청은 절대 그런 일이 없노라 발병했으나 이웃 사람들이 모두 자기를 지목하여 욕하며 자기가 계안 부부를 죽인다고 떠벌이고 다녔다고 증언하니 도저히 어떻게 할 도리가 없었다. 관리가 조정에 이렇게 보고했다.

"척청은 관리된 신분으로 도성 안에서 사람을 죽이고 재물을 탈취했으니 저잣거리에서 처형함이 마땅합니다."

휘익, 허공을 가르는 칼 소리,
목은 달아나고 사방에 유혈이 낭자하구나.

척청은 억울하게 목이 달아났다. 주득이 계안 부부를 죽인 것이 밝혀지지 않고 그냥 이렇게 끝나 버리면 하늘의 옳은 도리를 확인할 길이 없어지는 것이라. 게다가 지금 억울하게 죽은 사람이 생기지 않았는가. 그러나 그것은 아직 때가 이르지 않아서 그런 것일 뿐이로다.

한편, 주득은 발길 닿는 대로 길을 잡아 진강부에 이르러서 객점에 투숙했다. 주득은 특별히 할 일이 없어 밖으로 나와 산책했다. 그러다 허기를 느껴 술이나 한잔 받아 마셔야겠다 싶었다. 어느 술집에 이런 깃발이 걸려 있었다.

봄, 여름, 가을, 겨울의 술을 다 담그고,
동서남북 모든 사람들을 취하게 한다네.

주득이 술집 안으로 들어가니 점원이 나와 맞았다. 몇 되나 내올지 묻더니 술과 안주를 내왔다. 두어 잔 마시는데 한 사람이 눈에 들어왔다. 악기를 든 여인이 다가와 인사를 하는 것이었다. 주득이 고개를 들어 그 여인을 바라보았다. 두 사람은 서로 마주보며 소스라치게 놀랐다. 그 여인은 다름 아닌 경노였다.
"경노, 아니 어떻게 이런 곳에?"
주득은 경노에게 자리에 앉게 한 다음 점원에게 술을 더 내오게 했다.
"자네 부모가 자네를 관리에게 팔았다고 하던데 어떻게 여기 와 있는 거야?"
경노는 주득의 말을 듣더니 눈물만 흘렸다.

그 목소리는 꾀꼬리 소리,
줄에 꿰인 진주가 또르르 굴러떨어지는 소리.

"주득, 그대랑 이혼한 다음 다른 사람한테 시집갔는데 잘 안 됐어. 그러자 친정 부모가 나를 고우군의 주부에게 팔았지. 그 사람을 따라 그의 고향에 갔더니 마누라가 정말 강짜를 심하게 부리더라고. 나를 부엌데기로 만들더니 불 피우고 물 긷고 밥 짓게 하는데 고생이 이루 말할 수가 없었어."

"그런데 어떻게 여기까지 온 거야?"

"사실대로 말하자면 내가 그 고우군 주부네 하인하고 눈이 맞았거든. 근데 그 주부의 아들 녀석한테 들킨 거야. 그 아들 녀석은 그걸 제 아비한테 이른다고 소리치고 그래서 내가 그 아들 녀석을 죽이고 말았지. 하는 수 없이 여기까지 도망쳐왔는데 돈은 다 떨어지고 하는 수 없어서 이렇게 몇 푼이라도 벌어보겠다고 이 길로 나선 건데 정말 하늘이 나를 버리지 않았는지 주득 너를 만났네. 술 한잔 들고 나랑 같이 객점으로 가자고."

"아니, 경노 네 남자가 있는 데 내가 뭐하러 가!"

"걱정하지 마, 나한테 다 생각이 있으니."

어이하여 주득을 객점으로 데리고 갔던고? 이 일로 말미암아 한 사람이 또 저승길로 가는구나.

해질녘 침실에서의 재회,
백 년을 기다려온 그 심정이 하룻밤에 녹는구나.
귀뚜라미 창밖에서 외로이 울 제,
사랑에 겨운 격정이 새벽바람에 떠네.

경노와 주득은 객점으로 갔다. 가는 길에 이 말 저 말 정말 장단도 잘 맞았다. 장빈에게 죽도 끓여주고 약도 달여주던 경노는 주득을 만나게 되자 밥도 챙겨주는 둥 마는 둥 장빈을 거들떠보지도 않게 되었다. 장빈은 경노와 주득이 서로 나뒹구는 것을 보자니 그렇지 않아도 아픈 몸이 더욱 힘들어져 마침내 화병을 얻어 저세상으로 떠나고 말았다. 두 사람은 일이 이렇게 절묘하게 맞아떨어지다니 하는 생각에 바로 관을 사서 장빈을 집어넣고 태워버렸다. 주득은 아예 객점에 자리를 잡고 경노와 다시 부부로 지냈다.

"이제 술집으로 노래하러 다니는 짓은 하지 말라구. 내가 당신 먹여 살릴 방도를 마련할 테니까."

"무슨 말을 그렇게 해! 나도 어쩔 수 없어서 그러는 거지."

두 사람의 사랑은 이러하구나.

하늘을 나는 한 쌍의 봉황,
물가를 나는 한 쌍의 원앙,
사랑을 나누기엔 이 밤이 너무 짧아,
헤어져 있던 그 긴긴 날을 아쉬워하네.

하루는 경노가 주득에게 말했다.

"고향을 떠나온 후로 부모님 소식을 들은 적이 없네요. 당신이랑 같이 한번 가보고 싶어요. 스라소니도 제 새끼는 안 잡아먹는다는데 설마 나를 어쩌기야 하겠어요?"

"그래 한 번 가보기야 하겠지만 나는 같이 갈 수가 없을 것 같아."

"아니 어째서?"

주득은 뭔가 이야기할 듯하다가 참았다. 주득이 끝내 아무 이야기하지 않았더라면 아무 일도 없었을 것을! 함부로 입을 열고 마니 이는 나방이 불 속에 뛰어드는 격 목숨이 달아나는구나.

꽃잎 속에 가시가 숨겨져 있듯,
사람 가슴 속에 독이 숨겨져 있구나.

경노가 계속해서 주득에게 꼬치꼬치 캐물었다. 주득이 마침내 입을 열었다.

"사실대로 말하자면 여차여차해서 내가 네 부모님을 죽이고 말았어. 그런데 내가 어떻게 너랑 같이 다시 돌아갈 수 있겠어?"

경노는 고래고래 소리를 지르며 울었다.

"아니 어떻게 내 친정 부모님을 죽일 수가 있어?"

"고만 좀 해, 나도 네 친정 부모를 죽였고, 너도 도련님과 장빈을 죽였잖아. 우린 모두가 사람 죽인 죄인이라고."

경노가 말없이 한참을 그렇게 있었다. 아무튼 시간은 흘러 몇 달이 또 지났다. 주득이 병이 들어 자리를 보전하고 일어나질 못했다. 수중의 돈은 다 떨어지고 말았다. 경노가 주득에게 말했다.

"쌀 떨어지고, 장작도 떨어졌으니 어떻게 살지? 나한테 성질부리지 말고 잘 들으셔. 그래 배운 게 도둑질이라고 당신이 나을 때까지는 아무래도 내가 가서 노래라도 팔아야겠어."

주득이 아무런 대꾸도 하지 못했다. 경노가 나가서 돈 몇 푼이라도 벌어오면 그냥 넘어갔으나 빈손으로 돌아오는 날이면 갖은 욕을 다 해댔다.

"또 어떤 놈하고 붙어먹으려고 그놈한테 돈을 다 갖다 바친 거야?"

주득이 이렇게 막무가내니, 돈을 벌지 못한 날은 술집 쥔장에게 돈 몇 푼이라도 빌려서 집에 돌아오곤 했다. 그러다 돈을 벌면 다시 갚곤 했다. 한겨울 큰 눈이 내리던 어느 날 경노가 술집 2층에 서서 아래를 내려다보노라니 서너 명이 들어서더니 술잔을 기울였다.

"아이고, 이렇게 눈도 내리는데 빈손으로 들어가면 원수 놈이 또 지랄할라. 저 사람들한테 가서 노래 좀 팔아봐야겠다."

경노는 그 사람들이 술 마시고 있는 자리로 가서 주렴을 걷었다.

"아이고!"

그 사람들 가운데 한 명은 바로 고우군 주부 이자유의 집에서 보낸 자였다.

"경노 이년아, 그래 그런 일을 저지르고 여기 와 있단 말이냐!"

경노는 너무도 놀라서 입을 다물지 못했다. 이자유네 집에서 관청에 고소했다가 경노가 진강 근처에 있다는 소식을 알고는 사람을 파견하여 포졸을 같이 따라가서 경노를 붙잡게 한 것이었다. 그 사람이 바로 경노에게 물었다.

"장빈은 어디에 있느냐?"

"병들어 저세상으로 떠났죠. 저는 지금 옛 남편을 만나 객점에서 지내고 있습니다. 그 옛 남편이라는 놈이 제 친정 부모를 죽였다는데 어떻게 여기서 이렇게 만나 같이 지내고 있습니다."

그들은 마시던 술도 그냥 놔두고 바로 경노를 포박하여 객점으로 가서 주득을 붙잡아 포박한 다음 관청으로 끌고 갔다. 관청에서 자초지종을 철저하게 심문하니 경노와 주득은 자신의 죄를 모두 인정했다. 조정에 이 사건의 보고를 올리니 이렇게 결재가 떨어졌다.

"척청이 억울하게 죽임을 당한 것은 별도로 다시 다루어야 할 것이다. 주득은 장인 장모를 살해했고, 경노는 간음을 저지르고 두 생명을 살해했도다. 이 두 연놈을 저자로 끌고 가서 처형하라."

전생의 인연으로 말미암아 벌어진 범행,
그러나 죄를 지었으니 벌을 받을 수밖에.
앞길 뒷길,
이렇게 한 번 지나고 나면 언제 다시 돌아오려나?

눈을 부릅뜨고 바라보니,

하늘이 내려다보고 있다는 말 허튼소리 아니도다.

공자님 말씀하신 법도를 조금이라도 지킨다면,

소하가 정한 금법에 저촉될 일이 없을 것이라.

이 경노와 주득이 저지른 일, 당한 일을 보면 죄를 지으면 이승의 법으로만 처벌받는 게 아니라 귀신도 가만히 있지 아니함을 알 수 있다.

선행이든 악행이든 언젠가는 보답을 받으리니,

다만 조금 이르고 더딘 차이만 있을 뿐.

나중에 사람들이 이런 이야기를 하더라. 계안이 황금장어를 잡았을 때 장어가 대나무 망 속에서 '만약 나를 해치면 네 가족이 비명횡사하게 될 거다'라고 했다는데, 그렇다면 계안 부부의 목숨만 앗아갔어야지 어째서 주득, 장빈, 척청 같은 사람들의 목숨마저 앗아간 것일까? 아마도 그들 역시 같은 인연에 걸려들어 한 사건에 휘말려 귀신이 될 운명을 타고난 것인데 황금장어가 그들의 인연 줄을 끄집어내는 역할을 한 것이라. 황금장어가 진짜로 말을 한 것이 맞는지, 그가 금명지의 신령인지는 확인할 길이 없다. 다만 흉조였던 것만은 틀림없는 것 같다. 계안이 그런 조짐을 알았다면 황금장어를 집에 가지고 가지를 말았어야 했다. 괜히 집에 가지고 가서 결국 수많은 사람의 목숨이 달아나게 만들었구나. 자고로 이물한테는 해를 끼쳐서는 아니 되는 법이라!

이원李元은 빨간 뱀을 구해주고 예쁜 색시를 얻었고,

손사막孫思邈은 용왕의 아들을 치료해주고 천하의 비방을 얻었도다.

그대, 이물을 해치지 말지니,

하늘의 응보는 절대 실수가 없다네.

조 태조가 천릿길을 호위하다

趙太祖千里送京娘
— 조 태조가 경낭의 천릿길을 호위하다 —

해 뜨고 달이 지고, 달이 뜨고 해지는 것이 어이 이리 빠른가,

백 년 세월도 지나고 나면 순식간이라.

세세연년 부귀영화도 한바탕 꿈인 것을,

왕후장상의 패권 다툼도 그저 바둑 한판과 같은 것.

우임금이 구주를 확정하나 결국 탕임금이 물려받고

진시황이 여섯 나라를 병합했으나 결국 한나라 유방이 물려받았도다.

백 년 세월도 그저 한순간,

자기 좋아하는 일을 하기에도 너무 짧구나.

한편, 송나라 말기 하동 석실산에 은사가 한 명 살고 있었겠다. 그 은사는 성도 이름도 감추고 그저 돌멩이 노인이라고 자칭했다. 사람들의 말에 따르면 돌멩이 노인은 본디 재주 많은 호걸로 몽골이 중원을 침략했을 때 조정에 계책을 올렸으나 받아들여지지 않자 스스로 의용군을 조직하여 몇 개의 주현을 몽골의 손아귀에서 수복시켰다고 한다. 그러나 시간이 갈수록 상황이 불리해지자 대세가 이미 기울어졌음을 깨닫고 갑옷을 벗고 바로 이 석실산으로 숨어들었다고 한다. 석실산의 돌석자로 자신의 성을 삼아 스스로 돌멩이 노인이라 부르고 농사를 지으며 살면서 벼슬살이에 관한 것은 입에 올리기조차 꺼려했다. 어쩌다 고금의 흥망성쇠의 원리를 이야기하다 보면 피곤한 줄도 모른 채 막힘이 없었다.

하루는 근처에 사는 젊은 선비 하나와 나이든 선비 하나가 석실산을 거닐다가 우연히 돌멩이 노인을 만나 한나라, 당나라, 송나라의 창업에 대해서 이야기를 나누게 되었다. 돌멩이 노인이 물었다.

"송나라는 어느 점이 한나라, 당나라보다 낫소이까?"

선비 하나가 대답했다.

"문을 숭상하고 무를 억누른 것이 그렇소이다."

다른 선비가 또 이렇게 말했다.

"송의 역대 황제가 재상을 죽인 적은 없습니다."

돌멩이 노인이 가가대소하더니 이렇게 말했다.

"두 분의 말씀은 맞는 말씀은 아닌 듯하외다. 한나라는 사방의 오랑캐를 정벌하고자 애썼고 선비들은 한을 일러 무력에 너무 호소한 바 있다고 비판하나 사방의 오랑캐들은 한나라를 두려워하고 한나라가 강성하다고 칭송했소이다. 위나라 무제도 한나라가 남겨준 위세로 흉노를 정벌할 수 있었소이다. 당나라 초기엔 부병제가 제대로 시행되었으나 나중엔 결국 번진藩鎭으로 변하고 말았고 그 번진은 조정에 고분고분하지 않게 되었으나 번진끼리 서로 견제하게 하여 마침내 번진으로 하여금 조정에 충성을 다하게 했습니다. 송나라는 거란과 전연澶淵 조약[1])을 맺은 이후로 전쟁을 더욱 겁내게 되었습니다. 송나라는 외적을 물리칠 엄두를 내지 못하고 해마다 외적에게 비단을 바치는 것을 당연하게 여기게 되었소이다. 그러다 금나라와 원나라가 연이어 일어나 마침내 나라가 망하는 지경에 이르고 말았소. 이게 바로 문을 중시하고 무를 경시한 폐단이로소이다. 송의 역대 황제가 재상을 죽인 적이 없다고 하는 것도 신하의 충성과 황제의 후덕함이 드러나는 것처럼 보이나 간사한 신하가 나라를 망치는 것도 그냥 용인하다 보니 그 간사한 신하가 조정에서 분수에 맞지 않는 복을 누리기도 하고 물러날 때는 또 아무런 벌도 받지 않은 때문이외다. 하여 송나라는 마침내 간약한 재상의 손에 무너지고 말았소. 송나라의 마지막 때 시세가 도저히 어찌할 수 없을 정도로 궁해지자 한탁주韓侂胄의 머리를 베어 상자에 담아 금나라 조정에 바치고, 가사도賈似道를 목면암 측간에서 쳐 죽였으나 때는 이미 늦었지 않았겠소! 그러니 송나라가 한나라, 당나라보다 낫다고 하는 게 과연 맞는 말일까 싶소이다."

"그럼 송나라가 한나라, 당나라보다 나은 게 무엇입니까?"

"다른 건 한나라, 당나라보다 못한 거 같으나 여색을 탐하지 않는 것은 그래도 나은 것 같소이다."

"그게 무슨 말씀이오이까?"

"한 고조 유방은 척戚 부인한테 푹 빠졌고, 당 태종은 제수씨인 양 씨를 자신의 후궁으로 삼았소이다. 여 씨2)와 무 씨3)가 사직을 위태롭게 했으

---

1) 북송과 거란이 1005년에 전주澶州(지금의 하남성 복양시濮陽市)에서 맺은 조약. 이 조약 이후로 거란은 송을 침공하는 것을 자제하는 대신 해마다 더 많은 물자를 받게 된다.

2) 한나라 고조의 황후 여 씨呂氏(B.C. 241~180)로 혜제의 어머니이다. 이름은 치雉. 고조 유방이 죽자 국정을 농단하고 한의 개국공신을 죽음에 몰아넣고 나라의 요직을 여 씨 일족에게 맡겼다. 여 씨 사후 진평과 주발 등에 의하여 여 씨 일족은 제거되고 만다.

3) 측천무후則天武后(624~705), 이름은 무조武照, 아명은 무미낭武媚娘. 황제로 즉위하자 자

며, 조비연과 양귀비는 궁궐을 어지럽혔지 않소. 송나라에도 환락을 즐긴 황제는 있었으나 환락에 빠져 망가진 황제는 없었고, 고高, 조曹, 상向, 맹孟4) 황후는 덕성을 만방에 드날렸으니 이 점이 바로 송나라가 한나라, 당나라보다 뛰어난 점이올시다."

두 선비는 탄복하고 떠나갔다.

 고금의 이치를 알고 싶거든,
 모름지기 지혜롭고 식견 있는 현자에게 물어봐야지.

송나라 황제들이 여색에 빠져들지 않을 수 있었던 것은 송나라를 세운 태조가 그 기틀을 잘 다져놓은 덕분이었다. 태조는 송나라 황제로 등극한 후에 아침부터 밤늦게까지 조정의 정사를 돌보는 데 전념하고 총희들과 어울리지 않았을 뿐만 아니라 황제로 등극하기 전에도 성격이 대쪽 같고 올곧고 직선적이었으며 사악한 짓을 범한 적이 없었다. 조 태조가 경낭의 천릿길을 호위해 준 이야기를 들어보면 이 점을 바로 알리라.

 그의 의로운 기상은 만고의 으뜸이고
 그의 재기 넘치는 기상은 하늘을 뚫었도다.
 그는 만방의 진정한 제왕,
 몽둥이 하나로 영웅의 기상을 천하에 떨치도다.

신의 이름을 조曌로 바꾸었다. 당 태종의 후궁으로 입궐했다가 태종 승하 후 고종의 빈이 되어 4남 2녀를 낳고 총애를 독차지했다. 고종 승하 후 자신의 소생을 중종으로 올리고 정치를 좌지우지했다.
 4) 각각 송나라 북송 제4대부터 7대에 이르는 황제인 인종仁宗, 영종英宗, 신종神宗, 철종哲宗의 황후이다.

오대 시대의 어지러운 상황을 묘사한 네 구절의 시가 있구나.

주朱, 이李, 석石, 유劉, 곽郭,
양梁, 당唐, 진晉, 한漢, 주周,
모두 합해서 열다섯 황제,
50여 년 동안 세상이 어지러웠도다.

이 오대 시대(907~960)에 각 왕조는 일부 지역에서 할거했고 중원을 통일하지는 못했다. 나라는 찢기고 백성들은 믿고 따를 주인이 없었다. 오대 시대의 말대인 후주後周에도 여전히 다섯 개의 나라와 세 개의 지역 왕이 있었다. 그 다섯 나라가 무엇이던가?

주나라 곽위郭威 (951~953 재위),
북한北漢 유숭劉崇 (951~954 재위),
남당南唐 이경李璟 (943~961 재위),
촉蜀 맹창孟昶 (935~965 재위),
남한南漢 유성劉晟 (943~957 재위).

세 개의 지역 왕이 누구이던가?

오월吳越 전좌錢佐 (942~947 재위),
형남荊南 고보융高保融 (949~960 재위),
호남湖南 주행봉周行逢 (956~962 재위).

비록 싸잡아서 다섯 나라 세 개의 지역 왕이라고 말들 하나 주나라만은 양梁, 당唐, 진晉, 한漢의 뒤를 이은 정통이라고 자처하고 있었다. 나중에 송나라의 태조가 되는 조광윤趙匡胤은 주나라의 왕실수비대장[전전도점검殿前都點檢]으로 복무하고 있었다. 나중에 조광윤은 진교역에서 군사를 돌려5) 주나라를 무너뜨리고 천하를 통일한 다음 송나라를 창건했다.

　조광윤의 아버지 조홍은趙洪殷이 한에서 악주방어사란 벼슬을 지냈던 까닭에 사람들은 조광윤을 조 도련님, 조 씨 댁 큰 아드님이라 불렀다. 조광윤의 얼굴은 핏물처럼 빨갛고 눈은 새벽별처럼 빛나고 힘은 장정 만 명을 상대할 만하고, 기세는 천하를 뒤덮을 정도였다. 천하의 호걸들과 교제하기를 좋아하고 의협심이 강했으며 길을 가다가 불의한 일을 당하는 자를 보면 바로 칼을 빼어들고 도왔으니 오지랖이 넓은 호남아였으며, 문제를 달고 다니는 대왕이었다.

　일찍이 변경에서 궁의 구란勾欄6)을 깨부수고, 궁의 후원에서 소란을 피운 적이 있으며, 한나라의 말대 황제를 잘못 건드려 이곳저곳을 떠돌며 도망 다니기도 했다. 관서의 다리 초소에 이르러 동달董達을 죽이고 붉은 기린 말이라 불리는 명마를 얻었다. 황주에서는 송호宋虎를 제거했고, 삭주에서는 곤봉을 세 번 휘둘러 이자영李子英을 죽였으며, 노주의 왕이라 불리는 이한초李漢超와 그 일가족을 멸족시켜버렸다. 그러다 태원에 이르러 숙부 조경청趙景淸을 만나게 되었다. 그때 조경청은 출가하여 청유관에 기

---

5) 960년 후주 현덕顯德 7년에 북한北漢과 요나라의 연합군이 공격해 오자 주나라 조정은 조광윤에게 병사를 주고 막아내도록 했으나 조광윤이 군사를 거느리고 진교역에 이르러 조보趙普, 석수신石守信, 왕심기王審琦 등의 부추김을 받아 군사를 돌리고 후주의 서울, 개봉으로 돌아와 주나라 공제恭帝를 폐위하고 스스로 자립하여 송나라를 세우게 된다.

6) 오늘날의 강당과도 같은 곳으로 연극, 만담, 연주 등이 행해지는 공연장.

거하고 있었다. 조경청이 조카 조광윤에게 청유관에서 함께 머물자 청했다. 아뿔싸 조광윤이 청유관에 머물기 시작한 지 얼마 되지 않아서 그만 몸져눕고 말아 석 달을 일어나지 못하고 병세가 더욱 위중해지니 조경청이 조석으로 돌보며 조광윤에게 밖으로 나돌아다니지 못하게 했다.

하루는 조경청이 일 보러 외출하면서 조광윤에게 이렇게 단도리했다.

"조카, 당분간 편하게 맘먹고 병이 낫기만을 기다리게. 절대 경거망동하지 말고!"

조경청이 떠나고 난 다음 조광윤은 좀이 쑤셔서 견딜 수가 없었다.

"그래 여기 근처를 좀 돌아다니는 거야 뭐가 문제겠어, 대처로 나가지만 않으면 되겠지!"

조광윤은 방문을 열고 나가 청유관 경내를 산책했다. 삼청보전에 먼저 올라가 보고, 일흔둘 저승 나졸을 모신 동서회랑을 지나 동악묘를 구경하고, 가녕전을 둘러보고는 탄성을 질렀다.

황금 향로에선 천년의 불길이 타오르고,
옥 등잔에선 만년의 불빛을 비추네.

다경루와 옥황각을 지나노라니 건물은 우뚝우뚝 웅장하기 그지없어 조광윤은 탄성을 멈출 수가 없었다. 청유관은 정말로 멋지고 빼어난 곳이었다. 아무리 보아도 질리지가 않고, 아무리 돌아다녀도 다 보지 못할 정도였다. 음부전이 있는 근처를 돌아보니 아주 조용하고 한적한 곳, 자손궁 맞은편 가까운 곳에 자그마한 건물 하나가 눈에 들어왔다. 그 건물 편액엔 '항마보전'이라 적혀 있었고, 문은 굳게 닫혀 있었다. 조광윤이 앞뒤로 한 번 살펴보고 막 돌아서려 하는데 여인네의 곡성이 들려왔다. 가만히 귀를 기울여 보니 바로 항마보전 안에서 나는 소리였다.

"허허, 괴이한지고! 출가인이 사는 이곳에 어찌하여 여인네를 숨겨두었더란 말인가? 이건 뭔가 구린 데가 있는 게야. 선동에게 이 문을 열어달라고 하여 자세히 살펴보아야 직성이 풀리겠구먼."

조광윤은 자기가 묵고 있던 방으로 돌아와 선동을 불러 항마보전의 열쇠를 가져오게 했다. 그 말을 들은 선동이 대답했다.

"그 열쇠는 사부님이 가지고 계십니다. 그 보전에는 굉장히 귀중한 것이 있어 함부로 열어봐서는 안 된다고 하셨습니다."

이 말을 듣고 조광윤은 이렇게 혼자서 생각했다.

'아무리 정직해 보여도 함부로 믿지 말고 간악한 맘을 품고 있는 자를 조심하라고 하지 않던가! 숙부가 나한테 그저 방구석에만 있으라고 신신당부한 게 다 이런 야료가 있어서구먼. 출가한 사람이 이게 무슨 짓이야. 내가 당장 가서 방문을 부수고서라도 열어봐야지.'

조광윤이 자리에서 막 일어서려고 하는데 마침 조경청이 돌아왔다. 조광윤은 화가 치민 나머지 조경청에게 숙부라는 호칭도 생략해버리고 버럭 화를 내면서 물었다.

"아니 출가한 양반이 어째 이런 짓을 다하십니까?"

조경청은 어안이 벙벙한지라 바로 이렇게 되물었다.

"아니 내가 무슨 일을 저질렀다는 거냐?"

"항마보전엔 누구를 가둬둔 거요?"

조경청은 그제야 눈치를 채고는 손을 휘저으며 말했다.

"그건 조카가 신경 쓸 일이 아니네."

그 말을 들은 조광윤은 벼락같이 화를 내며 소리를 버럭 질렀다.

"출가한 사람이라면 당연히 마음을 수양하고 잡된 일을 하지 않아야 하거늘 어이 하여 항마보전에 아녀자를 가둬놓아 그 울음소리가 밖에까지 들리게 하는 거요? 이거야말로 법도에 어긋난 일이잖소! 그래 양심은 어디다 팔아먹은 거요? 차근차근 다 이야기를 해봐요. 만약 숨기고 어물쩍 넘어가려고 하면 나는 절대로 숙부 편을 들지 않겠소이다."

조경청은 조광윤이 매몰차게 말하는 것을 듣더니 이렇게 답변했다.

"조카님이 오해한 거야, 그런 말 하지 말라고."

"오해하고 말고가 중요한 게 아니올시다. 항마보전에 여인네를 숨겨둔 게 맞지 않습니까?"

"맞아!"

"거봐요, 여인네를 숨겨둔 게 맞습니다그려!"

조경청은 조광윤이 성질 급한 것을 잘 아는지라 대답을 하지 않을 수 없어 일단 부드러운 말로 돌려 대답했다.

"분명 여인네를 데리고 있는 것은 맞지만 이 도관의 도사들하고 무슨 관련이 있는 건 아니네."

"숙부는 이 도관의 관주이시니 다른 도사가 나쁜 짓을 했더라도 다 아시고 책임을 지셔야 할 것 아닙니까?"

"조카는 화를 좀 삭이게. 그 여인은 한 달 전에 산적 두 놈이 이곳으로 납치해 와서는 떨궈놓은 거라네. 그러면서 우리한테 잘 감시하라더군. 만약 그 여인한테 무슨 일이 생기면 여기를 쑥대밭으로 만들어버리겠다고 했어. 조카가 몸져누워 있는 상황이라 내가 자네에게 뭐라 말을 할 수가 있어야지!"

"그 산적 놈들은 지금 어디 있습니까?"

"지금 잠시 어디론가 간 모양이야."

"아니 그게 말이 됩니까? 어서 항마보전 문을 열어주십시오. 내가 그 여인한테 직접 물어보겠습니다."

조광윤은 부르르 일어나 머리까지 오는 쇠몽둥이를 들고 앞으로 달려나갔다. 조경청은 조카의 불같은 성격을 잘 아는지라 어떻게 막을 엄두를 내지 못하고 곧장 열쇠를 찾아서 조광윤을 따라 항마보전으로 달려갔다. 조경청이 항마보전의 문을 여니 여인은 산적이 들어오려는 줄 알고 놀라서 더욱 세차게 울었다. 조광윤은 조경청이 열쇠를 따자마자 곧장 안으로 들어갔다. 여인은 신선 상 뒤로 몸을 숨기고 벌벌 떨고 있었다. 조광윤이 안에 들어와 쇠몽둥이를 내려놓고는 여인을 바라보았다. 세상에 이렇게 예쁜 여인네가 있다니.

눈썹은 봄빛 머금은 산봉우리 모양,
눈동자는 가을 하늘 아래 파랗게 빛나는 호수 같네.
시름에 겨워하는 모습이
마치 병들어 연약해진 서시와 같네.
눈물을 흘릴 듯, 울음 울 듯,
삭발하는 양귀비와도 같네.
비파 소리만 있다면,
흉노 땅으로 끌려가기 전 왕소군일세.
갈잎 피리만 있다면,
흉노의 여인이 되었던 채염蔡琰이어라.
타고난 교태와 아름다움,
어이 붓으로 쉽게 그려낼 수 있으리!

조광윤이 그 여인을 달래며 말했다.

"아가씨, 나는 나쁜 놈이 아니니 걱정하지 마쇼. 그래 사는 곳은 어디요? 누가 아가씨를 여기로 끌고 온 거요? 억울한 일이 있으면 나에게 털어놓으시오. 내가 다 풀어 주리다."

그 여인네는 그제야 소맷부리로 눈물을 찍더니 두 손을 모아 공손하게 인사를 올렸다. 조광윤도 답례했다. 그 여인이 먼저 물었다.

"나리는 뉘시오?"

조경청이 대신 대답했다.

"이 사람은 변경에서 온 조광윤이란 자요."

"나리 제 말씀 좀 들어보시오."

그 여인은 말을 잇기도 전에 먼저 눈물부터 줄줄 흘렸다. 그 여인의 성은 조趙, 이름은 경낭京娘, 포주 해량현 소상촌 출신으로 나이는 열일곱이었다. 아버지를 따라 양곡현에 왔다가 북악으로 돌아가 향을 사르려다 산적 두 놈에게 걸린 것이다. 한 놈은 장광아張廣兒로 별명이 하늘 날기요, 다른 한 놈은 주진周進으로 별명이 땅 구르기였다. 그 두 놈의 산적은 경낭의 미모를 탐하여 경낭의 아버지를 풀어주는 대신 경낭을 붙잡아 이곳으로 데려온 것이다. 장광아와 주진은 서로 경낭을 차지하고자 다투며 한 치의 양보도 없었으니 이 문제로 며칠을 다투다가 서로 의가 상할까 걱정이 되어 일단 이 경낭을 청유관 항마보전에 가둬두고 도사들에게 잘 보살피고 있으라 했다. 그들은 어디 다른 데 가서 여인 하나를 더 데려와 한날한시에 결혼식을 올릴 작정이었다. 이렇게 그들이 떠나간 지도 어언 한 달, 하나 여태껏 아무런 소식이 없었다. 도사들은 산적이 해코지를 할까 봐 그저 무작정 경낭을 보호하고 있을 따름이었다.

경낭의 이야기를 쭉 듣고 난 조광윤이 그제야 조경청을 향하여 입을 열었다.

"이 덜렁거리는 조카 놈이 하마터면 숙부에게 실례를 범할 뻔했습니다. 경낭 같은 양갓집 규수가 이렇게 고초를 당하고 있으니 제가 도와주지 않으면 누가 도와주겠습니까?"

조광윤이 다시 경낭을 바라보고 입을 열었다.

"낭자, 이제 슬퍼할 필요 없소이다. 모든 일은 이 조광윤에게 맡기시오. 낭자가 고향으로 다시 가서 아버지를 만날 수 있게 해 주겠소이다."

"소녀를 저 흉측한 놈들 손아귀에서 구해주신다니 고맙기 그지없사오나 여기서 소녀의 고향까지는 천 리나 되는 먼 길인 데다 소녀는 혈혈단신! 그게 어찌 가당키나 하겠습니까?"

"사람을 한번 도와줬으면 끝까지 도와줘야지. 내가 직접 나서서 낭자를 데려다주겠소이다."

"그렇게만 해주신다면 나리는 소녀의 생명의 은인이시옵니다."

이때 조경청이 끼어들었다.

"조카, 그건 안 될 말일세. 그 산적 놈들은 워낙 흉포하여 관군도 어찌하지 못하고 있다고. 조카가 이 낭자를 데리고 가버리면 이 낭자를 지키던 도사들은 정말 난감해진다고. 산적들이 돌아와서 이 낭자를 내놓으라고 하면 어떻게 하겠어? 그럼 이건 뭐 나도 굉장히 곤란해진다고."

조광윤이 껄껄 웃으면서 대답했다.

"용기만 있으면 천하를 맘껏 다닐 수 있고, 겁을 내면 꿈쩍도 못 하는 것입니다. 저는 의로운 일을 보면 행하지 않고는 배기지 못하며 수천수만의 사람이 막아서도 겁내지 아니합니다. 그 산적 놈이 아무리 흉악하다 한들 어찌 노주의 왕이라 불리는 이한초李漢楚만 하겠습니까? 그놈들도 귀는 있을 것이니 아마 제 이름 정도는 들어보았을 것입니다. 하나 숙부님과 도사들이 걱정을 하고 있으니 제가 여기에 징표를 남겨두겠습니다. 산적들이 오거든 보여주십시오."

말을 마친 조광윤은 쇠몽둥이를 번쩍 들어 옆으로 돌리더니 항마보전의 빨간색 문짝을 내리찍었다. 뿌지직 소리가 나면서 문짝의 살이 사방으로 튀었다. 조광윤이 다시 내리치니 문 살짝이 이리저리 튀며 마침내 산산이 조각나고 말았다. 이걸 본 경낭이 깜짝 놀라며 멀찌감치 달아나 숨어버렸다. 조경청이 얼굴이 흙빛이 되어 소리 질렀다.

"이러면 안 되지, 이러면 안 되지!"

"산적 놈들이 돌아오면 조광윤이란 사람이 이곳을 부숴버리고 경낭을 데리고 갔다고 하십시오. 만약 그놈들이 억울하다고 한판 붙어보고 싶다면 포주로 찾아오라고 전해주십시오."

"여기서 포주까지 천릿길, 도중에는 도적도 많은데 조카 혼자서 어찌 가려고 그러나? 게다가 저렇게 여인네까지 딸려 있지 않은가. 너무 쉽게 일을 저지르지는 말게나."

"삼국지의 관운장은 천릿길을 혼자서 떠났고, 다섯 관문을 통과하며 여섯 장수의 목을 베면서 유황숙의 두 부인을 호송하여 유황숙과 재회하게 했습니다. 이게 바로 대장부가 할 일이지요. 만약 제가 저 여인네 하나 구해주지 못한다면 말이 되겠습니까. 원수는 외나무다리에서 만난다고 만약 이 조카가 저 산적 놈들을 만나게 된다면 그놈들을 반드시 쳐 죽이고 말겠습니다."

"그래도 생각할 게 더 있다네. 조카가 비록 선의로 저 여인을 데려다주겠다고 하지만 옛말에 남녀칠세부동석이라 하지 않았겠나. 오랜 길을 같이 가다 보면 남의 입길에 오르내릴 것이라 좋은 일이 아니며 조카에게도 흠결이 될 걸세."

"아니 어째 출가하신 분이 그렇게 꽉 막히고 표리부동하십니까? 저 같은 사람이야 그저 제 의기로 일을 할 뿐 어찌 남들의 허튼소리에 신경이나 쓰겠습니까!"

조경청이 조광윤의 뜻이 확고한 것을 보고서 더는 말릴 생각을 하지 않고 물었다.

"그래 언제 출발할 텐가?"

"내일 날 밝으면 바로 출발하겠습니다."

"조카 몸이 아직 완쾌되지 않아 걱정이네."

"걱정 없습니다."

조경청이 선동에게 술상을 봐오게 했다. 조광윤이 술자리에서 경낭에게 이렇게 말했다.

"방금 숙부께서 모르는 남녀가 천릿길을 가게 되니 말이 날까 걱정된다고 하지 않으셨소! 그러니 이 술자리에서 우리 같이 의남매로 결연합시다. 나도 조가, 당신도 조가니 오백 년쯤 거슬러 올라가면 우리가 진짜 한 집안이었을 것 아니오. 자, 지금부터 오빠 동생 합시다."

"나리는 지체가 높으신 분인데 제가 어찌 감히 의남매를 맺자고 할 수 있겠습니까?"

조경청이 끼어들었다.

"그래도 같이 길을 떠나려면 그게 좋겠소이다."

조경청이 선동을 불러 의남매를 맺는 자리를 마련하라 했다. 경낭이 먼저 생명의 은인인 조광윤을 윗자리에 앉게 하고는 말했다.

"소녀의 절을 받으십시오."

조광윤 역시 경낭에게 답례를 했다. 경낭이 또 조경청을 숙부라 부르더니 절을 올렸다. 조경청이 술자리에서 조광윤의 영웅담을 주워섬기니 경낭이 즐거워 어쩔 줄을 몰라 했다. 밤늦도록 술을 마시다가 조경청이 자기 침실을 경낭에게 내주고 자기는 조광윤과 바깥채에서 잠을 청했다. 첫 새벽 닭이 울자 조경청이 자리에서 일어나 아침 준비를 시작했다. 아울러 길 가는 도중에 먹을 육포와 주먹밥을 챙겼다.

조광윤이 자기가 타고 다니는 붉은 기린 말을 끌고 나와 짐을 실은 다음 경낭에게 당부했다.

"동생, 시골 아낙처럼 차려야 해. 괜히 화려하게 치장했다간 시비를 불러일으킨다고!"

아침을 먹고 나서 조광윤은 떠돌이 행색을 하고 경낭은 시골 아낙 행색을 했다. 둘은 털모자를 써서 눈썹까지 가렸다. 작별인사를 하고 떠나려는데 조경청이 갑자기 뭔가 생각났다는 듯이 입을 열었다.

"조카, 오늘 출발해서는 안 되겠어. 내가 꼭 할 말이 있네."

조경청이 무슨 말을 하려는 것일까?

까치도 날개가 있어야 널리 날아오르는 것이고
호랑이도 이빨과 발톱 없이는 아무 힘도 못 쓰는 법이지.

조경청이 입을 열었다.

"말 한 필에 두 사람이 탈 수도 없는 노릇이고, 저 경낭이 조그만 발로 조카를 따라갈 수도 없는 노릇이라 길은 질질 늘어질 것이니 우선 수레 하나를 빌려 달고 가는 게 어떨지?"

"저도 고민을 해봤는데, 수레를 빌리면 아무래도 이것저것 신경 쓸 일이 많으니 차라리 경낭한테 말을 타게 하고 저는 그냥 걸어가겠습니다."

"소녀, 나리께 신세를 지며 먼 길을 같이 가는데 여인네 몸이라 채찍도 못 잡아주는 주제인데 어찌 염치없이 말안장에 앉아서 가겠습니까?"

"그대는 여인네라 제대로 걷지도 못할 것이라. 나는 건장한 남자라 걷는 데 아무런 문제가 없소이다."

경낭이 거듭거듭 사양했으나 조광윤이 한사코 받아들이지 않자 하는 수 없이 말 등에 올라탔다. 조광윤이 허리에 칼을 차고 손에는 쇠몽둥이를 들고 조경청에게 작별인사를 했다.

"조카, 늘 조심하시게. 그 산적 놈들을 만날 수도 있으니 늘 방비하고. 그놈들하고 무슨 일이 생기더라도 우리 도관에 피해가 안 오게 해야 할 것이야."

"걱정 마십시오."

말을 마치고 조광윤이 말 등을 채찍으로 쳤다.

"이랴!"

말이 달리기 시작했다. 조광윤이 바로 그 말을 쫓아갔다.

배고프면 먹고 목마르면 물 마시고 밤이면 잠자고 아침이면 일어나 걸으며 그렇게 길을 갔다. 며칠 지나 분주 개휴현에 이르렀다. 조광윤의 붉은 기린 말은 본디 천 리를 달리는 명마라 청유관에서 분주까지 3백 리 길 정도야 기실 반나절이면 달릴 것이나 조광윤은 말을 타지 아니하고 걷는 처지고, 경낭은 여자라 말 타는 게 어색한지라 조광윤이 일부러 말을 천천히 몰았던 것이라. 게다가 노상에 강도가 자주 출몰하는 까닭에 해가 완전히 뜬 다음에 걷기 시작하고 어둑어둑해질 무렵에는 바로 멈췄으니 하루에 겨우 백 리 정도 갈 수 있었다.

조광윤과 경낭이 언덕배기 아래 황모점이란 곳에 도착했다. 본디 이곳에 인가가 많았으나 난리 통에 모두 흩어져버리고 그저 작은 객점 하나가 남아 있을 따름이었다. 해는 서산에 뉘엿뉘엿, 앞길은 황량한 벌판이라 조광윤이 경낭에게 이렇게 말했다.

"여기 객점에서 머물렀다가 내일 아침 다시 길을 떠납시다."

"오빠 뜻대로 하시지요."

객점의 점원이 나와서 그들의 짐을 받아주었다. 경낭이 말에서 내려 털모자를 벗었다. 점원은 경낭을 보고서 벌린 입을 다물지 못했다.

"세상에 이렇게 예쁜 여자가 다 있다니!"

조광윤이 점원을 시켜 말을 뒷마당으로 끌고 가 매어놓으라 했다. 경낭한테는 방에 들어가 쉬라 했다. 점원이 돌아와 조광윤 주위를 얼쩡거렸다. 조광윤이 점원에게 물었다.

"뭐 할 말이라도 있는가?"

"저 아가씨는 나리하고 어떻게 되는 사이인가요?"

"내 동생이야."

"나리, 제가 주제넘게 참견한다고 하지 마시고. 저렇게 예쁜 아가씨는 밖으로 데리고 다녀서는 안 될 일입니다."

"아니, 왜?"

"여기서 오십 리쯤 되는 거리에 개산이란 곳이 있는데 땅은 넓고 사람은 드물어 산적들이 들끓고 있습니다. 그 산적들이 저 아가씨를 알게 되면 틀림없이 저 아가씨를 산채로 끌고 갈 것입니다. 그럼 그거야말로 남 좋은 일만 시키는 것이죠."

"이 개 같은 자식이 겁도 없이 어디서 함부로 주둥아리를 놀려!"

조광윤이 그 말을 듣고 버럭 화를 내며 그 점원의 면상을 갈겨버렸다. 점원의 입에서 피가 줄줄 흘러나오니 점원이 손으로 입을 감싸고 밖으로 달려갔다. 객점의 여주인이 구시렁구시렁했다. 경낭이 조광윤을 말렸다.

"오빠, 너무 화내지 마셔요."

"저런 놈들은 말로는 안 된다고. 보아하니 질이 나쁜 놈 같은데, 일단 따끔한 맛을 먼저 보여줘야 한다고."

"그래도 우리가 머무는 객점의 점원인데 너무 함부로 대하면 안 될 듯합니다."

"뭐 걱정할 필요 없소이다."

경낭이 주방으로 가서 객점의 여주인을 찾았다. 경낭은 한참이나 그 여주인을 좋은 말로 달랬다. 여주인은 그제야 화를 삭이고는 불을 지펴 밥을 짓기 시작했다. 경낭이 다시 방으로 돌아왔다. 아직 날이 완전히 저물지는 않았기에 등잔불을 켜지는 않았다. 조광윤과 경낭이 막 말을 나누려고 하는 그 순간, 방문 밖에서 사람 머리가 얼씬거리는 게 보였다. 조광윤이 버럭 소리를 질렀다.

"웬 놈이냐? 웬 놈이 감히 염탐하는 것이냐?"

"소인은 여기 점원한테 놀러 온 것입니다. 나리한테 볼일이 있어 온 게 아닙니다."

그 녀석은 객점의 주방으로 가더니 여주인하고 한참 수다를 떨다가 돌아갔다. 조광윤이 보기에도 바짝 의심쩍었다. 방 안의 등잔불에 불을 붙일 시각이 되었으나 점원은 코빼기도 보이지 않았다. 여주인이 방으로 저녁상을 내왔다. 조광윤과 경낭은 같이 밥술을 떴다. 조광윤은 경낭에게 먼저 잠자리에 들라 이르고 자신은 화장실 다녀온다고 핑계 대고는 칼과 몽둥이를 챙겨 객점 안에서 서성거렸다. 밤 아홉 시가 조금 넘었을까, 붉은 기린 말이 뒷마당에서 히잉 하고 소리를 냈다. 때는 바야흐로 시월 하순, 그믐달이 얼굴을 내밀었다. 조광윤이 살금살금 다가가 보니 남정네 하나가 말 뒷발에 차여 쓰러졌다가 조광윤이 다가오는 걸 보더니 죽을힘을 다해 일어나 달아났다. 조광윤은 말 도둑놈인가 하는 생각을 하면서 잽싸게 그놈을 쫓았다. 순식간에 몇 리를 달려 유수교에 다다랐을 무렵, 그놈이 시야에서 사라지고 말았다. 다리 건너편 작은 집에서 불빛이 환하게 새어 나오고 있었다. 조광윤은 그놈이 저 집에 숨었구나 하는 생각에 일단 집 안으로 들어가 보았다. 호호백발 노인 하나가 흙을 다져 만든 침상에 앉아 책을 읽고 있었다. 그 모양이 어떠했던가.

 자욱한 안개에 싸인 것 같은 깊은 눈동자,

 서리 내린 듯한 수염,

 표표히 날리는 버들솜 같은 눈썹,

 복숭아 꽃 색깔과도 같은 얼굴색.

 하늘의 새벽별이 아니면,

 이 산의 산신령이로세.

노인네는 조광윤이 들어서는 것을 보고 황망히 일어나 맞았다. 조광윤도 맞절을 하고서는 물었다.

"무슨 책을 읽고 계시오?"

"하늘이 고통받는 자들을 구제한다는 『천황구고경天皇救苦經』을 읽고 있소이다."

"그 책은 뭐하러 읽으시는 거요?"

"세상이 하도 어수선하니 태평성대를 이룰 천자가 하루빨리 나타나 이 분란을 가라앉히고 도탄에 빠진 백성을 구하기를 바라는 마음에서 읽고 있소이다."

조광윤은 말을 듣고는 그 노인네의 생각이 자신과 너무나도 잘 들어맞음을 알았다. 반갑고 기쁜 마음에 다시 물었다.

"이 근처에 산적 놈들이 많다고 들었습니다만 혹시 노인장께선 그들에

대해 아는 것이 좀 있으시오?"

"혹시 그대가 붉은 말에 여인네를 태우고 와 언덕배기 아래 객점에 머물고 있다는 그 사람 아니시오?"

"그렇습니다만."

"이 노인장을 만나게 되었으니 그나마 다행이외다. 그렇지 않으면 황당한 일이 생길 뻔했소이다."

조광윤이 노인장에게 그게 무슨 말이냐고 다시 물었다. 그 노인장은 조광윤에게 상석에 앉으라 권하고는 자기도 그 옆에 앉아 부드럽게 말을 꺼내었다.

"요즘 들어 이 개산에 산적 두 명이 자리를 잡더니 떠들썩하게 패거리를 모아 이집 저집 약탈하고 분주와 노주 두 지역을 갈라 차지하게 되었소이다. 그중 한 놈은 하늘 날기라는 별명을 가진 장광아, 다른 한 놈은 땅 구르기라는 별명을 가진 주진이외다. 한 보름쯤 전인가, 그놈들이 어디선가 여인네 하나를 끌고 와서는 서로 차지하려고 다투다가 결론을 내지 못하고 잠시 다른 곳에 그 여인네를 맡겼다고 하오. 들리는 말로는 나중에 여인네 하나를 더 데려와 하나씩 차지하기로 했다 하더이다. 그놈들이 언덕배기 아래 객점에도 미리 손을 뻗쳐서 예쁜 여자가 지나가기만 하면 바로 소식을 전하라 했다지 않소. 어제저녁 귀인이신 그대가 객점에 들어오자마자 객점의 점원이 득달같이 주진에게 알렸겠지요. 주진이 들불[野火兒]이란 별명으로 불리는 요왕姚旺을 보내서 살펴보라 하니 그놈이 돌아와 보고하기를 여인네는 천하일색이요 천하의 명마를 타고 온 데다, 수행하는 녀석도 한 놈밖에 없어 걸리적거릴 게 없노라 했다지요. 그놈들은 하루에 삼백 리를 걷는다는 인간 천리마 진명陳名을 먼저 보내어 말을 훔쳐오게 하고 자기들은 붉은 소나무 숲 아래에 둔을 치고 기다리다가 새벽에 그대가 그 길을 지나면 덮치려고 한다오. 그대는 각별히 조심하여야 할 것이오."

"원래 그렇게 된 것이군요. 근데 노인장은 이 일을 어떻게 아시었소이까?"

"이 노인장이야 이곳에 터 잡고 산 지가 이미 긴 세월, 이 근방에서 무슨 일이 벌어지는지야 그저 눈감고도 알지요. 그 도적놈들은 나에게 입도 뻥끗하지 않았소이다."

"노인장의 말씀을 삼가 받들겠나이다."

조광윤이 쇠몽둥이를 들고 다시 객점으로 돌아갔다. 객점의 문이 반쯤 열린 채 그대로 있었다. 조광윤이 몸을 살짝 돌려 문 안으로 들어갔다.

한편, 객점 점원 녀석이 진명을 맞아 일을 저지르려고 객점으로 서둘러 돌아왔다. 객점 여주인이 술을 데워 점원 녀석에게 주고는 같이 이야기를 나누고 있다가 조광윤이 객점 대문 안으로 들어오는 걸 보자 즉시 몸을 숨겼다. 조광윤이 그 나름대로 계책을 궁리한 다음 경낭을 불러 객점 여주인한테 술을 좀 내오게 하라 일렀다. 객점 여주인이 술병을 들고 술독에 가서 술을 퍼담으려 했다. 이때 조광윤이 눈 깜짝할 사이에 다가가 그 뒤통수를 갈겨버렸다. 객점 여주인이 그대로 바닥에 쓰러지고 술병이 떨어지면서 소리를 냈다. 점원이 그 소리를 듣고 칼을 들고 달려왔으나 미리 기다리고 있던 조광윤을 어이 당해낼 수 있으랴. 조광윤이 쇠몽둥이로 점원을 내리쳤다. 점원과 여주인은 이렇게 조광윤의 쇠몽둥이에 맞아 모두 저세상으로 떠나고 말았다. 경낭이 황급히 달려 나와 점원과 여주인을 어찌 살려보고자 했으나 때는 이미 늦었도다. 경낭이 조광윤에게 이 두 사람을 죽인 이유를 물으니 조광윤이 노인장에게 들은 이야기부터 자초지종을 쭉 말해주었다. 경낭이 그 말을 듣더니 놀라서 얼굴이 흙빛으로 변했다.

"가야 할 길이 이렇게 힘들다니 정말 어떡하면 좋아요?"

"어쨌거나 이 조광윤이 있으니 그대는 아무 걱정할 필요가 없소."

조광윤이 객점 출입문의 빗장을 걸더니 객점 주방으로 가서 술을 데워 벌컥벌컥 들이켰다. 술기운이 얼큰하게 올랐다. 붉은 기린 말을 묶어둔 뒷마당으로 가서 말방울이 소리를 내지 못하게 헝겊으로 싸맸다. 짐을 챙기고 점원과 여주인 시체를 장작더미 위에 올려놓은 다음 불을 놓았다. 객점 앞뒤로 모두 불을 놓았다. 조광윤은 불길이 솟아오르는 것을 확인한 다음 경낭을 말에 태우고 출발했다. 동쪽 하늘이 조금씩 밝아왔다. 유수교를 지나 노인장을 뵙고 길을 물어보고자 했으나 노인장이 책을 읽던 그 집은 온데간데없고 세 자 정도 높이의 담장에 둘러싸인 사당이 하나 있을 따름이었다. 조광윤은 사당 안의 신상을 바라보고는 비로소 어젯밤 만난 노인장이 실은 사당 신이었음을 알게 되었다.

"어제 그 노인장이 나를 귀인이라 부르고 감히 정면으로 마주 바라보지 못했던 것을 보면 내가 필시 대단한 사람이 될 거라는 뜻이렷다. 내가 나중에 크게 출세하면 이 사당 신을 크게 높여 관작을 내리리라."

조광윤은 말을 몰아 길을 계속 갔다. 몇 리를 더 갔을까, 소나무 숲이 나타났다. 소나무들이 불그스름한 게 마치 불이 활활 타오르고 있는 것처럼 보였다.

"동생, 좀 천천히 가봅시다. 저게 바로 적송림赤松林인 듯하외다."

바로 이때 수풀 속에서 한 놈이 튀어나오더니 손에 삼지창을 들고 조광윤을 찌르려 들었다. 조광윤은 조금도 당황하지 아니하고 쇠몽둥이로 그 창을 막아냈다. 그놈이 조광윤을 공격하면서 뒷걸음치는 게 조광윤을 수풀 안으로 유인하려는 본새였다. 조광윤이 화를 버럭 내며 두 손에 쇠몽둥이를 받쳐 들고 '받아라' 소리를 내면서 그놈의 머리통을 향해 내려쳤다. 그놈이 바로 들불이란 별명으로 불리는 요왕이었다. 조광윤이 경낭에게 말고삐를 잠시 잡고 있으라고 한 다음 이렇게 말했다.

"동생, 내가 저 숲에 들어가 산적 놈들을 혼내주고 나서 동생과 다시 길을 갈 것이오."

"오라버니 조심하셔요."

조광윤이 발걸음을 떼었다.

천자가 되실 분이니 온갖 산신령들이 다 보우하고
대장군이 되실 분이니 천하에 위풍당당.

한편, 주진이 붉은 소나무 숲에다 졸개 4, 50명을 배치해두었다. 숲 바깥에서 발자국 소리가 들려왔다. 주진은 요왕이 정탐을 나갔다가 돌아와 보고하려는 것이라 생각하고 창을 꼬나 쥐고 다가갔다. 조광윤은 저놈이 바로 산적이겠구나 생각하며 다짜고짜 주진을 공격하여 들어갔다. 주진이 창을 들고 조광윤과 20합 정도나 겨루었을까 숲속에 매복하고 있던 졸개들이 주진이 적을 만났음을 눈치채고 징을 울리며 우르르 몰려나와 조광윤 주위를 에워쌌다. 조광윤이 소리쳤다.

"자신 있는 놈들은 어서 나와라!"

조광윤은 황금빛 용이 자기 몸을 가리듯, 옥빛 이무기가 몸을 감싸듯 쇠몽둥이를 들고서 그들을 막아섰다. 조광윤의 쇠몽둥이를 맞은 자들은 추풍낙엽, 조광윤에게 가까이 다가온 자들은 낙화유수. 모두 이리저리 흩어지기 바쁘고 이리저리 쓰러지기 바빴다. 주진은 간담이 서늘해져 창을 제대로 쓰지도 못하고 조광윤의 한방에 나가떨어졌다. 졸개들이 아이고 소리 지르며 사방으로 흩어졌다. 조광윤이 주진에게 쇠몽둥이를 한 대 더 내리쳐 목숨을 끊어버렸다.

조광윤이 돌아와 보니 경낭이 보이지 않았다. 사방을 휘돌아보며 경낭을 찾아보니 주진의 졸개 너덧 명이 경낭을 붙잡아 붉은 소나무 숲으로 끌고 가고 있었다. 조광윤이 황급히 쫓아가며 소리를 질렀다.

"이 도적놈들아, 어디를 가는 게냐?"

졸개들은 조광윤이 자신들을 쫓아오는 것을 보더니 경낭을 풀어주고 사방으로 흩어졌다. 조광윤이 경낭에게 다가가 말했다.

"동생, 많이 놀랐겠소이다."

"졸개 가운데 둘이 마침 산적 두목 두 놈이 저를 청유관으로 데려갈 때 수행했던 놈인지라 저를 알아보고 '주진 두목이 적을 맞아 싸우고 있으나 상대가 되지 못하여 너를 장광아한테 데리고 가련다'라고 알려주더군요."

"주진 그놈은 이미 내 손에 저세상으로 떠났지. 근데 장광아가 어디 있는지 모르겠네."

"그런 놈 안 만날 수 있으면 좋은 거죠!"

조광윤은 말에 채찍을 가하며 길을 서둘렀다. 40리 정도 가다 보니 한 마을이 나타났다. 허기가 진 조광윤은 말고삐를 잡아 말을 세우고는 경낭을 안아 말에서 내려주고 객점에 들어섰다. 객점의 점원들이 음식 준비에 여념이 없는지 조광윤에게 눈길 한번 주지 않았다. 조광윤은 뭐 이런 일이 다 있나 싶었지만 경낭도 있는지라 일을 만들고 싶지 않아 그냥 말을 끌고 객점에서 나왔다. 마을이 끝날 즈음 조그만 인가 하나가 보였다. 그 집 역시 문이 닫혀 있었다. 조광윤은 참으로 기이하다는 생각이 들었다. 대문을 두드려보았건만 아무런 응답이 없었다. 뒷문 쪽을 돌아가 나무에 말을 매고 다시 문을 두드렸다. 안에서 노파가 나와 조광윤을 바라보았다. 당황하는 기색이 역력했다. 조광윤이 서둘러 문 안쪽으로 들어가 노파에게 읍하고 나서 말했다.

"할멈 놀랄 것 없소이다. 이 몸은 길 가는 나그네올시다. 여동생을 데리고 가는 처지라 할멈 집에서 중화참을 대고자 하오이다. 중화참을 대고 나면 바로 떠날 것이외다."

노파가 놀라고 당황하며 아이고 하는 소리를 질렀다. 이때 경낭도 문을 열고 안으로 들어왔다. 노파가 재빨리 문을 닫아걸었다. 조광윤이 노파에게 소리쳐 물었다.

"저 객점에서 술과 안주를 거창하게 장만하던데 어디서 나랏님이라도 오시는 거요?"

노파가 손을 휘휘 저으면서 대답했다.

"별일 아니니 신경 쓸 필요 없소이다."

"별일이 아니라니! 그래 별일도 아닌데 사람들이 그렇게 걱정하고 당황합니까? 난 먼 곳에서 온 사람이니 맘 편히 먹고 저간의 사정을 편하게 말해보시구려."

"오늘 하늘 날기 대왕 장광아 나리가 오신다고 하오. 우리 마을에서 돈을 갹출하고 음식을 장만하여 그저 아무 일 없이 지나가기를 빌려 하오. 내 아들 역시 음식 장만하는 걸 도우러 객점에 갔다오."

조광윤이 노파의 말을 듣고 생각에 잠겼다.

'아하, 이런 일이 있었구먼. 그래 기왕에 한번 시작했으면 끝장을 봐야지. 저놈들을 깡그리 처치하여 청유관의 화근을 없애버려야겠다.'

조광윤이 노파를 보고 말했다.

"할멈, 이 여인은 바로 내 여동생이올시다. 향을 사르러 남악에 가는 길에 여기에 들린 것이오. 강도라도 만나 내 여동생이 험한 꼴을 당할까 걱정이니 할멈이 잠시 맡아주시구려. 하늘 날기 대왕이 다녀간 후에 다시 길을 떠나는 게 좋을 듯하오.. 할멈에겐 내가 후사하리다."

"이 처자를 내가 잠시 맡아주는 거야 문제없지만 그대가 괜히 일을 당할까 봐 걱정이오."

"명색이 사내대장부로 내 한 몸은 건사할 줄 압니다. 우선 나가서 상황을 좀 살펴봐야 하겠소이다."

"내가 빵도 쪄놓고 물도 좀 끓여놓을 것이니 돌아와서 드시오. 밥을 제대로 한 상 차려주기는 힘들 것 같소."

조광윤이 쇠몽둥이를 들고 뒷문을 나섰다. 말을 타고 산적 장광아를 맞으러 가려다가 갑자기 자신이 천릿길을 걸어가겠다고 큰소리친 게 생각났다. 그래 산적 놈이 무서워 말을 타고 가면 대장부가 아니지 하는 맘에 그냥 걸어가기로 했다. 조광윤이 자기 나름대로 계책을 세운 다음 이 마을에 들어올 때 들렸던 객점을 찾아가 아주 의기양양하게 소리를 질렀다.

"대왕님께서 곧 오실 거다. 나는 선발대로 먼저 왔다. 그래 대왕님을 맞이할 음식 준비는 다 되었느냐?"

"여부가 있겠습니까."

"먼저 나한테 한 상 차려와 봐라."

사람들은 위세에 눌려 조광윤의 말이 사실인지 아닌지를 따져볼 생각은 감히 하지도 못하고 외려 대왕님한테 말이라도 잘해주기를 바라는 심정에 고기야 생선이야 술이야 밥이야 온갖 음식을 다 내왔다. 조광윤이 음식을 싹싹 비우자 밖에서 떠들썩한 소리가 들려왔다.

"대왕님이 도착하셨다. 어서 음식을 대령하여라."

조광윤은 여유작작하게 쇠몽둥이를 들고 밖으로 나갔다. 열 명씩 두 줄로 늘어선 졸개들이 창이야 검이야 곤봉을 들고 앞장서서 오더니, 객점 문 앞에 도착하여 무릎을 꿇었다. 하늘 날기 대왕 장광아는 날랜 말을 타고 있었고, 인간 천리마 진명이 말고삐를 잡고 있었다. 장광아 뒤에는 사오십 명의 졸개, 십여 대의 마차가 따라오고 있었다. 아니 같은 산적 두목인데 장광아의 행차는 왜 이리 웅장하고 시끌벅적한가? 사실 주진이나 장광아나 모두 산채에 들어오거나 어디 갈 때 정해진 격식이 있는 것은 아니었다. 주진은 객점에 나그네 한 명밖에 없다는 말을 듣고는 대수로울 게 없겠구나 생각하고 혈혈단신 출발한 것이었다. 한편, 장광아가 주진과 길을 나누어 졸개들을 거느리고 출발하려다 인간 천리마 진명의 보고를 받았다.

"주진 대왕님이 아리따운 처자를 하나 구하셨다며 그 처자를 데리고 갈 터이니 개산에서 만나자고 하십니다."

진명의 보고를 받은 장광아가 졸개들을 동원하여 대열을 짓게 해서 마을과 부락을 지나니 그 위세가 자못 당당했다. 조광윤이 북쪽 담벼락에 몸을 붙이고 숨어 장광아와 그 졸개들이 다가오는 것을 지켜보다가 갑자기 큰 소리를 질렀다.

"이 도적놈들아, 내 몽둥이 맛 좀 봐라."

조광윤이 장광아와 졸개들에게 달려드는 모습이 마치 솔개가 공중에서 병아리를 낚아채려고 하강하는 것 같았다. 번개처럼 나타난 조광윤의 모습에 장광아가 타고 있던 말이 깜짝 놀라며 앞발굽을 들어 올렸다가 그만 조광윤의 쇠몽둥이에 맞아 앞 다리가 문드러지고 말았다. 장광아가 재빨리 말에서 뛰어내렸다. 뒤에 있던 진명이 몽둥이를 들고 조광윤을 막아서려다 오히려 조광윤의 쇠몽둥이에 맞아 바닥에 엎어지고 말았다. 장광아가 쌍검을 휘두르며 조광윤에게 달려들었다. 조광윤이 성큼성큼 개활지로 발걸음을 옮겨 장광아를 맞았다. 십여 합을 서로 맞붙었을까. 장광아의 칼이 조광윤을 벼르고 들어올 제 조광윤의 몽둥이가 장광아의 오른손을 내리찍었다. 장광아가 오른손에 쥐고 있던 칼을 놓쳤다. 왼손엔 아무런 무기도 쥐고 있지 않던 장광아는 뒤돌아서 냅다 도망치기 시작했다.

"흥, 네놈이 하늘 날기라고 하는 놈이냐. 그래 어디 한번 날아보아라."

조광윤이 쫓아가 몽둥이로 장광아의 뒤통수를 내리쳤다. 장광아의 머리통이 마치 두부 으깨지듯이 부서졌다. 이름깨나 알려졌다는 산적 두 놈이 같은 날 조광윤에게 목숨을 잃고 말았다.

혼령이 아득히 날아가 버린 하늘 날기,
혼백이 저 멀리 굴러가 버린 땅 구르기.

산적들이 도망가려고 눈치만 보고 있을 때 조광윤이 큰소리를 질렀다.

"내가 바로 변경의 대장부 조광윤이다. 내가 장광아와 주진에게 갚아야 할 원수가 있었으나 이제 다 되었다. 너희들을 죽일 것은 아니로다."

산적 졸개들이 무기를 버리고 다가와 머리를 조아렸다.

"소인들은 장군님 같은 영웅을 처음 봅니다. 원컨대 소인들 산채의 두목이 되어주십시오."

조광윤이 가가대소하더니 한마디 내뱉었다.

"조정의 고관대작에게도 눈도 깜짝하지 않는 나더러 무슨 산적 두목을 하라는 게냐?"

조광윤이 졸개들을 죽 훑어보니 진명이 보이는지라 그놈을 앞으로 나오라 일렀다.

"어제 말 훔치러 온 놈이 바로 네놈이냐?"

진명이 잘못했다면서 연신 머리를 조아렸다. 조광윤이 졸개들을 보고 소리쳤다.

"나를 따라오너라. 내가 너희들에게 밥을 먹여 주리라."

졸개들이 객점에까지 조광윤을 따라왔다. 조광윤이 객점 쥔장에게 말했다.

"내가 산적 두목 두 놈을 다 처단했노라. 이 사람들은 모두 선한 사람이로다. 자, 그대들이 준비한 음식을 이 사람들에게 베풀도록 하라. 음식값은 내가 내겠노라. 참, 장광아를 위해 준비했던 자리는 그대로 남겨두어라. 나에게 생각이 있노라."

객점 쥔장이 어찌 조광윤의 말을 거역하리요? 졸개들이 허겁지겁 음식을 먹어치웠다. 조광윤이 진명에게 일렀다.

"네 놈은 하루에 삼백 리를 걷는다는데 정말 대단한 재주로다. 한데, 어쩌다 도적이 되었느냐, 내가 너를 쓸 데가 있는데 내 말을 따르려느냐?"

"장군님이 시키시는 일이라면 물불을 가리지 않겠습니다."

"내가 변경에 있을 때 궁의 구란에서 소란을 피우고 궁의 후원을 난장판으로 만들어버리고는 이렇게 피난을 다니고 있도다. 네가 변경에 한 번 가서 일이 어떻게 되었는지 좀 알아보고 태원 청유관에서 나를 기다리고 있어라. 절대 실수가 없도록 하라."

조광윤이 지필묵을 빌려 숙부 조경청에 보내는 서찰을 작성하여 진명에게 건넨 다음 산적 놈들의 마차에 실려 있던 재물을 삼등분했다. 하나는 마을 사람들에게 나눠주고 그동안 고생한 것을 위로했다. 죽은 산적 놈들의 수급과 무기는 마을 사람들이 잘 수습하여 관청에 들고 가서 신고한 다음 상급을 받게 해주었다. 나머지 하나는 산적 졸개들에게 나눠주고 이를 밑천 삼아 고향으로 돌아가 호구지책을 마련하게 했다. 마지막 하나는 또 반으로 나눠 진명에게 노자로 주고, 남은 반은 청유관의 항마보전 수리비로 건네주게 했다. 조광윤이 이렇게 일을 처리하니 사람들이 모두 승복하고 그 은혜에 감사했다. 조광윤이 객점 주인에게 술 한 상을 차려 자신이 묵을 노파 집으로 가져가라 했다. 조광윤도 노파 집으로 출발했다. 이 길은 산적 두목을 맞이하는 음식을 장만하러 나왔던 노파의 아들이 동행했다. 조광윤이 노파와 경낭과 다시 만났다. 조광윤이 산적 두목을 때려죽인 이야기를 노파에게 해주었다. 서로들 파안대소하며 기뻐했다. 조광윤이 경낭에게 이렇게 말했다.

"이 오라버니가 길 떠난 이래로 한 번도 제대로 동생을 대접하지 못했더니 오늘은 다른 사람 향을 빌려 부처님 전에 사르는 격으로 내가 남이 장만해준 술상으로 동생에게 술 한잔을 대접하려 하오."

경낭이 조광윤의 마음 씀씀이에 감사했음은 굳이 두말할 필요도 없을 것이다.

밤에 조광윤이 은자 열 냥을 노파에게 따로 주었다. 이날 밤은 노파 집에서 묵었다. 경낭이 조광윤의 은혜에 감격했다.

'그래 홍불紅拂 같은 기녀도 당대의 영웅을 자신의 배필로 삼았는데,[7] 나는 지금 큰 은혜를 입고 있는 몸, 당연히 그 은혜에 보답하여야 할 것이거니와 내가 일생을 함께할 배필을 찾고자 한다면 이런 오빠를 놔두고 또 어디서 찾을까!'

경낭이 먼저 나서서 고백하자니 쑥스럽기도 했다. 하지만 아무 말도 하지 않고 기다리자니 저 무뚝뚝한 남자가 자기 마음을 알아줄 리가 만무해 보였다. 경낭은 이런 생각 저런 생각을 하면서 긴긴밤을 하얗게 새웠다. 샛별이 빛나고 닭이 울었다. 조광윤은 일어나 말 등에 안장을 채우고

---

7) 홍불은 두광정杜光庭의 당唐 전기傳奇 『규염객전虯髥客傳』에 등장하는 여주인공 이름이다. 양소楊素 집안의 기녀로 빨간[紅] 먼지떨이[拂]를 들고 다닌다고 하여 이런 이름이 붙었다. 젊고 아름다우며 용기와 지혜를 갖췄다. 이정李靖의 비범함을 한눈에 알아보고 이정에게 시집갔으며 규염객虯髥客과 이정이 의형제를 맺도록 도왔다.

떠날 채비를 했다. 경낭의 마음은 더욱 답답하기만 했다. 말을 타고 가던 경낭은 틈만 나면 배가 아프다며 측간에 다녀와야겠다고 했다. 조광윤은 하는 수 없이 경낭을 안아서 내렸다 태웠다 했다. 그때마다 경낭은 몸을 조광윤에게 바짝 갖다 붙이고 목을 껴안고 어깨를 어루만지며 온갖 교태를 다 부렸다. 밤에 잠을 잘 때면 춥네 덥네 하면서 조광윤에게 이불을 덮어 달라고 했다가 덮어준 이불을 또 치워 달라고 하니 경낭의 체취가 조광윤을 자극하지 않을 수가 없었다. 하나 조광윤은 심성이 곧디곧은 사람이라 그저 온갖 정성을 다하여 경낭을 보살필 뿐 경낭의 행동을 조금도 책망하지 않았다.

　3, 4일 더 길을 가니 곡옥에 도착했다. 포주까지는 3백 리 정도 남았다. 인가가 몇 안 되는 거친 마을에 머물게 되었다. 경낭이 입으로 말은 안 해도 마음은 안절부절못했다. 이제 조금만 더 가면 바로 고향, 이렇게 쑥스럽다고 말을 안 하고 있다가는 좋은 기회 다 놓쳐버릴지니 그때 가서 후회하면 무엇하리. 날이 저무니 사방은 고요하기 그지없다. 호롱불만 바람에 밝아졌다 사그라들었다. 경낭은 잠을 이루지 못하고 불빛 아래서 탄식하며 눈물을 흘렸다.

　"동생, 어인 일로 그리 슬퍼하시오?"

　"제가 마음속에 하고픈 말이 있습니다. 혹여 당돌하다고 생각되더라도 저를 나무라지 마십시오."

　"오누이 사이에 뭐 그런 걸 다 따지고 그러시오? 아무 걱정 말고 어서 말해보시오."

　"저는 본디 규중심처에서 머물던 여인이라 일찍이 바깥출입을 한 적이 없습니다. 아버님을 따라 북악으로 향을 사르러 가다가 도적놈들에게 붙잡혀 청유관에 감금되었습니다. 도적놈들이 저를 가두어 놓고 잠시 떠나간 덕분에 제가 며칠을 더 살 수 있었고 그때 또 오라버니를 만날 수 있었습니다. 만약 도적놈들이 저를 범하려고 했다면 저는 차라리 도끼와 칼 아래 몸이 부서지더라도 절대 그대로 당하지는 않고자 했습니다. 오라버니께서 저를 위험에서 구해주시어 천릿길을 지켜주시고 저의 원수를 갚아주셨습니다. 오라버니는 저를 다시 살게 해주신 은인이신데 그 은혜를 갚을 길이 없습니다. 만약 오라버니가 이 못난 저를 받아주신다면 저는 오라버니를 위해서 요를 깔아주고 이불을 펴주는 일이라도 하여 만분지일이라도 은혜에 보답하고자 합니다. 오라버니의 생각이 어떠한지 모르겠습니다."

"동생은 어찌 그런 말을 하시오? 나는 동생을 물 위에 떠도는 부평초처럼 기약 없이 만났다가 그저 잠시 동생을 도와준 것이오. 내가 동생을 도운 것은 오로지 불쌍히 여겨서일 뿐이지 동생을 보고 반해서 그런 게 아니라오. 게다가 동생과 나는 성씨도 같아 결혼할 수도 없는 처지라오. 게다가 의남매를 맺은 사이에 그 관계를 더럽힐 수 없소이다. 나는 여인을 가슴에 품고 자도 음란한 짓을 하지 않은 유하혜柳下惠8)와 같은 인물인데 그대가 어찌 동성 결혼하여 예를 무너뜨린 오맹자吳孟子9)의 뒤를 따르려 하오? 괜히 그런 말을 해서 사람들한테 웃음거리가 되지는 마시오."

경낭은 얼굴이 빨개져서 한참을 아무 말도 하지 못했다. 그러다 다시

---

8) 공자 이전에 살았다는 중국 노나라의 대부이다. 엄청나게 추운 날 저녁 유하혜가 성문 밖에서 잠을 잤다. 이때 한 여인이 유하혜에게 재워달라고 부탁했다. 유하혜는 그녀가 얼어 죽을까 걱정되어 껴안아 주고 옷으로 덮어주었으나 아침이 밝아올 때까지 음란한 짓을 전혀 하지 않았다.

9) 오나라 출신의 여인으로 본래는 희姬 씨 성을 가졌다. 노나라 소공昭公이 이 여인을 부인으로 얻으면서 춘추시대에 임금의 부인에게 호칭을 붙이는 관례대로 나리 이름 뒤에 성씨를 붙여 오희라 불렀어야 할 것이나 자신의 성씨와 동성임을 드러내기가 부끄러워 오나라에서 온 큰딸이라 의미로 오맹자라 불렀다. 조광윤은 오맹자의 건을 예로 들어 자신과 동성인 경낭과의 결혼은 예법에 어긋나는 것임을 표현하고자 했다.

입을 열었다.

"은인께서는 제가 너무 말을 많이 한다고 나무라지 말아 주시길 바랍니다. 제가 그래도 음란하고 천박한 사람은 아니옵니다. 다만 제가 저의 생명을 부지하게 된 것은 전적으로 은인께서 저를 도와주신 덕분이라 그 은혜를 갚고자 하나 이 한 몸 말고는 갚을 길이 없습니다. 만약 은인께서 저랑 결혼해 주지 않으실 것 같으면 제가 은인의 몸종이라도 되어 하루라도 모실 수 있다면 죽어도 여한이 없겠습니다."

조광윤이 버럭 화를 냈다.

"이 몸은 하늘 아래 땅 위에 진정한 대장부라 평생을 정직하게 살고 조금도 간사하게 굴지 않았거늘 그대는 나를 은혜를 베풀고 보답이나 바라는 소인배로 보고 정의로운 일을 하는 척하며 사사로운 잇속이나 차리는 간사한 사람으로 보았으니 이게 무슨 경우 없는 짓이오. 만약 그대가 못된 마음을 버리지 않으면 나도 그대를 호송하는 일에서 손을 뗄 것이오. 나를 일 하나도 제대로 끝까지 처리하지 못하는 사람이라 욕하지 마시오."

조광윤의 말투가 너무도 위엄이 넘쳤다. 경낭은 머리를 조아려 절을 올리고 말했다.

"이제 은인의 마음 씀씀이가 노나라 대부 유하혜보다 더 고매함을 알게 되었습니다. 이 동생이 어리석은 아녀자의 소갈머리로 우물 안의 개구리처럼 속 좁은 이야기를 늘어놓고 말았습니다. 부디 저를 용서하여주시옵소서."

조광윤은 그제야 화를 풀었다.

"동생, 나도 그렇게 꽉 막힌 사람은 아니오. 내가 동생의 천릿길을 호위해준다고 나선 것은 다 정의를 위해서였소. 이제 와서 내가 사사로운 감정에 휩쓸린다면 내가 도적놈들과 다를 게 뭐가 있겠소! 내가 지금까지 베

푼 호의는 다 위선에서 나온 게 될 것이니 천하의 영웅호걸들에게 비웃음을 살 것이오."

"오라버니의 고매한 뜻이 그렇다면 저는 살아서는 오라버니의 은혜에 보답할 길이 없사옵니다. 하나 저는 죽어서라도 백옥 가락지를 바치고[10] 결초보은하겠나이다."

조광윤과 경낭은 밤을 지새우며 이야기를 나눴다.

꽃잎이 떨어져도 물 따라 흘러감은 물 그리는 마음 있어서,
물이 그냥 흘러감은 꽃을 그리는 마음이 없어서.

이날 이후로 경낭은 조광윤을 대하는 태도가 한결 더 조심스러워졌다. 조광윤은 더욱 경낭을 아끼고 보호했다. 어느덧 포주에 이르렀다. 포주에 이르는 동안은 별다른 일이 생기지 않았다. 경낭이 비록 소상촌小祥村에서 자라긴 했으나 그곳 지리에 익숙하지 않아 조광윤이 물어물어 길을 가야 했다. 경낭은 말 등 위에서 고향 모습을 바라보며 감상에 젖었다.

경낭을 잃어버린 후 한 달 동안 소상촌에 사는 경낭의 부모는 하루도 눈물 흘리지 않는 날이 없었다. 그러던 어느 날 소작인 하나가 황급히 달려와 아뢰었다.

---

10) 남조南朝 양梁나라 오균吳均의 『속제해기續齊諧記』에 따르면, 양보楊寶라는 사람이 9살 때 화음산華陰山 북쪽에서 꾀꼬리가 올빼미에게 물려 상처 난 채로 나무 아래로 떨어져 개미 떼한테 고통을 받는 것을 보고 상처를 치료하여 주고 먹이를 구해주어 다 낫게 해주었다. 꾀꼬리를 날려준 날 밤 꿈에 노란 옷을 입은 동자가 나타나 사례하며 말했다. 자기는 본디 서왕모의 심부름꾼이었노라 하며 자신을 구해준 은혜를 갚고자 한다며 백옥 가락지 네 개를 주었다. 더불어 양보의 자손은 재상의 지위에 오를 것이며 청렴결백하게 직무를 수행하여 세상의 부러움을 살 것이라 했다. 양보의 자손은 과연 4대에 걸쳐 재상의 자리에 올랐다.

"경낭 아씨가 말을 타고 오고 계십니다. 그 뒤에 얼굴빛이 붉은 대장부가 쇠몽둥이를 들고 따라오고 있습니다."

"아이고 큰일 났다. 산적 놈들이 우리 집 재산까지 털어갈 모양이다."

옆에 있던 경낭의 어머니가 거들었다.

"아니 설마하니 산적 놈이 달랑 혼자 오겠어요? 일단 우리 아들 문文이를 보내서 살펴보게 합시다."

조문이 물었다.

"경낭이 호랑이 소굴에서 어떻게 빠져나왔단 말인가요? 그 산적 놈들이 경낭을 순순히 돌려보낼 리는 만무합니다. 필시 경낭과 닮은 여인일 것입니다. 경낭일 리가 없습니다."

바로 이때 경낭이 대청으로 들어섰다. 경낭의 아버지, 어머니는 경낭을 껴안고 꺼이꺼이 울었다. 울음을 그치더니 대체 어떻게 돌아올 수 있게 되었는지를 물었다. 경낭은 산적 놈들이 자기를 청유관에 가둬놓은 일, 불행 중 다행으로 불의한 일을 보면 참지 못하는 조광윤을 만나 도움을 받고 의남매를 맺은 일, 조광윤이 자기를 천릿길에 걸쳐 호송해준 일, 도중에 산적 두목 두 놈을 때려죽인 일을 소상하게 설명해주었다.

"지금 그 조광윤이 여기에 같이 왔어요. 그분에게 실례를 범하는 일이 없기를 바라나이다."

조 원외는 황망히 대청에서 나가 조광윤에게 감사의 인사를 했다.

"만약 그대의 영웅호걸과도 같은 도우심이 없었더라면 내 딸은 필시 도적놈들 손에 떨어졌을 것이고 우리 부녀가 다시 만날 수도 없었을 것입니다."

조 원외는 아내에게 경낭을 데리고 나와서 감사 인사를 올리라고 하고 아들 조문한테도 같이 나와서 인사를 올리라 했다. 조문이 살며시 조 원외에게 이렇게 속삭였다.

"아버님, 좋은 소문을 잘 안 퍼져도 나쁜 소문은 천 리까지 퍼진다고 하는 말도 있습니다. 동생이 산적 놈들에게 잡혀간 것은 가문의 불행입니다. 한데 동생이 저 빨간 얼굴의 영웅 덕에 살아 돌아왔습니다. 하지만 사람은 다 자신에게 득이 되는 게 있으니까 아침부터 부지런히 움직이는 거라고 하지 않습니까? 저 영웅이 아무래도 동생한테 마음이 있어서 천릿길을 호송해준 것이 아니고 무엇이겠습니까. 동생은 험한 꼴을 많이 겪어 데려갈 사람도 없는 형편인데 이 김에 동생을 저 사람에게 시집보내면 누이 좋고 매부 좋은 일이고 이웃 사람들의 험담도 막을 수 있지 않겠습니까?"

조 원외는 바람 부는 방향대로 배를 젓는 줏대 없는 사람이라 아내 편에 경낭에게 물어보게 했다.

"경낭아, 네가 저 조광윤과 천릿길을 함께 왔다면 분명 몸도 허락했을 것이라. 네 오빠가 너를 저 사람에게 시집보내자고 하는데 네 의향은 어떠하냐?"

"저분은 공평무사하시고 심지가 곧은 분이십니다. 저랑 의남매를 맺고선 정말 친남매 이상 저를 아껴주셨으며 한 번도 저를 희롱한 적이 없습니다. 아버님께서는 저분을 우리 집에 열흘에서 보름 정도 머물게 하셔서 후의를 베풀어주시면 그만입니다. 제발 이런 이야기는 더는 거론하지 말아주십시오."

경낭의 어미가 조 원외에게 말을 전하니 조 원외는 상당히 떨떠름하게 받아들였다. 잠시 후 술자리가 마련되었다. 조 원외는 조광윤을 상석에 앉게 하고 자기는 조광윤의 맞은편에 앉고 아들 조문은 왼쪽에, 경낭은 오른쪽에 앉게 했다. 술이 몇 순배 돈 다음 조 원외가 입을 열었다.

"이 늙은이가 할 말이 좀 있소이다. 내 딸내미가 다시 살아갈 수 있게 된 것은 오로지 그대의 덕분이니 우리 집안 식구 모두는 머리를 조아려 감사하오이다. 그대의 그 큰 은혜에 감사할 방도가 무엇이겠소이까. 그것은 오로지 내 딸내미를 그대에게 시집보내어 평생을 그대를 모시게 하는 것밖에는 다른 방도가 없을 것이니 그대는 제발 거절하지 말아 주시오."

조광윤은 이 말을 듣고서 버럭 화를 냈다. 머리털이 다 하늘로 치솟을 정도였다. 조광윤이 소리를 질렀다.

"이런 망할 영감 같으니라고. 나는 그저 의로운 일을 하고 싶다는 일념에서 여기까지 왔거늘 나를 이렇게 모욕하다니! 내가 만약 여색을 밝혔더라면 오는 도중에 그냥 일을 치르면 되었지, 뭐하러 그 먼 천릿길을 보호하며 따라온다는 말인가! 아니 일의 옳고 그름도 분간 못 하다니, 내가 괜한 일에 헛심을 썼도다."

조광윤은 말을 마치더니 술상을 뒤엎고는 밖으로 나가버렸다. 조 원외 부부는 놀라고 당황하여 전전긍긍했다. 조문은 조광윤의 거침없는 행동을 보더니 감히 앞으로 나서질 못했다. 경낭은 마음이 안절부절, 부리나케 달려가 조광윤의 옷소매를 부여잡고 사정했다.

"오라버니 제발 이 못난 동생의 얼굴을 봐서라도 화를 거두시오서."

조광윤은 경낭의 말을 들은 척도 아니하고 경낭의 손을 뿌리치고 버드나무 아래로 달려가 붉은 기린 말을 풀어 안장 위에 올라타서는 나는 듯이 떠나버렸다. 경낭은 바로 주저앉아 대성통곡했다. 경낭의 어머니가 경낭을 안아 방으로 들어갔다. 어머니는 아들 조문을 한참 동안 나무랐다. 조문도 멋쩍었던지 방에서 나가버렸다. 조문의 마누라는 자기 남편이 시어머니한테 지청구를 먹는 것을 보고는 기분이 몹시도 언짢아졌기에 자기 나름대로 시누이를 위로한답시고 이렇게 입을 열어 말을 붙였다.

"아가씨, 모든 이별은 다 슬픈 건데, 저 사내는 아가씨를 천릿길이나 호위해주었으면서 이렇게 휙 하고 떠나가 버리다니! 정말로 무정한 사람이네요. 만약 그 사람이 진짜 의리를 지키는 사람이라면 아가씨하고의 혼사를 마다하지 않을 것인데! 아가씨야 나이도 한창이고 얼굴도 예쁜데 설마 어디 짝이 없겠어요? 너무 고민하지 마세요."

이 말이 오히려 경낭을 더 화나게 만들었다. 경낭은 눈물을 그칠 수가 없었다. 아무 말도 할 수가 없었다. 경낭은 맘속으로 생각에 잠겼다.

'아, 내가 팔자가 드세고 때를 잘못 만나 산적 놈들에게 붙잡혔으나 영웅호걸의 도움을 받아 살아났으니 내가 그 영웅호걸에게 내 평생을 바치리라 마음먹었구나. 하나 어찌 알았으랴! 일이 꼬이고 도리어 오비이락이 되고 말았도다. 오빠나 올케도 부모님도 나를 이해해주지 않는 마당에 다른 사람이야 말해 무엇하겠는가. 은인에게 보답하기는커녕 외려 누를 끼치고 말았도다. 은인에게 좋은 일을 해주려다 외려 누를 끼쳤다면 이는 바로 나의 죄로다. 이 박복한 인생, 차라리 청유관에서 죽어버리는 게 더 나았을 것을! 그랬으면 이런 시빗거리도 생기지 아니하고 모든 게 깔끔할 것을. 이제 와 후회한들 무슨 소용이 있으랴! 이래 죽으나 저래 죽으나 어차피 한 번 죽는 것. 죽음으로 나의 결백을 증명하리라.'

밤이 깊어졌다. 경낭의 부모는 잠에 빠져들었다. 경낭은 붓을 들어 벽에 네 구절의 시를 적었다. 바닥의 흙을 긁어모아 향을 대신하고 조광윤이 있는 하늘 쪽을 바라보며 네 번 절을 올렸다. 하얀 비단 수건을 꺼내어 대들보에 걸고는 목을 매달았다.

천금과도 같은 고귀한 규중심처의 여인,
가련타, 다시 깨어나지 못할 꿈나라로 떠났구나.

날이 밝았다. 경낭의 부모가 잠자리에서 일어났다. 경낭이 자기 방에서 나오지 않자 경낭의 방 안으로 들어가 보았다. 경낭이 대들보에 매달려 있었다. 깜짝 놀란 경낭의 부모는 울기부터 했다. 벽에 네 구절의 시가 적혀 있는 게 눈에 들어왔다.

미인박명이런가,
능욕당하고 기만당한 몸,
오늘 밤 이 목숨으로 은인에게 보답하리,
그대와 나의 맑은 이름만큼은 영원하리라.

경낭의 어머니는 대들보에 매여 있는 비단 수건을 풀었다. 조문과 그의 아내도 달려왔다. 조 원외는 벽에 적힌 시를 곱씹어 읽어보고서야 경낭의 맑디맑은 마음을 깨달았다. 아들을 실컷 꾸짖었다. 그건 그거고 관을 사고 염을 하여 장례를 치르는 수밖에.

한편, 조광윤은 붉은 기린 말을 타고 밤낮없이 달려 태원 청유관의 조경청을 만났다. 인간 천리마 진명은 이미 사흘 전에 도착해 있었다. 조광윤은 한나라 후주가 이미 세상을 떴으며 곽령공郭令公이 선양을 받아 주나라를 세워 널리 천하의 인재를 모으고 있음을 알게 되었다. 조광윤은 그 소식을 듣고는 무척이나 기뻐했다. 며칠을 더 묵고 조경청에게 하직인사를 올리고 진명과 함께 변경을 향해 출발했다. 거기서 조광윤은 종군하여 장교가 되었다. 조광윤은 세종을 따라 남북으로 정벌에 나섰으며 마침내 황실 군대의 총대장이 되었다. 조광윤은 주나라에게서 황제 지위를 선양받아 송나라의 태조가 되었다. 진명은 조광윤은 따라다니며 공을 세워 절도사에 올랐다. 태조는 즉위한 다음 북한北漢을 멸했다.

태조는 예전에 의남매를 맺었던 경낭이 떠올랐다. 포주 해량현으로 사람을 보내어 알아보게 하니 그 명을 받은 자가 경낭이 쓴 시를 적어와 보고했다. 태조는 탄식을 그치지 못했다. 태조는 경낭을 정의貞義 부인에 봉하고 소상촌에 사당을 세우게 했다. 황모점 옆 유수교의 사당 신은 태원의 수호신으로 봉하고 사당을 지어 바치게 하니 오늘날까지 향불이 그칠 날이 없었다. 이게 바로 「조광윤이 청유관에서 크게 소란을 피우고 경낭을 천릿길을 호송해주었다」는 이야기다. 후세 사람이 시를 지어 이렇게 찬미했다.

사사로운 감정에 미혹되지 아니하고 강포한 힘에 굴복하지 아니하고,
그 먼 천릿길을 혼자서 경낭을 보살피네.
한나라의 여태후, 당나라의 무측천, 분란도 많았으리니,
송나라 태조의 영웅다운 행동에 어이 비길까!

누더기 전립을 잊지 않다

宋小官團圓破氈笠
— 송 총각이 누더기 전립 덕분에 가족과 상봉하다 —

내 짝이 아니어든 억지로 구하지 말지라,
짝은 하늘이 내는 것이니 걱정할 필요 없도다.
파도가 휘몰아쳐 하늘까지 덮어도,
그 파도 속에도 그대 배를 지켜줄 뱃길 있도다.

각설하고, 정덕正德 연간(1506~1521) 소주부 곤산현의 중심가에 한 사람이 살고 있었겠다. 그 사람의 성은 송宋이요, 이름은 돈敦이라. 원래 벼슬아치 집안 태생이라 아내 노 씨랑 특별히 생업이 없어도 조상 대대로 물려받은 땅이 있어 소작을 주고 생활하고 있었다. 나이 마흔이 넘도록 슬하에 자식 하나 두지 못했다. 하루는 송돈이 아내에게 이렇게 말을 건넸다.

"자식 키워 늘그막 대비하고, 창고에 곡식 쌓아두어 기근 대비한다는 옛말도 있지 않소. 우리 부부는 둘 다 사십 줄을 넘긴 마당에 대를 이을 자식 하나 없구려. 세월은 쏜살같이 흘러 눈 깜박할 사이에 머리가 세어버릴 텐데 우리네 늘그막은 누구한테 기댄단 말이오?"

말을 마친 송돈이 자기도 모르게 눈물을 주르륵 흘렸다. 아내 노 씨가 이렇게 대꾸했다.

"송 씨 가문은 대대로 덕을 쌓아왔고 나쁜 짓을 한 적이 없지 않습니까. 게다가 당신은 외아들 아닙니까. 하늘이 당신 가문을 끊지는 않을 것입니다. 자식 두는 것도 다 늦고 이른 때가 있다잖아요. 때가 아니면 자식을 두어도 키우는 와중에 잃을 것이라 괜히 자식 키우느라 힘만 쓰고 아무런 성과도 없이 그저 눈물만 흘리며 상심만 하는 거지요."

송돈은 이 말을 듣고 고개를 끄덕였다.

"그 말이 맞네그려."

송돈이 눈물을 훔치기가 무섭게 거실에서 헛기침 소리가 들려왔다.

"옥봉玉峯, 집에 있는가?"

집안이 대단하든 미미하든 별명 하나 정도 갖는 게 당시 소주의 풍습이었다. 옥봉은 송돈의 별명이었다. 송돈은 귀를 기울여보았다. 두 번째 부르는 소리를 듣고서 유순천劉順泉이 찾아왔음을 알게 되었다. 유순천의 별명은 유재有才였다. 조상 대대로 큰 배 한 척을 지니고서 화물을 싣고 이 성 저 성을 넘나들며 운반해주었다. 오가는 뱃삯이 쏠쏠했으니 그의 나무랄 데 없는 가업은 모두 이 배 한 척을 통해 일궈낸 것이다. 그 배는 전체를 녹나무로 건조한 것으로 배 자체만 해도 은 수백 냥이나 나갈 정도였다. 양자강 이남 지역은 물길이 발달한 지역이라 이 사업이 제대로 안 되는 게 이상할 정도였다. 유순천은 송돈의 둘도 없는 친구라. 송돈이 유순천의 목소리를 듣고서 부리나케 거실로 달려갔다. 서로 격식 따지지 않고 바로 손을 마주 잡은 다음 자리를 잡고 앉아 차를 마셨다.

송돈이 유순천에게 물었다.

"아니 오늘은 어인 일로 이렇게 짬이 나셨나?"

"아, 뭐 좀 빌릴 게 있어서 특별히 왔지."

"하하, 엄청난 배를 가진 자네가 뭐가 모자라서 가난한 내 집에 빌리러 온 건가?"

"다른 거라면 이렇게 찾아와서 귀찮게 안 했을 텐데, 이건 아무래도 자네 집에 많을 거 같아 이렇게 특별히 부탁하러 왔지."

"우리 집에 있는 거라면 내 결코 아끼지 않으리."

유순천은 서두르지 아니하고 차근차근 자기가 빌리려고 하는 물건이 무엇인지 설명했다.

조서를 싸서 등에 멜 때 쓰는 것도 아니오,
앞가슴을 가리는 조끼도 아니라네,
연노랑 가는 베에 곱게 바느질하여,
깨끗한 손으로 정성을 다해 빌 때 쓴다네.

영전에 바치는 지전을 싸고
신에게 빌 때면 엄숙함을 더욱 돋보이게 하지,
명산대찰에 또 얼마나 다녔을까,
사르던 향은 또 얼마나 배었을까.

송돈 부부는 이곳저곳 다니면서 자식 낳게 해달라고 빌곤 했다. 그때마다 노란색 보자기와 포대에 종이로 만든 말과 종이돈을 싸 가지고 가서, 빌고 태우고 나서 다시 그 노란색 보자기와 포대를 자기 집 안 불당에 걸

어두곤 했다. 유순천은 송돈보다 다섯 살이 더 많아 마흔여섯 살이다. 유순천은 서徐 씨랑 결혼했으나 아직도 자식이 없었다. 휘주의 염상들이 자식 낳게 해달라고 빌려고 진주 할멈 사당, 즉 진주낭낭陳州娘娘 사당을 소주의 창문閶門이란 곳의 바깥쪽에 지었으니 늘 향내가 피어나고 지성을 들이는 소리가 끊이지 않았다. 유순천이 마침 일이 있어 풍교까지 배를 몰고 가는 김에 사당에 들러 향을 사르고 싶어 했다. 하나 집에 보자기와 포대가 없어 이렇게 송돈한테 빌리러 왔던 것이다.

유순천한테 뭘 빌리러 온 건지 설명을 듣고 난 송돈은 생각을 하느라 한참이나 말이 없었다. 유순천이 입을 열었다.

"자네 혹시 내가 더럽게 쓸까 봐 걱정하는 거 아냐? 만약 그런 일이 있으면 내가 두 배로 물어줌세."

"그럴 리가 있는가? 진주 할멈 사당이 그렇게 영험하다면 나도 같이 가보고서 싶어서 그러지. 근데 언제 출발할 거야?"

"지금 바로 출발하려고."

"내 마누라한테도 보자기와 포대가 한 벌 더 있으니 우리 둘이 쓰는 데 문제없을 거야."

"그래 아주 잘 되었네."

송돈이 안에 들어가 아내에게 소주에 가서 치성을 드리고 올 거라고 알려주니 아내가 너무 좋아하더라. 송돈은 집 안 불상을 모셔놓은 곳 벽에서 보자기와 포대 두 벌을 꺼냈다. 한 벌은 자기가 쓸 거로 남겨두고, 나머지 한 벌을 갖고 나가 유순천에게 빌려주었다. 유순천이 송돈에게 말했다.

"내가 먼저 배에 가서 기다리고 있을 테니 자네도 어서 오라고. 배는 북문 대판교 아래 매어놓았어. 음식을 가리는 편이 아니라면 내가 미리 좀 챙겨놓았으니 따로 가져올 필요는 없을 거야."

송돈이 알았노라 대답하고 서둘러 향과 초와 종이 말과 종이돈, 은종이로 만든 은정을 챙겨서 쌌다. 호주 비단으로 만든 새하얀 도포를 입고는 북문 아래로 가서 배에 탔다. 순풍을 타고서 반나절도 못되어 70리 길을 나아가 풍교에 배를 대었다. 그날 밤은 아무 일 없이 지나갔다.

달 지고 까마귀 울고 이슬은 하늘을 덮고,
강가의 단풍, 물고기잡이 배의 불빛, 나는 수심에 겨워 잠들다.
고소성 밖 한산사,
밤 깊어 나는 종소리 나그네 뱃전을 울리네.

다음 날 꼭두새벽에 일어나 세수를 마치고 조반을 들었다. 입을 헹구고 나서는 노란색 보자기에다가는 종이돈 등속을 챙기고 노란 포대에다가는 종이 말, 축원문 등속을 챙겨 어깨에 메었다. 진주 할멈 사당에 도착하니 날이 밝아오기 시작했다. 사당의 대문은 열려 있었으나 사당 안쪽 문은 닫혀 있었다. 두 사람은 사당 건물 회랑을 거닐면서 주변을 구경했다. 정갈하게 지어진 사당 건물을 보면서 두 사람은 찬탄해 마지않았다. 바로 이때 끼익하는 소리와 함께 사당 안쪽 문이 열렸다. 사당지기가 나와서 두 사람을 안으로 이끌었다. 오늘 사당에 빌러온 사람이 아직 없었으니 촛대는 비어 있었다. 사당지기가 촛대 위의 유리 덮개를 내리고 불을 붙이고는 축원문을 받아 대신 빌어주었다. 두 사람은 향 사르고 치성드리는 일을 다 마친 다음에 동전 몇십 개를 사당지기에게 사례로 주었다. 종이돈을 태운 다음에 사당을 나섰다. 유순천이 송돈에게 같이 배를 타고 돌아가자고 권했으나 송돈이 사양했다. 유순천은 송돈에게 보자기와 포대를 돌려주었다. 두 사람은 서로 인사를 나누고 헤어졌다.

유순천은 손님을 맞으러 풍교로 갔다. 아직은 이른 시각, 송돈은 누문까지 가서 배를 타고 돌아갈 작정이었다. 막 발걸음을 옮기려는데 담장 구석에서 신음이 들려왔다. 가까이 다가가 보니 키 작은 지푸라기 오두막이 사당 담장에 붙어 있었다. 그 오두막 안에 나이든 스님 하나가 몸져누워 있었다. 겨우 목숨만 붙어 있는 그 스님은 자기를 부르는 소리도 알아듣지 못했다. 송돈은 차마 그냥 떠나지 못하고 그 자리에 지켜 서서 스님을 바라보고 있었다. 이때 누군가 다가오더니 이렇게 말하는 것이었다.

"여보슈, 그냥 그렇게 쳐다만 봐서 뭘 어쩌겠다는 거요? 뭔가 도움을 줄 수 있는 일을 해야지."

"그래, 어떻게 하면 도움을 줄 수 있겠소이까?"

"저분은 섬서陝西에서 오신 스님으로 올해 일흔여덟이라고 하더이다. 일생 동안 육식을 금했으며 날마다 『금강경金剛經』을 암송했다오. 시주를 받아 암자를 하나 짓겠다고 3년 전에 이곳에 왔으나 아직 시주하는 자를 만나지 못했다 하오. 이곳에 오두막을 짓고 날이면 날마다 독경을 하고 있다오. 이 근방에 소반을 파는 집이 있어 그 스님이 오전에 가서 하루에 한 끼만 먹는다오. 스님을 불쌍히 여긴 사람들이 돈이나 쌀을 시주라도 할라치면 스님은 그걸 하나도 남기지 아니하고 몽땅 그 소반 파는 집에 갖다 주었다오. 한데 요즘 들어 병이 나서 근 보름 동안 아무것도 먹지 못했다고 하오. 이틀 전 겨우 입을 열어 말을 할 수 있게 되었기에 우리가 이렇게 물었지요. 이렇게 고생하시느니 차라리 일찍 열반에 드시는 게 낫지 않겠어요. 그러자 그 스님이 '아직 인연을 만나지 못했어. 이틀만 더 기다리면 될 거야.'라고 대답하시더군요. 오늘 아침에는 입도 열지 못하게 되었으니 아마도 조만간 열반에 드실 모양이외다. 손님께서 이 스님을 불쌍히 여기셔서 관이라도 하나 장만해주시고 화장이라도 해주시면 그게 바로 저 스님을 도와드리는 것 아니겠소이까. 스님이 아직 인연을 만나지 못했다고 하셨는데 그 인연이 바로 그대를 두고 하는 말인지도 모르잖소."

"오늘 내가 자식을 갖게 해달라고 치성을 드리러 왔다가 이런 좋은 일을 하게 되면 하늘도 아마 이를 알아주실 것 같소이다. 그래 이 근처에 어디 관을 파는 곳은 없소이까?"

"골목 어귀 진삼랑陳三郎네 집이 바로 장의사라오."

"미안하지만 나를 좀 데려다주시겠소이까."

그 사람이 송돈을 진삼랑네까지 안내했다. 진삼랑은 마침 가게에서 목수랑 나무를 켜고 있었다. 송돈을 안내해준 사람이 먼저 입을 열었다.

"여보게, 내가 손님을 모시고 왔네."

"손님께서 최상품을 원하신다면야 무원婺源 산 나무를 원료로 두 겹으로 만든 것이 안쪽에 있고, 그냥 기성품으로 원한다면야 여기 가게에서 고르시면 됩니다."

"그냥 기성품으로 합시다."

진삼랑이 관 하나를 가리키더니 이렇게 주워섬겼다.

"이게 최고죠. 가격은 딱 정확히 세 냥입니다."

송돈이 흥정을 시작하기도 전에 그 사람이 먼저 끼어들었다.

"이 분은 말이야 진주 할멈 사당 담벼락에 붙어 있는 오두막에 기거하는 스님을 위해서 관을 사시는 거라고. 자네가 이분한테 잘해주면 자네도 덕을 쌓는 거잖아. 거 이문 갖다 붙일 생각은 하덜 말아."

"기왕 좋은 일 하시는 거라고 하니 나도 이문을 남기고 팔 수야 없지. 한 냥 육 푼만 받지. 그게 딱 본전이야. 더는 못 깎아줘."

송돈이 옆에서 한마디 거들었다.

"그 가격이면 적당하네."

송돈이 허리띠에 묶어온 은이 대여섯 푼에다 향을 사르고 남은 게 동전 백 전 정도였다. 아무리 해도 관 값을 치르기에는 반이나 모자랐다. 송돈이 이리저리 궁리를 해보았다.

"그래 유순천의 배가 아직 풍교에서 멀리 떠나지 않았겠지."

송돈이 진삼랑에게 말했다.

"가격은 되었소. 다만 내가 친구한테 가서 돈을 좀 변통해 와야 하니 조금만 기다려주시오."

"그야 편하실 대로 하시오."

송돈을 안내해준 사람이 옆에서 구시렁댔다.

"아니 보시 좀 하겠다더니 이제는 발을 빼시려는 거요? 은자도 없이 관을 사러 왔단 말이요?"

이때 거리에 사람들이 몰려들더니 다들 한마디씩 거들었다.

"아이고, 저 노스님 불쌍하기도 하지. 보름 전만 해도 독경하시는 소리가 들려왔었는데 오늘 아침에 그만 세상을 떠나고 마셨네."

숨을 쉬기만 한다면 뭐든지 다 할 수가 있지,
하루아침에 숨을 거두면 모든 게 다 아무 소용없는 것이지.

송돈을 안내해 준 사람이 송돈에게 말했다.

"사람들이 말하는 걸 듣지도 못했소이까? 노스님이 돌아가시고서도 아직도 눈을 못 감고 장례를 기다리고 있단 말이오."

송돈은 아무 말 하지 않고 그저 다시 생각에 잠겼다.

'어느 관을 살 것인지 다 정해놓은 마당에 내가 유순천을 만나러 갔다가 유순천이 배에 없기라도 하면 그저 하릴없이 기다리는 수밖에 없지 않은가. 장사하는 사람은 가격만 맞으면 누구한테라도 판다는 옛말도 있는데 다른 사람이 와서 사려고 하기라도 하면 괜히 가격만 올라가고 내가 저 관을 사지도 못할 거라. 그러면 내가 저 노스님에게 못 할 짓을 하는 게 되겠지. 그래, 그래!'

송돈은 허리띠에 묶어온 은을 꺼내 재어보게 했다. 진삼랑이 무게가 얼마인지 알려주는 소리를 듣고는 송돈은 자기도 모르게 '그럼 되었다' 하는 소리를 크게 질러버렸다. 그 은이 보기에는 적어도 재보니 그래도 칠푼이나 되었다. 송돈은 진삼랑에게 그 은을 먼저 받으라고 주고 난 다음 호주湖州 비단으로 만든 새하얀 도포를 벗어주면서 이렇게 말했다.

"이 도포는 족히 한 냥은 넘게 나갈 것이오. 좀 모자란다 싶으면 담보로 잡아 놓는 거라 생각하고 기다리면 내가 다시 와서 값을 치르리다. 만약 이 도포가 쓸 만하거든 그대로 가지셔도 좋겠소."

"아, 그럼 두 가지 다 받읍시다. 내가 너무 쫀쫀하게 따진다고 하지 마시고."

진삼랑은 이렇게 말하면서 은과 도포를 받았다. 송돈은 상투에서 은비녀를 뽑았다. 그래도 두 푼은 나가 보였다. 송돈은 그 은비녀를 자신을 안내해준 사람에게 건네주면서 말했다.

"이 은비녀를 동전으로 바꾸어 장례 치르는 데 보태 쓰도록 하시지요."

그 자리에서 지켜보던 사람들이 모두 이구동성으로 이렇게 칭찬했다.

"이렇게 착한 맘으로 보시하는 사람도 참 드물 것이라! 그래 저분이 돈을 융통하러 가는 사이에 나머지 자질구레한 일은 우리들이 조금씩 돈을 추렴해서 처리할 것이외다."

사람들은 모두 돈을 추렴한다고 나섰다. 송돈은 다시 진주 할멈 사당 담벼락에 붙어 있는 오두막으로 갔다. 노스님은 과연 열반에 들었구나. 송돈은 자기도 모르게 두 눈에서 눈물이 흘러내렸다. 마치 가족 친지가 세상을 떠난 것처럼 슬펐다. 송돈은 참 모를 일이다 싶게 마음이 신산했다. 차마 다시 그 노스님을 쳐다보지 못하고 눈물을 머금은 채 서둘러 발길을 돌렸다. 누문으로 가보니 유순천의 배는 이미 출발하고 보이지 않았다. 송돈은 다른 배를 불러 타고는 그날로 집에 돌아왔다. 송돈의 아내는 남편이 이렇게 늦은 시간에 도포조차 입지 않은 채 근심 어린 얼굴로 돌아오는 걸 보고는 혹시 저 사람이 누구랑 싸운 건가 걱정하며 달려가 물었다. 송돈은 그저 고개를 저으며 "아이고, 마 사연이 길다"고 한마디 할 뿐이었다. 송돈은 곧장 집 안 불당으로 가서 보자기와 포대를 걸어놓은 다음 머리를 조아려 절을 올리고 방에 들어와 앉았다.

　송돈은 차를 한 잔 들고 나서야 겨우 입을 열어 노스님을 만나고 장례를 도와준 일을 아내에게 이야기해주었다. 아내는 "정말 좋은 일을 하셨네요"라고 대답하고선 남편에게 이러구러 토를 달지 않았다. 송돈은 아내의 그런 현숙한 대답을 듣고 찜찜한 마음이 다 사라져버리고 개운한 기분이 들었다. 부부가 잠들어 새벽 사경 즈음, 그 노스님이 송돈의 꿈에 나타났다. 노스님이 문 안으로 들어와 자기한테 고맙다 인사했다.

　"이렇게 보시를 해주신 그대여, 본디 그대는 자식이 없는 팔자요 정해진 수명도 여기까지였다오. 그러나 그대의 마음이 이리 착하여 상제께서 수명을 육 년 연장해 주셨소이다. 소승과 그대가 이렇게 인연이 닿았으니 소승이 그대의 아들로 태어나 소승의 장례를 치러준 은덕을 갚겠소이다."

　송돈의 아내 노 씨도 꿈에 황금빛 나한이 방으로 들어오는 걸 보고서는 놀라 소리를 지르니 남편 역시 그 소리에 놀라 일어났다. 부부는 꿈 이야기를 서로 나누며 반신반의하면서 감탄해 마지않았다.

콩 심은 데 콩 나고
팥 심은 데 팥 나지.
그대여 마음 곱게 쓰시라,
뿌린 대로 거두느니라.

이 일이 있고 나서 노 씨가 임신을 했고 열 달 후 출산했다. 꿈에서 황금빛 나한을 보았기에 아명을 황금 사내란 뜻의 금랑金郎이라 붙여주었고, 정식 이름은 송금宋金이라 했다. 송돈의 아내가 너무도 기뻐했음은 두말할 필요도 없으렷다. 이 무렵 유순천도 딸을 하나 낳았으니 아명을 의춘宜春이라 붙였다. 송금과 의춘이 각자 잘 자라나니 누군가 나서서 두 집안을 사돈 맺어주려고 했다. 유순천이야 원하는 바였으나 송돈은 유순천이 뱃사람이라서 명문 집안 출신이 아니라는 이유로 비록 드러내놓고 거절하진 않았으나 속으로는 망설이는 마음이 컸다.

송금이 여섯 살 나던 그해 송돈이 몸져누워 일어나지 못하고 그만 저세상으로 떠나고 말았다. '집안이 일어나고 말고는 오직 가장 한 사람에게 달렸다'는 옛말도 있지 않은가? 부인 열이 있어도 남정네 하나만 못한 법. 송돈이 세상을 떠난 다음부터는 아내 노 씨가 집안을 꾸려나갔다. 그러나 흉년이 이어지고 고을 나리도 과부에 고아라고 세금이야 부역을 터무니없이 떠넘기니 노 씨는 더는 견디지 못하고 땅뙈기를 팔아넘기기 시작했고 마침내 있던 집마저도 팔아치우게 되었다.

처음에야 노 씨는 가난한 티를 내지 않았으나 하는 일 없이 먹고 지내기만 하면 태산 같은 재산도 다 사라지고 마는 법, 10년이 채 못 되어 마침내 알거지가 되고 말았다. 노 씨마저도 병을 얻어 세상을 떠나고 말았다. 어머니 장례를 치르고 난 송금은 말 그대로 적수공권, 집주인한테 쫓겨나니 어디 갈 곳도 없었다. 그나마 천만다행으로 어려서부터 열심히 배우고 익힌 게 있었으니 글자도 잘 쓰고 계산도 할 줄 알았다. 마침 이곳 곤산현의 향시 합격자인 범 거인范擧人이 절강浙江 구주부衢州府 강산현江山縣의 현령으로 부임하면서 시동을 구하는 중이었는지라 누군가가 송금을 범 거인에게 소개해주었다. 범 현령이 송금을 불러보니 나이도 젊고 생긴 것도 단정하여 마음에 들었다. 능력이 어떠한가 하여 시험해 보니 과연 정자체나 초서체나 다 정통했고, 주판도 둘 줄 알았다. 범 현령은 그날로 송금에게 새 옷을 내주고 서재에 머무르게 하고는 식사도 함께 하면서 심히 우대했다. 길일을 택하여 범 현령과 송금은 관청에서 내준 배를 타고서 임지로 출발했다.

    둥둥둥 북소리 어서 노를 저어 나아가라 하네,
    쏴쏴쏴 바람 소리 어서 돛을 올려 나아가라 하네.

한편, 송금이 비록 집안이 망하긴 했더라도 그래도 뼈대 있는 집안 출신이라 범 현령의 시동 신세라 해도 다른 하정배들하고 말을 섞고 같이 어울리려고 하지 않았다. 다른 하정배들은 송금이 나이도 어린 주제에 이렇게 도도하게 구니 더욱 송금을 달가워하지 않았다. 곤산에서 뱃길로만 항주까지 왔다. 이제부턴 뭍길이 시작될 것이었다. 범 현령의 하인들이 이렇게 일러바쳤다.

"송금 그놈은 문서를 정리하고 계산도 하면서 나리를 모셔야 하니 매사 겸손하고 조심하여야 하나 오히려 예의범절을 하나도 모르나이다. 나리께서 그놈을 너무 아끼시다 보니 식사도 같이하시는데, 배 안에선 그럭저럭 넘어갈 수 있겠지만 뭍길에서만큼은 나리 체면을 생각하셔야겠습니다. 그놈한테 시동으로 나리를 모시겠다는 문서라도 받아두셔야 할 듯합니다. 그래야 현청에 도착하여 함부로 제멋대로 굴지 않을 것 아닙니까?"

범 현령은 귀가 얇은 사람이라 하인들의 말에 넘어가 바로 송금을 불렀다. 범 현령이 송금에게 시동 노릇하겠다는 문서를 작성하라 하니 송금이 내켜 하지 않았다. 송금이 문서를 쓰지 않고 시간을 지체하자 범 현령이 버럭 화를 내며 소리를 질렀다.

"저놈의 옷을 벗기고 어서 이 배에서 쫓아버려라."

범 현령의 하인들이 송금을 잡고서 끌어당기기도 하고 밀치기도 하면서 속옷 한 벌만 남기고 모두 벗겨서 강둑으로 쫓아버렸다. 울화가 치민 송금은 한참이나 입을 열지 못했다. 가마와 말이 분주하게 범 현령 일행을 모시고 뭍길을 출발하는 게 눈에 들어왔다. 송금은 두 줄기 눈물을 삼키며 눈길을 돌려버렸다. 몸에 지닌 게 아무것도 없으니 아무것도 먹지 못하여 뱃가죽이 등에 달라붙을 정도였다. 배고픈 시절을 겪어본 옛사람을 따라 하지 않을 수가 없었도다.

오자서는 도성문에서 피리를 불어 끼니를 때웠고
한신은 빨래하는 아주머니에게 밥을 얻어먹었다네.

송금은 낮에는 시장 거리를 돌아다니며 밥을 얻어먹고 밤에는 기울어진 사당을 찾아 깃들어 잠을 청했다. 그래도 송금은 뼈대 있는 집안 태생인지라 아무리 형편이 어려워졌다고 하더라도 그 나름의 자존심은 남아 있어 거리의 거지들처럼 비굴한 얼굴로 무릎을 꿇어가며 체면도 염치도 없이 굴지는 않았다. 구걸하면 먹고, 그렇지 못하면 차라리 굶었으니, 한 끼 건너 한 끼는 굶기 일쑤였다. 날이 갈수록 송금의 얼굴은 야위어가고 전날의 얼굴 모습은 하나도 남지 않게 되었다.

> 예쁜 꽃 비 맞아 붉은빛 다 바래고
> 연둣빛 풀잎 서리 맞아 모두 시들었네.

때는 바야흐로 늦가을, 갈바람이 세차게 불어 예니 한바탕 큰 비가 내렸다. 송금은 제대로 먹지도 못한 채 겨우 홑옷만 입고서 북신관 관왕묘에서 배를 움켜쥐고 추위를 견디며 밖에 나갈 엄두도 내지 못하고 있었다. 아침 일곱 시부터 내리기 시작한 비가 정오가 되어서야 겨우 그쳤다. 송금은 허리띠를 단단히 동여매고 관왕묘 문을 나섰다. 몇 걸음 떼자마자 한 사람을 만났다. 송금이 눈을 부릅뜨고 바라보니 바로 돌아가신 아버님의 막역한 친구 유순천이었다. 송금은 고향의 옛 친지를 만날 염치가 없었다. 송금은 고개를 숙이고 눈물을 훔치며 지나쳐버렸다. 유순천이 송금을 진즉에 알아보고 등 뒤에서 송금을 붙잡았다.

"자네는 바로 송 씨네 도련님 아닌가, 어쩌다가 이런 일이?"

송금은 두 줄기 눈물을 흘리며 두 손을 가지런히 모아 예를 갖추고는 이렇게 아뢰었다.

"제가 지금 형편이 이러한지라 감히 인사도 올리지 못했습니다. 제가 감히 백부님의 질문에 답변 드리겠나이다."

송금은 범 현령에게 푸대접을 당한 일의 자초지종을 세세하게 아뢰었다. 송금의 말을 들은 유순천이 이렇게 말했다.

"불쌍한 사람을 보면 도와주고 싶은 게 인지상정! 그래 자네가 내 배에서 일을 하고 싶다면 내가 자네를 먹여주고 재워주겠네."

송금이 머리를 조아리며 말씀 올렸다.

"백부님께서 저를 거둬주신다면 저에겐 돌아가신 부모님이 다시 살아오신 것과 같겠나이다."

유순천은 즉각 그 자리에서 송금을 데리고 강으로 내려갔다. 유순천이 먼저 배에 올라 아내에게 사정을 설명했다. 유순천의 아내가 대답했다.

"그렇게 하면 서로에게 좋은 일인데 어이 마다하겠습니까?"

유순천이 이물에서 송금에게 어서 배에 올라오라고 불렀다. 그리고 입고 있던 도포를 벗어 송금에게 입으라고 주고는 고물로 가서 아내에게 인사하게 했다. 마침 딸내미 의춘도 그 자리에 있어 같이 인사를 나눴다. 송금은 다시 이물로 걸어 나왔다. 유순천이 아내에게 말했다.

"송금에게 밥 좀 챙겨주지."

"밥이 있긴 있는데 식은 거밖에 없어서요."

의춘이 끼어들었다.

"주전자에 따듯한 차가 있어요."

의춘은 말을 마치기가 무섭게 따듯한 차를 따라내었다. 유순천의 아내가 찬장에서 소금에 절인 반찬이랑 밥을 꺼내서 송금에게 건넸다.

"송금, 배에서 대충 지은 거라 집에서 먹던 거보다 한참 못하겠지만 그래도 일단 좀 들게."

송금이 얼른 받아들었다. 가랑비가 희부윰하게 내렸다. 유순천이 의춘에게 말했다.

"고물에 해진 전립이 하나 있으니 송금에게 갖다 주어라."

의춘이 가서 그 해진 전립을 찾아보니 한쪽이 뜯어져 있었다. 비녀를 튼 곳에 꽂고 다니던 바늘과 실을 꺼내어 깁고는 그 전립을 뜸 안에다 넣어주며 말했다.

"이 전립을 갖다 쓰셔요."

송금은 전립을 받아 쓰고 찬밥을 따듯한 찻물에 말아 먹었다. 유순천은 송금에게 배의 물건을 정리하고 청소하라 시키고는 자기는 강둑에 올라가서 손님을 상대하다가 해거름에야 돌아왔다. 그날은 별일 없이 지나갔다.

이튿날 아침 유순천이 일어나 보니 송금이 이물에서 한가하게 앉아 있더라. 유순천은 이렇게 생각했다.

'송금이 나랑 같이 일하기 시작했으니 이제 버릇을 제대로 들여야지.'

유순천은 송금을 향해 이렇게 소리쳤다.

"이놈아, 내가 주는 밥 먹고 내가 주는 옷을 입는 주제에 짬이 나면 밧줄도 땋고 새끼줄도 꼬고 그래야지. 그렇게 빈둥거리면 어떡하겠다는 거냐?"

"뭐든지 시키시는 대로 다 열심히 하겠습니다."

유순천은 삼 껍질을 송금에게 던져주고 밧줄을 꼬게 했다.

주인집 처마가 낮으니,
어찌 고개를 숙이지 않으리.

이후로 송금은 낮이나 밤이나 조심 또 조심, 오직 일만 하면서 조금도 게으름피우지 않았다. 게다가 송금이 기록과 계산에 능하니 배에 오르내리는 승객이나 화물의 기록을 전담했으며 한 치의 착오도 없었다. 다른 선주들도 송금에게 주판으로 계산도 해주고 장부도 기록해 달라고 부탁했다. 선주들이 다 만족해했다.

"송금, 아주 대단해, 나이도 어린데 어쩜 이렇게 영리하지!"

유순천 부부도 송금이 이렇게 성심껏 일하는 걸 보고 전과는 다른 눈으로 바라보기 시작하여 좋은 옷, 좋은 음식으로 그를 보살폈다. 주위 사람들에게는 송금을 조카라고 소개했다. 송금도 자기에게 딱 맞는 자리를 찾은 것인 양 편하게 지내니 몸에 살도 붙었다. 주위 선주들 가운데 칭찬하지 않는 자가 없었다.

세월은 쏜살같이 흘러 눈 깜박할 사이에 벌써 2년이 흘러버렸다. 하루는 유순천이 곰곰이 생각에 잠겼다.

'그래 우리 부부가 이렇게 늙어 가는데 슬하에 자식이라곤 저 딸내미 하나, 어서 저 녀석에게 평생 배필을 맺어주어야 할 텐데. 저 송금이 딱 어울리는 사윗감인데 마누라가 어떻게 생각하는지 모르겠네.'

그날 밤 유순천 부부는 서로 술을 주거니 받거니 했다. 의춘도 같이 앉아 있었다.

"의춘이가 나이가 찼는데도 평생 배필을 아직 찾아주지 못했으니 이를 어쩐다?"

"의춘이 짝 맺어주는 건 당신이나 나의 노후가 달린 큰일인데 서두르지 않고 뭐하시는 거예요?"

"나도 늘 그 생각뿐이라고. 한데 어디 맘에 딱 드는 사윗감이 있어야지. 지금 우리랑 같이 배에서 일하고 있는 송금 같은 녀석처럼 천 명에 하나 나올까 말까 하는 녀석도 내 맘에 딱 들지 않을 정도니 말이야!"

"송금이를 사윗감으로 점찍어 놓은 거 아니유?"

유순천은 아내에게 속마음을 감추고 딴청을 피웠다.

"아니 그게 무슨 말이야? 그 녀석은 의지가지없지, 우리 배에서 일하고 밥 얻어먹는 처지지, 돈 한 푼도 없지, 어떻게 그런 놈한테 내 딸을 맡겨?"

"송금이는 그래도 벼슬아치 가문에다 우리랑 다 잘 알고 지내는 집안이잖아요. 송금이 아버지가 살아 있을 때 송금이와 우리 의춘이 사이에 정혼 이야기가 오간 것을 잊지는 않았겠죠? 송금이 신세가 비록 이렇게 되었다지만 그래도 인물도 좋지, 글도 읽고 쓸 줄 알지, 주판도 잘 놓지 않수. 이런 녀석을 사위로 맞아들이면 우리 집안에 흠 될 것도 없고 게다가 우리 부부가 늙어서 의지할 데가 생기는 것 아뇨."

"그래 그럼 당신 뜻은 확실한 거요?"

"아니 확실하고 말고가 어디 있단 말이유?"

"그러면 되었네."

유순천이 본디 공처가라 진즉에 송금을 사윗감으로 점찍어 놓으면서도 마누라가 반대할까 봐 걱정했던 것이라. 한데 마누라가 외려 이렇게 송금을 사윗감으로 미니 기분이 너무도 좋았다. 유순천은 그 자리에서 바로 송금을 불러 마누라 면전에서 송금을 사위로 맞아들이겠노라고 선언했다. 송금이 처음에는 감히 받아들이지 못하고 사양하다가 유순천 부부가 정말 진심으로 원하고 혼례에 돈 한 푼도 쓸 필요 없다 하니 유순천의 말을 그대로 따르겠노라 했다. 유순천은 점쟁이 집을 찾아가 택일을 한 다음 아내에게 알려주고는 뱃머리를 곤산으로 향하게 했다. 먼저 송금의 머리를 단장시켜주고 비단옷을 지어 입혔다. 머리부터 발끝까지 새것이라, 옷, 갓, 신발, 버선 모두가 새것이라. 이렇게 단장하니 송금의 허우대가 너무도 빛나더라.

문재는 조식에게 못 미칠지 모르나,
외모만큼은 반안보다 나을 듯하네.

유순천의 아내는 또 자기 나름대로 의춘에게 옷이야 장신구야 다 장만

해주었다. 혼인날이 다가오니 신랑 신부의 가족 친지를 불러 식을 성대하게 올리고 송금을 사위로 맞아들였다. 송금은 유순천과 함께 배에 올랐다. 다음 날 일가친척을 모시고 잔치를 열었다. 그 성대한 피로연은 사흘이나 이어졌다. 송금이 의춘과 식을 올린 다음 둘 사이에 금슬이 좋았음이야 두 말하면 잔소리였다. 유순천의 사업도 번창일로였다.

세월은 쏜살같이 흘러 일 년 하고도 두 달이 눈 깜박할 사이에 지나가 버렸다. 의춘도 어언 몸을 풀 때가 되었다. 의춘은 딸내미를 낳았다. 부부는 그 딸을 금이야 옥이야 아끼고 또 아껴 품에서 품으로 안아주느라 바닥에 내려놓을 틈이 없었다. 딸이 돌을 갓 지나고 그만 천연두에 걸려 세상 온갖 약을 다 써보아도 아무런 효과가 없더니 그만 열이틀 만에 저세상으로 떠나고 말았다.

송금은 상심에 빠져들었다. 슬픔이 슬픔을 불러와 마침내 몸과 마음이 상하여 결핵에 걸리고 말았다. 열이 올랐다가 내렸다가 먹은 것은 모두 게워내고 피골이 상접하여 몸조차 제대로 가누기 어렵게 되었다. 유순천 부부는 송금이 병에 걸리자 의원을 부른다, 점쟁이를 부른다 하며 사위가 어서 낫기를 바랐다. 하나 송금이 자리를 보전한 지가 일 년이 넘도록 나을 줄을 몰랐다. 사경을 헤매는 신세, 글자를 쓸 수도 주판을 놓을 수도 없었다. 이제 송금은 유순천 부부에게 눈엣가시라 차라리 어서 그냥 저세상으로 가버렸으면 하고 바랐으나 죽지도 않았다.

유순천 부부는 후회막급, 서로 원망했다. 사위를 맞아들여 노후를 의탁할까 했더니 지금 저 사위라는 놈이 몸져누워 죽지도 못하고 있으니 이건 불운의 동아줄이 사위 놈의 목에 칭칭 감겨 풀리지 않는 것이라. 꽃다운 내 딸이 평생을 고생하게 생겼으니 이를 어쩐다? 그래 어떻게든 계책을 마련하여 저 사위 놈을 떼어버리고 새 사위를 맞아들여야 안심이 될 것 같았다.

유순천 부부는 한참이나 골똘히 생각하더니 마침내 계책을 짜내었다. 딸내미 의춘에게는 모든 걸 비밀로 해두었다. 그저 강북에 짐이 있어 실러 가야 한다고 하고는 배를 움직이기 시작했다. 배가 지주 오계라는 곳에 도착했다. 황량한 곳, 외로운 산봉우리 하나 달랑, 한 줄기 계곡물이 흘러내리고 있었다. 그 너른 들판에 인적이라곤 찾아볼 수가 없었다. 마침 맞바람이 살살 불어왔다. 유순천은 일부러 배의 키를 삐뚜름하게 조정하여 배가 강가 모래톱에 걸리게 했다. 유순천은 송금에게 어서 배에서 내려 밀라고 했다.

송금이 손발을 굼뜨게 움직이기 시작했다. 유순천이 욕을 퍼부었다.

"이 폐병쟁이야, 그래 배를 밀 힘이 없으면 강 언덕에 올라 산으로 들어가서 땔감이라도 주워와야지. 밥값은 해야 할 것 아냐!"

송금은 갑자기 얼굴이 화끈거려 바로 나무 베는 칼을 챙겨 강둑에 기어올랐다. 유순천은 이 틈을 놓치지 않고 힘껏 키를 틀었다. 뱃머리의 방향이 바뀌고 순풍을 받은 배는 강물 위를 미끄러졌다.

사위 녀석 고통받는 게 뭐가 대수리요,

좋구나, 골치 아픈 사위 녀석 눈에서 사라지니!

한편, 송금은 강둑에 올라 땔감을 찾아 숲으로 길을 잡았다. 숲 안은 울창하고 빽빽했으나 나무를 벨 엄두가 도저히 나지 않아 떨어진 이파리와 나뭇조각 그리고 말라버린 등걸을 긁어 겨우 두 단 정도 만들어서 손으로 질질 끌고 걸으니 마치 목동이 소를 끌고 가는 형국이라. 그렇게 한참을 가다가 갑자기 나무 베는 칼을 놓고 왔음을 깨달았다. 다시 돌아가 칼을 챙겨 나뭇단 사이에 꽂고 천천히 밀고서 강둑까지 내려왔다. 하나 배가 매어 있던 곳은 텅 비어 있었다. 모래톱에는 물안개만 피어올랐다. 송금은 강 언덕길을 걸으며 살폈다. 역시 아무것도 없었다. 해가 서산에 뉘엿뉘엿 질 때야 비로소 장인한테 버림받았음을 깨달았다. 하늘로 올라갈 수도 땅속으로 꺼질 수도 없는 막막한 상황, 가슴이 아려와 목놓아 울었다. 울다가 혼절하여 한참이나 있다가 다시 깨어났다. 이때 어디선가 노스님이 나타나 지팡이로 땅을 톡톡 하고 두드렸다.

"아니 동료들은 다 어디로 가고 혼자 여기 있는 거요? 여기는 사람이 머물만한 곳이 못 된다오."

송금은 화들짝 일어나 노스님에게 인사하고 자기 이름을 말씀드렸다.

"장인어른한테 버림받은 신세, 스님께서 저를 거둬주셔서 박복한 이 목숨을 구해주소서."

"소승의 암자가 예서 멀지 않으니 일단 나를 따라가서 오늘 밤을 지내도록 하고 내일 다시 상의해 봅시다."

송금은 연신 고맙다고 인사하면서 노스님을 따라나섰다. 한 1리쯤 갔을까, 초가지붕을 얹은 암자 하나가 눈에 들어왔다. 노스님이 부싯돌로 불을 붙이더니 죽을 끓여 내와 송금에게 건넸다. 노스님이 송금에게 물었다.

"그대와 장인어른 사이에 무슨 원수가 졌단 말이오? 그 사연이나 자세히 말해주시구려."

송금은 유순천 집안에 사위로 들어가게 된 사연, 자신이 병을 얻게 된 이유를 구구절절 이야기해주었다. 노스님이 다시 물었다.

"장인어른을 원망하시오?"

"제가 거렁뱅이로 구걸하고 다닐 때 장인어른이 저를 사위로 받아주었습니다. 제가 병들어 버림받게 된 것은 다 저의 박복한 팔자소관일 뿐인데 어찌 감히 다른 사람을 원망하겠습니까?"

"그대의 말을 들어보니 그대는 정말 속이 깊고 착한 사람임을 알겠소이다. 그대의 병은 오욕칠정이 상해서 생긴 것이니 약을 먹는다고 나을 것이 아니라. 오직 마음을 닦고 조절하여야만 나을 수 있을 것이외다. 평소에 불법을 받들고 불경을 외고 그러셨는지?"

"그런 적은 없습니다."

노스님은 소매 춤에서 불경 한 권을 꺼내어 내밀었다.

"자 『금강반야심경』이라오. 이걸 읽으면 부처의 마음을 깨닫게 될 것이오. 소승이 그대를 가르쳐줄 것이라. 하루에 한 차례씩 읽으면 모든 잡념이 사라지고 병도 나아 장수할 것이니 그 이익됨이 무궁무진할 것이오."

송금은 진주 할멈 사당 옆 암자에 살던 노스님이 윤회하여 태어난 자인지라 전생에 이 『금강반야심경』을 얼마나 열심히 읽었던가. 노스님이 가르쳐주는 것을 한번 듣기만 하면 바로 마음으로 깨달으니 전생의 인연이 이어진 것이라. 송금은 노스님을 따라 눈을 감은 채 좌선하면서 불경을 외우다 동녘에 해가 뜰 무렵 자기도 모르게 잠이 들고 말았다.

송금이 눈을 떠보니 잡초가 무성한 언덕배기에 앉아 있는 것이 아닌가. 노스님과 암자는 어디론가 사라져 보이지 않았다. 『금강반야심경』이 송금의 품에 그대로 있었다. 책장을 넘겨보니 송금 혼자서도 읽어낼 수 있었다. 송금은 너무도 의아했다. 연못에 나아가 입을 헹구고 『금강반야심경』을 한 차례 낭독했다. 송금의 모든 근심 걱정은 사라져버리고 병든 몸도 씻은 듯이 나았다. 송금은 그제야 고승대덕이 몸소 환생하여 자기를 구해주신 것이고 이 역시 전생의 인연이었음을 깨달았다. 송금은 하늘을 우러러 머리를 조아리며 하늘의 도우심에 감사했다.

망망대해에 일엽편주와 같은 신세, 발길 닿는 대로 터벅터벅 걷기 시작했다. 주린 배가 꼬르륵 소리를 내면서 요동쳤다. 멀리 수풀 속에 인가가 있는 듯도 했다. 송금은 그래도 배운 도둑질이라고 그 인가로 달려가 밥을 빌어먹으려 했다. 자, 그럼 이제 여기서 이야기를 나눠야겠다. 송금이 흉한 일 지나가니 길한 일이 생기고, 고난이 다 지나니 복이 터지기 시작하는구나.

막다른 길인가 했더니 다시 길이 열리고
물길 막혔나 했더니 다시 흘러가기 시작하고.

송금이 수풀로 걸어 들어가 보니 밥 짓는 연기는 뵈지 아니하고 창이나 칼 같은 것이 나무 틈새에 빼곡히 박혀 있었다. 송금은 두근거리는 가슴을 진정시키며 심호흡을 크게 하고서 다가가 보았다. 쓰러져 가는 토지신 사당이었다. 사당 안에는 큰 상자가 여덟 개 놓여 있었다. 상자는 꼭꼭 봉해져 있었고, 그 위로 솔가지가 덮여 있었다. 송금은 속으로 생각했다.

'이건 필시 도적놈들이 숨겨둔 것일 거야. 여기에 창이나 칼을 꽂아둔 것은 사람들 눈속임이고. 어차피 도적놈들이 훔치거나 빼앗은 것이니 이걸 가져간다고 해도 안 될 건 없으렷다.'

송금은 꾀를 내어 솔가지를 꺾어 땅바닥에 꽂아 표시하면서 숲에서 빠져나와 강둑에 이르렀다. 아마도 송금이 운이 좋았던 탓일 게다. 마침 큰 배 한 척이 풍랑에 밀려오다 키가 고장 나서 강둑에 정박하여 수리하고 있었다. 송금은 일부러 큰일이라도 난 것처럼 뱃사람들에게 소리쳤다.

"나는 섬서 출신 전금錢金이라는 사람이오. 숙부를 모시고 호광에 장사를 나섰다가 여기를 지나게 되었는데 강도를 만나 숙부가 그만 목숨을 잃고 말았습니다. 나는 그저 몸종에 불과하고 병까지 든 불쌍한 신세이니 제발 살려달라고 빌고 빌었더니 그들이 나를 살려주었습니다. 도적 가운데 한 명이 남아서 나랑 같이 토지신 사당에서 물건을 지키고 다른 도적 떼는 다른 곳으로 또 도적질하러 떠났소이다. 하늘이 무심하지 않았던지 나를 감시하던 그 도적놈이 어젯밤 뱀에 물려 저세상으로 떠나버렸는지라 예까지 나올 수 있었소이다. 나를 이 배에 좀 태워주면 정말 고맙겠소이다."

뱃사람들은 송금의 말을 믿지 못하겠다는 눈치였다. 송금이 다시 입을 열었다.

"사당 안에는 상자가 여덟 개 있소이다. 그걸 가져오기만 하면 되는 거외다. 사당이 여기서 얼마 멀지 않으니 나랑 같이 가서 그걸 가져와 배에 실읍시다. 그럼 그 가운데 한 상자를 내가 사례로 내놓으리다. 어서 서둘러야 하오. 만약 도적 떼가 돌아오게 되면 상자도 옮길 수 없을 뿐 아니라 그놈들한테 당할 것이외다."

뱃사람들이야 본디 이(利)를 좇아서 집 떠나 길을 나선 사람들인지라 여덟 상자의 재물이 있다는 소리를 듣고는 모두 기꺼이 가겠노라 했다. 젊고 건장한 사내 열여섯 명이 여덟 쌍의 밧줄과 멜대를 준비하고는 송금을 따라 사당에 갔다. 사당 안에는 과연 큰 상자가 여덟 개 있었고 무게도 한참 나가 보였다. 두 사람이 하나씩 메니 딱 맞았다. 송금은 수풀 나무 틈새에 빼곡하게 꽂혀 있던 창과 칼을 다 뽑아 풀밭 속에다 감춰버렸다. 상자 여덟 개를 다 배에 옮겨 실었다. 배의 키 수리도 다 되었다. 뱃사람이 송금에게 물었다.

"그래 손님은 어디로 가시려오?"

"일단 가족이 있는 남경으로 가려 하오."

"우리가 과주로 가려던 참이었으니 우리 가는 길하고 방향이 딱 맞네."

키잡이는 이렇게 말을 받았다. 바로 배를 출발시켜 50여 리를 가고 나서야 멈추었다. 사람들은 송금이 돈푼깨나 있는 줄 알고 자기들끼리 추렴하여 술이야 고기야 사와서 송금에게 대접하고 큰일 당한 송금을 위로하기까지 했다. 이튿날 서풍이 힘차게 불어오니 돛을 올렸다. 며칠 지나지 않아 과주에 도착하여 배를 정박했다. 과주에서 남경까지는 뱃길로 겨우 십 리 남짓. 송금은 따로 거룻배 한 척을 빌린 다음 상자 여덟 개 가운데 무거운 것으로 일곱 개를 골라 싣고 나머지 하나는 뱃사람들에게 사례로 남겨두었다. 송금이 그들에게 한 약속을 지킨 것이다. 뱃사람들이 상자를 열어 서로 나눠 가진 일이야 굳이 이야기할 필요가 없겠다.

송금의 거룻배가 용강 어귀에 다다랐다. 송금은 객점을 찾아 숙소를 마련했다. 열쇠공을 불러 열쇠를 맞춰 상자를 열어보았다. 상자 안에는 금은보화가 가득했다. 도적 떼가 몇 년에 걸쳐 모아놓은 것이니 한 사람이 한 시에 모은 것이 아니라. 송금은 우선 한 상자를 시장에 내다 팔았다. 은자 수천 냥이나 되었다. 객점 주인이 자신을 의심할까 봐 송금은 거처를 성안으로 옮겼다. 시중을 들어줄 사람도 사고 비단옷을 사 입고 맛나고 기름진 음식도 사 먹었다. 나머지 상자 여섯 개를 모두 열어서 특별히 값나가고 귀중한 것만 남기고 모두 내다 파니 수만금이 넘는 금액이 되었다.

남경 의봉문 안쪽에 저택을 구입하여 건물과 정원을 수리하고 살림살이를 새로 장만하니 그 화려함이 이루 말할 수 없을 정도였다. 살림집 앞에 전당포를 열고 몇몇 곳에 논밭을 사들였다. 집안의 하인이 방 열 칸에 가득했고 능력이 출중한 집사만 해도 열 명이나 되었다.[1] 아울러 시동 넷을 고용하여 옆에서 시중들게 했다. 남경 사람들은 누구나 다 송금을 전錢

---

[1] 상해고적출판사 판 『경세통언』(1993)에는 "出色管事者'千'人"으로 되어 있으나 다른 판본에는 '千'자가 '十'자로 되어 있다. 문맥상 '十'자가 더 그럴듯해 보인다.

생원이라 불렀다. 황금빛 화려한 집을 나설 때면 수레와 가마를 타곤 했다. 거처가 달라지면 기세가 달라지고 먹는 게 달라지면 몸이 달라진다는 옛말이 있지 않은가. 송금이 돈벼락을 맞으니 몸이 저절로 좋아지고 피부도 윤기가 자르르해졌다. 예전의 피골이 상접하고 헐벗은 태는 조금도 남아 있지 않았다.

사람이 운이 트이니 기가 넘치고
달이 가을 되니 광채가 새롭다.

한편, 이야기는 여기서 둘로 나뉜다. 유순천은 사위를 속여 배에서 내리게 한 다음 뱃머리를 돌려 순식간에 백여 리를 흘러내려 왔다. 유순천 부부는 너무도 좋아했다. 딸내미 의춘은 아무것도 몰랐다. 남편이 같이 배에 타고 있는 줄 알았다. 탕약을 달여 남편에게 주려고 몇 차례나 불러도 이놈의 남편이 대답하지 않았다. 이물에서 잠에 곯아떨어졌나 싶어 직접 가서 깨우려 했다. 한데 갑자기 친정 어미가 탕기를 잡아채더니 그 안에 든 탕약을 강물에 쏟아버렸다. 그러면서 이렇게 구시렁댔다.

"그놈한테 약은 무슨 얼어 죽을 약!"
"송금이 진짜 지금 어디 있는 거예요?"
"네 아비가 그놈이 병에 걸려 골골하고 괜히 다른 사람한테 병이나 옮길까 걱정되어 그놈한테 강둑에 올라가 나무나 해오라고 한 다음에 지금 잽싸게 뱃머리를 돌려 길을 떠난 거야."

그 말을 들은 의춘은 어머니의 가슴팍을 치더니 데굴데굴 구르며 울기 시작했다.

"어서 송금을 다시 데려와 줘요."

유순천이 배 안에서 시끄럽게 우는 소리를 듣고는 조용히 다가와서 달랬다.

"애야, 여자는 결혼 한 번 잘못하면 평생 고생하는 거다. 그놈은 죽을 병에 걸려 오늘 낼 하는 데다가 주위 사람들에게 옮길 판국이니 너하고 인연은 여기까지인 게야. 일찌감치 정리하고 네 새파란 청춘 낭비하지 않는 게 좋은 거야. 내가 너한테 좋은 짝을 찾아줄 테니 그 사람하고 평생을 의지하며 살아라. 괜히 다른 생각하지 말고."

"아니 아버지 지금 무슨 짓을 하신 거예요? 어질지도 의롭지도 아니하거니와 천리에도 어긋나잖아요. 송금을 저에게 맺어준 것도 다 부모님이신데. 기왕에 부부가 되었으면 평생을 동고동락하는 거죠. 후회하고 말고가 어디 있나요. 송금이 몹쓸 병에 걸려 죽을 팔자라면 제대로 장사를 치러주는 게 사람의 도리지, 어떻게 아무도 없는 수풀에 버릴 수가 있어요? 송금이 죽고 나면 저만 혼자 살지는 않을 겁니다. 아버님, 저를 불쌍히 여기사 어서 뱃머리를 돌려 송금을 찾으러 가요. 그게 사람들 손가락질당하지 않는 길이잖아요."

"우리 배가 보이지 않으니 그놈은 필시 다른 곳으로 구걸하러 떠났을 텐데 지금 가서 찾아봐야 무슨 소용이 있겠느냐. 우리가 지금 물길을 따라 백 리나 내려왔으니 괜시리 뱃길을 돌리는 것보다 그대로 길을 가는 게 훨씬 나을 것이다. 애야, 마음을 진정시키도록 해라."

의춘은 아버지의 말을 듣고 목 놓아 울었다. 뱃전을 부여잡고 강물에 뛰어들 기세였다. 유순천이 부리나케 달려와 의춘을 붙잡았다. 의춘은 죽기로 작정한 몸, 슬픈 울음소리가 그치지 않았다. 유순천 부부는 딸내미의 성깔머리를 잘 아는지라 눈을 부릅뜨고 밤새 의춘을 지켰다. 다음 날 아침, 하는 수 없이 뱃머리를 돌렸다. 온종일 배를 저었으나 역풍을 맞아 겨우 돌아갈 길의 반 정도도 좁히지 못했다. 이날 밤도 의춘의 울음소리는 끊어질 줄 몰랐다. 사흘째 되는 날 오후 늦게야 지난번에 배를 정박했던 그 지점에 도착했다. 의춘이 직접 배에서 내려 강둑에 올라 남편을 찾았다. 모래톱에 땔감 두 단이 팽개쳐져 있고 나무하는 데 쓰는 칼 한 자루가 버려져 있었다. 그 칼은 유순천의 배에서 사용하던 것이 분명했다. 저 땔감은 송금이 해온 것이었다. 땔감은 있는데, 땔감을 해온 사람은 사라지고 없구나. 의춘의 마음은 더더욱 애통해져 차마 송금 찾기를 포기할 수 없어 계속 앞길로, 앞길로 송금을 찾는구나. 하나 숲은 깊어만 가고 사람 자취는 보이지 않는다. 유순천이 의춘에게 이제 그만 포기하자고 하니 의춘의 울음 끝이 더욱 길어지는구나. 나흘째 되는 날, 날이 밝기가 무섭게 의춘은 유순천에게 송금을 찾으러 가자고 닦달했다. 아무리 사방을 둘러봐도 인적조차 찾을 수 없는 황량한 벌판, 의춘은 하는 수 없이 울면서 다시 배로 돌아왔다.

"이렇게 황량한 곳에서 내 남편이 과연 동냥이라도 할 수 있으려나! 게다가 병들어 아픈 몸, 걷기도 불편할 텐데. 나무하는 칼을 버려두고 강물에 뛰어든 게 틀림없구나."

한바탕 울음 울고 나서 강물에 뛰어들려 했으나 이번에도 역시 아버지 유순천에게 붙잡히는 바 되었다. 의춘은 이렇게 소리쳤다.

"어머니, 아버지께서 저의 몸은 어찌하실 수 있을지 몰라도 제 마음을 어찌하지는 못하실 거예요. 이왕에 죽으려고 작정했으니 송금의 체면이라도 세워주게 그냥 제가 한시라도 일찍 죽게 내버려 두세요."

유순천 부부는 딸 의춘이 이렇게 괴로워하는 걸 보니 참으로 난감했다.

"얘야, 이게 우리 잘못이다. 우리가 눈이 멀어 이런 일을 저질렀구나. 그러나 이미 엎질러진 물, 인제 와서 후회한들 무슨 소용이 있으랴. 게다가 우린 이렇게 늙었는데 자식이라곤 너 하나뿐 아니냐. 네가 죽고 나면 늙은 우리 부부는 누굴 의지하고 살아간단 말이냐. 이 아비 어미의 죄를 용서하고 마음을 누그러뜨리고 좀 기다리거라. 우리가 송금을 찾는 방을 써서 강물 따라 오가면서 마을마다 방방곡곡 붙여놓을 것이다. 만약 송금이 아직 죽지 않았다면 방을 볼 것이니 틀림없이 다시 만날 수 있을 것이다. 만약 석 달이 지나도 송금의 소식을 듣지 못하면 네가 원하는 대로 송금의 장례식을 후하게 치러주마. 그 비용은 한 푼도 아끼지 않고 이 아비가 댈 것이다."

의춘은 그 말을 듣고서야 겨우 눈물을 거두었다.

"그렇게만 해 주신다면 소녀 죽어도 편하게 눈을 감겠나이다."

유순천은 즉시 사위를 찾는 방을 써서 강에 연해 있는 담벼락이라는 담벼락에 눈에 띄는 대로 붙였다. 석 달이 지났건만 아무런 소식이 없었다. 의춘이 이렇게 말했다.

"송금이 정말 저세상으로 떠났나 봐요."

의춘은 즉시 삼베로 두건과 상복을 만들어 머리부터 발끝까지 하얗게 입고는 제단을 세웠다. 스님 아홉을 모셔 사흘 밤낮 동안 공덕을 올렸다. 의춘은 귀고리 비녀 같은 장신구를 모두 떼어 죽은 송금을 위해 보시했다. 딸을 아끼는 마음이 끔찍했던 유순천 부부는 의춘이 하는 대로 그저 지켜볼 따름이었다. 며칠이 지나고 장례식이 마무리되었다. 새벽부터 늦은 밤까지 의춘의 통곡 소리는 끊일 줄을 몰랐다. 그 울음소리를 들은 이웃 배의 사람들 가운데 동정하지 않는 자가 없었다. 특히 친하게 지내는 자들은 송금과 의춘을 두고 애를 태웠다. 의춘의 애곡성은 6개월이 지나서야 겨우 멈췄다. 유순천이 아내에게 이렇게 말했다.

"의춘이가 요 며칠 동안은 곡소리를 내지 않는데 마음이 그래도 좀 진정된 모양이오.. 의춘에게 재가하라고 권하면 어떻겠소? 우리 늙은 부부가 저 남편도 없는 의춘이를 데리고 살다가 무슨 일이라도 생기면 누구한테 손을 벌린단 말이오?"

"누가 아니래요? 다만 저년이 고집불통이니 살살 달래봐야죠."

한 달 정도 더 지났다. 12월하고도 24일, 유순천은 배를 돌려 곤산으로 가서 새해를 맞이할 요량이었다. 친지들과 술잔을 주거니 받거니 했다. 술 취한 김에 의춘에게 말을 건네 보았다.

"이제 새봄도 돌아오고 하는데 상복 좀 벗지 그러냐?"

"남편이 죽으면 평생 상복을 입는 겁니다. 어찌 감히 벗을 수 있겠어요?"

유순천은 이 말을 듣고 눈을 부라리며 쏘아붙였다.

"평생 상복을 입기는 무슨! 이 아비가 입으라면 입는 거고 입지 말라면 못 입는 거지."

유순천의 안식구는 남편의 말이 너무 심하게 나가는 것을 보고서는 당장 끼어들어 수습하고자 했다.

"섣달그믐까지는 그냥 놔둡시다. 섣달그믐날 밤 제삿밥이라도 올리고 그런 다음 상복을 벗게 하죠."

의춘은 어머니 아버지와는 도무지 말이 통하지 않는다 싶어 와락 울음 울기 시작했다.

"엄마, 아빠가 제 남편을 해치우고는 이제 상복도 못 입게 하시다뇨. 저를 다른 사람한테 시집 보내려 하시나 본데 저는 수절하기로 작정한 몸, 상복을 입은 채 죽기를 원하지 상복을 벗고 살기를 바라지 않습니다."

유순천이 의춘의 말을 듣고 버럭 화를 내고 욕을 퍼부을 기세였으나 마누라가 극구 말리는 바람에 씩씩거리며 선실로 들어가 누워버렸다. 의춘은 밤새 눈물 콧물을 훌쩍거렸다.

　섣달그믐, 의춘은 남편 제사를 지내며 한바탕 눈물을 흘렸다. 의춘의 어미는 옆에서 달래고 또 달랬다. 유순천 부부와 의춘이 함께 저녁밥을 먹었다. 부부는 의춘이 술이나 고기에 손도 대지 않는 것을 보고 속이 짠했다.

　"얘야, 상복을 벗지 않는 거야 그렇다 쳐도 어찌 밥 먹을 때 고기에 손도 안 댄단 말이냐? 그러다 몸 상한다."

　"죽지 못해 살아가는 이 몸, 밥 한 그릇, 국 한 사발도 족하지요. 언감생심, 고기까지야."

　"고기는 그렇다 쳐도 술이라도 한잔해서 속이라도 좀 풀지 그러냐?"

　"술 한잔으로 저 구천에 갈 수만 있다면 어찌 그 술을 사양하겠어요?"

　의춘은 말을 마치고 다시 울기 시작했다. 숟가락을 내려놓고 자러 들어가 버렸다. 유순천 부부는 의춘의 뜻이 이렇게 굳은 걸 깨닫고 더는 강권하지 아니했다. 후세의 시인이 시를 지어 의춘의 절개를 칭찬했도다.

　　절개 지킨 여인의 이야기 두루 전해 내려온다지만,
　　뱃사람의 여식이 어이 그걸 읽기나 했으랴.
　　죽음조차 두려워하지 않는 굳은 의지,
　　죽은 남편 버려두고 재가하지 않겠다는 백주柏舟 시의 이야기가 바로 이것일까.

　여기서 이야기는 두 갈래로 나뉜다. 한편, 송금은 남경에서 한 해 하고도 여덟 달 동안 집안 살림을 야무지게 매조진 다음 이제 집사들에게 맡겨두고는 은자 3천 냥을 마련하여 수행원 넷과 시동 둘을 대동하고 배 한 척을 세내어 유순천 부부를 찾아 곤산으로 향했다. "사흘 전에 의진儀眞으로 떠났다"는 것이 이웃 사람들의 대답이었다. 송금은 포목점에서 베를 끊어서 의진으로 출발했다. 의진의 유명한 가겟집에다 베를 넘겼다. 이튿날 강에 나갔다. 사방을 둘러보며 유순천의 배를 찾았다. 마침 아내 의춘이 소복을 입고 화장도 하지 않은 채 이물에 있는 게 눈에 들어왔다. 아내가 재가하지 아니하고 수절하고 있는 걸 보니 가슴이 짠했다. 숙소로 돌아와 쥔장 왕 씨에게 말을 건넸다.

"저기 강에 정박해 있는 배에 용모가 빼어난 과부 하나가 타고 있다네. 내가 곤산에 들렀다가 오는 길인데 그 과부가 바로 유순천의 여식이라고 하더군. 나 역시 상처한 지 벌써 2년 저 여인을 내 후처로 삼고 싶소이다."

송금은 소매 품에서 은 열 냥을 꺼내서 왕 씨에게 건넸다.

"자 이걸로 술이나 한잔 사드시고 날 위해 좀 나서주시라. 일만 잘 되면 내가 후히 사례하리다. 여자 쪽에서 혼수를 물어보걸랑 내가 천금도 아끼지 않을 거라고 답해주시라."

은 열 냥을 받아든 왕 씨는 곧바로 싱글벙글 유순천의 배로 달려가 유순천을 데리고 술집을 찾았다. 술 한 상을 차려오게 하더니 유순천을 주빈 자리에 앉게 했다. 유순천은 매우 당황한 표정으로 입을 열었다.

"아니 배나 몰고 다니는 나 같은 노인네를 무슨 일로 이렇게 환대하여 주는 거요? 필시 그럴 만한 이유가 있을 것이라."

"하하, 일단 목이나 축이고 이야기합시다."

유순천은 왠지 미심쩍은 구석이 많은지라 이렇게 대꾸했다.

"무슨 일인지 먼저 말을 해야 앉을 거 아니요."

"내 집에 섬서에서 온 전 생원이란 자가 머물고 있소이다. 그 사람 재산이 수만금이라는데 2년 전에 그만 상처했다고 하오. 그자가 당신 딸을 보고서 맘에 들어 아내로 맞아들이고 싶다 하오. 혼수는 천금이라도 기꺼이 내겠다고 하면서 특별히 나에게 다리를 놓아 달라고 한 것이니 거절하지 말기를 바랄 뿐이오."

"내 딸내미가 부잣집에 시집가는 걸 바라지 않는 바는 아니나 그 녀석이 평생 수절하겠다 작정하고선 재혼 이야기만 꺼냈다 하면 차라리 죽어 버리겠다고 하니 원. 이 일은 아무래도 안 되겠소이다."

유순천이 일어나려는데 왕 씨가 붙잡았다.

"이거야 뭐 전 생원의 부탁을 받고 나선 것이외다. 전 생원이 나에게 이미 사례도 했으니 그저 말로만 그러는 것은 아니라오. 밑져야 본전 아니겠소!"

유순천은 그 말을 듣고서야 자리를 잡고 앉았다. 술을 주거니 받거니 하다가 왕 씨가 다시 입을 열었다.

"전 생원이 그냥 하는 소리가 아닙니다. 배에 돌아가걸랑 따님하고 이야기 좀 잘 해보시오."

의춘이 물에 빠져 죽겠다는 소동을 몇 번이나 벌이는 걸 직접 목도한 유순천은 그러마 하는 대답을 결코 쉽게 할 수 없었다. 술자리를 마치고 헤어졌다. 왕 씨는 집에 돌아와 송금을 만나 유순천하고 나눈 말을 전해주었다. 송금은 의춘의 의지가 그렇게 굳은 것을 다시금 확인하게 되었다.

"그래, 혼사야 그렇다 칩시다. 내가 그 유순천이란 사람의 배로 짐을 좀 옮기고 싶은데 설마 그것까지 마다하지는 않겠지요?"

"세상에 짐을 가려 받는 배가 어디 있나요? 내가 가서 바로 알아봐 드리지요."

왕 씨는 즉시 유순천을 만나 배를 빌리는 건을 이야기했다. 유순천 역시 혼쾌히 그 제안을 받아들였다. 송금은 수행원들에게 먼저 배에 짐을 옮겨 싣도록 했다. 포목점에서 끊어온 베는 다음에 옮겨 실어도 안 될 게 없었다. 이튿날 송금은 비단옷을 입고 담비 모자를 썼다. 두 명의 시동이 녹색 모직 옷을 입고서 향로와 효자손을 들고 뒤따랐다. 유순천 부부는 송금을 보고 섬서에서 온 전 생원이려니 하고 넘어갔지만 의춘이야 어디 그렇겠는가? 의춘이 고물에 서서 배 쪽으로 다가오고 있는 송금을 바라보노라니 남편이라고 확신은 못 해도 너무도 닮았더라.

"어쩜 그렇게 그이랑 닮았지?"

그 사람은 배에 올라타더니 고물 쪽을 바라보고서는 소리를 쳤다.

"배가 고프니 밥 좀 주시구려. 식었으면 따듯한 차도 같이 가져오시구려. 말아서 먹게."

의춘이 속으로 긴가민가 하는데 송금이 시동들에게 이렇게 소리를 지르는 것이었다.

"이놈들아, 내가 주는 밥 먹고 내가 주는 옷을 입는 주제에 짬이 나면 밧줄도 땋고 새끼줄도 꼬고 그래야지. 그렇게 빈둥거리면 어떡하겠다는 거냐?"

이 말은 송금이 처음 배에 탔을 때 친정아버지가 송금에게 했던 말이 아닌가. 의춘은 더욱 의심이 들었다. 잠시 후 유순천이 직접 차를 내왔다. 송금이 유순천에게 말했다.

"당신 배 고물에 누더기 전립이 하나 있던데 나에게 좀 빌려주시구려."

유순천이야 둔해 빠진 사람인지라 지금 이게 어떻게 돌아가는 상황인지 생각하지도 않고 딸내미 의춘에게 전립을 가져오라고만 했다. 의춘은 전립을 가져다 아버지한테 건네면서 싯구 네 구절을 읊조렸다.

전립이 해진 거야
내 손으로 기워줄 수 있지요.

이 전립을 쓰실 분이
옛날의 그 모습이 아니라네.

송금은 의춘이 고물에서 읊조리는 소리를 들었다. 그 속뜻을 금세 알아차릴 수 있었다. 전립을 건네받고서 송금은 이렇게 화답하여 읊조렸다.

환골탈태했더니
고향 사람들 날 알아보지 못하네.
금의환향했지만
누더기 전립을 잊지 못하겠네.

밤이 되자 의춘이 유순천에게 넌지시 말씀 올렸다.
"지금 우리랑 같이 배에 타고 있는 전 생원이라는 사람은 필시 송금임이 틀림없어요. 그렇지 않으면 우리 고물에 해진 전립이 있다는 걸 어떻게 알 수 있죠? 좀 자세하게 알아보셔요."
"바보 같으니라고. 지금 무슨 소리를 하는 게냐? 송금은 병에 걸려 피골이 상접하지 않았느냐. 그때 바로 죽지 않았더라도 겨우겨우 떠돌아다니며 구걸했을 터인데 그놈이 무슨 재주로 이렇게 많은 재산을 일군단 말이냐?"
이때 유순천의 마누라가 끼어들었다.
"나나 아비가 너한테 재혼하라 권하면 물에 빠져 죽겠다고 난리를 치더니만, 이젠 돈 많은 저 남자를 보고서 죽은 제 남편 닮았다고 하네. 네가 그 사람을 네 남편으로 인정한다고 해도 그 사람이 널 알아보지 못하면 어떡할 것이냐?"

의춘은 그 말을 듣고 얼굴이 빨개지면서 아무런 대꾸도 하지 못했다. 유순천은 조용히 마누라를 불러내어 이렇게 말했다.

"여보, 그런 말 하지 말라고. 혼인이란 게 다 하늘이 내린 인연으로 말미암아 이뤄지는 것이잖아. 저번에 왕 씨가 나를 불러 술 한잔하자더니 섬서에서 온 전 생원이 혼수 천금 어치를 내놓고 의춘이를 후실로 데려가고 싶다고 했다는 거야. 나는 의춘이가 그동안 재혼은 말도 못 꺼내게 해서 그러마고 대답을 해줄 수가 없었지. 한데 지금 의춘이가 저 전 생원이 자기 남편이라고 하고 있으니 이참에 그냥 의춘이를 전 생원에게 시집보내 버리자고. 우리도 남은 인생 좀 편하게 살아보자고."

"당신 말이 그럴듯하네요그려. 저 전 생원이 하필이면 우리 배를 쓰자고 한 것도 알고 보면 다 꿍꿍이가 있기 때문일 거예요. 당신이 내일 좀 알아보시구려."

"나한테 다 생각이 있어."

다음 날 아침 송금이 잠자리에서 일어나 소세를 마치고 해진 전립을 만지작거리며 이물에 앉아 있었다. 유순천이 송금에게 다가가 물었다.

"여보슈 전 생원, 그 해진 전립은 뭐하러 그렇게 애지중지하시오?"

"아, 이 터진 곳을 바느질한 것 좀 보시오. 한 땀 한 땀 정말로 귀신같은 솜씨 아뇨?"

"그거야 뭐, 내 딸내미가 바느질한 건데. 귀신같은 솜씨라고 할 것까지야. 전에 왕 씨를 통해서 혼담을 건네왔던데 지금도 그 마음은 변함이 없소?"

송금이 일부러 딴청을 피우며 되물었다.

"왕 씨가 뭐라고 합디까?"

"전 생원이 상처한 지가 벌써 2년인데 아직도 재혼하지 않고 있어 내 여식과 재혼하고 싶다고 하더이다."

"그래 그대의 생각은 어떠시오?"

"나야 당연히 마다할 이유가 없지 않소. 다만 내 여식이 평생 수절하고자 하여 절대 개가하지 않겠다 하니 내가 함부로 이렇다저렇다 할 수가 없소이다."

"근데 당신 사위는 어쩌다 죽었소?"

"아이고 말도 마쇼. 참 어쩌다 그래 결핵에 걸려가지고 그런 몸으로 나무를 하러 갔다가 돌아오지 않았는데 내가 그만 그것도 모르고 배를 출발시켰다가 나중에 뱃머리를 돌려 석 달을 찾아 헤매었지만, 종적을 찾을 수가 없었소이다. 아마 강물에 빠져 죽었나 보오."

"그대 사위는 죽지 않았소이다. 외려 기인을 만나 병도 낫고 거부가 되었다오. 그 사위를 만나보고 싶거들랑 딸한테 어서 나오라고 하시오."

이때 의춘이 옆에서 듣고 있다가 이 말을 들으니 냅다 대성통곡하기 시작했다. 그러다 이렇게 소리를 질렀다.

"아니 이 매정한 사람아, 그 잘난 남편 때문에 3년 동안이나 상복을 입고 온갖 힘든 일을 다 참고 견뎠는데, 속 시원하게 사실을 털어놓지 않고 지금 무슨 소리를 하는 거야?"

"여보 마누라, 어서 나를 보시오."

두 사람은 서로 껴안고 울었다. 유순천이 마누라를 보고 소리쳤다.

"아이고 마누라, 저 사람이 실은 전 생원이 아닌가 봐. 어서 가서 용서를 빌자고."

유순천 부부는 이물로 나아 연신 사죄했다. 송금이 입을 열었다.

"장모님, 장인어른 이러지 마십시오. 다만 다음번에 제가 또 병에 걸리거들랑 그때는 절 속여 내쫓지만 말아 주십시오."

유순천 부부의 얼굴이 홍당무처럼 빨개졌다. 의춘은 당장 소복을 벗어버리고 송금의 위패를 강물에 던져버렸다. 송금은 시동들을 불러 의춘에게 인사를 올리게 했다. 유순천 부부는 닭을 잡고 술을 내왔다. 그것은 사위를 맞이하는 것이기도 하고, 사위와 딸이 다시 만나게 된 것을 축하하는 것이기도 했다. 각각 자리를 잡고 앉자 유순천의 아내가 의춘이 그동안 고기를 입에도 대지 않았음을 알려주었다. 그 말을 들은 송금이 눈물을 흘렸다. 송금은 직접 의춘에게 술과 고기 안주를 권했다. 그리고 장인 장모를 향해 입을 열었다.

"장인 장모, 나를 속여 내 목숨을 빼앗고자 했으니 우리의 인연도 마땅히 다 끊어야 할 것이나 오늘 이렇게 두 분이 내온 술과 안주를 내가 먹는 것은 그래도 두 분 딸의 얼굴을 봐서 그리한 것입니다."

이 말을 듣고 의춘이 입을 열었다.

"우리 부모님이 당신을 속인 일이 없었더라면 당신이 또 어찌 횡재할 수 있었겠어요? 우리 부모님이 당신에게 잘해준 일도 또한 많을 것이니 좋은 일만 기억하시고 원망은 이제 거둬주시지요."

"그래, 부인의 말을 따르리다. 내가 남경에 집을 마련했으며 논밭 또한 풍족하니 장인 장모께서도 이제 배는 그만 타시고 나랑 같이 남경으로 가서 여생을 평안하게 보내시는 게 어떻겠습니까?"

유순천 부부는 거듭 고맙다며 사례했다. 이날 밤은 별일 없이 지나갔다.

이튿날 왕 씨가 이 소식을 듣고 배로 찾아와 축하해주었다. 다시 한번 술자리가 벌어졌다. 송금은 시동 세 명을 남겨두고 왕 씨네 객점 경비를 계산해 주라 하고는 먼저 배를 타고 남경으로 돌아갔다. 남경에서 사흘을 머문 다음 부인과 함께 곤산으로 가서 부모님 묘소에 절을 올렸다. 아울러 일가친척에게 선물을 후하게 돌렸다. 이때 범 현령이 은퇴한 후 고향에 머물고 있었던지라 송금이 거부가 되어 돌아왔다는 소식을 듣고 혹시라도 우연히 만나기라도 하면 쑥스러울까 봐 향리로 숨어들어 한 달 넘게 두문불출했다 한다. 송금이 고향을 찾아가 할 일을 마치고 다시 남경으로 돌아온 다음 집안에 웃음이 넘치고 평안하게 부귀를 누렸음은 말할 필요조차 없으렷다.

한편, 의춘이 보아하니 송금이 자기와 재회한 다음부터 아침이면 꼭 불당에 들어가 부처님께 절하고 독경을 하더라. 의춘이 송금에게 그 연유를 물었다. 송금은 노승이 전해준 『금강경』 덕분에 병이 낫게 되고 목숨을 구한 일을 이야기해주었다. 이 일로 말미암아 의춘 역시 불심이 일어 송금에게 『금강경』을 알려 달라 하여 부부가 일심으로 독경하니 나이가 들어도 늙지 않더라. 부부 모두 아흔 살을 넘기고 병을 앓지도 않고 세상을 떠났도다. 자손들은 대대로 남경의 부자가 되었으며 과거에 급제하는 자 여럿 나오더라. 후세 사람들이 시를 지어 이렇게 평했도다.

송금을 대하는 유순천의 태도는 시종여일하진 못했구나,
하나 송금에겐 오히려 전화위복.
『금강경』은 재난을 막아주고
누더기 전립은 부부를 다시 만나게 하도다.

기쁘고 즐겁고 평화롭고 순조롭다

樂小舍拚生覓偶(一名 喜樂和順記)
— 낙 도련님이 죽음을 무릅쓰고 짝을 찾다 —

해문에서 용솟음쳐 오르는 거센 파도,
뱃사람들은 그게 바로 오자서의 혼령이라 한다지.
눈보라 같은 파도, 맑은 하늘 아래 울부짖고
솟구치는 파도는 만 필의 말이 땅 위를 달리는 기세.
달이 차고 기우는 대로 파도도 차다가 기울다가,
날이 새고 저무는 대로 파도도 방향을 정하네.
오나라가 월나라를 쳤던 그 전쟁터는 지금 어드메뇨?
어선에서 들려오는 노랫소리만 해저물녘 마을을 채우노니.

이 시는 항주 전당강의 파도를 읊고 있다. 전당강의 파도는 원래부터 유명하지 않은가. 파도가 치고 자는 게 어쩜 그렇게 시간에 딱딱 맞는지! 그러나 자고이래로 그 파도가 치고 지는 이유를 아는 자는 없었도다. 세상에는 네 가지 불가사의가 있다고 했으니 그것이 무엇이던고?

뇌주의 북 바꾸기,1) 광덕의 깊은 동굴을 비추는 햇빛,
등주의 신기루, 전당강의 파도.

나머지 세 가지는 일 년에 딱 한 차례 나타나지만 오직 전당강의 파도 만큼은 하루에 두 차례나 나타난다. 악귀 나찰羅殺의 이름 그대로 나찰강이라고 불려왔으니 파도가 음험하고 거칠어 배를 집어삼키기가 일쑤라 그런 이름이 붙었던 것이라. 이 강의 남북에 각각 산이 있고 그 산에 호랑이와 표범이 살고 있어 호랑이 숲이라는 뜻의 호림이란 이름이 붙었다. 그런데 이 '호虎' 자가 당 고조의 할아버지 이름에 들어간 글자와 겹친다 하여 무림武林이라 바꾸었다. 강 물살이 거칠고 빠르며 파도가 거칠게 일어 사람들에게 피해를 입히니 (그러지 않기를 바라는 마음에) 강의 이름을 영해군寧海軍이라 붙였으니 영해란 말은 바로 파도를 편안하게 잠재운다는 뜻이렷다.

당말 오대 시기에 전당강 가의 산을 건너 임안이란 곳에 사는 전관錢寬이란 사람이 아들 하나를 낳았겠다. 그가 태어날 때 붉은 기운이 방 안에 가득하여 마을 사람들은 집에 불이 난 줄 알고 모두들 도와주러 달려왔겠다. 한데, 사내아이가 태어났던 것이다. 그 아이의 발바닥에 한 치쯤 되는 파란 털이 나 있어서 부모는 괴물이라 여기고 죽여 버리려 했다. 하나 외할머니가 극구 말려 살려두게 되었으니 아명을 파류婆留(할머니가 살려준

---

1) 뇌주 사람들은 하늘에 빌어 우레가 치고 비가 내리기를 바라는 마음에 해마다 새 북을 만들어 바치는 풍속이 있었다고 한다.

아이) 라 붙이게 되었다.

그 아이가 자라서 어른이 되니 키가 칠 척이 넘고 용모 또한 준수하고 지략이 넘치고 용맹하였다. 그의 이름은 류鏐, 별명은 거미巨美였다. 젊어서는 밀수나 일삼는 무뢰배였다. 관가에서 그를 붙잡으려 하자 경산 법제선사한테 가서 숨었다. 그날 밤 법제선사는 사찰의 수호신령이 말하는 소리를 들었다.

"전 무숙왕錢武肅王이 납셨으니 놀라게 하지 말라."

법제선사는 이 자가 보통 사람이 아님을 직감하고 자기가 감당하기 힘들 것 같아 서찰을 써주고는 전류를 소주 태수 안수에게 추천했다. 안수는 전류를 자신의 호위대장으로 삼았다. 그로부터 전류는 태수부의 마구간에 머물렀다. 때는 바야흐로 삼복 더위가 기세를 떨칠 무렵, 태수는 밤에 일어나 혼자서 후원을 산책하고 있었다. 마구간에 가보니 전류가 혼자서 잠들어 있었다. 태수가 잠시 앉으려는 찰나 현청 건물 뒤편에 있는 마른 우물 안에서 잡귀들이 나와서 전류에게 장난을 걸었다. 이때 온몸에 금색 갑옷을 입은 신령이 나타나 호통을 쳐서 그 잡귀들을 쫓아버렸다.

"무숙왕이시다. 어찌 이렇게 무례하게 구는가?"

태수는 이 광경을 보고서 대경실색했다. 서둘러 태수부로 돌아왔다. 참으로 기이하다는 생각이 들었다. 이 일을 계기로 전류를 끔찍이 잘 대해주게 되었다. 나중에 황소가 반란을 일으켰고 전류가 그 반란을 진압하는데 큰 공을 세웠다. 희종이 전류를 절도사에 임명했다. 동창董昌이 난을 일으키니 전류가 또 나서서 진압했다. 희종이 이에 전류를 오월吳越 국왕에 봉했다. 전류는 항주에 오월국의 도읍지를 정하고 평화롭게 통치했다. 하나, 도읍 터가 좁고 해마다 장강의 파도가 넘치니 그게 늘 고민거리였다.

어느 날 관리 하나가 황금빛 잉어를 바쳤다. 길이가 석 자는 족히 넘어

보였다. 잉어의 두 눈에서 형형한 광채가 쏟아져 나왔다. 요리사가 이 잉어를 요리하고자 했다. 마침 전류가 이 모습을 보고서는 차마 어쩌지 못하고 그냥 연못에 풀어 기르게 했다. 밤에 전류의 꿈에 한 노인이 나타났다. 그 노인은 위로 높이 솟은 관과 넓은 허리띠를 매고 있었다.

"나의 못난 아들내미가 어제 술에 취하여 황금빛 잉어로 변신하여 강물에서 노닐다가 사람에게 잡혔나 보오. 요리사가 그걸 요리하여 대왕께 드리려 했으나 대왕께서 측은지심을 발휘하여 내 아들을 살려주셨소이다. 하여 내가 이렇게 몸소 찾아와 부탁하니 대왕께서 불쌍히 여기사 그놈을 강물에 풀어주소서. 내가 필시 후사하리다."

전류가 그러마고 대답하자 용왕이 그제야 물러났다. 전류가 깜짝 놀라 잠에서 깨었다. 꿈이었다. 이튿날 전류는 등청하여 신하에게 명하여 그 잉어를 연못에서 건져 강물에 풀어주도록 했다. 그날 밤 용왕이 꿈에 다시 나타나 감사했다.

"대왕께서 제 아들을 다시 살려주신 은혜를 어찌 갚으면 좋겠는지요? 저의 용궁의 창고에는 온갖 보물이 다 있습니다. 야광주, 한 자나 되는 벽옥 등 없는 게 없으니 대왕께서 원하는 대로 가지십시오.."

"내가 어찌 그런 금은보화를 탐하겠소이까? 다만 내 나라가 바닷가 궁벽한 곳에 자리 잡다 보니 국토가 사방 천 리도 안 됩니다. 게다가 광활한 양자강의 파도가 아침저녁으로 거세게 휘몰아치니 백성들이 늘 그 일로 걱정이 태산이올시다. 그대의 땅을 조금 빌려주어 우리나라를 넓힐 수 있게 해준다면 정말 고맙기 그지없겠소이다."

"그야 뭐가 어렵겠소이까? 한데 빌려 가신 것은 언제 돌려줄 것이오?"

"오백 겁이 지나고 나면 돌려드리리다."

"대왕께서 내일 쇠기둥 열두 개를 만드시는데 각 기둥의 길이는 열두 자로 하시오. 대왕께서 친히 배를 타고 나오십시오. 내가 새우를 수면에 모아놓을 것이니 대왕께서 보시고 거기에 쇠기둥을 박으십시오. 그럼 물이 점점 사라지고 모래사장이 평지로 변할 것이외다. 그럼 대왕은 돌을 쌓아 제방을 만드시면 됩니다. 이렇게 땅을 넓힐 수 있을 것입니다."

용왕이 물러가고 전류는 놀라서 잠에서 깨어났다. 다음 날 대장장이를 불러 쇠기둥 열두 개를 주조하게 하고 직접 배를 타고서 강으로 나가 살펴보았다. 과연 새우 떼가 열두 곳에 나타났다. 사람들을 시켜 그 열두 곳에 쇠기둥을 박도록 하니 물이 저절로 물러났다. 전류가 강둑에 오르고 얼마 되지 않아 모래톱이 평지로 변했다. 부양산 앞에서 해문과 주산까지 전부 평지가 되었다. 전류는 너무도 기뻐하며 석공을 시켜 산속의 돌을 쪼아내게 하고 그 돌의 중간에 나무 장부를 박아 제방을 쌓았다. 돌을 쪼아내는 게 너무도 더디니 전류가 마침내 이렇게 명령을 내렸다.

"누구라도 돌판을 배로 실어 오는 자는 그 돌판만큼 배에 쌀을 실어주겠노라. 돌판은 새것이든 헌것이든 상관없도다."

사방각처에서 돌판을 싣고 와서 쌀을 싣고 갔다. 하여 강둑에 붙여 돌 제방을 다 쌓고도 돌판이 남아돌았다. 이로 말미암아 전류가 쌓은 제방이란 의미의 전당강이란 이름이 붙게 되었다. 후에 송나라 고종 때 양자강을 건너 이곳 전당에 도읍을 옮겨 이름을 임안부로 바꾸었다. 여기서 임안이란 임시로 평안하게 수도로 정했다는 의미로다. 이곳 임안으로 사람들이 몰려오게 되고 풍속 또한 세련되어졌다. 해마다 8월하고도 18일이 되면 산더미 같은 파도가 치는 날이라 임안의 모든 사람들이 강가의 제방으로 몰려들어 파도 구경을 했다. 이곳 토박이로서 수영깨나 한다고 하는 자들은 깃발을 열 장 정도나 몸에 붙이고 잠수했다가 다시 몸을 드러냈다 하니 사람들은 이를 '파도랑 장난치기'라 불렀다. 그게 또 얼마나 장관이었는지! 수영을 제대로 익히지 못한 자들 가운데 이 파도랑 장난치기를 배우다가 거친 파도에 휩쓸려 목숨을 잃은 자들은 또 얼마이던가. 임안의 부윤이 이런 사실을 알게 되고선 방을 내걸고 금지했으나 이 파도랑 장난치기 풍속을 없애지는 못했다. 소동파의 파도 구경이란 뜻의 시 「간조看潮」가 이를 증거하노라.

> 오 사람들은 태어나자마자 파도랑 논다네,
> 위험을 무릅쓰고 목숨조차 아까워하지 않으니.
> 동해 황공이 만약 현명한 군주의 맘을 헤아려 주신다면,
> 이 파도 치는 강을 뽕나무밭으로 만들어주시련만.

한편, 남송 때 임안부에 명문가 출신이 하나 살고 있었으니 그의 성은 낙樂이요, 이름은 미선美善이라. 본디 현복방 안평항 출신으로 조상 일곱 대에 걸쳐 벼슬살이를 했다. 근래에 들어와 가세가 기울어 전당문 밖으로 이사와 살면서 잡화점을 열었다. 사람들은 낙미선이 그래도 명망 높은 가문 출신이라 존중하여 낙미선을 낙 나리라고 불러주었다. 낙미선은 부인 안 씨와의 사이에 아들 하나를 두었다. 그 아들 이름은 화和라고 지었다. 낙화는 인물이 훤칠하고 머리도 좋고 싹싹하기까지 했다. 낙화는 어렸을 적 영청항에 있는 외삼촌 안삼로 집에서 살면서 외삼촌 이웃집 희喜 생원네 서당에서 공부했다. 희 생원한테는 딸이 하나 있었다. 그 딸 이름은 순낭順娘, 낙화보다 한 살 어렸다. 같이 공부하는 동학들이 이렇게 놀려댔다.

"너희 둘의 성과 이름을 합치면 '기쁘고 즐겁고 평화롭고 순조롭다[喜樂和順]'는 말이 되네. 허허 정말 하늘이 내린 천생연분이로다."

낙화와 희순은 점점 철이 들면서 동학들의 이런 농담이 싫지만은 않았

다. 둘은 나중에 부부가 되기로 서로 약속했다. 사실 이거야 그저 농담이었을 따름이다. 그러나 이것이 후일 이뤄질 일의 예언임을 누가 알았으리.

> 인연은 전생에서 미리 정해지는 것,
> 반도회蟠桃會에서 인연이 정해졌다네.

낙화가 열두 살, 희순이 열한 살 때, 낙화는 고향 집으로 돌아가고 희순은 규중에서 침선을 공부하고 있었다. 낙화가 나이가 어리다 하여도 희순과의 정을 느끼지 못할 정도의 숙맥은 아닌지라 헤어져 있어도 늘 희순이 그리웠다. 다시 3년이 지나고 청명절이 다가올 무렵 안삼로는 외조카를 데리고 성묘를 하러 갔다가 그 김에 서호를 유람했다. 서호 놀잇배에 탈 때면 친구끼리 가족끼리 남녀를 가리지 아니하고 각자 편한 대로 자리를 잡고 앉아 술잔을 기울이면서 풍경을 구경하고 맘껏 즐기는 것이 임안의 풍속이었다. 안삼로가 외조카를 데리고 배에 올라타서 앞자리를 잡고 앉으니 여인네들이 배에 올라타는 게 보였다. 그들은 바로 옆집 희 생원의 부인과 딸 그리고 여종과 유모 이렇게 넷이었다. 그들을 알아본 안삼로가 황급히 인사를 했다. 더불어 외조카 낙화를 불러 인사하라 했다. 희순의 나이는 열넷, 어엿한 숙녀로 변해 있었다. 낙화는 3년 동안 희순을 보지 못하다 이렇게 배에서 만나니 마치 동지섣달에 꽃 본 듯했다. 낙화와 희순이 서로 다른 탁자에 앉기는 했지만 두 눈은 서로를 바라보면서 뗄 줄을 몰랐으니 사랑하는 마음을 둘은 바로 확인할 수 있었다. 그러나 주위에 사람이 많아 그 마음을 표현하기가 마땅하지 않았다.

배가 호심정湖心亭에 이르렀다. 안삼로와 다른 남자들은 모두 정자에 올라갔다. 낙화는 배가 아프다고 핑계를 대고 배에 남았다. 낙화가 희순의 어머니에게 가까이 다가가 말을 붙였다. 그리고 그 핑계로 희순에게 다가갔다. 희순의 어머니가 딴 데를 볼 때마다 낙화는 희순과 눈빛을 주고받았다. 유람을 마치고 모두들 배에서 내려 헤어졌다. 해저물녘 안삼로는 낙화를 집에 바래다주었다. 낙화의 마음속에는 오직 희순 생각뿐이라.

> 여린 꽃잎 부드러운 향기 아직 활짝 피진 않은 때,
> 벌이나 나비 없이도 스스로 사랑을 이루네.
> 우리 나중에 연인이 되걸랑,
> 날마다 배를 타고 이곳 서호에서 노닐 것이라.

낙화는 이 시를 복숭아꽃 무늬 종이에 적고, 그 종이를 마름모 두 개가 살짝 겹쳐지는 모양으로 접어 소매 품에 담아 혼자서 성안에 들어가 영청항 희 생원 집 문 앞에 이르러 희순이 나오기만 기다렸으나 결국 만나지를 못했다. 낙화가 이러기를 여러 차례. 낙화는 파도 대왕 사당인 조왕묘潮王廟가 영험하다는 소리를 듣고 다른 사람 눈치채지 않게 향과 초 그리고 과일 등속을 사서 파도 대왕을 찾아가 빌었다.

"희순과 이승에서 짝을 맺을 수 있도록 도와주소서!"

빌기를 마치고 향로 앞에서 지전을 태우는데 낙화의 소매 품에 있던 종이가 바닥에 떨어졌다. 마침 그때 바람이 불어와 그 종이가 불에 타던 지전과 섞여 불타기 시작했다. 낙화가 황급히 달려가 그 종이를 낚아채었으나 다 타버리고 '여呂'자가 적힌 부분만 겨우 남았다. 낙화는 그 종이를 집어 들고 바라보더니 생각에 잠겼다.

"여呂란 글자는 입이 두 개, 두 사람이란 의미로 좋은 징조로다."

낙화의 마음이 한결 개운해졌다. 이때 비정碑亭에 앉아 있는 노인이 눈

에 들어왔다. 예스러운 의관에 청아한 용모, 손에는 부채를 들었는데, 그 부채에는 '부부전생인연'이란 글자가 적혀 있었다. 낙화는 그 노인네에게 다가가 인사를 올렸다.

"어르신 성씨를 여쭙나이다."

"이 늙은이는 석石 가요."

"어르신은 남녀의 인연도 점쳐주실 수 있으신지요?"

"그거야 뭐 어려울까?"

"저의 이름은 낙화입니다. 어르신께서 한 번 점쳐주십시오. 제짝이 어디에 있는지요."

"아직 약관도 되지 않은 나이에 짝을 찾고 그러시나?"

"옛날 한나라 무제가 어렸을 때 어마마마의 무릎 위에 안겨 있다가 아교한테 장가들 텐가 하고 질문을 받았다지요. 그때 무제는 만약 아교랑 짝을 맺으면 황금 궁전에서 같이 살 거라고 대답했다고 합니다. 나이가 많든 적든 그 감정이야 마찬가지 아니겠습니까?"

노인장은 그제야 낙화에게 사주팔자를 물었다. 손가락으로 육갑을 짚어보더니 마침내 입을 열었다.

"그대의 짝은 어디 낯선 곳에 있는 게 아니라 가까운 곳에 있다오."

이 말을 듣고 기분이 좋아진 낙화는 바로 이렇게 다시 여쭈었다.

"어르신 솔직하게 말씀드리자면 정말 가까운 곳에 제가 맘에 두고 있는 사람이 있습니다. 그 사람과의 인연이 어찌 될지 궁금합니다."

그 노인장은 낙화를 우물가로 데려갔다. 그 우물은 주둥이가 팔각형 모양이었다. 노인장은 낙화한테 우물을 내려다보면 인연이 있는지 없는지 보인다고 했다. 낙화는 우물 주둥이를 손으로 잡고 아래를 내려다보았다. 물결이 세차게 치는 게 마치 만경창파가 휘몰아치는 것 같았다. 물빛은 너무도 깨끗했다. 그 안에 미녀 하나가 들어있었다. 열예닐곱 되어 보였다. 자줏빛 저고리에 살굿빛 치마가 아름답기도 하고 품위도 넘쳐났다. 자세히 바라보니 바로 희순이었다. 놀랍고도 기뻤다. 이때 노인장이 갑자기 낙화의 등을 밀어버리니 낙화의 몸이 희순의 몸을 향해 떨어지기 시작했다. 낙화가 놀라 소리를 지르다 깨었다. 꿈이었다. 낙화의 두 손은 정자의 기둥을 여전히 붙잡고 있었다.

> 메조는 아직 채 찌지도 못했는데,
> 그 사이에 꿈속에서 선경을 누볐구나.

낙화는 자리에서 일어나 비각 안의 비석을 구경했다. 그 비석 주인공의 성은 석石, 이름은 괴瑰였다. 석괴는 당나라 때 재산을 내어 제방을 쌓아 물난리를 막았기에 죽어서는 파도 대왕에 봉해졌다. 낙화는 속으로 생각했다.

'아까 꿈에 나타났던 노인장이 바로 이 파도 대왕이로구나. 그래 내 바람도 열에 아홉은 이뤄지겠구나.'

낙화는 집에 돌아가 어머니에게 희순의 집에 매파를 보내 혼사를 진행해 달라고 졸랐다. 낙화의 어머니는 아녀자 입장에서 혼자 일을 처리할 엄두가 나지 않아 남편에게 바로 이 말을 건넸다. 이 말을 전해 들은 낙화의 아버지는 이렇게 대꾸했다.

"혼인이라는 게 서로 격이 좀 맞아야 하는 것이지. 우리 집안이 조상대대로 7대에 걸쳐 벼슬살이했다 하나 지금은 다 쇠락하여 장사로 입에 풀칠이나 하는 신세. 희 씨네는 집안도 당당하고 재산도 넘치니 희순에게 혼담이 어디 한두 번 오갔겠소이까? 희 씨네 입장에선 우리 집안은 안중에도 없을 텐데 괜히 매파를 통해 혼담을 넣었다가 우세만 사는 거 아뇨?"

낙화는 부친이 허락하지 않았다는 말을 듣고는 어머니한테 외삼촌에게 가서 부탁해 보라고 졸랐다. 안삼로의 반응 역시 낙화 아버지가 보인 반응과 똑같았다. 낙화는 이만저만 실망한 게 아니었다. 낙화는 밤새 혼자서 한숨을 내쉬었다. 다음 날 아침 낙화는 위패를 만들어 그걸 다시 종이로 싸더니 그 위에 '낙화의 살아 있는 부인 희순의 위패'라고 적고는 밥을 먹을 때마다 그 위패를 마주하며 먹었다. 밤에 잠자리에 들 때면 위패에 적어놓은 글자를 소리 내어 세 번 읽고 나서야 잠이 들었다. 청명절, 삼월 삼짓날, 구월 구일 중양절, 단옷날 용선 시합, 팔월 파도 구경 때면 머리 단장 몸단장을 거듭하고 멋진 옷을 가려 입고는 인파 속에서 헤매었다. 혹시 희순을 우연이라도 만날 수 있을까 하는 바람이었다.

낙 씨네와 같이 장사하는 사람들이 낙 씨의 아들이 장성했음을 보고 혼담을 전해왔다. 낙화의 부모가 낙화에게 여러 번 권했으나 낙화는 요지부동이었다. 낙화의 부모는 희순이 어서 시집가기만을 바랐다. 그러나 일이 그렇게 되려고 한 것인지 희순도 다른 인연을 만나지 못하고 있었으니 이래서 안 되고 저래서 안 되어 아직도 시집을 가지 못하고 있었다.

세월은 쏜살같이 흘러 벌써 3년이나 지났다. 낙화는 18살, 희순은 17살이 되었다. 그러나 여전히 낙화와 희순은 결혼하지 않고 있었다.

청년의 재주, 처녀의 용모 정말 잘 어울리는 짝,
인연이 닿질 않으니 이를 어쩐다.
아직은 서로 다른 짝을 찾아가진 않았으니,
까치가 날아와 둘 사이에 다리를 놓아 주기를 바랄 뿐이라.

여기서 이야기는 둘로 나뉜다. 이제 남송과 북쪽 나라 사이에 화해가 이뤄졌다. 그해 금나라의 사신 고경산高景山이 남송을 친선 방문했다. 고경산은 문장을 아주 잘했으니 남송 조정에서는 한림원의 범范 학사를 선정하여 고경산을 접대하게 했다. 8월 보름도 지나고 18일, 파도가 일 때였다. 성 밖 강가의 절강정에서 비단 술과 비단 천으로 장식하고 비단 깔개를 깔아 놓고선 잔치 자리를 마련하여 사신을 맞이했다. 사신을 모시고 파도를 구경하니 그 자리에 동참하는 자가 어이 한둘이랴. 도통사都統司가 군함에 타서 함대를 이끌고 강물 위를 왔다 갔다 하며 오색찬란한 폭죽을 내뿜었다. 돈깨나 있고 권세깨나 부린다는 사람들은 강둑에 비단 휘장을 쳐놓고 구경했다. 그 휘장이 30리를 이어졌으니 30리 강둑이 마치 비단 물결이라도 되는 것 같았다. 성안에서 헤엄 좀 친다고 하는 사람들 수백 명이 앞다퉈 몰려와 파도에 몸을 던지며 묘기를 펼쳤다. 나무다리 끼고 부리는 묘기, 수중 꼭두각시 춤 등 갖가지 묘기도 아울러 펼쳐졌다. 그 모습이 어떠한가.

　　파도야 쳐라, 물결아 부서져라,
　　강둑에 부딪치는 파도 배를 기우뚱거리게 만드네.
　　바다로 통하는 문에서부터 휘몰아쳐 오는 파도,
　　그 파도 몰아쳐 하늘에 닿겠네.
　　은하수가 땅에 걸리다니!
　　하늘에서 벼락이라도 친 게 분명하구나.
　　멀리서 바라보니 하얀 비단이 하늘에 걸린 듯,
　　멀리서 듣노라니 천 필의 군마가 달려오는 듯.
　　남쪽 지방 사내들은 용감하기도 하여라,

겁도 내지 않고 저 거친 파도에 몸을 맡기네.

가뿐하게 배를 몰아,

강물 한가운데를 휘젓는 저 어부는 분명 고수라.

오호라, 만경창파가 흘러가노라,

천 길이나 올라가는 저 파도는 하늘에 닿겠네.

　

　북쪽 금나라에서 온 사신 고경산은 이 광경을 보고 머리가 쭈뼛 서며 놀라더니 감탄을 그치지 못했다. 범 학사가 입을 열어 말했다.

　"상공께서 이렇게 멋진 광경을 보셨으니 어찌 작품 한 수를 남기지 않을 수 있겠습니까?"

　범 학사가 사람을 시켜 문방사우를 가져오게 했다. 고경산이 거듭 사양하다가 「염노교念奴嬌」 사를 지었다.

　

구름은 구름으로 이어져 천 리,

고금의 절경이요,

동남 지방의 자랑거리라.

푸른 물과 구름이 수평선에서 만나고,

홀연히 들려오는 벼락 소리 창공에 퍼지네.

만 마리의 말이 하늘을 향해 달려가는 듯,

거위 떼가 동시에 바닥에서 갈퀴질을 하는 듯,

휘몰아치는 파도는 안개와 눈처럼 하얗게 부서지네.

남쪽 지방 사람들은 용감하기도 하여라,

저런 파도에 몸을 던져 자웅을 겨루다니.

깃발은 이리저리 휘날리고,
오 지방의 노랫소리, 초 지방의 피리 소리,
북방의 피리 소리와 어우러지네.
사람과 산과 강이 이렇게 멋들어지니,
요사스러운 기운이 깃들 수가 없겠구나.
황제가 임시로 거하시는 곳,
하늘의 별도 다섯 가지 복을 비춰준다네,
그 밝은 빛 비추니 털끝 하나까지도 다 훤히 보이네.
놀랍고 감동하여 입을 다물 수 없어,
난간에 기대어 달 떠오르기만 기다리네.

고경산이 사를 다 지으니 같이 자리에 있던 모든 사람들이 그의 사 짓는 재주에 감탄했다. 그런데 유독 범 학사만은 이렇게 말하는 것이었다.

"상공의 사는 다 좋습니다만 '만 마리의 말이 하늘을 향해 달려가는 듯, 거위 떼가 동시에 바닥에서 갈퀴질을 하는 듯', 이 두 구절만큼은 파도의 기세를 묘사하는 것치고는 좀 약한 것 같습니다. 이 파도야말로 옥룡과도 같은 기세가 넘치지 않습니까?"

범 학사는 자신이 직접 「수조가두水調歌頭」를 지었다.

높은 곳 올라 동쪽 모래톱을 바라보니,
세상이 넓은 줄 비로소 알겠네.
하늘과 땅이 서로 맞닿아 있고
파도 한 번 치니 만 리를 뻗어가누나.
밀려가고 밀려오는 파도는 서로 자웅을 겨루는 듯,

옥룡이 물속에서 장난을 치다가,
물결 속에 들어갔다 나왔다가,
눈처럼 하얀 파도가 구름 아래 펼쳐지니,
파도가 포말이 되어 수정처럼 떨어지네.

네모난 파도를 쓸어내는가 싶더니,
다시 동그랗게 말아 올리니,
바다가 뒤집히는 듯,
하늘의 은하수,
강의 남과 북에 걸쳐 장관을 이루도다.
묻노니, 오자서는 지금 어디 있는가?
뗏목 타고 직녀성에 올라간 장건張騫,
언제 다시 돌아오려나?
하늘의 은하수 길이 비좁아,
그 은하수 강물이 땅으로 흘러내린 것이야!

  범 학사가 사를 다 지으니 고경산이 크게 기뻐했다.
  "너무도 빼어난 작품이로다. 말 만 마리가 하늘을 향해 달려간다는 표현보다는 옥룡이 물속에서 장난친다고 하는 표현이 훨씬 낫소이다."
  범 학사와 고경산이 서로 술잔을 기울이며 먹고 마신 이야기는 더 하지 않는다.
  한편, 임안 사람들은 오늘 조정에서 금나라 사신을 접대하느라 온갖 기예를 공연한다는 소식을 듣고서 모두들 구경하러 몰려들었다. 낙화는 희순네도 구경하러 온다는 소식을 들었다. 날이 밝자마자 옷을 갖춰 입고 전당강 입구로 달려가 왔다 갔다 하면서 희순을 찾아보았으나 희순이 보이지 않았다. 낙화는 마지막으로 '천연그림책', 다른 이름으로는 '동그랗게 둘러쳐진[圍] 그림책'이라는 지명으로 불리는 곳을 찾아갔다. 그곳은 사방을 빙 둘러 파도를 볼 수 있는 곳이라 원통 그림책이란 이름이 붙었다. 그런데 사람들이 둘러쳐진이란 의미의 '위圍' 자와 발음이 비슷한 물고기 '어魚' 자로 오인하여 동그란 물고기 그림책이란 이름이 되어버렸다. 이곳은 파도가 너무 거세서 사람들이 똑바로 서 있기조차 힘들고 파도의 포말에 옷이 젖기가 일쑤였다. 옷이 젖은 사람들은 하포교下浦橋에 몰려들어 옷을 말렸다. 「임강선臨江仙」 곡조에 붙여 이 파도 구경꾼들을 조롱한 자가 있었구나.

    자고이래로 전당 같은 곳은 없었으니,
    파도 구경하러 온 사람들 무리 지어, 짝을 지어,
    추석이 되기도 전에,
    앞서거니 뒤서거니,
    강가로 파도 구경하러 몰려가노라.
    모래톱에서 멀리 파도를 바라보니,
    눈 깜박할 사이에 파도가 하늘까지 치솟는구나.

    머리끝까지 다 젖었으니,
    앞다퉈 옷 말리러 가는도다.
    봉두난발, 옷을 벗어 말리는 사람들 마치 악귀와도 같아,
    하포교는 마치 지옥이라도 되어버렸구나.
    성안으로 돌아와 옷 말리고 매무새 가다듬고서는,

언제 다시 파도가 치는가 묻더라.

낙화는 천연그림책이란 곳에서 희순을 찾아보았으나 눈에 띄지 않으니 다시 발걸음을 돌렸다. 둘러쳐진 천막 주위로 사람들은 인산인해. 낙화는 인파에 떠밀리며 주위를 살폈다. 한참을 그렇게 떠밀려가다가 여인네 하나가 천막 안으로 들어가는 것을 발견했다. 희순네 집 여종이었다. 그 여인을 뒤따라가 보니 과연 희 씨네 식구들이 앉아서 술도 마시고 구경도 하고 있었다. 낙화는 더는 가까이 다가가지 못하고 그렇다고 그곳을 떠나지도 못하고 있었다. 그렇게 천막 주위에 꼼짝도 하지 않고 서서 희순을 응시했다. 어서 달려가 두 손을 마주 잡고 이야기를 나누고만 싶었다. 희순 역시 고개를 들어 낙화를 보았다. 희순이 낙화를 보고 애틋해 하는 게 역력했다. 그러나 부모랑 같이 있는지라 한발도 뗄 수 없는 처지, 결국 두 사람은 서로 만나지 못했다.

두 사람의 애틋한 심정,
말하지 않아도 서로 알지라.

한편, 낙화와 희순이 멀리서 서로를 응시하며 애태우고 있을 그 무렵, 사람들이 "파도가 밀려온다"고 소리치는 게 들려왔다. 그 말이 끝나기도 전에 산이 무너지고 땅이 찢어지는 듯한 소리가 들려왔다. 몇 길이나 되는 파도가 몰려왔다. 이 한 수가 이를 증명하노라.

파도는 첩첩 산봉우리처럼 겹치고 겹쳐 솟구쳐 오르네,
바닥에 부딪치고 하늘로 치솟아 날아오른다.

틀림없이 오자서의 혼백이 아직 잠들지 못하고
오늘까지 그 위세를 떨치고 있는 것이라.

이 파도는 지금껏 보던 것보다 훨씬 더 거셌다. 곧장 강둑을 덮쳐 천막을 집어삼키고 부딪치니 사람들이 소리를 지르며 뒤로 물러났다. 그러나 낙화를 바라보느라 정신을 놓고 있던 희순은 파도를 피하지 못하고 오히려 더 가까이 가고 말았으니 결국 몸이 미끄러져 파도에 쓸려가고 말았다.

가련하도다, 규방의 저 아가씨,
파도에 휩쓸려 떠밀려가는 신세가 되었네.

파도가 밀려오는 것을 눈치챈 낙화는 강둑 높은 곳으로 몸을 피했으나 마음만은 온통 희순에게 가 있던지라 천막을 바라보며 소리를 질렀다.
"어서 피해!"
이때 희순이 강물 속으로 휩쓸려 들어가는 게 보였다. 깜짝 놀란 낙화는 자기도 모르게 강물로 뛰어들었다. 낙화 역시 파도에 휩쓸렸다. 수영도 잘 못하는 낙화가 희순이 물에 빠지는 것을 보고서 앞뒤 안 가리고 바로 물에 뛰어든 것이라. 희순의 부모는 딸이 물에 빠진 것은 보고는 놀라서 소리를 질러댔다.
"사람 살려, 사람 살려! 내 딸을 살려주면 후사하리다!"
희순은 자줏빛 저고리에 살굿빛 치마를 입었으니 사람 눈에 대번 띌 차림새였다. 파도를 타며 자맥질하던 사람들은 사례금을 후히 주겠다는 말을 듣고 마치 평지를 달려가듯이 그렇게 파도 한가운데로 달려들었다. 파도가 이리 뒤집히고 저리 뒤집히는 그런 동안에도 그들은 자줏빛 저고리와 살굿빛 치마를 입은 처자를 찾았다.

한편 낙화는 물속에 뛰어들어 바닥에까지 내려갔다. 파도가 전혀 거칠게 느껴지지 않았다. 마치 꿈을 꾸는 것 같았다. 파도 대왕 사당에 들어가니 촛불이 환하게 밝혀져 있고 향이 주위를 맴돌았다. 낙화는 머리를 조아리며 희순을 구해주십사 애걸했다. 파도 대왕이 낙화의 애원 소리를 듣고서 말씀하셨다.

"희순은 내가 잘 데리고 있었느니라. 자, 이제 너에게 넘겨주노라."

파도 대왕이 말을 마치니 파도 대왕의 졸개가 희순을 데리고 와서 낙화에게 넘겨주었다. 낙화는 파도 대왕에게 감사 인사를 올리고 희순을 데리고 사당문을 나섰다. 낙화와 희순은 서로를 바라보며 너무도 기쁘고 가슴이 벅차 차마 말도 꺼내지 못할 정도였다. 손에서 손으로, 발에서 발로 서로 꼭 껴안고 몸이 가라앉았다가 떠올랐다가 드디어 물 밖으로 몸이 비치었다. 자맥질하던 사람들은 자줏빛 저고리와 살굿빛 치마가 물 밖으로 모습을 드러내는 것을 보더니 황망히 다가와 붙잡았다. 붙잡아 보니 한 사람이 아니라 두 사람이었다. 네댓 명이 달려들어 머리와 다리를 안고서 강둑으로 나아가 희 생원을 보면서 말했다.

"따님과 사위를 다 건져 왔소이다."

희 생원 부부와 여종들이 모두 달려왔다. 때는 팔월, 물속에서 건져진 자들이 입은 옷은 홑겹, 두 사람은 얼굴은 얼굴로 마주하고, 가슴은 가슴으로 마주하고, 다리를 서로 교차하고, 어깨를 서로 잇대고선 꼭 껴안고 있었다. 소리쳐 불러도 깨어나지 않았다. 몸에는 열이 약하게 남아 있었으니 죽은 것 같지는 않았다. 희 생원 부부는 속이 타들어 가고 조급하기도 했다. 이게 대체 무슨 상황인가 갈피를 잡을 수가 없었다. 희 생원네 식솔들은 모두 소리를 내어 울기만 했다. 사람들이 우하고 몰려들어 어째 이리 기이한 일이 일어났느냐면서 혀를 찼다.

한편, 낙미선은 집에 있다가 낙화가 동그랗게 둘러쳐진 그림책이란 곳에서 파도 구경을 하다가 파도에 휩쓸려 빠졌다는 소식을 듣고서 앞뒤 가리지 않고 현장으로 달려갔다. 낙미선은 그곳에서 사람들이 물속에서 건져내었다는 소식, 남자와 여자가 꼭 껴안은 채로 물 밖으로 건져내 올려졌다는 소식, 그리고 그 여자는 바로 희 생원의 딸이라는 소식을 들었다. 낙미선이 사람 사이를 헤집고 다가가 보니 바로 자기 아들 낙화라.

"애야, 너를 위해 생전에 남녀 인연을 맺어준 적이 없건만, 어쩌자고 이렇게 딱 한 몸이 되어 내 눈앞에 나타났단 말이냐?"

희 생원이 낙미선에게 자초지종을 물었다. 낙미선은 낙화가 3년 전 구혼을 해달라고 했던 일, 희순이 아니면 장가들지 않겠다고 맹세했던 일을 이야기해주었다. 희 생원 부부는 낙미선을 향해 원망의 말을 쏟아내었다.

"아니, 7대에 걸쳐 벼슬살이를 한 집안이지 않습니까? 게다가 희순이와 낙화는 동문수학한 사이, 이런 일이 있었으면 진즉에 알려주시지 않으시고? 우리 아이들이 깨어나기만 하면 내 여식을 당장 낙화와 맺어주겠나이다."

낙 씨네와 희 씨네는 서로 자기 아들딸 이름을 불렀다. 이렇게 한 시간 정도는 불렀을 것이다. 낙화와 희순의 눈이 점점 떠지고 숨 쉬는 소리가 조금씩 들려왔다. 그러나 서로 꼭 껴안은 팔다리만큼은 풀어질 줄 몰랐다.

낙미선이 소리쳤다.

"애야, 어서 일어나라. 희 생원 나리가 너를 사위로 맞아주시겠노라 약속하셨느니라."

말을 마치기가 무섭게 낙화가 눈을 떴다.

"장인어른, 약속을 꼭 지키셔야 합니다."

낙화가 벌떡 일어나 희 생원에게 절을 올렸다. 뒤이어 희순도 몸을 일으켰다. 낙화와 희순은 정신이 멀쩡했다. 입에서 물을 뿜어내지도 않았다. 희 생원과 낙미선은 너무도 기뻐서 어쩔 줄 몰라 했다. 희 씨네와 낙 씨네는 각각 마른 옷으로 희순과 낙화의 옷을 갈아입혀 주었다. 그런 다음 가마를 불러 집까지 태우고 갔다.

　다음 날 희 생원네에서 낙미선 집안으로 중매쟁이를 보내왔다. 낙화를 사위로 맞아들이고 싶다 했다. 중매쟁이는 바로 안삼로였다. 낙미선 집안에서 거절할 이유가 있을까? 희 생원 집안에서 길을 잡아 폐백을 보내왔다. 삼현육각 소리 떠들썩할 제 낙화를 사위로 맞아왔다. 부부 사이에 정이 넘쳐났음은 두말하면 잔소리. 혼인을 치르고 한 달이 지나자 낙화는 희순과 함께 나는 것, 뛰는 것, 헤엄치는 것 이렇게 세 종류의 제물을 갖춰 파도 대왕 사당에 가서 감사 제사를 올렸다.

　희 생원은 낙화가 영특한 것을 알아보고 뛰어난 선생을 집으로 초빙하여 공부를 시켜 주었다. 나중에 낙화는 과거에 연달아 급제했다. 오늘날까지도 임안에서 남녀 혼인을 이야기할라치면 '기쁘고 즐겁고 평화롭고 순조롭다[喜樂和順]'는 네 단어를 꼭 거론하곤 한다. 시 한 수로 증거하노라.

　　어려서 첫눈에 반한 사랑 나이 들수록 더한 사랑,

　　파도 대왕마저 감동시킨 그 사랑.

　　그 사랑 가슴 속 가장 깊은 곳까지 다다르면,

　　삶과 죽음도 모진 풍파도 어찌하지 못한다네.

옥당춘이 왕경륭과 재회하다

玉堂春落難逢夫

― 옥당춘이 고난 끝에 낭군과 재회하다 ―

젊어서부터 화류계에서 놀던 공자,

옥당춘을 보고 첫눈에 반했다네.

공자는 그 많던 황금을 탕진하고

여인은 두 눈에서 눈물만 줄줄.

재물을 다 잃고 타던 말도 하인도 다 떠나고

여인은 법을 어겨 감옥에 갇히도다.

감독관이 그 여인의 허물을 씻어준 다음에야

백년해로할 수 있었구나.

한편, 정덕正德 연간(1506~1522)에 남경 금릉 땅에 왕경王瓊이란 자가 살고 있었다. 그의 별명은 사죽思竹이었다. 을축년 전시에서 급제하여 진사가 되었으며 마침내 예부상서까지 올랐다. 유근劉瑾이 권력을 농단하매 탄핵 상소를 올렸으나 천자는 외려 왕경에게 고향으로 물러나라 명했다. 왕경은 더는 북경에 버티고 있을 수가 없어 가솔을 거느리고 가마를 타고 고향으로 출발하려 했다. 그 순간 왕경은 자신이 녹봉을 한두 푼씩 모아 다른 사람에게 빌려주었던 것이 생각났다. 하지만 그것들을 일시에 다 회수하기는 힘든 노릇이었다. 큰아들은 남경에서 중서 벼슬을 하고 있고, 둘째 아들은 향시를 준비하고 있었기에 할 수 없이 셋째 아들에게 이 일을 맡기기로 했다. 셋째 아들은 이름이 경륭景隆, 별명이 순경順卿, 나이가 열일곱, 이목구비가 또렷하고 풍채도 당당하고, 한눈에 열 줄을 읽어내는 능력에다 붓을 들었다 하면 문장을 줄줄 지어내는 능력까지 구비한 출중한 인재였다. 게다가 그는 풍류를 즐길 줄도 아는 사내였다. 왕경은 그런 셋째 아들을 자신이 호흡하는 숨결이라도 되는 듯, 세상에서 제일가는 보물이라도 되는 듯 아끼고 사랑했다. 왕경은 즉시 셋째 아들을 불렀다.

"집사 왕정王定이 빌려준 돈을 받아낼 동안 너는 여기 남아 공부하면서 기다려라. 왕정이 일을 마치면 바로 돌아오너라. 괜히 걱정 끼치지 말고. 일단 장부는 모두 너에게 주마."

그런 다음 왕정을 불렀다.

"너는 여기 남아서 셋째 도련님하고 같이 빚을 모두 거두도록 하라. 괜히 셋째 도련님 꼬드겨서 쓸데없는 짓 하지 말고. 만약 그런 일을 저지르면 내가 가만두지 않을 게야."

왕정이 머리를 조아리며 대답했다.

"소인이 어찌 감히 그런 일을 하겠나이까."

이튿날 왕경이 짐을 꾸려 출발했다. 왕정과 셋째 아들 경륭이 따라오며 전송하고는 다시 북경성 안으로 돌아갔다. 왕정과 경륭이 객점의 방을 빌려 북경에서 지낼 거처로 삼았다. 경륭은 아버지에게 들은 말이 있는지라 나돌아다니지 아니하고 객점에서 열심히 책을 보았으며, 왕정은 이곳 저곳으로 빚을 받으러 다녔다. 이렇게 석 달이 지나자 은자 3만 냥을 다 회수하게 되었다. 경륭이 서류와 은자를 대조해보니 조금도 어긋남이 없었다. 경륭은 왕정에게 고향으로 돌아갈 날을 잡으라 일렀다.

"왕정아, 이젠 할 일도 다 마쳤으니 성안 번화가에 가서 좀 놀다가 내일 출발하자."

왕정은 방문을 걸어 잠그고는 객점 주인장에게 짐을 끌 짐승들을 잘 좀 봐 달라고 부탁했다. 쥔장은 걱정 말고 다녀오라고 왕정을 안심시켰다. 두 사람은 숙소를 떠나 큰 길거리로 나가 북경의 경치를 구경했다.

> 사람들은 몰려들고 또 몰려들고
> 말과 마차는 소리를 내며 서로 부딪치고.
> 사람이 몰려드니,
> 이 세상 온 고을의 사투리가 다 섞여 들려오고,
> 말과 마차가 소리를 내며 서로 부딪치는 건,
> 재상과 온갖 관리들을 실어 나르기 때문.
> 가게들이 몰려있으니,
> 이 세상 온갖 기이한 물건들이 다 진열되어 있도다.
> 거리를 한가하게 거닐며,
> 이 평화로운 시절의 행복을 만끽하노라.
> 골목마다 비단 휘장이 쳐진 듯,
> 집집마다 술잔 기울이는 소리와 노랫소리.

경륭은 너무도 즐거웠다. 이때 권세 있는 집안의 자제로 보이는 청년이 비파 비슷한 현악기를 연주하며 술잔을 기울이는 모습이 보였다. 경륭이 왕정에게 말했다.

"이곳은 정말 시끌벅적한 곳이구나!"

"도련님, 겨우 이 정도를 가지고 그러세요. 정말 멋진 곳은 아직 보시지도 않으시고선!"

두 사람은 동화문 앞으로 갔다. 경륭은 눈이 휘둥그레져서 바라보았다. 너무도 멋들어진 광경이었다. 문에는 황금빛 봉황새가, 기둥에는 황금빛 용이 아로새겨져 있었다.

"도련님, 맘에 드세요?"

"아니 이렇게 멋진 곳이 있다니!"

앞으로 조금 더 걸어가다가 경륭이 왕정에게 물었다.

"여기가 어딘가?"

"여기는 자금성입니다."

경륭이 안을 들여다보았다. 안에는 상서로운 기운이 서려 있었고, 붉은 기운이 번쩍였다. 한참을 안을 바라보노라니 황제야말로 세상에서 제일 부귀한 자로구나 하는 생각이 절로 들었다. 동화문을 지나 계속 걸었다. 한곳이 나타났다. 여자 몇몇이 문 앞에 서 있었다. 그 여자들은 옷을 아주 잘 차려입고 있었다.

"왕정, 여기는 어디야?"

"바로 술집입니다."

경륭은 왕정과 함께 그 술집으로 들어갔다. 술집 안 예닐곱 자리가 술 마시는 손님들로 채워져 있었다. 그중에 한 자리에 여자 둘이서 서로 마주 보며 술을 들고 있었다. 경륭이 그 여자를 바라보니 인물이 청초한 게 문 앞에 서 있는 여자들보다 훨씬 더 나아 보였다. 경륭이 그 여자를 한참 바라보고 있으려니 점원이 술을 내왔다.

"저 여인들은 누구요?"

"아, 일칭금一秤金 집의 하녀 취향翠香과 취홍翠紅이랍니다."

"참, 예쁘게도 생겼다."

"뭐 이 정도를 가지고 예쁘다고까지야! 저 일칭금 네 기생집에 있는 셋째 기녀 옥당춘은 세상에서 으뜸가는 미모라오. 다만 기생 어미가 너무 욕심을 부려서 아직 머리를 올리지 못했답니다."

경륭은 그 말을 듣자마자 바로 구미가 당겼다. 왕정에게 술값을 계산하라고 한 다음 아래층으로 내려와 왕정에게 말했다.

"나를 기생촌에 좀 데려다줘야겠다."

"도련님, 그게 무슨 말씀이세요? 나리께서 아시면 날벼락 떨어집니다."

"걱정 마, 그냥 한번 가서 구경하고 오는 거니까."

마침내 그들은 기생촌 입구에 들어섰다.

꽃 피고 버드나무 자라는 곳,
화려하게 장식한 멋진 건물이 있는 곳.
이곳저곳에서 피리 소리, 비파 소리 나는 곳,
입술 바르고 분 바른 여인이 넘쳐나는 곳.
돈으로 웃음을 사고파는 곳,
돈 많고 권세 높은 자들이 몰려드는 곳.
분홍저고리 아가씨 웃으며 손님을 맞이하는 곳,
아름답고 요염한 여인네들이 넘쳐나는 곳.
향기로운 내음이 하늘을 덮는 곳,
노랫소리에 교태가 묻어난 곳.

도덕군자도 무장해제되는 곳,

수도승마저도 파계하고 마는 곳.

경륭은 그걸 보자마자 눈이 휘둥그레지고 정신이 몽롱해져서 어디가 기생집 입구인지 도시 알 수가 없었다. 마침 이때 해바라기 씨 파는 행상 김가가 있기에 경륭이 물었다.

"한 번 가서 놀아 볼라굽쇼? 제가 안내해드리죠."

이때 왕정이 끼어들었다.

"우리 집 도련님은 기생을 데리고 노는 그런 사람이 아니라네. 사람을 잘못 봤어."

이 말을 듣고는 경륭이 대답했다.

"그냥 구경이나 한번 가보려는 것뿐이야."

그 말을 듣고는 김가가 바로 기생집의 기생 어미에게 알렸다. 기생 어미가 황망히 달려 나와 경륭을 맞아 인사를 하더니 들어와 차라도 한잔하라고 권했다. 왕정은 기생 어미가 도련님에게 차를 대접하려는 것을 보고 마음이 조급해졌다.

"도련님, 어서 돌아가셔야 합니다요."

그 말을 들은 기생 어미가 경륭에게 물었다.

"저 사람은 누구요?"

"우리 집 집사올시다."

"아이고, 신경 쓰지 마시고 들어와 차 한잔하셔요. 어째 그리 겁이 많으실까?"

"우리 집 집사 말은 신경 쓸 거 없소이다."

경륭은 기생 어미를 따라 안으로 들어섰다. 왕정이 경륭에게 소리쳤다.

"도련님, 들어가지 마셔요. 나리께서 나중에 물어보시면 제가 말렸는데도 도련님께서 고집 피워 들어갔다고 말해주셔야 합니다."

경륭이 어디 그 말을 신경이나 쓸 것인가. 경륭은 기생 어미를 따라 안으로 들어가 자리를 잡고 앉았다. 차를 한 모금 마시니 기생 어미가 경륭에게 물었다.

"나리의 성씨는 어떻게 되십니까?"

"나는 왕가요, 아버님은 예부정당禮部正堂이시라오."

기생 어미는 경륭의 말을 듣더니 한껏 예를 갖춰 말씀을 올렸다.

"아이고 이렇게 귀하신 분인 줄도 모르고 실례가 많았습니다."

"무슨 말씀, 뭘 그런 걸 가지고! 내가 옥당춘의 이름을 들어 알고 있기에 이렇게 특별히 찾아왔소이다."

"어제 한 분이 은자 백 냥을 들고 옥당춘의 머리를 올려준다고 찾아왔으나 제가 거절했습니다."

"은자 백 냥은 너무 약하지! 내가 큰소리치는 게 아니라 황제 폐하 빼면 세상에서 돈 많은 사람으론 응당 우리 아버지를 꼽아야 할걸세. 내 조부는 시랑 벼슬을 지내기도 하셨다네."

기생 어미는 경륭의 말을 듣고 속으로 너무도 기뻤다. 취홍을 시켜 옥당춘을 모시고 나오도록 했다. 잠시 후 취홍이 돌아와 말씀을 올렸.

"옥당춘 아씨가 몸이 불편하여 나오기가 힘드시답니다."

그 말을 듣고 기생 어미가 미소를 머금으면서 한마디 했다.

"옥당춘은 어렸을 적부터 제가 길렀습지요. 제가 직접 가서 불러와야 할 것 같습니다."

왕정이 옆에 있다가 또 끼어들어 한마디 했다.

"몸이 불편해 못 나온다 하면 그냥 두지 뭐하러 다시 부르러 가오?"

기생 어미는 왕정의 말에는 대꾸도 하지 않고 옥당춘을 부르러 갔다.

"얘야, 오늘 너한테 호박이 넝쿨째 굴러왔다. 오늘 왕 상서의 아들이 특별히 너를 보러 왔느니라."

옥당춘은 고개를 들지도 않았다. 기생 어미가 다시 이렇게 소리를 질렀다.

"아니 얘야, 그 공자는 인물도 잘났지 나이도 이제 열예닐곱, 수중엔 돈도 많지! 네가 이 공자하고 잘 되기만 하면 네 이름값도 올라가서 평생 돈 걱정도 하지 않을 거다."

옥당춘은 그 말을 듣고는 즉시 화장을 고치고 나와 경륭을 보고자 했다. 기생 어미가 또 이렇게 한마디 더 했다.

"얘야, 잘 모셔, 함부로 하지 말고!"

"알았다니까!"

경륭이 보니 옥당춘이 천하일색이라.

검은 생머리,

초승달 모양 눈썹.

우윳빛 피부,

노을빛 뺨.

소매 사이로 언뜻 드러나는 섬섬옥수,

치마 아래로 설핏 보이는 귀여운 발.

곱게 빗어 올려 더욱 멋진 머리,

더하지도 덜하지도 않은 화장에 더욱 빛나는 얼굴.

이 바닥을 아무리 훑어봐도,

그녀에게 비길 자 어디 있으랴!

옥당춘이 슬쩍 곁눈질해보니 서글서글한 눈매, 뽀얀 얼굴에 붉은 입술, 멋들어진 몸매, 가지런한 옷매무새라. 옥당춘은 절로 기분이 좋아졌다. 옥당춘이 경륭에게 인사를 올렸다. 이때 기생 어미가 끼어들었다.

"여기서 귀한 손님 모시기는 좀 그러네요. 서재로 드셔서 말씀을 나누시지요."

경륭은 기생 어미의 안내를 받고서 서재로 들어갔다. 들어가 보니 과연 서재가 깔끔하게 정돈되어 있더라. 깨끗한 창, 잘 정돈된 탁자, 고풍스러운 그림, 향로. 그러나 경륭이 그런 데 신경 쓸 겨를이 어디 있으랴! 경륭의 눈은 옥당춘에 고정되어 있었다. 기생 어미는 분위기를 만들어주려고 옥당춘을 경륭 옆자리에 앉혔다. 하녀를 시켜 술상을 봐오게 했다. 왕정은 술상을 봐오라는 소리를 들으니 더욱더 걱정되었다. 경륭에게 어서 돌아가자고 재촉했다. 기생 어미가 하녀에게 눈짓하더니 짐짓 큰소리로 명했다.

"저 신사분도 따로 모셔서 술상을 봐 드려라."

취향과 취홍이 대답했다.

"형부, 어서 저희랑 같이 안으로 드시지요. 저희가 축하주를 올립죠."

왕정이 취향과 취홍을 따라갈 마음이야 본디 있었겠냐만 어쩌다 보니 그냥 두 하녀에게 끌려 안으로 들어가 버리고 말았다. 취향과 취홍은 온갖 아양을 떨며 왕정에게 술을 권했다. 왕정도 처음에는 그냥 모르쇠였으나 술이 한 잔 또 한 잔 들어가다 보니 에라 모르겠다는 심정이 되고 말았다. 술잔을 기울이는 동안 경륭이 왕정을 찾는 소리가 들려왔다. 왕정이 화들짝 놀라 달려갔다. 술상 위의 술잔과 안주가 이리저리 흩어져 있고 악사들이 악기를 연주하여 흥을 돋우고 있었다. 경륭은 한참 신이 나 있었다. 왕정이 경륭 곁에 다가가니 경륭이 왕정에게 귀엣말로 속삭였다.

"어서 숙소로 가서 은자 이백 냥, 비단 네 두루마리, 부스러기 은자 스무 냥을 가지고 오너라."

"도련님, 이렇게 많은 거 다 어디다 쓰시려고요?"

"그건 네가 알 바 아니다."

왕정은 하는 수 없이 숙소로 돌아가 가죽 상자를 열어 쉰 냥짜리 은괴 넷, 비단 그리고 부스러기 은자를 챙겨 기생집으로 갔다.

"도련님, 분부대로 가져왔습니다."

경륭은 볼 생각도 하지 않고 어서 기생 어미에게 건네주라면서 이렇게 말했다.

"은자 200냥과 비단은 내가 오늘 처음 만난 기념으로 옥당춘에게 주는 것이고, 부스러기 은자 스무 냥은 어멈에게 사례로 주는 거요."

왕정은 경륭이 이 많은 은자와 비단을 모두 옥당춘을 처음 만난 기념으로 써버리려고 하는 걸 듣고는 입이 딱 벌어져서 닫히지 않았다. 기생 어미는 갑자기 그렇게 많은 은자와 비단을 들고 오는 것을 보더니 호들갑을 떨며 하녀에게 탁자를 가져오게 했다. 탁자 위에다 은자와 비단을 펼쳐 놓았다. 기생 어미는 괜히 사양하는 척하더니 옥당춘에게 이렇게 말했다.

"얘야, 어서 경륭 공자께 감사 인사를 올려라. 오늘이야 우리가 경륭 공자님이라 부르지만 내일은 옥당춘의 낭군님이라 부를 것이야."

기생 어미가 하녀들을 시켜 은자와 비단을 치워놓게 했다.

"옥당춘 방에 따로 술자리를 마련해 놓을 것이니 장소를 옮겨서 편히 더 드시죠."

옥당춘과 경륭은 서로 손에 손을 잡고 옥당춘의 방 안으로 들어섰다. 병풍이 둘러쳐진 방 안에 작은 탁자, 그 위에 술과 안주가 차려져 있었다. 경륭이 주빈 자리에 앉으니 기생 어미가 비파를 연주하기 시작했다. 옥당춘은 경륭에게 노래를 불러드리고 술을 따라 권했다. 경륭의 모든 긴장이 풀어지고 정신은 아득해져만 갔다. 왕정은 날이 저물었음에도 경륭 도련님이 돌아갈 생각을 하지 않자 몇 차례나 돌아가자는 말을 전해달라고 했다. 기생 어미의 명령을 이미 받아두었는지라 하녀들은 왕정의 말을 경륭에게 통기할 생각조차 하지 않았다. 왕정은 자기가 직접 옥당춘의 방에 들어갈 수도 없어 한참을 더 기다렸다. 하녀 취홍이 자고 가라고 권하는 것을 거절하고는 왕정은 그냥 혼자서 객점으로 돌아갔다. 경륭은 밤 자시가 될 때까지 술을 마셨다. 옥당춘이 경륭을 꼬드겨 침대로 모셨다. 경륭이 옷을 벗고 침대 위로 올라갔다. 한참 뜨거운 남녀, 서로가 몸을 부비며 밤새 운우지정을 나눴음은 굳이 말할 필요조차 없으렷다.

날이 밝았다. 기생 어미가 하녀에게 해장술과 아침밥을 준비하게 했다. 기생 어미가 옥당춘 방으로 들어가 축하 인사를 했다.

"아이고, 우리 사위, 축하하네, 축하하네!"

기생집의 하녀, 하인들이 모두 경륭에게 머리를 조아렸다. 경륭은 왕정을 시켜 이들에게 은자 한 냥씩 나눠줬다. 취향, 취홍에게는 은자 석 냥이나 나가는 옷 한 벌씩을 해주게 했다. 날이 밝자마자 경륭을 모시고 객점으로 돌아가려고 달려온 왕정은 경륭이 은자를 흥청망청 써재끼는 걸 보곤 벌린 입을 다물지 못했다. 경륭은 그런 왕정의 모습을 보며 생각에 잠겼다.

'아니 내가 왜 저깟 하인 놈한테 아쉬운 소리를 해야 하지? 아예 은자 상자를 이곳에 가져오라고 하는 게 훨씬 낫겠다.'

경륭이 돈 상자를 가져오라고 하는 걸 본 기생 어미는 더더욱 경륭에게 극진하게 대했다. 아침마다 제철 음식, 저녁마다 명절 음식, 눈 깜짝할 사이에 한 달이 지나버렸다. 기생 어미는 경륭의 돈을 뜯어낼 요량으로 크게 술자리를 마련하고 악사들도 미리 불러놓은 다음 옥당춘과 경륭을 초대했다. 기생 어미가 술잔을 들어 경륭에게 권하며 한마디 했다.

"여보게 이제 자네가 우리 사위가 되었으니 이 세상이 다할 때까지 우리 집안의 대소사는 다 자네가 맡아서 해주었으면 하네."

경륭은 기생 어미가 혹여 기분이 언짢을까 봐 그것만 걱정했다. 경륭은 돈을 물 쓰듯 썼다. 기생 어미가 무슨 말을 하든 다 들어주었으니 기생 어미가 빚을 졌다고 거짓말을 해도 어서 갚으라 돈을 내주기 일쑤였다. 장신구야 그릇이야 옷이야 다 사주었으며, 집도 수리해주었다. 더불어 옥당춘의 침실로 백화루란 방을 새로 들였다. 기생 어미가 필요하다고 하는 일은 하나라도 거절하는 법이 없었다.

술이 사람을 취하게 만든 게 아니라 사람들이 절로 취한 거지,
여색이 사람을 유혹한 게 아니라 사람들이 스스로 정신을 잃고 만 거지.

왕정은 발을 동동 구르면서도 어찌할 방도가 없었다. 왕정은 여러 차례 경륭에게 어서 고향으로 돌아가자고 재촉했다. 경륭은 처음에는 들은 척도 하지 않다가 왕정이 하도 집요하게 졸라대니 외려 버럭 화를 내며 왕정에게 욕을 퍼부었다. 왕정은 하는 수 없이 옥당춘한테 경륭 도련님에게 충고를 해달라고 매달렸다. 기생 어미의 표독스러운 성격을 잘 아는 옥당춘은 경륭에게 간절히 권했다.

"사람이 늘 좋을 수는 없고, 꽃도 피면 저문다 하지 않나요? 낭군님 돈 떨어지면 엄마는 안면 싹 바꾸고 아는 척도 안 할 겁니다."

아직은 수중에서 돈이 떨어지지 않았으니 경륭이 어디 그런 말에 귀를 기울이겠는가? 왕정은 생각에 잠겼다.

"사랑하는 사람의 말조차도 듣지 않거늘 어디 나 같은 사람 말이야 들은 척이라도 하겠는가. 나리께서 이 사실을 아시면 과연 어떻게 될까. 그래 내가 어서 돌아가 나리께 이 사실을 알려드리고 나리의 처분을 바라는 게 낫겠다."

왕정이 마침내 경륭에게 아뢰었다.

"소인이 북경에 있어 봐야 아무런 소용도 없을 것이니 먼저 나리 계신 곳으로 돌아가겠나이다."

그렇지 않아도 왕정의 잔소리가 몹시도 귀찮아서 어디로 가버렸으면 하던 경륭은 옳다구나 싶어 바로 대답했다.

"그래 가려고? 내가 너에게 여비로 은자 열 냥을 주지. 가서 아버님을 뵙거들랑 아직 빌려준 돈 수금이 다 끝나지 않았고 셋째 도련님이 우선 너를 보내 문안인사 드리라 했다고 전해라."

옥당춘도, 기생 어미도 각각 왕정에게 다섯 냥씩 챙겨주었다. 왕정이 경륭에게 인사를 올리고 출발했다.

자기 집 앞 눈이나 쓸지니,
남의 지붕 위에 서리 내린 건 뭐하러 상관하는가.

여자와 술에 취한 경륭은 도대체가 고향으로 돌아갈 생각조차 하지 않았다. 세월은 쏜살같이 흘러 벌써 1년이 지났다. 기생집 집사가 온갖 핑계로 돈을 뜯어갔다. 기생의 머리를 올려준다, 누구 생일이다, 결혼축하연을 한다, 하녀를 사들인다, 못자리를 미리 마련한다 등등 참 가지가지로 뜯어갔다. 경륭 수중의 돈도 마침내 바닥나고 말았다. 돈이 바닥난 걸 확인한 집사는 경륭을 쌀쌀맞게 대하기 시작했다. 경륭에게 쩔쩔매는 척하던 그런 모습이 결코 아니었다. 그렇게 보름 정도가 지났다. 집안의 남녀 노소가 모두 이 일로 웅성웅성했다. 기생 어미가 옥당춘에게 한마디 했다.

"돈 있는 사람은 손님으로 받고 돈 없는 사람은 활빈원으로 보내라는 말도 있지 않으냐! 돈 떨어진 경륭을 붙잡아둬서 뭐하려고? 아니 무슨 기생집에 열녀 날 일 있냐. 저런 거지 놈을 뭐하러 싸고돌아!"

옥당춘은 기생 어미의 말을 그저 귓등으로 흘려들었다.

하루는 경륭이 기생집 밖으로 외출했다. 하녀가 기생 어미에게 달려가 알렸다. 기생 어미가 옥당춘을 아래층으로 불렀다.

"그래 어디 좀 물어보자. 너 언제 경륭을 내쫓을 거냐?"

옥당춘은 기생 어미와 도저히 말이 통하지 않을 것 같아 그냥 일어나 위층으로 올라가 버렸다. 기생 어미도 옥당춘을 따라 위층으로 올라왔다.

"썩을 년, 그래 내 말에 대꾸하기도 싫다는 거냐?"

"그러면 벌 받아요. 경륭 도련님이 은자 삼만 냥을 우리한테 쏟아부었잖아요. 경륭 도련님이 나타나기 전에는 여기에도 빚, 저기에도 빚. 어디 요즘처럼 돈이 있었나요?"

옥당춘의 말을 듣고 화가 치민 기생 어미는 고개를 빳빳이 들고서 소리를 질러댔다.

"옥당춘이가 사람을 팬다!"

이 소리를 들은 집사는 앞뒤 안 가리고 가죽 채찍을 들고서 위층으로 올라와 옥당춘을 밀쳐버리더니 마구 때리기 시작했다. 옥당춘의 머리가 헝클어지고 피와 눈물이 마구 흘러내렸다.

한편 오문午門 밖에서 친구와 이야기를 나누던 경륭은 갑자기 얼굴이 화끈거리고 살이 떨리는 느낌이 들었다. 참으로 기이하다는 생각에 경륭은 즉각 백화루로 달려 올라갔다. 울고 있는 옥당춘을 보니 가슴을 칼로 도려내는 것처럼 아팠다. 황급히 옥당춘을 끌어안고 연고를 물었다. 옥당춘은 두 눈을 억지로 뜨고 경륭을 바라보더니 겨우 마음을 진정시키고 입을 열었다.

"그냥 우리 기생집 아녀자들 일이니 상관하지 마셔요."

"아니 그대가 나 때문에 이런 일을 당한 건데 어이하여 나하고 상관없는 일이라 하시오. 내가 내일 당장 떠나리다. 그대가 나 때문에 고통받는 일은 없도록 하겠소이다."

"낭군님, 당초 낭군님에게 어서 고향으로 돌아가라 했을 때 어이하여 그 말을 듣지 않으셨어요. 아는 사람도 없는 낯선 곳에 혼자 계시면서 노자도 없는 처지에 3천 리나 되는 먼 길을 어이 가신단 말이오? 낭군님을 보내고 나면 제 마음은 편할 것 같나요? 낭군님이 고향으로 돌아가지 못하여 떠돌이 신세가 되는 것보다 그래도 여기서 분을 삭이면서 며칠 더 머물러 계시는 것이 나을 수도 있을 거예요.."

경륭은 그 말을 듣고 답답한 마음 그대로 바닥에 주저앉았다. 옥당춘이 다가와 경륭을 안아주었다.

"낭군님, 오늘부터 아래층에 내려가지 마세요. 집사나 다른 기생들이 어찌 나오나 한 번 두고 보죠."

"고향에 돌아가자니 부모 형제 뵐 면목이 없고, 여기서 그냥 지내자니 집사 나부랭이의 푸대접을 견디기 힘들구나. 그대 곁을 떠나고 싶지 않으나 저놈의 집사가 그대를 괴롭힐까 걱정이구나."

"낭군님, 그놈이 나를 괴롭히든 말든 신경 쓰지 마셔요. 우리는 진즉에 부부의 가약을 맺은 사이, 어찌 저를 버리고 떠나신단 말입니까?"

해가 뉘엿뉘엿, 평소 방에다 촛불을 가져다주던 하녀가 오늘은 움직임이 없다. 옥당춘은 고통스러워하는 경륭을 안아서 침대에 뉘였다. 한 사람이 한숨을 쉬면 다른 사람이 한숨으로 받았다. 경륭이 옥당춘에게 말했다.

"아무래도 나는 떠나가야겠어. 그대는 돈 많은 남자 잡아서 살아. 이런 수모 더 당하지 말고."

"집사나 다른 기생년들이 저한테 어떻게 하든지 낭군님은 떠나실 생각일랑 아예 하지 마셔요.. 낭군님이 곁에 계시면 저도 살 것이오나 낭군님이 떠나가시면 저는 죽은 목숨이나 마찬가지입니다."

두 사람은 날이 밝을 때까지 울었다. 아침이 밝아 일어났으나 그들에게 물 한 사발 가져다주는 사람이 없었다. 옥당춘이 하녀를 불렀다.

"낭군님 드리려 하니 차를 내오너라."

기생 어미가 이 말을 듣더니 소리를 버럭 질렀다.

"이년이 지금 무슨 소리를 하는 거야? 아직 덜 맞아서 그렇구먼. 경륭이한테 직접 갖다 마시라고 해."

하녀가 감히 움직이지 못하고 있었다. 옥당춘은 하는 수 없이 직접 아래층 주방으로 내려가서 밥을 퍼담아 가지고 올라왔다. 오르는 발걸음마다 눈물이었다.

"낭군님, 진지 드셔요."

경륭이 막 수저를 들려고 하는 순간, 아래쪽에서 욕하는 소리가 들려왔다. 경륭이 숟가락을 놓아버리니 옥당춘이 다시 권했다. 경륭이 그제야 한 숟가락 들었다. 이때 또 아래에서 집사가 소리를 질러댔다.

"야, 경륭 이 염치도 없는 놈아! 아무리 잘난 마누라도 쌀 없이는 밥 못 짓는다는 속담도 모르냐?"

경륭이 어찌 저 소리를 듣지 못했으리! 그러나 경륭은 그저 꾹 참는 도리밖에 없었다.

주머니에 돈이 있으면 기세도 오르락,
손에 돈이 없으면 기세도 내리락.

집사는 옥당춘이 죽도록 얄미웠다. 옥당춘을 흠씬 두들겨 패고 싶었으나 혹시 잘못해서 다치기라도 하면 손님을 받지 못할 것이라 때리지도 못하고 그냥 내버려 두자니 경륭이를 싸고도는 꼴을 그냥 두고 볼 수가 없었다. 그렇다고 경륭을 드러내놓고 괴롭히자니 주색에 빠져 놀던 위인인지라 견디지 못하고 갑자기 목숨을 끊어버리기라도 할까 봐 걱정이었다. 그놈의 아비 왕 상서가 사람을 보내서 자기 아들 데려오라 하면 흙으로 빚어서 아들을 만들어낼 수도 없는 노릇 아닌가. 집사가 이리 생각하고 저리 생각해도 뾰족한 수가 없는지라 참으로 답답했다. 기생 어미가 집사에게 이렇게 제안했다.

"나한테 아주 좋은 수가 있어. 내일이 바로 네 여동생의 생일이니 이렇게 저렇게 하자고. 이게 바로 손님 쫓아내는 묘수라고."

"고것 참 좋은 생각이네."

기생 어미는 하녀를 시켜 위층에 올라가 경륭이 식사를 했는지 물어보게 했다. 그런 다음 기생 어미가 직접 위층으로 올라갔다. 경륭과 마주친 기생 어미가 경륭에게 쏘아붙였다.

"신경 쓸 거 없어. 이건 우리 집안일이라고. 너하곤 상관없는 일이야."

그러더니 술상을 봐오게 하여 평소나 다름없이 술을 들었다. 술을 들던 기생 어미가 미소를 띠면서 넌지시 옥당춘에게 말을 흘렸다.

"내일이 우리 집사의 동생 생일 아니냐? 경륭한테도 알려줘야 경륭이가 선물이라도 챙겨줄 수 있지."

옥당춘은 그날 저녁에 바로 자기가 직접 집사의 동생 생일 선물을 마련해 두었다. 다음 날 아침, 기생 어미가 먼저 소리를 질렀다.

"사위 양반, 어서 일어나셔 준비하셔. 서늘할 때 집사 동생네 집에 다녀오자고."

기생집 식구들이 모두 출발하여 약 반 리 정도 갔을까, 기생 어미가 짐짓 놀라는 척했다.

"사위 양반, 내가 문을 잠그는 걸 깜빡 잊었네. 가서 문 좀 잠그고 오지."

경륭은 기생 어미가 자신을 속이는 줄도 모르고 돌아가서 문을 잠갔겠다. 이때 집사가 골목에서 나오더니 옥당춘에게 소리를 질렀다.

"옥당춘, 비녀가 빠졌네!"

집사가 일부러 거짓말하는 줄도 모르고 옥당춘이 고개를 돌린 바로 그 순간 집사가 옥당춘이 타고 있던 말을 채찍으로 힘차게 내려쳤다. 옥당춘을 태운 말이 쏜살같이 성문을 빠져나가 달려갔다. 한편, 기생집으로 돌아간 경륭은 대문을 잠그고 서둘러 돌아왔으나 옥당춘이 어디 갔는지 보이지 않았다. 옆에 있던 사람들에게 물었다.

"아까 여기 있던 사람들 어디로 갔나요?"

그 사람들은 본디 성실한 것과는 담을 쌓고 지내는 도적놈들이었다. 경륭이 옷이라도 제대로 입고 있는 걸 보고는 거짓말로 이렇게 대답했다.

"아, 저기 갈대 연못 서쪽으로 갑디다."

"아이고, 감사합니다."

경륭은 갈대 연못 쪽으로 황급히 달려가기 시작했다. 그 사람들은 경륭을 속여 일부러 갈대 연못 쪽으로 보내놓고 재빨리 먼저 와서 기다리고 있었다. 경륭이 다가오자 그놈들이 일제히 소리를 지르며 다가와 경륭을 막아섰다. 그놈들이 경륭의 옷을 벗기고 모자를 뺏더니 밧줄로 꽁꽁 묶어 바닥에 팽개쳐버렸다. 경륭은 옴짝달싹하지 못하고 정신마저 혼미한 채 날이 밝기를 기다리는 수밖에 없었다. 경륭은 오직 옥당춘 생각뿐이었다.

'옥당춘, 그대는 지금 어디에 있는 거요, 내가 이렇게 고통을 받고 있는 걸 아는지 모르는지?'

경륭이 곤란한 지경에 빠진 이야기는 여기까지만 하고 옥당춘 이야기를 해보기로 하자. 옥당춘이 집사의 계략에 빠져 하루 만에 백이십 리 길을 가설랑 길가 객점에 여장을 풀었다. 집사의 계략에 빠졌음을 눈치챈 옥당춘은 하루 종일 경륭 생각에 눈물이 앞을 가렸다.

한편, 경륭은 갈대 못에서 사람 살려달라고 소리를 질러댔다. 동네 사람들이 달려와 경륭의 밧줄을 풀어주고는 물었다.

"대체 어디서 오셨소?"

경륭은 너무도 창피하여 자신의 출신을 사실대로 이야기하지도 못하고 옥당춘과 같이 지내왔던 사연도 이야기하지 못했다. 몸에는 옷도 걸치지 못한 신세, 그저 눈물을 줄줄 흘리며 이렇게 대답했다.

"형씨들 나는 하남 사람으로 장사를 하며 이곳까지 왔으나 몹쓸 놈을 만나 입고 있던 옷가지까지 다 빼앗기고 노자 한 푼도 없는 신세가 되고 말았소이다."

사람들은 나이도 어린 녀석이 참 안 됐다 싶어 옷가지와 모자를 챙겨주었다. 경륭은 연신 고맙다고 인사하면서 그들이 챙겨준 낡은 옷과 해진 모자를 몸에 걸쳤다. 옥당춘은 어디로 갔는지 보이지도 않고 수중엔 돈 한 푼도 없으니 경륭은 하는 수 없이 북경으로 터벅터벅 걸어 돌아왔다. 이 집에서 저 집으로 정처 없이 왔다 갔다 아침부터 밤늦게까지 물 한 모금 입에 넣지 못했다. 경륭은 너무 배고파서 피부가 누렇게 뜰 지경이었다. 밤이면 어디 몸을 눕힐 곳도 없었다. 누군가가 경륭에게 이렇게 충고했다.

"자네 그 꼬락서니를 보고 누가 재워주겠나. 차라리 야경꾼들 모여 있는 데로 가보라고. 거기서 밤이나 새벽에 딱딱이를 성실하게 치면 그래도 밥은 먹을 수 있을 거야."

경륭은 곧장 야경꾼들이 모여 있는 곳으로 찾아갔다. 마침 야경꾼 대장이 야경꾼을 뽑고 있었다. 경륭이 그 사람에게 다가가 넙죽 인사를 올리고 말했다.

"나리 저도 야경꾼으로 일하고 싶나이다."

"그래 이름이 뭐야?"

"왕소삼王小三이라고 합니다."

"그래, 그럼 넌 아홉 시에서 열한 시 사이에 딱딱이 치는 걸 맡아. 만약 까먹고 제때에 딱딱이 치는 걸 못하면 돈은 받기는커녕 맞아 죽을 줄 알라고."

평소에 제멋대로 살던 경륭이라 그냥 잠에 빠져들고 말아 딱딱이 치는 걸 까먹고 말았다. 야경꾼 대장이 경륭에게 욕을 퍼부었다.

"야, 이 소삼 이놈아, 이 망할 놈아, 너는 이런 편한 일 하면서 밥 먹고 살 자격이 없는 놈이야. 어서 내 앞에서 꺼져버려."

경륭이 아무리 생각해도 도대체 앞길이 막막했다. 하는 수 없이 활빈원을 찾아갔다.

기원과 활빈원, 원은 같은 원이로되
한쪽은 쾌락, 한쪽은 고통!

한편 집사와 기생 어미는 서로 이렇게 수군거렸다.

"우리가 여기로 피해온 지도 벌써 한 달이나 되었네. 경륭이도 이젠 고향으로 돌아갔겠지. 우리도 돌아가 볼까?"

그들은 짐을 꾸려 기생집으로 돌아왔다. 옥당춘만은 경륭을 그리워하며 잠도 자지 않고 밥도 제대로 먹지 않았다. 기생 어미가 옥당춘을 찾아와 어르고 달랬다.

"아이고, 경륭이는 이미 고향으로 돌아갔는데 너 혼자 그놈 생각해서 무엇하려고? 이 북경 안에 잘 나가는 남자들이 어디 한둘이냐. 네가 경륭이 생각한답시고 손님을 받지 않는데 말이야, 너 내 성미 잘 알지? 말 좀 잘 알아들어라. 난 두 번 말하는 사람 아니다."

기생 어미는 말을 마치고 바로 나가버렸다. 옥당춘은 눈물이 주르륵 흘러내렸다. 수중에 돈 한 푼 없는 경륭이 어떻게 지내고 있는지 걱정이었다.

"가실 거면 한마디 귀띔이라도 하고 가시지. 내가 이렇게 가슴 졸이잖아요. 언제나 다시 얼굴을 뵐 수 있을지요?"

옥당춘이 경륭을 그리워하는 이야기는 여기서 접자.

한편 경륭은 북경 활빈원에서 밥을 빌어먹으며 세월을 보내고 있었다. 북경 큰 거리에 은세공장이 왕 씨가 있었다. 예전에 왕 상서 집에 은그릇을 만들어준 적이 있었고 경륭이 기생집에서 기생들에게 장신구를 만들어줄 때도 왕 씨를 불러 일을 시키곤 했다. 어느 날 왕 씨가 활빈원을 지나다 우연히 경륭을 보고는 깜짝 놀라 앞으로 달려와 물었다.

"셋째 도련님, 어쩌다가 이렇게 되었습니까?"

경륭이 자초지종을 이야기해주었다. 왕 씨가 그 말을 듣더니 이렇게 대답했다.

"원래 기생집 집사가 제일 악독하다고 했지요. 도련님, 우선 누추한 저의 집에라도 가셔서 밥이라도 드시면서 며칠 머무르셨다가 왕 상서 나리께 고향에서 사람을 보내어 도련님을 맞아가라고 부탁하시지요."

경륭은 왕 씨 말을 듣고 만면에 미소를 지으면서 왕 씨 뒤를 따라 왕 씨네 집으로 갔다. 왕 씨는 경륭이 자신의 고객이던 상서 나리의 아들이라 해서 극진히 모셨다. 보름 정도가 지났다. 한데 왕 씨의 부인이 속이 좁아서 상서 나리 집에서 경륭을 데리러 오지 않는 걸 보고는 남편이 자기를 속인 거라고 지레짐작했다. 남편이 외출한 틈을 타서 경륭에게 지청구를 했다.

"아니, 우리 부부도 먹고살기 빠듯한데 다른 사람까지 걷어 먹일 밥이 어디 있다고? 호의로 며칠 잘 대접해 주었으면 눈치가 있어야지. 아예 여기서 늙어 죽을 때까지 버틸 셈이요 그래."

경륭은 이 수모를 차마 견딜 수 없어 고개를 푹 숙이고 처마 밑을 통하여 밖으로 나가 그냥 발길 닿는 대로 걸었다. 걷다 보니 관우 사당까지 다다르게 되었다. 그래, 관우가 그렇게 영험하다는데 관우한테 안 빌고 누구한테 빌겠나? 경륭은 사당 안으로 들어가 무릎을 꿇고서 기생 어미와 집사가 자신을 속여먹은 일을 낱낱이 고했다. 한참을 기도하고 나서 사당의 양쪽 회랑에 그려진 삼국시대의 공훈 그림을 찬찬히 바라보았다. 이때 밖에서 젊은이가 소리치는 게 들려왔다.

"북경 해바라기 씨 팔아요.. 한 푼에 한 통 팔아요. 고우^{高郵} 오리 알 팔아요.. 반 푼에 한 알이요."

이 자가 누구런가? 바로 해바라기 씨를 파는 김가렷다. 김가는 이렇게 속으로 중얼거렸다.

'장사가 이렇게 안 되어서야 원! 기생집에 경륭 도련님 계실 때야 한 번에 2백 전어치를 사주시기도 하셨는데. 그 돈으로 부모님 봉양할 걱정이 없었는데. 경륭 도련님이 고향에 돌아가신 다음에는 이걸 사주는 분이 하나도 없네. 사흘 동안 하나도 못 팔았으니 뭘 먹고 산단 말이냐! 아이고 관우 사당 안에 들어가서 쉬었다 가야겠다.'

김가는 사당 안에 들어와 해바라기 씨와 오리 알을 담은 바구니를 제단의 탁자 위에다 올려놓고 무릎을 꿇고서 절을 올렸다. 경륭은 김가를 바로 알아보았지만 차마 아는 체할 면목이 없어 얼굴을 가린 채 문지방 한쪽에 가만히 앉아 있었다. 김가 역시 제단에서 절하는 것을 마치고는 문지방 쪽으로 와서 앉았다. 경륭은 지금쯤은 김가가 빌기를 마치고 돌아갔으리라 생각하고는 얼굴을 가린 손을 내렸다가 김가와 눈이 마주치고 말았다.

"도련님, 어인 일로 여기 오셨나이까?"

경륭은 부끄러움에 눈물을 흘리며 지금까지의 일을 이야기해주었다.

"도련님, 눈물을 거두십시오. 제가 밥을 대접하겠나이다."

"밥은 먹었다네."

"요 며칠 동안 옥당춘 아가씨를 만난 적은 없으신가요?"

"못 본 지가 꽤 오래되었어. 김가, 번거롭겠지만 기생집에 가서 옥당춘을 만나 내가 지금 이렇게 곤궁하게 된 처지를 좀 알려주게나. 그리고 옥당춘이 어떻게 나오나 좀 알려주고."

김가는 그러마고 대답하고는 바구니를 들고서 밖으로 나갔다. 경륭이 김가의 뒤통수에 대고 몇 마디를 덧붙였다.

"만약 옥당춘이 내 소식을 듣고서 나를 아직도 그리워하는 눈치면 내가 여기에 있다는 소식을 전해주고, 나를 잊어버린 듯한 눈치면 아무 말 하지 말고 조용히 돌아와 나에게 결과나 알려주게나. 기생들은 돈 있는 사람과 그렇지 않은 사람을 완전히 다르게 대한다는 말이 있으니 낸들 어쩌겠나!"

"알겠습니다."

김가는 경륭과 헤어져 곧장 기생집으로 달려갔다. 기생집 문밖에서 눈치를 보니 옥당춘이 손으로 뺨을 괴고 손수건으로 눈물을 닦으며 연신 입으로 되뇌었다.

"경륭 도련님, 도대체 어디로 가셨나요?"

옥당춘이 경륭을 애타게 찾는 게 분명해 보였다. 김가가 헛기침을 하니 옥당춘이 그쪽을 바라보며 물었다.

"거기 밖에 누구세요?"

김가가 위층으로 올라와 대답했다.

"해바라기 씨 파는 김가 인사드립니다."

옥당춘이 눈물을 흘리며 대답했다.

"맛난 고기와 술이 있다 하여도 입맛이 당기지 않는데 지금 해바라기 씨 같은 것에 관심이나 가졌는가?"

"아가씨, 어찌 이렇게 야위셨어요?"

옥당춘이 아무런 대꾸도 하지 않았다. 김가가 다시 물었다.

"아가씨, 아직도 경륭 도련님을 그리워하시나요, 아니면 다른 사람을 생각하시나요? 아가씨께서 사실대로 말해주셔야 제가 안내를 해드리죠."

"낭군님하고 헤어진 다음부터 낮이나 밤이나 오직 낭군님 생각뿐이라네. 어디 다른 사람 생각할 틈이나 있겠는가? 나는 그저 옛날이야기에 나오는 주인공을 떠올린다네."

"그게 누구인가요?"

"옛날에 이아선이 정원화鄭元和를 꼬드겨 모든 돈을 다 날리게 하고 나중에는 각설이타령을 부르게 했지. 그러다 나중에 정원화가 마음을 고쳐먹고 열심히 공부하여 과거에 급제했다네. 이아선은 기생 가운데 명사가 되었지. 난 이아선을 마음속으로 존경하고 있었어. 내가 어떻게 하면 우리 낭군님을 정원화처럼 만들어 드릴 수 있을까?"

김가는 대답은 하지 않고 속으로만 생각했다.

"경륭 도련님과 정원화는 많이 닮았구나. 각설이타령을 부르는 것과 활빈원에서 지내는 것만 다르구먼."

김가가 넌지시 옥당춘을 불렀다.

"경륭 도련님은 지금 관우 사당에 계십니다. 아씨에게 소식을 전해주고 도련님이 남경 본가로 돌아갈 여비를 부탁해 보라 하셨어요."

옥당춘이 깜짝 놀랐다.

"김가야 나한테 지금 거짓말하는 거지?"

"못 믿으시겠다면 소인과 같이 가보시든지요."

"여기서 얼마나 멀어?"

"여기서 3리쯤 떨어져 있습니다."

"그럼 어떻게 간다지? 낭군님이 다른 말씀은 안 하시더냐?"

"돈이 떨어졌다는 말씀 말고는 다른 말씀은 없으셨습니다."

"가서 낭군님한테 내가 보름날 찾아갈 테니 사당에서 기다려달라고 말씀 전해주게나."

김가는 관우 사당으로 돌아가 경륭에게 옥당춘을 만나고 온 이야기를 전하고 그런 다음 경륭을 모시고 은세공장인 왕 씨네 집으로 갔다.

"왕 씨네 집에서 도련님을 괄시하면 그냥 소인 집으로 가시죠."

그래도 다행히 왕 씨네가 경륭을 집에 더 머무르게 해주었다. 이 이야기는 여기서 접자.

한편, 기생 어미가 옥당춘을 찾아와 윽박질렀다.

"당춘아, 밥도 안 먹고 경륭이를 생각해서 어쩌겠다는 것이냐? 네가 아무리 그런다고 해도 경륭이는 네 생각 하지 않을 거야. 왜 이렇게 바보 같이 굴어. 내가 경륭이보다 더 능력 있는 사람을 찾아줄게. 어서 몸 좀 추슬러야지.”

"엄마, 근데 한 가지 걸리는 일이 있어."

"무슨 일인데?"

"내가 경륭에게 돈을 후려낼 때 관우를 두고 경륭한테 맹세를 했었거든. 이젠 그 맹세를 돌리고 다른 사람을 받아야겠지."

"그래, 그럼 언제 그 맹세를 돌리러 갈 거냐?"

"보름날 가지 뭐."

기생 어미는 그 말을 듣고 무척 즐거워했다. 기생 어미는 향과 초를 미리 준비해두었다. 보름날 아직 해도 밝지 않은 시각에 하녀를 깨웠다.

"당춘 언니 세수할 물을 데워라."

옥당춘도 가슴이 설레었다. 침상에서 일어나 세수를 하고, 남몰래 챙겨둔 은자와 비녀 같은 장신구 등속을 챙기고는 하녀를 시켜 종이 말을 챙기게 한 다음 관우 사당을 향해 출발했다. 관우 사당에 도착했을 때도 아직 날이 밝지 않았다. 이리저리 둘러보았으나 경륭이 보이지 않았다. 경륭은 관우 사당 동쪽 회랑에서 기다리고 있었다. 경륭은 옥당춘이 들어서는 것을 확인한 다음 기침 소리를 내었다. 옥당춘이 눈치를 채고서 하녀에게 이렇게 분부했다.

"어서 먼저 가서 종이 말을 사르거라. 나는 여기서 염라대왕 상과 관제 상을 구경하련다."

옥당춘은 하녀에게 분부한 다음 몸을 돌려 동쪽 회랑으로 가서 경륭을 찾았다. 경륭이 옥당춘을 보더니 부끄러움에 얼굴이 새빨개졌다.

"아이고 경륭 낭군님이 어떻게 이렇게 되셨나요?"

두 사람은 서로 껴안고 울었다. 옥당춘은 준비해온 은자 이백 냥과 패물을 경륭에게 주면서 우선 옷가지라도 사서 입고 나귀라도 장만하여 기생집으로 돌아오시라 했다.

"낭군님, 기생집에 도착하시걸랑 막 남경에서 돌아오는 길이라고 하셔요. 꼭 제 말대로 하셔요."

두 사람은 눈물을 머금고 작별했다. 옥당춘이 기생집에 돌아오니 기생 어미가 반색했다.

"그래, 우리 당춘이, 맹세를 돌리는 의식은 잘 치르고 온 거야?"

"내가 경륭을 다시 받아들이면 하늘이 벼락을 내려 우리 기생집의 식구들과 살림이 다 불에 타버릴 거야."

"우와 맹세 한 번 참 화끈하게 했구나."

기생 어미가 옥당춘의 말을 듣고 기뻐서 어쩔 줄 몰랐던 건 당연지사.

한편, 경륭이 왕 씨 집에 돌아가 은자 이백 냥을 내미니 왕 씨가 뛸 듯이 기뻐하더라. 왕 씨는 곧장 시장으로 달려가 비단옷 위아래로 한 벌, 밑창과 굽이 두툼한 신발, 털이 달린 양말, 기와 모양 모자, 청사로 만든 매듭, 사천산 진품 부채, 가죽 상자, 나귀와 말까지 하나도 빠짐없이 준비했다. 그런 다음 벽돌이나 기와를 보자기로 잘 싸서 마치 은자처럼 보이게 하고는 가죽 상자에 담았다. 그런 다음 하인을 맡아줄 두 사람을 특별히 청하여 뒤따르게 한 다음 출발했다. 막 떠나려는데 왕 씨가 막아섰다.

"나리, 그래도 이별주라도 한잔하고 가시지요."

"아니 그럴 필요 없네. 자네한테 신세를 많이 졌어. 내가 나중에 후히 갚음세."

경륭은 마침내 말에 올라타서 출발했다.

올가미를 장만하고 길을 나섰네,

기생 어미 그 올가미에 빠져들지 않을 수가 없네.

옥당춘의 마음이 일편단심이었으니,

여자지만 진정 영웅이로다.

한편, 경륭은 왕 씨네와 작별하고 기생촌 입구까지 곧장 달려갔다. 젊은 악사 몇몇이 거기서 수다를 떨고 있다가 경륭이 면목을 일신하고 나타난 것을 보고선 깜짝 놀랐다. 이 소식이 곧장 기생 어미한테까지 전해졌다. 이 소식을 들은 기생 어미는 한참을 말을 잇지 못하였다.

"이 일은 어쩐다? 일전에 옥당춘이 경륭이 고관대작의 자제로 재산이 엄청나다고 했을 때 그 말을 믿지 아니하고 내쫓아버렸는데 이렇게 경륭이 금은보화를 들고 다시 나타나다니! 세상에 이런 일도 다 있구나!"

기생 어미는 고민고민하다가 마침내 얼굴에 딱 철판을 깔고 밖으로 나와 경륭을 보고서 입을 열었다.

"아이고, 우리 사위 어디를 다녀오셨나?"

기생 어미가 경륭이 타고 있는 말머리를 붙잡고 쓰다듬었다. 경륭이 말에서 내려 가볍게 인사하고선 다시 길을 가려고 했다.

"집사들이 모두 배에서 기다리고 있다네."

"무슨 그런 섭섭한 말씀을! 절이 낡았고 중들이 못생겼더라도 부처님 보러 가는 것 아뇨. 갈 땐 가더라도 옥당춘 얼굴은 보고 가셔야죠."

"지난번 여기서 쓴 금은이야 뭐 아무것도 아니지. 그 정도는 내가 신경도 안 쓰고 있지. 지금 내 가죽 상자에 오만 냥을 담아왔다오. 게다가 배 몇 척에 보물을 싣고 왔고, 집사나 하인만 해도 수십 명이라네. 지금 왕정이 관리하고 있다고."

기생 어미는 경륭을 놓쳐서는 안 되겠다는 생각이 절로 들었다. 경륭은 더 튕기면 안 되겠다 싶었다. 경륭이 적당히 분위기를 보고서 기생집 안으로 들어갔다. 기생 어미는 주방에다 어서 술상을 내오라 했다. 경륭이 그저 차 한잔하고는 바로 일어나는 척했다. 그러면서 일부러 은 두 덩어리를 바닥에 떨어뜨렸다. 각각 다섯 냥쯤 나가는 최상급의 은이었다. 경륭이 그 은 덩어리를 주워서 소매 품에 집어넣었다. 기생 어미가 다시 입을 열었다.

"그때 집사 동생 집에 갔을 때 술 한 잔도 입에 대지 않고 바로 우리 사위를 찾으려고 동쪽으로 달려갔지. 그런데 아무리 찾아보아도 없더라고. 그래서 한 달 동안 내내 찾다가 이렇게 우리 기생집으로 돌아온 거라고."

"그렇게 마음 써줘서 고마울 따름이오. 우리 장모님을 찾을 수가 없던 차에 왕정이 나를 모시러 왔기에 그냥 고향으로 돌아갔었지. 하지만 우리 옥당춘이 마음에서 떠나질 않아 이렇게 다시 돌아왔다오."

기생 어미가 바로 하녀를 시켜 옥당춘을 불러오게 했다. 하녀는 만면에 미소를 짓고 옥당춘에게 달려갔다. 옥당춘은 이미 경륭이 찾아왔음을 알고 있었지만, 짐짓 모른 척하며 하녀에게 말을 쏘아붙였다.

"이년아 뭘 그렇게 실실 웃고 다녀?"

"아 글쎄 경륭 낭군님이 오셨다니까요."

"무슨 그런 거짓말을!"

옥당춘은 아래층으로 내려갈 생각도 하지 않았다. 기생 어미가 직접 위층으로 뛰어 올라왔다. 옥당춘은 안쪽으로 고개를 돌리고 자는 척했다. 기생 어미가 소리를 쳤다.

"아이고 얘야, 네 낭군님이 오셨다. 너 아직도 모르고 있느냐?"

옥당춘은 대꾸도 하지 않았다. 기생 어미가 몇 차례나 거듭 물어도 대답하지 않았다. 기생 어미가 옥당춘에게 욕을 퍼부으려다 꾹 참았다. 그래도 옥당춘이 아직 쓸모가 있지 싶었다. 기생 어미는 의자를 당겨와 옥당춘 곁에 앉더니 한숨을 푹 내쉬었다. 옥당춘은 그 광경을 지켜보더니 천천히 일어나서 무릎을 꿇었다.

"엄마, 제발 저를 때리지 말아 주세요.."

기생 어미가 황급히 옥당춘을 일으켜 세웠다.

"아니, 경륭이가 돌아온 것을 모른단 말이냐? 게다가 은 오만 냥까지 가지고 왔어. 배에는 수많은 금은보화와 수십 명 하인들까지 데리고 왔어. 어서 가서 인사하고 모셔야지."

"전 이제 다시는 경륭을 모시지 않겠노라고 맹세했잖아요?"

"맹세는 무슨 얼어 죽을 놈의 맹세!"

기생 어미는 옥당춘의 손을 잡아끌고 아래층으로 내려가면서 곧장 소리를 쳤다.

"아이고, 당춘이가 여기 간다네!"

경륭이 옥당춘을 보더니 천천히 읍을 했다. 평소와 같은 그런 따듯함이 전혀 없었다. 기생 어미는 하녀에게 얼른 술상을 봐오라 했다. 술을 한 잔 따라서는 아주 공손하게 절을 올리며 경륭에게 건넸다.

"모든 게 다 내 잘못이라네. 당춘이와의 옛정을 생각해서 괜히 다른 데 가지 마시게. 그럼 우리가 얼마나 우세스러운가."

경륭은 그저 입가에 미소만 띠었다.

"무슨 말씀 다 내 잘못이지."

경륭이 술 몇 잔을 비우더니 이렇게 대접해줘서 고맙다 인사를 하고선 일어나려고 했다. 그러는 경륭을 하녀 취홍이 막아서더니 옥당춘을 바라보며 한마디 했다.

"아씨, 경륭 도련님께 미소를 좀 지어보셔요.."

기생 어미가 경륭을 바라보며 입을 열었다.

"우리 사위가 오늘 왜 이러실까? 취홍아 가서 어서 문을 걸어 잠가라. 우리 사위를 이렇게 보낼 수야 없지."

기생 어미는 하녀에게 경륭의 짐을 옥당춘의 방이 있는 위층에 갖다 놓으라고 했다. 그런 다음 옥당춘 방 아래층에서 다시 술상을 벌였다. 악사를 부르고 노래를 부르고 악기를 연주하게 했다. 한 시간쯤 그렇게 술을 마셨을까 기생 어미가 일어섰다.

"자, 나는 이제 일어서려네. 이젠 부부 두 사람끼리 편하게 이야기를 나누시게."

경륭과 옥당춘은 정작 바라던 바라 서로 손을 맞잡고 위층 옥당춘의 방으로 올랐다.

십 년 가뭄에 단비를 만난 듯,
타향에서 고향 친구를 만난 듯.

두 사람은 밤새 이야기꽃을 피웠다. 기쁨이 넘치니 밤은 어이 이리 짧으며, 외로움이 넘치니 밤은 어이 이리 길기만 한가! 금세 새벽 오시, 경륭이 자리에서 일어나며 말했다.

"자, 나는 이제 가봐야겠네."

"낭군님, 붙잡아 며칠이라도 더 머무시라고 하고 싶은 마음 굴뚝같으나 하루 더 있으나 천일을 더 있으나 어차피 헤어짐은 마찬가지. 어서 돌아가시고 괜히 화류계에서 노닐다 쓸데없는 이야기나 나오지 않게 하셔요. 고향에 돌아가시면 부모님 뵙고 열심히 공부하셔서 과거 급제하고 이름을 날리시옵소서. 그럼 낭군님도 고개를 뻣뻣이 들고 다니실 수 있을 것입니다."

옥당춘은 경륭을 차마 그대로 보낼 수가 없었다. 그 심정은 경륭 또한 마찬가지였다.

"낭군님, 고향에 돌아가시면 새장가 들어 저를 잊어버리실까 걱정입니다."

"그대가 북경에서 새 사람을 만나 내가 북경에 다시 돌아올 필요가 없게 될까 그것이 걱정이라네."

"관우님을 두고 맹세하시지요."

두 사람은 서로 무릎을 꿇었다. 경륭이 먼저 맹세했다.

"소인 만약 남경에서 새장가 들걸랑 오뉴월에 병들어 죽게 하여 주소서."

"소녀 만약 북경에서 다른 사람 받아들이걸랑 차꼬를 차고 철창에서 평생 벗어나지 않게 하여 주소서."

그들은 거울을 둘로 갈라 각각 한쪽씩 나눠 가졌다.

"낭군님은 은자 삼만 냥을 탈탈 털어버리고 빈손으로 고향에 돌아가게 되었네요. 제가 금은 장신구와 이 그릇을 챙겨드릴 터이니 그거라도 갖고 가셔요."

"집사나 기생 어미가 알면 어떻게 하려고?"

"나한테 다 생각이 있으니 신경 쓰시지 않아도 돼요."

옥당춘은 금은 장신구와 그릇을 다 챙기더니 방문을 열고 경륭을 배웅했다. 날이 밝으니 기생 어미가 하녀에게 세숫물을 데우고 양칫물을 준비하게 했다.

"경륭이 일어나면 이 세숫물이랑 양칫물을 가지고 위층으로 올라가거라. 그리고 미리 준비하게 경륭에게 아침에 무얼 드시고 싶은지 여쭤보아라. 아직 안 일어났으면 깨우지 말고."

하녀가 위층에 올라가 보니 술상의 그릇이 다 사라져버리고 패물함은 텅 빈 채 한쪽에 팽개쳐 있었다. 침상 휘장을 젖혀보니 한쪽이 비어있었다. 하녀가 화들짝 놀라 아래로 달려가 소리 질렀다.

"엄니, 모두 없어졌어요."

"야 이 년아, 뭘 그렇게 호들갑을 떨어? 경륭 도련님 깨겠다."

"경륭 도련님은 무슨? 경륭 도련님은 어디 갔는지 모르겠고 당춘 아가씨만 벽 쪽으로 고개 디밀고 자고 있던데요."

기생 어미는 그 말을 듣고 혼비백산했다. 경륭이 데리고 온 하인이랑 나귀도 모두 사라져버렸다. 황급히 위층으로 올라가 보니 그래도 경륭이 가져온 가죽 상자가 그대로 있었다. 그러나 열어보니 모두 벽돌이랑 기와 쪼가리였다. 기생 어미가 고래고래 소리를 질렀다.

"이런 망할 년, 경륭이 어디 갔어? 내가 너를 때려죽이고 말 거야. 그래 금은 장신구와 그릇은 또 다 어떻게 한 거야?"

"내가 경륭하고 다시는 만나지 않겠다고 맹세한 거를 몰라요? 경륭을 내가 끌어들인 게 아니잖우?"

"네가 경륭하고 밤새 이야기를 나눴으니 경륭이 어디로 간지도 알 것 아니냐?"

집사가 채찍을 들고 나타났다. 옥당춘이 머리에 수건을 쓰더니 한마디 툭 던졌다.

"그래, 내가 경륭을 찾아다 주지."

옥당춘이 아래층으로 내려가더니 밖으로 달려갔다. 기생 어미와 악사들이 옥당춘이 도망갈까 봐 잽싸게 쫓아왔다. 옥당춘은 큰길에 나서서 억울하다며 소리를 고래고래 질렀다.

"돈 때문에 사람 죽이네, 돈 때문에 사람 죽이네!"

사람들이 몰려들었다. 이장도 나타났다. 기생 어미가 소리쳤다.

"아니 경륭이 이놈이 내 금은 장신구와 그릇을 다 들고 날랐는데 지금 무슨 소리를 하는 거야!"

집사가 끼어들어 한마디 했다.

"일단 내버려 두고, 어서 집에 돌아가서 다시 이야기하자고."

옥당춘이 다시 말했다.

"흥, 무슨 그런 말을! 집에 돌아가자고? 어디가 내 집인데? 우리 같이 포도청에 가서 따져보자고. 우리 그이는 재상이요 부마 집안인데 너희 집의 금은 장신구나 그릇 같은 걸 갖다가 어디다 쓰게? 기생집이나 열어 입에 풀칠하는 비천한 주제에 무슨 예의나 염치가 있을라고. 내가 왜 거기 가서 이야기해야 되는 거야? 경륭 도련님이 우리 기생집에서 3만 금이나 탕진했는데 경륭 도련님이 떠나자마자 나를 괴롭힌 것은 모르는 사람이 없는 이야기지. 경륭 도련님이 다시 돈을 들고 나타나니까 그걸 또 뺏어먹으려고 하다가 이제 와서 경륭 도련님이 어디 있는지 모르겠다고? 여기 있는 사람들이 다 증인이라고!"

기생 어미는 뭐라고 대꾸할 말이 없었다. 집사가 옆에서 한마디 했다.

"아니 우리 집의 금은 장신구와 그릇을 경륭에게 싸준 게 누군데 거꾸로 우리한테 뒤집어씌워!"

옥당춘은 아예 목숨 걸고 욕을 퍼부었다.

"이런 망할 집사야. 재물에 눈이 멀어 사람을 죽여놓고 뭔 딴소리야. 가죽 상자를 열어 금은보화를 모두 가져가 버리고 말이야. 경륭 도련님을 너희들이 죽이지 않았다면 그럼 누가 죽였단 말이야."

기생 어미가 말을 받았다.

"금은보화는 무슨. 벽돌하고 기와 쪼가리밖에 없더구먼."

"아니, 네가 네 입으로 직접 은자 오만 냥이 있다고 하여놓고서는 이제 와서 없다고 하다니?"

두 사람은 서로 입씨름했다. 지켜보던 사람들은 경륭이 기생집에서 3만 금을 탕진한 것은 믿을 만하다고 여기는 눈치였으나 기생 어미와 집사가 경륭의 목숨을 앗아갔다는 말은 반신반의하는 눈치였다. 사람들은 좋은 말로 양측을 달랬다. 옥당춘이 말했다.

"사람들이 송사까지는 가지 않는 게 좋다고 하니 그렇게 하겠으나 그래도 내가 욕이라도 한 번 해야 속이 후련할 것 같소이다."

사람들이 말을 받았다.

"그건 그래. 자, 어디 한 번 실컷 해보시라."

옥당춘이 욕을 퍼붓기 시작했다.

"이 집사 이놈아! 먹어도 먹어도 배고프다고 짖어대는 이 똥개 놈아, 이 기생 어미년아, 밑 빠진 독처럼 계속 부어대기만 하는 이년아, 정당한 방법으로 돈을 벌 생각은 하지 않고 다른 사람 등쳐먹으려고 하는 나쁜 연놈들아. 다른 사람 챙겨주는 것처럼 보이는 것은 모두 다 미끼에 불과하고, 입에서 나오는 말마다 모두 사람을 빠뜨리는 함정이라. 자기 집만 잘되면 다른 사람 집이야 어떻게 되든 상관하지 아니하는구나. 겨우 팔백 전에 팔려온 나, 내가 너희들에게 얼마를 벌어주었는지 아느냐. 내 아버지 주언형周彦亨은 대동성大同城에서 유명한 분이시라. 양갓집 처녀를 사서 천한 일을 시켰으니 그 죄 얼마나 클까? 사람을 사고파는 자는 변방에 수자리 살라고 보내버려야지. 남의 집 번듯한 청년 꼬드기는 것은 그렇다 쳐도 재물을 탐내서 사람을 죽이는 죄는 가볍지 않으리라. 너희들이 저지른 그 수만 가지 죄악 가운데 내가 지금 말한 것은 두세 가지에 불과하다고!"

구경하던 사람들이 말했다.

"그래 옥당춘, 이제 실컷 욕 다한 거지?"

기생 어미도 한마디 했다.

"당춘아, 이제 욕 실컷 했으니 어서 나랑 같이 집으로 들어가자."

"나를 집으로 데리고 들어가려면 나에게 문서 한 장을 써줘야 할걸."

구경하던 사람들이 일제히 물었다.

"무슨 문서를 써달라는 거야?"

"양갓집 처녀를 사서 기생으로 만들었다는 것, 재물을 탐하여 사람을 해쳤다는 것을 문서로 남기라는 거요."

집사가 어찌 그런 문서를 쓰려 들겠는가? 옥당춘은 또 억울하다며 고래고래 소리를 질렀다. 구경하던 사람들이 한마디씩 하더니 이렇게 중재했다.

"다른 거는 다 그만두고 경륭이가 기생집에서 탕진한 은자 3만 냥이면 기생 3백 명은 살 수 있잖아. 게다가 옥당춘의 마음이 이미 자네들한테서 뜬 거 같으니 차라리 옥당춘을 놔줘 버리지."

사람들은 주점에 가서 종이 한 장을 얻어오더니 한 사람은 불러주고 한 사람은 받아 적었다. 그런 다음 집사와 기생 어미에게 서명하게 했다.

"사실대로 제대로 공평하게 안 적으면 내가 바로 찢어버릴 거야."

구경하던 사람들이 한마디 더 했다.

"그런 걱정은 하들 말아."

문서는 다음과 같이 작성되었다.

기생집의 집사인 나 소회蘇淮는 아내 일칭금과 함께 팔백 전을 주고서 대동성 주언형의 여식 옥당춘을 사서 기생집으로 데려와 그녀에게 기대어 노후를 평안하게 보내고자 했으나 그녀가 기생일 하기를 거부하고 있습니다.

기생일 하기를 거부하고 있다는 구절까지 쓰자 옥당춘이 끼어들었다.

"이 대목은 되었고 이제 왕경륭에게서 3만 냥을 벗겨먹은 걸 적어야죠."

집사가 바로 딴지를 걸었다.

"당춘아, 말은 좀 똑바로 하자. 지난 1년간 경륭이가 쓴 돈은 계산 안 하느냐?"

구경하던 사람들이 중재했다.

"좋아, 그럼 2만 냥이라고 적자."

문서는 다시 이어서 이렇게 작성되었다.

남경의 공자 왕경륭이 소회 기생집의 옥당춘과 사랑에 빠졌고 소회는 그걸 빌미로 왕경륭에게서 은자 이만 냥을 받았다. 이제 제3자가 증인이 되어 이 이만 냥을 옥당춘을 자유의 몸으로 풀어주는 몸값으로 삼게 하노라. 이제 옥당춘은 자신의 의지대로 결혼할 것이며 기생집과는 무관하노라. 이에 그 증거로 이 문서를 작성함.

그런 다음 마지막으로 "정덕 모년 모월 모일 기생집 집사 소회와 그의 처 일칭금 서명"이라는 구절이 따라왔다. 옆에서 지켜보던 사람이 열 명이 넘었다. 이 사람들이 증인이 되어 서명하니 소회 역시 서명하지 않을 수 없었다. 일칭금도 열십자를 그려 서명했다. 옥당춘이 그 문서를 잘 보관했다. 그리고 이렇게 말했다.

"어르신들, 제가 확실하게 해두고 싶은 게 하나 더 있습니다."

"그래, 또 무슨 일인가?"

"저 소가네 기생집 가운데 백화루는 경륭 낭군님이 소녀를 위하여 지어준 것이고, 하녀들 역시 경륭 낭군님이 사주셨습니다. 그 하녀 가운데 둘을 뽑아 저를 모시게 하여 주십시오. 앞으로 제가 필요로 하는 쌀이야 장작이야 이런 것들도 제가 결혼할 때까지 모자라지 않게 대주어야 할 것입니다."

"그거야 자네 말대로 하게 함세."

옥당춘은 감사 인사를 올리고 먼저 자리를 떴다. 집사는 증인을 서준 사람들과 어울려 술과 밥을 나눈 다음 헤어졌다.

주유의 계책이 정말로 기묘했다고?
여인도 뺏기고 전투에서도 지고 말았네.

한편, 경륭은 낮에는 걷고 밤에는 자면서 길을 갔다. 며칠 지나지 않아 금릉 자기 집 문 앞에 도착하여 말에서 내렸다. 왕정이 경륭을 보더니 대경실색했다. 왕정이 말고삐를 잡아 묶고는 일단 경륭을 자기 집으로 모셨다. 경륭이 자리를 잡고 앉으니 왕정 일가족이 인사를 올렸다. 경륭이 왕정에게 물었다.

"아버님은 안녕하시냐?"

"예, 안녕하십니다."

"큰 삼촌, 작은 삼촌, 자형, 누님은 다 어떠신가?"

"다들 안녕하십니다."

"아버님이 내 이야기하는 건 듣지 못했느냐. 아버님이 나를 어찌하실 것 같으냐?"

왕정이 아무 대답하지 아니하고 그저 천정만 바라보며 한숨을 쉬었다. 경륭이 보아도 눈치가 빤해 보였다.

"아무 말 하지 않는 걸 보니 아버님이 날 때려죽일 모양이구나."

"셋째 도련님, 나리께서 도련님을 가만두지 않겠다고 벼르고 계십니다. 아무래도 지금은 나리를 뵙지 않는 게 좋을 듯싶습니다. 제가 먼저 마님, 누님, 형수님을 살짝 뵙고서 여비라도 좀 얻어낸 다음 일단 다른 곳으로 가셔서 기다리시는 게 나을 것입니다."

"아버님께서 요즘 누구랑 친하게 지내시냐? 내가 그분에게 찾아가 아버님께 말씀 좀 잘해 달라고 부탁이라도 하여야겠다."

"누가 감히 나리께 말씀을 올릴 수 있겠습니까? 그래도 누님과 자형이라면 한번 부탁해 줄 수 있을 것 같기도 한데. 그들도 분위기 봐서 한번 살짝 언급해 줄 수 있는 정도지. 감히 아무 때나 이야기할 수 있는 처지는 아닙니다."

"왕정, 어서 가서 자형을 모셔오너라. 내가 자형과 이 건을 이야기 나눠 봐야겠다.

왕정은 곧장 달려가 경륭의 자형 유심재劉心齋와 하정암何靜庵을 모셔왔다. 서로 인사를 나누고 나서 유심재와 하정암이 경륭에게 말했다.

"처남은 여기서 잠시 기다리고 계시게. 우리가 아버님께 잘 말씀드려서 사람을 보내어 자네를 데려가시게 해보겠네. 만약 아버님께서 우리 말을 안 들어주시면 우리가 따로 사람을 보내서 귀띔해 줄 테니 잽싸게 도망해서 맞아 죽지나 마시게."

유심재와 하정암은 말을 마치고 왕 상서를 찾아뵈러 갔다. 자리를 잡고 앉아 차를 마시고 나자 왕 상서가 먼저 하정암에게 물었다.

"그래 농사일을 잘 되는가?"

"예."

왕 상서가 이번에는 유정암에게 물었다.

"그래 공부는 좀 어떤가?"

"그게, 늘 일이 생기다 보니 공부에 전념하지 못하고 있습니다."

왕 상서가 웃으며 말했다.

"만 권의 책을 읽으면 붓을 들었다 하면 신출귀몰한 문장이 나온다 했네. 선비의 근본이 무엇일까? 공부하지 않는 집안에는 관리가 나지 않는다는 말이 있지 않은가. 앞으로는 더욱 학문에 정진하게나. 일촌광음불가경일세."

유심재는 연신 예, 예 하며 왕 상서의 말을 들었다. 하정암이 왕 상서에게 여쭈었다.

"참, 여기 담은 언제 쌓은 건지요? 예전에 안 보이던 게 생겼습니다."

왕 상서가 웃으며 대답했다.

"내가 이제 나이가 좀 들었잖아. 많지도 않은 재산 때문에 첫째와 둘째 사이에 다툼이 생길까 봐 이렇게 담을 세워서 둘로 나눠놓았지."

"아들이 셋인데 어이하여 재산을 둘로만 나누셨습니까? 셋째가 돌아오면 어디서 살라고 말입니까."

그 말을 들은 왕 상서는 한참을 침통해 했다.

"나한테 아들은 둘밖에 없다네. 나한테 셋째 아들이 어디 있다고?"

유심재와 하정암은 동시에 입을 열었다.

"장인어른께서 어찌 셋째를 그리워하지 않으시겠습니까? 애초에 장인어른께서 셋째한테 북경에서 빚 받는 일을 시키셨을 때 그를 도와주고 마중하러 가는 자가 아무도 없었습니다. 셋째가 당시 열예닐곱 한창 혈기방강한 나이였으니. 사실 북경이란 곳은 산전수전 다 겪은 사람도 유혹받기 쉬운 곳 아닙니까?"

두 사람은 무릎을 꿇고서 눈물을 줄줄 흘렸다. 왕 상서가 그걸 보고 한마디 했다.

"그 망할 놈의 자식! 어디서 죽었는지 살았는지 알게 뭐야. 그놈 이야기는 꺼내지도 말게!"

이때 경륭의 누나들이 나타났다. 이들은 모두 경륭이 돌아왔다는 사실을 함구하고 알리지 않았다.

"아니, 내가 특별히 오라고 한 적도 없는데 이렇게 모인 걸 보니 뭔 일이 있는 모양일세."

왕 상서가 하인을 시켜 술상을 봐오게 했다. 하정암이 입을 열었다.

"장인어른, 어젯밤 따님께서 꿈을 꾸었사온데 나리의 셋째 아들 경륭이 다 해진 옷을 입고서 누나에게 제발 살려달라고 간청하더랍니다. 자시에 이 꿈을 꾸고 난 다음 날이 밝을 때까지 눈물을 훔치고 베개를 두드리고 한탄하며 잠을 이루지 못했습니다. 그러면서 저한테 왜 셋째를 데리러 가지 않았느냐고 원망하기에 제가 이렇게 특별히 장인어른을 찾아뵙고서 셋째의 소식을 여쭙게 되었습니다."

유심재도 입을 열어 말을 보탰다.

"셋째가 북경에 머무는 동안 저희 부부는 늘 좌불안석이었습니다. 이제 저와 동서가 같이 노자를 마련하여 내일 셋째를 데리러 갈까 합니다."

왕 상서가 눈물을 머금으며 한마디 했다.

"집안에 아들이 둘이나 있는데, 셋째 없다고 뭐가 그리 대수겠는가?"

그 말을 듣고는 유심재와 하정암이 바로 자리에서 일어섰다. 왕 상서가 둘을 붙잡으니 둘은 그 손을 뿌리치며 말했다.

"친아들한테도 이렇게 대하는데 하물며 사위들한테 뭐 말할 필요가 있겠습니까?"

이 광경에 집안의 남녀노소가 모두 소리 내어 울기 시작했다. 경륭의 두 형, 사위들 모두 바닥에 무릎을 꿇었고, 경륭의 어머니도 뒤쪽에서 눈물을 훔치고 있었다. 왕 상서도 이 광경에 감동해 눈물을 흘렸다. 왕정이 재빨리 경륭에게 달려갔다.

"도련님, 지금 나리께서 도련님을 생각하며 눈물을 흘리고 계시온데 어서 달려가 나리를 만나십시오. 이 기회를 놓치면 아니 될 것입니다."

왕정은 경륭을 끌고서 대청마루 앞으로 가서 경륭에게 무릎을 꿇고 빌게 했다. 경륭이 이렇게 빌었다.

"아버님, 불초소자 경륭이 오늘 이렇게 돌아왔습니다."

왕 상서가 눈물을 훔치며 소리 질렀다.

"내 빌어먹을 놈의 자식은 어디 가서 죽은 지 이미 오래야! 북경 화류계에서 놀고먹던 놈이 내 자식놈 흉내를 내고 우리 집에 와서 내 재산에 손대려고 하는구나. 애들아, 어서 저놈을 관가로 끌고 가라."

경륭이 문쪽으로 달아나려고 했다. 경륭의 누나가 달려와 경륭을 붙잡았다.

"이 망할 놈아, 네가 지금 가긴 어디로 간다는 거야?"

"아이고 누님, 어서 길을 비켜주세요. 나 지금 죽게 생겼어요.."

경륭의 누나가 경륭을 꽉 붙잡아 왕 상서 앞쪽으로 끌고 와서는 무릎을 꿇린 다음 손가락질을 하며 꾸짖었다.

"야 이놈아, 어머니가 너 때문에 얼마나 애간장이 탔는지 알기나 해. 집안 식구들이 모두 너 때문에 눈물 바람이었다고."

사람들이 모두 가슴이 아려와 울음 울었다. 왕 상서가 고만들 울라고 소리를 버럭 질렀다.

"그래 네가 저놈의 자형 말을 듣고 저놈을 받아주기로 하지. 한데, 저놈한테 무슨 벌이라도 줘야겠다."

사람들이 일제히 말씀 올렸다.

"조금만 고정하시고 나중에 다시 하시죠."

왕 상서가 고개를 가로저었다. 이때 경륭의 어머니가 나섰다.

"내가 저놈에게 몽둥이찜질을 하겠소이다."

왕 상서가 아내에게 물었다.

"그래 몇 대나 때리시려오?"

"몇 대나 때렸으면 좋겠소이까?"

"그럼 내 말대로 하여야 하오. 내 말을 거스르면 아니 되오. 그 녀석 백 대는 때려야 하오."

경륭의 두 누나가 무릎을 꿇고서 빌었다.

"아버님의 엄명을 감히 어찌 거역하겠습니까만 저희가 동생 대신 매를 맞게 하여 주십시오."

경륭의 두 형이 나서더니 자신들이 동생 경륭 대신에 매 20대씩을 맞겠다고 했다. 두 누나 역시 각각 매 20대씩을 맞겠노라고 했다. 왕 상서가 소리를 질렀다.

"저놈한테 20대를 때려라."

경륭의 두 누나가 나섰다.

"차라리 경륭의 자형한테 대신 맞으라고 하세요. 저렇게 삐쩍 마른 경륭이를 어디 때릴 데가 있다고! 경륭이가 몸이라도 추스르고 살이라도 오르면 그때 때려도 늦지 않을 거예요."

왕 상서가 웃으면서 말했다.

"그래 그 말도 일리가 있구나. 저런 천리도 저버리고 양심도 없는 녀석을 때려서 또 무엇하겠느냐? 그래 한 번 물어보자. '생계를 꾸려갈 방편을 마련하지 못하면 수만금을 도와줘도 도루묵이라'는 말도 있지 않느냐? 나 역시 이미 관직에서 물러난 처지라 어디 돈 나올 구석도 없는 처지다. 그래 이놈아 어디 호구지책이라도 있는 거냐? 네 놈이 장사를 시작한다고 하더라도 내가 밑천이라도 대줄 수 있는 형편이 아니도다."

경륭의 두 자형이 나서 '경륭한테 은자가 얼마나 남아 있을까?'라고 스스로 묻더니 마침내 경륭에게 직접 질문했다.

"그래 처남, 은자는 얼마나 가지고 있는가?"

왕정이 가죽 상자를 가져와 열어 보여주었다. 그 안에는 금은 장신구와 그릇이 들어 있었다. 왕 상서가 그걸 보더니 버럭 욕을 해대었다.

"이 망할 놈의 자식 이건 또 어디서 훔쳐온 거냐? 어서 자수하는 문서나 작성해라. 괜히 우리 집안에 먹칠하지 말고."

경륭이 황급히 대답했다.

"아버님, 제발 화를 거두시고 제 말씀을 좀 들어주소서."

경륭은 옥당춘을 처음 만나게 된 사연부터 기생 어미한테 돈을 뜯긴 과정, 다행히 은세공장인 왕 씨를 만나 도움을 받았던 일 그리고 요행히 김가를 만나 옥당춘하고 소식을 주고받았던 일을 모두 말씀 올렸다.

"옥당춘이 자신의 금은 장신구와 그릇을 저에게 주고서 가져가라 한 것입니다."

왕 상서는 경륭의 말을 듣고 더욱더 화를 내었다.

"이런 체면도 염치도 없는 놈아. 우리 집 은자 삼만 냥을 탕진하고 겨우 기생년이 주는 거나 들고 집에 돌아온 거냐?"

"소자가 어찌 억지로 달라고 했겠습니까? 옥당춘이 자원해서 챙겨준 것입니다."

"그래 되었다 이놈아. 그 이야기는 그만하자. 네놈 자형 체면을 봐서 네놈한테 밭 한 뙈기 떼줄 터이니 네놈이 직접 씨도 뿌리고 모종도 내고 하여라."

경륭은 그 말을 듣고서 아무런 대답도 하지 않았다. 왕 상서가 버럭 소리를 질렀다.

"경륭, 이놈아, 그래 아무 대답도 하지 않으면 도대체 어떡하겠다는 것이냐?"

"그런 일은 소자가 할 일이 아닙니다."

"그래, 네놈이 할 일이 아니라고. 그럼 기생집이라도 열겠다는 거냐?"

"저는 공부를 하고 싶습니다."

왕 상서가 코웃음을 쳤다.

"너는 이미 방탕한 생활을 한 녀석이라 마음이 이리저리 날뛰고 헛바람이 들었는데 무슨 공부를 한다는 거냐?"

"소자 이젠 마음을 단단히 먹고 공부할 것입니다."

"아니 그렇게 공부하고 싶은 놈이 어쩌자고 그런 헛짓을 했느냐?"

자형 하정암이 일어서서 말씀 올렸다.

"처남이 온갖 고초를 겪고 이제 지난 잘못을 뉘우치고 새 출발 하고자 하니 분명 공부도 더 열심히 할 것이옵니다."

"그래 그럼 일단 그 말을 믿고 저놈을 서원에 가서 공부하라고 하고 하인 둘을 시켜 저놈을 도와주게 하지."

왕 상서는 즉시 하인을 시켜 경륭을 모시고 서원으로 출발하라고 했다. 자형 둘이 장인 왕 상서에게 아뢰었다.

"처남이 정말 오랜만에 집에 돌아왔는데 집에서 좀 머물면서 저희랑 약주라도 한잔하게 해주시지요."

"여보게 그게 자식을 키우는 바른 법도는 아니라네. 저놈 버릇을 망치진 말게나."

"장인어른 말씀이 지당하십니다."

장인과 사위가 함께 술잔을 기울이고 나서 헤어졌다. 아버지 왕 상서와 아들 왕경륭의 만남은 분명 이러하리라.

구름에 가렸던 달이 다시 얼굴을 내밀고
서리 맞아 시든 꽃이 다시 봄을 맞이하고.

경륭은 서원에 들어가 혼자서 앉았다. 사방에 보이는 건 책이요, 벼루요, 붓이라. 경륭은 감탄하여 이렇게 중얼거렸다.
"책, 책이로구나. 책아 너 본 지 오래로다. 너를 보니 낯설기조차 하구나. 내가 너를 보지 아니하면 어찌 과거에 급제할 것이냐. 옥당춘의 말대로 너를 보려 하나 마음이 싱숭생숭하여 그 마음을 다잡기가 어렵구나."
경륭이 책을 집어 읽기 시작했다. 눈은 책을 향해 있으나 마음은 옥당춘을 향해 달려가고 있었다. 갑자기 코에 무슨 냄새가 들어오는 듯, 귀로 무슨 소리가 들려오는 듯했다. 경륭이 하인에게 물었다.
"무슨 소리가 들려오지 않느냐? 무슨 냄새가 나지 않느냐?"
"도련님, 무슨 소리도, 무슨 냄새도 없습니다요."
"뭐라고? 내 코에 분 냄새가, 내 귀에 악기연주 소리가 들려오더구나."
경륭은 혼자서 생각에 잠겼다.
'옥당춘이 나에게 뭐라고 신신당부했던가. 열심히 공부하라고 하지 않았던가. 하나 공부도 열심히 하지 않고 그저 옥당춘만 마음에 그리고 있구나. 앉아 있어도 평안하지 아니하고 잠을 자도 편치 아니하고 차를 마시고 싶지도 아니하고 밥도 먹고 싶지 아니하고 세수하고 머리 빗질 하고픈 생각도 없구나. 그저 마음은 옥당춘 생각에 몽롱하구나. 이를 어쩐다?'
경륭은 서원 대문 밖으로 나섰다. 대문에는 이런 대련이 걸려 있었다.

십 년 동안 온갖 고초를 참고 공부했더니,
과거에 급제하여 천하에 이름을 날리는구나.

경륭은 다시 생각에 잠겼다.
'아, 이건 조부께서 쓰신 대련이구나. 조부는 회시에서 급제하여 시랑侍郎 벼슬에 오르셨지. 나중에는 부친께서 여기서 공부하시고 상서에 오르셨지. 그래 나도 여기서 공부하여 조부의 음덕과 부친의 은혜를 입고 그분들이 바라시는 대로 뜻을 이뤄야지.'
경륭이 다시 안쪽 문을 바라보니 거기에도 대련이 적혀 있었다.

이 세상에서 가장 힘든 고초를 겪지 않고서야,
어찌 뛰어난 사람이 될 수 있을까?

경륭이 서원 안으로 다시 들어왔다. 서원 안에서 사랑의 비밀이란 뜻의 『풍월기관風月機關』, 침실의 연정이란 뜻의 『동방춘의洞房春意』 이렇게 두 권의 책이 눈에 들어왔다.
"이런 책들이 내 마음을 어지럽혔구나. 이것들을 다 불태워버려야 깨어진 거울이 다시 합쳐지듯이 내가 옥당춘과 다시 만날 수 있으리라."
경륭은 마음을 고쳐먹고 오직 공부에 전념했다.
하루는 서원에 불이 나갔는지라 하인이 불을 가지러 밖으로 나왔다. 마침 이때 왕 상서가 그 하인을 불렀다. 하인이 왕 상서 앞으로 나아가 무릎을 꿇었다.
"그래 셋째가 공부 좀 열심히 하고 있느냐?"
"나리께 말씀 올리겠나이다. 셋째 도련님이 전에는 통 공부를 하지 아니하고 이런저런 고민에 싸여 몸도 장작개비처럼 마르시더니 반년 전부터는 밤 깊은 삼경까지 책을 보다 잠자리에 들고 오경이면 어김없이 일어나 아침을 먹고 세수를 한 다음 아침밥을 먹는데, 밥을 먹으면서도 눈을 책에서 떼지 않으십니다."

"이놈아 무슨 그런 심한 거짓말을! 내 눈으로 직접 봐야겠다."

하인이 경륭에게 말씀 올렸다.

"도련님, 나리께서 오셨나이다."

경륭이 다소곳이 나와 왕 상서를 맞았다. 왕 상서는 경륭을 보고서 속으로 흡족해했다. 그의 발걸음 몸가짐 하나하나에서 정말 열심히 공부하는 학자의 기품이 배어 나왔다. 왕 상서는 경륭을 마주 보고 앉았다. 경륭이 왕 상서에게 절을 올렸다.

"그래 내가 읽으라고 한 책은 다 읽었느냐, 내가 내준 숙제는 얼마나 했는고?"

"아버님께서 읽으라 명하신 책은 이미 읽었으며, 내주신 숙제도 다 했사옵니다. 틈틈이 제자서와 역사서도 읽고 있습니다."

"어디 숙제한 것을 좀 가지고 와봐라."

경륭이 들고 오니 왕 상서가 꼼꼼히 살펴보았다. 뒤로 가면 갈수록 문장이 나아지고 있음이 확연한지라 절로 미소가 지어졌다.

"경륭아, 이제 너도 서원에서 공부한 유생 자격으로 향시에 응시해라."

"소자가 공부한 지가 얼마나 되었다고 벌써 향시에 응시하겠사옵니까?"

"여러 차례 응시하다 보면 다 저절로 급제하게 되는 것이니라. 이번에는 가서 분위기나 익히고 다음번에 급제할 생각하여라."

왕 상서는 마침내 과거 담당관에게 서찰을 내어 경륭에게 과거 응시 기회를 제공하여 주기를 요청했다. 마침내 8월 9일, 경륭은 첫날 시험을 치렀다. 경륭은 자신이 제출한 답안 내용을 다시 적어 왕 상서에게 보여드렸다. 왕 상서는 매우 흡족해하면서 경륭에게 물었다.

"너의 답안을 보니 무난하게 합격하겠도다."

경륭이 둘째 날, 셋째 날 시험까지 마쳤다. 경륭이 자신이 써낸 답안을 다시 적어 왕 상서에게 보여드렸다. 그걸 받아본 왕 상서가 흡족해하면서 한마디 했다.

"급제가 문제가 아니라 장원급제까지 노려볼 만하겠다."

한편, 이야기는 여기서 둘로 나뉜다. 옥당춘은 경륭을 떠나보내고 나서 자신의 거처 백화루 2층에서 아래층으로 내려오지를 않았다. 이날은 너무도 무료하여 하녀를 불렀다.

"얘야, 가서 바둑판과 바둑돌이나 가져오너라. 나랑 바둑이나 두자."

"전 바둑 둘 줄 모르는데요."

"그래 그럼 주사위 놀이나 한판 해볼까?"

"전 주사위 놀이를 할 줄 모르는데요."

옥당춘은 바둑판과 주사위 놀이판을 한쪽으로 치워버렸다. 옥당춘의 눈에서 눈물이 방울방울 흘러내리는 걸 본 하녀가 냉큼 밥을 챙겨왔다.

"아씨, 어제저녁부터 아무것도 안 드셨잖아요! 뭐라도 좀 드셔요."

옥당춘은 그걸 받아들더니 반으로 갈라 오른손으로는 집어서 자기가 먹고 왼손으로는 집어 낭군님도 드시죠, 하는 것이었다. 하녀는 고것을 차마 받을 수도 없고 받지 않을 수도 없었다. 옥당춘이 눈을 부릅떠보니 낭군님이 아니지 않은가. 그 반쪽을 바닥에 던져버렸다. 하녀는 또 황망히 탕을 한 사발 퍼 와서는 말했다.

"밥만 드시면 퍽퍽하잖아요. 어서 이 탕도 좀 같이 드시지요."

옥당춘은 그 탕을 한 모금 들더니 눈물을 샘솟듯 흘렸다. 옥당춘은 탕

사발을 그냥 내려놓아 버렸다. 옥당춘이 하녀에게 물었다.

"밖에 무슨 소리가 나는 거냐?"

"오늘이 중추가절이라 사람들이 달구경 하면서 여기저기서 노래 부르고 악기도 연주하는 소리죠. 우리 집의 취향, 취홍도 손님과 함께 있는걸요."

옥당춘은 그 말을 듣고 내색하지는 않았으나 속으로는 바로 이런 생각이 들었다.

'그래 낭군님이 떠나신 지도 어언 일 년이 되었구나.'

옥당춘은 하녀에게 거울을 가져오게 하여 비춰보았다. 그러고는 깜짝 놀랐다.

"아, 내가 왜 이렇게 수척해졌지."

옥당춘은 거울을 침대 위에 던져 놓고 한숨 쉬고 한탄했다. 그리고 문 쪽으로 다가가 하녀를 불렀다.

"의자를 가져오너라. 이곳에 좀 앉아 있어야겠다."

한참을 앉아 있자니 밝은 달이 높이 솟아오르고 종루에서 시각을 알리는 북소리가 들려온다. 옥당춘이 하녀를 불렀다.

"가서 향과 촛불을 가져오너라. 오늘은 팔월 중추가절 우리 낭군님이 셋째 날 과거 시험을 치르는 날이기도 하구나. 내가 낭군님을 위해 향을 사르고 치성을 드려야겠다."

옥당춘은 아래층으로 내려가 뜰로 나갔다. 옥당춘이 무릎을 꿇고서 빌었다.

"천지신명이시여! 오늘이 8월 15일, 제 낭군 경륭이 셋째 날 과거 시험을 치르는 날입니다. 제 낭군이 장원급제하여 만천하에 이름을 드날리게 하여주시옵소서."

옥당춘은 빌기를 마치고 거듭 네 번 절을 올렸다.

달빛 아래 향을 사르며 하늘에 대고 치성을 올리노라,
이 가슴에 쌓인 한을 언제 풀어낼 수 있으랴.
내 낭군님 장원급제하는 날,
나와 낭군님의 사랑도 결실을 맺으리라.

한편, 서루西樓에 한 손님이 머물고 있었으니 산서 평양부平陽府 홍동현洪同縣 사람으로 일만 금을 들고서 북경에 말을 사러 왔겠다. 그 사람의 성은 심, 이름은 홍이었다. 그자는 옥당춘의 명성을 듣고서 일부러 이렇게 찾아온 것이다. 기생 어미는 그자가 돈푼깨나 있는 것을 보고는 취향을 마치 옥당춘인 양 꾸며서 며칠 모시게 했다. 그러나 심홍이 가짜 옥당춘임을 눈치채더니 진짜 옥당춘을 보게 해달라고 더욱 보채었다. 이날 하녀가 아래층에 불을 가져와 옥당춘이 향을 사르게 했다. 그 하녀 취홍이 입을 참지 못하고 심홍에게 이렇게 발설하고 말았다.

"심 오빠, 옥당춘 언니를 그렇게 만나보고 싶다며 늘 노래 부르더니 지금 옥당춘 언니가 뜰에서 향을 사르고 있다오. 내가 남몰래 옥당춘 언니를 보여줄까요?"

심홍이 취홍에게 은자 삼 전을 슬쩍 찔러주고 취홍을 따라 천천히 아래로 내려갔다. 심홍이 옥당춘을 뚫어지게 바라보았다. 옥당춘이 빌기를 다 마치니 심홍이 옥당춘에게 다가갔다. 옥당춘이 흠칫 놀라며 물었다.

"대체 당신은 뉘시오?"

"나는 산서에서 온 심홍이라고 하오. 일만 금을 들고서 말을 사러 왔소이다. 내가 옥당춘의 명성은 익히 들어왔으나 이렇게 늦게야 비로소 찾아오게 되었소이다. 오늘 직접 얼굴을 보게 되니 마치 먹구름 사이에서 밝은 해를 보는 듯합니다. 나랑 같이 서루에 가시지 않겠소?"

"아니 나를 언제 본 적이 있다고 이렇게 야심한 시각에 나타나 돈 자랑이나 하면서 분란을 일으키는 것이오?"

심홍이 다시 애걸복걸했다.

"왕경륭이도 남자, 나 심홍도 남자 아뇨? 왕경륭만 돈이 있는 게 아니라 나 역시도 돈이 있소이다. 내가 왕경륭보다 못한 것이 뭐요?"

심홍이 말을 마치더니 다짜고짜 옥당춘을 껴안으려 했다. 옥당춘이 심홍의 얼굴에 침을 뱉더니 황급히 위층으로 올라가 문을 걸어 잠가 버렸다. 옥당춘이 하녀에게 소리를 질렀다.

"아니 간도 크다. 어쩌자고 저런 놈을 들여놨느냐?"

심홍은 안 되겠다 싶었던지 그냥 물러가 버렸다. 옥당춘이 생각해보니 취향, 취홍 두 년이 심홍에게 돈푼을 받은 게 분명했다. 옥당춘이 하녀들에게 소리를 질렀다.

"이런 음탕한 것들, 이런 비열한 것들! 그래 돈 많은 남자라면 너희들이나 붙어먹지. 왜 나를 끌어들이고 그래!"

옥당춘은 마침내 서러워 눈물을 흘렸다.

"만약 낭군님이 같이 계시면 어떤 놈이 와서 이렇게 희롱할까!"

옥당춘은 화도 나고 괴롭기도 했다. 생각할수록 속이 쓰렸다.

내 님은 떠나고 돌아오지 않으시는데,
꼴 보기 싫은 놈은 잘도 찾아오는구나.

한편, 경륭은 남경에서 향시의 마지막 날 시험까지 치렀다. 이제 마음의 여유가 생기니 날이면 날마다 옥당춘 생각뿐이었다. 남경에도 기생집이 없을까만 경륭은 발걸음도 하지 않았다. 29일, 과거 시험 급제자 방이 붙는 날이다. 경륭은 새벽 오경까지 뒤척이다가 겨우 눈을 붙였다. 밖에서 희소식을 전하는 소리가 들려왔다.

"왕경륭이 4등으로 합격했다!"

경륭은 꿈결에 이 소리를 듣고서 벌떡 일어나 세수하고 머리 빗질을 하고서는 말을 타고서 관에서 베풀어주는 과거 급제자 축하연에 달려갔다. 경륭의 부모, 형수, 자형, 누나도 함께 기뻐하며 따로 며칠을 이어서 경륭의 합격을 축하하는 잔치를 열었다. 경륭은 과거 시험관에게 감사하고 현의 교육담당관에서 작별인사를 올렸다. 아울러 조상 묘를 참배했다. 경륭이 부모님께 글을 올렸다.

"부모님께 삼가 아뢰나이다. 소자 하루빨리 북경으로 달려가 어디 조용한 곳을 찾아서 자리를 잡고 몇 달간 시험공부에 매진하다가 회시를 치르고자 합니다."

왕경륭의 부모는 경륭이 이렇게 하고자 함은 실은 옥당춘을 그리워함 때문이라는 것은 잘 알았으나 그래도 향시에 합격한 아들의 부탁이라 차마 거절하지 못했다. 왕경륭의 부모는 첫째와 둘째 아들을 불렀다.

"셋째가 어제 성묘도 다녀오고 이제 북경에 가서 회시를 치르고자 하는 모양이다. 뭐라도 좀 챙겨줘야 하지 않겠느냐?"

"3백 냥 정도밖에 없습니다요."

"그 정도 액수면 셋째가 사람들한테 인사하는 데 쓰기에도 빠듯하겠다. 한 1, 2백 냥 더 챙겨주어라."

둘째가 대답했다.

"셋째한테 그렇게 많은 돈이 필요하겠습니까?"

"네가 모르는 모양인데 내 과거 동기생들이 북경에 많으니라. 셋째가 인사를 하러 가게 될 텐데 어찌 그냥 빈손으로 가겠느냐. 그리고 주머니에 돈이 좀 있어야 공부할 때도 든든한 법이니라."

왕 상서는 경륭을 불러 떠날 채비를 하게 했다. 더불어 향시를 같이 치른 동기 가운데 마음이 잘 통하는 두세 명과 연락하여 같이 출발하라 했다. 점쟁이 장 씨네 집으로 사람을 보내어 택일을 해오게 했다. 경륭은 어서 북경으로 달려가고 싶은 마음이 굴뚝같았다. 경륭이 친구 몇 명을 불러 모은 다음 배를 세내고 부모, 형과 형수에게 작별인사를 올렸다. 자형 둘은 가족, 친구들과 함께 동네에서 십 리 떨어진 곳까지 배웅하며 따라와 이별주를 같이 나눴다. 경륭이 배에 올라타더니 뛸 듯이 기뻐했다. 친구들은 그런 경륭의 속내를 이해하지 못했다. 경륭은 오직 옥당춘을 만날 생각밖에 없었다. 며칠 후 제녕부에 도착했다. 경륭이 배에서 내려 뭍에 올라간 이야기는 여기서 자세히 하진 않겠다.

한편, 심홍은 중추절에 옥당춘을 만난 이후로 오매불망 옥당춘 생각뿐 잠도 자지 못하고 밥도 먹지 못했다. 심홍이 취향, 취홍에게 하소연했다.

"여보슈 언니들, 내가 이놈의 옥당춘 때문에 상사병이 걸려 죽을 것만 같소. 언니들, 객지에서 돌봐주는 사람 하나 없이 홀로 지내는 이 몸을 불쌍히 여겨 제발 옥당춘에게 말 좀 잘 해주시구려. 제발 옥당춘한테 나를 한번 만나주라고 부탁 좀 해주시오.. 그 은혜는 죽어도 잊지 않으리다."

심홍은 말을 마치더니 바로 무릎을 덜썩 꿇었다. 취향, 취홍이 심홍에게 이렇게 말했다.

"아이고, 어서 일어나셔요. 우리가 감히 나서서 이야기해드릴 수 있는 게 아니에요. 아가씨가 중추절 저녁에 호되게 욕하는 걸 못 보셨어요? 일단 우리 기생 어미를 보시면 그때 한번 직접 부탁해보셔요."

"그럼 어서 기생 어미를 좀 불러주시오."

취향이 심홍에게 이렇게 말했다.

"그럼 어서 쿵쿵 소리 나게 120번 머리를 땅바닥에 조아려보셔요."

심홍은 곧장 무릎을 꿇고서 소리가 쿵쿵 나게 고개를 땅바닥에 부딪쳤다. 취향은 쪼르륵 안으로 들어가 기생 어미에게 심홍이 한 말을 전했다. 기생 어미가 심홍을 보러 서둘러 달려왔다.

"아니 심 공자가 무슨 일로 나를 부르신 게요?"

"다른 일이 아니라 옥당춘을 손에 넣지 못하여 그런 것 아니오. 옥당춘을 손에 넣을 수 있게 도와주기만 하면 가진 돈을 다 드리는 것은 물론이고 내 이 몸까지 바치겠소이다."

기생 어미는 그 말을 듣고 아무런 대답도 하지 아니하고 그저 속으로 한참 고민할 따름이었다.

'옥당춘이를 심홍과 맺어주고 싶어도 옥당춘이 저렇게 펄펄 뛰니 어떡하나? 그렇다고 옥당춘이를 심홍과 맺어주지 않고는 심홍의 돈을 후려낼 수도 없을 것이고.'

심홍은 기생 어미가 고민하고 주저하느라 아무 말도 하지 않는 걸 보고 취홍 쪽을 바라보았다. 취홍이 심홍에게 눈짓을 하더니 아래층으로 내려갔다. 심홍 역시 취홍을 따라 내려갔다. 취홍이 심홍에게 말했다.

"기생은 미남을 좋아하고 기생 어미는 돈을 좋아한다는 말도 있잖아요.. 어서 돈을 싸 짊어지고 기생 어미에게 가봐요. 기생 어미가 어디 가만 있겠나. 우리 기생 어미는 적은 돈에는 눈도 깜짝하지 않을 테니 기왕 돈을 들고 갈 거면 엄청 많이 들고 가야 할 거예요.."

"그럼 얼마나 들고 갈까?"

"한두 푼으로 안 되죠. 1천 냥 정도는 들고 가야 일이 될 듯싶네요."

아마도 심홍의 운수가 좋지 못할 팔자런가. 심홍은 마치 귀신에 홀리기라도 한 것처럼 바로 1천 냥을 들고 와서는 기생 어미에게 건넸다.

"이거 내 성의니 받으시오."

"허허, 일단 받아두겠습니다. 내가 옥당춘을 잘 달래볼 터이니 서두르지 마시고 기다려주시오.."

"나는 그저 온 정성으로 그대 처분만 기다리겠소이다."

화류계의 제갈공명을 모셔서,

옥당춘과 사랑을 이루려 하네.

한편, 13개 성의 향시 급제자를 적은 방이 황궁의 정문인 오문午門에 붙었다. 은세공장이 왕 씨가 김가를 불러 물었다.

"셋째 도련님이 급제했을까?"

두 사람은 오문으로 달려가 남경의 합격자를 적어놓은 방을 찾았다. 장원은 『서경』을 가지고 과거를 치른 자가 차지했다. 아래로 내려가 읽어보니 4등이 바로 왕경륭이었다. 왕경륭의 이름을 확인한 은세공장이 왕 씨가 김가에게 알려주었다.

"정말 잘 되었다. 셋째 도련님이 4등으로 향시에 급제했구나."

"정말이야, 너 글자나 읽을 줄 알아?"

"사람 참 무시하네. 내가 이래 봬도 『맹자』까지 읽은 사람이야. 설마 도련님 이름 석 자도 못 읽을까 봐. 정 못 믿겠으면 다른 사람한테 다시 확인해 달라고 하든가."

김가는 왕 씨의 말을 듣고서 너무도 기뻤다. 두 사람은 향시 합격자 명부를 구입하여 일칭금 네 기생집으로 달려가 소리를 쳤다.

"셋째 도련님이 급제하셨습니다."

옥당춘은 하녀를 시켜 향시 합격자 명부를 위층으로 가져오게 했다.

명부를 펼쳐보니 '4등 왕경륭, 응천부 출신, 시험과목 『예기』'라 적혀 있었다. 옥당춘은 서둘러 방문 밖으로 나가 하녀에게 향을 사를 탁자를 준비하게 하여 천지신명에게 감사를 올렸다. 먼저 옥세공장이 왕 씨에게 사례하고 그런 다음 김가에게도 사례했다. 이 소식에 집사와 기생 어미는 혼비백산했다. 집사가 기생 어미에게 이 일을 상의했다.

"경륭이가 향시에서 급제했으니 이제 북경에 올 것 아닌가. 그놈이 북경에 와서 옥당춘이를 데려간다고 하면 이건 뭐 사람도 돈도 다 잃어버리는 거 아냐! 그년이 경륭이한테 우리 말을 곱게 할 리가 없고 그럼 경륭이 시비를 가리자고 하고 우리한테 복수하겠다고 하면 이 일을 어쩐다지?"

"우리가 선수를 쳐야지."

"어떻게 선수를 친다는 거야?"

"내가 이미 심홍한테 1천 냥을 받아뒀어. 심홍한테 다시 1천 냥을 더 내놓으라고 해서 그냥 아쉬운 대로 2천 냥에 옥당춘을 넘겨버려야지."

"옥당춘이 말을 듣지 않으면 어떡하지?"

"내일 돼지랑 양을 잡고, 지전을 준비한 다음 동악묘에 가서 재를 지내고 우리 기생집의 모든 자들을 양민으로 풀어주고 다시는 기생집을 열지 않을 거라고 합시다. 그럼 옥당춘이 양민으로 풀어준다는 말에 귀가 솔깃하여 동악묘에 재를 지내러 따라올 거야. 그전에 미리 심홍에게 가마를 준비하고 기다리라고 했다가 옥당춘을 태우고 산서로 데려가라 합시다. 경륭이도 옥당춘이 보이지 않는 걸 어떻게 하겠어?"

"고것 참 묘수네."

집사는 몰래 심홍과 꿍꿍이 수작을 하면서 동시에 1천 냥을 더 받아내었다. 다음 날 아침 하녀가 옥당춘에게 아뢰었다.

"아씨, 우리 집 식구 모두 돼지와 양을 잡아 동악묘에 가기로 했대요."

"무슨 일로?"

"경륭 도련님이 과거에 급제하여 북경에 온다는데 도련님이 집사와 기생 어미한테 복수할까 봐 오늘 동악묘에 가서 재를 지내고 온 식구들을 모두 양민으로 풀어준다 하네요."

"그거 정말이야?"

"진짜라니까요. 심홍 그분도 어제 떠나가 버렸대요. 이제 더는 손님도 안 받는대요."

"그럼 어서 기생 어미에게 가서 말 전해라. 나도 같이 가겠다고."

기생 어미는 옥당춘이 같이 가겠다는 말을 듣고서 이렇게 대답했다.

"옥당춘이 가고 싶다면 어서 일어나 단장하라고 해라. 내가 가마를 불러올 것이니."

옥당춘이 머리를 매만지고 단장하고선 기생 어미와 같이 문밖으로 나섰다. 네 명의 가마꾼이 가마를 메고 오는 게 보였다. 기생 어미가 가마꾼에게 물었다.

"이거 돈 받고 사람 날라주는 가마 맞는가?"

"예, 그러고 말굽쇼."

"여기서 동악묘까지 얼마나 받는가?"

"왕복에 은자 1전입니다."

"반값에 합시다."

"그러죠 뭐. 그렇게 먼 길도 아닌데."

"내가 탈 게 아니고 내 아이가 탈 거라오."

옥당춘이 가마에 올라탔다. 가마꾼들은 동악묘 쪽이 아니라 서문 쪽을 향해 가마를 메고 갔다.

몇 리를 가니 언덕 위의 갈림길에 다다랐다. 옥당춘이 가마에서 뒤를 바라보니 심홍이 나귀를 타고 따라오는 게 아닌가. 옥당춘이 소리를 쳤다.

"그래, 집사와 기생 어미가 몰래 나를 너에게 팔아먹은 게로구나. 그래 이 나쁜 놈아 나를 어디로 데려가려는 거냐?"

"어디로 데려갈 거고? 내가 널 위해 2천 냥이나 썼다고. 내가 너를 사서 내 고향 산서로 데려가려는 거다."

옥당춘은 가마 안에서 울면서 소리를 질렀다. 가마꾼들은 아랑곳하지 않고 계속 가마를 메고 달렸다. 해저물녘 심홍은 객점을 잡아 옥당춘과 합환주를 마시고 운우지정을 나누고자 했다. 하나 옥당춘은 끊임없이 욕을 해대며 심홍의 손이 닿기만 하면 마구 때리기조차 했다. 심홍은 다른 사람도 많이 머물고 있는 이 객점에 볼썽사나운 일이 생길까 걱정이었다.

"그래, 독 안에 든 쥐라. 네년이 가긴 어디로 갈 것이냐. 며칠만 지나서 내 집으로 데려가면 네가 내 말을 듣지 않을 수 있겠냐?"

심홍은 좋은 말로 옥당춘을 달래고 더는 손대지 않았다. 옥당춘은 아랑곳하지 않고 늘 울기만 했다.

한편 경륭은 북경에 도착하자마자 객점을 잡아 짐을 부려놓고 하인 둘과 함께 은세공장이 왕 씨네 집에 찾아가 옥당춘의 소식을 물었다. 왕 씨가 경륭에게 이렇게 대답했다.

"싼 술이라도 있으니 우선 몇 잔 드시지요. 제가 천천히 말씀드리리다."

왕 씨가 술을 내오더니 경륭에게 따라 올렸다. 경륭은 거절하지 못하고 석 잔을 연거푸 마셨다.

"옥당춘이 내가 북경 오는 걸 모르는 것인가?"

"도련님 마음 턱 놓으시고 석 잔 더 드시지요."

"되었네, 그만 되었네."

"도련님을 이렇게 오랜만에 뵙는데 제 술을 거절하시면 섭섭합니다요."

"무슨 말이든지 속 시원하게 어서 해봐. 이렇게 애만 태우지 말고."

왕 씨는 아무 대답도 하지 않고 그저 술만 권할 뿐이었다.

한편, 김가가 문밖을 지나다 경륭이 안에 있는 걸 알아보고는 안으로 들어와 축하 인사를 올렸다. 경륭이 김가에게 물었다.

"그래 옥당춘은 요즘 어떻게 지내고 있는가?"

나이가 어린 김가가 눈치 없어 그냥 자기도 모르게 한마디 했다.

"팔렸습니다."

경륭이 바로 다시 물었다.

"팔렸다니, 누구한테?"

왕 씨가 황급히 김가에게 눈짓을 하니 김가가 입을 삐죽 다물었다. 경륭이 집요하게 물으니 두 사람은 도저히 어찌할 수가 없어 입을 열었다.

"아씨가 팔렸습니다."

"언제 팔렸단 말이냐?"

왕 씨가 대답했다.

"한 달 정도 됩니다."

그 말을 들은 경륭은 바닥에 주저앉고 말았다. 두 사람이 황망히 다가가 경륭을 부축하여 일으켰다. 경륭이 김가에게 물었다.

"대체 어디로 팔려간 거냐?

"산서 사는 심홍이란 놈에게 팔렸습니다."

"옥당춘이 나서서 심홍을 따라가더냐?"

"기생 어미가 돼지 잡고 양을 삶아 동악묘에 가서 재를 지내고 양민으로 풀어준다고 속여 옥당춘 아씨를 밖으로 데리고 나가서는 가마에 태워 미리 짜고 대기시켜 놓은 심홍에게 넘겨버린 겁니다. 지금 아씨 행방은 알

길이 없습니다."

"망할 놈의 집사가 옥당춘을 몰래 팔아넘기다니 내가 그놈을 가만두지 않을 것이다."

경륭은 김가를 불러 따라오게 하고 남경에서 데려온 하인 둘을 데리고 기생집 일칭금을 향해 출발했다. 기생집 문 앞에 도착하니 집사가 눈치도 빠르게 몸을 숨겨버렸다. 경륭이 하녀들에게 물었다.

"너희 집의 옥당춘 아씨는 지금 어디에 있느냐?"

하녀들은 감히 대답하지 못했다. 경륭은 화를 버럭 내며 안을 뒤져 기생 어미를 찾아냈다. 기생 어미를 붙잡아서는 하인들에게 흠씬 두들겨 패라 했다. 김가가 나서서 말렸다. 경륭은 옥당춘의 처소로 올라가 보았다. 옥당춘 침실의 비단 휘장을 보니 더욱 화가 치밀었다. 닥치는 대로 상자도 뒤엎고 바구니도 깨부쉈다. 화가 나서 정신이 나갈 정도였다. 경륭이 옥당춘을 모시던 하녀에게 물었다.

"옥당춘 아씨는 지금 어디 있느냐? 사실대로 말하면 곤장은 면하게 해주마."

"아씨는 그저 동악묘로 재를 지낸다고 하시며 떠나셨습니다. 저는 아씨가 어디로 팔렸는지 알 길이 없습니다."

경륭은 답답함에 눈물을 흘리며 소리쳤다.

"불쌍한 것! 본처로 팔렸는가, 첩으로 팔렸는가?"

"심홍네 집에 본처가 있을까요?"

경륭은 더욱 화가 치밀어 냅다 욕을 내뱉었다.

"이런 피도 눈물도 없고 사악한 집사 놈, 기생 어미년!"

이때 경륭의 친구가 찾아왔다는 전갈이 왔다. 김가가 경륭을 위로하며 말했다.

"도련님, 고정하십시오. 아씨는 지금 어디론가 떠나셨고 도련님이 아무리 통곡하고 슬퍼하셔도 아씨께 그 슬픔이 전달될 길도 없습니다. 지금 친구분들이 도련님을 찾아 객점에 가셨다가 다시 이곳으로 오셨습니다."

경륭이 생각하기에도 이 모습을 그대로 다 보여주면 너무 우세스러울 것 같았다. 경륭은 즉시 일어나 객점으로 돌아갔다. 경륭은 답답하고 또 허전하여 회시에 응시할 마음이 일지 않았다. 그냥 짐을 싸서 고향으로 돌아가고 싶었다. 친구들이 이 소식을 듣고 달려와 경륭을 달래고 위로했다.

"여보게, 공명을 이루는 건 큰일이고 기생을 얻는 건 작은 일 아닌가. 어찌하여 기생 때문에 공명을 이루는 걸 포기한단 말인가?"

"그건 자네들이 잘 모르고 하는 말이네. 나는 옥당춘을 위해서 애써 공부한 것이라네. 오늘날 내가 열심히 공부하게 된 것도 모두 옥당춘 덕이라네. 옥당춘이 나 때문에 이런 고초를 겪고 있는데 내 어찌 모른 척할 수 있겠는가?"

"여보게 경륭, 자네가 회시, 전시에서 연달아 급제하여 산서에서 벼슬살이를 할 수 있게 되면 옥당춘을 만날 기회도 더 많아질 걸세. 지금 그냥 고향으로 돌아가 버리면 자네의 그 억울한 심정 때문에 결국 화병에 걸리고 말걸세. 그럼 부모님은 걱정이 태산일 것이고 친구들 사이에 자네는 웃음거리가 될 것이니 그게 좋을 게 뭐가 있겠는가?"

경륭이 들어보니 그 말이 틀림이 없는지라 정말 산서로 부임할 수 있게 된다면 여한이 없을 것 같았다. 친구들의 충고가 경륭의 마음을 잡아주었다. 드디어 회시를 치르는 날이 다가왔다. 경륭은 시험장에 들어가 3차 시험까지 무사히 잘 처러 제2등급 가운데 8등으로 급제하여 형부의 수습 관리가 되었다. 석 달 후 경륭은 진정부眞定府의 판관으로 발령받았다. 경륭은 고향에 가마를 보내어 부모와 형 그리고 형수를 초대했다. 부모는 북경에 오지 않고 서신만 보내왔다.

관직 생활을 하면서 공명정대할 것이며 매사에 진중할지어다. 네가 나이가 찼음에도 아직 장가를 들지 않았으니 유 상서劉尙書의 여식을 너에게 맺어주고자 너의 임지로 보내고자 한다.

경륭은 오직 옥당춘 생각뿐인지라 집안에서 혼처를 정해주거나 말거나 아예 관심이 없었다.

노류장화와 백년가약 맺더니,
집에서 고이 키운 암탉엔 관심조차 없구나.

한편, 심홍의 처 피皮 씨도 미모가 빠지지 않았다. 서른이 넘었어도 이팔청춘 아가씨 못지않게 매력적이었다. 평소 남편 심홍이 촌스럽고 풍류를 즐길 줄도 모르는 데다 밖으로 싸돌아다니느라 집을 비우는 날이 많으니 색기가 넘치는 피 씨가 그걸 주체할 수가 없었다. 마침 피 씨가 사는 동네에 조앙趙昂이라는 생원이 있었다. 조앙은 어려서부터 화류계를 드나들어 여자를 후리는 데 도가 튼 데다 요즘 들어 아내마저 세상을 떠났다. 비록 돈을 바치고 생원 자격을 살 만큼 부유했으나 지금은 가세마저 많이 기울어 있었다.

어느 날 피 씨가 뒤뜰에서 꽃 구경을 하다가 우연히 조앙을 만났다. 서로 눈치가 빠한 상황이니 첫눈에 불이 튀었다. 조앙은 골목 어귀에서 객점도 열고 중매도 서는 왕 할멈을 찾아갔다. 왕 할멈은 심가네하고 왕래도 있었고 게다가 말도 청산유수니 피 씨와 사이에 다리를 놔주기에는 더할 나위 없는 적임자였다. 조앙은 은자 20냥을 왕 할멈에게 건네며 다리를 놔달라고 졸랐다. 피 씨가 바람기가 다분함은 왕 할멈조차 알 정도였다. 게다가 왕 할멈이 중간에 다리까지 놔주니, 피 씨와 조앙은 바로 이웃집 드나들 듯, 위 아랫집 드나들 듯, 남의 눈을 속여 가며 서로 만나곤 했다.

조앙은 피 씨의 미모에 끌리기도 했지만 실은 피 씨의 재산을 노린 것이 더 컸다. 조앙은 침대에서 지극 정성으로 피 씨의 환심을 샀다. 조앙에게 푹 빠진 피 씨는 조앙의 말이라면 안 들어주는 것이 없었다. 가진 것 하나라도 조앙에게 더 주지 못해 안달이었다. 1년이 못 되어 피 씨가 갖고 있던 재산이 다 조앙의 손으로 넘어갔다. 조앙이 이 핑계 저 핑계 대고 잠시 빌려달라고 해서 가져가더니 빌려 간 다음에는 꿩 구워 먹은 소식이었다. 피 씨는 남편이 집에 돌아와 물어보면 어떻게 할지 그게 걱정이었다.

하루는 피 씨랑 조앙이 서로 상의했다. 피 씨는 차라리 같이 야반도주라도 했으면 하는 바람이었다. 조앙이 피 씨에게 이렇게 대답했다.

"내가 무슨 집도 절도 없는 부랑아도 아니고 가긴 어딜 가? 또 도망간다 쳐도 서슬 퍼런 법망을 빠져나갈 수도 없잖아. 차라리 심홍이를 죽여 버리고 우리가 평생 부부로 사는 게 좋지."

피 씨는 말없이 고개만 주억거렸다.

조앙이 심홍의 소식을 염탐해보니 심홍은 기생집에서 옥당춘이란 기생년을 후려서 데려오는 길이었다. 조앙은 즉시 이 소식을 피 씨에게 전했다. 조앙은 피 씨의 화를 돋우는 말을 빼놓지 않았다. 피 씨는 남편 심홍을 원망하는 소리를 그칠 줄을 몰랐다.

"내가 그놈한테 어떻게 해야 좋을까?"

"심홍이가 집에 돌아오자마자 심홍이 잘못을 들춰내서 한바탕 싸우는 거지. 그런 다음 기생년 데리고 나가서 따로 살라고 하라고. 그럼 자기가 이일 저일 꾸미기 좋을 거야. 내가 왕 할멈에게 부탁해서 구해놓은 비상이 여기 있어. 기회를 봐서 이걸 음식 안에 넣어버려. 이걸 두 연놈이 먹을 거니 둘 다 죽어도 좋고 아니면 하나라도 죽을 거 아냐?"

"심홍이 매운 국수를 좋아해."

"매운 국수는 비상 넣기 딱 좋은데."

두 사람은 쑥덕공론을 마치고 심홍이 오기만 기다렸다. 며칠 후 고향에 돌아온 심홍은 하인을 시켜 옥당춘과 잠시 밖에 머물러 있으라 하고는 자기 혼자 먼저 집으로 들어와 피 씨를 만났다. 심홍은 얼굴에 온통 미소를 띠면서 피 씨에게 말을 건넸다.

"여보, 나를 너무 욕하지 마셔. 내가 사고를 좀 쳤어."

"뭐 첩이라도 하나 얻었단 말이야?"

"맞아."

피 씨가 버럭 화를 냈다.

"아니 마누라는 해가 가고 달이 가도록 집에서 독수공방하게 만들어 놓고 너 혼자 기생집에서 재미나 보고 이렇게 화냥년까지 달고 나타나다니! 이건 부부 사이에 할 도리가 아니지. 저년하고 같이 살고 싶으면 서쪽 채에서 따로 살라고. 절대 나랑 같이 한 건물에서는 못 살아. 저 화냥년의 절을 받고 싶지도 않으니 그년을 나한테 데려올 필요도 없다고."

피 씨는 말을 퍼붓고 나더니 탁자를 치고 의자를 두드리며 울기 시작했다. 그러면서 기둥서방이네, 기생년이네 하면서 소리를 질렀다. 심홍은 어찌 말릴 도리가 없었다.

"그래, 잠시 마누라 말대로 서쪽 채에서 지내지 뭐. 얼마 지나면 마누라도 한풀 꺾이겠지. 그런 다음에 옥당춘을 마누라에게 인사 시켜줘야지."

심홍은 그저 마누라가 질투하는 거겠지 생각했다. 그러나 심홍은 마누라가 재산을 탕진하고 딴 남자까지 보고는 자기를 침실로 들이기 싫어 첩을 데려왔다는 핑계로 다른 방으로 밀어낸 것임을 전혀 눈치채지 못했다.

네가 동쪽으로 가면 나는 서쪽으로 간다네,
남에게는 말하지 않은 자신만의 꿍꿍이가 있는 것이지.

아무튼 피 씨 이야기는 여기서 그만. 한편, 옥당춘은 경륭과 일생을 함께하기로 맹세한 처지라 심홍에게 절개를 빼앗겨서는 안 된다는 생각뿐이었다. 옥당춘은 심홍의 고향으로 가는 길 내내 궁리하고 또 궁리했다.

'내가 저 심홍이네 집으로 가게 되면 나의 사정을 심홍이의 마누라에게 알리고 내 절개를 지킬 방도를 찾아야지. 그런 다음 경륭 낭군님께 서신을 보내 은자 이천 냥을 가지고 와서 나를 구해달라고 해야지.'

그러나 심홍의 집에 도착해보니 심홍의 마누라가 자기를 보려고 하지도 않고 자기와 심홍을 서쪽 채로 쫓아내 버리니 심홍의 마누라에게 부탁해 보려고 하는 계획은 다 어그러지고 말았다. 옥당춘의 심정은 너무도 괴로웠다. 심홍은 서쪽 채에 침구를 갖추고는 옥당춘을 안돈시켰다. 그런 다음 마누라 피 씨랑 저녁을 먹겠다고 떠났다. 마누라 피 씨한테 여러 차례 거절당한 심홍이 이렇게 말했다.

"내가 그냥 서쪽 채로 가버리면 당신이 힘들어할 것 같아."

"아니 당신이 여기 있는 게 더 힘들어. 내 눈앞에서 사라져야 내가 좀 살 것 같아."

심홍은 마누라 피 씨에게 알겠다고 자리에서 일어나면서 "미안하게 되었네"라고 한마디 더 하고 방문을 나서 서쪽 채로 향했다. 한편 옥당춘은 심홍이 자기 마누라를 만나러 나간 틈을 타서 이불을 챙겨 대청에 갖다 놓고는 자기는 다시 방 안으로 들어와 문을 잠그고 잠들어버렸다. 심홍이 문을 열라고 몇 번이나 두드렸지만 옥당춘은 문을 열어줄 생각이 눈곱만큼도 없었다. 피 씨가 하녀 가명假名을 시켜 심홍이 잠들었는지 살펴보라 했다. 심홍이 평소 가명을 맘에 두고 있었던지라 가명을 이불 위에 넘어뜨리고는 정을 통했다. 일을 치르고 나서 가명이 다시 돌아갔다. 몸이 피곤했던 심홍은 떡이 되어 잠들어 아침이 밝아올 때까지 일어날 줄 몰랐다.

피 씨는 오늘 조앙도 만나지 못했는지라 잠도 오지 아니하고 이리 뒤척 저리 뒤척 뜬눈으로 밤을 지새웠다. 아침에 날이 밝자마자 일어나 국수를 삶았다. 국수를 두 그릇에 나눠 담고는 비상을 넣은 다음 매운 양념을 그 위에 뿌렸다. 피 씨가 가명을 불렀다.

"서쪽 채로 가서 네 나리한테 드려라."

가명이 국수 그릇을 들고 심홍한테 가서 건넸다.

"마님이 나리를 이렇게 끔찍이도 챙기시네요. 국수 드시라고 하네요."

심홍이 보니 국수가 두 그릇이라, 가명에게 이렇게 시켰다.

"한 그릇은 새 마님에게 갖다 드려라."

가명이 국수 그릇을 들고 가서 문을 두드리니 옥당춘이 나와 맞았다.

"웬일이냐?"

"국수 드시랍니다."

"생각 없느니라."

심홍은 가명에게 옥당춘이 국수 들 생각이 없나 보다 괜히 귀찮게 하지 말라고 하고는 혼자서 두 그릇을 다 먹어치웠다. 심홍이 순식간에 국수를 먹어치우니 가명이 국수 그릇을 챙겨서 나갔다. 잠시 후 심홍이 마구 소리를 질렀다.

"아이고, 사람 죽겠네!"

옥당춘은 처음에 심홍이 거짓말하는 거라 생각하고 신경 쓰지 않았다. 하지만 갈수록 목소리가 다급해지는지라 문을 열고 바라보았다. 심홍이 콧구멍, 귓구멍에서 피가 줄줄 흘러나온 채 죽어 있었다. 무슨 연고인가? 옥당춘이 황망히 소리를 질렀다.

"사람 살려!"

사람 발소리가 들리더니 피 씨가 달려왔다. 옥당춘이 뭐라 말하기도 전에 피 씨가 정색하더니 옥당춘에게 물었다.

"멀쩡한 사람이 어떻게 이렇게 갑자기 죽을 수 있단 말이냐? 네년이 다른 놈하고 붙어먹으려고 일부러 죽인 거지?"

"이 집 하녀가 국수를 가져와서 먹으라 했으나 나는 먹지 싶지 않다고 대답하고선 나와 보지도 않았소이다. 한데, 심홍이 그걸 먹고는 배가 아프다 나뒹굴며 숨지고 말았소. 분명 그 국수에 문제가 있었던 것이라."

"무슨 소리야. 만약 국수에 뭔가 들어 있었다면 그건 분명 네년이 집어넣은 것이야. 그렇기에 네년은 핑계를 대고 국수를 안 먹은 게지. 문 열고 나와 보지도 않았다고? 흥, 네년이 내 남편 옆에 있었던 건 또 뭐냐? 네년이 죽이지 않았다면 누가 죽였다는 말이야?"

피 씨는 우리 집안의 가장이 돌아가셨다며 고래고래 소리를 지르면서 대성통곡했다. 집안의 하인 하녀들이 몰려들었다. 피 씨는 석 자쯤 되는 보자기로 옥당춘을 꽁꽁 묶어서는 현청으로 끌고 가서 억울하다며 소리를 질렀다. 현령이 등청하여 그 여인에게 나와서 사연을 이야기하여보라 했다. 피 씨가 현령에게 아뢰었다.

"쇤네 피 가이옵고 쇤네의 남편은 심홍이라 하옵니다. 제 남편이 북경에 장사를 하러 갔다가 천 냥을 주고 옥당춘이라는 기생년을 하나 사 왔습니다. 한데 그년이 제 남편이 못생기고 촌스럽다고 하여 국수에 독약을 집어넣었으니 제 남편이 그 국수를 먹고 즉사하고 말았습니다. 저년을 죽여 제 남편의 원한을 풀어주소서."

현령은 다 듣고 나더니 옥당춘에게 물었다.

"옥당춘, 할 말이 있느냐?"

"나리, 쇤네는 북직예 대동부 출신이옵니다. 흉년이 든 그해 쇤네의 아버지가 저를 소가네가 운영하는 기생집에 팔았습니다. 그렇게 기생으로 지내기를 3년째 심홍이란 자가 쇤네를 보고 마음에 들어하여 자기 집으로 데려갔으나 본부인이 투기하여 독약을 국수 안에 넣어 남편을 죽이고는 그 죄를 쇤네에게 뒤집어씌우고 있습니다."

현령이 피 씨에게 다시 물었다.

"여보게, 자네 남편이 첩을 들이고 자네를 버렸으니 남편을 원망하는 마음에 남편 먹는 거에 독을 탔을 수도 있을 거 같은데?"

"나리, 저와 제 남편은 일찍이 결혼한 이후 그 정이 돈독하기 그지없었는데 어찌 그런 일을 할 수 있겠습니까? 저 옥당춘은 본디 그 출신이 불량하고 또 마음에 딴 남자를 품고 있어 저년이 국수에 독약을 타서 제 남편을 죽이고 다른 남자를 찾아가고자 한 것이 틀림없습니다. 원컨대 나리께서 명확하게 살펴주십시오."

현령이 이번에는 옥당춘에게 물었다.

"여봐라, 옥당춘. 너는 본디 화류계 출신으로 풍류를 즐기는 남자를 좋아하는지라 너를 첩으로 들인 남편이 촌스럽고 못나서 네 성에 차지 않아 독살한 거 아니냐?"

현령이 현의 나졸들에게 명령했다.

"저년, 주리를 틀어라."

옥당춘이 아뢰었다.

"나리 쇤네가 비록 화류계 여인이라 하나 평소에 다른 사람에게 도리에 어긋난 짓을 한 적이 없사온데 어찌 심홍에게만 그런 무도한 짓을 했겠사옵니까? 만약 쇤네가 심홍에게 악의가 있었다면 심홍과 같이 여행하는 도중에 손을 쓰는 편이 훨씬 더 나았을 것입니다. 일단 심홍네 집에 들어오면 심홍이 제가 하는 대로 가만두지 않을 것이니 말입니다. 어젯밤 본마누라 피 씨는 남편 심홍을 자기 방에서 쫓아내고 들이지도 않았습니다. 오늘 아침에 심홍이 먹은 국수는 바로 저 피 씨가 만든 것입니다. 쇤네는 아무런 상관이 없습니다."

현령은 피 씨와 옥당춘의 말이 다 일리가 있다고 여겨 나졸을 시켜 두 사람을 하옥시키라 했다.

"내가 포졸을 시켜 좀 더 조사하게 한 다음 다시 판결하겠노라."

피 씨와 옥당춘이 감옥에 갇히게 되었다.

한편, 피 씨는 감옥에게 몰래 조앙에게 사람을 보내어 어서 뇌물을 쓰라 했다. 조앙은 심가네 은자를 들고 와서 형방에게 백 냥, 서기에게 팔십 냥, 문서담당 아전에게 쉰 냥, 현청의 관리인에게 쉰 냥, 형방의 나졸들과 다른 나졸들에게 육십 냥, 옥리들에게 각각 스무 냥씩, 이렇게 위로 아래로 다 돈을 먹여놓았다. 아울러 천 냥을 술항아리에 담아 마치 술을 선물하는 것처럼 하여 현령에게 보냈다. 현령이 그걸 받았다. 다음 날 아침 현령이 현청에 올라 나졸들에게 피 씨를 끌어내 오게 했다. 피 씨가 옥에서 나와 현령 앞에 무릎을 꿇었다. 현령이 입을 열었다.

"어젯밤 꿈에 심홍이 나타나 자기를 독살한 자는 옥당춘이고 자기 부인 피 씨하고는 아무런 상관이 없다고 알려주었느니라."

옥당춘이 뭐라고 해명하고자 하니 현령이 버럭 화를 내었다.

"역시 사람이란 짐승은 때리지 않으면 사실을 말하지 않는다니까."

현령이 버럭 소리를 질렀다.

"저년 주리를 틀어라. 저년이 자백하는지 안 하는지 보자. 저년이 자백할 때까지 인정사정 보지 말고 매우 쳐라."

옥당춘은 고문을 도저히 견디지 못하여 소리를 질렀다.

"나리 자백하겠나이다."

현령이 명령을 내렸다.

"형틀을 풀어주어라."

나졸이 옥당춘이 자백하는 걸 받아 적었다. 현령이 판결했다.

"피 씨 여인은 보석으로 풀어주고, 옥당춘은 옥에 가두도록 하라."

나졸이 옥당춘의 손발에 차꼬를 채워 옥으로 끌고 갔다. 옥리들이 그렇지 않아도 조앙에게서 뇌물을 받고서 옥당춘을 괴롭히고 있던 차라 현령의 판결이 확정되기만 하면 바로 그녀를 처형할 작정이었다.

호랑이를 잡고 용을 잡을 계책을 세워,
슬픔에 젖어 님 그리는 봉새를 죽이려 드는구나.

다행스럽게도 형방의 아전 가운데 유지인劉志仁이라는 자가 있었으니 그자는 정직하고 공평무사할 뿐만 아니라 평소 피 씨와 조앙이 사통하고 있으며 그 사이에서 왕 할멈이 다리를 놓아주었음을 익히 알고 있었다. 게다가 며칠 전 왕 할멈이 약방에서 비상을 사는 것을 우연히 본 적도 있었다. 그때 왕 할멈이 유지인에게 쥐를 잡으려 그런다고 핑계를 대었다. 유지인은 그게 못내 미심쩍었다. 심홍이 죽는 사건이 발생하자 조앙이 심홍의 재산을 물 쓰듯 써서 온 현청의 상하 아전들에게 뇌물을 바치더니 마침내 옥당춘에게 죽을죄를 뒤집어씌우다니! 세상에 이런 법은 없다 싶었다.

한참을 고민하던 유지인은 마침내 옥당춘이 갇힌 옥으로 찾아갔다. 옥리들이 옥당춘에게 뇌물을 바치라며 괴롭히고 있었다. 유지인은 옥리들에게 잠시 물러나 있으라 하고서 옥당춘에게 따뜻한 말을 건네 위로하고선 사연을 좀 이야기해 보라 했다. 옥당춘은 눈물을 그렁그렁 흘리며 그동안의 내력을 이야기했다. 유지인은 주위에 사람이 없음을 확인하고서는 조앙과 피 씨가 사통했으며 왕 할멈이 비상을 샀다는 이야기를 자세하게 해 주었다. 그러고는 이렇게 당부했다.

"참고 견디면서 기회를 노리길 바라오. 때가 되면 내가 귀띔해 주겠소. 그때까지 이곳에서 옥바라지는 내가 책임져 주겠소이다."

옥당춘은 유지인에게 감사하고 또 감사했다. 옥리들은 유지인이 옥당춘의 뒤를 봐주는 것을 알고선 예전처럼 옥당춘에게 함부로 굴지는 않았다. 일단 이 이야기는 여기까지만 하도록 하자.

한편, 경륭은 진정부에 부임하여 백성들에게 이로운 것은 적극 권장하고 백성들에게 해악이 되는 것은 막아내는 정치를 펴니 아전들이 두려워하고 백성들이 기뻐하더라. 하나, 경륭은 자나 깨나 옥당춘을 그리워하여 한시도 옥당춘을 머리에서 떠나보내지 못하더라. 하루는 경륭이 옥당춘을 그리워하여 가슴 졸이고 있는데 고향에서 하인이 와서 아뢰더라.

"마님께서 나리에게 안주인을 보내주셨습니다."

경륭은 그 말을 듣고서 신부를 맞아들였다. 입으로는 아무 말 하지 않고 그저 맘속으로만 생각했다.

'그래 딴은 용모도 단정하다만 어찌 옥당춘에 비기랴!'

신부를 맞아들이는 예식을 거행하고 합환주를 나눠마셨다. 예식을 마치니 옥당춘이 더욱 가슴에 사무쳤다.

'백년해로하자고 맹세했건만 그대는 어이하여 심홍에게 가버렸는가!

나의 이 관직 발령장이 그대가 아닌 다른 사람 차지가 되다니.'

경륭은 어머니가 보내준 신부 유 씨를 맞아들이기는 했으나 마음은 오직 옥당춘을 향해 있었다. 그날 밤 바로 경륭은 오한을 앓았다.

'옥당춘과 헤어지던 날 서로 다른 사람하고는 인연을 맺지 말자고 맹세했건만!'

마음이 천 갈래 만 갈래 눈을 감으면 옥당춘이 바로 옆에 있는 듯도 했다. 경륭의 부인 유 씨는 용하다는 곳은 다 찾아가 치성을 드렸다. 관리와 아전들도 하나도 빠짐없이 병문안 왔다. 의원이 찾아와 맥을 짚고 약을 달였다. 한 달 정도 지나니 병에 차도가 있었다.

경륭이 일 년 동안 진정부에서 관리로 있으매 그 명성이 널리 자자했다. 경륭이 북경으로 가서 이부의 평가를 받고 객점에 돌아와 제발 산서지역으로 발령받게 해주셔서 옥당춘의 소식을 들을 수 있게 해주십사 천지신명에게 빌었다. 얼마 후 사람이 찾아와 이렇게 통지했다.

"왕경륭을 산서 순안巡按어사에 임명하노라."

"내 평생소원이 이루어졌도다!"

다음 날 입조하여 발령장을 받고서는 돌아와 말을 타고서 밤낮 말을 달려 산서로 부임했다. 경륭은 즉시 자신의 어사 신분을 밝히고 먼저 평양부를 순시하고자 했다. 평양부 청사에 들어가 문건을 살펴보니 옥당춘이 중죄를 범했다는 기록이 있었다. 경륭은 가슴이 두근거렸다. 반드시 무슨 곡절이 있을 터였다. 경륭은 서리를 불렀다.

"일머리를 잘 아는 관리 하나를 뽑아서 나에게 붙여주시오. 내가 아무도 모르게 좀 조사해 봐야겠소. 그리고 이 일은 아무도 모르게 하시오."

경륭은 아무런 장식이 없는 모자를 쓰고 푸른 옷을 입은 다음 관리 한 명과 함께 청사를 나섰다. 나귀 두 마리를 빌려 홍동현으로 가는 길을 잡아갔다. 나귀를 몰던 젊은 녀석이 물었다.

"두 어르신 홍동현에는 무슨 일로 가시나요?"

"하하, 홍동현에서 첩을 하나 들이려고 하는데, 그 동네에선 누가 중매를 잘 서는지 모르겠다."

"아니, 첩을 들이신다고요? 우리 동네엔 첩을 잘못 들여서 세상을 떠난 사람이 있다굽쇼."

"어쩌다 저세상으로 떠났나 그래?"

"그 심홍이란 자가 북경에서 옥당춘이란 첩을 들여왔다고 합디다. 근데 실은 그의 마누라 피 씨가 조앙이란 놈과 바람이 나서 심홍이 돌아와 알게 되면 문제가 생길까 봐 심홍을 독살해버렸다지요. 그런 다음 옥당춘을 현에 고발하여 놓고서 현의 관리에게 뇌물을 잔뜩 먹이고 옥당춘을 고문하여 억지 자백하게 만들어 지금 옥에 가두었다지요. 아마 현의 관리 하나가 도와주지 않았더라면 벌써 저세상 사람이 되었을지도 모른답니다."

"옥당춘이 옥에 갇혀 죽임을 당했는가?"

"아직 죽지는 않았을 겁니다."

"내가 첩을 들이려면 누구한테 다리를 놓아 달라고 해야 하나?"

"소인이 왕 할멈한테 모셔다드리죠. 할멈이 정말 중매를 잘 선답니다."

"왕 할멈이 중매를 잘 서는지 자네가 어떻게 알아?"

"조앙과 피 씨도 다 왕 할멈이 중매를 선 거라는데요."

"그래, 그럼 우선 왕 할멈 집으로 먼저 가보자."

그 나귀 몰이꾼은 경륭 일행을 왕 할멈 집으로 안내했다.

"할멈, 손님을 모시고 왔어. 이 나리께서 첩을 들이고자 하신다네. 할멈이 중매 좀 서보라고."

"수고했어. 아무튼 돈이 들어와야 일을 시작하지."

나귀 몰이꾼은 안내를 마치고 떠났다. 저녁때 경륭은 왕 할멈과 이런 저런 이야기를 나눠보았다. 경륭은 왕 할멈이 닳고 닳은 중매쟁이임을 알 수 있었다. 날이 밝자 경륭은 조앙 주변을 탐문했다. 조앙의 집이 심홍의 집과 딱 붙어 있으니 조앙이 일 꾸미기에 안성맞춤이었다. 경륭이 돌아와 아침을 먹고 왕 할멈에게 숙식비를 치렀다. 경륭이 왕 할멈에게 말했다.

"할멈, 내가 이번에는 예물을 챙겨오는 걸 깜빡했네. 일단 성에 들어가 일을 보고 돌아와 첩을 들이는 건을 다시 상의함세."

경륭은 왕 할멈 집을 나서 나귀를 타고 밤늦게 성으로 돌아왔다. 다음 날 아침 경륭은 긴급하게 명령서를 발부하여 홍동현에 가서 일을 처리하겠노라 했다. 관리들이 명령서를 받아들고는 홍동현에 연락하여 사건기록을 즉시 준비해 놓도록 했다. 홍동현 현령은 형방에게 명하여 사건기록을 즉시 준비하라 했다. 형방 이하 관원들이 밤을 지새우며 사건기록을 준비하고 다음 날의 재심을 준비했음은 두말할 필요가 없겠다.

한편, 유지인은 옥당춘을 위하여 진정서 한 통을 써주었다. 옥당춘은 그걸 품에 감추고 날이 밝기를 기다렸다. 다음 날 아침 현령이 옥에 나타나 재검할 사건 관련자들을 점고했다. 옥당춘은 차꼬를 찬 채로 눈물을 흘리고 있었다. 옥당춘은 나졸을 따라 재심 장소로 갔다. 재심이 시작되기를 기다렸다. 아전이 재심 개시가 준비되었음을 아뢰니 재심 담당관이 나타났다. 경륭이 옥당춘을 불렀다. 옥당춘은 재심 담당관에게 억울하다 하소연하고서는 진정서를 품에서 꺼내어 바쳤다. 경륭은 이런 옥당춘의 모습을 보고서는 가슴이 찢어지는 것 같았다. 경륭이 재심보조원을 시켜 그 진정서를 받아오게 했다. 경륭이 그 진정서를 읽고 나서 물었다.

"심홍이 처음으로 너의 머리를 올려준 것이냐? 기생 생활은 몇 년이나 한 것이냐?"

"나리, 소인은 어려서부터 오직 한 분만을 모셨나이다. 그분은 남경 사는 예부상서 댁 셋째 도련님이십니다."

경륭은 옥당춘의 입에서 자신의 이름이 나오고 또 이로 말미암아 남의 입길에 오를까 봐 일부러 버럭 소리를 질렀다.

"닥쳐라. 나는 지금 살인사건과 관련된 것만 묻고 있느니라. 쓸데없는 소릴랑 집어치워라."

"나리, 살인사건이라면 피 씨에게 하문하시면 바로 아실 수 있을 것입니다."

경륭은 피 씨를 불러 사건 관련 이야기를 하게 했다. 옥당춘에게도 관련 진술을 한 차례 하게 했다. 경륭이 유지인을 불렀다.

"나는 네가 공명정대하며 법을 구부려 사욕을 채우는 자가 아니라고 들었다. 내가 산서 순안어사로 임명되어 다른 곳을 순찰하기 전에 먼저 이곳 홍동현에 와서 피 씨가 남편을 독살한 사건을 재심리하고 있노라. 옥당춘은 지금껏 억울하다고 하소연하니 네가 이 사건을 제대로 가려보아라."

말을 마치고 경륭은 현청에서 물러났다. 유지인이 현청의 대청에 올라 심문을 개시했다.

"옥당춘, 네가 남편을 독살한 것은 무슨 이유 때문이냐?"

"억울하옵니다. 피 씨가 왕 할멈 그리고 조앙과 모의하여 심홍을 독살한 것이온데 현령이 뇌물을 받고서 고문을 하여 억지 자백을 받아 판결한 것입니다. 오늘 소인이 죽음을 무릅쓰고 억울함을 하소연한 것이오니 제발 판관 나리께서 이 억울함을 좀 풀어주소서."

유지인은 피 씨를 데려오게 했다.

"네가 조앙이와 사통했다고 하던데 그게 사실이냐?"

피 씨는 절대 그런 일이 없노라고 딱 잡아떼었다. 유지인은 즉시 조앙과 왕 할멈을 불러내었다. 유지인이 조앙과 왕 할멈에게 형틀을 들이대고 피 씨 관련 일을 물었으나 두 사람 다 입을 열려고 들지 않았다. 유지인은 또 하녀 가명을 불렀다.

"네년이 국수를 들고 가서 심홍에게 먹으라 했으니 저간의 사정을 모를 리가 없을 것이다."

유지인이 나졸들에게 저년의 주리를 틀라고 하니 가명이 바로 입을 열었다.

"나리, 제가 사실대로 말씀드리겠나이다. 그날 그 국수는 피 씨 마님이 만드신 것입니다. 그런 다음 저에게 새 마님과 나리에게 갖다 주고 드시게 하라 하셨습니다. 한데 새 마님께서는 자리에서 일어나지도 않으시고 먹고 싶지 않다고 하셔서 나리 혼자서만 다 드시더니 코에서 피를 쏟으시며 저세상으로 떠나고 말았습니다."

유지인이 피 씨와 조앙이 사통한 사이냐고 물으니 가명이 그러하다고 자백했다. 조앙이 나서서 소리를 질렀다.

"저년은 옥당춘이 돈을 주고 만든 가짜 증인입니다."

유지인은 한참을 고민하다가 이 사건 관련자들을 모두 하옥시키라 했다. 유지인이 서기 하나를 불렀다.

"저 망할 연놈들이 죽어도 자백을 안 하네. 내가 지금 알려주는 대로 준비를 해놓아라. 일단 큰 궤짝을 마련하여 현청 계단 앞에 두어라. 그리고 그 궤짝에 구멍을 몇 개 뚫어놓고 네가 그 궤짝 안에 들어가 있어라. 그리고 이걸 절대 다른 사람에게 발설하지도 말고 들키지도 말아라. 내가 다시 심문할 때도 그 연놈들이 자백하지 않으면 내가 그 연놈들을 궤짝 양쪽에 하나씩 묶어 놓을 것이야. 너는 안에서 가만히 있다가 그 연놈들이 주고받는 말을 다 기록해두어라."

유지인은 즉시 궤짝을 준비하고 그 안에 서기를 숨겼다. 그리고 나졸을 시켜 피 씨와 조앙을 불러오게 했다. 유지인이 그들에게 물었다. 피 씨와 조앙 그리고 왕 할멈은 억울하다며 자기들이 자백할 것이 무엇이 있냐며 차라리 죽여 달라고 뻗대었다. 유지인이 버럭 화를 내며 분부했다.

"자, 어서들 가서 밥을 든든히 먹고 와라. 저 연놈들 제대로 심문하여야겠다. 우선 저 연놈들을 궤짝에 묶어두어라. 왕 할멈, 가명이까지 네 연놈을 궤짝에 단단히 묶고 절대 서로 쳐다보거나 말을 섞지 못하게 하라."

나졸들이 네 명을 각자 한쪽에 묶었다. 관리들이 모두 흩어졌다.

한편, 피 씨는 사방에 훑어보고 관리들이 모두 사라졌음을 확인한 다음 가명에게 욕을 퍼부었다.

"아니, 이 년아 어디서 주둥이를 함부로 놀려. 다시 한번 입을 함부로 놀렸다가는 내가 네년을 때려죽이고 말 것이야."

"주리를 틀려 아파서 그런 말을 한 거지, 괜히 그런 말을 했나요, 뭐."

왕 할멈도 끼어들어 한마디 했다.

"나도 고문을 못 견딜 것 같아. 판관이 고문을 시작하면 나는 다 불어버릴 것 같아."

조앙이 왕 할멈에게 한마디 했다.

"할멈, 내가 언제 할멈한테 섭섭하게 한 적이 있었어? 이번 일만 잘 해결되면 내가 할멈을 친어머니처럼 모실 거야."

"아이고, 내가 자네한테 한두 번 속았나! 말로는 친어머니 어쩌고 하지만 믿을 수가 있어야지. 보리 두 말을 준다 하고는 여덟 되나 빼먹고, 쌀 한 말을 준다 하고 조나 겨를 엄청 섞어 놓고, 옷 두 벌 해준다고 하고는 겨우 거친 천으로 만든 치마 하나 주고, 좋은 집 지어준다 하고 여태껏 꿩 구워 먹은 소식이고. 너 같은 무뢰한은 옥에 갇혀 고생을 좀 해야 한다고."

피 씨가 왕 할멈을 달랬다.

"할멈, 이번에 나가면 내가 섭섭지 않게 해줄게. 오늘만 잘 견디고 자백하지 않으면 아무런 일도 없다고."

궤짝 안에 숨어 있던 서기가 이들이 하는 말을 모조리 다 기록했다. 유지인이 다시 청사로 돌아와서는 궤짝을 열게 했다. 궤짝 안에서 서기가 나오니 모두들 화들짝 놀랐다. 유지인은 서기의 기록을 보면서 다시 심문했다. 피 씨, 왕 할멈, 가명이 굳이 고문할 필요도 없이 다 자백했다. 조앙은 자신이 알고 있는 전후 사정을 그대로 적어냈다. 각각 심문서를 보고서 서명했다. 유지인이 심문서를 보고 나서 옥당춘에게 물었다.

"자네는 본디 기생집 출신인가, 아니면 양민 출신인가?"

옥당춘은 기생집 집사 소회에게 팔린 사정부터 경륭을 만난 일, 경륭이 3만 금을 탕진한 일, 경륭이 기생 어미 일칭금에게 쫓겨난 일, 자신이 심홍에게 첩으로 팔린 일, 그리고 심홍과 함께 심홍의 고향 집에 가는 동안 절개를 지킨 일을 자세히 이야기해주었다. 유지인은 순안어사가 바로 옥당춘의 남자 경륭임을 확신하였다. 유지인이 붓을 들어 판결문을 작성했다.

피 씨는 능지처참 형에 처한다. 조앙은 참수형에 처한다. 왕 할멈은 비상을 사준 공범이다. 가명은 곤장형에 처하여 경고한다. 현령은 재물을 탐하여 일 처리를 망쳤으니 파직시키며 뇌물로 받은 것을 몰수한다. 소회는 양민을 사서 기생으로 부렸으니 수자리를 실러 보낸다. 일칭금은 석 달 동안 차꼬를 차게 한다.

유지인이 판결문을 완성한 다음 피 씨 일당을 다시 하옥시켰다. 다음 날 친히 판결문을 들고 경륭에게 찾아갔다. 경륭이 판결문을 승인했다. 경륭이 유지인을 안채로 불러 차를 대접했다. 경륭이 유지인에게 물었다.

"옥당춘을 어떻게 할 생각이오?"

"고향 집으로 보낼까 합니다. 아마 다른 사람을 만나 새 출발 할 수 있지 않을까요?"

경륭은 주위의 사람을 물리고 유지인에게 자신의 속내를 내비쳤다. 옥당춘과 사랑의 맹세를 한 이야기를 했다. 그런 다음 유지인에게 이렇게 부탁했다.

"그대가 오늘 다른 사람 눈치채지 못하게 옥당춘을 북경에 사는 은 세공장이 왕 씨네로 데려다주시기 바라오. 그 은혜는 내 잊지 않으리다."

유지인이 경륭의 말대로 실행했음은 굳이 말할 필요도 없다.

한편, 경륭은 공문서를 닦아 북경으로 돌아가 집사 소회와 기생 어미 일칭금을 처벌하고자 했다. 소회는 이미 저세상 사람이 되었다. 일칭금은 경륭을 보고서 옛날 버릇이 나와 "내 사위"라고 불렀다가 경륭에게 혼이 번쩍 나고는 곤장 60대를 맞고 백 근짜리 차꼬를 찼다. 일칭금은 보름도 견디지 못하고 세상을 뜨고 말았다.

수만금을 주고도 목숨을 살 수는 없지,

고왔던 한때, 죽어지면 아무런 소용도 없는 것.

한편, 경륭은 일 년의 임기를 채우고 다시 북경으로 돌아왔다. 입궐하여 보고를 마치고 은세공장이 왕 씨네를 찾자 왕 씨가 이렇게 아뢰었다.

"아씨는 김가가 모시고 있습니다. 정은頂銀거리에서 지내고 있습니다."

경륭은 정은거리 김가네로 찾아가 옥당춘을 만났다. 두 사람은 서로 목을 놓아 울었다. 경륭은 옥당춘이 절개를 지킨 사연을 알고 있었고, 옥당춘은 또 자신의 억울함을 풀어준 순안어사가 바로 경륭임을 알고 있었기에 서로가 서로에게 감사했다.

"나에게는 부모가 맺어주신 아내가 따로 있소이다. 사람됨이 현숙한 데다 그대와 나의 사정을 알고 있으니 투기를 하진 않을 것이외다."

그날 밤 두 사람이 함께 마시고 함께 잠자리에 드니 서로 끈끈한 아교풀처럼 붙어서 떨어질 줄을 몰랐다.

다음 날 왕 씨와 김가가 모두 찾아와 축하했다. 경륭은 두 사람이 보살펴 준 후의에 감사했다. 경륭은 아울러 소회와 일칭금의 재산은 모두 옥당춘이 벌어준 것이고 지금 두 사람이 모두 저세상 사람이 되었으므로 그 재산을 모두 왕 씨와 김가에게 주어 은덕에 보답하게 했다.

경륭은 조정에 귀향을 요청하는 문서를 올린 다음 옥당춘과 함께 남경으로 출발했다. 고향 집에 도착하니 문지기가 왕 상서에게 아뢰었다.

"셋째 도련님이 오셨습니다."

왕 상서가 이 소식을 듣고 기뻐하기를 마지않았다. 경륭이 집에 들어와 향을 사르며 천지신명에게 감사를 드렸다. 부모 형제와 형수 그리고 자형에게 인사를 드렸다. 그런 다음 옥당춘을 불러 인사를 시켰다. 옥당춘이 유 씨 부인에게 인사를 올렸다.

"형님, 제 인사를 받으소서."

"아니 그게 무슨 말씀이오.. 형님이 먼저고 제가 다음이지 않습니까?"

"형님은 명문 가문 출신이시고 저는 화류계에 몸담았던 미천한 년이옵니다."

이 광경을 본 경륭은 절로 미소를 지었다. 당일로 처첩의 지위를 정하고 서로 형님 동생 하기로 하니 온 가족이 화목했다. 경륭이 왕정을 불러 말했다.

"왕정, 그대가 북경에서 나에게 서너 번씩이나 충고했던 것은 이치상 당연히 그랬어야 하는 일이지. 나는 아버님께 자네를 우리 집안의 총집사로 추천했다네."

경륭은 왕정에게 은자 백 냥을 상으로 주었다. 나중에 경륭은 관직이 도어사에 이르렀으며 유 씨 부인, 옥당춘 모두 아들을 낳았으니, 자손이 오늘날에 이르기까지 번성했도다.

정원화 이야기는 옛날의 유명한 이야기,
셋째 도련님 이야기는 오늘날의 유명한 이야기.
풍류깨나 즐긴다는 선비님들 가운데 널리 알려진 자 얼마나 있을까?
남자가 권세가 높아지고 여자가 영화를 누리는 자 얼마나 될까?

계부오가 배은망덕의 죄를 씻다

桂員外途窮懺悔
— 계 선비가 곤궁함을 당하여 참회하다 —

옛날과 같은 사귐은 다시 찾기 어렵네,

일장춘몽, 가을날의 구름 같아서 믿기 어렵네.

구렁텅이에 빠진 사람에게 손 내밀지 않으면서도 입으로는 널리 사람을 사랑한다 하지,

그저 영혼 없는 안부 인사나 하면서 사람 좋다는 말이나 들을 뿐.

진중陳重과 뇌의雷義의 우정은 아교나 옻칠보다 더 단단하네.[1]

어려운 시절 맺었던 관중과 포숙아의 우정은 삶과 죽음조차도 넘어섰네.

요즘 사람들 이런 우정을 헌신짝처럼 버리나니,

날이 추워지면 소나무와 대나무의 절개 더욱 빛나리.

---

1) 진중과 뇌의는 모두 한나라 예장의춘豫章宜春 사람이다. 어려서부터 친구 사이였으며 태수가 진중을 효렴에 추천하자 진중이 뇌의에게 양보한 이야기가 유명하다. 나중에 진중과 뇌의 모두 벼슬자리에 나가게 된다.

한편 원나라 대순大順2) 연간, 강남 소주부 오추방吳趨坊에 나이 지긋한 사람이 하나 살고 있었으니, 그의 성은 시施, 이름은 제濟, 별명은 근인近仁이라. 시제의 아버지는 시감施鑑, 별명은 공명公明으로, 인품이 후덕하고 성실했다. 살림살이도 근검절약하여 한 푼도 허투루 쓰지 않았다. 시감이 아들 시제를 낳았을 때는 이미 쉰을 넘겼더라. 늘그막에 아들을 얻었으니 애지중지했음은 당연하다. 시제가 여덟 살이 되니 시감은 그를 동네 지호 선비네 학당에 보내 공부를 시작하게 했다. 지 선비가 보니 시제가 영특하기도 하고 자기 아들 지덕支德과 나이도 엇비슷한지라 시제와 지덕을 함께 공부하게 했다. 당시 그 학당에는 학생이 적지 않았으나 유독 시제와 지덕이 총명하고 공부도 열심히 했던지라 날이 갈수록 그들의 실력이 일취월장했다. 그러다 지 선비가 병을 얻어 저세상으로 떠나니 시제는 이 사실을 아버지께 알리고 지덕과 함께 자기 집으로 가서 같이 숙식하며 공부했다.

그 후 둘은 같이 관립 학교에 입학했고 같이 과거 시험도 치르러 갔다. 지덕은 급제하여 관직에 나아갔으나 시제는 낙방했다. 시제는 여전히 재산을 아끼지 아니하며 친구들을 사귀었으며 가난하고 힘든 사람을 아낌없이 도와주었다. 시제는 자신이 의롭고 남에게 베풀기를 좋아하는 사람으로 알려지기를 바랐다. 시감은 본디 알뜰하고 분수를 지키며 아무리 사소한 것이라도 함부로 버리지 못하는 성품이라 아들이 이렇게 거침없이 돈을 써대는 것이 몹시도 걱정이었다. 자기가 세상을 떠난 후 아들이 빈털터리가 될까 봐 아들 몰래 금은을 항아리에 넣어 땅에 파묻었다. 시감은 이렇게 항아리 몇 개를 군데군데 파묻고는 아무도 모르게 했다. 시감은 이

---

2) 원나라에 천순(天順, 1320~1328)이란 연호는 있었어도 대순이란 연호는 없었다. 아마도 이 작품의 전래 과정에서 착오가 있었던 듯하다.

사실을 죽을 때나 아들에게 알려줄 생각이었다. 사실 고래로 돈 좀 있는 집안에서 이런 일이 생기는 것은 그렇게 드문 일도 아니었다.

> 있을 때 없을 때를 대비하여야지,
> 없을 때 있을 때를 대비할 수 없는 법.

만약 시감이 평소에 늘 병을 달고 살았더라면 늘그막에 이르러 자신이 이 세상을 떠날 날이 얼마 남지 않았구나 하며 준비할 터이나 시감은 평소 너무도 건강한 체질이었다. 시감이 나이 들어 병에 걸리기라도 하여 보름이고 열흘이고 누웠더라면 아들인 시제가 아침저녁으로 시감 곁에서 탕약을 달여대고 했을 것이니 그러면 시감이 금은을 항아리에 담아 땅에 묻은 일을 알려주었을 것이나 시감은 나이 아흔에도 정신이 멀쩡하고 식욕도 왕성했고 걸음걸이도 경쾌했더라. 그런 시감이 어느 날 새벽에 잠이 들었다가 일어날 줄을 몰랐더라. 사람들은 모두 호상이라 입을 모았으나 시감은 유언 한마디 남기지 못했다. 딱 들어맞는 속담이 있으렷다.

> 숨을 쉬기만 한다면 뭐든지 다 할 수가 있지,
> 하루아침에 숨을 거두면 모든 게 다 아무 소용없는 것이지.

그래도 공부깨나 한 시제인지라 다른 사람에게 책잡히지 않게 아버님의 염, 입관, 하관에 이르는 장례에 돈을 아끼지 않았다.

이때 시제의 나이 이미 마흔을 넘겼으나 아직 아들이 없었다. 삼년상을 마치고 나자 아내 엄嚴 씨가 후처를 들이라 권했다. 시제는 아내 말을 듣지 아니하고 그저 『백의관음경白衣觀音經』을 외우며 널리 보시하면서 이렇게 서원했다.

"아들을 낳게 해주시면 은자 3백 냥을 시주하여 가람을 중수하도록 하겠나이다."

1년 후, 아내 엄 씨가 임신하더니 마침내 아들을 낳았다. 3일째 되는 날 아이의 머리를 깎아주고 시제 부부는 부처님 은혜를 어떻게 갚을지 상의했다. 그리고 아들의 이름을 부처님 전에 시주하고 그 대가로 돌려받은 아이라는 의미로 시환施還이라 지었다. 아들이 태어나고 한 달이 되는 날, 이를 축하하고자 잔치를 열었다. 시제는 아내에게 자신이 서원했던 이야기를 해주고 은자 3백 냥을 챙겨 호구산의 수월관음전에 가서 향을 사르고 예불을 올리려 했다.

시제가 주지 스님을 찾아뵙고 가람을 중수하는 일을 이야기 나누려 하는데 아래쪽에서 누군가가 구슬프게 우는 소리가 들려왔다. 시제는 수월관음전에서 내려와 천인석千人石으로 걸어가 살펴보았다. 누군가가 검지劍池 가에서 물을 내려다보며 한없이 오열하고 있었다. 가까이 다가가 보니 바로 계부오桂富五였다. 시제와 오추방吳趨坊이란 동네에서 같이 살았으며, 지 선비 학당에서 동문수학하던 사이였다. 1년쯤 같이 공부했을 무렵, 온 가족이 서구胥口로 이사해가고, 또 집에서 농사를 지어야 했기에 계부오는 지 선비 학당에서 떠나갔다. 그 후 시제와 계부오는 근 10년 동안은 서로 소식조차 모르고 지냈다. 시제가 오늘 계부오를 만나리라고 어찌 상상이나 했겠는가. 시제가 깜짝 놀라며 계부오의 이름을 부르고 사연을 물었다. 계부오는 그저 눈물만 뚝뚝 흘리며 아무런 대답도 하지 않았다. 시제가 참지 못하고 계부오를 붙잡고는 관음전으로 데리고 가서 물었다.

"계 선비, 무슨 가슴 아픈 일이 있는 거요? 그래 나에게 말해주어야 나도 그 슬픔을 함께할 거 아니요."

계부오가 당최 입을 열려고 하지 않았다. 시제가 거듭거듭 물으니 어쩔 수 없다는 듯 말하기 시작했다.

"나한테는 조상 대대로 물려받은 집 한 채와 밭 백 마지기가 있어 그럭저럭 입에 풀칠하고 살 수는 있었다네. 한데 농사짓는 게 정말 만만치 않더군. 힘은 힘대로 드는데 먹고 살기는 정말 팍팍하더라고. 사람들이 장사를 하는 게 수지맞을 거라고 권하기에 내가 전답을 이 평장李平章네에다 저당 잡히고 은자 3백 냥을 빌렸다네. 그 돈으로 비단을 사서 연경으로 팔러 갔지. 이렇게 몇 차례 왕래했으나 운때가 맞지 않았던지 손해만 보고 말았다네. 이 평장네에서 돈을 갚으라 닦달하는데 이건 뭐 승냥이나 호랑이보다 더 무섭더군. 이자에 이자가 붙어 남아 있던 집 한 채마저 모조리 날리고 내 마누라와 두 아들까지 이 평장에게 빼앗기고 말았다네. 그래도 빌린 돈과 이자를 아직 다 갚지 못하여 내 친척들까지도 시달림을 받는 처지라 내가 하도 답답하여 야밤에 뛰쳐나왔으나 어디 갈 데가 있어야지. 하여 이렇게 여기 검지에 와서 빠져 죽으려던 참이었네."

"여보게, 너무 걱정하지 마시게. 나에게 마침 시주하려고 가져온 은자 3백 냥이 있다네. 어서 이것으로 빚을 갚고 아내와 아들도 다시 찾게나."

"자네 지금 나한테 농담하는 것은 아니겠지?"

"하하. 그대가 나한테 돈을 달라고 한 것도 아니고 내가 스스로 원해서 준다고 했는데 무슨 농담을 한단 말인가. 내가 자네와 그리 긴 인연을 맺지는 못했으나 그래도 어려서 한때 동문수학하던 사이 아닌가. 요즘 우리 사는 이 소주부의 풍속이 나날이 황폐해져서 친구들이 환난에 빠져 고생하는 것을 보면 그저 입으로만 위로할 뿐 정작 도움의 손길은 뻗지 아니하니 이건 겉으로만 잘해주는 척하고 속으로는 아무런 관심도 없는 것이고, 남의 불행을 그저 즐기고 관망하는 짓이라 내가 이런 걸 너무도 증오해 왔다네. 게다가 자네가 장사를 잘못한 탓에 자네의 부인과 아들에게까지 화가 미치고 말았지 않은가. 내가 늙도록 아들이 없었다가 이제야 아들을 얻었다네. 아들이 한 달이 되었기에 내가 이렇게 부처님 전을 찾아 은혜에 감사하고 아들이 무사히 장성하기를 빌고자 했다네. 한데 자네는 있던 아들마저도 다른 사람한테 빼앗겨 가문에 누를 끼치고 말았으니 내가 어찌 이를 가만두고 볼 수 있겠는가. 나의 이 말은 그저 그냥 입에 발린 말이 아니라 내 진심에서 나온 것일세."

시제가 상자를 열어 은 3백 냥을 꺼내어 두 손에 담아 계부오에게 주었다. 계부오가 차마 그걸 받지 못하고는 이렇게 말했다.

"자네가 나와의 옛정을 잊지 아니하고 이렇게 나를 도와주는구려. 그럼 내가 차용증을 써줌세. 나중에 내가 형편이 풀리면 꼭 갚겠네."

"내가 자네를 돕고 싶어서 주는 것인데 어찌 자네가 갚아주기를 바라겠는가. 어서 돌아가게나. 자네 식구가 자네를 눈이 빠지게 기다릴 걸세."

계부오가 너무도 기뻐했다. 이런 일이 생길 줄은 꿈에도 생각하지 못했다. 계부오가 은 3백 냥을 받아들더니 자기도 모르게 무릎을 꿇고서 절을 올렸다. 시제가 그런 계부오를 황망히 안아서 일으켜 세웠다. 계부오가 눈물을 흘리며 이렇게 말했다.

"우리 가족은 자네 덕분에 다시 살게 되었다네. 자네가 바로 우리를 다시 살린 부모 같은 존재라네. 내가 사흘 후에 자네한테 인사하러 가겠네."

계부오가 관음보살 앞에 머리를 조아리며 이렇게 맹세했다.

"소인은 시제에게 너무도 큰 은혜를 입었습니다. 살아서 이 은혜를 갚지 못하면 다음 생에 개나 말로 태어나서라도 이 은혜를 갚겠나이다."

계부오가 기쁨을 감추지 못하면서 산에서 내려갔다. 시제의 행실을 찬미한 시가 있구나.

가난하고 힘든 사람을 돕는 고귀한 손길,
은 3백 냥을 아낌없이 꺼내준다네.
지금 권세깨나 있다는 자들,
뉘라서 어렸을 적 동창을 생각해줄까?

시제가 주지 스님을 찾아뵙고 아뢰었다.

"가람을 중수하기 위하여 가져온 은 3백 냥을 다른 급한 곳에 쓰고 말았습니다. 내일 다시 마련하여 와서 시주하겠나이다."

"하루 늦는다고 무슨 문제가 있겠습니까?"

시제가 집에 돌아가 이 일을 부인 엄 씨에게 설명했다. 엄 씨 역시 그러려니 하면서 호들갑 떨지는 않았다. 다음 날 시제는 이리저리 은 3백 냥을 긁어모아 사람을 시켜 수월관음전에 보내어 자신이 서원한 대로 실행했다. 사흘째 되는 날 계부오가 12살배기 큰아들 계고桂高를 데리고 시제네 집에 직접 찾아와 사례했다. 시제가 계부오 부자가 함께 찾아올 수 있게 된 것을 보더니 더욱 기뻐하며 술자리를 마련하여 정성을 다해 대접했다. 그러면서 빌린 돈은 다 갚은 거냐고 물어보았다. 계부오가 대답했다.

"자네가 준 은자 3백 냥으로 본전은 겨우겨우 갚았다네. 하지만 이자는 그대로 고스란히 남아 있고 논밭 뙈기도 다 넘어간 상태 그대로네. 그래도 이렇게 피붙이를 다시 찾았다네."

계부오가 말을 마치고 눈물을 주룩주룩 흘렸다. 시제가 계부오에게 물었다.

"그래 자네 가족은 앞으로 어떻게 살 작정인가?"

"당장 먹고살 거리가 하나도 없다네. 그래도 뼈대 있는 가문이랍시고 그냥 이대로 고향에서 살자니 체면이 말이 아니라 어디 다른 곳에 가서 날

품팔이라도 해서 먹고살아야 하겠네."

"사람을 도우려면 끝까지 도와야지. 서문西門 바깥에 뽕이랑 대추를 심어둔 땅이 좀 있네. 몇 칸 되는 초가집도 있고. 그 과수원 옆에 밭도 몇 마지기 있으니 부지런히 심고 거두면 입에 풀칠은 할 수 있을 걸세. 만약 자네가 밭이나 집이나 너무 형편없다며 거절하지만 않는다면 여기서 잠시 머물지 않겠나?"

"그렇게만 해준다면 내가 타향을 떠돌아다니다 굶어 죽을 일은 없겠네. 일전에 은자 3백 냥을 받았는데 거기에다 이렇게 또 신세를 지게 되니 정말로 미안하네. 나에게 12살 먹은 아들과 11살 먹은 아들이 있으니 자네가 그중 하나를 골라주시게. 내가 그 녀석을 자네한테 남겨 자네를 위해 일하라 하겠네. 마치 권문세가 집에 들어가 일을 해주는 것처럼 말일세."

"아니 우리는 친구 아닌가. 자네의 아들이 또 내 아들인 셈이지. 이런 경우는 없다네."

시제는 당장 하인을 시켜 달력을 가져오게 하더니 길일을 잡아주고 계부오더러 그날 꼭 이사 오라 했다. 아울러 과수원이랑 논밭을 관리하는 하인한테 사람을 보내 미리 방을 치워놓으라 하고 계부오가 들어오면 과수원이랑 논밭 관리하는 일을 계부오에게 맡기라 했다. 계부오가 아들들에게 시제의 은혜에 감사 인사를 올리게 했다. 계부오 역시 시제에게 머리를 조아려 인사를 올렸다. 시제 역시 맞절을 하고자 했으나 계부오가 시제의 몸을 붙잡아 말리는 바람에 하는 수 없이 그저 절을 받기만 했다. 계부오는 수없이 은혜에 감사한다는 말을 되뇌었다. 계부오가 아들들을 데리고 돌아갔다. 계부오 가족이 이사 오는 날 시제는 쌀이랑 포목이랑 보내어 맞아주었다.

아무것도 없는 하늘에서 도움의 손길이 내려와
옴짝달싹할 수 없는 사람을 건져주는구나.

며칠 후 계부오는 상자에다 햇과일, 살진 닭, 파닥파닥한 붕어를 담아 마누라 손 씨한테 직접 가마를 타고 가서 시제네 집에 갖다 주고 감사 인사를 하라 했다. 시제의 부인 엄 씨는 손 씨를 맞아 식사를 내오고 환대했다. 손 씨는 눈치도 빠르고 말주변도 좋은 데다 사람 비위도 잘 맞췄다. 엄 씨는 손 씨를 보더니 마치 친자매처럼 대했다. 게다가 참으로 희한하게 아직 돌도 안 지난 엄 씨의 아들이 손 씨를 보더니 절로 미소를 짓고 마치 안아 달라는 듯했다. 그러자 손 씨가 엄 씨에게 이렇게 말하는 것이었다.

"마님, 실은 제가 임신 중이라 도련님을 안아줄 수가 없네요."

당시 풍습에 임신한 여자가 아기를 안으면 지라와 위가 상하고 푸른똥을 싸게 된다고 믿었다. 이를 '속 기운 받기'라 불렀다. 이런 증상은 임신한 여자가 출산한 다음에야 그친다고 했다.

"동생이 임신한 줄은 몰랐었네. 그래 몇 달이나 되었는가?"

"다섯 달 되었네요."

엄 씨가 손가락을 꼽으면서 말했다.

"작년 12월에 애가 들어선 모양이네. 올해 9월이 출산 예정이겠네. 동생한테는 이미 아들이 둘이 있으니 이번에 만약 딸을 낳으면 우리 서로 사돈의 인연이라도 맺음세."

"형님의 보살핌으로 살고 있는 저희인지라 형님네와 저희랑 너무 차이가 날까 봐 걱정이네요."

엄 씨와 손 씨는 늦은 시각까지 이야기를 나누고 헤어졌다. 손 씨는 집에 돌아와 엄 씨와 나눈 이야기를 남편 계부오에게 해주었다. 계부오는 손 씨의 말을 듣고 손 씨랑 함께 기뻐했다. 만약 진짜로 딸을 낳아서 시제네와 인연을 맺을 수 있다면 평생 걱정이 없을 것만 같았다.

세월은 쏜살같이 흘러 어느덧 9월하고도 초순, 손 씨는 정말 딸을 낳았다. 시제네가 인편에 쌀과 땔감을 보냈다. 엄 씨는 또 계집종 편에 손 씨에게 안부를 전했다. 두 집안은 마치 친척처럼 서로 왕래하여 사이가 더욱 돈독해졌다. 이 이야기는 이제 여기서 그만하자.

한편, 시제네가 뽕이나 대추 같은 나무를 심어놓은 과수원에 은행나무 한그루가 자라고 있었다. 그 은행나무는 굵기가 어른 열 아름 정도는 되었다. 행복을 전해주는 성스러운 다섯 신이 그 은행나무 꼭대기에 깃들어 있다는 말이 전해지고 있었다. 매해 섣달 초하루가 되면 과수원 관리인이 그 은행나무 아래에서 지전을 사르고 술을 바쳤다. 계부오도 이런 풍습이 있는 걸 아는지라 자기도 팔자 좀 피게 해달라고 빌었다. 빌기를 마치고 막 지전을 태우는데 하얀 쥐 한 마리가 나무 둘레를 한 바퀴 돌고 나서 나무 밑동 쪽으로 가더니 시야에서 사라져버렸다. 계부오가 살펴보니 은행나무 뿌리가 땅 위로 솟아올라 있는 부분에 술잔 크기만 한 구멍이 있고 그 구멍으로 하얀 쥐가 밖을 빼꼼히 쳐다보고 있었다.

계부오는 이 일을 아내에게 이야기해주었다.

"이 하얀 쥐가 바로 행복을 전해주는 성스런 다섯 신의 현신 아닐까?"

"당신이 말하는 소리를 들어보니 날짐승이 야위면 깃털만 덥수룩 길어지고, 사람이 가난해지면 머리도 잘 안 돌아간다는 속담이 딱 떠오르는군요. 내가 누런 뱀이 황금을 상징하고 하얀 쥐가 은을 상징한다는 말은 들어봤어도 신이 하얀 쥐로 현신한다는 말은 들어본 적이 없네요. 혹시 나무 아래 돈이라도 묻혀 있어서 하늘이 우리 부부 가난한 것을 불쌍히 여기시고 하얀 쥐를 보내 알려주신 건지도 모르죠. 그렇게 궁금하면 내일 서문西門

門의 장님 동 씨네 집에 가서 우리 집에 재물 운이 대통한 건 아닌지 물어보시구려."

계부오는 평소 마누라 말이라면 팥으로 메주를 쑨대도 곧이듣는 편이라 다음 날 날이 밝자마자 바로 동 씨네 집에 가서 점을 쳤다. 과연 재물 운이 넝쿨째 굴러 들어오는 점괘가 나왔다. 계부오 부부는 상의를 마치고는 마침내 돼지 머리를 하나 사서 숨은 재산을 관장한다는 신에게 제사를 지냈다. 새벽 두어 시경 인적마저 잦아드는 시각에 두 사람은 괭이로 나무 뿌리 아래 그 구멍 속을 파내기 시작했다. 한 석 자쯤 팠을까, 사각형 벽돌이 나오기 시작했다. 그 벽돌 밑에 항아리 세 개가 묻혀 있었다. 항아리에는 쌀이 담겨 있었다. 그러나 쌀은 이미 다 썩어버린 듯했다. 쌀을 걷어내 보니 모두 하얀 은 덩어리, 은자였다. 원래 은자를 땅에 묻을 때 쌀을 같이 묻으면 은자가 흩어지지 않는다는 속설이 있었다. 계부오 부부는 아이고 고맙습니다라는 소리를 연발하면서 손으로 그 은자를 다 옮겼다. 그 항아리는 그 자리에 그대로 잘 놔두고 벽돌 역시 다시 그대로 쌓아두었다. 방에 들어와 살펴보니 천오백 냥은 족히 되어 보였다. 시제에게 3백 냥을 갚고 나머지는 나중에 자기가 쓰면 될 것 같았다. 계부오의 마누라 손 씨가 이를 알고 가로막았다.

"이 돈은 건들면 안 됩니다."

"아니 왜?"

"시제는 우리가 빈털터리라는 걸 잘 알고 있는데 우리한테 이 돈이 어디서 난 거냐고 물으면 어떻게 대답할 거예요? 만약 우리가 그걸 은행나무 아래에서 파낸 거란 걸 알게 되면 자기네 밭에 있던 은행나무에서 파낸 거고 그게 다 자기네 조상이 물려준 거라며 그게 본래는 천오백 냥이 아니라 삼천, 사천 냥이었다고 우기면 당신은 어떡하실라우? 우리 가진 걸 탈탈 털어도 도저히 어떻게 할 수가 없을지니 괜히 양심껏 어떻게 해보려다 그냥 볼썽사나운 일만 당할 거라고요."

"그럼 어떻게 하면 좋겠소?"

"여기 손바닥만 한 땅뙈기, 뽕나무 몇 그루, 대추나무 몇 그루 가지고 우리가 앞으로 어떻게 살 수 있겠어요. 다행히 우리가 이제 은자를 얻었으니 다른 곳에다 몰래 땅도 좀 사고 한 다음 살금살금 그곳으로 우리가 이사 가서 재산을 불리고 그런 다음 시제한테 돈도 갚고 하는 게 누이 좋고 매부 좋은 거죠."

"당신 소견이 나 같은 남정네 소견보다 훨씬 낫소그려. 회계 지방에 내 친척이 살고 있소이다. 그동안 내가 형편이 어려워 왕래도 하지 못하고 지냈소이다. 내가 은자를 가지고 돌아가면 일가친척도 감히 나를 괄시하지는 못할 것이니 내가 친척에게 부탁하여 그곳에 문전옥답을 사게 하고 소작도 붙이고 소작료도 받고 돈놀이도 하면서 재산을 불려봅시다. 몇 년 지나면 우린 아마도 갑부가 될 것이오."

계부오 부부는 그렇게 하기로 작정했다. 이듬해 봄 친척을 찾아간다고 핑계 대고서 절강 중부지역 일대를 가서는 논밭을 사들여 소작을 놓았다. 그 후로 매년 한 차례씩 소작료를 거두러 찾아가곤 했다. 소작료를 거두고 돌아올 때면 평소 입던 해진 옷으로 다시 갈아입고서 돈 있는 티를 전혀 내지 않았다. 이러기를 5년, 계부오는 소흥부 회계현 일대에서 내로라하는 거부가 되었다. 하나 계부오는 이 모든 것을 시제가 전혀 모르게 했다.

그러던 어느 날 계부오의 딸과 시제의 아들이 함께 마마에 걸려버렸다. 시제는 의원을 불러 자기 아들을 보게 한 다음 바로 계부오의 딸도 보게 했다. 시제는 마치 자기 며느리 대하듯 그렇게 계부오의 딸을 챙겨주었다. 다행스럽게도 시제의 아들과 계부오의 딸 둘 다 병이 바로 나았다. 그 마을 사는 매헌梅軒이라는 별명으로 불리는 이 씨 노인장이 평소에 시제네 집과 내왕하던 사이였다. 이매헌이 나서고 서로 가깝게 지내는 이웃 몇몇이 모여 돈을 추렴하여 시제를 위하여 술자리를 마련했다. 이 자리에 계부오도 같이 참석하게 되었다. 이 자리에서 시제가 계부오에게 아들딸 정혼시키는 이야기를 꺼내니 이매헌이 자청하여 중매를 서겠노라 나섰고 그 술자리에 참석한 사람들이 이구동성으로 어서 정혼하라 성화였다. 계부오 역시 어서 정혼시켜 버리자고 맞장구를 치긴 했으나 바로 결판을 내지는 않고 일단 집에 돌아가서 마누라랑 같이 상의해 봐야겠다며 한 발 뺐다.

계부오 마누라가 이렇게 말을 받았다.

"정이 많은 사람은 장수가 될 수 없고, 의를 부르짖는 사람은 재물을 탐해서는 안 된다는 말이 있습니다. 시제가 비록 사람 좋기는 하지만 사람 좋다고 부자가 되는 것도 아니고 게다가 요즘에는 시제네 가세도 갈수록 쪼그라들고 있습니다. 우리 재산은 모두 회계에 있으니 우리가 그곳에서 집안이 번듯한 남자를 찾아 짝을 맺어주는 게 나중에 다 기댈 언덕이 되는 거지요."

"자네 말이 맞네. 한데 이미 말이 나온 정혼을 어떻게 물리지?"

"아, 그거야 우리 집안이 너무 형편없어 시제네와 어울리지 않는다고 핑계를 대면 되는 거지."

"그래도 계속 우기면 애들이 아직 어리니 좀 더 있다가 해도 늦지 않다고 내가 빼면 될 거야."

옛말 하나도 그른 게 없더라. 사람 욕심이 한이 없으니 뱀이 코끼리를 삼키는 격이라. 당초 헐벗고 굶주릴 때는 번듯한 집안 자제랑 정혼할 생각조차 못 하더니 남이 숨겨둔 보물을 찾아내어 벼락부자 되더니 이리저리 따지고 드는구나.

강 언덕에 발을 내딛자마자,

좀 전에 강물에 빠져 허우적거리던 때를 바로 잊는구나.

시제는 좀 우직한 사람이라 계부오가 정말로 겸손해서 그러는 줄만 알았지 무슨 꿍꿍이가 있어서 그러는 거라고는 생각조차 하지 못했다. 세월은 이러구러 또 3년이 쏜살같이 지나갔다. 시제가 덜컥 병에 걸려 백약이 무효라 마침내 저세상으로 떠나고 말았다. 시제 장사 치른 이야기는 굳이 길게 이야기할 필요 없겠다.

계부오의 마누라가 계부오를 들쑤셔 이참에 몸을 빼 딴 곳으로 가자고 보채었다. 계부오 부부는 술이랑 닭고기랑 마련하여 시제네 집으로 가서 조문했다. 계부오는 먼저 몸을 빼서 집으로 돌아오고 마누라 손 씨가 남아서 시제의 부인 엄 씨에게 이렇게 마음을 털어놓았다.

"제 남편이 돌아가신 나리의 은혜를 입어 그 은혜를 낮이나 밤이나 잊은 적이 없으나 아직 은혜에 조금이라도 보답하지 못했습니다. 지금 나리께서 돌아가신 마당에 저희가 어찌 염치없이 나리댁 전답을 거저 차지하고 있을 수 있겠습니까? 저희가 다른 곳으로 가서 살길을 찾는 것이 도리인 것 같아 이렇게 찾아와 인사드리게 되었습니다."

"아니 이게 무슨 말씀이오? 비록 내 남편이 저세상 사람이 되었다고 하나 집안 살림이야 내가 꾸려나가면 되는 것. 그렇지 않아도 적적한 나에게 동생이 말동무라도 되어 주셔야지 어찌 매정하게 떠난다고 하시오."

"저도 형님 곁을 떠나려니 마음이 짠합니다. 하지만 일가친척도 아닌 주제에 과부가 된 형님 집 재산을 차지하고 있다며 사람들이 수군댈 것이고 나중에 도련님이 장성하면 어차피 돌려드려야 할 것이니 일찌감치 돌려드리는 것이 유종의 미를 거두는 것이라 생각합니다. 그편이 나리께서 베풀어주신 은혜를 제대로 갚는 길이 될 것입니다."

엄 씨도 손 씨를 더는 붙잡을 수 없음을 깨닫고 눈물을 흘리며 작별인사를 나눴다. 계부오는 온 가족을 이끌고 회계로 이주했다. 마치 조롱을 떠난 새처럼 한번 떠나가더니 다시는 소식조차 전하지 않았다.

한편, 시제네 가족은 시제가 살아생전에 워낙 남에게 베풀기를 좋아하여 재산을 다 써버렸던 까닭에 시제의 장례를 치르면서 빚을 지고 말았다. 게다가 부인 엄 씨도 현숙하기는 했지만 살림 재주는 모자라 어린 아들을 데리고 살면서 문전옥답을 팔아대기 시작했다. 5, 6년이 채 못 되어 살림이 거덜 나고 하인들도 다 도망가 버렸다. 하지만 하늘은 덕을 쌓은 자를 버려두지 않고 절망에 빠졌을 때 살길을 열어준다는 말이 있듯이 때맞춰 임지에서 돌아오는 한 사람이 있었겠다.

그 사람의 이름은 지덕支德, 시제와 동문수학했던 사이로 단 한 번에 과거에 급제했다. 지덕은 외직을 역임하다가 마침내 사천로 참정四川路參政에 올랐다. 때는 바야흐로 원 순제順帝 지정至正 연간(1341~1368), 소인이 정권을 농단하니 조정의 형편이 나날이 볼썽사나워졌다. 지덕은 더는 관직에 머물고 싶지 않아 사직하고서 고향으로 돌아왔다. 시제가 세상을 떠난 후로 그 집안 형편이 나날이 궁핍해지고 있다는 소식을 듣고 마음이 짠하여 문상을 겸하여 특별히 시제네 집을 방문하게 되었다.

시제의 아들 시환은 아직도 더벅머리 총각에 불과했으나 손님을 맞이함에 예의범절을 제법 갖출 줄 알았다. 지덕이 시환에게 물었다.

"그래 정혼은 했는가?"

"선친께서 남기신 재산을 다 써버리고 노모를 봉양하기도 버거운 처지라 정혼 같은 일에 신경 쓸 겨를이 없었나이다."

지덕은 그 대답을 듣고는 가슴이 더욱 아려왔다.

"그대의 선친은 남의 슬픔을 같이 슬퍼하고 남의 기쁨을 같이 기뻐했다네. 세상에 드문 훌륭한 분이셨으니 세상의 이치가 아직 사라지지 않았다면 그 자손은 틀림없이 복을 받고 번성할 걸세. 나는 자네 선친과 동문수학한 사이나 외직에 머문다는 핑계로 자네 선친이 힘들 때 제대로 도와주질 못했으니 내가 바로 자네 선친에게 죄를 지은 걸세. 나에게 열세 살 난 여식이 있으니 자네와 나이도 맞춤한 것 같네. 내가 매파를 통하여 자네 모친과 혼사를 상의하게 할 터이니 자네가 먼저 이 일을 모친에게 고하게나. 자네가 내 제안을 거절하지 않기를 바라네."

시환이 일어나 지덕에게 절을 올리면서 대답했다.

"제가 어찌 감히!"

다음 날 지덕이 하인을 시켜 은자와 베 그리고 폐물을 보내고 더불어 중매를 보내어 시환을 데릴사위로 데려가고 싶다고 청혼했다. 엄 씨는 지덕의 깊은 마음을 잘 아는지라 두말없이 허락했다. 시환은 좋은 날을 정하여 지덕의 집을 찾아갔다. 장인 장모에게 인사를 올렸다. 시환은 지덕 집의 서재에게 공부하기 시작했다. 지덕은 훌륭한 스승을 초빙하여 시환을 가르치게 했다. 아울러 시환의 모친 엄 씨가 물이야 땔감이야 모자랄까 봐 물이랑 땔감이랑 보내주고 시환에게 열흘에 한 번씩은 모친을 찾아뵙도록 했다. 엄 씨와 시환은 지덕의 은혜에 감읍했다. 부자한테 붙어 지내려고 하고 가난한 사람을 버리려 들고 정혼을 시켜놓고서도 상대방이 가난해지면 없던 일로 하려 하는 게 인지상정이건만 높은 벼슬을 지냈으면서도 자신의 귀한 딸을 가난한 친구의 아들에게 시집보낸 지덕은 정말 덕이 넘치는 사람이라는 게 후대 사람들의 일치된 평가였다.

황금 보기를 돌같이 하고

의리를 목숨처럼 중하게 여기노라.

한편, 지덕이 벼슬 생활을 오래 하긴 했으나 늘 청렴결백했기에 주머니 사정이 그리 여유가 없었다. 게다가 사위네 집안 살림까지 맡아주다 보니 더욱 힘에 부쳤다. 마침 이런 상황에 계부오가 시제네 과수원에서 회계현으로 이사 가서 돈을 많이 벌고 논밭과 집도 사서 만 관이 넘는 거부가 되어 이름도 계천桂遷이라 바꾸니 사람들이 그를 계 선비라고 부른다는 소식을 누군가가 전해주었다. 지덕은 계천과 시제의 인연을 잘 알고 있던 터라 이 소식을 듣고 마침내 사위 시환에게 이렇게 알려주었다.

"계천이 자네 선친에게서 입은 은혜가 어디 하나둘인가. 다른 건 그만두고서라도 자네 선친이 계천 대신 갚아준 돈만 해도 3백 냥이네. 지금 계천이 거부가 되었음에도 자네를 도와주지 않는 것은 자네 집안 형편이 이렇게 힘들다는 걸 모르기 때문일 걸세. 자네가 회계현을 찾아가 그에게 부탁하면 그가 모른 척하지는 않을 걸세. 자네는 가서 도움을 받을 자격이 충분하다네. 계천 부부도 자네를 환영할 거야. 어서 자네 모친과 상의하여 보게나."

시환은 집에 돌아가 모친에게 이 사실을 알렸다. 아들의 말을 다 듣더니 엄 씨가 이렇게 대답했다.

"만약 계천이 부자가 되었다면 우리를 저버리지는 않을 것이다. 하지만 네가 아주 어릴 때 일이라 우리 집안과 계천이네 집안 사이의 일을 넌 잘 모를 것이라. 그래도 내가 계천의 부인 손 씨와 친자매처럼 각별한 사이니 내가 너랑 같이 가도록 하마. 만약 계천이 출타하고 없으면 내가 손 씨와 이야기를 나눌 수 있을 게다."

시환이 돌아가 지덕에게 어머니의 말씀을 전했다. 지덕은 오가는 경비를 건넸다. 더불어 시제와 동문수학했던 정리를 보아 시환 모자를 보살펴 주기를 바란다는 서찰을 써서 같이 주었다. 시환 모자는 배를 빌려 타고 소흥 회계현에 당도했다.

"계 선비 댁이 어디입니까?"

"성 서문 안쪽 으리으리하게 높이 솟은 집이 바로 계 선비 집이라네."

시환 모자는 서문 밖에 객점을 잡았다. 다음 날 엄 씨는 객점에 그대로 머물렀다. 시환은 친구의 아들 자격으로 만나 뵙고 싶다는 쪽지를 작성한 다음 지덕이 써준 서찰을 들고 성문 안으로 계천의 집을 찾아갔다. 계천의 집과 대문이 너무나 멋지고도 화려했다.

대문은 하늘 높이 솟아 있고,
건물은 건물로 이어져 웅장하기도 하여라,
정원에는 꽃과 나무가 이곳저곳에 피고 지고,
대청에는 탁자와 의자가 정갈하게 놓여 있다네.
꽃문양 벽돌로 바닥을 깔아 놓은 길,
돌을 쪼아 쌓은 계단의 높이가 석 자는 되는 듯.
드나드는 더벅머리 사내들,
가옥과 전답을 관리하는 하인들이렷다.
찾아온 소작인들,
빚을 갚고 소작료를 내려는 것이지.
뽕나무 대추나무 과수원에서 은 단지를 캐내더니,
회계현에서 벼락부자가 되었구나.

시환은 계천의 집이 이렇게 으리으리한 걸 보고는 너무도 기뻐했다.

사람을 제대로 찾아왔구나 하는 생각이 들었다. 문지기가 어인 일로 찾아왔는지 물었다. 시환이 건네는 자기 소개장과 지덕의 서찰을 받아든 문지기는 시환을 안채와 바깥채를 이어주는 중간 대문 앞까지 데리고 가서는 대청 맞은편 방으로 안내했다. 그 방에는 널리 베풀 줄 아는 자가 거처하는 방이란 의미의 '지가당知稼堂'이란 세 글자가 적힌 편액이 걸려 있었다. 그 편액은 유명한 서예가 양철애楊鐵崖가 쓴 것이었다. 시환이 자기 소개장을 건넨 지가 한참이 지났건만 안에서는 아무런 기척도 없었다.

두 시간 정도가 지났을까 바깥문이 열리는 소리가 들리고 안채에서 누군가가 걸어 나오는지 신발 소리가 들려왔다. 시환은 주인 나리가 나오나 보다 생각하고 옷매무새를 다시 다듬고 방문 밖으로 나가 복도 난간 쪽에 서서 기다렸다. 그러나 누가 나오는 모습은 전혀 보이지 않았다. 시환은 바깥문 쪽으로 가서 목을 쭉 내밀고 그 너머를 살폈다. 계천이 하늘같이 높은 관을 쓰고 화려하기 이를 데 없는 옷을 입고서 안마당 가운데 서 있는데 하인 십여 명이 좌우에 늘어서 있었다. 계천은 이곳저곳을 손가락을 가리켜가며 일을 시켰다. 하인들 한 무리가 물러가면 다시 한 무리가 다가오곤 했다. 지시를 받고 심부름을 가는 자들도 있었고, 일을 마치고 와서 보고하는 자들도 있었다. 도대체가 중간에 멈출 것 같지가 않았다.

두어 시간 지났을까 하인들이 흩어졌다. 문지기가 계천에게 손님이 왔다고 아뢰었다. 계천이 되물었다.

"지금 어디에 있느냐?"

"대청 맞은편 방에 있습니다."

계천은 그 기다리고 있다는 손님에게 안으로 들어오라 하지 않고 자기가 발걸음을 옮겨 바깥문을 지나 시환이 있는 방으로 다가왔다. 시환은 방 밖으로 나가 계천에게 허리를 굽히고 머리를 조아려 절을 올렸다. 계천은 시환에게 힐끗 눈길을 한번 주더니 일부러 이렇게 물었다.

"자네는 뉘신가?"

"저는 장주長洲에서 온 시환이라고 합니다. 선친이 바로 근인近仁이라 불리는 분이었습니다. 어르신하고 저의 선친하고 각별한 사이였다고 들었습니다. 어르신을 못 뵈온 지 너무도 오래되었기에 이렇게 특별히 찾아오게 되었습니다. 어르신 어서 좌정하셔서 저의 절을 받으옵소서."

계천은 시환에게 안부고 뭐고 물어볼 생각도 안 하고 일단 시환을 말리기부터 했다.

"아니 절은 무슨, 아니 무슨 절을 한다고 그래!"

시환이 자리를 잡고 앉아 차를 마시는 걸 보더니 계천은 하인을 시켜 밥을 내오라 했다. 그 말을 듣고 시환은 내심 미소를 지었다. 시환이 입을 열어 계천에게 말했다.

"모친께서 마님께 안부를 전해달라고 하셨습니다. 모친께서는 지금 객점에 머물고 계신데, 먼저 소인을 보내어 인사를 올리라하셨습니다."

계천이 예전에 받은 은혜를 생각하면 당장 "형수님이 여기 오셨다니 어서 우리 집으로 모셔 내 안식구하고 만나시게 해야지"라고 말해야 할 것이건만 계천은 그저 중얼대기만 하고 시환의 말에 제대로 대꾸하지 않았다. 잠시 후 하인이 점심밥이 준비되었다고 연락을 해왔다. 계천은 대청에다 점심밥을 차리라 분부했다. 탁자 하나 덩그러니 있는데 두 사람 몫의 식사가 차려져 있었다. 하나는 주인, 하나는 손님 몫인 듯했다. 시환은 차마 상석에 앉기가 그래서 의자를 옆으로 돌려 앉았다. 계천은 굳이 그러는 시환을 말리려 들지 않았다. 계천이 시환에게 물었다.

"자네 올해 나이가 몇인가?"

"어르신께서 소주를 떠나셨을 때 제 나이가 여덟이었습니다. 그때 어르신께서 조문해주신 그 은혜는 모친께서 지금까지도 잊지 않고 고마워하고 있습니다. 그때부터 6년이 지난 지금 저희 집의 가세는 갈수록 기울고 어르신의 살림은 날이 갈수록 이렇게 펴지고 있어 저희는 그저 감탄하고 부러워할 따름입니다."

계천은 고개만 끄덕일 뿐 아무런 대답도 하지 않았다. 술이 석 잔 정도 돌자 시환이 입을 열어 아뢰었다.

"제가 주량이 크지 아니한 데다 모친께서 객점에서 저를 기다리고 계시니 인제 그만 마실까 합니다."

계천은 시환을 말리지 않고 이렇게 말하는 것이었다.

"그래 술을 그만 들겠다면 이제 식사를 하지."

식사를 마칠 때까지 계천은 시환의 선친과 맺었던 지난날의 우정에 대해서는 한마디도 언급하지 않았다. 게다가 시환의 집안 형편이 어떠한지도 일언반구 물어보지 않았다. 시환이 더는 참지 못하고 자신이 계천을 찾아온 뜻을 살짝 내비쳤다.

"제가 어렸을 때 선친께서 당신과 동문수학한 계 선비가 나중에 필시 큰 부자가 될 것이라고 말씀하시곤 하셨습니다. 저의 모친께서도 마님을 현숙하시고 어질고 의리가 있으신 분이라고 늘 칭송하셨습니다. 다행히도 어르신과 마님께서 저희 집 과수원 터에서 지내실 때 저희 집 형편이 그래도 어르신을 보살필 만했나이다. 그렇지 않았더라면 제가 지금 이곳을 찾아올 염치도 없었을 것입니다."

계천은 눈썹을 내리깔고 손을 가로저으면서도 말은 한마디도 하지 않았다. 시환이 다시 입을 열었다.

"그 옛날 호구산 수월관음전에서 선친을 만나셨던 일을 잊지는 않으셨겠지요?"

계천은 시환이 그 이야기를 다시 꺼낼까 봐 황망히 화제를 돌렸다.

"자네가 찾아온 이유는 내가 다 짐작하고 있네. 그렇게 길게 설명하지 않아도 된다네. 괜히 다른 사람 들으면 내가 창피할까 두렵다네."

계천이 말을 마치고 자리를 털고 일어나니 시환도 따라 일어나지 않을 도리가 없었다.

"그럼 오늘은 그만 물러나고 내일 다시 찾아뵙겠습니다."

계천은 문밖을 나서는 시환을 바라보며 손을 흔들어 배웅했다.

다른 사람을 도움 줄 땐 봄날의 따사로운 비처럼 대했건만,

다른 사람에게 도움 청할 땐 오뉴월에도 서리가 내리는구나.

한편, 시환의 모친 엄 씨는 객점에서 목이 빠지게 기다리고 있었다.

"계천 집안에서 필시 사람을 보내어 나를 오라 할 터인데!"

엄 씨는 계천 집안에서 사람이 왜 이리 늦게 오나 하면서 문간에 기대어 밖을 바라보고 있었다. 이때 아들이 앙앙불락 화를 삼키며 돌아와서 오늘 계천을 만난 일을 소상히 이야기해주었다. 엄 씨는 눈물을 줄줄 흘리며 욕을 해대었다.

"계부오 이놈, 네가 검지로 뛰어들어 자진하려던 때를 벌써 잊었구나."

엄 씨가 지난 일을 시시콜콜 들먹이면서 계천을 욕하려 들자 시환이 말렸다.

"어머님, 우리가 아쉬워서 부탁하려고 찾아온 마당에 어찌 우리 속맘을 그대로 다 드러낼 수 있겠습니까. 그 사람도 저와 어머니가 찾아온 이유를 이미 짐작하고 있을 것이니 그 나름대로 우리를 어떤 식으로 대할 것인지도 다 정해두었을 것입니다. 당초 관음보살 앞에서 선친께 받은 은혜

를 목숨을 다 바쳐서라도 갚겠노라고 맹세했다는데 설마 그걸 잊지는 않았겠지요. 내일 제가 다시 가서 그 사람이 어떻게 나오는지 보겠습니다."

엄 씨는 한숨을 쉬었다. 밤새 끙끙 앓으면서 화를 삭였다. 이튿날 아침 일찍 시환은 계천 집의 문 앞에 가서 기다렸다. 원래 계천은 시제의 아들이 자기를 찾아온 것을 보고는 그 나름대로 후하게 선물을 챙겨주고 돌려보내려고 작정했다. 그러나 부인 손 씨가 펄쩍 뛰며 말렸다.

"사람 돕는 일은 평생 가는 일이고, 사람한테 욕먹는 일은 잠시라는 말도 있잖아요. 우리가 저 시가 놈을 한 번 받아들이면 그놈은 얼씨구나 하고 우리 찾아올 생각만 할 것이니 마치 뿌리가 뽑히지 않은 풀 포기가 때만 되면 자라고 또 자라는 거나 마찬가지라고요.. 시제가 우리한테 잘해준 것이 사실이나 우리한테만 잘해준 게 아니라 주변 사람들한테 모두 잘해주었으니 시제한테 은혜를 입은 게 우리 한 집만은 아니죠. 수많은 사람이 같이 은혜를 입었는데 유독 우리한테만 와서 은혜를 갚아달라고 하다니. 우리가 참 재수가 없는 거라니까요.. 정말 천리가 진짜로 있는 거라면 다른 사람한테 잘해준 시가네는 천년만년 부자로 살 것이지, 이렇게 궁상떨진 않았을 거라고요. 요즘 세상은 마음 독하게 먹고 살아야 한다고, 괜히 남 돕다가 결국 자기마저도 빈털터리 되고 만다고!"

"자네 말이 맞네. 하지만 시환 모자가 찾아온 거는 그렇다 치더라도 나랑 동문수학한 지덕이 서찰까지 써주었는데 그건 어떡하지?"

"그게 진짜 지덕이 써준 서찰인지 아닌지 어떻게 알아. 우리가 소주에서 살 때 지덕이란 사람한테 도움받은 적이 있어? 근데 왜 갑자기 우리한테 서찰을 보내! 아니 그리고 시환이네가 그렇게 불쌍하면 자기가 직접 도와주면 되지. 이런 서찰이 무슨 소용이 있다고. 어서 대문 지키는 녀석한테 말을 해놓으셔. 시환이가 오면 절대 들여보내지 말라고 말이야. 그러다 시환이가 낙심하고 포기할 때쯤 노잣돈이나 좀 쥐여 주고 돌아가라고 하셔. 매사는 첫 단추를 제대로 끼워야 하는 법. 처음부터 곁을 주지 않아야 다시는 엉겨 붙지 않는 거야."

손 씨의 이 말이 마침내 계천의 마음을 돌렸다.

본디 악한 마음에 더 악한 마음에 더해지고,
본디 구부러진 마음에 더 구부러진 마음이 더해지네.

시환이 대문 앞에서 몇 시간을 기다렸으나 문지기는 이 핑계 저 핑계를 대면서 안에다 통기할 생각을 하지 않았다. 참다못한 시환이 다시 재촉하자 문지기가 그냥 못 들은 척 자리를 피해버렸다. 시환은 화가 나기도 하고 계면쩍기도 하여 소매를 걷어붙이고 얼굴이 붉으락푸르락 고래고래 소리를 질렀다.

"아니 내가 못 올 데를 왔나. 봄바람이 불고 나면 여름비가 오는 거지. 우리가 먹고살 만할 때는 도와달라는 사람한테 이렇게 야박하게 대한 적이 없었는데."

이렇게 한참을 욕하고 있으려니 옷을 잘 차려입은 청년이 밖에서 돌아오다 물었다.

"여기서 이렇게 욕하시는 분은 누구신지요?"

시환이 바라보았으나 그자가 누구인지 알 수가 없었다. 시환이 옷매무새를 다듬고 나서 대답했다.

"나는 소주에서 온 시환이라고 하오.."

그 청년이 황망히 인사했다.

"아하, 그러시군요.. 헤어진 지가 너무 오래되어 몰라뵜소이다. 어제 아버님께서 그대가 찾아오신 이유를 헤아려 이미 조치를 취하고 계신데 지금 이렇게 화를 내시는 걸 보니 성격이 너무 급하신 것 같소이다. 뭐 어려운 일도 아니니 내가 아버님께 말씀드릴 것입니다. 내일이면 바로 뭔가 조치가 있을 것입니다."

시환이 보니 바로 계천의 큰아들 계고라. 계고가 하는 말이 그 나름대로 일리가 있는지라 방금 막 욕을 퍼부은 게 부끄러워졌다. 시환이 자기의 억울한 심정을 계고에게 하소연하려는데 계고가 온다간다 말도 없이 그냥 대문 안으로 쏙 들어가 버렸다. 시환이 계고의 무례한 꼬락서니를 보니 더욱 화가 치밀었다. 하나 그 녀석이 내일 어떻게 조치를 해준다 하니 그저 눈물을 머금고 객점으로 돌아가 모친한테 오늘 일을 상세히 알려드렸다. 모친 엄 씨가 시환을 달랬다.

"우리가 수백 리 길을 달려온 것은 도움을 청하기 위함 아니냐. 당연히 고개를 숙이고 겸손해야지 괜히 성질부려서 사람들 화나게 할 필요가 어디 있겠느냐?"

다음 날 아침 엄 씨가 또다시 시환을 타일렀다.

"계천네 집에 찾아가설랑 절대 겸손하여야 한다. 괜히 무리하게 뭔가를 해달라고 요청하지도 말고. 그냥 3백 냥만 갚아주신다면 바로 고향으로 돌아갈 것이라고 아뢰어라."

시환은 모친의 말을 듣고 난 다음 계천네 집에 찾아가 대문 앞에 섰다. 하인들이 수없이 들락날락했으나 어제 그 문지기만은 보이지 않았다. 시환은 반나절은 기다리다가 하는 수 없이 나이가 좀 들어 뵈는 하인 하나를 붙잡아 하소연했다.

"소생은 소주에서 온 시환이라고 합니다. 나리를 뵙고자 어제오늘 이렇게 거듭 찾아오고 있습니다. 안에다 기별 좀 해주시기 바랍니다."

"나리께서 어제 약주를 드시고 아직도 주무시고 계시네."

"나리께서 주무시고 계시다니 큰 도련님을 뵈면 좋겠나이다. 내가 달리 온 게 아니라 큰 도련님이 오늘 찾아오라고 했기 때문에 찾아온 것이외다."

"큰 도련님께서는 새벽 오경에 도조를 거두러 배를 타고 동쪽 마을로 출발하셨네."

"작은 도련님이라도 뵈었으면 합니다."

"작은 도련님은 지금 학관에서 책을 읽고 계셔서 다른 일에 신경 쓰실 겨를이 없네."

그 하인이 시환과 이야기를 하는 동안 다른 하인이 오더니 그 하인과 몇 마디 나누었다. 그 늙은 하인은 뽀르르니 그냥 안으로 들어가 버렸다. 시환은 화가 머리끝까지 치밀어 올랐다. 도저히 참을 수 없었다.

"그래 하인 놈들하고 따져서 뭣 하리. 주인 놈은 좀 다르겠지."

시환이 씩씩거리고 있는데 중간 대문이 열리면서 계천이 안마당에서부터 말을 타고 나왔다. 시환이 황망히 달려가 말머리를 부여잡고서 고개를 숙여 인사를 올렸다. 계천은 답례도 하지 않고 채찍으로 시환을 가리키며 입을 열었다.

"아니 제 발로 여기를 찾아온 것 아닌가. 내가 자네한테 여기를 찾아오라고 한 적이 있는가. 내가 자네한테 열흘 있으라 했나, 보름 있으라 했나. 그냥 자기 발로 찾아왔으면서 왜 이렇게 욕하고 성질부리고 그러나. 도와주고 싶은 맘이 싹 달아나네그려."

계천이 하인에게 일렀다.

"선물 상자에다 은 두 덩어리를 담아서 저 시환에게 줘 보내라."

그런 다음 계천이 한마디를 덧붙였다.

"이 은 두 덩어리도 다 자네 선친의 체면을 봐서 주는 거야. 자네처럼 젊은 놈이 그렇게 성질을 부려서야 한 푼인들 얻을 수 있겠는가? 노잣돈을 받았으면 어서 돌아가게나."

시환이 입을 열어 대꾸하려는 찰나 계천이 말 등을 채찍으로 힘껏 치더니 잽싸게 달려나가 버렸다.

살모사 주둥이 속의 혓바닥,
전갈 꼬리의 침.
이 두 가지는 그래도 심한 독이 아니려니,
가장 심한 독은 배신한 자의 심장이리라.

그 은 두 덩어리는 다해 봐야 겨우 스무 냥, 혈기방강한 젊은 나이인 시환의 성깔머리로는 그걸 그냥 패대기치고 싶었다. 그러나 계천은 이미 사라져버리고 없고, 시환 자신은 올 때 노잣돈밖에 없었으니 갈 때 노잣돈이 궁한 사정이라 하는 수 없이 눈물을 머금고 그 은을 그대로 들고서 객점으로 돌아가 모친에게 사정을 말씀드렸다.

시환 모자는 이 은 상자를 앞에 놓고서 대성통곡했다. 객점 쥔장 왕 할멈이 시환 모자가 대성통곡하는 소리를 듣고 찾아와 영문을 물었다. 엄 씨는 울며불며 전후 사정을 하소연했다. 왕 할멈이 엄 씨에게 이렇게 말했다.

"마님 너무 그렇게 속 쓰려 하지 마세요. 내가 계천의 부인 손 씨와 친한 사이라오. 손 씨는 사람 좋고 예의 바르답니다. 계천이야 의리도 없고 무식해서 지금 자기가 은혜를 모르는 짓을 하는 줄도 모르고 있을 겁니다. 마님이 손 씨랑 친자매처럼 지낸 사이라고 하니 내가 가서 마님의 소식을 손 씨에게 전하고 오리다. 마님이 우리 집에 머물고 있다는 걸 알면 틀림없이 마님을 모시러 올 겁니다."

엄 씨가 눈물을 훔치며 고마워했다. 다음 날, 왕 할멈이 손 씨에게 희소식을 전하는 심정으로 한달음에 계천의 집에 달려가 엄 씨 사정을 전했다. 왕 할멈의 말을 들더니 손 씨가 이렇게 대꾸했다.

"할멈 너무 한쪽 말만 듣지 마시게. 우리 바깥양반이 장사가 신통치 않았을 때 그 시가네한테 뭐 좀 빌린 건 사실이지만 원금하고 이자랑 이미 다 갚았네. 근데 시가네가 살림을 제대로 하지 못해서 그걸 다 날려 먹고 이렇게 와서 돈 달라고 떼쓰는 거야! 그래도 바깥양반이 호의로 밥도 대접하고 은자도 스무 냥이나 준 모양이야. 그건 다 지난날 한 울타리에서 같이 살았던 정 때문에 한 거지. 다른 사람 같으면 그렇게 했겠어. 어림없는 소리지. 한데 이제 와서 우리 바깥양반이 빌린 돈을 아직 갚지 않았다고 우겨대다니. 그래 우리가 돈을 빌렸는지 안 빌렸는지를 말하기 전에 먼저 차용증을 가져오라고 그래. 그 차용증에 백 냥을 빌렸다고 써 있으면 백 냥을 갚을 것이고, 천 냥을 빌렸다고 써 있으면 천 냥을 갚을 거니까."

"마님 말이 맞네요그려."

왕 할멈이 발길을 돌리려는데 손 씨가 불러 세웠다. 하녀 편에 보자기에다 은 한 냥을 싸오게 하더니 건네주었다.

"이거 약소하지만 내 대신 엄 씨에게 좀 전해주셔. 내 성의라고 말해주시고. 아무튼 다시는 찾아오지 말라고 하게. 괜히 찾아왔다가 서로 맘 상해서 그나마 있던 정이라도 다 떨어질까 봐 걱정이라네."

이 말을 듣고 왕 할멈은 엄 씨가 좀 못된 사람인가 하는 생각이 들기도 했다. 왕 할멈은 객점으로 돌아와 엄 씨에게 말했다.

"손 씨는 정말 훌륭한 사람 같아요. 아 글쎄 저에게 마님 갖다 주라며 선물을 다 주시지 뭐예요. 그리고 아직 다 못 받은 빚이 있으시면 차용증을 달라시는데요. 차용증에 적혀 있는 대로 바로 갚아주시겠다며."

엄 씨는 애당초 무슨 차용증을 쓰고 빌려준 게 아니라고 말해주었다. 왕 할멈 입장에서는 3백 냥이면 정말 상상도 못할 큰돈인데 그걸 차용증도 없이 빌려준다는 게 이해될 리 없었다. 시환 모자는 황망하게 하룻밤을 지낸 다음 날이 밝자 바로 객점 비용을 치르고 소주를 향해 출발했다.

일이 안 풀리니 기운이 저절로 빠지고,
운수 나쁜 일이 생기니 마음 절로 괴롭네.

엄 씨는 계천네한테 수모를 당한 데다가 오가는 길에 고생마저 겹치니 집에 돌아와 석 달을 앓아누웠다. 시환이 의원을 부른다 탕약을 달여낸다 했지만 아무런 차도가 없어 그만 저세상으로 떠나고 말았다. 장례를 치르려니 가진 게 아무것도 없어 조상 대대로 살던 집을 이 고을 우牛 도령에게 팔기로 했다. 우 도령은 우 만호萬戶의 아들이었다. 우 만호는 재상 이 씨의 수하에서 일하면서 건수만 있으면 뇌물을 받아서 부를 축적했다. 우 도령은 아버지의 기세를 등에 업고 못 하는 짓이 없었다.

이 우 씨네 수하에는 또 뺀질이라는 별명으로 불리는 곽가가 있었다. 곽가는 고아나 과부의 땅을 찾아내서 아주 반값에 후려쳐 사들이곤 했다. 시환이 나이가 어린 데다 장인어른마저도 벼슬살이를 지낸 양반이긴 하나 순해 빠져서 자기 집안 살림도 잘 모르는 사람이라 사위 집안 살림살이엔 뭐라 나설 엄두조차 내지 않았다. 시환이 사정이 급하여 그 곽가 놈의 수작질에 빠져들었으니 천 냥은 족히 나가는 집을 곽가 놈이 중간에 농간을 부려 겨우 사백 냥으로 흥정하고 말았다. 백 냥은 일단 계약금으로 지불하고 나머지는 집을 비워주면 주겠다고 했다.

　시환은 어머니 장사를 치르고 나서 이사할 요량이었으나 백 냥으론 도저히 계산이 서지 않아 계약금을 조금 올려달라고 사정사정하여 겨우 사십 냥을 더하여 백사십 냥을 받기로 했다. 시환은 장례를 치르고 봉분을 올리느라 계약금으로 받은 돈을 거의 다 쓰고 말았다. 막상 이사 갈 집을 구하려니 마땅한 집을 찾을 수가 없었다. 우 도령은 뻔질나게 사람을 보내어 어서 집을 비워내라고 닦달했다. 지덕은 차마 그냥 두고 볼 수가 없어 몸소 우 도령을 찾아가 자기 사위의 편의를 좀 봐달라고 부탁하고자 했다. 지덕이 몇 차례나 우가네 집을 찾아갔건만 우 도령을 만날 수가 없었다. 지덕은 하는 수 없이 우 도령이 답례차 방문하면 봐야지 하고 생각하고 돌아왔다. 그러나 우 도령은 양화陽貨가 공자를 방문하던 꼼수를 그대로 받아써서 지덕이 집을 비운 틈을 타서 지덕의 집을 방문했다가 돌아가 버렸다. 지덕이 집에 돌아왔다가 그 사실을 알고는 황망히 우 도령의 집으로 달려갔으나 이번에도 역시 우 도령을 만날 수가 없었다. 지덕은 화가 치밀어 사위 시환에게 이렇게 일렀다.

　"저놈은 시정잡배라 아무래도 말이 안 통하는 놈 같네. 그런 놈한테 괜히 아쉬운 소리 하지 말고 잠시 우리 집에 와서 같이 지내다가 집을 구해서 이사 가는 게 나을 듯하네."

　시환은 장인어른의 말을 따르기로 하고 세간을 장인어른 집으로 옮기기로 했다. 먼저 조부 침실의 천정과 벽체 일부를 떼어내어 장인어른 집을 수리하는 데 쓰고자 했다. 천정을 떼다가 그 위에 상자가 들어있는 걸 발견했다. 그 상자는 아주 겹겹이 봉해져 있었다. 시환이 그 상자를 열어보니 다른 거는 없고 장부 한 권만 덜렁 들어있었다. 그 장부 책을 펼쳐보니 어디에 은 얼마, 어디에 은 얼마를 묻어 놓았다고 적혀 있었다. 맨 마지막에는 "90 먹은 노인 공명公明이 직접 작성함."이라고 적혀 있었다. 시환은 너무나도 기뻤다. 그 장부를 소매 품에 집어넣고 인부들에게 그만 작업을 중지하라고 이르고는 즉시 장인어른 집으로 달려갔다.

"그렇다면 이사 갈 필요가 없지 않은가!"

지덕은 즉시 시환과 함께 시환이 살고 있는 집으로 출발했다. 먼저 조부의 침실 난간의 왼쪽 다리를 받치고 있는 주춧돌 아래를 파보았다. 과연 장부에 적혀 있는 대로 은자 2천 냥이 묻혀 있었다. 시환은 당장 은자 140냥을 가지고 가서 집 팔기로 한 것을 물리자고 했다. 우 도령은 원래 계약대로 해야 한다면서 말을 들어주지 않았다. 지덕은 우 도령 주변 사람이나 친척을 찾아다니며 일이 원만하게 해결되도록 도와 달라 부탁했다.

우 도령은 만약 물리려 한다면 계약금으로 받은 돈의 두 배는 줘야 한다고 했다. 시환이네한테 그런 돈이 없을 거라고 얕잡아 본 것이라. 하나 시환에게는 조부에게서 받은 은이 넘쳤으니 당장 그 280냥을 우 도령에게 갖다 주었다. 우 도령은 뭐라 할 말이 없어서 일단 은자를 받아두었다. 그러고는 계약서를 어디 뒀는지 보이지 않는다고 시환을 속여 일단 돌아가게 하고는 이 일을 현청 아문에 고소해버렸다. 다행히도 현령 진陳 씨가 공평무사한 관리였던지라 우 도령의 평소 행실을 감안하고 향신 지덕이 사위를 위하여 부탁해 온 상황도 고려하여 우 도령에게 계약 원금 140냥에다가 14냥만 더 받으라고 판결했다. 더불어 우 도령에게 나머지 126냥은 학당을 수리하는 비용으로 내놓을 것이며, 계약서는 바로 시환에게 돌려주라 했다. 뺀질이 곽가에게는 곤장형을 내렸다. 우 도령은 이 판결을 받아들고 부끄러움을 넘어 울화가 치밀어 시환 자신과 그의 조부와 부친의 없는 악행을 날조하여 적어서 부친에게 보냈다. 더불어 재상 이 씨에게 부탁하여 지방관리로 하여금 시환을 붙잡도록 하여 달라고 했다. 그러나 사람이 아무리 수작을 부려 해코지하려 해도 하늘이 가만있지 않는 법.

물에 빠뜨리려고 해도 빠지지 않고
불에 태우려 해도 바람이 거꾸로 불어 자기한테 먼저 불붙네.

때는 바야흐로 원나라 순제 때, 순제가 실정을 거듭하니 홍건적이 기의하여 이곳저곳을 휩쓸고 다니니 조정에서는 추밀사 교교咬咬에게 토벌의 임무를 맡겼다. 재상 이 씨는 평소 홍건적에게서 뇌물을 받아먹었던지라 군사작전을 쓰기보다는 투항하도록 하는 게 좋다고 주장했다. 그러나 자신의 뇌물 수수가 밝혀져 마침내 반역죄로 하옥되었다. 재상 이 씨와 함께한 무리를 조사하니 우 도령의 아버지 우 만호가 첫째로 거론되어 온 가족이 참수당하게 되었다. 이 소식을 들은 하인이 득달같이 우 도령에게 전하니 우 도령은 당황한 나머지 금은보화 같은 것만 챙겨서 가족들을 데리고 바닷가를 바라고 도망쳤다. 도망 길에 홍건적 무리 방국진方國珍에게 처첩과 보물을 뺏기고 자신은 목이 잘렸다. 이게 다 평소 저지른 악행의 업보였다.

한편, 시환은 조부가 숨겨둔 은자를 파내어 집을 되찾았다. 장부에 적혀 있는 대로 차근차근 파보니 한 치의 착오도 없었다. 시환은 만 냥이 넘는 은자를 얻었다. 한데 은자 천오백 냥을 묻어두었다는 뽕나무, 대추나무 과수원은 텅텅 비어 있었다. 시환은 그저 귀신이 가져갔나 보다 생각하고 계천을 조금도 의심하지 않았다. 시환은 이후 전답을 사들이고는 장인어른에게 관리를 부탁했다. 시환은 갈수록 더욱더 부유해졌다. 이제 시환이 상복을 벗기만 하면 정혼한 지덕의 딸과 정식 결혼할 것이니 그걸 여기서 미주알고주알 길게 이야기할 필요는 없겠다.

계천은 회계현에서 제법 알아주는 거부가 되었다. 전답이 많아지니 부역의 부담도 늘어나고 관가에서 이래저래 건수를 잡아 돈을 뜯어가니 참으로 화딱지가 났다. 계천의 이웃에 우가 성을 가진 사람이 하나 있었다. 그 사람은 재담꾼 우가라고 불렸다. 우가는 뻔질나게 대도(북경)를 드나들었으며 재주도 빠삭했고 권문세가도 제집처럼 드나들었다. 계천이 하루는 자신의 고민을 재담꾼 우가에게 털어놓았다. 우가가 바로 이렇게 대답했다.

"아니 돈을 주고 관직을 사면 되잖아요. 우선은 체면유지용으로 그만이고, 부역도 면제받으니 꿩 먹고 알 먹고인 셈이죠."

"그게 돈이 얼마나 들까? 우형이 다리 좀 놔봐."

"그 일이야 제 전공이죠. 이 지역 오 지방의 허 만호, 위 만호가 모두 내가 주선해서 된 거니까. 그 양반들 다 자색 관복에 황금빛 허리띠를 매고서 천석의 봉록을 받고 있다오. 내가 형님한테 이 일을 주선한다면야 최선의 노력을 기울이지 않을 리 없죠. 많이 들면 3천 냥, 적게 쓰면 2천 냥 정도면 될 겁니다."

계천은 그 말에 홀딱 넘어가 일단 은자 50냥을 착수금조로 건네주고 난 다음 은자 3천 냥을 챙겨 날을 잡아 우가와 함께 대도로 출발했다. 대도로 가는 길 내내 우가가 온갖 입에 발린 말로 계천을 꼬드기니 계천이 우가를 너무나도 믿어 그와 의형제를 맺었다. 대도에 도착하고 나서는 3천 냥을 다 넘겨주고 맘대로 쓰라고 했다.

머리에 관모만 쓸 수 있다면,
은자 주머니가 텅 비어도 뭐가 아까우랴!

반년이 지났을까, 우가가 와서 호들갑을 떨면서 축하하는 것이었다.

"형님, 경사 났습니다. 조만간 형님은 귀인이 될 겁니다. 그러나 지금 이 재상이 너무 욕심이 많아서 비용이 예전보다 열 배는 올랐네요. 3천으로는 턱도 없고 최소한 5천은 있어야겠어요."

계천은 그 말을 듣고 이미 3천이나 썼는데 그 돈이 다 날아갈까 봐 걱정이 앞섰다. 계천은 우가에게 부탁하여 권세가한테 2천 냥을 빌렸다. 그 2천 냥 가운데 반은 남겨놓고 나머지 천 냥을 우가에게 건넸다. 석 달이 더 지난 어느 날 나졸 넷이 들이닥쳤다.

"신임 만호 나리께서 모셔오라 하셨습니다."

계천은 무슨 별 볼 일 없는 관리가 자기를 부르나 싶어 물었다.

"만호 나리 성씨가 어떻게 되시오?"

"가보면 알 거 아뇨. 여기서 밝힐 수는 없소."

계천은 의관을 정제한 다음 나졸 넷을 따라 으리으리한 아문에 도착했다. 그 만호라는 자는 검은색 관모, 검은색 도포 그리고 관대를 매고서 아문의 대청에 앉아 있었다. 나졸 둘은 계천 옆에 붙어 있고 나머지 둘이 먼저 안으로 들어가 보고했다. 조금 있다가 대청에서 안으로 들어오라는 전갈이 왔다. 계천은 평생 아문의 대청이란 곳에 들어가 본 적이 없으니 심장이 벌렁벌렁했다. 아전 하나가 계천을 대청 앞까지 안내하더니 무릎 꿇고 절하게 했다. 그 만호라는 자는 답례도 하지 않았다. 그러고는 나지막이 이렇게 말했다.

"지난번에 빌려준 것은 내가 이미 잘 썼다네. 내가 이렇게 발령을 받았으니 언제고 갚을 수 있게 되었어. 너무 걱정하지 말게나. 한데 내가 이제 막 발령을 받아서 돈 쓸데가 많아. 자네 주머니에 아직 1천 냥이 남아 있을 테니 그걸 나에게 마저 빌려주게나. 내가 나중에 한꺼번에 갚겠네."

그 만호가 말을 마치더니 계천을 데려온 나졸 넷에게 명령했다.

"저 사람 숙소에 데리고 가서 은자를 받아와 보고하도록 하라. 만약 저 자가 말을 듣지 않으면 그대로 끌고 오너라. 저자에게 큰 벌을 내리리라."

계천은 나졸들에게 억지로 끌려서 은자 천 냥을 건네줄 수밖에 없었다. 정말로 화가 나지만 뭐라고 할 수도 없었다. 이튿날 계천에게 돈을 빌려준 사람이 계천이 아직도 벼슬자리를 얻지 못한 것을 보고서는 차용증을 들고 찾아와 원금과 이자를 어서 갚으라고 닦달했다. 계천은 하는 수 없이 고향 집으로 사람을 보내어 전답을 팔아 2천여 냥을 마련하여 갚았다. 정말로 억울하기 그지없었으나 어디 하소연할 데도 없어 그저 창피한 마음만 가지고 고향으로 돌아가려 했다. 마침 이때 우가가 마차를 타고 앞뒤로 수종들을 따르게 하여 지나가는 것을 보고서 눈에 핏발이 섰다.

"너 죽고 나 죽자!"

대장간에 달려가 날카로운 세모꼴 칼을 하나 사서 품에 감추었다. 내일 새벽 오경에 우가 놈이 입조할 때 칼로 찔러죽이고자 마음먹었다. 비록 이 일로 자기가 죽더라도 그렇게라도 해야 분이 풀릴 것 같았다. 뭔 일이라도 반드시 하려고 들면 마음이 긴장되는 게 인지상정인데 사람 죽이는 일이야 말해 무엇하리. 계천은 밤새 잠을 이루지 못했다. 창문 밖이 환해지는가 싶어 자리에서 화들짝 놀라 일어나 밖으로 나갔으나 그저 새벽 사경임을 알리는 북소리만 들려왔다. 다시 방으로 돌아와 자리에 앉았다. 두 시간만 기다리면 되었으나 마음이 싱숭생숭 진정되지 않았다.

계천은 칼을 들고 우가 놈 집을 찾아갔다. 대문이 닫혀 있었으나 옆에 개구멍이 있었다. 이 순간 계천은 자기도 모르게 바닥에 쓰러지고 말았다. 그리고 자기 몸이 그 개구멍을 지나 안으로 들어갔다. 대청마루에는 불빛이 환하게 밝혀져 있고 노인장 하나가 의자에 앉아 있었다. 바라보니 시제

같았다. 계천은 시제가 자기를 알아볼까 봐 걱정했지만 달리 피할 곳이 없었다. 시제에게 공손히 읍을 한 다음 감히 일어나지 못하고 그대로 손바닥을 땅에 대고 무릎으로 기어서 시제 쪽으로 다가갔다.

"예전에 저를 보살펴주신 은혜를 감히 잊지 못하고 있습니다. 일전에 아드님이 찾아왔을 때는 제가 마침 수중에 돈이 부족하여 제대로 챙겨주지 못했습니다. 제가 마음이 변해서 그런 건 아니었습니다. 다음에 꼭 후하게 챙겨줄 것입니다."

시제가 버럭 소리를 질렀다.

"아니 저런 짐승 같은 놈이 뭘 그렇게 지껄이는 거야!"

계천은 시제가 자기 말을 들어주지 않는 걸 보고는 당황했다. 이때 안에서 시환이 나왔다. 계천은 시환의 옷자락을 붙잡고 억지웃음을 지으며 전에 함부로 대했던 것을 사과했다. 시환이 소리를 질렀다.

"이 짐승만도 못한 놈이 뭐라고 하는 거야!"

시환이 계천을 발길질하며 떨쳐내었다. 계천은 아무 말도 하지 못하고 고개를 숙인 채 걸었다. 주방까지 걸어가니 시환의 모친 엄 씨가 의자에 앉아서 국자로 고깃국을 뜨고 있었다. 계천은 고기 냄새를 맡고선 좋아서 깡충깡충 뛰다가 무릎을 꿇고 머리를 조아렸다.

"지난번에 아드님이 그냥 성급하게 떠나가 버리는 바람에 마님을 제대로 대접하지 못했습니다. 너무 서운하게 생각하지 마시기 바랍니다. 혹 고깃국 남은 거 있으면 한 그릇 주시지요."

엄 씨가 하녀에게 빽 소리를 질렀다.

"저놈을 당장 쫓아내라."

하녀가 부지깽이를 들고 계천에게 달려왔다. 계천이 깜짝 놀라 후원으로 도망쳤다. 후원에는 마누라 손 씨, 큰아들 계고, 둘째아들 계교桂喬, 막

내 딸 경지瓊枝가 모두 한자리에 모여 있었다. 자세히 바라보니 그들은 모두 개로 변해 있었다. 다시 자기를 돌아보니 자기도 역시 개로 변해버린 것 아닌가. 계천이 깜짝 놀라 눈물을 흘리며 마누라에게 물었다.

"아니 어떻게 여기에 온 거요?"

"수월관음전에서 당신이 이승에서 은혜를 갚지 못하면 다음 생에 개나 말이 되어서라도 은혜를 갚겠다고 한 말을 잊으셨소? 저승에서는 약속을 가장 중시한다는데 이제 우리가 시제의 은혜를 저버려서 이런 업보를 당하게 된 것이니 무슨 말을 하겠습니까?"

"당초 과수원에서 은자 항아리를 찾았을 때 난 시제에게 먼저 돈을 갚으려고 했어. 하지만 욕심 많은 당신의 말을 듣고서 내가 눈이 멀었지. 시제의 아들과 부인이 찾아왔을 때도 나는 그네들을 좀 챙겨주려고 했는데 당신이 극구 말려서 결국 이런 재앙을 당한 것이지. 이게 다 당신 때문이라고."

"남자가 어디 마누라 말 일일이 다 듣는답디까! 내가 아녀자 소견머리에서 말한 건데 그걸 일일이 주워섬기며 따라 하는 사람은 또 누구야!"

두 아들이 고했다.

"이미 지난 일 지금 와서 말해 봐야 무슨 소용이 있겠습니까! 다 속만 상하지요. 배고파 죽겠는데 어디 먹을 게 없을까요?"

계천 일가는 서로 앞서거니 뒤서거니 하면서 뒤뜰로 갔다. 연못을 도는데 사람 똥이 눈에 들어왔다. 보기엔 너무도 더러웠으나 워낙 배가 고픈 지라 킁킁대며 냄새를 맡아보았다. 향긋했다. 마누라와 두 아들이 먼저 먹었다. 계천은 자기도 모르게 침이 질질 흘러나왔다. 혀로 핥아보니 참 달았다. 왜 이렇게 조금밖에 없는 거야 하고 생각하는데 어린아이 하나가 연못가에 나와서 똥을 눴다. 그 아이가 들어간 다음 그 똥을 입으로 물다가 아차 실수하여 연못에 빠뜨리고 말았다. 너무나 아까웠다. 이때 주방장이 나와 중얼거리는 소리가 들렸다.

"자 살지고 통통한 놈으로 삶아야겠구나."

주방장이 계천의 큰아들을 잡아갔다. 계천의 큰아들은 애절하게 소리를 내며 울었다. 계천이 깜짝 놀라 자리에서 일어났다. 등에 땀이 흥건하게 배었다. 꿈이었다. 계천은 아직도 그냥 숙소에 있었던 것이다. 하늘은 이미 환하게 밝았다. 계천은 계속해서 꿈 생각이 나서 아무 일도 하지 아니하고 한참을 멍하게 앉아 있었다.

"전에 내가 시제를 속여먹었더니 이제 우가 놈이 나를 속여먹는구나. 결국 뿌린 대로 거두는 것인가. 아, 나는 남 탓할 줄만 알았지 자기 반성할 줄은 몰랐구나. 이런 꿈을 꾸게 해서 하늘이 나를 깨우쳐 주는구나."

계천은 한숨을 내쉬고는 강물에 칼을 던져버리고 주섬주섬 짐을 꾸려 고향으로 출발했다. 마누라를 설득하여 시환 모자에게 은혜를 갚을 요량이었다.

너무도 기이한 꿈,
배은망덕한 놈을 깨우치는도다.

꿈을 꾸고 난 계천은 마음이 콩닥콩닥 뛰었다. 서둘러 고향 집에 도착하여 보니 아무도 보이지 않고 너무도 적막했다. 대청에 들어서니 왼쪽에 관 두 구가 보였다. 관 앞에는 제사상이 놓여 있고 그 상에는 위패 두 개가 놓여 있었다. 하나에는 '장남 계고', 다른 하나에는 '차남 계교'라 적혀 있었다. 계천은 너무 놀라 지금 내가 헛것을 보고 있나 하는 생각이 다 들 정도였다. 계천이 두 눈을 비비고 다시 바라보았다.

"아이고, 아이고!"

계천이 괴로움에 사무쳐 울부짖는 소리가 온 집안을 진동시키니 하녀 서넛이 달려 나와 계천을 보고는 이렇게 고했다.

"나리, 마침 잘 오셨습니다. 마님께서 지금 병세가 위중하여 나리만을 기다리고 있습니다."

너무 놀라서 얼이 다 빠진 계천은 서둘러 안채로 들어가 마누라 침대 머리까지 다가갔다. 며느리 둘과 딸년이 머리맡에서 훌쩍훌쩍 울고 있었다. 계천이 다가가니 모두가 놀라서 얼이 빠진 듯 그저 입에서 나오는 대로 아버지, 나리 하며 불러대고 한쪽으로 쭉 물러섰다. 그러고는 일제히 소리를 질렀다.

"어서 살펴보세요."

계천은 그제야 겨우 입을 열어 한마디 했다.

"마누라!"

이때 계천의 마누라가 갑자기 두 눈을 치켜뜨고 계천을 똑바로 바라보았다. 그러고는 이렇게 말했다.

"아버님, 왜 이제야 돌아오셨어요?"

계천은 마누라가 지금 병들어 정신이 나가버린 모양이라 생각하고 이렇게 답했다.

"마누라, 어서 깨어나 보시게. 내가 돌아왔다네."

며늘아기와 딸이 모두 다가와 소리쳐 부르자 계천의 마누라는 눈을 멍하니 뜬 채 눈물만 흘리며 이렇게 말하는 것이었다.

"아버님, 저 큰아들 계고입니다. 만사万俟 총관 집에서 맞아 죽었습니다. 너무도 괴롭습니다."

계천이 어찌 된 일이냐고 되물으니 계고는 꺽꺽 울기부터 한다.

"지난 일을 말해 무엇하겠습니까. 우리 집안이 시가네한테 은혜를 입었을 때 아버님이 개나 말이 되어서라도 보답하겠노라고 맹세한 것을 염라대왕이 기억하시고서 저와 동생 그리고 어머니를 내일 바로 시가네 집 개의 태 속에 집어넣어 개로 태어나게 할 거랍니다. 수캐 두 마리는 저와 동생이고, 등에 혹이 난 암캐는 바로 어머님입니다. 아버님은 아직 천수가 다 되지 않았으니 내년 팔월 복날에 시가네 집의 개로 태어나실 것입니다. 이렇게 아버님께서는 맹세를 지키시는 것입니다. 다만 여동생만은 시환과 정혼한 정분이 있어 개로 변하는 것만은 면하게 되었답니다."

계천은 큰아들의 말과 자신의 꿈이 딱 맞아떨어지는 것을 보고서 모골이 송연했다. 계천이 다시 뭘 물어보려는 순간, 계천의 마누라가 그만 숨을 거두고 말았다. 온 집안은 슬픔에 잠겼다. 계천은 하인들에게 장례 치르기를 준비를 하라 하고는 딸을 불러 아들들과 마누라가 병에 걸려 저세상을 떠난 연유를 물었다.

"아버님께서 대도로 떠나신 후에 둘째 오빠가 기생과 도박에 빠져서 집이야 전답을 만사 총관한테 반값에 팔아넘겼습니다. 그러다 결국 한 달 전에 병에 걸려 죽고 말았습니다. 큰오빠는 둘째 오빠가 전답을 팔아치운 영문을 알지도 못한 채 동쪽 마을에 도조를 받으러 갔다가 만사 총관 집에서 나온 사람과 승강이를 벌이다 몽둥이로 두드려 맞고 피를 흘리고 쓰러져 집에 돌아와서 며칠을 버티지 못하고 세상을 떠나고 말았습니다. 아버님이 대도에서 사기를 당했다는 소식을 듣고서 어머니는 날마다 걱정하고 또 걱정하고 있었는데 아들 둘마저도 앞서거니 뒤서거니 세상을 떠나고 말았으니 비통한 마음이 넘쳐흘렀습니다. 아버님은 돌아오시지 아니하지, 너무도 답답한 마음에 심한 몸살에 걸려 사흘 전에는 등에 혹이 다 터져 마침내 인사불성이 되어버린 것입니다. 이리저리 의원을 청해 와도 다들

고개를 절레절레 흔들기만 했습니다. 그래도 천만다행으로 아버님이 돌아오셔서 어머니 눈 감는 걸 지켜보셨습니다."

딸 말을 듣고 난 계천은 누가 자신의 심장을 바늘로 콕콕 찌르는 것만 같았다. 스님들을 불러 아홉 날 동안 독경을 하고 공덕을 빌게 했다. 죄를 빌고 고액에서 벗어나게 해달라고 빌었다. 그런 와중에 하인들이 너무 피곤하였던지 그만 촛불을 잘못 건드려 불이 나고 말았다. 방이야 마루야 하나도 남김없이 모두 불에 타 잿더미로 변하고 말았다. 관 세 구마저도 다 타버려 아무것도 남지 않았다. 계천과 딸 그리고 두 며느리, 이렇게 넷의 목숨만 겨우 건졌다. 남은 넷은 하늘을 찾고 조상을 찾으며 울고불고하느라 눈이 다 빨개지고 목이 다 쉬어버렸다. 몇 차례나 기절했는지 모른다.

지난날 저질렀던 과오,
한꺼번에 죗값을 치르는구나.

낙타가 아무리 말라도 코끼리보다 힘세다는 말처럼 계천이 비록 이렇게 망했다 해도 그래도 남은 땅이 어찌 없었겠는가! 일단 아쉬운 대로 그걸 팔아 돈을 좀 마련했다. 며느리 둘이 아직 나이도 창창한데 평생 수절하라 할 수도 없는 노릇이라 친정으로 보내 개가할 수 있게 해주고자 했다. 하녀와 하인 가운데 떠나가겠다고 하는 자들은 보내주고 일부는 팔고 자신을 시중들어 줄 하인 하나 그리고 여종 둘만 남겼다.

계천은 배를 불러 타고서 소주로 향했다. 시환과 자기 딸내미의 혼례를 올려주고 시환에게 돈도 좀 주고자 했다. 시환의 형편이 어려우니 필시 아직 결혼하지 않았을 거라고 단정했다. 하나, 시환을 어디서 찾아야 할지 막막했다. 시환이 살았던 곳을 찾아가 주변에 물어보면 어렵지 않게 알 수 있을 것 같았다. 배가 오추방에 도착하자 계천이 부리나케 하선하여 시환이 살았던 집으로 달려갔다. 시환의 집 모습이 확 바뀌어 있었다. 예전 모습보다 몇 배는 더 정갈해진 것 같았다.

"다른 사람한테 팔린 것인가? 어쩜 이렇게 깔끔하고 화려하게 꾸며놓았을까."

계천은 옆집 사람에게 물었다.

"여기 살던 시 씨네는 다 어디로 이사해갔나요?"

"아니, 이 집이 바로 시 씨네 집 아뇨?

"요 몇 년 사이에 시 씨네에 뭔 일이 있었나요?"

옆집 사람은 시환의 모친 엄 씨가 세상을 뜬 일, 시환이 집을 팔려다 은 단지를 발견한 일을 소상히 알려주었다.

"게다가 시환은 지금 지덕 나리의 여식을 부인으로 맞아들였다네요. 그 부인은 현숙하고 살림 솜씨도 좋아 집안을 잘 꾸려가고 있습니다. 부부 사이의 금슬은 또 얼마나 좋다구요. 살림이 갈수록 늘어 예전 시제 나리 살아 있을 때하고는 상황이 완전히 달라졌어요."

계천은 이 말을 듣고 기쁘기도 하고 놀랍기도 하고 부끄럽기도 하고 후회가 되기도 했다. 자신의 여식을 시환에게 시집보내려니 시환에게는 이미 부인이 있고, 그냥 시집보내지 않으려니 정혼한 약속을 지키지 못하고 더불어 자신이 입은 은혜를 갚을 길도 없었다. 시환의 모친 엄 씨의 조문을 하고 싶었으나 시환이 자신을 냉랭하게 대할까 봐 걱정되기도 했다. 그렇다고 조문 건 말고는 지금 시환을 방문할 핑곗거리가 딱히 없었다.

계천은 한참을 망설이다가 일단 창문에 숙소를 마련했다. 그리고 친구 이매헌을 찾아 자신의 여식을 시환에게 둘째 부인으로 주고 싶으니 다리를 놓아 달라고 부탁했다. 이매헌이 계천에게 이렇게 조언했다.

"이런 일은 서둘러서 좋은 건 없지. 일단 자네가 시환을 만나보고 그런 다음 천천히 진행해 보세."

다음 날 계천은 이매헌과 함께 시환의 집을 찾았다. 이매헌이 먼저 안으로 들어가 시환에게 계천이 겪은 불행을 설명하고 계천이 시환을 만나 직접 지난 일을 사과하고 싶어 한다는 말을 전했다. 시환은 계천을 만나고 싶어 하지 않았다. 이매헌이 두 번이고 세 번이고 거듭 부탁하자 선친의 친구이기도 한 이매헌의 체면을 봐서 차마 매몰차게 모른 체하지 못하고 마지못해 만나보겠노라고 했다. 시환이 보니 계천이 부끄러워하는 기색이 역력했다. 계천의 얼굴이 빨개지고 땀이 배어 옷이 흥건히 젖었다. 계천이 고개를 숙이고 용서를 빌었다. 시환이 입을 열었다.

"어인 일로 오셨습니까?"

이매헌이 대신 대답했다.

"첫째는 자네 선친 영전을 참배하고자 함이요, 둘째는 자네에게 죄를 빌고자 함이라네."

시환이 코웃음을 치며 말했다.

"사과도 필요 없고, 수고롭게 참배할 필요도 없습니다."

이매헌이 이렇게 말했다.

"허허, 예의를 차리고 오는 상대방에게 박절하게 굴지 말라는 옛말도 있지 않은가? 그래도 계천이 이렇게 호의로 자네 선친에게 참배하고자 왔는데 야박하게 대하면 못쓰네."

시환은 하는 수 없이 하인에게 선친을 모신 사당 문을 열라 했다. 계천은 제수를 진설하고 시제의 영전에 절을 올렸다. 이때 갑자기 검은 개 세 마리가 집 안쪽에서 뛰어나오더니 계천의 주위를 맴돌다가 그의 옷자락을 물고 컹컹 짖어댔다. 뭔가 할 말이 있는 모양이었다. 그 가운데 한 마리는 등에 혹이 솟아 있었다. 그게 바로 자기 마누라의 환생이었다. 나머지 두 마리는 바로 자기 아들들이었다. 계천은 자신이 꾸었던 꿈과 마누라가 죽기 전에 했던 말을 떠올렸다. 인과응보라는 게 허튼소리가 아니었던 것이라. 계천은 땅을 치며 통곡했다. 이런 사연을 모르는 시환은 계천이 자신의 선친에게 지은 죄를 뉘우치며 저렇게 통렬하게 우는가 보다 생각하고 계천을 미워하던 마음을 조금 누그러뜨리기 시작했다. 계천은 시환의 마음이 조금 누그러진 것을 보고 시환과 자신의 여식이 예전에 정혼했던 일을 꺼내었다. 시환은 얼굴빛이 바뀌며 바로 안채로 들어가 버리고 다시는 나오지 않았다. 계천은 숙소로 돌아와 여식에게 오늘 시환네 집에서 개 세 마리를 만났던 이야기를 해주었다. 부녀는 서로 가슴이 짠했다.

이렇게 개로 환생할 줄 알았더라면,
진즉에 그놈의 몹쓸 짓을 하지 않았을 텐데.

다음 날 계천은 이매헌과 함께 다시 시환을 찾아갔다. 시환은 아프다 핑계 대고 만나주질 않았다. 계천이 연거푸 네 차례나 찾아갔지만 시환을 만나지는 못했다. 계천은 하는 수 없이 이매헌을 자기 숙소로 불러 자신이 대도에서 꾼 꿈 이야기랑 자기 마누라가 병석에서 숨을 거두기 전에 했던 말을 차근차근 이야기해주었다. 그러고는 자기 여식을 불러 인사를 시켰다.

"이 딸년이 어려서 마마를 앓을 때 함께 마마를 앓던 시제랑 정혼을 시켜놓고서도 내가 서두르지 않고 차일피일했던 것을 이제 와서 후회한들 무엇하겠는가! 사람의 정해진 팔자를 내가 감히 어찌할 수는 없는 것. 마누라와 두 아들이 모두 저세상으로 떠난 마당에 저 딸년 하나만 달랑 남아

의지가지없는 신세가 되었으니 시환이가 저 딸년을 하녀로라도 거둬주고, 이내 몸을 하인으로라도 거둬주면 내가 죽을 때까지 모실 것이라. 내가 그렇게 개과천선할 수 있으면 개로 환생하는 것은 면할 것이고 딸년 앞길을 열어주고자 하는 소원도 이룰 수 있을 걸세."

계천이 말을 마치고 두 눈에서 눈물을 줄줄 쏟았다. 계천의 이야기를 들은 이매헌도 마음이 짠하여 이를 다시 시환에게 들려주면서 시환을 달래고 또 달랬다.

"제가 정말 힘들고 어려울 때 지금의 장인어른께서 여식을 저에게 아내로 주시고 그 아내가 집안 살림을 야무지게 해왔는데 제가 어찌 그런 조강지처를 버리고 다른 여자를 얻을 수 있겠습니까? 게다가 계천 일가는 우리 어머님이 한을 품고 돌아가시게 만든 자들인데 그 집안 여인과 인연을 맺는다면 구천에 계신 저의 어머님이 어찌 맘이 편하시겠습니까. 그런 말씀 다시는 하지 마십시오.."

"그대의 장인어른은 학덕을 겸비한 선비요, 그대의 부인은 현숙한 여인네의 도리를 누구보다도 잘 알고 있을 것이니 계천의 현재 상황을 말해주기만 하면 분명 이해할 것이라네. 게다가 계천의 여식은 자네 선친 사당에 개 세 마리가 나타났다는 이야기를 전해 듣고는 밤새 울며 자신을 희생해서라도 어머니가 지은 업보를 씻어내고자 한다네. 그런 여인을 소실로 맞아들이면 자네 본부인에게도 도움이 될 걸세. 그리고 자네의 부모도 저승에서 이 소식을 듣는다면 기뻐할 걸세. 현명한 자는 지난 과오에 너무 얽매이지 아니하고 타인에게 너무 그렇게 야박하게 굴지 않는다 했네. 일단 자네 장인어른하고 한번 상의를 해보시게나."

시환이 재차 거절하려는 그 순간, 시환의 장인 지덕이 안에서 나왔다.

"자네 너무 그렇게 사양하지 말게나. 내가 안에서 다 자세하게 들었다네. 딸내미도 분명 흔쾌히 동의할 걸세. 여보게 매헌 자네가 번거롭겠지만 중매 역할을 좀 맡아주시게."

바로 이때 시환의 부인 지 씨가 금은보화와 비단을 준비하여 하녀 편에 이매헌에게 전달했다. 이매헌이 날을 잡고 혼사를 진행했다. 당초 시제의 살림이 궁색해지자 계천이 이미 정혼한 것을 미루고 결혼시키지 않았다가 이젠 도리어 첩으로 자기 딸을 보내게 되었다. 계천의 딸이 박복한 팔자였다기보다는 계천이 은혜를 저버리고 너무 욕심을 부린 탓이리라.

주유의 계책이 아무리 기막히다 한들,
결국은 여인도 잃고 병사도 잃고!

계천의 여식은 본디 성격이 온순한 데다 순종의 미덕을 발휘할 줄 알아 시환의 본부인 지 씨와 사이가 원만했다. 계천은 자기가 가진 걸 모두 털어 법당을 짓고 아침저녁으로 불공을 드리고 재를 올렸다. 계천의 여식도 밤마다 향을 사르며 죽은 어머니와 오빠를 위하여 재를 올렸다. 이러기를 1년여, 어머니와 오빠가 꿈에 나타났다.

"우리가 불력을 입어 죄업에서 벗어났구나."

아침에 계천이 여식에게 밤새 개 세 마리가 모두 죽었다는 말을 전해주었다. 계천의 여식은 자신의 장신구를 팔아 땅을 사서 거기에 개를 묻어 주었다. 지금까지도 창문 밖에는 세 무덤이 그대로 자리 잡고 있다. 계천은 불법을 수행하고 죄업을 닦으며 나이를 먹어갔다. 시환은 본부인과 소실이 협력하여 집안 살림을 잘 해주니 다른 데 신경 쓰지 아니하고 오직 학문에 매진하여 월등한 성적으로 향시에 합격했다. 회시를 치르러 대도로 가는 사위를 따라 계천도 대도로 갔다. 마침 이때 우가 놈이 황제 친위

대 장교로 있다가 뇌물을 받아서 탄핵되고 재판관에게 심문을 받게 되었다. 우연히 길에서 계천을 만나고는 부끄러워하며 땅에 엎드려 지난번에 사기 친 죄를 빌었다. 우가 놈의 처자식이 뒤에 따라오다가 바닥에 엎드려 제발 좀 도와달라고 하소연했다. 계천은 불쌍한 마음이 들어 수중의 돈을 탈탈 털어 주고 말았다. 우가 놈이 머리를 조아리며 이렇게 말했다.

"나리 제가 이승에서 이 은혜를 다 갚지 못하면 다음 생에 개나 말이 되어서라도 이 은혜를 다 갚겠나이다."

계천은 혀를 끌끌 차며 떠나갔다. 나중에 들리는 소리가 우가 놈은 옥고를 견디지 못하여 결국 옥사하고 말았다 한다. 계천은 인과응보가 한 치도 어긋남이 없음을 깨닫고 불법을 더욱 깊이 믿게 되었다. 이 해 시환은 대도에서 과거 시험에 급제하여 본부인과 소실을 다 데리고 임지로 부임했다. 시환의 두 부인은 각각 아들을 둘씩 낳았다. 계천은 시환의 집에서 늘그막을 같이 보냈다. 오늘날까지 시 씨네와 지 씨네는 동오 지방의 명문 가문으로 행세하고 있다.

잘못을 뉘우치니 말년에 별 탈 없이 늙어가고
널리 보시하고 어진 행동을 하니 자손이 번성하네.
세상 사람들아 선행을 베풀지니,
하늘은 배은망덕한 자에게는 복을 내려주지 않는다네.

미소 한 번에 부부의 연을 맺다

唐解元一笑姻緣
— 당 선비가 미소 한 번에 연분을 맺다 —

매 경을 알리는 북소리, 새벽이 오는 걸 알리는 닭울음 소리,

해가 높이 솟으니 달은 저물고.

가을 겨울이 가니 봄 여름이 오고,

배와 말은 남북으로 그리고 동서로.

거울에 비친 얼굴은 나이 들어가고,

세상사 인생사 굴곡도 많아라.

어쩌다 잠시 한가한 틈이라도 있으면,

탁주 한 잔에 오이소박이 안주라도 걸칠지니.

이 시는 소주 사는 재주 많은 선비가 지은 것이다. 그 선비의 이름은 당인唐寅, 별명은 백호伯虎였다. 총명하기가 이 땅의 으뜸이요, 학문은 하늘 아래 최고였다. 글씨면 글씨, 그림이면 그림, 음악이면 음악, 뭐 하나

빠지는 게 없었다. 사와 부 그리고 시와 문장은 붓을 한번 들었다 하면 그 자리에서 줄줄 써 내렸다. 됨됨이가 호탕하고 얽매이기 싫어했으며 세상 만물에 휘둘리지 않는 성격이었다. 소주에서 태어나 지금은 오추가吳趨街에서 살고 있었다. 그가 생원이 되었을 때 끝말 이어가기 식의 시를 10여 수 지은 적이 있었다. 그 시의 제목은 꽃과 달을 노래한다는 뜻의「화월음花月吟」으로, 구절마다 꽃과 달이 등장하며 등장하는 순서가 구절마다 바뀐다.

하늘 밑 그림자 움직이네, 꽃이 달을 맞이하는구나,
규중심처에 돌아오니 달이 꽃을 짝하고 있구나.

구름 사이로 달이 얼굴 내미니 꽃도 보기 좋아라,
깊은 밤, 꽃이 밝은 달빛 아래 얼굴을 드리웠구나.

이런 구절들이 특히 사람들에게 칭송을 받았더라. 소주부의 태수 조봉曹鳳이 이 시를 보고 당인의 재주를 아끼고 사랑하게 되었다. 이로 말미암아 조봉은 향시 시험관에게 당인이 재주와 명성이 뛰어나다며 특별히 추천했다. 그 시험관의 이름은 방지方誌, 은현鄞縣 출신이었다. 방지는 당인이 자기 재주를 믿고 오만한 데다 소소한 예의범절에 얽매이지 않는다는 소문을 듣고 어떻게든 당인을 벌주고자 했다. 조봉이 힘껏 변호하여 준 바람에 당인이 화를 면하긴 했으나 향시를 치르도록 허락을 받지는 못하고 있었다. 조봉이 다시 간청하고 또 간청하여 겨우 가장 낮은 수준의 수험생들 옆자리 하나를 배정받게 해주었다. 이 향시에서 당인은 해원解元으로 합격했다. 당인은 회시를 치르러 북경으로 떠났다. 당인의 명성이 더욱 자자해져서 북경 사는 명사들이 그와 먼저 사귀기를 청했고 당인과 사귀는 것을 명예롭게 여길 정도였다.

회시를 주관하는 정 첨사程詹事는 몰래 과거 시험 문제를 팔곤 하여 뒷말이 무성했다. 정 첨사는 제법 글 잘 짓는다고 소문난 자를 일단 장원에 붙여줘서 이런 말을 하는 자들의 입을 막고자 했으니 당인 같은 자가 있는 게 너무 다행이었다. 정 첨사는 몰래 당인을 만나 장원급제를 약속해주었다. 당인은 뭘 들으면 못 감추는 성격이라 술 한잔 걸치면 사람들에게 이렇게 자랑했다.

"이번에 장원급제할 사람은 바로 날세!"

이 말을 들은 사람들은 정 첨사가 과거 시험 감독을 하면서 뒷돈을 받는 것을 익히 아는 데다가 당인의 재주를 질투하는 마음까지 일어나니 과거 시험 감독관이 공정하지 못하다는 소문이 널리 퍼지기 시작했다. 이 소문은 언관의 귀에까지 들어갔다. 정 첨사가 답안지 채점하는 것을 금한다는 어명이 내려졌다. 아울러 정 첨사와 당인을 하옥시키고 문초하겠노라 했다.

당인은 공명을 이루고자 하는 뜻을 버리고 고향으로 돌아와 술과 시를 탐닉했다. 사람들은 당인을 당 선비라고 불렀다. 사람들은 당 선비가 시나 문장을 적은 작은 종이쪽지라도 하나 얻으면 무슨 귀중한 보배라도 얻은 것처럼 좋아했다. 그 가운데에서도 특히 그림을 윗길로 쳤다. 당인은 인생의 희로애락을 물감으로 풀어냈다. 당인의 그림 한 폭이 완성되면 사람들은 앞다퉈 후한 값을 치르고 사갔다. 내 뜻을 노래함이란 의미의 칠언절구「언지言志」를 그 증거로 보인다.

연단술을 부리지도 아니하고 참선을 하지도 아니한다네,

장사도 나가지 아니하고 밭 갈러 나가지도 아니한다네.
짬이 나면 그림이나 한 폭 그려 판다네,
구린 돈이나 버는 그런 사람이 되지 않고자 한다네.

한편, 소주에는 여섯 개 문이 있었으니 봉封, 반盤, 서胥, 창閶, 루婁, 제齊가 바로 그것이다. 그 여섯 문 가운데 창문이 가장 번화했으니 수레와 배가 몰려드는 곳이었다.

잘 차려입은 사람들 수도 없이 누각을 오르락내리락,
백만금에 달하는 것들이 물길을 따라 동으로 서로.
밤새 시장은 문을 닫을 줄을 몰라,
이 지방 저 지방 사투리가 사방에서 들려오네.

하루는 당 선비가 놀잇배를 타고 창문을 지나는데 허다한 문인들이 당 선비의 명성을 익히 듣고서 찾아와 인사했다. 그들은 부채를 꺼내서 당 선비에게 글을 좀 써 달라고 부탁했다. 당 선비는 붓에 먹물을 묻혀 절구 몇 수를 쓱쓱 적어주었다. 이 소문을 듣고 당 선비 찾아오는 자들이 날로 늘어났다. 당 선비는 이를 몹시도 귀찮아하면서 시동에게 술잔에 술을 담아 오게 했다. 선실 창문에 기대어 혼자서 술잔을 기울이다 화려한 장식을 한 배가 옆을 지나는 게 보였다. 그 배에 비취색 장신구를 단 여인들이 타고 있는 게 눈에 들어왔다. 그 가운데에서도 파란 옷을 입은 젊은 여인이 특별히 얼굴 윤곽도 뚜렷하고 몸매도 나긋나긋했다. 그 여인이 배에서 목을 빼꼼히 내밀더니 당 선비를 바라보고 입을 살짝 가리고 미소 지었다. 그 배가 가까이 다가왔다가 지나치자 당 선비의 가슴이 콩닥콩닥 뛰었다. 당 선비가 뱃사람에게 물었다.

"저 배가 누구 배인지 알겠느냐?"

"저 배는 무석無錫 화 학사華學士네 배입니다."

당 선비는 그 배를 뒤쫓아 가고자 급히 작은 배를 불렀으나 오지 않았다. 마음이 너무도 허전했다. 시동에게 배를 불러오라고 시키려는 찰나, 성 안쪽에서 한 척이 미끄러져 나오고 있었다. 당 선비는 그 배에 누가 타고 있는지 따질 겨를도 없이 마구 손짓하고 소리를 질러 불렀다. 그 배가 점점 다가왔다. 누군가가 뜸 안에서 이물 쪽으로 걸어 나오더니 이렇게 소리쳤다.

"아니, 백호 지금 어디 가려고 그렇게 서두르는 거야?"

당 선비가 고개를 들어보니 다른 사람이 아니라 바로 자기의 친한 친구 왕아의王雅宜였다.

"멀리서 나를 보러 찾아왔던 친구한테 답방을 하러 가는 길이라네. 어서 가야 할 텐데. 자네는 어디로 가는 길인가?"

"나는 친지 두 분을 모시고 모산茅山에 향을 사르러 가는 길일세. 아마 거기서 며칠 머물다 돌아올 거야."

"나도 모산에 향을 사르러 가고 싶었는데 같이 갈 사람이 없었다네. 자네랑 같이 가고 싶은데!"

"자네가 같이 가고 싶으면 어서 집에 가서 짐을 챙겨오게나. 내가 여기서 기다림세."

"지금 당장 출발할 수 있어. 따로 집에 갔다 올 필요가 어디 있겠나!"

"아니 그래도 초랑 향 같은 거는 준비하여야 하지 않나."

"그런 거는 가서 사지 뭐."

당 선비는 시동을 집으로 돌려보내는 한편 자기한테 글을 써달라고 부탁한 사람들에게 온다간다는 말도 없이 곧장 배에 올라탔다. 당 선비는 뜸 안으로 들어가 왕아의에게 인사한 다음 어서 배를 출발시키라고 거듭 재촉했다. 뱃사람은 당 선비를 알아보고는 감히 그 말을 무시하지 못하고 바로 상앗대로 밀고 노를 저었다. 얼마 지나지 않아 아까 보았던 그 화려한 장식을 한 배가 눈에 들어왔다. 당 선비는 뱃사람에게 저 배를 따라가라고 명했다. 사람들은 영문도 모른 채 그저 그 배를 뒤쫓기만 했다. 다음 날 무석에 도착했다. 그 배 안에 있던 자들은 성안으로 들어갔다. 당 선비가 입을 열었다.

"여기까지 와서 혜산 샘의 물맛을 안 보면 섭섭하지."

당 선비는 뱃사람한테 혜산 샘에 가서 물을 길어오라 했다.

"자, 배는 여기다 대어놓고 내일 아침 일찍 다시 출발하자고. 우리도 같이 성안으로 들어가서 구경 좀 하고 오자고."

뱃사람이 대답하고서 먼저 출발했다. 당 선비는 왕아의 그리고 다른 몇 사람과 같이 강둑에 올라 성안으로 들어갔다. 성안은 너무도 화려하고 시끌벅적했다. 당 선비는 일행과 헤어져 혼자서 그 화려한 장식을 한 배에 타고 있던 사람을 찾았다. 당 선비는 그곳 지리에 익숙하지 못한지라 이쪽으로 갔다가 저쪽으로 갔다가 하면서 다 찾아보았으나 종적을 찾을 수가 없었다. 큰길을 걸어가노라니 사람들의 환호성이 들려왔다. 당 선비가 멈춰 서서 소리 나는 쪽을 바라보니 십여 명의 하인이 비단 덮개가 씌워진 가마를 메고서 동쪽에서부터 다가오고 있었다. 구름떼처럼 많은 하녀들이 뒤에서 따라오고 있었다. '인연이 있으면 천만리 떨어져 있어도 다시 만나기 마련'이라는 옛말도 있지 않은가. 바로 그 하녀 가운데 당 선비가 전에 창문에서 보았던 파란 옷을 입은 젊은 여인이 있었다. 당 선비는 너무도 기뻤다. 당 선비는 멀리서 그 일행을 뒤따랐다. 그 일행은 저택 앞에 도착했다. 하녀들이 나와 그 일행을 안으로 맞아들였다. 주위 사람에게 물어보니 화 학사 댁이라고 알려주었다. 방금 가마를 타고 온 여인이 바로 화 학사의 부인인 듯했다. 당 선비는 그 여인이 어디 사는지를 알았으니 바로 길을 물어 성 밖으로 나왔다. 마침 물을 뜨러 간 자들도 돌아왔다. 왕아의도 배로 돌아왔다. 왕아의가 당 선비에게 물었다.

"자네는 어디를 다녀온 거야? 한참 찾았네그려."

"인파에 떠밀려가다 보니 길을 잃었어. 사람들한테 물어물어 겨우 이렇게 돌아올 수 있었다네."

당 선비는 왕아의에게 그 여인 이야기는 빼놓고 하지 않았다. 한밤중 당 선비가 꿈을 꾸며 미친 듯이 소리지르는 게 마치 귀신이 들리기라도 한 것 같았다. 사람들이 깜짝 놀라 흔들어 깨웠다. 당 선비가 입을 열었다.

"꿈에 황금 갑옷을 입은 귀신이 나타나 황금 방망이로 나를 때리면서 내가 향을 사를 때 정성을 다하지 않았다고 꾸짖더군. 내가 머리를 조아리며 애걸복걸하니 나한테 한 달 동안 금욕하고 혼자서 절에 들어와 사죄하라 하시더군. 날이 밝으면 자네랑은 그대로 가던 길을 가고 난 우선 돌아가 봐야겠네. 아무래도 자네랑 같이 계속 길을 가긴 어려울 것 같네."

왕아의는 당 선비의 말을 곧이곧대로 믿었다. 날이 밝을 무렵 마침 소주로 가는 배를 만나 당 선비가 그 배로 옮겨 탔다. 배를 타고 가던 당 선비가 갑자기 뱃사람에게 두고 온 물건이 있다며 다시 돌아가 봐야겠다고 했다. 당 선비가 뱃사람에게 돈푼을 쥐여 준 다음 서둘러 강둑으로 올랐다. 당 선비가 객점을 찾아들어 해진 옷과 해진 두건을 사서 바꿔 입고는 가난뱅이 차림을 했다. 그런 다음 화 학사네가 운영하는 전당포로 가서 전당 잡히고 돈을 빌린다는 핑계로 집사를 만났다. 당 선비는 비굴한 어투로 잔뜩 기세를 낮추고는 집사에게 부탁했다.

"소인은 성은 강康, 이름은 선亘이라고 하며 오현吳縣 출신입니다. 글씨를 잘 써서 전에는 학관에서 아이들을 가르치며 호구했습니다. 한데 마누라가 먼저 세상을 떠나고 학관에서마저 일을 할 수가 없게 되어 이 한 몸 어디 의지할 곳이 없나이다. 혹 대갓집에서 문서 정리하는 일을 맡을 수 있기를 바라고 또 바랄 뿐입니다. 혹시 이 댁에서 사람이 필요하지는 않으신지요? 만약 저를 채용해주신다면 그 은혜를 잊지 않겠습니다."

당 선비는 품 안에서 해서체로 적은 종이를 꺼내어 집사에게 보여주었다. 집사가 보아하니 그 글씨가 또박또박하면서도 정말 멋들어졌다.

"내가 오늘 저녁에 학사 댁으로 돌아가서 나리께 말씀을 올려보지. 내일 다시 찾아오라고."

이날 밤 그 집사가 당 선비의 종이를 화 학사에게 보였다. 화 학사가 그 글씨를 보더니 칭찬해 마지않았다.

"정말 잘 썼구나. 이건 보통 사람이 쓴 게 아니로다. 내일 그 사람을 불러서 나에게 데리고 오너라."

다음 날 아침 당 선비가 전당포로 찾아가니 집사가 그를 화 학사에게로 데려갔다. 화 학사가 보니 당 선비의 인물이 범상치 않더라. 먼저 당 선비에게 이름과 고향을 물었다. 그런 다음 이렇게 물었다.

"그래 책은 어느 정도나 읽었는가?"

"겨우 현의 시험이나 치르고 국자감에 진학하지는 못했습니다. 경서 정도는 모두 외우고 있습니다."

"그래 어떤 경서를 공부했는가?"

당 선비는 본디 『상서』에 조예가 깊긴 했으나 오경에 두루 정통했기에 화 학사가 『주역』에 일가견이 있다는 걸 알고는 이렇게 대답했다.

"『주역』을 공부했습니다."

화 학사가 기뻐하며 말했다.

"내 사무실에서 문서 작성을 담당하는 인원은 이미 다 찼으니 내 아들 공부하는 거를 좀 봐주면 될 것 같구먼."

화 학사가 당 선비한테 사례를 얼마나 받기를 원하는지 물었다.

"사례라니 뭐 그런 말씀을! 그저 옷이나 입혀주시면 되는 거죠. 나중에 제가 맘에 드시면 장가나 들여 주시면 고맙겠습니다."

화 학사는 당 선비의 대답을 듣고 더욱 맘에 들어 했다. 화 학사는 바로 전당포 집사를 불러 옷가지를 찾아와 당 선비한테 주고 입으라 했다. 아울러 당 선비의 이름을 화안華安이라 지어주었다. 화안은 서재로 가서 화 학사의 아들을 만났다. 아들은 화안한테 자기가 지은 문장을 베껴 쓰게 했다. 화안은 적다가 문맥이 통하지 않으면 직접 고쳐 적곤 했다. 아들이 화안이 고쳐준 문장을 보고서 깜짝 놀랐다.

"넌 학식이 빼어난 자로구먼. 언제부터 공부를 그만둔 건가?"

"공부를 포기한 적은 없습니다. 다만 너무 가난해서 잠시 쉬고 있을 따름입니다."

아들은 그 말을 듣고 너무 기뻐했다. 그는 화안한테 자기의 과제를 매일 고쳐주도록 했다. 화안은 일필휘지 그의 과제를 고쳐주었다. 마치 쇳덩이가 황금으로 변하는 것 같았다. 어떤 때 그가 작문의 주제를 잘 이해하지 못하면 화안이 그에게 풀어 설명해주기도 했다. 그가 도저히 작문을 해내지 못하면 화안이 아예 처음부터 대신 지어주기도 했다. 화 학사 아들의 스승이 그의 학문이 나날이 발전하는 걸 보고 화 학사한테 자랑했다. 화 학사가 아들의 스승한테 아들의 작문 과제를 가져와 보라고 했다. 화 학사가 그걸 보더니 고개를 절레절레 흔들었다.

"이건 내 아들이 직접 쓴 게 아니라네. 다른 사람 걸 베꼈거나 아니면 다른 사람한테 써달라고 부탁한 걸세."

화 학사는 아들을 불러 연유를 물었다. 아들은 감히 속이지 못하고 이실직고했다.

"화안이 고쳐준 것입니다."

화 학사가 깜짝 놀라며 당장 화안을 불러들여 과제를 내주고 문장을 짓게 했다. 화안은 망설이지도 아니하고 바로 붓을 들어 쓱쓱 적더니 바로 화 학사에게 바쳤다. 화 학사가 보니 화안의 손이 백옥같이 하얗고 왼손은 육손이었다. 그가 적은 문장은 의미도 멋들어지고 글자 또한 또박또박 멋이 있었다. 화 학사는 그런 그를 보고 더욱 기뻐했다.

"자네 요즘 유행하는 문장을 이렇게 잘 짓는 걸 보니 고문 역시 멋지게 잘 지을 것 같구먼!"

화 학사가 화안을 자기 사무실로 들여 서기를 맡겼다. 화 학사가 보내는 모든 서찰은 다 화안이 담당했다. 화 학사가 어떤 내용으로 서찰을 보낼 것인지 대강 말해주면 화안이 그걸 알아듣고 대신 서찰을 작성했다. 길이를 길게 할지 짧게 할지, 어투를 부드럽게 할지 드러내놓고 직설적으로 할지를 화안이 스스로 헤아려 지어내었다. 나중에 화 학사가 다시 덧붙이거나 뺄 일이 없었다. 화 학사는 화안을 갈수록 더 신임하게 되었고 다른 사람보다도 특별히 더 상급을 내려주었다. 그럴 때마다 화안은 사무실에서 같이 일하는 동료들에게 술과 안주를 사서 한턱내곤 하니 그를 싫어하는 동료가 있을 리가 없었다. 그러는 와중에 화안은 다른 사람들이 눈치채지 못하게 파란 옷을 입고 있던 그 젊은 여인에 대하여 알아보았다. 그 여인의 이름은 가을 향기란 뜻의 추향秋香, 화 학사의 부인을 바로 곁에서 모시는 하녀로 그 부인에게서 한시도 떨어지는 적이 없었다. 아무리 고민해봐도 묘책이 없었다. 때는 바야흐로 늦봄, 화안은 자신의 한탄을 담아 꾀꼬리 가락에 부쳐라는 뜻의 「황앵조黃鶯調」 사를 지었다.

> 비와 바람이 가는 봄을 전송하고
> 소쩍새 구슬피 울고
> 꽃잎은 어지러이 날리는구나,
> 이끼 가득 낀 정원,
> 빨간 안채 문은 굳게 닫혀 있네.
> 외로운 등불 하나 나지막이 불빛 비추는데,
> 혼자서 이불을 덮는 둥 마는 둥,
> 쓸쓸함, 외로움 그리고 주룩주룩 흘러내리는 눈물,
> 나 언제 돌아갈꼬,
> 그리움은 그리움으로 끝없이 이어지는데,
> 이 봄, 내 꿈은 저 하늘 끝까지 맴돈다.

어느 날 화 학사가 우연히 화안의 숙소에 들렀다가 벽에 적어놓은 이 사를 보게 되었다. 화 학사는 자기 밑에서 서기로 일하는 화안이 지었다는 걸 알고는 화안을 거듭 칭찬해 마지않았다. 화 학사는 화안이 한창때에 아내를 떠나보내고 홀아비로 살아가는지라 이런 고독감이 없을 리가 없지 하고 생각했을 뿐, 화안이 그 나름의 꿍꿍이가 있어 이런 사를 지었다고는 전혀 생각하지 못했다.

마침 이 무렵 전당포 집사가 병들어 저세상으로 떠나고 말았다. 화 학사는 화안에게 잠시 그 전당포 일도 같이 맡아달라고 했다. 화안이 전당포 집사 직을 맡은 지 한 달, 화안은 조금도 사사로움 없이 일했으며 금전출납을 너무도 성실하고 정확하게 했다.

화 학사가 마침내 화안을 정식으로 전당포 집사로 임명했다. 다만 화안이 홀아비 신세라서 중요한 일을 맡기기가 좀 꺼려지는 점이 아쉬웠다. 화 학사가 부인과 함께 상의하고 매파를 불러 화안의 중매를 맡겨보라 했다. 화안이 그 매파에게 은 석 냥을 건네며 화 학사 부인에게 이렇게 말해 달라고 부탁했다.

"화안은 화 학사 나리 마님께서 신경을 써주셔서 새장가 들게 생겼으니 그 은혜가 하늘 같고 땅 같습니다. 다만 외부 사람이 들어오면 이 대갓집의 법도에 익숙하지 못할까 걱정입니다. 마님 주위에서 마님을 모시는 하녀 가운데 하나를 택하여 화안에게 짝 지워주시는 게 좋을 것 같습니다. 그게 또 화안의 바람이기도 합니다."

매파가 화안의 말을 그대로 부인에게 전달했다. 부인은 그 말을 또 화 학사에게 그대로 전했다. 화 학사가 부인의 말을 듣고 이렇게 말했다.

"그렇게 하면 우리나 화안이나 둘 다 좋겠지. 사실 화안이 처음 우리 집에 올 때 보수를 안 받겠다고 하고 그저 장가나 들여 달라고 했었어. 이젠 화안이 우리 집에서 제법 중요한 인물이 되었으니 자기 맘에 드는 처자가 아니면 또 어떤 소리를 할지 몰라. 차라리 그를 대청에 불러서 하녀를 다 세워놓고 맘에 드는 처자를 고르라고 하는 게 나을 것이야."

부인이 옳은 말이라며 고개를 끄덕였다. 그날 밤, 부인이 대청에 앉아 환하게 등불을 밝히고 20여 명의 하녀를 모두 꽃단장시켜 두 줄로 세웠다. 마치 옥빛 연못에서 선녀들이 서왕모를 둘러싸고 있는 모습과도 흡사했다. 부인이 화안을 불러오라 했다. 화안이 대청 안으로 들어와 부인에게 인사를 올렸다. 부인이 화안에게 말했다.

"나리께서 자네가 성실하고 부릴 만하다고 하시면서 자네에게 처자 하나를 상으로 내린다 하셨네. 자, 내 하녀들 가운데 하나를 골라보게."

말을 마치고 부인은 나이든 하녀에게 등불을 들고 하녀들을 비춰 보이라 했다. 화안이 쭉 살펴보았으나 다들 인물이 빼어난 편이었으나 자신이 바라던 그 파란 옷의 처자는 보이지 않았다. 화안은 옆에 서서 아무런 말도 하지 않았다. 부인이 나이든 하녀에게 이렇게 일렀다.

"자네가 가서 화안에게 맘에 드는 처자 아무나 말해주면 그 처자를 줄 것이라고 알려주게나."

그 말을 듣고서도 화안은 묵묵부답이었다. 부인은 은근히 화가 나서 이렇게 소리쳤다.

"화안, 자네 눈이 참 높구먼. 이 많은 처자 중에 맘에 드는 처자가 하나도 없단 말인가?"

"마님께 아뢰옵니다. 마님께서 소인에게 새 장가를 들여 주시고 거기에 더하여 제 짝을 스스로 고를 수 있게 해주시니 이는 정말로 유례를 찾을 수 없는 큰 은혜를 베풀어주신 것입니다. 이 은혜를 제가 어떻게 갚을 수 있겠습니까? 다만 마님이 거느리시는 하녀 가운데 마님 바로 곁에서 모시는 하녀들은 여기 나오지 아니한 것 같습니다. 저는 모든 하녀를 다 보기를 원하옵니다."

"아니, 내가 쩨쩨하게 하녀 몇을 감추고 안 보여준다고 의심하는 것인가? 좋아, 아직 안채에서 나오지 않은 하녀들을 모두 불러내서 저 선비의 소원을 풀어주거라."

화 학사의 부인 바로 곁에서 부인을 모시는 네 하녀는 각자 자신만의 일을 분담하여 맡고 있었다. 이 네 하녀의 이름이 무엇이던고?

봄 예쁨이란 뜻의 춘미春媚, 여름 깔끔이란 뜻의 하청夏淸, 가을 향기란 뜻의 추향秋香, 겨울 행운이란 듯의 동서冬瑞.

춘미는 머리 장식과 화장, 하청은 향로와 차, 추향은 사시사철의 옷가지, 동서는 술과 과일 그리고 먹을거리를 담당하고 있었다. 집안 살림을 총괄하는 하녀가 화 학사 부인의 명을 받들어 네 하녀를 모두 불러왔다. 네 하녀가 옷 갈아입을 겨를도 없이 평소 입은 그대로 달려왔다. 추향은 이날도 파란 옷을 입고 있었다. 총괄 하녀가 네 하녀를 데리고 오더니 화 학사 부인 뒤쪽으로 조용히 물러났다. 촛불이 대청 안을 대낮처럼 환하게 밝히고 있었다. 화안이 한눈에 알아보았다. 예전에 보았던 아름다운 자태가 완연히 떠올랐다. 그러나 화안은 입을 열어 대답하지는 않고 기다리고 있었다. 총괄 하녀가 화안의 뜻을 헤아리고서 자기가 먼저 말문을 열었다.

"누가 맘에 드시는지요?"

화안은 이미 맘에 추향을 꼭 담아두고 있었으나 입으로 그 이름을 직접 말하지는 못하고 그저 손가락으로 추향을 가리키며 이렇게 말했다.

"저 파란 옷을 입고 있는 처자라면 평생을 함께할 수 있겠습니다."

화 학사 부인이 추향을 바라보며 살며시 미소 지었다. 부인이 화안에게 먼저 나가라고 했다. 화안은 전당포로 돌아왔다. 기쁘기도 하고 두렵기도 했다. 이렇게 좋은 기회가 왔다는 것은 기쁨이요, 아직 확실하게 일이 마무리된 게 아니니 혹 잘못될 수도 있다는 것은 두려움이었다. 달은 휘영청 대낮같이 밝았다. 화안이 혼자서 배회하다가 시를 한 수 지었다.

맥 풀린 맘, 밤에 잠 못 이루고
바람도 잠들고 새마저도 버들가지에 기대어 잠든 이 밤,
이내 심사를 누구에게 털어놓을꼬,
파란 하늘 밝은 달에게 이 심사를 털어놓을까.

다음 날 부인은 화 학사에게 어제 있었던 일을 설명해주었다. 아울러 깔끔한 방 하나를 마련하여 침대야 이불이야 가구야 모두 다 빠짐없이 준비하게 했다. 온 집안의 하인과 시동들이 전당포의 새 집사 화안을 기쁘게 해주고자 하는 마음에 이 물건 저 물건을 다 들고 와서는 방에 들여놓고 장식하니 방 안이 마치 비단을 박아 장식한 것처럼 고왔다. 날짜를 잡고 화 학사 부부가 혼주 역할을 맡았다. 대청에서 화안과 추향이 맞절을 하고 나니 악사들이 악기를 연주하며 신방으로 이끌었다. 합환주를 마시며 신랑 신부가 서로 기뻐했음을 말할 필요가 없을 것이다.

깊은 밤, 추향이 화안에게 물었다.

"낭군님을 전에 뵈온 듯한데 그게 어딘지 기억이 나질 않네요."

"곰곰이 생각해 보시라."

며칠이 지나고 추향이 화안에게 물었다.

"전에 창문에서 뱃놀이할 때 우연히 본 적이 있지 않아요?"

"맞아."

"당신은 분명 뼈대 있는 집안 태생일 터인데 어찌하여 이렇게 스스로 몸을 낮추어 여기로 찾아오셨습니까?"

"그대가 배에서 나를 보고 미소 지었을 때부터 그대를 잊지 못했으니 내가 내 나름의 계책을 세워 이렇게 그대를 찾아온 것이라오."

"허다한 선비들이 몰려와 낭군님을 둘러싸고 하얀 부채에다 글과 그림을 그려 달라 떼쓰는데 낭군께서는 전혀 상관하지도 않으시고 술잔을 기울이시기에 저는 낭군님이 진정 보통 분이 아니라는 생각이 들어 낭군님을 바라보며 미소를 지었던 것입니다."

"여인으로서 이 세상 속물 같은 남자들 사이에서 빼어난 선비를 가려낼 줄 안다면 그 여인이야말로 홍불紅拂이나 탁문군卓文君 같은 존재지."

"나중에 남문 거리에서 한 번 더 뵈온 듯합니다."

"역시 눈썰미가 있구먼. 과연, 과연!"

"낭군님은 절대 근본 없는 사람은 아닐 터 대체 어떤 분이신지요? 실제 이름을 알려주셔요."

"나는 소주에서 온 당 선비라고 한다네. 그대와는 삼생에 걸친 인연이 있어 이렇게 서로 만나게 된 걸세. 내가 이렇게 신분을 밝혔으니 여기서 오래 머물기는 힘들 걸세. 그대는 나를 따라나설 준비가 되었는가?"

"낭군님께서는 소첩을 위해 몸소 소중한 자신의 몸을 낮추고 저를 찾아주셨는데 제가 어찌 낭군님의 말씀을 거역할 수 있겠습니까?"

다음 날, 화안은 전당포의 물건 명세를 자세히 작성하고, 신방의 옷, 장신구, 가구의 명세를 정리하고, 결혼 선물로 받은 것의 명세도 소상히 정리했다. 화안은 그 물건을 하나도 건드리지 않았다. 화안은 그 세 종류의 명세서를 서류 상자에 넣고선 자물쇠를 채웠다. 그런 다음 그 열쇠를 자물통에 그대로 놔두었다. 화안이 벽에다 시 한 수를 적었다.

화양동華陽洞 찾아가는 길,
그대 자취가 내 발길을 붙잡네.
홍불과 함께 고매한 삶을 살고픈지라,
주가朱家의 보살핌을 받는 신세가 된들 뭐가 문제랴.
배필을 얻었으니 남이 비웃은들 어떠하리,
그저 조용히 내 몸 낮추고 부끄러움도 참으리.
주인 나리가 내 본명을 물으신다면,
처음 내가 소개한 강선康宣 두 글자로 대신하리.

그날 밤 작은 배 한 척을 세내었다. 강가에 배를 대어놓고 인적이 드물어질 무렵 신방 문을 걸어 잠그고 추향과 함께 배에 올랐다. 밤새 소주를 향하여 배를 몰았다. 아침이 밝을 무렵 화 학사 집안 사람들이 화안의 신방 문이 잠겨 있는 것을 보고 득달같이 화 학사에게 보고했다. 화 학사가 사람을 시켜 문을 열어보라 했다. 침대랑 가구랑 손도 대지 아니하고 가게 장부도 정확하게 정리되어 있었다. 화 학사가 아무리 궁리하여 보아도 도무지 영문을 알 도리가 없었다. 고개를 들어보니 벽에 시 여덟 구절이 적혀 있었다. 화 학사가 그 시를 읽고 나더니 홀로 생각에 잠겼다.

"아, 저자는 강선이 아닌 게로구나. 그런데 어인 일로 우리 집에 찾아와서 그렇게 긴 시간을 보낸 것인가. 재물에는 손끝도 대지 아니한 걸 보면 그렇게 나쁜 놈은 분명 아닌 것 같고. 추향은 또 무슨 연고로 저자를 따라간 것일까? 그 두 사람은 또 어디로 간 걸까? 하녀 하나 잃어버리는 거야 뭐 대수일까만 그래도 연유라도 좀 알고 싶구나."

화 학사는 사람을 시켜 포졸을 불러오게 했다. 화 학사는 그 둘을 붙잡으면 상급을 주겠다고 약속했다. 포졸들이 각처를 돌아다니며 강선과 추향을 찾았으나 도무지 그림자도 찾을 수가 없었다. 일 년 정도가 지나자 화 학사는 이 일을 그냥 한켠으로 밀어놓았다.

어느 날 화 학사가 소주에 사는 친구를 찾아가게 되었다. 창문을 지날 때 시동 하나가 서점에 앉아서 책을 읽고 있는 선비를 보았다. 그 선비가 화안하고 너무도 많이 닮았더라. 왼손이 육손인 것까지도 같았다. 그 시동이 화 학사에게 이 사실을 아뢰었다. 화 학사가 그 말을 곧이 믿지 못하고 어서 다시 가서 살펴보고 이름도 알아오라 했다. 시동이 다시 서점으로 돌아가 보니 그 선비가 동년배와 이야기를 나누고 있었다. 그러다 두 사람이 계단을 내려갔다. 시동이 아무도 몰래 두 사람을 뒤따랐다. 두 사람은 동자문童子門으로 배를 타러 갔다. 두 사람 뒤를 네댓 명의 수행원이 따르고 있었다. 시동이 뒤따라가면서 살펴보니 화안이 틀림없었다. 시동이 다만 급히 나서지는 않고자 했다. 시동이 다시 서점으로 돌아가 서점 주인에게 물었다.

"방금 여기서 책 보고 간 사람은 누구인지요?"

"당백호 선비라네. 오늘 문형산文衡山 나리가 배에서 술 한잔하자고 초청했다네."

"그럼 방금 같이 간 사람이 바로 문형산 나리인가요?"

"아, 그분은 축지산이라네. 그분도 다 같은 명사라네."

시동이 그 이름을 다 머릿속에 담아두었다가 돌아가서 화 학사에게 보고했다. 화 학사가 시동의 말을 듣고 깜짝 놀랐다.

"설마 세속에서 벗어나 자유롭게 살아간다고 소문난 당인이 바로 화안일 리가! 내일 내가 직접 찾아가서 만나보면 사실을 알 수 있겠지."

이튿날 화 학사가 자신의 이름을 적은 쪽지를 들고 오추방에 있는 당 선비 집을 찾았다. 당 선비는 화들짝 놀라며 달려나와 화 학사를 맞아 자리를 안내했다. 화 학사가 당 선비의 얼굴을 이리 살피고 저리 살펴도 틀림없는 화안이라. 자신에게 차를 내는 손을 살펴보니 백옥같이 하얀 손에 왼손이 육손인 것까지 같더라. 입을 열어 물어보고 싶었으나 어찌 물어야 좋을지 난감했다. 차를 마시고 난 다음 당 선비는 화 학사에게 서재로 자리를 옮겨 앉기를 권했다. 화 학사는 당인이 바로 화안인지 확실히 판가름 나지 않은 상황이라 당 선비의 말대로 서재로 옮겨 앉았다. 가지런히 꽂혀 있는 책을 보고 찬탄해 마지않았다. 잠시 후 술상이 나오고 당 선비와 화 학사는 권커니 잣거니 했다. 화 학사가 먼저 물었다.

"그대의 동네에 강선이란 사람이 있다고 들었소이다. 그자는 학식이 뛰어나나 아직 때를 만나지 못했다고 들었는데 그대는 그자를 아시오?"

"예, 예!"

"그 강선이란 자가 내 집에서 서기 노릇을 한 적이 있소이다. 그때는 화안이란 이름을 썼지요. 내 아들놈 공부를 봐주다가 내 사무실에서 서신 작성하는 것을 맡아했다가 나중에는 우리 집에서 운영하는 전당포의 집사 일을 맡아했답니다. 그자는 상처한 처지라 내가 그에게 우리 집 하녀 가운데 맘에 드는 자를 선택하게 했습니다. 그자는 추향을 선택하여 성혼했지요.. 한데 며칠 지나고 화안과 추향 부부가 다 사라지고 말았습니다. 신방의 살림살이는 하나도 건드리지 않고서 말입니다. 도대체 그 이유가 뭔지 알 수가 없습니다. 내가 사람들을 보내어 그자를 찾아보게 했으나 그자는 어디에도 없었습니다. 선생은 그자의 소식을 들어본 적이 있으신지요?"

당 선비가 또 "예, 예"라고 대답했다. 화 학사는 당 선비가 자기 이야기를 제대로 듣지도 아니하고 그저 아무렇게나 대답하는 걸 보고서 참을 수가 없어 다시 또 물었다.

"그자의 생김생김이 그대와 너무도 닮았습니다. 게다가 왼손이 육손인 것까지 닮았소이다. 그대는 이게 어찌 된 영문인지 아십니까"

당 선비가 또 "예, 예"라고 대답했다. 그리고 잠시 후 당 선비가 자리에서 일어나 안으로 들어갔다. 화 학사가 책상 위의 책을 들춰보니 그 안에 종이 한 장이 들어 있었다. 그 종이에 시 여덟 구절이 적혀 있었다. 읽어보니 신방 벽에 적혀 있던 바로 그 시였다. 당 선비가 나오자 화 학사가 그 종이를 들고서 물었다.

"이 시는 화안이 지은 것이외다. 필체까지 화안의 필체인 게 분명한데 그대의 집에 이게 있는 까닭을 모르겠소이다. 필시 무슨 곡절이 있을 것이니 그대가 한번 설명해주셔서 나의 궁금증을 좀 풀어주시오."

"조금만 기다려주시면 말씀드리지요."

"그대가 가르쳐주실 양이면 앉아서 기다릴 것이나 그렇지 않으면 나는 이제 일어나야겠소이다."

"말씀드리는 게 뭐 어렵겠습니까? 저는 그저 손님께서 술 몇 잔이라도 더 드시고 나면 말씀드리려 기다리고 있는 것뿐입니다."

화 학사가 술 몇 잔을 더 비우자 당 선비가 다시 대짜배기 큰 술잔에다 술을 따라 권했다. 화 학사가 술에 얼큰히 취해서는 이렇게 대답했다.

"아이고, 이미 내 주량을 넘겼소이다. 더는 힘들겠소이다. 나는 그저 내 심중의 의혹을 풀어주기를 바랄 뿐이외다."

"차린 건 없지만 그래도 밥 몇 숟가락이라도 뜨시지요."

화 학사가 밥을 다 들고 나니 당 선비가 차를 내었다. 사방에 어둠이 깔리기 시작하니 시동이 촛불에 불을 붙여 들고 왔다. 화 학사가 이러다 설명을 듣기는 글렀구나 싶어 자리를 차고 일어나 그만 가겠다고 했다. 당 선비가 화 학사를 붙잡았다.

"그 발걸음을 잠시만 멈추시지요. 궁금한 건 풀고 가셔야지요.."

당 선비가 시동에게 촛불을 들고 앞장서라 하고는 화 학사한테 그 뒤를 따르게 하고 자신도 함께 안채로 들어갔다. 안채는 촛불이 환하게 밝혀져 있었다. 안채 안쪽에서 소리가 들려왔다.

"마님이 나오십니다."

두 계집종이 젊은 마님을 모시고 나오는 게 보였다. 조신하고 예쁜 발걸음, 얼굴 가리개를 하고 있어 아리따운 그 얼굴이 분명히 드러나지는 않았다. 화 학사가 당황하여 뒷걸음질 치며 그 마님을 피하려 했다. 당 선비가 화 학사의 옷소매를 붙잡아 당기며 말했다.

"저 여인이 바로 제 처올시다. 온 집안의 어른이신 학사 나리께서 당연히 절을 받으셔야지요. 피할 이유가 없습니다."

계집종이 자리를 펴니 젊은 마님이 그 위에서 절을 올렸다. 화 학사가 답례로 절을 하려는 찰나 당 선비가 화 학사에게 그러지 마시라며 말렸다. 젊은 마님이 연거푸 네 차례 절했다. 화 학사가 그저 두 번 읍하는 걸로 답례했다. 화 학사가 자못 미안해했다. 당 선비가 절을 마친 젊은 새댁을 이끌고 화 학사 곁으로 다가가 입을 열었다.

"나리, 한번 자세히 보시지요. 제가 화안과 너무도 닮았다고 하셨는데 이 여인은 또 추향과 꼭 닮았지 않습니까?"

화 학사가 추향을 물끄러미 바라보더니 가가대소하고는 연신 실례했다는 말을 거듭했다. 당 선비가 이렇게 말했다.

"나리께서 죄송한 것이 아니라 외려 제가 죄송한 것이지요."

두 사람은 다시 서재로 들어갔다. 당 선비가 다시 술상을 봐오게 했다. 술잔을 기울이면서 당 선비가 화 학사에게 저간의 사정을 소상히 설명했다. 배를 타고 창문을 지나다 추향을 우연히 만난 일부터 자초지종을 설명했다. 두 사람은 손뼉을 치면서 가가대소했다.

"이제 나는 그대를 집사로 대할 게 아니라 사위로 대해야겠소이다."

"만약 저를 진정 사위로 대해 주시려면 장인어른께서는 혼수부터 해주셔야 할 것입니다."

두 사람은 다시 배꼽을 잡고 웃었다. 그날 밤 두 사람은 실컷 웃고 즐기다가 헤어졌다.

집으로 돌아가는 배 안, 화 학사는 소매 품에서 당 선비가 지은 시를 꺼내어 찬찬히 음미하여보았다. 화 학사는 속으로 이렇게 생각했다.

"'화양동 찾아가는 길'이란 구절은 향을 사르러 모산에 가는 걸 두고 읊은 것이렷다. "그대 자취가 내 발길을 붙잡네"라는 구절은 도중에 추향을 우연히 보고서 발길을 멈춘 것을 두고 읊은 것이렷다. "홍불과 함께 고매한 삶을 살고픈지라, 주가의 보살핌을 받는 신세가 된들 뭐가 문제랴"라는 구절은 당 선비가 스스로 몸을 굽혀 내 집에 찾아와 추향을 데리고 간 상황을 읊은 것이렷다. "배필을 얻었으니 남이 비웃은들 어떠하리, 그저 조용히 내 몸 낮추고 부끄러움도 참으리"라는 이 두 구절은 달리 해석할 필요도 없이 뜻이 명백하구나. "주인 나리가 내 본명을 물으신다면, 처음 내가 소개한 강선 두 글자로 대신하리"라는 구절에서 '강康'자는 당 선비의 성인 '당'자와 머리 부분이 같은 글자요, '선宣'자 역시 당 선비의 본명 '인寅'자와 닮은 글자였구나. 그걸 내가 왜 진즉 눈치채지 못했던고. 추향과 식을 올리면서 받은 패물을 하나도 건드리지 아니했으니 참으로 올곧은 사람이로다. 정말 풍류를 아는 명사라 할 만하구나.'

화 학사는 집에 돌아와 부인에게 자초지종을 쭉 설명해주었다. 화 학사의 부인 역시 깜짝 놀랐다. 부인은 은자 천 냥에 달하는 혼수를 장만하여 총괄 하녀를 시켜 당 선비 집에 갖다 주게 했다. 이후로 화 학사네와 당 선비네는 마치 일가친척처럼 왕래가 끊이지 않았다. 지금까지도 소주 지방에는 이 이야기가 대표적인 풍류담으로 전해오고 있다. 당 선비가 직접 지어 자기 입장을 밝히는, 향을 사르며 조용히 앉아 부르는 노래라는 뜻의 시「분향묵좌가焚香默坐歌」는 가장 빼어난 작품으로 평가된다.

> 향을 사르며 조용히 앉아 내 인생을 되돌아본다.
> 중얼중얼 내 심사를 펼쳐보네.
> 남에게 해를 끼치는 나쁜 마음을 먹은 적은 없었는가?
> 마음에도 없는 말을 한 적은 없었는가?
> 마음과 말이 어긋나지 않는 것,

그것이 바로 효성, 우애, 정성스러움, 믿음의 시작이라네.

나머지 소소한 모자람이나 실수는 걱정할 필요 없다네,

그 작은 모자람이 어찌 나의 덕행을 모두 망가뜨릴 수 있으랴!

머리에 꽃가지 꽂고, 손에는 술잔을 들고,

가객의 노래를 듣고, 무희의 춤을 보노라.

예부터 먹는 것, 사랑하는 것이 바로 인간의 본성이라고들 말해왔으면서도,

어찌하여 먹는 것, 사랑하는 것을 추구하는 걸 부끄럽게 여기는가?

몰래 별짓을 다 하면서 겉으로는 아닌 척,

아서라, 그게 다 무슨 소용이냐.

자, 앉아서 이내 말을 들어보소,

사람은 태어나면 어차피 한 번은 죽는다네.

죽어서 염라대왕 만나 부끄럽지 않아야,

그게 바로 당당한 대장부라.

가짜 신선이 미소년을 유혹하다

假神仙大鬧華光廟

— 가짜 신선이 화광묘를 큰 혼란에 빠뜨리다 —

신선술을 배우고 싶은가? 먼저 현명해질지니,
장생불사라는 말 모두 허튼소리임을 먼저 알게 될지라.
재물과 여색을 밝히는 맘을 없애면 저절로 건강해질지라,
다른 사람 속이지 아니하면 그게 바로 신선이라.

한편, 송나라 때 항주 보제교普濟橋 근방에 보산원寶山院이란 절이 있었겠다. 가태嘉泰 연간(1201~1205)에 지어진 이 절은 화광묘라고도 불렸으며 다섯 신을 모시고 있었다.

첫째, 총명과 어짐과 선함의 신
둘째, 현명함과 의로움과 조화의 신
셋째, 정의와 지혜와 응대의 신

넷째, 올곧음과 자애와 은혜의 신

다섯째, 도덕과 신의와 기쁨의 신

이 다섯 신은 오행의 운행을 돕는 신으로 영험하기 그지없다고 소문이 났다. 이 다섯 신이 바로 오통五通1)이라고 주장하는 자들도 있으나 허튼소리에 불과하다. 소정紹定(1228~1234) 원년에 승상 정청지鄭淸之가 이 화광묘를 새롭게 고쳤으며, 이때 불전과 승방 그리고 요사채를 더 지어 그 규모가 엄청났다. 원나라가 침입해 오니 스님들이 뿔뿔이 흩어지고 건물들은 무너지고 담은 쓰러지니 사하촌마저도 퇴락해 버렸다. 지정至正(1341~1368) 원년에 스님이 보시를 받아 화광묘를 다시 일으켜 세우고 향을 사르기 시작했다. 그 자세한 이야기는 생략한다.

이 고장 출신 선비 위우魏宇라는 자가 그의 외사촌 형 복도근服道勤과 화광묘 근처 조그마한 집에서 학문을 닦고 있었다. 위우의 나이는 열일곱, 피부도 곱고 잘생긴 데다가 말투도 나긋나긋 꼭 여자아이 같았다. 문사들과의 모임에 나가면 사람들이 위 소저라고 놀리곤 했다. 이런 놀림을 받으면 위우는 얼굴이 새빨개지곤 했다. 위우는 자연스럽게 사람 만나기를 꺼리게 되었으며 그저 집에서 책을 보며 배운 걸 복습하곤 했다. 만나는 사람이라곤 외사촌 형 복도근 한 명밖에 없었다.

그러던 어느 날 복도근이 어머니가 병이 들어 시중들러 가게 되자 위우는 혼자서 자기 집에서 공부하게 되었다. 밤이 깊어 11시쯤 되었을까,

---

1) 실제로 오통은 영험 있는 다섯 신을 가리키는 단어로 사용되기도 했으며, 오통신이란 말과 오현신을 혼용하는 경우도 있다. 그러나 이 편의 작가는 오통을 불교 용어로 파악하여 신통력을 발휘할 줄 알거나 요괴를 부릴 줄 알거나 하는 어떤 경지에 도달한 상태를 가리키는 말로 파악하고 있는 듯하다. 여기서 오통이란 도통道通, 신통神通, 의통依通, 보통報通, 요통妖通 다섯 가지다.

누군가 문을 두드리는 소리가 들렸다. 위우는 외사촌 형이 돌아왔나 보다 하며 문을 열었다. 문밖에는 황금색 천에 소매 부분을 남색으로 두른 도포를 입고 머리에는 비단 윤건을 쓰고 수염을 길게 드리운 남자가 서 있었다. 그자에게선 향기가 품어져 나왔으며 이 세상을 초월한 듯한 기상마저도 느껴졌다. 그 남자 뒤에는 시동 하나가 뒤따르고 있었다. 그 시동 역시 인물이 청아하고 빼어났다. 그 시동은 빨간색 상자 하나를 들고 서 있었다. 그 남자가 위우에게 이렇게 말했다.

"나는 여동빈이라오. 내가 천하를 주유하다가 이곳에 이르게 되었구려. 멀리 하늘에서 그대의 책 읽는 소리를 들으니 그 소리가 참으로 청아합니다. 그대가 이렇게 쉼 없이 열심히 공부하니 필시 장원급제할 것이며, 게다가 신선이 될 소질마저 타고났소이다. 나와 그대는 전생의 인연이 있는 사이, 내가 그대를 이 속진 세상에서 구제해야 함은 당연지사. 오늘 그대가 혼자 있게 됨을 알고서 이렇게 특별히 찾아온 것이오."

위우는 이 말을 듣고 놀랍기도 하고 기쁘기도 했다. 위우는 황급히 여동빈에게 절을 올리고는 안으로 모셔 주빈 자리에 앉게 하고 자기는 그 옆에 앉았다. 여동빈은 시동에게 들고 있는 상자를 가지고 와서 탁자 위에 올려놓게 했다. 탁자 위에는 신선하고 진기한 과일과 산해진미가 금세 가득해졌다. 그 향기가 코를 자극했다. 황금색 술잔과 백옥 술병. 술병은 높이가 3촌도 채 되지 않았으나 술을 따르고 또 따라도 마르지 않았다. 그 술의 때깔은 노란 호박 보석 같았고, 맛은 상큼한 타락죽과도 같았다.

"이 술과 안주는 오직 신선들만이 먹고 마시는 거라오. 내가 그대와의 인연을 생각하여 이렇게 특별히 대접하는 것이오."

위우는 정신이 황홀하고 몽롱한 것이 마치 신선이 사는 세계에 있는 듯했다. 술잔을 기울이는 사이 여동빈이 입을 열어 이렇게 말했다.

"오늘 밤 우리가 이렇게 만났으니 어찌 시 한 수가 없을 수 있겠소!"

위우는 신선의 필체를 보고 싶은 마음에 즉시 문방사우를 탁자 위에 펼쳤다. 여동빈은 조금도 망설임 없이 즉시 붓을 들어 시 네 수를 적었다.

황학루에서 영험한 기운 일어나네,
반도회에서 신비로운 과즙을 마시네.
가을 햇살 받으며 자줏빛 바다에서 검이 춤추고,
매일 저녁 구름을 타고 옥황상제 사는 곳에 올라가누나. (제1수)

건물은 삐쭉삐쭉 구름 사이로 솟아올라 있네,
나는 봉래산에서 잠이 들었네.
잠든 사이에 하늘과 땅이 이렇게 늙어버려,
일어나니 세상 모든 게 상전벽해. (제2수)

금단 한 알에 우화등선,
현묘한 이치 아는 자가 드물도다.
밤에 천상의 음악 소리 들려오면,
신선이 학을 타고 날아가는 것이려니. (제3수)

검의 기세가 하늘을 날고, 바다 위로 달은 뜨고
그저 잠시 잠깐 천하를 두루 노닐고 왔더니.
반도가 3천 번 익고
속세가 9백 년 흘러가고. (제4수)

시를 적은 필체의 기세가 너무도 당당하여 위우는 찬탄하고 또 찬탄했다. 여동빈이 위우에게 이렇게 권했다.

"그대는 보통 사람들과 달리 총명하기가 그지없는 자 아니오. 어디 즉석에서 시 한 수 지어보시오. 내가 그대의 시를 보고 그대가 신선이 될 날이 얼마나 남았는지 알아보겠소이다."

그 말을 듣고 위우 역시 절구 두 수를 지었다.

열두 봉우리 위의 옥 나무,
선계에 오르는 사다리를 밟고자 한평생을 바쳤다네.
이 세상의 모든 티끌을 다 없애 깨끗하게 하고선,
상서로운 자색 구름 타고 북두성에 오르노라. (제1수)

텅 빈 하늘 무심 달만 유유한데,
경치도 빼어난 이곳, 비음정飛吟亭에서 노니네.
밤 깊어 조용한 때 천상의 옥피리 소리 울려오고,
학을 타고 영주산瀛洲山에 오르노라. (제2수)

여동빈은 시를 읽고 나서 미소 띤 얼굴로 위우를 바라보며 말했다.

"그대가 영주산에 뜻을 두고 있는 걸 보니 그대는 진정 신선의 소질을 타고났구려. 옛날 서한의 대장군 곽거병霍去病(B.C. 140~117)이 신선 사당에서 빌고 있을 때 그 신선이 곽거병에게 모습을 드러냈다고 하오. 그 신선이 곽거병에게 부부의 연을 맺고 싶다고 하니 곽거병이 버럭 화를 내며 떠나버렸다고 합니다. 나중에 곽거병이 병이 들었을 때 사람을 신선 사당으로 보내어 빌게 하니, 그 신선이 이렇게 말했다고 하지. '곽 장군이 몸이 약해져서 내가 우주의 음기를 불어넣어 주고자 했더니 곽 장군이 그걸 깨닫지 못하고 내가 음욕을 부리는 걸로 알고는 거절해 버렸소이다. 곽 장군의 병을 고칠 방법이 없소이다.' 결국 곽거병은 죽고 말았다오. 신선이 사람을 구제하는 방법은 매우 다양한지라 속세의 사람이 감히 짐작할 수 있는 게 아니라오. 인연이 있는 사람이라면 그걸 믿고 의심하지 말아야 할 것이오. 내가 그대에게 시 한 수를 더 선물하리다."

이 밤 그대를 옥 누각에서 만나노라,
불 밝히고 술잔을 주거니 받거니, 나는 오늘 밤 예서 머물리니.
잔에 담긴 그 술은 마치 옥액과도 같고 수정과도 같아라,
주흥에 겨워 시를 지으니 무산 구름을 올라타기라도 하는 듯.
속진 인간 세상과 작별을 고하고
천상에 올라 신선도를 닦으리.
이제 신선 세상에 가는 길도 가까워졌으려니,
하얀 구름 타고 하늘 끝까지 유유자적 날아가자꾸나.

위우는 여동빈이 지은 시의 뜻을 깨닫고 절구 한 수를 지어 화답했다.

신선 세계는 맑아서 속세의 때와 욕망이 없는 곳,
도를 향한 마음에는 잡됨이 없다네.
후원엔 나무도 꽃도 없으니,
수양제를 부러워할 까닭이 없으렷다.

둘은 시를 서로 주고받으며 의기투합했다. 여동빈은 시동에게 먼저 돌

아가도록 했다.

"오늘 밤 나는 여기서 머물 것이로다."

여동빈은 또 위우에게 이렇게 말했다.

"만약 그대가 나랑 열흘 동안 같이 지낼 수 있으면 그대의 정신과 기가 강건해질 것이며 하루에 만 글자를 외울 수 있게 될 것이라."

위우는 그 말을 곧이곧대로 믿었다. 얼큰하게 취기가 오르자 여동빈이 먼저 잠자리에 들었다. 위우는 옷을 입은 채 여동빈 옆에 누웠다. 여동빈이 위우에게 이렇게 말했다.

"사람의 피부가 서로 맞닿으면 정신과 기가 서로 통하게 되는 법이라. 만약 옷을 입은 채로 자게 되면 내가 그대에게 정신과 기를 불어 넣어줄 수가 없느니라."

그런 다음 여동빈은 위우를 가슴에 안고 옷을 벗겨주더니 같이 잠자리에 누웠다. 여동빈은 위우의 몸을 쓰다듬으며 점점 안으로 손길을 들이밀었다. 위우는 여동빈의 선골을 전수받고자 하는 욕심에 그걸 꾹 참고 견뎠다. 첫닭이 울 무렵 여동빈이 위우에게 이렇게 말했다.

"신선과의 만남은 함부로 누설하면 안 되네. 아직 날이 다 밝기 전에 내가 잠시 떠나 있으려네. 밤이 되면 내가 돌아오지."

여동빈은 창문을 열고 나갔다. 여동빈의 모습은 바람처럼 사라졌다. 위우는 깜짝 놀라며 여동빈이야말로 진짜 신선이라고 굳게 믿었다. 여동빈이 가져온 술잔과 술병은 모두가 진기하기 짝이 없었으니 그 만든 본새가 빼어나고 정치했다. 의자와 침대엔 여동빈의 체취가 여전히 남아 있는 듯했다. 위우는 여동빈 생각을 접을 수가 없었다. 날이 저물자 여동빈이 다시 찾아와 위우와 잠자리를 같이했다. 이렇게 연거푸 열흘 밤을 같이 지내니 둘 사이가 더욱더 가까워져 서로 떨어질 수 없을 정도가 되었다. 어느 날 밤 여동빈이 위우와 함께 술을 들다가 이렇게 말을 건넸다.

"우리가 이렇게 만나는 것을 어제 하선고(何仙姑2))가 신선들의 모임에 참여했다가 알게 되었다네. 하선고는 바로 노발대발 이를 옥황상제께 아뢰어 자네와 나를 벌주겠노라 했다네. 내가 두 번 세 번 연거푸 간청하니 그제야 겨우 화를 식히더군. 내가 자네야말로 멋진 녀석이라고 자랑했더니 자네를 보러오겠다고 하네. 밤에 하선고를 뵙게 되면 자네는 특별히 더 조심하고 특별히 더 잘 모시게나. 나도 당연히 중간에서 자네를 위해 말을 잘 해놓을 걸세. 하선고가 자네를 좋아하게 되어서 우리랑 함께하게 될지도 모르지. 만약 하선고가 우리랑 함께하게 되면 자네와 내가 이렇게 만난 일이 드러나거나 문제가 되진 않을 걸세. 게다가 하선고의 센 음기를 얻는 건 자네에게 도움이 되는 일 아니겠나?"

위우는 여동빈의 말을 듣고 너무도 기뻤다. 날이 밝기가 무섭게 맛난 술에다, 최고급 안주에다, 과일까지 챙겨 날이 저물기를 기다렸다. 마침 다행스럽게도 복도근이 어머니 병간호를 하러 가는 바람에 위우 혼자서 집에 있게 되었다. 밤이 깊어지고 인적마저 드물어질 무렵, 향을 사르고 술과 안주를 준비했다. 화려한 옷을 꺼내 입고서 몸단장했다. 두 신선이 찾아오기만을 기다렸다.

여동빈이 하선고를 데리고 위우의 집으로 찾아들었다. 하선고는 얼굴이 예쁠 뿐만 아니라 몸에서 뿜어져 나오는 광채가 너무 눈부셔 눈을 뜰 수가 없을 정도였다. 위우는 하선고를 보자마자 정신이 다 나가버리고 싱숭생숭해졌다. 위우는 자기도 모르게 하선고 앞에서 무릎을 꿇었다. 하선

---

2) 본명은 하경何瓊. 당나라 영주 무릉 사람으로 도교 8선 가운데 한 명이다. 전설에 따르면 13살 때 찻잎을 따러 산에 들어갔다가 신선을 만나 제자가 되어 선도를 먹고 신선이 되었다고 한다. 손에 연꽃을 들고 있는 모습으로 형상화된다.

고 역시 정말 듣던 대로 잘생긴 위우를 보고 마음이 환하게 밝아졌다. 하지만 하선고는 일부러 화난 표정을 지으며 이렇게 말했다.

"그래, 너희 둘 참 잘하는 짓이다! 도를 닦는 바른 길을 더럽히고, 신선 세계의 법도를 지키지도 아니하다니. 이게 어찌 도를 공부하여 세속을 초탈하고자 하는 자가 할 짓인가!"

그러나 하선고가 일부러 화난 표정을 짓는다고 속에 있는 기쁜 마음을 어찌 감출 수 있으랴! 위우가 머리를 조아리며 용서를 빌었다. 여동빈 역시 조심스럽게 옆에서 거들었다. 하선고가 이렇게 대답했다.

"그래 너희 둘이 너희의 잘못을 인정하니 이번 한 번은 용서하노라."

하선고가 말을 마치고 몸을 일으키려 하니 위우가 거듭거듭 붙잡았다.

"속세의 거친 음식이나마 받아주소서. 저의 정성이옵나이다."

여동빈이 다시 또 옆에서 끼어들었다.

"선고께서 술 몇 잔이라도 드신다면 우리를 용서해주시는 마음을 드러내 보여주시는 게 될 터이니 너무 사양하지 마십시오. 그냥 가버리시면 명색이 선고라면서 화목하게 지내기를 바라는 인간의 마음에 상처를 주는 것 아니겠습니까!"

하선고는 여동빈과 위우가 한사코 붙잡자 못 이기는 척 주저앉았다. 권커니 잣거니 셋이 술을 들었다. 여동빈이 하선고에게 이렇게 말했다.

"이 위우가 시를 잘 짓습니다. 오늘 밤 이렇게 좋은 자리에 어찌 시를 읊지 않을 수 있겠습니까?"

하선고가 다시 이렇게 제안했다.

"하하 그렇다면 사형께서 먼저 운을 떼어보시구려."

여동빈은 그 말을 듣고 뒤로 빼지 않았다.

날마다 술을 들이켜는 즐거움에 뒹굴다가,
이 즐거움 신선과 더불어 함께하게 되었네. (여동빈)
이 밤 내 맘 알아주는 이와 절로 흥이 나고,
황금빛 연꽃 몇 송이 파란 연못에 비친다. (하선고)
천상의 아리따운 선녀 오셨으니,
이 지상에도 봉황 같은 자태 빛나도다. (위우)
눈치 보느라 이 환상적인 시간을 헛되이 흘려보내지 말지니,
이 밤 운우지정이 어찌 빠질 수 있으랴. (여동빈)

하선고가 시를 보더니 버럭 화를 내었다.
"자네 둘이 지금 나를 희롱하는 것인가?"
위우가 황망히 머리를 조아리며 사죄했다. 여동빈이 옆에서 또다시 거들었다.
"천상의 선녀나 지상의 사람이나 그 속정은 한가지일 것이오. 낙수의 여신[3]도 사랑의 징표로 패옥을 빼주었고, 신녀 역시 운우지정을 누리지 않았습니까. 이런 것은 다 신선 세상에도 널리 알려진 이야기라오. 세상 사람들 가운데 재주 있고 인물 좋은 자를 만나는 게 어찌 쉬운 일이겠소! 한데 위우는 재주 있고 인물 좋으면서 신선이 될 자질까지 타고났으니 신선과 더불어 모임을 갖고 한몸 한마음이 되기에 족한 자이외다. 어찌 이것저것을 너무 따지고 가려서 세속의 좁은 안목으로 재단하려 하시오!"
여동빈이 말을 마쳤음에도 하선고는 고개를 숙인 채 아무 말 없이 치마 고름만 만지작거리고 있었다. 여동빈이 다시 입을 열었다.

---

3) 복비宓妃를 말한다. 이 복비가 조식曹植과 사랑에 빠져 그 징표로 패옥을 선물했다고 한다.

"자 무슨 말이 더 필요하겠나? 위우는 어서 하선고가 오늘 친히 찾아 주신 그 은혜를 받아들일 준비를 하라."

위우가 황급히 머리를 조아리고 절을 올렸다. 하선고가 위우를 안아 일으켜 세우더니 같이 술자리로 가서 앉았다. 술을 다시 들면서 한참을 즐겼다. 술자리를 파하고 세 사람이 함께 잠자리에 들었다. 위우가 먼저 하선고에게 다가갔고 그런 다음 여동빈이 하선고와 일을 치렀다. 양기가 다가가고 음기가 받아들이며 환락의 밤을 지냈다. 하선고가 입을 열어 말했다.

"오늘 밤 우리 셋이 만난 것은 진실로 기이한 인연 덕분이라오. 우리 이제 침대 위에서 시 한 수를 지어봅시다."

하선고가 먼저 운을 떼기 시작했다.

두 눈에 밝은 빛이 들어왔다가, 두 눈에 갑자기 안개가 이는 듯,
아무런 미련 없이 떠나려던 발걸음, 사랑에 붙들려. (하선고)
버들가지 봄 맞아 바람에 춤을 추고
비 그치니 도화꽃은 실개천에 몸을 싣고 찰랑찰랑 흘러가네. (위우)
그대 신선이 될 운명이라는 건 허튼소리 아닐지니,
이제 우리 서로 사랑을 지금 당장 이루자꾸나. (하선고)
꿈꾸며 온 우주를 돌아다니고
온 밤, 황학을 타고 잠이 드누나. (여동빈)

첫닭이 울자, 여동빈과 하선고가 자리에서 일어나려 했다. 위우가 차마 그들과 헤어질 수가 없어 가는 발걸음을 막아섰다. 위우가 오늘 밤 다시 찾아와 달라고 간청했다. 하선고가 부끄러운 듯한 표정으로 이렇게 대답했다.

"그대가 삼가고 조심하여 다른 사람들에게 절대로 발설하지 않는다면 가끔씩 찾아오도록 하지."

그 후로 하선고는 밤마다 위우를 찾아왔다. 하선고 혼자서 오기도 하고 종종 여동빈과 함께 오기도 했다. 외사촌 형 복도근이 돌아와 위우와 함께 지내게 되었으나 창문을 통해 몰래 출입하여 다른 방을 쓰는 복도근에게 전혀 모습을 드러내지 않았다.

이렇게 반년 정도가 흘렀다. 위우는 갈수록 수척해졌다. 뼈와 살이 녹고, 먹고 마시는 것조차 점점 줄었다. 밤만 되면 생기가 돌다가 날이 밝으면 비실비실 자리에 눕기 바빴다. 복도근이 그런 위우를 보고 어디 아픈 것 아니냐고 캐물었다. 위우가 손사래를 치며 한사코 사실을 감추었다. 복도근이 하는 수 없이 이 사실을 위우의 아버지 위 공에게 알렸다. 위 공이 당장 위우가 묵고 있는 집으로 달려왔다. 위 공이 위우를 보고 대경실색했다. 위 공이 거울을 들어 비춰주며 위우에게 직접 한 번 보라 했다. 위우 역시 깡마른 자신의 모습을 보고는 깜짝 놀랐다. 위 공이 위우에게 본가로 들어가 몸조리를 하자고 권했으나 위우가 한사코 그 말을 들으려 하지 않았다. 위 공이 의원을 보내어 위우의 맥을 짚고 약을 지어주게 했다. 이날 밤 하선고와 여동빈이 또 찾아왔다. 위우는 하선고와 여동빈에게 위 공이 자기를 보고 몸이 너무 야위었으니 어서 본가로 돌아오라 했다는 말을 전했다. 여동빈이 이렇게 대답했다.

"속세의 인간이 환골탈태하여 신선이 되려면 먼저 속세 인간의 살집이 다 빠져나가고 신선의 골격으로 탈바꿈하는 법이오. 이런 변화의 이치가 속세 인간의 눈에 보일 리가 없지."

위우가 이 말을 듣고 바로 의심을 거두었다. 위 공이 지어준 탕약도 먹으려 들지 않았다. 날이 갈수록 위우의 몸이 꼬장꼬장 말라갔다. 위 공이 더는 방도가 없다 싶어 이불을 짊어지고 위우의 방으로 거처를 옮겨버렸다. 밤이 깊어지자 위우가 침대에서 헛소리하기 시작했다.

"두 분 사부님께선 왜 이리 서두십니까. 가지 마십시오."

위우가 팔을 뻗어 위 공을 붙잡았다. 아마 두 사부를 붙잡으려 했던 모양이었다. 위 공이 눈물을 그렁그렁 흘리며 이렇게 말했다.

"얘야, 네 병세가 이렇게 위중한데도 왜 아직도 사실을 털어놓으려 하지 않느냐? 네가 말한 두 사부라는 작자가 도대체 누구냐? 혹시 요괴 아니냐?"

"두 신선이 저를 찾아왔었어요. 무슨 요괴 같은 말씀을 하십니까!"

위 공이 보니 아들의 상태가 너무도 심각한지라 아들이 뭐라고 하든 신경 쓰지 아니하고 가마를 불러 아들을 태우고 본가로 데리고 들어가 요양을 시키고자 했다. 위우가 위 공에게 이렇게 항변했다.

"신선이 오셔서 소자에게 자줏빛 술잔, 백옥 술병을 주었사옵니다. 소자가 그것을 책 상자 안에 넣어두었으니 한번 찾아보십시오."

위 공이 책 상자를 열어보니 위우가 안에 넣어두었다는 자줏빛 술잔과 백옥 술병은 황토와 백토를 섞어 만든 아주 조잡한 것이었다. 위 공이 위우에게 말했다.

"아들아, 그놈들은 신선이 아니라 요괴다."

위우는 그 말을 듣고 정신이 아득해지고 당황하여 마침내 여동빈을 만나게 된 일, 하선고를 만나게 된 일을 있는 그대로 말씀드렸다. 위 공은 위우의 말을 듣고 대경실색하여 위우를 데리고 집으로 가서 부인에게 어서 방을 치우고 위우를 눕히고 병간호하라고 하는 한편 요괴를 무찌르는 법사를 모시러 서둘러 출발했다. 얼마 지나지 않아 법사 한 명이 방울이 달린 지팡이를 흔들며 다가오다가 위 공을 보고 두 손을 모아 인사했다.

위 공이 황급히 답례하고서 어디서 오는 길인지 물었다. 법사가 대답했다.

"본 법사는 무당산 장삼봉張三丰의 제자로 성은 배裵요, 법명은 수정守正입니다. 오뢰법五雷法을 전수받아 널리 인간을 구제하러 돌아다니고 있소이다. 그대 집에 요기가 서려 있기에 찾아가 알아보려던 참이었소이다."

법사가 이야기하는 것을 들어보니 그래도 믿음이 가는지라 위 공이 황급히 법사를 모시고 집 안으로 들어갔다. 차를 한잔 나누고 나서 아들 위우에게서 들은 이야기를 법사에게 들려주었다. 법사가 위 공의 이야기를 다 듣더니 이렇게 물었다.

"지금 아드님은 어디에 있습니까?"

위 공이 법사를 위우가 누워있는 방으로 안내했다. 법사가 위우를 보자마자 위 공에게 이렇게 말했다.

"지금 아드님은 암수 두 요괴에 미혹되었습니다. 만약 앞으로 열흘 안에 그 요괴를 쫓아내지 못하면 아드님의 목숨을 장담할 수 없습니다."

위 공이 법사의 말을 듣고 다급하게 머리를 조아리며 간청했다.

"법사께서 자비심을 발휘하셔서 제발 제 아들 좀 살려주십시오. 그 은혜는 평생 잊지 않겠습니다."

"제가 오늘 밤 그 두 요괴를 잡고야 말겠습니다."

"그렇게만 된다면 얼마나 좋겠습니까. 법사님, 뭐든 필요한 게 있으면 말씀만 하십시오. 제가 다 준비해 놓겠습니다."

"말, 소, 양 머리와 술 그리고 안주, 오뢰법을 부릴 수 있는 종이 말, 향, 초, 주사, 노란 종이 등을 준비해 주시오.."

이렇게 분부하기를 마치고 나서 법사가 다시 한마디 덧붙였다.

"지금 잠시 다른 데 갔다가 밤에 다시 돌아오겠소이다."

위 공이 법사를 대문까지 배웅하면서 이렇게 오금을 박았다.

"밤에 꼭 다시 오셔야 합니다."

"걱정 마십시오."

법사는 위우네 집에 올 때와 마찬가지로 위우 집 대문을 나서 방울이 달린 지팡이를 흔들며 멀어져갔다. 위 공은 부리나케 재를 지낼 때 필요한 물건들을 빠짐없이 사서 채비를 마치고 법사가 돌아오기만을 기다렸다. 해가 저물 무렵 법사가 돌아왔다. 위 공이 법사를 맞이하면서 말했다.

"재 지낼 때 쓸거리를 다 준비해 놓기는 했습니다만 어떻게 진설해야 할지를 모르겠습니다."

"일단 아드님이 머무는 방 안에 차려놓으십시오."

위 공은 탁자 두 개를 들여오게 하여 말, 소, 양 머리를 늘어놓고 향을 사르게 했다. 법사는 도사 복장을 차려입고 검을 들고 북두칠성 모양으로 발걸음을 떼고 주문을 외우면서 주사로 부적을 작성했다. 그런 다음 부적을 태우려 하니 부적이 모두 축축하게 젖어 불이 붙지 않았다. 법사가 버럭 소리를 질렀다.

"이런 죽일 놈들, 이런 버르장머리 없는 짓을 하다니!"

법사가 공중에 대고 검을 휘둘렀다. 요괴가 그 검을 붙잡아 방 한가운데 박아 버렸다. 법사가 그 검을 잡은 채로 움쩍달싹하지 못했다. 법사가 당황하여 자신이 알고 있는 온갖 법술을 부려보았으나 아무런 효험이 없었다. 이때 위 공이 법사를 보고 말했다.

"법사님, 쓰고 계시던 모자가 어디로 간 겁니까?"

"나는 그 모자를 벗은 적이 없는데 대체 그 모자가 어디로 간 건지? 고것 참 이상하네."

황급히 사람을 시켜 찾아보게 하니 문밖에 있는 오줌통 위에 그 모자가 둥둥 떠 있었다. 그걸 집어 드니 너무도 고약한 냄새가 나서 도저히 머리에 다시 쓸 수가 없었다. 법사가 이렇게 말했다.

"이 요괴들은 사악한 기운이 너무 성하여 내 법술로는 도저히 상대할 수가 없소. 다른 방법을 찾아보셔야 하겠소이다."

위 공이 그 말을 들으니 참으로 답답했다. 위 공이 법사에게 재를 올린 음식으로 같이 음복이나 하자 청했다. 술을 마시고 안주를 먹다 보니 밤이 깊어졌다. 위 공이 법사에게 집 안에서 쉬게 했다. 위 공과 법사 둘 다 찜찜하기는 매한가지였다. 법사가 옆방으로 가서 옷을 벗고 잠을 청했다. 법사가 막 눈을 붙이려는데 노란 옷을 입은 역사 서넛이 4, 50근 나가는 돌덩이를 들고 와서 법사 몸 위에 올려놓고 마구 눌러댔다.

"아이고, 이런 법술을 다 부리다니!"

법사가 너무도 놀라 마구 소리를 질러댔다.

"귀신이다. 사람 살려, 사람 살려!"

위 공과 하인들은 재를 지내고 나서 정리를 하느라고 아직 잠자리에 들지 못하고 있다가 법사가 비명을 지르는 소리를 듣고서 바로 등불을 들고 방 안으로 들어가 보았다. 법사가 돌덩이에 깔려 옴짝달싹하지 못하고 있지 않은가! 하인 두셋이 황급히 달려들어 돌덩이를 치워 법사를 구해주었다. 법사에게 생강탕을 끓여 먹이고 나니 동쪽 하늘에 해가 떠오르기 시작했다. 법사가 그제야 정신을 차렸다. 법사가 소세를 마치고 아침을 먹었다. 그러고는 위 공에게 인사를 하고 떠나버렸다. 위 공 부부는 이런 일을 당하고 난 후 두 눈에서 눈물이 마를 날이 없었다. 그러나 뾰족한 수가 또 있을 수도 없었다.

이튿날 위 공은 아들 위우를 보러 찾아온 복도근에게 지난 밤 법사가 귀신에게 휘둘린 일을 이야기해주고선 물었다.

"그래 이 일을 어떻게 하면 좋으냐?"

"화광묘의 화광보살이 최고로 영험합니다. 동생 위우가 바로 화광묘에서 요괴가 들렸으니 공물로 바칠 것을 준비해 가지고 가서 축원문도 사르고 빌어보지요. 신선 세계에서도 올바름이 사악함을 이긴다고 했으니 위우를 구제할 방법이 있을지도 모르겠습니다."

복도근은 이 사실을 친구 이림李林에게 이야기했다. 친구들은 위우를 아끼는 마음에 각자 돈을 추렴하여 공물로 바칠 것과 향, 종이 말, 술을 사 화광묘 신전에 차려놓고 위 공과 함께 절하며 이렇게 축원문을 낭독했다.

오직 신령하신 바른 기운이 세상을 다스리고 선은 악을 이기나이다. 영험한 기운이 이 세상에 가득하니 재앙과 행운을 내림에 실수가 없습니다. 위우는 이 화광묘에서 공부하다가 요괴한테 귀신들리고 말았습니다. 하여 위우와 그 요괴들은 깊은 밤이면 한 몸뚱이가 되어 떨어질 줄 모르고 날이 밝을 때까지 운우지정을 탐닉했습니다. 그 요괴들은 꼼수를 부리면서까지 위우를 꼬드겨 법도조차 무시하며 사사로운 사랑을 나누고 스스로 뒷구멍으로 드나들었습니다. 먼저는 여동빈 흉내를 내더니 거기서 그치지 아니하고 나중에는 가짜 하선고까지 끌어들여 음란한 짓거리를 그치지 않았습니다. 이들은 위우의 몸과 마음을 미혹시켜 곱고 맑은 기운이 모두 사라지게 하고 말았습니다. 위우의 마음과 뜻이 들뜨고 말아 앞으로 목숨을 부지할 희망마저도 모두 사라졌습니다. 그놈들이 달의 요괴든, 꽃의 신령이든, 그놈들을 깡그리 없애버리시고, 그놈들이 산의 요괴든, 물의 신령이든 그놈들을 모두 막아내셔서 다시는 나타나지 못하게 하옵소서. 양과 음이 제자리를 찾고 국태민안하고 만물이 평안하게 해주시옵기를 오직 신령님께 비옵나이다. 이림 등이 삼가 축문을 올리나이다.

복도근은 축문을 다 읽고 나서 불태우고 음복을 마쳤다. 그런 다음 재에 참가한 사람들끼리 여동빈과 하선고에 관한 이런저런 이야기를 나눴다. 이임이 이렇게 말해주었다.

"충청忠淸 골목에 새로 지은 여동빈 암자가 있네. 우리 내일 아침에 그 암자로 가서 향을 사르고 이 일을 빌어보세. 여동빈이 영험하시다면 우리의 말을 듣고는 반드시 진노하실 걸세."

사람들은 일제히 좋은 제안이라고 맞장구쳤다. 이튿날 복도근의 친구 십여 명이 굳이 약속도 없이 알아서들 모여 여동빈 암자로 달려가 향으로 사르며 축원했다. 복도근은 이 일을 마치고 위 공에게 찾아와 시종을 말씀드렸다. 이날 밤부터 위우의 심신이 조금씩 맑아지기 시작했다. 그러나 정신이 단번에 회복되지는 않았다. 위 공은 이것만 가지고도 너무나 기뻤다. 사흘이 지나고 위 공은 말, 소, 양 머리를 장만하여 화광묘를 찾아갔다. 가서 공물도 바치고 소원도 빌고 싶었다. 소식을 듣고서 친구들도 함께 와서 같이 빌어주었다. 재를 마치고 축문을 태우고 나자 갑자기 위 공이 두 눈을 감더니 재를 지내느라 음식을 올려놓은 탁자로 성큼성큼 걸어가 앉더니 꿈적도 하지 않았다.

"위칙우魏則優, 네 아들의 목숨을 내가 구해주노라. 나는 바로 화광묘의 다섯 신이로다."

사람들은 화광묘의 화광보살이 위 공의 입을 빌려 말하는 것임을 깨달았다. 사람들은 모두 위 공 앞에 머리를 조아리며 여쭈었다.

"위우한테 달라붙은 요괴는 대체 어떤 요괴이옵니까? 보살님께서는 대체 어떻게 그 요괴들을 무찔렀사옵니까? 위우의 아픈 몸은 언제쯤 말끔히 낫겠습니까?"

위 공이 입을 열어 대답해주었다.

"그 두 요괴는 오래 묵은 거북이 요괴로다. 하나는 암컷, 또 다른 하나는 수컷인데 젊은 청년과 소녀를 꼬드기곤 했다. 내가 그 사실을 다 파악하고서 부하를 보내 잡아오게 했다. 한데 그 두 요괴의 신통력이 제법 세서 내 부하를 이겨 먹었다. 내가 직접 그놈들은 잡으러 가니 그놈들이 여동빈과 하선고로 위장하여 버티면서 항복하려 들지 않았다. 백여 합에 걸쳐 싸웠으나 승부를 가리지 못했다. 마침 여동빈과 하선고가 이 사실을 알게 되어 옥황상제에게 아뢰었다. 옥황상제는 천상의 장수들을 아래로 내려보내셨다. 진짜가 나타나니 가짜는 더는 버틸 수 없는 법. 두 요괴는 오강烏江 맹자하孟子河로 숨어들어 갔다. 내가 불 수레로 맹자하를 말려버리고 두 요괴를 나오게 하니 수컷은 여동빈의 칼에 목이 달아나고 암컷은 북해의 어두운 빙하 속에 갇히게 되었으며 영원히 빠져나올 수 없게 되었다. 나와 여동빈, 하선고는 이 일을 처리한 결과를 옥황상제에게 보고했다. 그러자 옥황상제는 유혹에 넘어간 위우도 벌을 받아야 한다고 하셨다. 하여 내가 위우는 나이가 어린 백면서생으로 잠깐의 유혹을 참지 못한 것뿐이며 친구들과 아비가 같이 뉘우치며 빌고 있기도 하거니와 나중에 큰 공명을 이룰 자이니 제발 용서하여 주십사 빌었노라. 그제야 옥황상제가 위우를 용서해주셨도다. 자, 내 도포의 소맷자락을 보라. 너덜너덜하게 찢어진 것은 다 싸움의 흔적이로다. 내가 그 수컷 배 껍데기를 칼로 베어 후원의 복숭아나무 아래 묻어 놓았노라. 위우를 빨리 낫게 하고 싶으면 그 배 껍데기를 찾아 흐물흐물해질 때까지 삶아서 술과 함께 복용하게 하라."

말을 마치더니 위 공이 바닥에 쓰러지고 말았다. 사람들이 황급히 다가가 일으켜 세우고 물으니 위 공은 방금 화광보살이 자기 몸을 빌려 현신했던 일을 까마득히 모르고 있었다. 사람들이 방금 일을 위 공에게 자세하게 설명해주었다. 위 공이 깜짝 놀라며 휘장을 젖히고 화광보살의 도포를 살펴보았다. 도포의 소맷자락이 너덜더덜 해어져 있었다. 후원으로 가서 복숭아나무 밑을 파보니 거북이 배 껍데기가 보였다. 석 자는 됨직한 그 거북 배 껍데기에는 아직도 핏자국이 남아 있었다. 위 공은 그걸 가지고 집으로 돌아와 흐물흐물해질 때까지 삶아서 술에 타 위우에게 먹였다. 위우는 하루에 세 차례씩 복용했다. 그 약을 다 먹을 즈음 위우의 병이 다 나았다. 위우와 위 공은 화광묘를 찾아가 다시 재를 올렸다. 아울러 화광보살의 도포를 다시 해드렸다. 여동빈 암자도 찾아가 향을 살랐다. 나중에 위우는 과연 과거에서 장원급제했다. 시 한 수로 이를 증명하노라.

> 진짜와 가짜는 결국 마음에서 나오는 것,
> 신선이 어찌 사도를 걸으리!
> 사도에 미혹되지 아니하면,
> 신선 사는 봉래산이 바로 그대 눈앞에 있도다.

백사 낭자가 뇌봉탑에 갇히다

白娘子永鎭雷峰塔

백 낭자가 뇌봉탑에 영원토록 갇히다

산은 또 산으로 이어지고 건물은 또 건물로 이어지고
서호의 노래와 춤은 그칠 줄을 모르는구나.
불어오는 따듯한 바람에 나들이객은 저절로 취하고
이곳 항주를 예전의 도읍지 변주로 아는구나.

서호의 경치는 산과 물이 어우러져 특히 유명했더라. 진晉나라 함화咸和 연간(326~334)에 서호에 들어오는 물이 불어 서문西門까지 넘쳤겠다. 이때 소 한 마리가 둥둥 떠내려왔는데 온몸이 황금색이었다. 물이 빠질 때 그 소도 물길을 따라 북산 쪽으로 갔는데 정확히 어디로 갔는지는 알 길이 없다. 이 일로 당시 항주 일대가 떠들썩했다. 사람들은 이 소가 신령의 현신임이 틀림없다고 생각했다. 이 일을 기리고자 절을 짓고 금우사金牛寺라 했으니 바로 황금소 절이란 뜻이다. 서문 그러니까 지금의 용금문湧金門에는 사당을 하나 지었다. 그 사당은 금화장군金華將軍을 모시는 사당이었다. 당시 외국에서 들어온 스님이 한 분 있었다. 그 스님의 법명은 혼수라渾壽羅, 그가 이곳 항주 지역에 이르러 사방의 경치를 둘러보고는 이렇게 말했다.

"영취산 앞에 있던 영취령이라고 불리는 고개 하나가 어느 날 갑자기 보이지 않더니 바로 여기로 날아왔구먼."

당시 사람들은 그 말을 믿지 않았다. 그 스님이 다시 이렇게 말했다.

"영취산 앞에 있던 영취령에는 동굴이 하나 있었고, 그 동굴에는 하얀 원숭이가 있었다네. 내 말의 증거로 그 하얀 원숭이를 불러내 보겠네."

과연 그 스님의 말대로 하얀 원숭이가 나오는 것이었다. 그 산 앞에 정자가 하나 있었으니 냉천정이라 불렸다. 서호 한가운데 우뚝 솟은 외톨이 봉우리가 있었다. 임포가 여기 은거하며 돌과 흙을 옮기고 다듬어 길을 내었다. 동으로는 단교에 닿고 서로는 서하령에 닿았다. 사람들은 이 길을 외톨이 봉우리 길이라고 불렀다. 당나라 때는 이곳의 지방관 백거이가 길을 내었다. 남쪽으로는 취병산에 닿고 북으로는 서하령에 닿았다. 사람들은 이 길을 백거이 제방길이라 불렀다. 이 길은 물살에 씻기어 부서지기가 한두 번이 아니었고 그때마다 돈을 대어 수리했다. 송나라 때 소동파가 이 지방 태수로 부임해 와보니 이 길이 물살에 부딪혀 많이 상해 있는지라 나무와 돌을 사고 인부를 동원하여 단단히 수리했다. 여섯 다리 위에 주홍색 난간을 세우고 제방길 위에는 버드나무를 심었다. 봄 되면 길과 버드나무가 어우러져 그림 같이 아름다웠다. 사람들은 이제 소동파 둑길이라고 불렀다. 외톨이 봉우리 길에는 물 위를 건너는 두 개의 다리가 있었다. 동편의 다리는 단교, 서편의 다리는 서령교라 불렸다.

산속에 숨어 있는 사찰 수가 삼백,

두 봉우리가 구름에 어렴풋이 보일 듯 말 듯.

아이고, 이야기꾼이 그저 서호의 아름다운 경치와 신선들의 행적만 이야기했구나. 이제 이 이야기꾼이 영준한 젊은이가 서호를 유람하다가 두 여인을 만나 온 고을을 시끌벅적하게 만들고 화류계를 들썩들썩하게 만든 일을 이야기하련다.

자, 이제 여기서 이야기를 나눠보자. 재주 있는 글쟁이는 이 건으로 사랑 이야기 한편을 만들어냈구나. 그럼 그 영준한 젊은이의 이름이 무엇이던고? 어떤 여인을 만났고 어떤 일이 생겼던고? 시 한 수로 설명해보자.

청명절에 비는 부슬부슬 내리고

길 떠나는 나그네는 시름에 젖고.

묻노니, 주막은 어드메뇨?

목동이 손을 들어 멀리 살구꽃 마을을 가리키네.

한편, 송나라 고종이 강을 넘어 남쪽으로 도읍지를 옮긴 소흥 연간, 항주 임안부 과군교 흑주항에 이인李仁이라는 벼슬아치가 살고 있었겠다. 그는 조정 창고의 출납관으로 근무하며 더불어 소 태위 집안의 창고 담당관 일도 겸하고 있었다. 그에게는 허선許宣이라 불리는 처남이 하나 있었는데 처가의 큰아들이었다. 허선은 한약방을 하는 집안에서 태어났으나 어렸을 적에 부모를 여의는 바람에 그때부터 22살이 된 지금까지 외당숙 이 씨네 집안이 운영하는 한약방에서 점원으로 일했다. 그 한약방은 관아 골목 안에 있었다. 그날도 허선은 평소와 다름없이 한약방에서 근무하고 있었다.

스님 하나가 가게 문 앞으로 다가와 이렇게 말을 전했다.

"소승은 보숙탑사에서 왔습니다. 그제 이미 만두와 꽈배기를 귀댁에 보내드렸습니다. 이제 청명절이 코앞으로 다가왔습니다. 허선 나리께서는 잊지 마시고 절에 오셔서 향을 사르시길 바랍니다."

"꼭 가겠습니다."

스님은 말을 마치고 돌아갔다. 밤이 되자 허선은 자형 집으로 돌아갔다. 허선은 아직 결혼하지 않고서 자형과 함께 살고 있었다. 그날 밤 허선은 누나에게 이렇게 말했다.

"오늘 보숙탑사의 스님이 찾아오셔서 나한테 내일 조상님 천도재 올리러 절에 한번 오라고 하셨네요."

다음 날 아침 허선이 종이 말, 초, 축원문 적는 오색 천, 종이돈 다발을 사온 다음 아침밥을 먹고 새 신과 새 옷으로 갈아입고 절에 가지고 갈 것들을 보자기에 쌌다. 그러고는 관가 골목에 있는 이 씨네 한약방으로 갔다. 이 씨가 보더니 어디 가느냐고 물었다.

"보숙탑사에 가서 향을 사르고 조상님들 천도재를 지내고자 합니다. 나리 오늘 하루 특별히 휴가를 좀 주십시오."

"그럼 어서 가서 일보고 바로 돌아오게나."

허선은 한약방에서 출발하여 수안방, 화시가를 지나 정정교를 건너, 청하가를 지나 전당문에 이르렀다. 다시 석함교와 방생비를 지나 보숙탑사에 도착했다. 만두를 보내준 스님을 찾아 자신의 잘못을 비는 재를 올리고 종이 말과 종이돈을 태웠다. 불전에서는 스님들이 독경했다. 절에서 공양을 하고 스님과 헤어져 절에서 빠져나와 길을 걸었다. 꼬불꼬불한 길을 걸어 서녕교, 고산로, 사성관을 지났다. 허선은 임포의 묘지를 보고 나서 육일천 샘물 주변을 산책할 요량이었다.

한데 갑자기 서북쪽에서 구름이 일고 동남쪽에 안개가 짙게 일어나더니 가랑비가 내리기 시작했다. 허선의 발이 계속 젖어오기 시작했다. 때는 바야흐로 청명절, 조물주가 때를 잊지 않고 비를 내려주시려 마음먹었는지 한번 내리기 시작한 비는 그칠 줄을 몰랐다. 허선은 발이 젖어오는지라 신발을 벗고 사성관을 빠져나와 배를 찾았으나 한 척도 보이지 않았다. 이러지도 저러지도 못하고 있던 그 순간 멀리서 노인장이 배 한 척을 타고 노를 저어오고 있었다. 기쁜 마음에 바라보니 바로 장아공의 배였다.

"장아공, 나 좀 태워주시구려."

장아공이 소리를 듣고 바라보니 허선이었다. 장아공이 배를 강둑에 대면서 소리쳤다.

"허선, 아이고 비를 다 맞고 있네. 그래 어디로 가려고?"

"용금문까지 갑니다."

장아공이 허선을 태우고 노를 저었다. 배는 풍악루를 향해 달렸다. 얼마 가지 않았을 때 강둑에서 누군가 이렇게 소리를 쳤다.

"뱃사공 나리, 나 좀 태워주시구려."

허선이 바라보니 한 아낙이 서 있었다. 검은 머리에 하얀 비녀를 꽂고, 하얀 적삼을 입고, 삼베 치마를 입고 있었다. 아낙 곁에는 하녀가 따라붙어 있었다. 파란 복장의 하녀는 머리를 양 갈래로 땋아 붉은색 끈으로 묶고 장신구도 꽂고 있었다. 손에는 보자기를 들고 있었다. 장아공이 허선에게 말했다.

"바람 불어오는 김에 불을 피우면 힘이 덜 든다고 하지 않소. 기왕 가는 거 같이 태우고 갑시다."

"그럼 어서 와서 타라고 하쇼."

장아공이 그 말을 듣고 배를 강둑에 붙였다. 아낙이 하녀와 같이 배에 올랐다. 아낙이 허선을 보더니 붉은 입술을 열어 백옥 같은 치아를 살짝 드러내며 앞으로 다가와 두 손을 모아 인사를 올렸다. 허선도 황망히 일어나 답례했다. 아낙과 하녀가 배의 뜸 안으로 들어가 자리를 잡고 앉았다. 아낙이 화냥기가 가득한 눈초리로 허선을 바라보았다. 허선은 순진한 젊은이라 이렇게 요염하게 생긴 아낙과 생글생글 귀여운 하녀를 보고는 심장이 쿵쾅쿵쾅 뛰었다. 아낙이 허선에게 물었다.

"감히 여쭙겠습니다. 나리, 성함이 어떻게 되시는지요?"

"이 사람의 성은 허, 이름은 선이올시다. 집안의 장남이올시다."

"댁은 어디신지요?"

"과군교 흑주아항에 있는 한약방에서 일하고 있습니다."

아낙의 묻는 말에 대답을 마친 허선은 자기도 물어봐야겠다는 생각이 들었다. 허선이 일어나 아낙에게 물었다.

"낭자, 성함은 어떻게 되시오? 사시는 데는 또 어디신지요?"

"소녀는 백삼반白三班으로 황제 시위군인 백 전직白殿直의 여동생입니다. 남편 장 씨가 먼저 저세상으로 떠났기에 소녀가 우레 고개에서 장사를 지냈습니다. 마침 청명절을 맞이하여 하녀랑 함께 남편 무덤을 찾아보고 돌아가는 길이었습니다. 갑자기 비가 내려 나리랑 배를 함께 타지 못했더라면 큰일 날 뻔했습니다."

이렇게 말을 주고받노라니 배는 어느덧 목적지에 다다라 강둑에 선체를 대고 있었다. 아낙이 허선에게 부탁을 해왔다.

"소녀가 황급히 길을 나서는 바람에 뱃삯을 챙겨오지 못했사옵니다. 나리께서 뱃삯을 대신 내주시면 소녀가 꼭 갚겠나이다."

"걱정 마십시오. 내가 내드리리다. 그깟 뱃삯이 얼마나 한다고 굳이 갚으려 애쓰실 필요 없습니다."

허선이 두 여인의 뱃삯을 대신 치렀다. 비는 그때까지도 그치지 않았다. 허선은 두 여인이 배에서 내리는 것을 도와주고 나중에 따라 내렸다. 아낙이 허선에게 물었다.

"소녀의 집이 전교箭橋 쌍다방雙茶坊 골목 입구에 있습니다. 시간이 허락되면 누추하지만 저희 집에 오셔서 차도 드시고 뱃삯도 받아 가시지요."

"뭐 그런 몇 푼 되지 않는 뱃삯 가지고! 날도 저물었으니 다음에 한 번 찾아뵙지요."

아낙이 허선과 작별하고 하녀와 함께 사라졌다. 허선은 용금문을 지나 인가의 처마 밑으로 길을 잡아 걸어서 삼교가三橋街까지 갔다. 거기에 한약방 하나가 있었으니 바로 이 씨의 형이 운영하는 것이었다. 마침 이때 이 씨가 거기에 와 있다가 허선이 길 가는 걸 발견하고서는 물었다.

"허선아, 이 밤에 어디를 가는 거냐?"

"보숙탑사에 가서 재를 올리고 돌아오는 길인데 이렇게 비를 만났습니다. 우산이 있으시면 좀 빌려주십시오."

이 씨가 형님 한약방의 점원에게 말했다.

"진陳 군아, 우산 하나 가져와서 허선에게 주어라."

잠시 후 진 군이 우산 하나를 가져와 허선에게 펴 보여주면서 말했다.

"이 우산은 청호淸湖 팔자교八字橋에 있는 품질 좋기로 소문난 서舒 씨네 가게에서 만든 거야. 우산살이 여든네 개나 되고 자줏빛 대나무로 손잡이를 만든 최고급 우산이라고. 어디 구멍 난 데 하나 없으니 망가지지 않게 조심해서 쓰라고."

"아, 그거 참 잔소리 많네."

허선이 우산을 받아들고 이 씨에게 인사하고서 양패두羊壩頭를 지나 후시가後市街 골목 어귀에 도착했다. 이때 누군가가 자기를 부르는 소리가 들렸다. 고개를 돌려 바라보니 심 씨네 우물이 있는 골목 어귀의 찻집 처마 아래에 한 여인이 서 있었다. 바로 같이 배를 타고 온 여인이었다.

"낭자, 어인 일로 여기 계십니까?"

"비는 그치지 않고 신발이 다 젖어버려 하녀 청청靑靑을 먼저 집으로 보내서 우산과 장화를 가져오라 했습니다. 날이 이렇게 저물어버렸으니 나리께서 우산을 좀 같이 받게 해주시면 정말 고맙겠습니다."

허선이 여인과 같이 우산을 쓰고 강둑길을 걸으며 물었다.

"낭자는 어디로 가는 길이오?"

"다리 건너 전교箭橋까지 갑니다."

"나도 과군교까지 가는 길이외다. 나는 거의 다 왔으니 이 우산을 낭자가 가지고 가시오.. 내가 내일 우산을 가지러 가겠습니다."

"어쩌면 이렇게 친절하실까! 나리, 후의에 감사합니다."

허선은 가가호호 처마 밑으로 비를 피하며 집으로 돌아왔다. 집에 와서야 하인 왕안이 장화와 우산을 들고 허선을 맞으러 갔다가 허탕을 치고 돌아온 걸 알게 되었다. 허선은 집에서 저녁밥을 먹었다. 그날 밤 허선은 그 여인 생각에 젖어 이리 뒤척 저리 뒤척 잠을 이룰 수가 없었다. 허선은 밤에도 그 여인을 만났다. 새벽닭이 울고 나서야 허선은 그게 꿈이었음을 알았다.

　　말처럼, 원숭이처럼 이리저리 날뛰는 마음 천 리를 달리고
　　나비처럼, 벌처럼 정신없이 날아다니다 날을 지새우네.

아침이 밝아오자 허선은 자리에서 일어나 소세를 마치고 아침밥을 먹고 한약방으로 출근했다. 허선은 마음이 싱숭생숭, 장사를 하면서도 정신

을 집중하지 못했다. 오후가 되자 허선은 뭐라도 핑계를 대고 나가지 않으면 어제 빌려준 우산을 받아올 길이 없겠다는 생각이 들었다. 허선이 보니 이 씨가 계산대에 앉아 있었다. 허선이 이 씨에게 말했다.

"자형이 저한테 일찍 집에 와서 다른 사람한테 선물 전달해 주는 일을 도와달라고 했습니다. 오늘은 그만 물러갈까 합니다."

"그래, 그럼 그렇게 하고 내일 좀 일찍 나오게나."

허선이 그만 물러가겠노라 인사를 하고 한약방에서 빠져나와 곧장 전교 쌍다방 골목 어귀로 가서 백 낭자의 집을 수소문했다. 한참을 수소문했으나 백 낭자의 집을 아는 사람이 없었다. 어찌할까 망설이고 있는 찰나 백 낭자의 하녀 청청이 동쪽에서 허선 쪽으로 걸어왔다. 허선이 물었다.

"여보슈, 대체 집이 어디요? 내가 지금 우산을 가지러 왔다네."

"나리, 저를 따라오십시오."

허선이 청청을 뒤따라가기 시작했다. 얼마 가지 않아서 청청이 허선에게 말했다.

"바로 여기예요.."

허선이 바라보니 2층짜리 건물이었다. 두 짝짜리 대문, 한 짝에는 각기 네 개의 창문이 달려 있고 그 창문엔 격자 창살이 장식되어 있었다. 대문엔 공들여 만든 빨간색 주렴이 걸려 있었다. 대청엔 검은색으로 옻칠한 팔걸이의자가 열두 개 놓여 있었다. 명사가 그린 산수화 네 폭이 벽에 걸려 있었다. 이 집 맞은편은 효종孝宗의 아버지인 수왕秀王의 저택 담장이 자리 잡고 있었다. 청청이 주렴 안으로 들어서며 허선에게 말했다.

"나리, 안으로 들어가시지요.."

허선이 청청을 따라 안으로 걸어 들어갔다. 청청이 작은 목소리로 조용히 백 낭자에게 말하는 소리가 들렸다.

"아씨, 허선 나리가 오셨습니다."

백 낭자의 대답 소리도 들려왔다.

"허선 나리께 어서 안으로 들어오셔서 차 한잔 드시라고 여쭤라."

허선은 그 말을 듣고 바로 들어가지 아니하고 머뭇거렸다. 청청이 두 번이고 세 번이고 안으로 들어가시라 간청했다. 허선이 안으로 들어갔다. 주렴이 쳐진 네 창문, 파란 주렴을 걷으니 작은 탁자 위에 화병 하나, 그 화병엔 창포가 꽂혀 있었다. 양쪽엔 네 폭의 미인도가 걸려 있고 가운데에는 신상 하나가 세워져 있었다. 다른 탁자 위엔 향로 모양의 화병이 놓여 있었다. 백 낭자가 앞으로 나오며 두 손을 모아 다소곳이 인사를 올렸다.

"어젠 나리께서 저희를 너무도 따듯하게 대해주셨습니다. 처음 만난 저희를 그렇게 대해주시다니 정말 감사하옵니다."

"뭐 대단한 일도 아닌걸요."

"어서 앉으셔서 차 한잔 드시지요."

허선이 차를 마시고 나자 백 낭자가 다시 권했다.

"잠시만 기다리셨다가 약주 몇 잔이라도 드시고 가시지요."

허선이 그만 사양하고 일어나려 했으나 청청이 벌써 과일, 채소 등을 차려 가지고 왔다.

"낭자께서 이렇게 술을 대접해 주시니 너무 감사합니다. 이렇게 폐를 끼치려고 온 게 아닌데."

허선이 술 몇 잔을 기울이고 나서 일어나 말했다.

"이제 날은 저물고 갈 길은 머니 돌아가야 하겠소이다."

"나리께서 빌려주신 우산을 어제저녁 제 친척이 빌려갔나이다. 나리께서 술 몇 잔을 더 들고 계시면 사람을 보내 우산을 찾아오게 하겠습니다."

"날이 늦어서 지금 바로 돌아가야 하겠소이다."

"한잔 더 드시지 그러세요."

"아니오. 이젠 됐소이다. 대접 잘 받았습니다."

"나리께서 꼭 돌아가셔야 한다면 우산은 내일 다시 찾으러 오시지요."

허선은 별수 없이 빈손으로 집으로 향했다. 이튿날 허선은 한약방으로 출근하여 일을 보았다. 허선은 또 다른 사정을 핑계 대고 우산을 찾으러 백 낭자 집으로 갔다. 백 낭자가 허선을 보더니 다시 술상을 봐와서 술을 권했다. 허선이 백 낭자에게 말했다.

"낭자, 그저 우산만 돌려주시면 되는데 이렇게 번거롭게 술상까지 봐 오시다니!"

"그래도 기왕에 차려온 거니 한잔 드시지요."

허선은 하는 수 없이 자리를 잡고 앉았다. 백 낭자가 술 한 잔을 걸러서 허선에게 건네며 앵도 같은 입술을 열어 석류 같은 치아로 교태가 뚝뚝 떨어지는 목소리로 얼굴 가득 미소를 띠고서 말했다.

"나리께서 제 앞에 계시온데 어찌 나리 같은 진실한 분 앞에서 허튼 말을 하겠습니까. 제가 남편을 여읜 것도 필시 나리와 전생에서부터 이어진 인연을 이루기 위한 하늘의 뜻인 듯합니다. 나리께서는 처음 본 저에게 친절을 베풀어주셨습니다. 이는 필시 나리와 제가 서로 마음이 있는 것이라 할 것입니다. 나리께서 매파에게 부탁하셔서 저와 백년가약을 맺어주신다면 이는 하늘이 맺어준 인연을 버리지 않는 것이니 얼마나 좋은 일입니까."

허선은 백 낭자의 말을 듣고 생각에 잠겼다.

'그래 정말 좋은 인연이로다. 백 낭자를 아내로 맞아들이면 얼마나 좋을까. 나야 당장 백 낭자를 아내로 맞아들이고 싶지만, 낮에는 이 씨네 한약방에서 일하고 저녁에는 자형 집에 얹혀사는 형편이라 입고 있는 옷가

지를 빼고 나면 가진 거라고는 아무것도 없으니 어찌 아내로 맞아들인단 말인고!'

허선이 골똘히 생각에 잠겨 대답을 하지 못했다. 백 낭자가 물었다.

"나리 어찌하여 대답을 주지 않으시는지요?"

"낭자의 제안이야 정말 좋습니다만, 실은 내가 형편이 너무 궁색하여 차마 그 제안을 받을 수가 없소이다."

"그건 걱정하실 필요 없습니다. 제 수중에 가지고 있는 게 있으니 나리는 신경 쓰실 필요가 없습니다."

백 낭자가 청청을 불렀다.

"가서 은 한 덩어리를 가지고 오너라."

청청이 손으로 난간을 짚어가며 계단을 밟고 올라가서 보자기 하나를 들고 내려와 백 낭자에게 건넸다. 백 낭자가 보자기를 풀었다. 그 안엔 쉰 개 남짓의 은 덩어리가 들어 있었다. 허선이 그걸 받아 소매 품에 넣고 자리에서 일어났다. 청청이 허선에게 우산을 돌려주었다. 허선은 우산을 받고 작별인사를 건네고 곧장 집으로 돌아와 은 덩어리를 잘 숨겨두었다.

그날 밤은 아무 일 없이 지나갔다. 다음 날 아침, 허선은 관청 골목 어귀로 가서 이 씨한테 우산을 돌려주었다. 그런 다음, 은 부스러기로 통통한 거위 구이 한 마리, 생선, 살코기, 영계, 과일, 약주를 사서 집으로 돌아왔다. 허선은 자기가 사온 걸 찬모랑 하녀에게 주고 음식 장만을 해달라고 했다. 마침 오늘 자형이 비번이라 출근하지 않고 집에 있었다. 음식 준비가 다 되자 허선이 자형과 누나를 초대했다. 자형은 허선이 초대한다는 말을 듣고 깜짝 놀랐다.

"아니 오늘 무슨 공돈이라도 생긴 거야? 평소에 술 한잔 사는 걸 본 적이 없는데. 오늘은 참 별일이네."

세 사람은 자리를 잡고 앉아 술을 마시기 시작했다. 술이 몇 순배 돌자 자형이 허선에게 말했다.

"어이, 처남. 아니 웬일로 이렇게 돈을 다 쓰는 거야?"

"아이고 자형 너무 그렇게 농담하지 마시라고요. 이 정도가 뭐 얼마나 된다고! 자형하고 누님이 저를 돌봐주셔서 너무 감사합니다. 그러나 사람이 자기 앞가림은 스스로 할 줄 알아야 하지 않겠습니까? 이제 저도 나이가 들 만큼 들었으니 다른 사람의 보살핌을 받고 살 수만은 없을 것 같습니다. 마침 저한테 혼담이 오고 있으니 자형과 누님이 이 혼담을 좀 주선해 주셔서 저에게 일생의 배필을 맺어주시면 고맙겠습니다."

자형과 누나가 허선의 이야기를 듣고 생각에 잠겼다.

'저 허선은 평소에 자기 힘으로 뭐 하나 제대로 하지 못하는 주변머리인데 이렇게 자기 돈을 다 써가며 짝을 찾아 달라고 하다니!'

자형과 누나는 서로 얼굴을 마주보면서 아무런 말도 하지 못했다. 술을 마시고 난 다음 허선은 한약방으로 일하러 갔다. 2, 3일이 지나고 허선은 생각에 잠겼다.

'누나가 왜 아무런 말이 없지?'

며칠 지나고 누나를 보고 물었다.

"누나, 자형하고 같이 상의 좀 해보셨어?"

"아니, 아직."

"왜?"

"결혼이 얼마나 중요한 일인데 그렇게 쉽게 이야기할 수 있겠어? 그리고 네 자형이 요즘 심기가 그리 좋아 보이지 않아서 괜히 부담 줄까 봐 말도 꺼내지 못했어."

"누나, 아니 왜 그렇게 느긋하게 구는 거야? 이게 뭐 그리 힘든 일이라고 내가 자형한테 돈 쓰게 할까 봐 말도 안 꺼내고 있는 거 아냐?"

허선이 벌떡 일어나 방 안에 있는 상자를 열더니 백 낭자가 준 은 덩어리를 누나에게 건네며 말했다.

"더는 빼지 말라고. 자형이 조금만 나서주면 되는 거 아냐!"

"아이고 우리 동생이 오랫동안 외당숙 한약방에서 일하더니 이렇게 돈을 다 모았네. 네가 장가가려고 서둔 게 다 이유가 있었구먼. 네가 직접 자형한테 말하면 되겠네. 난 그냥 가만히 있을 테니까."

허선의 누나는 남편이 퇴근하고 돌아오자마자 바로 동생의 혼사 건을 꺼냈다.

"여보, 허선이가 중매를 서달라고 한 게 다 꿍꿍이가 있어서였더라고요. 그 녀석이 나름대로 은 덩어리를 모아놓았더라고. 나한테 그 돈을 가지고 자기 중매서는 일을 진행하여 달라고 하니 우리가 그 말대로 어서 일을 진행하여야 할 것 같아요."

"그런 사연이 있었구먼. 아무튼 처남이 모아놓았다는 그 은 덩어리를 나한테 좀 보여줘 봐."

누나가 냉큼 허선의 은 덩어리를 가져다 남편에게 건넸다. 남편이 은 덩어리를 손에 올려놓고 이리저리 살폈다. 그러다 갑자기 소리를 질렀다.

"어이쿠 이런, 우리 집은 이제 다 망했어!"

누나가 깜짝 놀라면서 물었다.

"여보 대체 그게 무슨 말씀이세요?"

"며칠 전 소 태위 집 창고 자물쇠가 열린 흔적도 없고 다른 데가 뚫린 흔적도 없는데 은 덩어리 쉰 개를 도둑맞았어. 지금 임안의 포졸들을 닦달하여 도적을 잡아내라고 난리야. 한데 어디 단서가 있어야지. 포졸들이 엄청 시달리고 있어. 마침내 잃어버린 은 덩어리를 찾는다는 방이 나붙었지. 그 방에는 은 덩어리의 일련번호까지 적었더라고. 은 덩어리를 훔친 도적을 잡는 자에게는 은자 쉰 냥을 상급으로 준다는 거야. 도적을 신고하지 않거나 숨겨준 자는 그자뿐만 아니라 그 일가족까지 변방으로 귀양 보낸다는구먼. 근데 이 은 덩어리에 적힌 일련번호가 방에 적힌 일련번호하고 같아. 이거야말로 발등에 불이 떨어진 거니까 일가친척이고 뭐고 인정사정 볼 게 아니라고. 이 일이 발각되면 빼도 박도 못하는 거라고. 처남이 훔쳤든 빌렸든, 처남이 이 일로 고초를 당하든 말든 일단 우리가 이 일에 말려들면 안 된다고. 어서 이 은 덩어리를 들고 가서 자수하자고."

허선의 누나는 남편의 말을 듣고서 벌린 입을 다물지 못하고 눈만 뻥하니 뜨고 있었다. 자형은 즉시 그 은 덩어리를 들고 임안부 청사로 달려가 자수했다. 임안부의 부윤은 그 사실을 알고서 밤새 잠도 제대로 자지 못했다. 다음날 날이 밝자마자 포졸장 하립何立을 시켜 도적을 잡아들이라 했다. 하립은 눈치 빠른 부하들을 데리고 허선을 잡으러 관청 골목 어귀 이 씨네 한약방으로 달려갔다. 하립 일행은 이 씨네 한약방에 도착하여 고함을 지르며 오라를 던져 허선을 잡아 묶더니 징과 북을 울리며 임안부로 압송했다. 마침, 부윤이 동헌에 나와 있기에 하립은 허선을 동헌 대청 앞에 무릎 꿇렸다. 부윤이 허선에게 몽둥이찜질을 하라 했다. 허선이 입을 열었다.

"나리, 어찌 소인에게 몽둥이찜질을 하시려는 것입니까. 소인에게 무슨 죄가 있다고 그러십니까?"

부윤이 참지를 못하고 버럭 소리를 질렀다.

"아니 도둑놈 주제에 무슨 말이 그리 많으냐? 감히 죄가 없다고 주둥아리를 놀리다니! 소 태위 댁 창고 문이 털린 흔적조차 없는데 은 덩어리 쉰 개를 도둑맞았느니라. 창고 출납관 이가 놈이 한 덩어리를 들고 와 자수했으니 나머지 마흔아홉 덩어리는 분명 네 놈이 갖고 있으렷다. 은 덩어리를 싸둔 주머니를 뜯지도 않고 가져가다니, 네 놈이 요술이라도 부린 게냐?"

부윤이 부하들에게 명령했다.

"저놈한테 몽둥이찜질 하기 전에 어서 짐승 피를 구해오너라."

지금 상황이 어떻게 돌아가는지 대충 눈치챈 허선이 큰소리로 외쳤다.

"소인은 무슨 요술사가 아닙니다. 제발 소인의 말 좀 들어보십시오."

"그래 이놈아 그 은 덩어리는 대체 어디서 난 거냐?"

허선이 우산을 빌려준 일, 우산을 찾으러 갔던 일을 소상하게 아뢰었다. 한 대윤이 물었다.

"백 낭자라는 자는 대체 누구냐, 그 낭자하곤 어떻게 만나게 되었느냐?"

"자기 말로는 이름이 백삼반白三班이라고 하며 황제 시위군 백 전직의 여동생이라고 합니다. 살기는 화살다리 옆, 쌍다방 골목 어귀, 수왕 저택 담장 맞은편 검은색 집에서 살고 있습니다."

부윤은 즉시 하립에게 허선을 데리고 쌍다방 골목 어귀로 가서 그 여인을 잡아오라 했다. 하립은 명령을 받들어 포졸들을 거느리고 곧장 쌍다방 골목 어귀 수왕 저택 담장 맞은편으로 달려가 동정을 살폈다. 창문 네 쪽이 거리를 향해 있었고, 그 창문 중간에 두 짝의 대문, 그 앞엔 쓰레기 더미가 널려 있었고, 대나무로 대문을 가로질러 막아놓았다. 하립은 그 광경을 보고 잠시 멍해졌다. 이웃 사람을 붙잡아 사정을 물어보고자 했다. 거리 입구에는 조화 만드는 장인 구대가, 반대쪽 거리 입구에는 갓바치 손 씨가 살고 있었다. 손 씨는 포졸들을 보더니만 기겁을 하여 그만 땅에 벌렁 넘어져 바들바들 떨었다. 마을 사람들이 모두 나와서 아뢰었다.

"이곳엔 무슨 백 낭자라는 사람이 살고 있지를 않습니다. 이 집엔 오륙 년 전에 모€ 순검이 살았는데 가족이 모두 병에 걸려 죽고 말았습니다. 대낮에도 귀신이 나타나는 바람에 사람들이 감히 가까이 가지 못하고 있었습니다. 며칠 전 어떤 미친놈이 대문 앞에 서서 중얼대는 걸 보았습니다."

하립은 포졸들을 시켜 대문을 가로질러 막고 있는 대나무를 치우게 했다. 대문 안쪽에서 음산하고 차가운 바람이 불어왔다. 비릿한 냄새도 딸려 왔다. 졸개들은 깜짝 놀라 자기도 모르게 뒷걸음질 쳤다. 허선 역시 이 광경을 보고 입도 뻥끗하지 못하고 멍하니 서 있었다. 포졸 가운데 그래도 담력이 좀 있다는 자가 있었으니 성이 왕王이요, 집안의 둘째 아들이라 왕이王二라 불리는 자였다. 그자가 하도 술을 좋아하여 사람들은 그를 술꾼 왕이라 불렀다. 그 왕이가 포졸들한테 나를 따라오라며 안으로 들어가기 시작했다. 안에 들어가 보니 벽, 거실, 탁자 등은 다 그대로 있었다. 계단 앞까지 다가간 다음 포졸들은 다시 왕이가 앞장서기를 기다렸다가 왕이를 따라 위로 올라갔다. 위층은 재와 먼지가 자욱하게 덮여 있는데 그 두께가 몇 촌은 되어 보였다. 포졸들이 방문 앞으로 다가가 열어보았다. 침상이 있었고 침상 위에 휘장이 쳐져 있었다. 서랍장도 놓여 있었다. 하얀 옷을 입은 여인이 한 송이 꽃 같은, 옥처럼 윤기 나는 자태로 침상 위에 앉아 있었다. 포졸들은 그 광경을 보고선 감히 다가서지 못하고 쭈뼛거렸다. 포졸들이 소리쳤다.

"낭자, 사람이요, 귀신이요? 우리는 임안 부윤의 명령을 받들어 왔소이다. 어서 우리랑 가서 허선 재판의 증인을 좀 서주시오."

그 여인은 꿈쩍도 하지 않았다. 술꾼 왕이가 입을 열었다.

"아니 어째서 저 낭자한테 다가가지도 못하는 게냐? 어서 가서 술 한

동아리나 가져오라고. 술 마시고 나면 나를 어쩌지 못할 것이니 내가 저 낭자를 잡아 부윤 나리께 데리고 갈 것이니라."

　포졸들은 바로 두세 명을 보내서 술 한 동아리를 가져오게 하여 왕이에게 주었다. 왕이는 술 동아리 마개를 열더니 단번에 다 마셔버렸다. 그러고 나서 다시 소리를 질렀다.

　"저가 나를 어쩔라고!"

　왕이가 침상의 휘장 안쪽으로 빈 술 동아리를 집어 던졌다. 술 동아리가 아무 데도 부딪히지 않았더라면 아무 일도 생기지 않았을 것이다. 그러나 무언가에 부딪혔고 쨍그랑 소리가 마치 마른하늘 날벼락 소리처럼 났으니 사람들이 모두 놀라 나자빠졌다. 겨우 일어나 살펴보니 침상 위의 여인은 온데간데없고 은 덩어리만 보이더라. 사람들이 앞으로 다가가 보더니 잘 되었다며 한마디 했다. 세어보니 마흔아홉 개였다. 포졸들이 이렇게 말했다.

　"자, 우리 이 은 덩어리를 들고 부윤 나리께 가자고!"

　그들은 은 덩어리를 들고 임안부로 돌아갔다. 하립이 부윤에게 보고했다. 부윤이 대답했다.

　"그 여인은 요괴임이 틀림없다. 아무튼 이웃 사람들은 죄가 없으니 돌려보내라."

　부윤이 사람들을 시켜 은 덩어리 쉰 개를 소 태위 집에 갖다 주고 그간의 사정을 일일이 설명하게 했다. 허선은 부당한 일을 저질렀다는 죄목으로 곤장을 맞게 되었다. 그래도 몸에 죄를 새기는 형벌은 면했다. 허선은 소주 관내에서 노역을 치르게 되었다. 자형은 자기가 이 일을 관가에 고한 것이 마음에 걸려 소 태위가 상급으로 하사한 은자 쉰 냥을 모두 허선에게 주고 노자에 보태라 했다. 한약방 쥔장 이 씨는 허선을 위해서 서찰 두 통을 써주었다. 한 통은 옥졸 범范 씨에게 보내는 것이고, 다른 한 통은 길리교吉利橋 아래에서 객점을 열고 있는 왕 씨에게 보내는 것이었다. 허선은 대성통곡을 하면서 자형, 누나와 이별했다. 형틀을 쓴 허선을 두 명의 호송원이 붙잡고서 항주를 떠나 동신교東新橋까지 가서 거기서 배를 탔다.

며칠 후 소주에 이르렀다. 먼저 서찰을 옥졸 범 씨와 객점 주인장 왕 씨에게 전달했다. 왕 씨가 소주의 관원들에게 미리 돈을 좀 쓴 다음 두 명의 호송원에게 소주에 들어가 공문을 전달하고 허선을 넘기도록 했다. 호송원들이 공문의 답신을 받아 돌아갔다. 범 씨와 왕 씨가 나서주어 허선은 감옥소 노역은 하지 않을 수 있었다. 허선은 왕 씨 객점에 방을 하나 마련하여 몸조리했다. 허선은 울적한 마음에 벽에다 시 한 수를 적었다.

> 혼자서 높은 곳에 올라 고향을 바라보네,
> 석양은 붉은빛 꼬리를 창문에 드리운다.
> 나 이렇게 정직하게 살아왔건만,
> 요괴에게 걸려들 줄이야!
> 백 낭자가 돌아간 곳은 어디?
> 청청은 또 어디로 간 걸까?
> 혈육을 버리고 이곳 소주에 왔다네,
> 고향 생각에 애간장이 녹누나.

일일이 이야기하자면 길고, 그냥 넘어가자면 또 별로 할 이야기가 없고 그러하구나. 세월은 쏜살같고 유수와도 같아 허선이 왕 씨 집에서 지낸 지도 이러구러 반년이 넘었다. 때는 바야흐로 9월 하고도 하순, 왕 씨가 하릴없이 문 앞에서 거리를 오가는 사람을 구경하고 있었다. 멀리서 가마

하나가 다가오고 있었다. 가마 뒤를 따라오던 하녀가 물었다.

"저 말 좀 물어봐요. 여기가 왕 씨네 객점 맞습니까?"

왕 씨가 황망히 일어나 대답했다.

"맞소이다. 근데 누구를 찾으시오?"

"임안부에서 온 허선 나리를 찾습니다."

"조금만 기다리슈. 내가 불러다 주리다."

가마가 왕 씨 객점 문 앞에서 멈췄다. 왕 씨가 안으로 들어가 허선을 찾았다.

"허선, 누가 자네를 찾네그려."

허선이 그 말을 듣고 바로 문밖으로 나왔다. 가마 뒤를 따르고 있는 하녀는 청청이었고, 가마 안에 앉아 있는 자는 바로 백 낭자였다. 허선이 백 낭자를 보고 소리쳤다.

"이런 원수 덩어리! 아니 그래 너희가 은 덩어리를 훔쳐낸 일에 연루되어 내가 얼마나 많은 고초를 겪은 줄 아느냐? 이 억울함을 하소연할 데도 없었는데 오늘은 이렇게 제 발로 여기까지 뒤쫓아 오다니 정말 창피해 죽을 지경이로구먼."

"허선 나리, 이 여인을 너무 원망하지 마소서. 바로 그 일로 나리께 긴히 설명 드릴 것이 있어서 찾아왔습니다. 우선 안에 들어가 이야기를 나누도록 하지요."

백 낭자가 청청에게 가마에서 짐을 내리라고 명했다. 허선이 소리쳤다.

"너는 귀신이렷다. 안으로 들어오지 마라."

허선이 문 앞을 가로막고 백 낭자가 들어오지 못하게 막았다. 백 낭자가 왕 씨에게 아주 공손하게 두 손을 모아 인사를 올렸다.

"왕 씨 나리가 여기 계신데 제가 어찌 귀신 주제에 감히 나타날 수 있겠습니까? 저는 옷에 솔기가 있고 낮에는 그림자가 집니다. 다만 불행하게도 남편이 먼저 세상을 떠나고 말아 이렇게 사람들에게 무시를 받는 처지가 되고 말았습니다. 저 은 덩어리 건은 쇤네의 죽은 남편이 저지른 일이지 저하고는 아무런 상관이 없는 일입니다. 아무래도 저를 원망하고 있는 것 같아 이렇게 특별히 찾아와 설명해 드리고자 한 것입니다. 설명만 마치고 나면 저는 당장 떠나겠나이다."

왕 씨가 이렇게 말했다.

"저 여인을 안으로 들여보내고 같이 앉아서 이야기를 나누지."

백 낭자가 대답했다.

"그래요.. 저는 그대와 같이 안으로 들어가서 이 객점 주인 내외가 보는 앞에서 이야기를 나누고 싶습니다."

대문 앞에서 구경하던 사람들은 모두 흩어졌다. 허선이 왕 씨와 안주인에게 말했다.

"저자가 은 덩어리를 훔친 일 때문에 내가 관청에 끌려가 갖은 고초를 겪었는데 대체 무슨 할 말이 있다고 여기까지 찾아왔는지 모르겠습니다."

백 낭자가 대답했다.

"죽은 남편이 남겨준 은을 그저 선한 의도로 건네준 것뿐입니다. 나도 그게 어디서 난 것인지는 몰랐습니다."

허선이 물었다.

"포졸들이 널 잡으러 갔을 때 네 집 앞은 온통 쓰레기가 굴러다니고 침상 위에 있던 네가 소리가 나자마자 사라져버린 건 대체 무슨 연고냐?"

"나리가 제가 준 은 덩어리 때문에 붙잡혀갔다는 소식을 듣고 나리가 혹시 저를 관청에 일러바치고 그래서 제가 관청에 잡혀가게 되면 제 얼굴을 여러 사람 앞에 드러내게 될까 걱정되어 하는 수 없이 화장사華藏寺 앞에 사는 이모 집에 몸을 숨겼답니다. 사람을 시켜 쓰레기 더미를 문 앞에 쌓아두게 하고 은 덩어리는 침상 위에 놓아두게 하고 이웃 사람들에겐 저를 모른다고 거짓말을 해달라고 했습니다."

"그래 너는 도망가 버리고 나 혼자 붙잡혀 갖은 고생을 하게 했구나!"

"제가 은 덩어리를 침상에 두고 간 것은 그걸로 나리 일이 잘 마무리되기를 바랐던 것이나 그로 말미암아 외려 많은 사달이 생겨날 줄이야! 저는 나리께서 유배당했다는 소식을 듣고 바로 여비를 마련하여 배를 타고 나리를 뵈러 왔나이다. 저간의 사정을 설명해 드렸으니 이제 저는 떠나도 좋을 듯합니다. 나리와 저 사이엔 부부의 인연까지는 없나 보옵니다."

왕 씨가 끼어들었다.

"그렇게 먼 길을 무릅쓰고 여기까지 왔는데 어찌 그리 바로 돌아간단 말이오? 여기서 며칠 머무르시오."

청청이 대답했다.

"아씨, 주인 나리께서 이렇게 말씀하시는데 예서 며칠 머무시지요. 본디 허선 나리와 혼약을 맺으려던 사이 아니옵니까?"

백 낭자가 대답했다.

"아니 무슨 그런 쓸데없는 말을! 창피해 죽겠다. 내가 어디 시집갈 데가 없어서 이러는 줄 아느냐? 난 그저 일의 자초지종이나 따져 알려주려고 왔을 따름이다."

왕 씨가 말했다.

"본디 허선과 혼약을 맺으려던 사이, 게다가 지금 다시 찾아왔으니 당연히 예서 더 머무르셔야지."

바로 빈 가마를 돌려보냈음이야 말할 필요조차 없겠다.

며칠이 지났다. 백 낭자가 왕 씨의 안주인에게 온갖 정성을 다했다. 객점 안주인이 왕 씨에게 백 낭자와 허선 사이에 중매를 좀 서보라고 권하게 되었다. 마침내 11월 11일에 식을 올리기로 했다. 세월이 쏜살같이 흘러 혼례 날이 다가왔다. 백 낭자가 은자를 꺼내어 왕 씨에게 주고 혼례를 준비하여 달라고 부탁했다. 두 사람이 혼례를 치렀다. 잔치를 마치고 두 사람이 신방에 들었다. 백 낭자가 요염한 자태를 뽐내었다. 아리따운 여인의 요염한 자태, 허선은 마치 선녀라도 만난 듯 너무도 황홀했다. 왜 이제야 만난 것인가? 기쁨을 나누는 사이 아침이 밝고 닭이 울었다.

기쁨에 겨우니 밤은 왜 이리 짧기만 한고,
고독에 겨우니 밤은 왜 이리 길기만 한고.

이날 이후로 두 사람은 마치 물고기가 물을 만난 듯, 왕 씨네 객점에서 하루하루 즐거운 나날을 보냈다. 하루가 가고 한 달이 가고 이러구러 반년 세월이 흘렀다. 때는 바야흐로 만물이 소생하는 춘삼월, 비단을 뿌린 듯 꽃이 피어나고 사람들 왕래도 빈번하여 거리가 북적대었다. 허선이 왕 씨에게 물었다.

"오늘은 무슨 일로 이렇게 사람들이 많이 돌아다니고 거리가 북적대는 거죠?"

"오늘은 이월 보름, 남녀 불문하고 모두 와불을 보러 가는 거라네. 자네도 승천사承天寺에 한번 가보지 그러나."

"그럼 나도 처에게 이야기하고 한번 가봐야겠네요."

허선이 2층으로 올라가 백 낭자에게 말했다.

"오늘이 이월 보름 선남선녀들이 와불을 구경하러 간다고들 하니 나도 한번 보러 갈까 하오. 얼른 구경하고 돌아올 터이니 혹시 누가 찾더라도 내가 출타했다고 하고 괜히 밖으로 나가서 응대하지 마시오."

"뭐 볼 게 있다고, 그냥 집에 있는 게 좋지 않아요!"

"그래도 바람 좀 쐬고 오는 거야 뭐가 나쁘겠소."

허선이 객점을 나섰다. 길에서 아는 사람들을 만나 그들과 같이 와불을 구경하러 승천사에 가서 두루 구경하고 절 밖으로 나오다 도사 한 명을 발견했다. 도포를 입고 도사 망건을 쓰고 허리에는 노란 띠를 두르고 삼베 신발을 신고서 절 앞에서 약을 팔면서 부적을 써주고 있었다. 허선이 멈춰서 도사를 바라보았다. 도사가 사람들 앞에서 이렇게 떠들고 있었다.

"나는 종남산의 도사올시다. 이곳저곳 떠돌아다니며 부적도 써주고 사람들 병도 고쳐주고 액땜도 해준답니다. 일이 있는 사람은 어서 앞으로 나오시오."

그 도사가 허선의 머리 위로 검은 기운이 서려 있는 걸 보고는 필시 요괴한테 씐 거라는 생각이 들어서 입을 열어 말을 건넸다.

"자네 요괴한테 씌었구먼. 아주 단단히 씌었어. 내가 자네한테 부적 두 개를 써줄 터이니 그걸로 목숨을 건지라고. 부적 하나는 자정에 태우고 다른 하나는 자네 머리카락 안에 넣어두게."

허선이 그 부적을 받아들고 머리를 조아려 절했다.

'나 역시 마음속으로 백 낭자가 요괴 아닌가 하는 생각을 하고 있었는데 정말로 요괴인가보다.'

허선은 도사에게 감사의 뜻을 표한 다음 객점으로 돌아왔다. 그날 밤, 백 낭자와 청청이 잠이 들었다. 허선이 중얼거렸다.

"자정이 되었구나."

부적 하나를 자기 머리카락에 꽂고 다른 부적 하나를 불에 태우려고 하는 순간, 백 낭자가 중얼거리는 것이었다.

"허선과 내가 부부의 연을 맺은 지가 오래이건만 나를 믿지 아니하고 다른 사람 말에 귀가 멀어 이렇게 늦은 자정에 부적을 태워 나를 잡으려 드는구나. 그래, 어서 부적을 태워라."

말을 마친 백 낭자는 와락 부적을 빼앗아 태웠다. 아무런 일도 일어나지 않았다. 허선이 백 낭자에게 말했다.

"내가 그런 게 아니라 승천사 앞에서 떠돌이 도사를 만났는데 그대를 요괴라고 하더라고."

"도대체 어떤 도사 놈이 그런 말을 하는지 내일 저랑 같이 가서 만나봅시다."

이튿날 백 낭자가 새벽같이 일어나 소세를 마치고 머리를 매만지더니 하얀 옷을 정갈하게 차려입고 청청에게 집을 보라 이르고는 허선과 함께 승천사로 달려갔다. 도사가 사람들에게 둘러싸여 부적을 써주고 있었다. 백 낭자가 독기 서린 눈을 치켜뜨고 도사에게 다가가 소리를 질렀다.

"아니 도사라는 사람이 무례하게 나를 요괴라고 허튼소리나 하고 부적을 써주며 나를 물리치라고 하다니!"

"하늘에서 우레가 다섯 번 치게 하는 내 법술로 부적을 써주면 온갖 요괴가 결국 그 정체를 드러낸다."

"그래 사람들이 이렇게 많이 보고 있으니 어서 부적을 써서 한번 건네 봐라."

도사가 즉시 부적을 써서 백 낭자에게 건넸다. 백 낭자는 부적을 받아 삼켰다. 백 낭자에게는 아무런 일도 일어나지 않았다. 구경하던 사람들이 입을 열었다.

"아니 아무런 변화도 없는데 어째서 저 부인을 요괴라고 하는 거지?"

사람들이 도사에게 마구 욕을 해댔다. 도사는 아무런 대꾸를 하지 못하고 당황해하는 눈치가 완연했다. 백 낭자가 입을 열었다.

"여러분들이 여기 계시니 하는 말입니다만 저 도사 놈이 저를 어쩌지 못했습니다. 저는 어려서부터 법술을 배웠으니 이제 제가 여러분 앞에서 저 도사 놈에게 법술을 걸어보겠습니다."

백 낭자가 중얼중얼 알아들을 수 없는 주문을 외우니 마치 여럿이 도사를 붙잡아 말아올리는 듯 도사의 몸이 순식간에 둘둘 말리고 하늘에 붕 떠버렸다. 사람들이 이 광경을 보고서 깜짝 놀랐다. 허선 역시 정신이 멍해졌다. 백 낭자가 소리쳤다.

"내가 저놈을 그냥 일 년 내내 하늘에 매달아 놓을까 했으나 구경하는 사람들도 있고 해서 여기서 멈춘다."

백 낭자가 입김을 훅 불어내니 도사가 쿵 하고 바닥에 떨어졌다. 도사는 아이고 우리 어머니가 왜 내 어깻죽지에 날개를 안 달아 줬다니 하면서 걸음아 날 살려라 도망쳤다. 구경하던 사람들도 모두 흩어졌다. 백 낭자와 허선은 객점으로 돌아왔다. 백 낭자와 허선이 같이 살림하는 데 필요한 경비는 모두 백 낭자가 대었다. 부부는 하루하루를 즐겁게 지냈다.

세월이 또 쏜살같이 흘러 사월초파일이 되었다. 사람들은 잣나무 불단 위에 불상을 모시고 향을 넣어 달인 물을 그 불상의 머리에 끼얹기도 하고 절에 시주하기도 했다. 허선이 왕 씨에게 말했다.

"이곳의 사월초파일 모습이 항주와 똑같네요."

바로 이때 이웃에 사는 젊은 녀석이 있었으니 이름이 쇠대가리라. 쇠대가리가 허선에게 이렇게 말하는 것이었다.

"오늘 승천사에게 법회를 연다고 하는데 허선 나리도 한번 가보십쇼."

허선이 그 말을 듣고 안으로 들어가 백 낭자에게 말하니 백 낭자가 대답했다.

"뭐 볼 게 있다고! 전 안 가겠어요."

"그래도 바람이라도 한번 쐬면 좋잖아."

"기왕에 갈 거면 그런 다 해진 옷 좀 벗고 새 옷으로 갈아입고 가셔요. 내가 좀 챙겨줄게요."

백 낭자가 청청에게 새 옷을 꺼내오라 일렀다. 허선이 새 옷을 입어보니 크지도 작지도 않게 마치 치수를 정확히 재서 맞춘 듯 딱 들어맞았다. 검은색 두건을 머리에 쓰고, 뒤통수 쪽에 하얀 옥구슬 한 쌍을 차고, 파란색 도포를 입고, 검은색 신발을 신었다. 황금색 실로 아름다운 여인 모습이 수놓아져 있고, 손잡이에 산호 노리개 같은 장식이 달려 있는 비단부채를 들었다. 백 낭자가 입을 열어 허선에게 당부했다. 그 소리는 마치 앵무새가 지저귀는 듯했다.

"낭군님, 가거들랑 일찍 돌아오세요. 저 걱정시키지 마시고요."

허선이 쇠대가리를 불러 같이 승천사 법회를 보러 출발했다. 사람들이 허선을 보고 이구동성으로 멋진 남자라고 칭송했다. 이때 누군가가 이렇게 말하는 소리가 들렸다.

"어젯밤 주周 씨네 전당포가 털렸다네. 4, 5천 관이나 되는 금은보화를 잃어버렸다네그려. 잃어버린 물품 표를 적어 관가에 신고했는데 아직 행방이 묘연하다네."

허선은 그 말을 그저 귓등으로 듣고 쇠대가리랑 같이 승천사 절 문 안으로 들어갔다. 절 안에는 선남선녀들이 모두 와서 향을 사르느라 무척이나 시끌벅적했다. 허선이 한마디 했다.

"마누라가 일찍 돌아오라 했으니 이제 슬슬 객점으로 돌아가야겠다."

허선이 그만 돌아가려는 생각에 쇠대가리를 찾았다. 절 안에 쇠대가리가 보이지 않자 그냥 혼자서 절 밖으로 나왔다. 대여섯 명의 포졸들이 걸어오는데 허리에는 패를 차고 있었다. 그 가운데 한 명이 허선을 가리키며 말했다.

"저 사람이 입고 있는 거, 손에 들고 있는 게 주 씨네 전당포에서 잃어버렸다는 것과 같지 않아?"

허선과 안면이 있는 포졸이 허선에게 말했다.

"그 부채 좀 한 번 보여주시오."

허선은 아무 생각 없이 부채를 건네주었다. 그 포졸은 부채를 건네받고는 이렇게 말하는 것이었다.

"여보게들, 이것 좀 보라고. 이 부채 손잡이에 달려 있는 산호 노리개가 주 씨네 전당포에서 잃어버렸다는 것과 똑같지 않아?"

포졸들이 일제히 소리를 질렀다.

"잡아라!"

포졸들이 일제히 달려들어 허선을 포박했다.

독수리가 제비 새끼를 낚아채듯이,
호랑이가 양 새끼를 물어뜯듯이.

허선이 소리를 질렀다.

"여보슈, 사람 잘 못 봤어요. 난 잘못 한 게 아무것도 없다고요."

"네가 잘 못 한 게 있는지 없는지는 주 씨와 대질심문해보면 바로 드러날 것이다. 주 씨네가 잃어버린 금 장식, 옥 구슬 장식, 비단 부채, 산호 노리개를 네 놈이 다 가지고 있으면서 잘못 한 게 없다고 뻗대다니. 지금 장물을 버젓이 가지고 있구먼, 뭔 소리를 하는 거냐. 우리가 뭐 할 일이 없어서 너한테 이러는 줄 아느냐. 지금 네놈이 입고 쓰고 들고 있는 게 다

주 씨네가 잃어버린 거란 말이다. 아니 그러고도 겁도 없이 밖으로 이렇게 나돌아다녀!"

허선은 이 말을 듣고 어안이 벙벙해지며 할 말을 잃었다. 허선은 속으로 생각했다.

'그래 원래 이런 사연이 있었구먼. 그렇다고 내가 훔친 것은 아니니.'

포졸들이 외쳤다.

"자, 어서 소주 관아로 가서 한번 이야기해 보시지."

다음 날 소주부 부윤이 등청하자마자 포졸들은 허선을 부윤 앞으로 끌고 갔다. 부윤이 심문했다.

"주가네 전당포에서 물건을 훔쳐서 어디다 감췄느냐? 사실대로 말하면 곤장은 면해주마."

"나리 지금 제가 입고 있는 옷은 모두 제 처가 가져다준 것입니다. 소인은 그게 어디서 난 것인지 알 길이 없사옵니다. 나리께서 조사해보시면 바로 알 수 있을 것입니다요."

"그래. 네 처는 지금 어디 있느냐?"

"길리 다리 아래 왕 씨네 객점에서 머물고 있습니다."

부윤은 즉시 포졸 원자명袁子明을 시켜 허선을 데리고 가서 백 낭자를 잡아오라고 했다. 원자명 일행이 들이닥치자 왕 씨는 놀라자빠져 소리를 질렀다.

"대체 무슨 일입니까?"

허선이 물었다.

"백 낭자, 위층에 있습니까?"

"자네가 쇠대가리랑 법회 구경한다고 떠난 다음에 백 낭자가 '남편이 법회 구경하러 가면서 청청이랑 저랑 2층에서 기다리고 있으면 곧 돌아오마 했는데 아직도 돌아오지 않으니 청청이랑 제가 찾으러 가봐야겠어요. 나리께서 대신 집 좀 봐주세요.'라고 나한테 부탁하고 나간 다음 어젯밤에 돌아오지 않더니 지금까지도 소식이 없네. 나는 그저 자네랑 같이 친척 집에라도 갔나 보다 생각하고 있었지."

포졸들이 왕 씨를 앞세우고 구석구석 뒤졌으나 백 낭자는 코빼기도 보이지 않았다. 원자명이 왕 씨를 붙잡아 부윤에게 데리고 갔다. 부윤이 물었다.

"백 낭자는 어디에 있느냐?"

왕 씨가 저간의 사정을 자세하게 보고했다. 부윤이 그 보고를 받고 한 마디 했다.

"백 낭자는 요괴구먼."

부윤이 왕 씨와 허선에게 꼬치꼬치 심문하더니 마침내 명령을 내렸다.

"허선을 하옥시켜라."

왕 씨는 돈을 써서 하옥을 면하고 풀려나 밖에서 이 일이 어떻게 돌아가나 지켜보고 있었다.

한편, 주 씨가 자기 전당포 맞은 편 찻집에서 쉬고 있노라니 점원이 찾아와 말을 전했다.

"나리, 잃어버린 금은보화가 다 있네요.. 평소 비워두었던 창고의 상자 안에 들어있네요.."

주 씨가 그 말을 듣자마자 부리나케 전당포로 가보았다. 과연 상자 안에 잃어버렸던 금은보화가 다 들어있었다. 다만, 두건, 옥구슬, 부채, 노리개만 보이지 않았다. 주 씨가 혼잣말을 했다.

"허선이 억울한 일을 당했구나. 죄 없는 사람이 고통받는 걸 그냥 두고 볼 수는 없지."

주 씨는 아무도 눈치채지 못하게 허선 사건을 담당하는 관원을 만나 이 사정을 이야기하고 허선을 선처하여 달라고 부탁했다.

한편, 소 태위의 심부름으로 허선의 자형 이인이 소주에 오게 되었다. 이인이 소주에 오는 김에 왕 씨를 찾아갔다. 왕 씨가 이인에게 허선이 이곳에서 또다시 고초를 겪게 된 사정을 일일이 알려주었다. 그 말을 듣고 이인이 혼잣말을 했다.

"명색이 자형이 되어 가지고 내가 그냥 못 본 척할 수는 없지!"

이인이 허선을 위하여 소주 관아의 관원들에게 두루 돈을 풀었다. 마침내 부윤이 허선을 다시 심문하고는 모든 죄는 백 낭자에게 있다고 판결하고 허선은 요괴를 제때 신고하지 않은 죄목으로 곤장 백 대에 처하고 360리 떨어진 진강으로 노역을 떠나라 판결했다. 이인이 허선을 달랬다.

"진강으로 가는 게 그렇게 나쁘지는 않을 걸세. 거기에 내가 삼촌으로 모시는 분이 계시네. 성은 이李, 이름은 극용克用이라네. 바늘다리 아래에서 약방을 열고 있지. 내가 소개 서찰을 써줄 테니 가서 의지하시게나."

허선은 자형에게 노잣돈을 얻고 왕 씨에게 하직 인사를 했다. 술과 안주를 사서 자기를 호송하는 두 호송원을 대접하고 짐을 꾸려 출발했다. 왕 씨와 자형은 허선을 배웅하고 각자 돌아갔다.

한편, 허선은 배고프면 밥 먹고, 목마르면 물 마시고, 밤이면 자고, 낮이면 걸어서 며칠을 걸려 진강에 도착했다. 먼저 이극용을 만나볼 요량으로 바늘다리 아래 약방을 찾아갔다. 점원이 약방을 보고 있었다. 이극용이 안에서 걸어 나왔다. 허선과 호송원이 황망히 인사를 올리고 서찰을 건넸다.

"소인은 항주 사는 이인의 처남입니다. 소개 서찰을 가지고 왔습니다."

점원이 그 서찰을 받아서 이극용에게 전달했다. 이극용이 서찰을 받아

봉함을 뜯고 읽어보았다.

"그래 자네가 허선인가?"

"예, 제가 바로 허선입니다."

이극용이 허선과 호송원에게 식사를 대접해 주었다. 아울러 하인을 시켜 허선과 호송원을 진강 부중에 안내하여 주고 진강 관원들에게 돈을 써서 허선을 다시 자기 집으로 데려오게 했다. 호송원들은 회신 공문을 받아 들고 소주로 돌아갔다. 허선은 하인을 따라 이극용 집에 돌아와 이극용에게 다시 인사하고 이극용의 안식구에게도 인사를 올렸다. 이극용이 허선의 자형 이인이 써준 서찰을 보며 말했다.

"허선이 원래 약방에서 점원으로 일했었구먼."

이극용은 허선에게 자기 약방에서 일하게 했다. 저녁에는 오조항五條巷에서 두부를 파는 왕 씨네 집에서 머물라 했다. 이극용은 허선이 약방에서 꼼꼼하게 장사하는 걸 보고 매우 흡족해했다. 이극용의 약방에는 두 명의 점원이 있었다. 하나는 장 씨, 다른 하나는 조 씨였다. 조 씨는 성실하고 우직했고, 장 씨는 뺀질거리고 음흉했다. 장 씨는 자기가 선배랍시고 조 씨를 무시하고 매사를 제 맘대로 했는데 이번에 다시 또 새로운 점원 허선이 들어오니 눈엣가시처럼 여겼다. 허선 때문에 자기가 잘릴까 봐 걱정하면서 허선을 미워하고 쫓아낼 궁리만 했다. 어느 날 이극용이 약방에 나와 둘러보고 있었다.

"새로 온 녀석은 일 좀 잘하나?"

장 씨는 이거 참 기회다 싶었다.

"일을 잘하긴 잘하는데, 문제가 하나 있습니다."

"무슨 문제?"

"그 녀석은 큰 손님들한테 뭔가 좀 잘 해주려고 하긴 하는데 손이 작은 손님들한테는 신경도 쓰지 않습니다. 소인이 그러면 안 된다고 몇 번 타일렀지만 들은 척도 안 합니다."

"걱정할 거 없어. 내가 한 번 이야기할게. 내 말을 안 들을 리가 없지."

옆에서 이야기를 듣고 있던 조 씨가 장 씨에게 넌지시 말했다.

"우리 점원끼리 사이좋게 지내야지. 허선은 새로 들어왔으니 우리가 먼저 잘 보살펴 줘야지. 허선이 뭐 잘못하는 게 있으면 우리가 직접 그에게 이야기해 줘야지. 허선이 자기 없는 자리에서 이렇게 자기 흉본 걸 알면 아마도 우리가 자기를 질투한다고 생각할 거야."

장 씨가 쏘아붙였다.

"너희 같은 어린놈들이 뭘 안다고!"

날이 저물고 점원들이 각자 자기 숙소로 돌아갔다. 조 씨가 허선의 숙소로 찾아와 이야기를 전했다.

"장 씨가 주인 나리한테 자네를 시기 질투하는 말을 하더라고. 자네는 더욱 신경 써서 큰 손님이든 작은 손님이든 다 잘 챙기라고."

"말씀해주셔서 고맙습니다. 제가 술 한잔 대접하고 싶습니다."

허선과 조 씨가 술집으로 들어가 자리를 잡고 앉았다. 점원이 술과 안주를 내오자 두 사람은 술 몇 잔을 기울였다. 조 씨가 허선에게 말했다.

"주인 나리는 성질이 엄청 급한 분이셔. 괜히 성질 건드리지 말고 잘 참고 약방 일 잘하라고."

"형님께서 이렇게 저를 신경 써 주시니 너무도 고맙습니다."

허선과 조 씨가 두어 잔을 더 마셨다. 밤이 깊어갔다. 조 씨가 허선에게 말했다.

"더 늦으면 길이 너무 어두워 걸어가기 힘들 것 같네. 나중에 다시 또 봅시다."

허선이 술값을 치르고 둘은 각자 숙소로 돌아갔다. 허선은 술기운을 느꼈다. 혹 다른 사람하고 부딪칠까 봐 처마 밑으로 걸었다. 이 집에서 저 집 처마로 걷노라니 어느 집에서 창문을 휙 열더니 인두를 달구는 데 썼던 숯가루를 아래로 버렸다. 그 숯가루가 허선의 머리 위로 다 떨어졌다. 허선이 걸음을 멈추고 욕을 퍼부었다.

"아니, 대체 어떤 연놈이야. 눈이 있는 거야 없는 거야. 이런 무경우가 다 있어 그래!"

한 아낙이 황급히 아래로 내려와 허선에게 사죄했다.

"나리, 너무 나무라지 마셔요. 쇤네가 잘못했습니다. 제가 실수한 것이니 너무 나무라지 마셔요."

허선이 술기운을 가누며 눈을 들어 바라보았다. 그 아낙은 바로 백 낭자였다. 허선은 울화가 치밀어오르고 가슴이 벌렁거리고 뭐라 표현할 수 없는 불같은 성미가 치솟아 올라 도저히 참을 수가 없었다.

"이 요괴 년아, 왜 이렇게 나를 괴롭히는 거야! 두 번씩이나 관가에 잡혀가 고초를 치르게 하다니!"

분노할 줄 모르면 군자가 아니요, 독기를 품을 줄 모르면 대장부가 아니로다.

신발이 다 닳도록 찾아다닐 때는 보이지도 않더니,
만나려니 이렇게 쉽게 만나는구나.

허선이 백 낭자에게 말했다.
"아니 여기까지 쫓아오다니. 네년이 정녕 요괴가 아니란 말이냐!"
허선이 곧장 백 낭자에게 달려가 손으로 붙잡고 소리쳤다.

"그래 이년아, 너 내 손에 죽을래 관가에 가서 죽을래?"

백 낭자가 미소를 지으며 대답했다.

"낭군님, 하룻밤에도 만리장성을 쌓는다지 않아요. 낭군님께 할 말이 참으로 많네요. 잘 들어보세요. 낭군님께 입혀드렸던 그 옷은 제 전남편 옷입니다. 제가 낭군님을 사랑하는 마음이 너무도 깊어졌기에 그 옷을 입혀드렸던 것인데, 사랑의 씨앗이 미움의 열매를 맺고 말았네요."

"그날 내가 너를 찾으러 왔을 때 대체 어디로 간 거야? 왕 씨는 네가 나를 찾으러 승천사에 갔다고 하던데 여기는 또 어떻게 온 거야?"

"승천사 앞까지 갔다가 낭군님이 관가에 붙잡혀갔다는 소식을 듣고 청청을 시켜 알아보게 하니 낭군님이 다른 곳으로 이송되었다는 말만 하더군요. 포졸들이 저도 잡으러 올 것 같아서 청청에게 어서 배 한 척을 빌리라고 해서 건강부에 있는 외삼촌 집으로 갔지요. 그랬다가 어제 여기로 온 거예요. 저 때문에 낭군님이 두 차례나 곤욕을 치른 것을 잘 아는데 제가 무슨 염치로 바로 낭군님을 찾아뵐 수 있겠어요. 하지만 낭군님이 저를 원망하셔도 또 소용없는 일이죠. 정을 주고받고 백년가약을 맺었는데 이렇게 휑하니 떠나시다뇨? 태산같이 높은 사랑, 바다처럼 깊은 사랑을 낭군님께 바쳤고 낭군님과 같이 살고 같이 죽고자 하니 부부로 서로 살 맞대고 살았던 정을 생각하여 저를 데리고 가서 저랑 같이 백년해로 하시와요."

허선은 백 낭자의 말에 넘어가 분노가 기쁨으로 변했다. 한참을 고민하다가 결국 백 낭자의 미모에 넘어가 냉정하게 뿌리치고 자기 숙소로 돌아가지 못하고 백 낭자의 집으로 들어갔다. 다음 날 허선은 오조항의 두부 가게 왕 씨를 찾아갔다.

"내 아내와 여종이 소주에서 왔습니다. 아무래도 아내와 여종을 이곳으로 데려와야겠습니다."

두부 가게 왕 씨가 대답했다.

"고것 참 잘 되었구먼. 두말할 필요 없이 데려와야지."

그날로 바로 백 낭자와 청청이 허선의 숙소로 옮겨왔다. 그다음 날 차를 내어 동네 사람들을 대접했다. 또 그다음 날은 동네 사람들이 허선을 대접했다. 술자리가 파하고 동네 사람들도 돌아갔다. 나흘째 되는 날 허선이 새벽같이 일어나 세수를 마치고 백 낭자에게 당부했다.

"동네 사람들에게 인사치레도 다 했으니 이제 일하러 가야겠어. 자네는 괜히 나돌아다니지 말고 집에서 청청이랑 같이 잘 있으라고."

허선이 백 낭자에게 당부를 마치고 약방으로 출근했다. 허선은 이렇게 아침 일찍 출근해서 밤늦게 퇴근하곤 했다.

세월은 쏜살같이 흘러 휙 하고 한 달이 지났다. 어느 날 허선이 백 낭자에게 약방 주인 나리와 안주인을 만나러 가자고 제안했다.

"낭군님이 일하시는 약방의 주인 나리인데 같이 가서 인사하는 게 당신한테 여러모로 좋겠지요."

다음 날 가마를 불러 백 낭자를 타게 하고 두부 장수 왕 씨는 선물 상자를 들고 여종 청청은 뒤를 따르며 이극용 집으로 향했다. 이극용 집에 도착하여 백 낭자가 가마에서 내려 대문 안으로 들어가 이극용이 나오기를 기다렸다. 이극용이 황급히 나와서 백 낭자를 맞았다. 백 낭자가 두 손을 모아 이극용에게 인사를 올렸다. 이극용의 안주인도 답례했다. 이극용이 비록 나이가 좀 들기는 했으나 여색을 탐하는 마음만큼은 사그라지지 않았다. 이극용이 백 낭자의 자태를 보았다.

정신이 다 어질어질,

혼백이 다 흔들흔들.

이극용이 침을 꿀꺽 삼키며 백 낭자를 바라보았다. 술상이 나오자 안주인이 이렇게 말했다.

"아주 똑똑하게 생겼네. 얼굴도 예쁘고 성격도 온화하고 차분해 보여."

이극용도 거들었다.

"맞아. 원래 소주가 미인이 많기로 유명하잖아."

술자리가 파하자 백 낭자가 인사를 올리고 돌아갔다. 이극용이 마음속으로 생각했다.

'어떻게 하면 저 백 낭자와 하룻밤을 보낼 수 있을까?'

한참을 끙끙대더니 마침내 묘안을 떠올렸다.

'그래 6월 13일이 내 생일이니 서두르지 말자고. 저 백 낭자가 내 꾀에 빠지고 말 거라.'

해가 지고 달이 뜨고 달이 지고 해가 뜨고 단오가 지나고 6월 하고도 초순. 이극용이 자기 안식구에게 이렇게 말을 건넸다.

"여보, 13일이 내 생일 아니오. 일가친척과 친구들을 초대하여 잔치를 열고 싶소. 이게 다 사람 사는 재미 아니겠소."

이극용은 그날로 일가친척, 친구 그리고 가게 점원들에게까지 생일잔치 초대장을 보냈다. 다음 날 사람들이 초, 국수, 손수건 같은 것을 선물로 보내왔다. 드디어 13일, 이극용의 생일에 사람들이 몰려와 온종일 먹고 마셨다. 생일 다음 날은 여자 손님들이 몰려왔다. 20여 명 남짓이었다. 당연히 백 낭자도 왔다. 황금색 자수 장식을 한 파란 저고리를 입고, 빨간 치마를 입고, 비취와 금은으로 꾸민 머리 장식을 하고서 한껏 꽃단장을 하고 왔다. 백 낭자가 청청이랑 함께 이극용에게 생일 축하 인사를 건네고 안주인에게 인사를 올렸다. 생일잔치는 동쪽 건물에서 열렸다.

본디 이극용이란 사람은 이를 잡아먹고도 그 뒷다리를 두었다가 나중에 또 먹겠다고 하는 노랭이였지만 백 낭자를 보고서 그 미모에 넘어가 이런 잔치 자리를 만든 것이다. 서로 술잔을 주거니 받거니 하면서 술기운이 한창 올랐을 무렵 백 낭자가 측간에 가려고 일어났다. 한데 이극용이 이미 심복 여종에게 이렇게 일러두었다.

"만약 백 낭자가 측간에 가려고 일어서거든 그녀를 뒤채 조용한 방으로 안내하여라."

이극용은 미리 이렇게 꿍꿍이짓을 해놓고서 자기가 먼저 뒤채 조용한 방에 가서 기다리고 있었다.

개구멍을 뚫을 필요도 없이, 담을 뛰어넘을 필요도 없이,
향기를 훔치고 여인을 훔친다네.

백 낭자가 진짜로 측간에 가려고 일어서니 그 여종이 백 낭자를 뒤채 조용한 방으로 안내했다. 이극용은 백 낭자를 어떻게 해보고 싶은 마음에 참을 수가 없었다. 그러나 직접 방 안으로 들어가지는 못하고 문틈으로 안을 들여다보았다. 이극용이 안을 들여다보지 않았으면 아무 일 없었을 것이나 이극용이 그예 안을 들여다보고 혼비백산하여 뒷걸음치다가 쓰러지고 말았다.

살았나, 죽었나?
아무튼 팔다리가 움직이지 않네.

이극용의 눈 안으로 들어온 것은 꽃처럼 백옥처럼 예쁜 여인이 아니라 똬리를 틀고 있는 모습이 요강보다 더 큰 백사였다. 두 눈은 마치 호롱불

마냥 노란빛을 내뿜고 있었다. 이극용은 너무도 놀라서 반쯤 정신 줄을 놓고서 도망쳤다. 이극용은 다리가 풀려 자꾸만 넘어졌다. 여종들이 부축해 일으켜 보니 입술은 새파랗게 질리고 얼굴은 창백하더라. 점원이 황급히 이극용에게 진혼안정탕을 먹이니 그제야 겨우 깨어났다. 이극용의 안식구와 생일잔치에 온 사람들이 모두 달려왔다. 이극용의 안식구가 물었다.

"아니 대체 무슨 일로 이렇게 호들갑이래요?"

이극용은 사실대로 이야기하지 못하고 그저 둘러대기 바빴다.

"오늘 아침 일찍 일어났잖아. 게다가 요즘 연일 좀 무리했더니 어지럼증이 와서 쓰러졌나 보오."

이극용의 안식구가 이극용을 침실로 부축하여 갔다. 손님들은 다시 잔치 자리로 돌아가 술 몇 잔을 더 마셨다. 잔치가 파했다. 사람들이 모두 집으로 돌아갔다. 집으로 돌아오는 길에 백 낭자는 내일 이극용이 허선에게 자신의 정체를 알려줄까 봐 걱정되었다. 백 낭자는 그 나름의 꾀를 내었다. 집에 돌아와 옷을 갈아입으며 한숨을 푹 내쉬었다. 허선이 물었다.

"아니 잔치에 가서 술 마시고 와서는 웬 한숨이야?"

"낭군님, 내가 참 기가 막히네요. 이극용이란 놈이 생일도 아닌데 생일이라고 불렀더라고요. 다른 꿍꿍이가 있었던 것이었더군요. 내가 화장실 가는 틈을 노려 글쎄 저를 어떻게 하려고 했더라고요. 내 치마와 속바지를 들추고 나를 욕보이려고 했어요. 내가 막 소리를 지르려고 하니 손님들 많은 자리에서 내가 창피를 당할 것도 같고 해서 그냥 그자를 밀쳐냈더니 그자가 바닥에 넘어지더라고요. 그자가 창피하기도 하고 또 저를 쉽게 어쩔 수 없는 상황이기도 하니 어지럼증에 걸려 기절한 것처럼 꾸미데요. 이 억울함을 어떻게 풀죠?"

"이극용이 자네를 욕보인 것은 아니잖아! 그래도 내 쥔장인데 어쩌겠어! 그냥 참아야지. 다음번에는 초대해도 가지 않으면 되잖아."

"아니 낭군님은 어떻게 제 편을 안 들어주고 남 이야기하듯이 그럴 수 있어요!"

"자형이 소개 서찰을 써주며 이극용한테 도움을 청하라고 했었고 다행히 이극용도 나를 잘 봐서 점원으로 써주었잖아. 이런 상황인데 내가 지금 뭘 어떻게 할 수 있겠어?"

"남자가 되어 가지고 여편네를 욕보인 사람 밑에서 점원 노릇이나 하려고 하다니!"

"그럼 나더러 어떻게 하라고, 어떻게 먹고 살라고?"

"남 밑에서 점원 노릇 해 봐야 뭔 희망이 있겠어요? 그냥 독립해서 따로 장사하는 게 낫지."

"말이야 좋지. 근데 밑천이 있어야지."

"그건 걱정 마세요.. 내가 내일 은자를 가져올 테니 낭군님은 먼저 가게를 얻으세요. 그러고 나서 다시 얘기하죠."

각설하고, 남을 돕기 위해 온 정성을 다하는 사람이 있는 법이라는 옛말이 하나도 그른 게 없더라. 장화蔣和라는 사람이 허선의 옆집에 살고 있었다. 장화는 평생 남 돕는 일이라면 발 벗고 나서는 자였다. 다음 날 백낭자가 은자를 마련해오자 허선은 장화에게 진강 하구 근처에서 가게 자리를 알아봐 주고 약재를 전시할 매대랑 약재를 구입하여 달라고 부탁했다. 10월 무렵 약방을 열 준비가 얼추 끝났다. 그동안 허선은 이극용 약방에 출근하지 않았다. 이극용은 허선이 왜 출근하지 않는지 궁금했으나 찾아가서 물어볼 엄두를 내지 못했다.

허선은 자기 약방을 열고 나더니 장사에 온 정성을 기울여 날이 갈수록 장사가 더 잘되었다. 허선이 여느 날처럼 약방문을 열고 있으려니 스님

한 분이 시주장부를 들고 와서는 이렇게 말하는 것이었다.

"소승은 금산사에서 왔습니다. 7월 7일은 빛나고 영험하신 용왕님의 생일이니 나리께서 절에 오셔서 향도 사르시고 시주도 좀 하시옵소서."

"저에게 아주 좋은 향이 있으니 이걸 가지고 가셔서 살라주십시오. 시주장부에 제 이름을 적을 필요는 없습니다."

허선은 바로 서랍을 열어 향을 꺼내어 스님에게 건네주었다. 스님은 그 향을 받아들고 이렇게 말했다.

"7월 7일에 나리께서 오셔서 사르시기를 바라나이다."

스님이 인사를 하고서 떠나갔다. 그 광경을 지켜본 백 낭자가 허선에게 냅다 소리를 질렀다.

"아, 이런 답답한 인간이 다 있나 그래! 이렇게 좋은 향을 그 땡중한테 줘 그래. 그거로 술이라도 사 먹으라고!"

"나야 정성으로 준 거니 그거로 술 사 먹으면 그거야 중놈이 죄를 짓는 거지 뭐."

이러구러 날이 지나 7월 7일, 허선이 약방문을 열고 보니 거리가 왁자지껄 왕래하는 사람이 넘쳤다. 허선의 수종 노릇하는 장화가 허선에게 말했다.

"아니 지난번에 향을 시주했으면서 왜 절에 가지 않으시나요?"

"그래 바로 준비할 테니 조금만 기다리게. 자네랑 같이 가야지!"

"소인이 당연히 모십죠."

허선이 서둘러 채비를 하고는 안으로 들어가 백 낭자에게 말했다.

"금산사에 가서 향을 사르고 올 터이니 집 좀 잘 보시게."

"부처님 전에 빌 일이 없으면 함부로 절 안에 발길 들이지 말라는 옛말도 있는데 어인 일로 가시려오?"

"금산사는 한 번도 가본 적이 없으니 가보고 싶기도 하고, 게다가 일전에 향도 시주했으니 가서 직접 살라보려고."

"낭군님께서 가시려고 하는데 제가 어찌 말리겠어요! 다만 저에게 세 가지만 약속해주세요."

"그 세 가지라는 게 뭐요?"

"첫째 주지 스님 방에 들어가지 마세요. 둘째, 스님들하고 이야기를 나누지 마세요. 셋째, 가거들랑 지체 말고 바로 돌아오세요. 일찍 돌아오지 않으시면 제가 찾으러 갈 것입니다."

"그거야 뭐가 어렵겠소. 내가 다 약속하리다."

허선은 새 옷과 새 양말과 새 신을 갖춰 입고 향 상자를 소매 품에 넣고서는 장화랑 곧장 강둑으로 달려가 배를 타고 금산사를 향하여 출발했다. 허선은 먼저 용왕당에서 향을 사르고 난 다음 경내를 한 바퀴 구경하다가 인파에 떠밀려 주지 스님 방 앞에까지 이르렀다. 허선은 문득 주지 스님 방에 들어가지 않겠다고 백 낭자와 약속한 것이 떠올라 발걸음을 멈추고 주지 스님 방으로 들어가지 않았다. 이때 장화가 끼어들었다.

"아무 신경 쓸 필요 없어요. 백 낭자님이야 집에 있는데 집에 가서는 안 들어갔다고 하면 되는 거죠."

허선은 그 말을 듣고 주지 스님 방 안으로 들어가 휘둘러 보고 발걸음을 돌렸다. 주지 스님 방 한가운데 스님이 한 분 앉아 있었으니, 한눈에도 덕행이 넘쳐 보이고 인물 또한 훤칠했겠다. 둥글둥글한 머리, 각이 잡힌 승복, 고승의 자태 그대로였다. 그 스님은 허선이 방 안에 들어왔다가 나가는 걸 보자마자 옆에서 시중들던 이에게 명했다.

"어서 가서 아까 그 젊은이 다시 좀 들어오라고 해라."

시중들던 이가 바로 나가보았으나 수많은 사람이 이리저리 흘러 다니는 가운데 허선이 누구인지 알고 찾겠는가. 시중들던 이가 돌아와 아뢰었다.

"그자가 어디로 갔는지 알 수가 없습니다요."

그 스님은 그 말을 듣고 나더니 직접 지팡이를 짚고서 방을 나와 이리저리 찾아보았다. 그러나 허선이 보이지 않았다. 절문 밖으로 나와 보니 사람들이 바람이 자면 배를 타고 돌아가려는 깜냥이었으나 풍랑은 더욱 거세지기만 했다. 사람들이 중얼거렸다.

"아이고 돌아가기는 글렀네."

바로 이때 강 한가운데에서 배 한 척이 나는 듯이 강둑으로 달려왔다. 허선이 장화에게 말했다.

"우리 배는 풍랑이 거세서 강을 건널 엄두도 내지 못하고 있는데 저 배는 어쩜 이렇게도 빨리 달려올 수가 있단 말이냐?"

허선이 말하는 동안 그 배가 코앞까지 다가왔다. 하얀 옷을 입은 부인과 파란 옷을 입은 소녀가 강둑 쪽으로 걸어왔다. 자세히 보니 백 낭자와 청청이었다. 허선이 깜짝 놀랐다. 백 낭자가 강둑으로 다가와 소리쳤다.

"아니 어째서 지금까지 돌아오지 않은 거죠? 어서 배에 타셔요."

허선이 막 배에 타려는데 누군가 뒤에서 외치는 소리가 들려왔다.

"야 이 요물아. 여기서 대체 무슨 짓을 하는 거냐?"

허선이 고개를 돌려 바라보았다. 사람들이 이렇게 수군댔다.

"법해선사法海禪師가 오셨다."

법해선사가 소리쳤다.

"이 요물아, 여기가 어디라고 감히 나타나서 생명을 해치려 드느냐? 내가 너 때문에 특별히 왔노라."

백 낭자는 법해선사를 보고서는 황급히 뱃머리를 돌려 강 한가운데로 몰아가더니 청청과 함께 배를 뒤집어 강물 속으로 숨어버렸다. 허선이 몸을 돌려 법해선사에게 절을 올렸다.

"스님, 이 천한 놈의 목숨을 살려주십시오."

"어떻게 저 여인을 만나게 되었는가?"

허선은 자초지종을 상세히 아뢰었다. 법해선사가 그 말을 듣고 나서 이렇게 말했다.

"저 여인은 틀림없는 요괴요. 어서 항주로 돌아가시오. 저 요괴가 다시 그대를 찾아오거든 호남 정자사淨慈寺로 나를 찾아오시오."

네 구절의 시가 있도다.

본디 요괴가 여인으로 변신하여
서호 호숫가에서 교태를 팔았더라.
그대는 요괴의 술수에 빠진 줄도 몰랐구나,
어려운 일 생기면 호남의 노승을 찾아오거라.

허선은 법해선사에게 감사 인사를 올리고 장화와 함께 배를 타고 강을 건너 집으로 돌아갔다. 백 낭자와 청청이 사라지고 없었다. 허선은 그제야 백 낭자가 요괴임을 믿게 되었다. 밤이 되자 허선은 장화에게 곁에 있어 달라고 부탁했다. 마음이 싱숭생숭한 허선은 한숨도 잠을 이룰 수가 없었다. 다음 날 새벽같이 일어나 장화랑 집 안을 살핀 다음 바늘 다리에 있는 이극용 집을 찾아갔다. 허선이 이극용에게 자초지종을 소상하게 일렀다. 이극용이 이렇게 말했다.

"내 생일날 그자가 화장실을 갔을 때 우연히 그 진면목을 보게 되었다네. 내가 놀라서 죽을 뻔했어. 하지만 내가 그걸 함부로 자네한테 얘기해 줄 수가 없더라고. 기왕에 이렇게 되었으니 자네 내 집에 와서 지내면서 먹고 살 궁리를 하는 게 어떻겠나?"

허선은 이극용에게 고맙다 인사하고는 다시 이극용 집으로 이사 들어왔다. 이러구러 두 달이 지났다.

어느 날 허선이 문 앞에 서 있자니 이장이 사람들 몇이랑 꽃과 향초를 들고 집집마다 돌아다니며 조정에 경사가 나서 대사면이 이루어졌음을 알리고 있었다. 고종이 물러나고 효종이 즉위한 것이더라. 온 세상에 사면령을 내려 사람을 죽인 대죄인이 아니면 모두 죄를 면해주고 집으로 돌아가게 했다. 허선이 이 소식을 듣고 뛸 듯이 기뻐 시 한 수를 읊었다.

감사할사, 우리 황제 사면령을 내리셨네,
사 면으로 쳐진 그물, 세 면을 열어주시고 새롭게 살아가라 하시네.
타향에서 죽은 귀신 되지 말라고
살아서 고향 돌아가라고.
팔자가 드세어 요괴를 만나 얼마나 고생했던고,
내가 사면을 받을 줄이야 상상도 못 했다네.
나 고향 돌아가면 향을 사르며,
새 삶을 살 수 있게 해주신 천지신명에게 감사해야지.

허선은 시를 다 짓고 나서 관아의 상하 아전들에게 선물로 줄 돈을 융통했다. 허선은 진강부 부윤을 만나 보고하고서 고향으로 돌아가도 좋다는 허가증을 발급받았다. 허선은 그동안 알고 지내던 사람들과 작별인사를 했다. 이극용 내외를 비롯하여 이극용 집안 식구들, 약방의 두 점원과 모두 작별인사를 했다. 장화에게 부탁하여 이 지역 특산물을 사달라고 했다. 항주로 돌아가면서 가지고 갈 요량이었다. 고향으로 돌아와 누나와 자형을 만났다. 자형 이인은 허선을 보더니 버럭 소리를 질렀다.

"아니 이 배은망덕한 녀석아. 내가 너를 위해서 두 번이나 소개 서찰을 써주고 네가 비빌 언덕을 마련해 주었거늘! 게다가 이극용 집에서는 장가까지 들었다면서 서찰 한 통 보내서 나한테 소식 전하는 게 그리 어렵더란 말이냐. 이런 인정이라고는 눈곱만큼도 없는 녀석!"

"아니 내가 무슨 장가를 들었다는 말이에요?"

"이틀 전에 아낙 하나가 여종 하나를 데리고 찾아와서는 네놈의 부인이라고 하더라. 네가 7월 7일에 금산사에 불공드리러 갔다가 돌아오지 않아서 사방으로 찾아보았으나 찾을 수 없었고 이제 네가 항주로 돌아오게 되었다는 소식을 듣고서 먼저 이곳에 와서 너를 기다린 지가 벌써 이틀이나 되었다."

이인이 사람을 시켜 그 아낙을 불러오게 했다. 허선이 보니 과연 백 낭자와 청청이었다. 허선은 벌어진 입이 다물어지지 않았다. 누나와 이인 앞에서 그동안의 이야기를 하기가 뭐하여 그냥 이인이 욕하는 걸 내버려 두었다. 이인은 허선과 백 낭자에게 방 하나를 내줘 기거하도록 했다. 날은 저물어 오는데 허선은 백 낭자를 보기가 너무나 겁이 났다. 허선은 감히 백 낭자 앞에 나아가지 못하고 바닥에 무릎을 꿇고서 이렇게 빌었다.

"아이고, 어느 귀신인지는 모르겠습니다만 제발 목숨만 살려주세요."

"아니 허선 나리, 그게 무슨 말씀이세요. 저랑 낭군님은 오랜 시간 부부로 지내지 않았습니까. 제가 낭군님을 해친 적이 없거늘 어찌 그런 섭섭한 말씀을 하시나요?"

"제가 그대를 알게 된 이후로 두 번이나 관재수가 들었네요. 제가 진강부로 갔더니 또 어떻게 알고 찾아오시고. 금산사에 불공드리러 갔다가 늦었더니 또 직접 청청이랑 찾아오셨다가 법해선사를 보시고는 물속으로 뛰어들지 않았습니까? 저는 그대가 죽은 줄만 알았더니 이렇게 먼저 와서 기다리고 있을 줄이야. 제발 저를 불쌍히 여기셔서 목숨만은 살려주세요."

백 낭자가 악마 같은 눈을 크게 부릅떴다.

"허선, 모든 게 다 선의에서 비롯된 것인데 오히려 이제 그게 미움의 씨앗이 되고 말았구나. 나는 너와 평생 부부로 같은 베개를 베고 같은 이불을 덮고 살고자 했거늘 너는 다른 사람의 말만 듣고서 우리 부부 사이를 파탄 내고자 하는구나. 지금부터라도 내 말을 듣고 따르면 모든 게 다 풀리고 평생 웃고 살 것이니라. 만약 내 말을 따르지 않으면 온 성에 피의 강물이 흘러 사람들이 그 강물 속을 떠다니다가 비명횡사할 것이니라."

그 말을 들은 허선은 전전긍긍 아무 말도 하지 못하고 꿈쩍도 하지 못했다. 이때 청청이 허선을 달랬다.

"나리, 아씨께서는 항주 사람들이 멋지고 또 나리가 속정 깊은 사람이라고 너무도 좋아하고 계셔요. 나리 다른 생각 마시고 아씨랑 잘 지내세요. 다른 걱정일랑 하지 마시고요."

허선은 백 낭자와 청청 두 사람의 위협을 받고 이렇게 소리 질렀다.

"아이고, 어째 이렇게 괴로운 일이!"

마침 안마당에서 바람을 쐬고 있던 허선의 누나는 허선의 한숨 소리를 듣고는 방 앞으로 달려왔다. 허선이 부부싸움이라도 하나보다 생각하고는 허선을 불러내었다. 백 낭자는 방문을 닫고 잠들어버렸다. 허선은 누나에게 저간의 사정을 상세히 설명해주었다. 마침 이인도 바람을 쐬고 돌아왔다. 누나가 이인에게 부탁했다.

"쟤네들이 소란을 피우더니 이젠 잠들었는지 모르겠네. 당신이 가서 한 번 살펴보고 오세요."

이인이 백 낭자가 묵고 있는 방으로 가보니 빛이 하나도 새어나오지 않았다. 이인은 손가락에 침을 묻혀 창호지에 구멍을 냈다. 이인이 안을 살펴보지 않았다면 아무런 일이 없을 것이건만. 이인이 안을 살펴보니 큰 요강 크기만 한 백사가 침상 위에 똬리를 틀고 대가리를 창문 쪽으로 쑥 내밀고 바람을 쐬고 있었다. 비늘에서는 빛이 나와 방 안을 비추고 있었다. 이인은 너무도 놀라 황급히 방으로 돌아왔다. 이인은 돌아와 이렇게 말했다.

"잠들었나 보네. 아무런 소리도 안 나네."

허선은 누나의 방에서 감히 밖으로 나갈 생각을 하지 못하고 있었다. 누나도 허선에게 더는 뭐라고 말하지 않았다. 이튿날 이인이 허선을 조용한 곳으로 불러내어 물었다.

"어이, 처남, 자네 처는 어디서 온 거야? 사실대로 말하게. 속이지 말고. 어젯밤에 내가 직접 보았더니 그건 사람이 아니라 하얀 뱀이었어. 자네 누나가 놀랄까 봐 어제는 이야기하지 않고 참았다고."

허선이 자초지종을 숨김없이 이야기해주었다. 이인이 허선에게 이렇게 제안했다.

"기왕에 이렇게 된 거 백마묘 앞에서 뱀 부리는 대戴 선생을 불러 법술을 부려 뱀을 잡도록 하자. 어서 나랑 같이 가자."

이인과 허선이 백마묘까지 달려갔다. 마침 대 선생이 백마묘 문 앞에 서 있었다. 이인과 허선이 대 선생에게 인사했다. 대 선생이 물었다.

"어인 일이시오?"

허선이 대답했다.

"집에 엄청 큰 백사가 있습니다. 선생께서 잡아주셨으면 합니다."

"댁이 어디요?"

"과군교 흑주항에 있는 이인이란 사람의 집입니다."

허선이 은자 한 냥을 꺼내어 건넸다.

"우선 이걸 받아두시지요. 백사를 잡으면 따로 더 사례하겠습니다."

"두 분 먼저 돌아가서 기다리십시오. 내가 바로 가겠습니다."

대 선생이 비소 약수를 한 병 챙기고 흑주항에 이르러 이인의 집을 찾았다. 사람들이 알려주었다.

"앞에 보이는 저 집이 바로 이인네 집이외다."

대 선생이 이인네 집 앞에 이르러 문 앞에 쳐진 발을 집어 올리며 헛기침을 했다. 그런데 아무런 응답이 없었다. 한참 문을 두드리니 젊은 처자 하나가 나와 물었다.

"누구를 찾으시나요?"

"여기가 이인네 집입니까?"

"맞는데요."

"귀댁에 큰 백사가 있다며 저에게 잡아달라고 했습니다."

"아니 우리 집에 무슨 백사가 있다고. 선생께서 잘못 들으셨겠지요."

"바깥어른께서 저에게 집안에 큰 백사가 있으니 그걸 잡아달라고 하셨습니다. 백사를 잡아주면 크게 후사하겠다는 말씀도 하시고요."

이때 백 낭자가 끼어들었다.

"백사라뇨. 말도 안 돼요. 그 사람들이 장난친 거라니까요!"

대 선생이 다시 물었다.

"그 사람들이 뭐하러 저를 찾아와 그런 장난을 쳤을까요?"

백 낭자는 대 선생을 돌려보내려고 했으나 대 선생이 쉽게 물러나지 않는 것을 보고 마음이 조급해졌다.

"당신이 진짜로 백사를 잡을 수 있다고요? 내가 보기에는 잡지도 못할 것 같은데."

"아이고 우리 집안은 7, 8대에 걸쳐 뱀 부리는 일을 해왔소이다. 그깟 백사 하나가 뭐 대수라고!"

"큰소리치시는데 보면 도망가기 바쁠걸요!"

"도망가기는 뭘 도망가! 만약 내가 도망가면 은 한 덩어리를 내지."

"나를 따라오세요."

백 낭자가 대 선생을 안마당으로 안내하고는 안으로 들어갔다. 대 선생이 약수 병을 들고서 기다리고 있었다. 잠시 후 일진광풍이 불어왔다. 바람이 불어오는 그곳, 백사 한 마리가 똬리를 틀고 있었다. 그 백사가 혀를 날름거리더니 대 선생 쪽으로 다가왔다.

사람이 호랑이를 잡으려고 하는 게 아니라,
호랑이가 사람을 해치려고 하는구나.

대 선생이 깜짝 놀라서 뒤로 나자빠져 버렸다. 들고 있던 약수 병이 깨져버렸다. 그 백사는 빨간 입을 열어 하얀 이빨을 드러내고는 대 선생을 물려고 다가왔다. 대 선생이 질겁하여 왜 우리 부모님은 나에게 다리를 두 개밖에 안 만들어주셨는가 원망하면서 한달음에 다리를 건너 도망하다가 이인과 허선을 만났다. 허선이 물었다.

"어떻게 되었습니까?"

"그래 내 이야기 좀 들어보시오."

대 선생이 자초지종을 소상하게 설명했다. 대 선생이 은자 한 냥을 되돌려주면서 이렇게 말했다.

"내 두 다리가 없었다면 목숨도 부지하지 못할 뻔했소. 아무래도 다른 사람을 찾아보셔야 하겠소이다."

대 선생이 황급히 도망가 버렸다. 허선이 이인에게 물었다.

"자형, 이제 어떻게 하지요?"

"저 여인이 분명 요괴는 요괴인 모양이다. 적산赤山 나루터 앞에서 사는 장성張成네가 나에게 돈 천 꿰미를 빚지고 있으니 처남은 일단 그 집에 가서 조용한 방을 하나 빌려가지고 머물게나. 자네가 여기서 안 보이면 그 요괴도 떠나지 않겠나!"

허선은 다른 뾰족한 수가 없어 그냥 자형 이인의 말을 따르기로 했다. 허선은 이인과 함께 집에 돌아갔다. 집에 가보니 사방엔 아무런 인기척도 없이 너무도 조용했다. 이인은 먼저 소개 서찰을 쓴 다음 빚 문서랑 같이 봉투에 넣어 허선에게 주고 적산 나루터로 출발하라 했다. 바로 이때 방에서 백 낭자의 목소리가 들려왔다.

"아니 간이 부었나 어째서 뱀 부리는 사람을 다 부르고 난리야? 만약 네가 그래도 나를 잘 대해주겠다 하면 그냥 넘어가겠지만 그 반대라면 내가 이 성안의 모든 사람에게 고통을 줄 것이며 비명횡사하게 할 것이다."

허선은 그 말을 듣고 너무도 겁이 나 감히 아무 말도 하지 못했다. 자형이 써준 소개 서찰을 들고 그저 답답하고 근심 어린 마음에 적산 나루터로 가서 장성을 찾았다. 소매 품에서 봉투를 꺼내고자 했으나 온데간데없었다. 갑자기 당황한 허선은 황급히 길을 되짚어가며 찾아보았지만 그게 있을 리가 없었다. 그렇게 고민하던 찰나 허선은 자기도 모르게 정자사 앞까지 오게 되었다. 이때 허선은 금산사 주지 스님 법해선사가 무슨 일이 있으면 호남 정자사로 찾아오라고 한 말이 떠올랐다. 그래 지금 찾아가지 않으면 언제 가리! 허선은 절 안으로 들어가 주지 스님을 찾아 물었다.

"스님, 법해선사님이 여기 계십니까?"

"여기 찾아오시지 않으셨다네."

허선은 법해선사가 이 절에 없다는 말을 듣고 더욱 당황했다. 허선은 주장교 초입까지 걸어가다가 혼잣말을 했다.

"시절이 하 수상하니 요괴가 사람을 괴롭히는구나. 내가 이렇게 살아서 무엇하리!"

허선을 다래 아래 맑은 물을 바라보며 몸을 던지고자 했다.

저승사자를 보낼 시간은 염라대왕이 정하는 것,
사람은 염라대왕이 정한 그때까지만 사는 것.

허선이 발을 내딛으려고 하는 그 순간, 등 뒤에서 누군가 부르는 소리가 들렸다.

"사내대장부가 어찌 이렇게 목숨을 가볍게 여기는가! 이래 죽으나 저래 죽으나 결국 때가 되어서 죽는 건 매한가지. 어찌하여 나를 찾아오지 않았더냐?"

허선이 소리 나는 쪽을 바라보니 바로 법해선사였다. 납의 입고 바랑 메고 지팡이 짚고 이렇게 막 여기에 찾아온 것이다. 허선이 그래도 이렇게 지금 죽을 팔자는 아니었던 모양이다. 법해선사가 조금만 늦었더라면 허선은 이미 저세상으로 떠났을 것이다. 허선이 법해선사에게 빌었다.

"스님, 소인을 좀 살려주세요!"

"그래 그 요괴는 지금 어디에 있느냐?"

허선은 저간의 사정을 소상하게 아뢰었다.

"기왕에 스님이 오셨으니 이 중생의 목숨을 좀 제도하여 주십시오."

법해선사는 소매 품에서 발우를 꺼내어 허선에게 건네주며 말했다.

"집에 돌아가서 그 요괴가 눈치채지 못하게 이 발우를 그 요괴의 머리

위에 올려놓은 다음 한 치의 오차도 없이 힘껏 눌러라. 절대 놀라거나 당황하지 말라. 지금 바로 출발하라."

허선은 법해선사에게 인사를 올리고 집으로 돌아갔다. 백 낭자가 허선을 보더니 냅다 욕을 해대기 시작했다.

"어떤 놈이 나와 낭군님 사이를 이간질하는지 모르겠네. 내가 그놈이 누군지 알아내서 가만두지 않을 거야!"

꿍꿍이가 있어 틈을 엿보는 사람을 어이 당하리. 허선은 백 낭자가 잠시 한눈을 파는 틈을 타 백 낭자의 등 뒤에서 발우를 들어 올려 백낭자의 머리를 덮어씌운 다음 죽을힘을 다해 내리눌렀다. 백 낭자의 모습이 사라져버렸다. 허선은 발우를 계속 누르면서 힘을 빼지 않았다. 발우 안쪽에서 이런 소리가 들려왔다.

"아니 몇 년 동안이나 살을 맞대고 산 부부인데 어쩜 그렇게 인정사정도 없는 거죠. 제발 힘 좀 빼 봐요."

허선이 이제 어떻게 해야 하나 당황하고 있는 바로 이때 이런 소리가 들려왔다.

"스님이 오셨네. 요괴를 잡으러 오셨다고 하시네."

허선은 그 소리를 듣자마자 이인에게 그 스님을 어서 안으로 모시라고 소리쳤다. 법해선사가 안으로 들어오자 허선이 이렇게 부탁했다.

"소인을 좀 살려주십시오."

법해선사가 뭐라 주문을 외우기 시작했다. 주문 외우기를 마치고는 발우를 살짝 들었다. 백 낭자가 한 자 조금 못 되는 크기의 꼭두각시 인형 같은 모양으로 변해 있었다. 두 눈을 감고 바닥에 바짝 엎드려 있었다. 법해선사가 소리쳤다.

"아니 이 요괴야, 어찌하여 사람을 괴롭히는 것이냐? 어서 그 사정을 이야기하라."

"스님, 저는 백사이옵니다. 비바람이 세차게 몰아치기에 청청이랑 같이 서호에 몸을 피했다가 저 허선을 보고서 춘심이 발동하여 그 춘심을 억누르지 못하고 인간과 짐승의 경계를 감히 넘었던 것이지 누구를 해치지는 않았습니다. 스님, 자비를 베풀어주시옵소서."

"청청은 정체가 무엇이냐?"

"청청은 서호 셋째 다리 아래 사는 천년 묵은 잉어입니다. 제가 그 잉어를 만나 제 짝으로 만든 것이오며 그녀는 무슨 쾌락을 즐기지도 아니했습니다. 스님께서 그녀를 불쌍히 여겨주시기를 바라나이다."

"그래 내가 너의 천년 수행의 덕을 봐서 목숨만은 살려주마. 어서 너의 정체를 드러내라."

백 낭자가 망설였다. 법해선사가 버럭 화를 내며 주문을 외우고 소리를 질렀다.

"사천왕이여, 어서 천년 묵은 잉어와 백사를 잡아주셔서 소승의 판결을 받도록 하옵소서."

잠시 후 마당에서 일진광풍이 불었다. 바람이 지나는 그 자리에 휙휙 소리가 나며 잉어 한 마리가 떨어졌다. 열 자는 되어 보였다. 그 잉어는 땅바닥에서 몇 번 퍼덕이더니 한 자 정도의 작은 잉어로 변했다. 백 낭자 역시 석 자 정도의 백사로 변했다. 그 백사가 대가리를 꼿꼿이 쳐들고서 허선을 바라보고 있었다. 법해선사가 잉어와 백사를 발우에 넣고 난 다음 승복 한 자락을 찢어 발우 입구를 막아버렸다. 법해선사가 그 발우를 들고 뇌봉사雷峰寺로 갔다. 법해선사가 그 발우를 땅바닥에 놓고 사람들을 동원하여 벽돌과 돌을 날라 탑을 쌓았다. 천년이고 만년이고 그 잉어와 백사는 세상 구경을 할 수 없게 되었다. 법해선사가 이 요괴를 탑에 가두면서 이렇게 네 구절의 게송을 불렀겠다.

서호가 다 마르고
온 강들이 다 마르고
뇌봉탑이 무너지면,
백사가 세상에 나올 수 있으리라.

법해선사가 게송을 다 읊조리고 난 다음 여덟 구절의 시를 지어 사람들에게 교훈을 주었다.

세상 사람들아 색을 탐하지 말지니,
색을 탐하다 색에 당할지라.
마음이 바르면 사악함이 끼어들 틈이 없을지니,
심신이 단정하면 어찌 악한 자들에게 속을까.
허선이 색을 탐하다,
두 번이나 관가에 붙들려가지 않았더냐.
스님이 나서서 구제하지 않았더라면,
백사가 그를 흔적도 없이 먹어 치웠을 것이니.

법해선사가 읊조리기를 마치니 사람들이 흩어졌다. 허선은 출가하기로 결심하고 법해선사를 스승으로 모시고자 하여 뇌봉사에서 바로 머리를 깎고 중이 되었다. 몇 년을 수행하다가 열반에 들었다. 스님들이 감실을 만들고 다비식을 치렀다. 그의 사리를 담아 탑을 쌓으니 천년을 두고 무궁하더라. 열반에 들기 전, 시를 지어 세상에 교훈을 주었더라.

조사께서 나를 홍진세상에게 구제하셨네,

쇠로 된 나무에 꽃이 피니, 봄이런가.

윤회의 바퀴는 돌고, 돌고, 또 돌고,

다시 태어나고 다시 태어나고 또다시 태어나고.

세상에 존재하는 것이 무엇인지 알고 싶다면,

존재라는 것 자체가 과연 있기나 한지 알아야 할 걸세.

색즉시공, 공즉시색이라 하지만,

무엇이 색이고, 무엇이 공인지 과연 알 수 있는가.